한국 근대문학의 유인(誘因)과 미적 주체의 좌표

The Incitement of Modern Korean Literature & the Position of Aesthetic Subject

김민정(金玟廷, Kim Min-Jeong)은 1969년 서울에서 태어났다. 1988년에 서울대학교 국어국문학과에 입학하여, 2000년 여름 문학박사학위를 취득했다. 현재는 포항공과대학교 인문사회학부 교수로 재직중이며, '글쓰기'와 '한국현대문학'을 가르치고 있다. 주로 1930년대 모더니즘문학에 관심을 집중해 왔으며, 앞으로는 '여성문학'에 대해 본격적으로 연구해 보고 싶다. 관심에 그치지 않도록 이 방면으로 꾸준히 공부를 해 나갈 계획이다. 최근까지 쓴 논문 중 주요한 것으로는 「구인회(九人會)의 존립방식과 미적이데올로기의 상관성 연구」, 「1930년대 후반기 한국모더니즘소설 연구」, 「1930년대 문학적 장의 형성에 대한 고찰」, 「1950년대 소설에서의 부의 부재(不在)와 모더니티」, 「김승옥론」 등이 있다.

한국 근대문학의 유인(誘因)과 미적 주체의 좌표

1판 1쇄 발행 2004년 10월 15일
1판 2쇄 발행 2005년 10월 10일

지은이 / 김민정
펴낸이 / 박성모
펴낸곳 / 소명출판
출판고문 / 김호영
등록 / 제13-522호
주소 / 137-878 서울시 서초구 서초동 1621-18 (란빌딩 1층)
대표전화 / (02) 585-7840
팩시밀리 / (02) 585-7848
somyong@korea.com / www.somyong.com

ⓒ 2004, 김민정

값 17,000원

ISBN 89-5626-105-9 93810

한국 근대문학의 유인(誘因)과 미적 주체의 좌표

The Incitement of Modern Korean Literature & the Position of Aesthetic Subject

김민정

소명출판

최근에 갖게 된 내 연구실에서 난 하루 중 대부분의 시간을 보낸다. 책을 읽고, 논문을 쓰고, 누구의 방해도 없이 생각에 골몰할 수 있는 이 공간이 어느새 나에겐 집보다도 편하게 느껴진다. 매사에 서툴고 행동이 더딘 나는 일을 완성하기까지 자연히 남보다 두배, 세배의 시간이 걸리는 편이다. 내가 이렇게 연구실에 틀어박혀 별일도 아닌 것에까지 끙끙매고 있다는 것을 알지 못하는 주위 사람들은 이런 나를 두고 뭘 그렇게 열심히 하냐고 하지만, 이런 말을 들을 때면 난 민망하기 그지없다. 사실, 나 자신이 특별한 재능을 갖고 있지 못하다는 생각, 아니 이 능력이 평범함에도 미치지 못하는 것이 아닌가 하는 회의가 드는 적이 한두번이 아니다. 그럴 때마다 나는 그저 끈기 하나로 부족한 능력을 매워보려 하지만 적어도 그것이 이 '문학' 연구 분야에서만큼은 얼마나 부질없는 짓인지 가끔씩 실감할 때가 있다. 그럼에도 불구하고 아마도 나는 내일도, 모레도 이 연구실에서 또 뭔가를 위해 끙끙대고 있을 게 분명하다. 그러고 보니 내 생애 첫 저서 역시 나의 못 말리는 미련함 덕분에 세상의 빛을 보게 된 것이다.

이 책에 실린 글들은 최근 약 10년 간 1930년대 문학과 관련하여 발표한 논문들 중 몇 개를 추린 것이고 또 이 중에는 책으로 묶어내는 과정에서 전폭 수정한 논문도 있다. 이렇게 한 곳에 모아 놓으니 그 부족함이 더욱 선명하게 눈에 띄는 것이 사실이다. 특히 논문들간에 생각이 정확히 일치하지 않는 지점이 있음을 알고도 버젓이 책으로 묶게 된 것은 현실적인 일정에 쫓겨서야 책을 내도록 이제까지 버텨 온 나의 불찰이다. 대학원에서 본격적으로 문학 공부를 시작한 이래 지금까지 한국 근대문학에 대한 나의 관심은 1930년대에 집중되어 있었지만, 지금도 잘 해내지 못한 것에 대한 아쉬움은 여전하다. 물론 이 시기에 대한 말로 다하지 못하는 애정 때문이겠지만, 이 책에서 보인 나의 불찰에 대한 책임의식 때문에라도 1930년대 문학 연구는 앞으로도 나에게 중요한 과제로 남아 있게 될 것이다.

첫 책을 마무리하는 자리라 떠오르는 사람들이 많다. 이런 기회가 아니면 마음을 전할 길이 없을 것 같다. 철없던 대학원 초년 시절부터 무능한 제자에게 늘 한결같이 격려와 조언을 해주셨던 나의 조남현 선생님, 그리고 학위논문을 꼼꼼히 읽고 지도해 주셨던 김윤식 선생님, 권영민 선생님, 윤명구 선생님께 진심으로 감사드린다. 그분들의 학덕에 누가 되지 않으려면 문학연구자로서 최선을 다하는 길밖에 없겠다.

돌이켜 보면 내가 공부 외에는 다른 일을 생각해 보지 못했던 데에는 부모님의 영향이 절대적이었던 것 같다. 나이를 먹어갈수록 내 안에 그분들이 살아 계심을 느낀다. 세월이 흘러도 늘 내가 닮고 싶은 분들이다. 올해로 고희를 맞으신 부모님께 이 책을 바치고 싶다. 그리고 턱없이 모자라는 며느리를 늘 친딸같이 보살펴 주시는 시부모님께는 이 책을 드리며 큰절이라도 드리고 싶은 심정이다. 함께 지내는 시간보다 떨어져 있는 시간이 훨씬 더 많지만 늘 말없이 나를 담금질해대는 아주 오래된 친구, 나의 남편. 그의 존재는 나에게 가장 큰 힘이다. 이 책의 구석구석 에 그와 내가 함께 보냈던 긴 시간의 흔적이 숨쉬고 있다.

전례 없이 어려운 출판계 사정에도 불구하고 책을 출간해 주신 소명 출판의 박성모 사장님, 그리고 책이 나오기까지 원고와 장정을 꼼꼼하게 챙겨주신 편집부에게도 특별히 감사의 마음을 전한다.

고백컨대, 이제껏 살아오면서, 특히 공부하는 데에 있어서 멀고 험한 길보다는 누군가 잘 닦아놓은 길을 골라 그것도 늘 편한 방식을 좇아 여기까지 오게 된 것 같다. 아니 그랬다. 그래서 내 마음속엔 늘 연구자 로서의 부끄러움이 앞선다. 지나간 내 삶의 부끄러움을 조금이나마 만회 하기 위해서라도 난 앞으로 더 미련하게 살아야 할 것 같다. 출간을 망 설여 그 시기를 되도록 유예하려 했던 마음을 접고 내 생애 첫 책을 내 놓게 된 이상, 지난 일에 대한 아쉬움에 연연하지 않고 연구자로서 새롭 게 출발하는 계기로 삼아야겠다고 다짐해 본다.

2004년 9월
포항에서 김민정

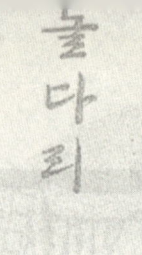

한국 근대문학의 유인(誘因)과 미적 주체의 좌표

차례

값있는삶을살고싶다。비록 단 하로를 살
드라도 ――

結局은『인텔리전챠』라고하는것은 끈어진
한部分이다。全體에대한 끈임없는鄕愁와 또
한 그것파의 斷絶때문에 그의마음은하
도도 億定할줄모르는 괴로운種族이다。
起林

小說은 人間辭典이라 느껴젓다。
僞盛

벌거숭이 임금으로 나서밝이 둥그러저
그넘한번 보지고
裕貞

努力도 天廩이다。
奉進

어느時代에도 그煩代人은 絕望한낭
이狡巧를낳고 技巧때문에또糖翌한다。
李箱

舊語美術이 存體하는벗上 그民族은 懸鬱
하데라。
게용

藝術이藝術된 本性은 描寫臺對象에었는것
이아니라 그帚綜合하고 再體設하는 目我

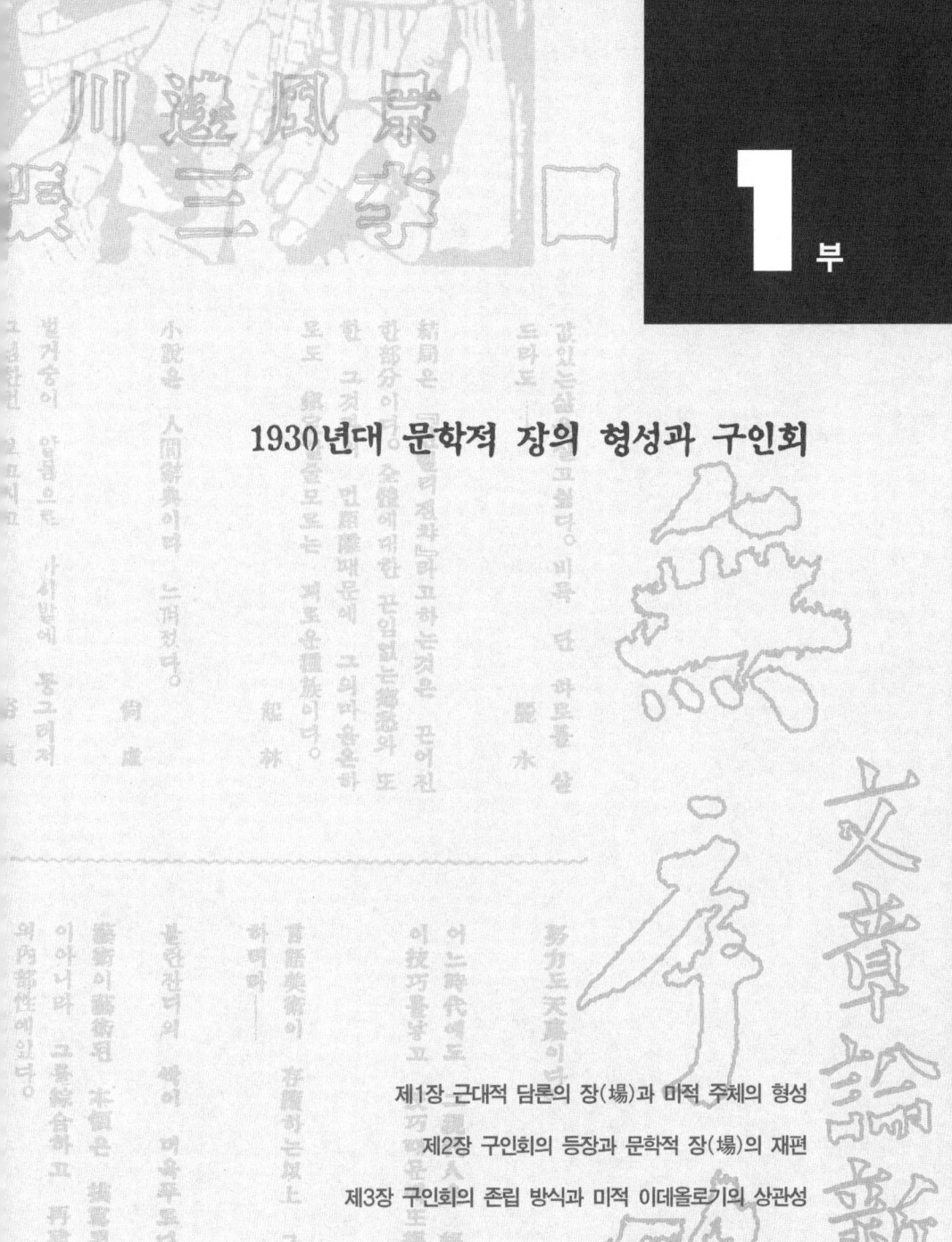

1 부

1930년대 문학적 장의 형성과 구인회

제1장

근대적 담론의 장(場)과 미적 주체의 형성

1. 1930년대와 <구인회>의 문제점

한국 근대문학사에 있어서 1930년대는 매우 문제적인 시기이다. 한국 근대문학 연구가 다른 어느 시기보다도 1930년대에 집중되었던 것은 바로 이 시기 문학이 동반했던 치열한 문제의식 때문이었음은 새삼 강조할 필요가 없을 것이다. 한국 근대문학 연구자들에게 있어서 1930년대는 단순한 문학 연구 대상이라는 의미를 넘어서, 문학과 그것의 타자로서의 현실 또는 이념의 관계를 진지하게 생각해 보지 않을 수 없도록 하는 시기라는 점에서 각별한 의미로 다가왔던 것이다. 당시의 한 비평가가 1930년대 문단을 회고하면서 "지금 우리가 30년대라고 하는 불과 10년도 채 되지 못한 것을 가지고 한 '에포크'로 잡는 것은 비록 이 10년 간이 어느 때의 30년이나 반세기보다 더 복잡한 시기였"[1]기 때문이라고

한 것은 1930년대 문학의 의의를 과거와 현재의 연구자가 함께 공유하고 있음을 보여주는 대목이라 할 만하다.

본 연구에서 다루고자 하는 문학적 시기를 보다 구체적으로 한정하자면, 〈카프〉가 전환기를 맞고 〈구인회〉가 결성되기 시작한 1933년 무렵부터 1930년대 후반까지의 기간이다. 일반적으로 카프문학 퇴조 이후의 시기는 기존의 문학사를 통해서 '전형기'라고 지칭되어 왔다. 여기서 '전형기'란 말 그대로 "뚜렷한 주조없이 새로운 지도 원리가 되기 위해 온갖 이론과 사조들이 저마다 각축을 벌였던 시대"[2]를 의미한다. 그런데 이 용어는 '시대의 중심사상의 모색'이라는 중요한 의미를 함축하고 있음에도 불구하고 그 이면에는 '중심 부개의 혼란기'라는 식의 부정적 평가가 내재해 있어, 문단의 역동적 움직임과 더불어 불투명한 전망에 따른 문인들의 불안의식을 동시에 짐작케 한다.[3]

'전형기'에 대한 이러한 이중적인 해석에서도 짐작할 수 있듯이, 이 시기의 문학적 성과에 대한 평가 역시 간단하지 않다. "가장 정확한 방법과 가장 엄밀한 계율을 가지고 나타난" 경향문학이 "문학사적으로는 비판의 정신만을 남기고 이러타 할 만한 성과를 이루지 못했다"[4]는 한 평론가의 회고라든가, "생경한 슬로강과 테―제만을 무리하게 주입식히랴다가 작품을 반신불수로 만드러왔다"[5]는 그 당시 프로 작가의 자기반성을 어렵지 않게 확인할 수 있는가 하면, 1930년대 한국문학이 시와 소설을 막론하고, 또 현실주의적 경향이든 그 외의 어떠한 경향이든지 간에, 문학적 깊이나 다양성에 있어 그 유례를 찾아보기 힘들 정도로 풍

---

1) 이원조, 「30년대를 검토한다」, 『조선일보』, 1940.1.26.
2) 김윤식, 『한국근대문예비평사연구』, 일지사, 1976, 203면.
3) 백철은 『조선신문학사조사―현대』(백양당, 1948), 4장을 통해서 이 시기를 '한국 현대 문학의 분해기'라고 규정한 바 있다. 이는 1930년대 후반기의 문학적 상황에 대한 부정적 평가의 한 대목이라고 할 수 있다.
4) 백철, 위의 책, 4장.
5) 이기영, 「문예비평가와 창작비평가」, 『조선일보』, 1934.2.3.

성한 성과를 낳았던 것도 사실이다.

실제로 사조와 유파를 불문하고 식민지시대 문학의 최고 수준을 보여 주었다고 꼽을 수 있는 작품들이 대부분 1930년대의 산물이었다고 해도 과언이 아니다. 예를 들자면, 염상섭의 「삼대」(1932), 이기영의 「고향」(1933~34), 박태원의 「소설가 구보씨의 일일」(1934), 한설야의 「황혼」(1936), 채만식의 「태평천하」(1938), 홍명희의 「임거정」(1928~34)과 같은 장편소설과 이태준·이효석·김유정·이상의 단편소설들이 주로 이 시기에 창작·발표되었다. 또 이념적 검열에 억눌려 있었던 문학적 모랄과 언어적 감수성이 해방되면서 이 무렵에만 해도 60여 종의 시집이 출판되었다.6) 뿐만 아니라 문학정신의 상실과 비평적 권위의 부재에 대한 비판과 위기의식은 오히려 휴머니즘론·지성론·모랄론·고전론 등 전례 없이 다양한 비평이 이루어질 수 있었던 기반이 되기도 하였다.7)

분명한 것은 한국 근대문학이 1930년대를 거치면서 기존의 제한된 틀을 뛰어넘어 더 높은 차원으로 도약을 이루어 내었다는 사실이다. 다시 말해서, 1900년대 말에 시작된 근대적인 것으로서의 한국문학은 1930년대에 이르러 본격적인 궤도에 올랐다고 할 수 있다. 본 연구에서 주목하고자 하는 것은 바로, 1930년대가 갖는 이러한 의미가 당시의 다양한 문학적 징후들 중에서도 특히 여러 문인 집단들의 등장과 밀접한 연관을 맺고 있었다는 점이다. 1920년대부터 약 10년 동안 문단을 장악해 왔던 〈카프〉의 해체 시기를 전후로 하여, 〈시문학〉(1930), 〈해외문학파〉(1931), 〈구인회〉(1933.8), 〈카톨릭 청년〉(1933.6), 〈삼사문학〉(1934), 〈시인부락〉(1936), 〈단층〉(1937.4) 등 군소문학 집단들이 서로 다른 문학적 지향을 표방하고 등장했을 뿐 아니라, 한국문학의 미개지를 발굴하려는 의욕을 가진 많은 문인들이 대부분 이들 문학 집단에 소속되어 있었다는 사실은 바로 본 연구의 주장을 구체적으로 뒷받침해 준다. 말하자면, 1930년대 중반기

---

6) 김용직, 『한국현대시연구』, 일지사, 1985, 292면.
7) 김훈, 「1930년대 시론 형성과 그 전개」, 『한국현대시론사』, 모음사, 1992 참조.

한국문학의 수준이 한 차원 향상될 수 있었던 것은 문인들 개개인이 자신의 작가적 역량을 십분 발휘했기 때문이기도 하지만 그 외의 어떤 다른 요인이 있었기 때문이라는 추측도 가능해지는 것이다. 이는 곧 당시 문학 집단들의 출현이 단순한 문단 현상에 그치지 않고 창작 방면에서의 성과로 이어질 수 있었음을 의미한다.

분산되고 고립된 상태에 있는 개개인의 의식이 서로 긴밀한 관계를 형성하여 하나의 집단을 이룰 때에는 정서적·지적인 교류를 통해 어떤 집단적 정조를 체험할 수 있다. 이때, 이런 집단적 정조를 체험하는 사람은 자기의 것으로 받아들이기 어려운 어떤 힘에 의해 지배되는 느낌을 받게 됨으로써 고립된 개인의 그것보다 한층 선명하고 강한 힘을 내뿜을 수 있다.[8] 따라서, 하나의 집단을 개개인의 총합으로 등치시킬 수 없음은 당연한 이치이다. 집단은 그 개개인의 총합보다 더 큰 의미를 띨 수 있고, 때로는 개개인의 의도와는 전혀 다른 지향을 가질 수도 있으며, 작가 개인에 대해서도 집단에의 소속이라는 것이 문학적 성숙이나 전환의 계기로 작용할 수 있는 것이다. 나아가 이러한 요인들이 총체적으로 작용하여 한 시대의 문학을 전반적으로 향상시키는 데에 결정적인 기여를 하게 되는 것이다.

이 글에서는 1930년대 등장했던 문학 집단들 중에서 〈구인회〉의 문학적 면모에 주목하고자 한다. 〈구인회〉가 우리 문학사에 존립했던 기간은 비록 3년 정도에 불과했지만, 〈구인회〉 소속 작가들, 예컨대 이상·박태원·이태준·김기림·정지용 등은 그들 개개인의 문학적 성과 면에서 보더라도 한국 근대문학사를 통해 그들의 출현 이전에는 전혀 볼 수 없었던 새로운 영역을 개척하였고, 나아가 후대 문학에 대해서도 절대적인 영향력을 행사하였다는 데에 이의가 있을 수 없는 작가들이다. 그런데 여기서 주목할 만한 것은 이들 개개인이 누렸던 문학적 전성기가 각

---

8) 김윤식, 『한국근대문학사상사』, 한길사, 1984, 405~406면.

자의 〈구인회〉 소속 시기와 거의 일치한다는 사실인데, 이는 단순히 우연의 결과라고 볼 수 없는 만큼, 이에 따른 별도의 시각이 요구된다고 하겠다. 따라서 〈구인회〉의 문학사적 의미를 밝혀내는 작업에 있어서 중요한 것은, 소속 작가 개개인의 텍스트에 대한 면밀한 고찰 못지 않게 그들의 문학적 가능성을 현실화시켜 낸 구조적 요인에 대한 분석이라 할 수 있다.

이제까지 〈구인회〉와 관련된 선행 연구들을 통해 〈구인회〉의 결성 배경, 동인 형성 과정 및 활동 사항 등이 상세하게 밝혀져 있고 문학사적 위상에 대해서도 어느 정도 공감대가 형성되어 있다. 하지만, 대부분의 논의들이 나름대로의 방법론을 내세우고 있다고 하더라도 근본적으로는 동일한 관점으로 전개되고 있어, 〈구인회〉에 대한 평가가 특정한 편향성을 보이고 있는 것 또한 사실이다. 그 문제점을 크게 두 가지로 대별해 볼 수 있는데, 이 양자는 서로 밀접히 관련된 것이기도 하다. 그 첫번째 문제는 〈구인회〉라는 담론구성체를 개개인의 분류 행위와 전략들의 단순한 집합의 산물로 이해하는 데에서 비롯된다. 이러한 방식의 결함은, 하나의 담론구성체가 지속되는 근거와, 그 전략들이 영속시키거나 무시한 객관적인 외적 형태들의 근거를 설명할 수 없으며 또한 현실 자체가 왜, 그리고 어떤 원리에 따라서 생산되는지를 설명할 수 없다는[9] 점이다.

이러한 문제점을 실제로 드러내고 있는 것으로서, 백철이 『조선신문학사조사-현대편』에서 〈구인회〉를 평가한 대목을 비롯하여 본격적인 '〈구인회〉 연구'를 표방한 몇 편의 논문[10]에 이르기까지 상당수의 논의를 포함시킬 수 있다. 이들 논의의 거의 대부분은, 소속 작가 개개인의

---

9) P. Bourdieu, 문경자 역, 「총체적 사회과학을 위하여」, 『혼돈을 일으키는 과학』, 솔, 1994, 307면.
10) 김한식, 「구인회 소설연구」, 고려대 석사논문, 1994; 이중재, 「구인회 연구」, 동국대 박사논문, 1995; 상허문학회, 『근대문학과 구인회』, 깊은샘, 1996.

문학적 재능과 기질, 또는 미의식의 집합으로 〈구인회〉를 조명함으로써, '〈구인회〉는 곧 모더니스트 집단'이라는 식의 예견된 결론을 유도해 내고 있다. 이는 곧 집단의 의미를 개개인의 창조적 역량의 결과로 해석하려는 시각이 공통적으로 전제되어 있기 때문인 것으로 보인다. 이와 같이 작가적 성향을 논의의 출발점으로 삼는 방법에 대해서 부르디외는, "'창조자'로서의 작가의 카리스마적인 재현이 생산 장 속에서의 작가의 위치 속에 새겨진, 그를 그곳으로 이끌어낸 사회적 궤도 속에 새겨진 모든 것을 괄호 속에 묶어 버리게 한다"[11]고 비판한 바 있다. 좀더 구체적으로 말해서 이러한 관점은, 그 속에 작가가 끼어 있고, 그 속에서 그가 그러한 대로 만들어진, 그리고 그 속에서 그의 '창조적 기획' 그 자체가 만들어진, 전적으로 특수한 사회적 공간의 기원과 구조를 생각하지 못하게 방해한다. 동시에 작가가 이 위치 속에 도입한, 종적이고 특수한, 공통적이고 특이한 성향들의 기원이라는 것도 은폐되기 쉽다.

따라서 이러한 접근 방식에 의해서는 집단성의 의미는 간과된 채 개별 작가들을 중심으로 논의가 전개되기 때문에, 〈구인회〉는 문인들의 단순한 '총합'으로 인식될 수밖에 없고, 결국 '〈구인회〉 연구'가 갖는 독자적인 의미는 사상되고 만다. 요컨대 이 글에서 구명하고자 하는바, 〈구인회〉의 집단적 성격과 소속 작가들의 미학적 특징 간의 상호 작용을 제대로 파악할 수 없게 되는 것이다.

기존 연구의 또 다른 문제점으로는, 연구자 자신이 〈구인회〉라는 집단의 조직적 실체를 밝혀내야 한다는 무의식적 고정관념에 사로잡혀 있다는 점을 들 수 있다. 이와 같은 사유 방식에 의하면, 어떠한 미학적 현상의 이면에 놓인 이념적 요소를 정당화하여 공통본질로 간주하게 되는데, 이는 결국 대상에 대한 객관적인 접근에 근본적인 장애 요인이 될수 있다. 이 글의 이러한 비판적 문제의식은 비트겐슈타인의 사유에 닿

---

11) P. Bourdieu, *The Rules of Art*, trans. by Susan Emanual, Stanford University Press, 1992, pp.190~191.

아 있기도 한데, 그는 "우리의 믿음에 대한 무근거성을 깨닫는 것"이 얼마나 어려운 것인가를 강조하며[12] "잘 기초된 믿음의 근거에는 근거가 없는 믿음이 깔려 있다"[13]고 지적한 바 있다. 철저하게 사유의 무근거성을 강조하고 있는 이러한 시각은 흔히 가치에 대한 상대주의적 관점으로 간주되어 비판받아온 것이 사실이다. 그러나 가치에 대한 상대주의적 관점이, 가치의 기준이 사회나 문화에 따라 상이하고 따라서 여러 개의 기준이 있을 수밖에 없음을 의미한다면, 사유의 근거에 대한 철저한 회의는 바로 그 각각의 기준들이 확실한 근거를 갖추고 있는지 의심해 보는 것을 뜻한다는 점에서, 양자의 차이점은 명백하다.

그런데, 기존 연구의 대다수가 본질주의적 사유의 틀에 갇혀 있는 것은, 〈카프〉가 근 10년 간 한국 근대문학사의 중심에서 견고한 문학적 실체로 군림해 왔다는 믿음에서 비롯된 바가 크다. 즉, 연구자 자신이 사유의 중심에 놓인 〈카프〉의 영향권에서 자유로울 수 없었을 정도로, 〈카프〉 및 계급문학의 영향력은 실로 막대한 것이었다. 예컨대, 〈카프〉의 문학이념이랄 수 있는 '리얼리즘'을 인식의 기준으로 설정하고 그 나머지 문학적 경향들을 타자화하거나 그것에 부차적인 의미만을 부여하는 것이 일반화된 경향이었던 것이다. 그 결과, 주체화된 리얼리즘의 입장에서 타자화된 다른 문학적 경향들에 대해 '동일성의 사유'를 강제하게 되고, 〈카프〉 이외의 집단에 대해서 〈카프〉를 전범으로 하여 그에 상응하는 실체성을 구명하려는 시도가 정당화되는 것이다. 이제 이러한 관습화된 사고 방식에서 벗어나기 위해서는, 무엇보다도 그 기준의 정당성을 의심해 보아야 한다. 즉 그 기준이 유일한 것으로 지켜지고 있는 데에는 어떠한 근거가 있는지, 혹시 근거가 없는 것은 아닌지에 대해서까지 의심해 보지 않으면 안 된다. 여기서 주목하고자 하는 것은 바로, 선행 연구자들이 도달한 결론의 내용 그 자체보다는 결론에 이르기까지의 과

---

12) L. Wittgenstein, 이영철 역, 『확실성에 관하여』, 서광사, 1990, 116절.
13) L. Wittgenstein, 이영철 역, 위의 책, 253절.

정과 근거이며, 따라서 이 글은 그것에 대한 문제제기로서의 의미를 갖는다.

한 문학 집단의 의미는 그것이 존재하게 된 사회적·역사적·문학적 맥락과 무관하게 사유될 수 없다. 따라서 문학과 사회에 대한 근본적인 지평이 서로 다른 〈카프〉와 〈구인회〉를 동일한 선상에 놓고 비교할 수는 없는 것이다. 특히 문학의 영역에서는 조직적 실체성의 유무가 문학적 성과와 직접적으로 관련된다고 볼 수도 없다. 그리고 문학 집단이란 하나의 실체로서 존재할 수도 있고, 역으로 어떠한 효과로서 그 집단의 존재를 확인할 수도 있는 것이다. 예를 들어, 다양한 경향이 교차하는 (〈구인회〉와 같은) 문학 집단이 있을 경우, 그것에서 본질을 추적하려는 집착을 버림으로써 대신 집단을 구성하는 요소들간의 유사성이나 관련성 같은 것을 발견할 수 있으며,[14] 바로 이러한 중첩된 특징들의 관계 자체로써 그 집단을 규정할 수 있는 것이다. 나아가, 문학적 정당성을 둘러싸고 벌어지는 문학적 장 내부의 역관계 속에서 한 집단이 차지하는 상대적 위치 및 문학사적 영향과 효과를 밝혀냄으로써 그것에 대해 새로운 의미를 부여할 수 있다.

물론, 이와 같은 문제의식이 이 글에서 비로소 제기된 것은 아니다. 이러한 사유가 본격적으로 한국 근대문학 연구에 적용된 것은, 김윤식·김현이 공동으로 저술한 『한국문학사』에서였다. "문학사는 실체가 아니라 형태이다"라는 진술로 시작되는 이 문학사를 통해 저자들은, "과거의 문학적 집적물은 문학적 실체가 아니라, 관계를 이루는 기호에 지나지

---

14) L. Wittgenstein, 이영철 역, 『철학적 탐구』, 서광사, 1993, 66~67절 참조. Wittgenstein에게 있어서 본질에 대한 의문은 곧 가족적 유사성에 대한 물음으로 대치된다. "유사한 점들이 얽히고 교차되는 복잡한 그물의 조직, 어떤 때는 전반적으로 비슷하기도 하고 어떤 때는 상세한 점에서 비슷하기도 한 그러한 조직을 보게 될 것이다. 나는―같은 방식으로 중복되고 겹치는―이 비슷한 점들을 나타내는 데 '가족유사성'보다 더 나은 언어 표현을 생각해 낼 수 없다. 왜냐하면 가족구성원들 사이의 여러 가지 유사성들도 (…중략…) 동일한 방식으로 중복되고 교차되기 때문이다."

않는다"15)는 것을 강조하였다. 이는 곧, 문학사란 이미 객관적으로 실재하는 것을 발굴하는 작업이 아니라, 문학적 집적물들 사이의 관계를 탐구하고 상상력을 동원하여 그것에 역사적 플롯을 부여하는 것임을 의미한다. 선학의 이러한 문제의식은 그 후 한국문학 연구에 가로놓인 시대적 제약으로 말미암아 사장되고 마는 듯했다. 사실상, 이제까지의 문학사 연구는 단일한 이념적 지향을 역사적 실체로 상정하고 그 내부에서 한국 근대문학의 주류적 경향을 파악하는 데에 치중해 왔는데, 이는 문학사의 변화를 역사적 진화의 관점에서 바라보려는 연구자의 주관적 욕망의 표출과 다름 없다.

문학사를 바라보는 본질주의적 관점과 관련하여 지적하지 않을 수 없는 것이 또한 인과론적·목적론적 사유 방식이다. 〈카프〉의 해산을 순수문학이나 문학주의, 혹은 모더니즘 발흥의 원인으로 간주하는 이러한 사유 방식 역시 문학사의 전체나 일부를 서술하는 과정에서 드러나는 뿌리깊은 인식론적 장애 중의 하나이다. 이것은 〈구인회〉와 〈카프〉의 관계 설정에서만 부딪치는 문제가 아니다. 말하자면, 1930년대 후반에 문단에 등장한 〈단층〉파를 비롯해 소위 '신세대' 작가들의 문학적 경향을 〈구인회〉의 연속선상에 위치지음으로써, 〈구인회〉뿐만 아니라 신세대 작가들 및 그들의 개별 텍스트의 고유한 문제의식을 간과하게 되고 결과적으로 그 각각에 대한 문학사적 평가마저 정당성을 상실한 면이 없지 않았다.

이를 좀더 구체적으로 지적하자면, 〈구인회〉 작가들과 이후 신세대 작가들의 텍스트에서 보이는 언어적·형식적 실험이 외견상으로 서로 비슷하다고 할지라도 그들이 각각 다른 '가능성의 공간'에 놓여 있음으로써 지닐 수밖에 없는 의식의 미세한 차이를 간과하고, 이를 동질화시켜 버리는 경향이 있었다.16) 심지어 〈구인회〉 이후의 작가들을 '전형기'

---

15) 김현·김윤식, 『한국 문학사』, 민음사, 1973, 11면.
16) 〈구인회〉와 신세대의 영향 관계를 연속적인 시각에서 논의한 것으로는 서준섭, 『한

라는 배경 속에 일괄적으로 묶어 둠으로써, 이광수류의 공리적 문학관이나 카프류의 계급(목적)문학에 대한 부정의식이라는, 막연하고 추상적인 문제의식 속에 흡수해 버리기도 하였다. 이러한 경향으로 인해, 당시의 문학적 상황에 중요한 영향을 미칠 수밖에 없는 사회의 근대화 과정이나 파시즘적 폭압성을 간과하게 될 뿐 아니라, 비경향문학도 식민지적 현실로부터 자유로울 수 없다는 사실을 은폐할 수 있다.

본 연구에서는 〈구인회〉가 특별한 이념이나 강령을 내세우기보다는, 다양한 방식의 집단적 활동과 문학적 실험을 도모함으로써 1930년대 한국문학의 공간에서 일정한 위치(position)를 점유하게 된 문학 집단이었음을 밝혀 보고자 한다. 이 과정에서 조직적 실체성을 구명하려는 의도는 최대한 배제할 것이다. 이러한 관점은 〈구인회〉가 공통본질을 내포하고 있다는, 말하자면 '하나의 문학이념을 중심으로 조직된 문학 집단'이라는 기존의 인식과는 상당히 다른 것이다. 기존의 인식은 이념을 문학의 우위에 둔 〈카프〉의 성격을 〈구인회〉에 투사한 결과로서, 그것은 결국 '사후에(ex post facto)' 허구적으로 구성된 것에 지나지 않는다.[17] 이러한 시각의 전환을 통하여 실체론적 사고에 의해 왜곡되고 배제된 〈구인회〉의 면모가 제대로 복원되고 그 문학사적 의미가 객관적으로 드러날 수 있을 것이다.

〈구인회〉는 이제껏, 문학정신의 새로움과 텍스트상의 성과에 비해 독자적인 문학 집단으로서 정당하게 평가받지 못했거나 아예 연구자들의 관심에서 비껴나 있었다. 다시 말하자면, 〈구인회〉에 소속되었던 작가나 시인, 그리고 이들의 작품에 대한 개별적인 연구는 헤아릴 수 없이 많고,[18] 그 외에도 〈구인회〉에 얽힌 회고담이 몇 편 전해지고 있긴 하지

국모더니즘문학연구』, 일지사, 1988, 35~49면; 한형구, 「일제 말기 세대의 미의식에 관한 연구」, 서울대 박사논문, 1992, 77~81면; 강진호, 「1930년대 신세대 작가연구」, 고려대 박사논문, 1994 등을 대표적인 것으로 꼽을 수 있는데, 이 논저들은 신세대의 형성에 있어서 〈구인회〉의 직접적인 영향을 지적하고 있다.

17) 가라타니 고진, 김재인 역, 『은유로서의 건축—언어, 수, 화폐』, 한나래, 1998, 34면.

만,[19] 정작 〈구인회〉를 문학사의 맥락 속에 설정하고 그 의의를 본격적으로 논한 연구는 별로 많지 않다. 이러한 현상은, 〈구인회〉의 문학적 성과를 당시의 사회사적 배경으로부터 직접 추출하거나, 선후(先後)의 문학적 사건들을 하나의 방향성을 가진 연속적인 문학사 속에 인과론적으로 배치하는 식의 관점이 문학사 연구 방법론의 주류가 되어 왔기 때문에 생겨난 것이다. 따라서 문학적 성향에 있어서 상당히 일탈적인 것으로 인식된 〈구인회〉는 그 문학사적 비중이 과소평가될 수밖에 없었고 전반적으로 〈구인회〉에 관한 연구는 상당히 제한을 받게 되었던 것이다. 요컨대, 〈구인회〉의 등장은, 사회사적 배경과 문학텍스트 사이의 배반을 목도하게 하는, 그리고 순차적 인과성에 종속된 기존의 문학사에 대한 이의 제기를 가능케 하는 하나의 계기라는 점에서, 중요한 문학사적 사건으로서 재조명될 필요가 있다.

그간의 〈구인회〉 연구의 성과를 연구시기와 관점을 고려해서 구분해 보면 다음과 같다. 우선, 〈구인회〉를 독자적 항목으로 거론하되, 그 집단적 성격에 대해서는 별 의미를 부여하지 않고 개별 작가들을 중심으로 논의를 전개한 백철의 『조선신문학사조사』[20]를 들 수 있다. 1933년 〈구인회〉 결성 당시 백철을 포함한 〈카프〉 진영에서 '계급 환원적 시각'을

---

18) 지면의 한계상 모두 나열할 수 없고, 문제적인 논문들은 주로 본문의 내용과 연관지어 그때그때 소개하도록 하겠다.

19) 〈구인회〉 회원으로서 산파역을 맡았던 조용만이 쓴 회고 형식의 수필들이 다수 전해지긴 하지만, 이러한 자료들의 대부분이 기억에 의존하여 쓰여졌고 주관적 편향이 강하여 학술논문의 근거가 될 만한 기본요건을 갖추지 못하였을 뿐만 아니라, 이 글의 문제의식에도 별다른 영향을 주지 않았다고 생각되어 직접적인 판단자료로 삼지 않았다. 단, 〈구인회〉 회원들의 친목 관계에 관한 사항 등 어느 정도 객관적으로 보이는 문단적 사실에 한해서만 본문에서 참조하였다. 확인된 서지를 밝히면, 「구인회의 기억」, 『현대문학』, 1957.1; 「나의 구인회 시대」, 『대한일보』, 1969.9.23~10.7; 『구인회 만들 무렵』, 정음사, 1984; 「구인회 이야기」, 『울밑에 선 봉선화야─남기고 싶은 이야기』, 범양사, 1985; 「이상 시대, 젊은 예술가들의 초상」, 『문학사상』, 1987.4~6 등이 있다.

20) 백철, 「구인회와 예술파의 신흥」, 『조선신문학사조사─현대편』, 백양당, 1949, 210~224면.

통해 〈구인회〉를 비판했듯이, 이 저술에서 그는 여전히 이념적 구획 의도를 벗어나지 못한 채, '프로문학 / 예술파문학'의 도식에 갇혀 있다. 백철은, 프로문학을 지향하지 않았다는 이유만으로 김동인과 〈시문학파〉, 〈구인회〉를 '예술파'라는 동일한 범주로 묶어 버리고, 그들간의 차이를 간과해 버린다.

뿐만 아니라 이러한 문학의 이분화 방식은 곧 '프로문학의 퇴각기는 예술파문학이 등장할 수 있는 절호의 기회'라는 식의 인과론적 사고로 이어져 왔다. 그런데 이와 같은 인식의 근저에는 문학의 자율성에 대한 오해가 깔려 있다. "예술파적 경향에 속하는 문학자들에겐 현실의 악화와 사상의 상실이 곧 타격이 되지는 않는다"는 백철의 언급에서 알 수 있듯이, 경향문학에 종사해 온 문인들이 파시즘으로 인한 세계의 위기와 불안사조로부터 치명적인 영향을 받았던 것에 반해, 오히려 이러한 정세가 기교파로 '간주된' 〈구인회〉의 입장에서는 신흥할 수 있는 조건이 된다는 것이다. 곧 자율적인 문학을 사회적·역사적 맥락으로부터 절연한 것으로 인식하는, 바람직하지 못한 오해가 여기에 잠재해 있다.

또한 백철에게 있어서 〈구인회〉는, 문학적 독자성이 없는 단순한 사교모임에 불과한 것으로 인식된다. 따라서 그에 의하면 〈구인회〉는, 이무영과 같은 비순수문학파 작가가 참여함으로써 쉽게 해체될 수밖에 없는, 결과적으로 "문학적 공적을 남기지 못한" 단체일 뿐이다. 〈구인회〉에 대한 백철의 평가는 당대의 〈구인회〉 측의 발언에 전적으로 의존하거나 그러한 발언의 상황적 맥락을 전혀 고려하지 않았다는 점에서, 그리고 〈구인회〉가 결성될 당시 백철 자신이 견지했던 계급주의적 관점을 그대로 답습한 결과라는 점에서 지극히 피상적인 수준을 넘지 못하였다.

다음, 〈구인회〉가 한국문학사를 통해 개별 작가나 시인에 대한 평가의 차원을 넘어서, 하나의 문학 집단으로서 그 의의를 인정받게 된 것은 조연현에 의해 기술된 『한국현대문학사』에서였다. 〈구인회〉 연구의 선구자적 위치를 차지하고 있는 그의 문학사는, 〈구인회〉를 매우 비중 있게 다루었을 뿐만 아니라, 개별 작가보다는 집단의 의미를 중시했으며, 당시의 문단 역학 관계 속에서 〈구인회〉의 실제적인 영향을 논구했다는 점에서 주목을 요한다. 특히 〈시문학파〉에서 비롯하여 〈시인부락〉을 거쳐 김동리에 의해 완성되는 순수문학의 역사적인 계보 속에 〈구인회〉를 위치지었다는 사실은, 일단 〈구인회〉에 대한 문학사적인 평가의 첫 시도라는 점에서 그 의의가 인정된다.

그는 〈구인회〉가 시문학파에서 유도된 순수문학적 방향을 계승하여 1930년대 이후의 한국 현대문학의 주류로서 육성, 확대시킨 동시에 이를 다음 세대에 전승하였다는 점, 그리고 종전까지의 한국 현대문학이 지닌 '근대'문학적 성격을 '현대'문학적 성격으로 전환시키는 데 중요한 역할을 한 점을, 〈구인회〉의 문학사적 의의로서 지적하였다.21) 특히, 〈구인회〉의 문학적 활동을 평가함에 있어서 〈구인회〉 자체의 활동만을 근거로 삼아서는 안 되고 〈구인회〉의 문단적인 연관성과 그 문학사적인 영향력 등을 면밀히 고려해야 한다는 조연현의 관점은 이 글의 문제의식에 시사해 주는 바가 있다. 단, 그의 기본 전제, 즉 문학사의 흐름을, 문학의 정치적·사회적 가치를 중시하는 경향과 기술적·예술적인 가치를 중시하는 경향으로 이분화하여 후자에 〈구인회〉를 포함시키는 것은, 문학사에 대한 지나치게 도식화된 발상이라 하지 않을 수 없다.

다음으로 서준섭의 논의를 꼽을 수 있다. 그는 일단, 1933년을 문학사적 분기점으로 설정하는데, 왜냐하면 그 무렵을 전후하여 종래의 리얼리즘문학이 침체되기 시작하였고, 창작기술의 혁신과 문학 형식의 변화를 추구하는 모더니즘문학이 〈구인회〉를 중심으로 본격화되었기 때문이다. 그리고 급격한 도시화의 과정에서 파생된 도시세대의 집합체이자 새로운 문학운동의 주체로서 〈구인회〉를 규정하고 근대 파시즘하에서 생성한 도시세대 시인들의 문학적 모험이 바로 1930년대 모더니즘이라 하였다.

---

21) 조연현, 『한국현대문학사』, 성문각, 1977, 495~500면.

그는 〈구인회〉가 지금까지 알려져 있는 것과는 달리 단순한 문인 친목 단체가 아니라, 강렬한 세대 의식을 바탕으로 한 도시문학 세대의 집단임을 누차 강조하였다. 다시 말해서 그는 세대론적 시각에서 접근하여, 〈구인회〉를 근대문학의 3세대이자, 급격한 도시화의 충격 속에서 자라난 근대도시 1세대 작가들의 집단으로 규정하고 '모더니즘'운동에서의 〈구인회〉의 역할을 고찰하였던 것이다.22) 구체적으로 그는, 시대적 변화와 더불어 불어닥친 근대문명의 제 징후를 인식하고 영화·미술 등 기술복제시대의 예술과 교류하면서 새로운 예술정신과 함께 호흡하고 근대사회에 부응하는 새로운 문학 형식을 모색해 가는 〈구인회〉 회원들의 면모를 풍부한 자료들과 더불어 제시하고 있다.

그는 무엇보다도, 그 이전의 연구자들이 발굴해 내지 못했던 새로운 자료들을 근거로 확보하여 〈구인회〉의 집단적인 문학활동을 실증적으로 제시했다는 점에서 큰 성과를 남겼다. 사실 그전까지의 〈구인회〉 연구는, 대부분 당대 문인들의 기록에 의존하여 〈구인회〉를 순수문학적인 성격을 지닌 일종의 친목 단체로 단정함으로써, 〈구인회〉의 활동을 집단적인 차원에서 파헤치기보다는 동인들의 개별적인 창작에 국한시켜 버렸고, 따라서 그들의 문학정신을 제대로 평가해 내지 못했다. 그리하여 김기림·정지용·이태준·박태원·이효석·이상·김유정 등 각 동인들의 문학적 특성을 밝히고자 하는 작가론·시인론에 관심이 집중되었을 뿐, 이러한 관심을 〈구인회〉라는 집단과 연관지으려는 문학사적 시도는 극히 부족하였다. 연구사의 이러한 지점에 놓인 서준섭의 논의는, 〈구인회〉 연구에 문학사적 시각이 개입하지 못했던 것에 대해 문제를 제기하였다는 점에서, 그리고 기존의 연구자들이 제대로 밝혀내지 못했던 〈구인회〉의 집단적인 문학활동에 주목하고 이를 새롭게 부각시켰다는 점에서 〈구인회〉 연구의 전환점을 마련했다고 볼 수 있다.

---

22) 서준섭, 『한국모더니즘 문학연구』(일지사, 1988)의 2장, 「'구인회'와 새로운 문학정신」 참조.

그런데, 그의 연구는 기본 시각에 있어서 본 논문과 배치되는 점이 있다. 〈구인회〉를 모더니즘 문학운동의 주체로 삼고 새로운 문학정신의 실체를 파악하려는 그의 시각은 이 글의 관점과는 매우 다른 것이다. 한국 근대문학상에서 '모더니즘'이라는 것이 하나의 고정된 실체가 아니라 지속적인 발전에 놓여 있는 갱신의 과정이었음을 상기해 볼 때, 그러한 시각에 의해 자칫하면 〈구인회〉의 실상이 왜곡될 수도 있다. 다시 말해서, 문학사라는 것을, 이미 객관적으로 실재하는 것을 발굴하는 작업으로 전제해 버림으로써, 문학적 집적물들 사이의 관계를 탐구하고 그것들간에 역사적 구조를 부여할 수 있는 가능성을 애초에 차단할 수 있다는 것이다.

한편, 김윤식은 〈구인회〉의 문제만을 별도로 논구한 적은 없으나, 이상과 박태원 등 〈구인회〉에 소속된 개별 작가에 대한 여러 논문에서 상당한 비중을 두고 수차례 〈구인회〉를 언급한 바 있다.[23] 그는 기존의 다른 연구자들과 달리, '문학주의'를 표방했던 〈구인회〉 문학을 통해 제도적 장치라는 물질적 기반과 기호놀이라는 언어적 실험을 긴밀하게 관련시켰다는 점에서 방법론상의 새로운 관점을 제공해 주었다. 그는 비정치적 순수문학 단체라든가 무의지파라든가 하는, 〈구인회〉에 대한 지금까지의 평가를 지극히 상식적인 것에 지나지 않는다고 단언하고, 〈구인회〉가 일종의 '정치적 문학 단체'임에 주목하였다. 말하자면, 〈구인회〉가 모임의 순수성을 내세워 일정한 강령이나 회칙을 만들지 않고 순문학을 추구했다고 하더라도 그 외관을 파헤쳐 보면 결국 '퇴조하던 계급문학에 대해 문단 헤게모니를 잡고자' 한 '정치적' 집단이었다는 것이다. 이러한 주장의 근거로서 그는 〈구인회〉의 동인들이 〈카프〉 공격의 맹장인

---

23) 김윤식, 「9인회의 체질─모더니티의 풍속화」, 『이상 연구』, 문학사상사, 1987; 「고현학의 방법론─박태원의 방법론 비판」, 『한국현대문학사상사론』, 일지사, 1992; 「30년대의 나비 시학─이상, 김기림, 정지용의 경우」, 『이상문학 텍스트 연구』, 서울대 출판부, 1998.

염상섭을 <구인회>의 우두머리로 추대하려 했다는 점과, 아울러 <구인회> 회원의 대부분이 신문 학예면을 장악하고 있어 신문저널리즘이라는 근대적 제도에 내재된 권력지향성을 명확히 인식하고 있었다는 사실을 들고 있다.[24)]

이와 같이 기존 연구사의 관점과 구체적인 내용을 검토해 볼 때, 대체로 <구인회>를 부정적으로 혹은 소극적으로 평가했던 초창기의 관점을 벗어나, 한국문학의 근대성을 해명하는 데에 <구인회>가 하나의 전환점이 될 수 있다는 적극적인 인식으로 점차 이행해 가고 있음을 알 수 있다. 특히 리얼리즘에 편중되어 있던 연구자들의 관심이 점차 모더니즘으로 옮겨가는 데에 <구인회>의 문학사적 위상이 적잖이 작용하였다. 이 과정에서 '리얼리즘'과 '모더니즘'이라는 두 개념에 대한 제한된 인식이 극복되고 문학사에 대한 이분법적 사유가 지양되어 감으로써 '미적 근대성'이라는 개념으로 문제의식이 옮아갔다. 이렇듯 <구인회>에 대한 평가가 적극적인 방향으로 나아갈 수 있었던 것은, 문학사 연구의 인식론적 전환과도 깊은 관련이 있다.

2. 텍스트 생산의 조건과 주체의 위상

<구인회>와 관련된 당시의 문헌과, 멤버들의 회고를 토대로 하여 <구인회>의 집단적·개별적 활동과 문학적 성취에 대해 이미 상당한 연구

---

24) <구인회>에 관한 가장 본격적인 연구물로서 이중재의 「<구인회> 연구」(동국대 박사논문, 1995)를 들 수 있는데, 그 저자는 "<구인회>의 정치성은 어디까지나 <구인회>가 만들어질 무렵에만 해당될 뿐 <구인회>가 완전히 결성된 후에는 이러한 정치성은 거의 찾아볼 수가 없다"고 단정하고 있어 이 글과는 전혀 상이한 논지를 취하고 있음을 확인할 수 있다.

가 이루어졌으며, 이 글의 논의 또한 그러한 선행 연구에 적잖은 부분을
의존하고 있다. 그럼에도 불구하고 기존 연구사를 검토하다 보면 아쉬운
점이 없지 않은데, 이는 〈구인회〉의 행적과 미학적 성과를 밝히고 그것
에 문학사적인 의미를 부여해 온 선행 연구자들의 기본적인 관점이 어
떤 획일적인 틀을 벗어나고 있지 못하다는 점에서 그러하다.

우선, 진보사관에 입각한, 그리고 총체적인 문학사 구성에 대한 연구
자들의 과도한 지향성을 문제삼을 수 있다. 문학 연구자들에게 역사적
인식은 무엇보다 중요한 것이지만, 그것이 지나친 선입견으로 작용한다
면 문학 연구에 부정적인 영향을 미칠 수밖에 없다. 가령, 문학사의 방
법을 무조건 전체사의 테마25)와 관련짓는다면, 우리 근대문학의 다양한
경향들을 제대로 밝혀낼 수 없을 것이다. 결국, 모든 현상들을 하나의
중심 원리나 의미작용의 주위에서 포착해 버림으로써 여타의 경향들은
'부차적인' 것으로서만 의미를 갖게 되거나 그 의미가 아예 사장되어 버
리고 말 것이다.26)

이와 관련하여 푸코는, 권력이 담론을 통제·선별·조직·재분배하고

25) M. Foucault, 이정우 역, 『지식의 고고학』, 민음사, 1992, 30면; 김현, 『미셸 푸코의 문
학비평』, 문학과지성사, 1989, 27면. 푸코의 고고학적 사유 속에서는 연속이 절대적인
것도 아니고, 지금까지 연속에 주어진 자리를 불연속으로 대치하려는 것도 아니다. 이
때 문학사적 연속과 단절은 서로 맞물려 있는 요소이다. 즉 연속까지도 분산—산재와
마찬가지로 조건이나 규칙에 따라 형성되는 것이다. 한 문명의 총체적 형태를 재구성
하거나, 한 사회의 원칙, 한 시기의 여러 현상의 공통적 의미를 재구성하는 전체사 대
신에 다른 계열체들 사이의 관련 형태를 묘사하는 일반사가 중요시되었다. 전체사는
하나의 중심으로 모든 현상을 모으지만, 일반사는 일종의 중심 이탈이며 흩어짐의 공
간이다. 푸코의 고고학은 이 일반사를 목표로 하여, 흩어져 있는 주체들의 관련을 기술
해 낸다.
26) 1990년대 이후 근대문학서술에 있어서 프로문학 주류성의 해소를 주장한(「한국문학
의 근대성을 다시 생각한다」, 『민족문학과 근대성』, 문학과지성사, 1995) 최원식을 비롯
하여 많은 국문학 연구자들이, 카프문학에 대한 비판적 접근과, 주변부로 밀려나있던
非프로문학 경향들에 대한 적극적 탐색을 다각도로 시도해 왔으며 최근 들어 1930년대
문학을 타자성 개념, 주체의 문제 등으로 접근한 일련의 연구들도 비슷한 맥락에서 이
루어졌다고 할 수 있다(채호석, 「30년대를 바라보는 몇 가지 방식」, 『민족문학사연구』
10호, 민족문학사연구소, 1997년 상반기 참조).

있다는 것을 보지 못하게 하는 대표적인 주제들을 밝힌 바 있다. 그것은 설립 주체, 타고난 경험, 그리고 보편적 성찰의 주제이다. 설립 주체란 "시간을 초월하여 의미 지평들의 기초를 설정하는" 주체이며, 타고난 경험이란 "세계와의 원초적인 공모 관계"를 말하는 것으로, 그것은 "세계 속에서 세계에 대하여 말하고, 세계를 지시, 명령, 판단하고, 진리의 형태로 세계를 인식할 수 있는" 가능성을 마련해. 준다. 보편적 성찰이란 "여러 개별특수성을 개념의 차원"으로 끌어올리려는 움직임이다. 이것들은 "담론 속에 담겨 있는 격렬하고 비연속적이며 전투적이며 무질서하게 위험천만한 모든 것에 대한" 공포심을 제거하는 한 방편이다. 그러나 그 공포심을 있는 그대로 보게 해야 담론의 제어라는 현상이 제대로 이해될 수 있는 것이다.

이에 푸코는 그 현상을 제대로 보게 하기 위해 네 개의 원칙을 제시한다. 첫째, 전도―전복의 원칙, 둘째, 불연속성의 원칙(담론들은 서로 마주치기도 하고 이웃하기도 하지만 서로의 존재를 모르거나 물리치는 불연속적인 실천이다), 셋째, 특수성의 원칙(담론을 미리 존재하는 어떤 의미 조작으로 풀이해서는 안 된다), 넷째, 외면성의 원칙(담론의 내부가 아니라 외부로 나가, 그것의 가능성의 외면적 조건을 따져야 한다)이 그것이다. 이 네 가지 원칙은 창조, 통일성, 독창성, 의미에 대립하는 사건, 계열, 규칙성, 가능성의 조건을 두드러지게 한다.[27]

하나의 개념을 통해 근대문학사의 역사적 과제와 합법칙성을 구명하려고 하는 목적론적 사유는, 문학사의 플롯 위에 놓인 텍스트들을 서열화해 버리고 만다. 일반적으로, 하나의 문학적 현상을 검토하는 데에 있어서 그것을 둘러싸고 있는 정치적·문화적 상관 관계를 지나치게 중시하거나 문학사적 선후 사실들간에 인과 관계 혹은 대립적 관계를 설정하고, 그러한 맥락 속에서 의미를 추출해 내는 것은 총체적 관점의 획득

---

27) 김현, 『미셸 푸코의 문학비평』, 문학과지성사, 1989, 30~31면.

이라는 의도를 전제할 수밖에 없다.[28] 이러한 방법론적 시각으로 문학사의 전체 혹은 일부를 서술할 경우, 그 과정에서 의미 있는 문학사적 사실들이 배제되거나 왜곡될 수 있으므로, 결국 한 시기, 한 집단, 나아가 한 작가의 고유한 문제의식을 제대로 이해할 수 없게 된다.

특히 상실된 문학정신을 회복하기 위해 다양한 문학적 입장들이 제기되었던 1930년대에 대해, 이러한 목적의식적 관점을 적용하게 되면 그 시기의 문학사적 의미가 왜곡되거나 축소될 가능성이 크다. 이 점에 있어서 이 글의 연구 대상인 〈구인회〉 또한 예외가 아니다. 말하자면, 이제껏 〈구인회〉에 대한 연구자들의 시각이 대부분 카프와의 직접적인 영향 관계라는 문제 설정을 크게 벗어나지 못했다는 점은 앞으로 극복되어야 한다. 구체적으로, 카프의 해산을 〈구인회〉 결성의 직접적인 원인으로 간주한다거나, 〈구인회〉의 문학적 사유를 리얼리즘적 문학이념에 대타적인 것으로 설정하는 것은 반드시 재고되어야 할 전제들이다.

누차 강조되어야 할 것은 연속적인 사유방식을 무조건 거부하는 것이 아니라, 그것을 무심코 받아들이는 습관을 거부하는 것이 필요[29]하다는 점이다. 연속적이고 총체적인 문학사에 대한 지향성은 하나의 통념(通念, doxa)으로 굳어져 "완전히 자연화되고 의심의 여지가 없는, 안정되고 전통에 매인"[30] 문학적 질서의 유형이 되어 버리기도 한다. 이러한 질서하에서는 문학적 전통에 의해 무비판적으로 결정되는 것이 당연시되고, 전통으로서의 자신에 대해서는 항상 침묵을 지키게 된다. 이러한 정황 속

---

28) 이러한 관점을 비판하는 데에 니체의 계보학적 사유의 영향이 매우 크다. 니체의 계보학은 동일 의미(규칙)를 불확정성, 무근거성 또는 다양성, 다방향성 안으로 되돌려주는 것, 다시 말해 '다양한 힘이 발현되는 장(場)'으로 되돌려주는 것을 목표로 한다. '행위' 이전에 존재하면서 행위 방식을 결정하는 '규칙'을 발견할 수는 없다. 그의 계보학을 가능케 한 것은 '타자'의 도입에 있다. 니체의 타자는 우리가 규칙(의미)을 수용한 순간 배제되어 버리는 외부성 바로 그것이다. 이는 전후를 조망하는 역사주의적 사고와 구별된다. 가라타니 고진, 송태욱 역, 『탐구』1, 새물결, 1998, 57~58면.

29) M. Foucault, 이정우 역, 『지식의 고고학』, 민음사, 1992, 51면.

30) Terry Eagleton, 여홍상 역, 『이데올로기 개론』, 한신문화사, 1994, 213면.

에서 통념에 대한 어떤 도전도 이단적인 것으로 배격될 것이라는 점은 두 말할 필요가 없을 것이다.

이러한 문제의식을 토대로 하여 이 글에서는 〈구인회〉를 연구 대상으로 설정하되, 공통된 본질을 전제하고 접근해 들어가는 실체론적 사고 방식으로부터 비판적 거리를 두려고 한다. 그리고 〈구인회〉라는 문학 집단의 존재 방식 내에 상호 공존하는 이질적인 양상들, 해당 작가들의 문학적 변모의 추이, 그리고 문학텍스트들의 다양성을 면밀히 검토하여, 〈구인회〉의 성격을 재조명해 보고자 한다. 이는 그간의 〈구인회〉 연구에 가로놓였던 인식론적 장애물을 극복해 보려는 시도이기도 하다. 다시 말해서, 〈구인회〉라는 문학 집단의 실체성과 문학적 본질을 미리 전제한다는 것 자체가 〈구인회〉에 보다 객관적으로 접근하는 데에 방해가 된다고 보고, 문학 집단으로서의 〈구인회〉의 역할과 기능, 그리고 그들이 생산해 낸 문학적 텍스트의 효과에 주목하려는 것이다. 이를 위해 본고는, '장(場) 이론'과 '아비투스'를 중심으로 한 부르디외의 구성주의적 구조주의와 '가족유사성' 개념을 주축으로 한 비트겐슈타인의 후기 철학을 주된 방법론으로 삼고자 한다.

우선 이 글에서는 〈구인회〉를 1930년대 문학적 장(場, field) 내부의 역관계 속에 배치하게 될 것이다. 이때 '장'이란 경제적·문화적·사회적·상징적 자본의 분배 체계 내에서 점유된 사회적 위치들간의 객관적 관계망, 혹은 입장들의 구조화된 공간을 의미한다. 여기서 각각의 입장들이 갖는 특성은 그 공간 안에서의 그들의 위상에 종속되어 있으므로, 그 위상을 점유하고 있는 사람의 개인적인 속성과는 무관하게 분석될 수 있다. 이와 같은 문제 설정이 의미하는 바는, 문학적 창조의 주체가 한 개인의 천재성이나 집단의 의식이 아닌, 장(場)이라는 특수한 사회적 관계의 공간이라는 것이다.[31] 이러한 장에서 행위자(혹은 집단)들은 문학적 정

---

31) P. Bourdieu, *The Rules of Art*, trans. by Susan Emanual, Stanford University Press, 1992, p.215. 예술적 장(場)의 경우, "예술작품의 주체는 표면상의 원인인 독창적 예술가도 아니요,

당성을 확보하기 위한 특별한 경쟁 관계 속에서, 여러 가지 제도적인 체계의 한 부분적 요소로 파악될 뿐이다.

그리고 하나의 장은, 다른 장들의 고유한 이해 관계와 목표로 환원될 수 없고, 그 장에 들어갈 수 있도록 양성되지 않은 사람에게는 인지될 수 없는 특수한 이해 관계와 목적에 의해 규정된다. 말하자면, 정치·철학·종교·과학·예술 등 각각의 장은 다른 장들과는 구별되는 고유한 논리를 전제로 하고 각 장의 작동에 의해 그 고유한 논리를 재생산함으로써 상대적 자율성을 가진다. 따라서 어떠한 장에서 통용되고 승인되는 자본[32]이 다른 장에서는 무시되고 배제될 수도 있다. 또한 장 내부에서는 불평등한 힘의 배분에 따르는 투쟁이 벌어지는데, 이때 물질적이고 상징적인 자본의 소유를 목표로 삼는 계급투쟁의 논리가 적용될 수 있다는 점에서 모든 종류의 장들은 구조적 상동성을 갖는다.

이러한 장 이론은, 부르디외가 스스로 구성주의적 구조주의라고 불렀듯이, 주관주의와 객관주의를 포괄해 내려는 시도를 담고 있다. 즉 "객관주의적 방식으로 파악할 수 있는 객관적 구조와, 그 안에서 객관적 구조가 실현되며 재생산되는 구조화된 성향(disposition) 사이의 변증법적 관계"[33]에 대한 모색의 결과인 것이다. 장의 구조는 투쟁에 참여한 행위자

사회그룹도 아닌 (…중략…) 전체로서의 예술생산의 장이다."

32) Bourdieu의 자본 개념은 맑스처럼 경제적 차원에 국한되지 않는다. 곧, 사회적 경쟁에서 의식적인 또는 무의식적인 도구로 사용할 수 있는 모든 에너지를 의미한다. 부르디외의 장 개념을 좀더 심층적으로 이해하기 위해서는 자본의 유형을 살펴볼 필요가 있다. 가장 일반화된 개념으로서의 '경제자본' 외에도, 계급적 차이에 따른 문화자본의 분배 구조와 관련하여 교육시장에서 실현되는 차등적 이익에 근거하는 '문화자본', 지속적인 사회적 관계망의 점유 또는 특정 집단에의 소속 등을 가리키는 '사회자본', 이 세 가지 자본들의 정통적으로 승인된 형식, 즉 위신·신망·존엄·명예·명성 등을 지칭하는 '상징자본'이 있다. 이 네 가지 유형의 자본 중 문학 영역에 주로 적용되는 것은 문화 및 상징자본이다. P. Bourdieu, 정일준 역, 『상징폭력과 문화재생산』, 새물결, 1995, 31~33면.

33) 이상호, 「아비투스와 상징질서의 새로운 사회이론」, 『문화와 권력』, 나남, 1998, 129~130면.

들 혹은 제도들 사이의 역학 관계, 혹은 이전의 투쟁을 통해 축적되어 이후의 전략의 방향을 결정짓는 특정자본의 분배 관계의 상태이다. 이때 해당 장에 속한 구성원들의 행위를 이끌어내고 변화시키는 이해 관계는 물질적인 것으로만 환원되는 것이 아니라, "물질적이든 상징적이든 구별없이 특정 사회에서 희귀하거나 추구할 가치가 있다고 여겨지는 모든 자본"[34]을 포함한다. 이러한 의미에서 '장'은 일련의 역사적 과정을 거치며 역동성을 드러내게 된다. 실제로 장의 역동성이란, '전환의 전략'을 통해 드러나는데, 이는 자본 구조상의 변화가 장 전체에 파급 효과를 가져온다는 것을 의미한다. 모든 장에서의 투쟁은 상징적 권력의 행사, 즉 해당 장의 특징을 나타내는 합법적인 권력의 독점을 중심으로 이루어지며,[35] 특정 자본의 분배 구조의 전복 혹은 보존을 목표로 삼는다.

이미 결정된 역학 관계의 상태에서 특정 자본, 즉 하나의 장의 특징을 나타내는 특수한 권위나 권력의 토대를 독점한 사람들은 보존의 전략을 취함으로써 기존의 구조 자체가 의문시되지 않는 통념의 상태를 유지하려고 한다. 반면에 자본을 별로 갖추지 못한 사람들(이들은 흔히 신참자들이고 따라서 대개 젊은 세대에 속한다)은 전복 혹은 이단의 전략을 취하는 경향이 있다. 기존의 지배적 사상과의 비판적 단절을 의미하는 이러한 전략은 지배적 행위자 혹은 집단들을 침묵으로부터 끌어내고, 그들로 하여금 정통성을 방어하려는 담론을 생산하도록 강요한다.

또한 이 상징적 권력과 짝을 이루는 개념이 바로 '상징적 폭력'인데, 이것은 보이지 않는 폭력으로서 학교교육의 경우처럼 계급적 차별을 강화하고, 그 차별을 암묵적으로 정당한 것처럼 인식시키는 폭력이다. 일반적으로 근대사회에 이르러 상징적 폭력은 제도적 장치와 제도화된

---

34) 이상호, 「아비투스와 상징질서의 새로운 사회이론」, 『문화와 권력』, 나남, 1998, 129~130면.

35) 장의 구조와 자본에 대한 설명은 P. Bourdieu, 정일준 역, 『상징폭력과 문화재생산』, 새물결, 1995, 27~38면 참조.

사고 방식 속에 이미 내재되어 있다. 말하자면, 상징적 자본의 점유, 검열(censorship)에 의한 통제, 그리고 '관용의 전략'에 의해 차별화의 원리를 은폐해 버림으로써 권력은 정당화되는 것이다. 요컨대 상징적 권력 체계의 불균등 구조는 상징적 폭력을 통해 재생산된다.

다양한 장들 중에서 담론의 장은 여러 담론 체계가 서로 갈등·경쟁·교섭하고 절충하는 의사소통의 망(網)으로 구성되는 공간으로서, 상징적 자본의 불균등한 분배와 가치관의 다양성으로 특징지어진다. 따라서 담론의 장은 특정한 가치관의 정당화를 둘러싸고 일어나는 상징적 투쟁의 장이며, 여기서 개인이나 집단이 행사하는 다양한 전략에 의해 상징적 권력체계가 형성되는 것이다. 이때 상징자본의 소유 여부 혹은 그 상대적 비중의 차이가 담론 시장 내에서의 권력 관계를 규정하는 중요한 요소가 된다. 상징자본은 달리 말해 사회적 '승인'을 의미한다. 명령은 아무나 할 수 있는 것이 아니므로, 명령할 수 있는 '위치'에 있음을 인정받지 않고서는 명령의 효과가 있을 수 없다. 즉, 상징적 자본을 통해 향유하게 되는 '상징적 권력'은 한 사회에서 인정받을 수 있고, 그 인정이 통용되며 나아가 지배적인 것이 될 수 있는 권력이다. 이러한 권력의 효과는 물리적 힘을 통해서 행사되는 것이 아니라 의식과 인식의 차원에서 행사된다.

구체적으로 '문학생산의 장'을 예로 들어 보면, 장 내에서 각각의 문학적 입장이나 방법론이 정당성을 획득하는 문제는, 다른 장으로 환원될 수 없는 특수한 것이다. 그리고 이러한 정당성은 공간적으로 자신의 확장 범위를 규정하는 권력을 스스로 갖고 있지 않을 뿐만 아니라 시간적으로도 자신의 영속성을 보장하는 권력을 자체 내에 갖고 있지 않다. 따라서 정당한 표현 양식을 강제할 수 있는 독점적 권력을 획득하기까지 문학적 장 내부의 다양한 권위들간의 끊임없는 경쟁과 지속적인 창조 과정이 무엇보다 중요하다. 이것에 의해서 비로소 언어의 정당성과 그 가치에 대해 승인받을 수 있고, 나아가 그 영속성을 보장받을 수 있다.[36]

특히, 문학생산의 장 내에서 개별 작가들은 장 내부의 행위자로서, 출판사나 아카데미, 신문사 문화부 등 여러 제도적 장치와의 관계를 통해 서로 경쟁하게 된다. 그래서 한 시대, 혹은 한 세대의 여러 작가(집단)들 사이에서는 끊임없는 주도권 싸움이 벌어진다. 신진 문인, 혹은 문학 집단이 이러한 장의 경쟁에서 이기려면, 투쟁·정복·상속의 과정을 통해 정당성을 확보해야 하는데, 바로 이 과정에서 앞서 말한 역사적 차원이 개입되는바, 이들은 새로운 문학적 가치에 따르는 차별화 전략을 구사하게 되는 것이다.

그런데 부르디외의 장(場) 이론이 이 글의 문제의식과 근본적으로 소통할 수 있는 것은, 그의 이론이 실체론적 또는 본질주의적 관점에 대한 비판적 산물이기 때문이다. 말하자면, 어떤 행위자의 사회적 위치는 해당 장의 경제·문화·사회·상징자본의 분배 구조 안에서 그가 차지하는 위치에 의해 정의되기 때문에, '사회적 위치들간의 객관적 관계망'으로서의 장은 하나의 실체로 파악되지 않는다. 이 점은 사회계급에 대한 부르디외의 입장을 통해 보다 구체적으로 드러난다.[37] 그는 사회계급을 실체적 속성을 지닌 것으로 정의하지 않는다. 그것은 단 하나의 특성— 이것이 자본의 양이나 구조처럼 가장 결정적인 특성이라 해도 마찬가지다—에 의해서도 규정되지 않고 성별, 연령, 인종, 소득, 교육 정도 등과 같은 사회적 속성들의 총합에 의해서도 정의될 수 없으며 생산 관계상의 위치를 중심으로 인과 관계를 맺고 있는 일련의 속성에 의해서도 규정되지 않는다. 그에 의하면, 계급이란 속성들간의 '관계 구조'에 의해 규정되는데, 이 구조가 각각의 속성과 그 속성이 실천에 미치는 효과들에게 고유한 가치를 부여한다. 결국 하나의 계급이란 '이미 주어진 대상'이 아니라 '구성되는 것'이다. 요컨대, 한 집단의 의미가 해당 장 내부에서 차지하고 있는 위치에 의해 규정된다고 보는 이러한 관점은 〈구인회〉를 재

---

36) P. Bourdieu, 정일준 역, 『상징폭력과 문화재생산』, 새물결, 1995, 127~128면.
37) P. Bourdieu, 최종철 역, 『구별짓기-문화와 취향의 사회학』, 새물결, 1995, 183~185면 참조.

조명하려는 본 논문에서 각별한 의미를 띤다.

일반적으로, 하나의 장에서 규칙을 따르는 사람이 있을 때, 그가 그 규칙을 자발적으로 선택하는 것이 아니라 맹목적으로 그 규칙을 따르게 되듯이, 사회적 규칙은 항상 사적 언어(규칙)에 선행하여 존재할 수밖에 없는 것이다.[38] 이러한 맥락에서 "말의 의미는 언어 내의 용법이다"라는 비트겐슈타인의 정의는 의미를 거부하는 것으로 이해되어서도 안 되고, 또 의미를 화용론적으로 보는 것으로만 이해되어서도 안 된다. 오히려 그것이 제시하는 바는, 우리가 말의 쓰임새나 규칙을 아는 것은 실천을 통해서이지 이론을 통해서가 아니라는 것이다. '규칙을 따른다'는 것이 하나의 실천이라면, 단지 규칙을 따른다고 '믿는 것'만으로는 규칙을 따르는 것이 될 수 없다. 따라서 '사적으로' 규칙을 따른다는 것은 불가능하다. 그것이 가능하게 되면 규칙을 따른다고 믿는 것이 규칙을 따르는 것과 똑같은 것이 되어 버리기 때문이다.[39] 이는 곧, 하나의 '이데아'에 해당되는 작가의 디자인을 실현하는 것이 바로 건축이 될 수 없는[40] 것과 마찬가지이다. 처음 마음속에 품었던 건물의 디자인은 그것을 실현하는 과정에서 변형되게 마련이어서, 건물이 완성되기까지 다양한 외적 요인들, 가령, 의뢰인과의 대화와 설득, 다른 스탭들과의 협력, 주변의 다

---

38) Wittgenstein이 '사적 언어, 사적 규칙이란 있을 수 없다'고 말했을 때, 이는 규칙이 곧 바로 공동적·사회적이라는 것을 의미하거나, 사회적·제도적인 것의 우위를 주장하는 것이 아니다. 이러한 주장이야말로 곧, 한편에 주관적인 영역이 존재하고 다른 한편에 주관성을 넘어선 제도·형식, 다시 말해서 공동주관성의 영역이 존재한다고 보는 이분법적 사고유형에 다름 아니다. 그의 '사적 언어'에 대한 비판은 사적 언어에 대해 상정된 사회적이고 공동주관적인 규칙에 대한 비판이거나 그것들을 대립시키는 사고 자체에 대한 비판이다. 이명현, 「언어의 규칙과 삶의 형식」, 『비트겐슈타인과 분석철학의 전개』, 서광사, 1991, 132~135면 참조.

39) L. Wittgenstein, 이영철 역, 『철학적 탐구』, 서광사, 1993, 202절; 가라타니 고진, 송태욱 역, 『탐구』 1, 새물결, 1998, 64~67면 참조.

40) 가라타니 고진, 김재인 역, 『은유로서의 건축─언어, 수, 화폐』, 한나래, 1998, 15면. 이때의 건축은 하나의 은유로서, 구축하려는 의지, 또는 다양한 형식화가 생겨나는 하나의 체계를 의미한다. 다시 말해서, 건축이란 서구 사상의 토대가 되는 형이상학을 불가피하게 존재하게 했던 메커니즘의 다른 이름이다.

른 건물들과의 관계가 훨씬 더 결정적인 요인으로 작용하는 것이다. 이 과정은 비트겐슈타인이 말한 바 있는, '우리가 놀이를 해 나가면서 규칙을 만들어 가는' 그런 놀이와 비슷하다.

> 언어와 놀이 사이의 유사성이 여기에 빛을 던져 주지 않는가? 우리는 사람들이 풀밭에서 공을 가지고 처음에는 옛날부터 있던 여러 놀이를 따라 하다가, 그 놀이들을 끝까지 하지도 않고 이리저리 뛰어 놀면서 중간중간에 공을 이유 없이 공중에 던지기도 하고 서로 장난으로 공 잡은 이를 쫓아가기도 하고 서로 공을 집어던지기도 하면서 즐겁게 노는 것을 쉽게 상상할 수 있다. 그런데 이제 누군가가 이렇게 말한다. 즉, 그들은 내내 공놀이만 하고 있으며 공을 던질 때마다 일정한 규칙들을 따르고 있다고. 또한 우리가 놀이를 해 나가면서 규칙들을 만들어나가는 경우도 있지 않겠는가? 심지어 우리는 놀이를 해 나가면서 그 규칙들을 변경하는 경우도 있다.[41]

본질주의적 사유와는 뚜렷이 구별되는 이러한 관점은, 다양한 입장들이 충돌하면서 공존할 수밖에 없는 역동적인 문학적 장 내에서의 세대들 간의, 그리고 입장들간의 그때그때의 역관계의 효과에 주목한 결과로서, <구인회>를 조명하고자 하는 이 글의 시각에 시사해 주는 바가 크다.

구체적으로, 1930년대라는 문학적 장에 대한 본질주의적 접근 방법을 지양해 내기 위해 무엇보다도 <구인회> 내부의 다양한 경향들을 주시할 필요가 있다. 이성주의적 사유에는, 작품이든 작가이든지 간에 개별적인 것들의 집합에 대해서 말할 때, 구성 요소 각각의 특질에 우선 주목하기보다는, 동일화 원리의 전제하에 공통된 본질을 추출하려는 경향이 내재해 있다. 그 결과 다양성에서 통일을, 차이에서 동일성을 구해 냄으로써, 대상의 객관적인 모습과는 점점 멀어지게 된다.

본론에서 구체적으로 살펴보겠지만, <구인회> 멤버들의 문학적 성향과

---

41) L. Wittgenstein, 이영철 역, 『철학적 탐구』, 서광사, 1994, 83절; 가라타니 고진, 김재희 역, 『은유로서의 건축—언어, 수, 화폐』, 한나래, 1998, 200면.

행적, 그리고 <구인회>의 동인지라 할 수 있는 『시와 소설』을 검토해 보더라도 그들간의 차이가 만들어내는 다양성을 확인하기란 그리 어렵지 않다. 물론 그렇다고 해서 <구인회>라는 하나의 집단이, 서로 무관한 문학적 경향을 지닌 문인들이 그저 인간적인 친분을 매개로 묶여 있는 단순한 구락부라고 주장하는 것은 아니다. 단, 여기서의 다양성이란, 비트겐슈타인의 용어를 빌면, "겹치고 엇갈린, 때로는 전체적이고 때로는 세부적인 유사성의 복잡한 그물망"[42]으로서의 '가족유사성(family-resemblance)'이라고 할 수 있겠다.

동일성에 입각한 전통적인 사유 방식이 이질적인 문화적 현상들에 존재하는 차이를 없앰으로써 별개의 것을 동일하게 만들어 버리는 데 반해, 비트겐슈타인의 '유사성(the same)'은 "차이를 경유하여 모임으로써 서로 다른 것이 한 부류에 속할 수 있도록 하는"[43] 것이다. 이러한 관점을 제시하면서 그는 "생각하지 말고 보라"고 요구하는데, 이는 결국 '개념화' 혹은 '동일시'의 선입견과 습관으로부터 벗어나라는 주문이라 할 수 있다.

한편, 부르디외는 문학현상을 일종의 의식적 행위의 제도화 과정으로 규정한 바 있다. 즉 문학적 가치를 설정하고 작품을 만들어 배포하고 읽는 일련의 문학 행위는 의례적 규칙에 따르는 개인과 집단의 사회적 행위라는 것이다. 모든 의식은 그 자체에 대한 신성화와 정당화의 과정을 통해 그 어떤 초월적이고 신비로운 상태로 보이게 하는 경향을 갖는다. 제도화는 바로 이러한 신성화의 의식적 과정이다.

이러한 의식적 제도화의 상징적 효과는 객관적 차별성을 드러내는 데에 있다. 가령, 누구를 작가라고 명명하는 것은 일종의 제도화 과정에 속하는 것으로, 작가라는 신분의 한계를 분명히 설정하는 사회적 정의의 행위라고 볼 수 있다. 이때 작가라는 신분의 범위를 확정하는 이 보이지

---

42) L. Wittgenstein, 이영철 역, 위의 책, 66~67절.
43) 짱롱시[張隆溪], 백승도 외역, 『도와 로고스』, 강, 1997, 15면.

않는 경계선에 의해 작가냐 아니냐가 결정되고, 동시에 사회적 정의에 의해 이 경계선을 넘나들 수 있는 속성들이 제한되는 것이다. 이러한 제도화는 어느 한 집단 전체의 공통된 신념, 즉 '이것이 문학작품이다'라고 가치를 부여한 것을 믿는 사회적 신념의 질서가 전제될 때에만 성립할 수 있다. 이른바 작가에 대한 '경계선 설정' 또는 '정의 내리기'는 작가로 인정하는 다양한 지표들을 포함하는 승인제도를 통해 가능해진다. 따라서 '문학적인 것'과 '비문학적인 것'의 차이는 단지 '정의 내리기' 또는 '경계선 설정'의 결과일 뿐이다. 무엇이 문학작품이고 어떤 것은 문학작품이 될 수 없는지를 결정하는 것은 결국 그 사이에 경계를 짓고 이를 제도화하는 힘이다. 이러한 관점에 설 때, 문학적 가치란 진리와 허위의 범주가 아닌 사회적 범주에 속하는 현상, 즉 사회적으로 제도화된 가치일 뿐이다.

이러한 점에서 문학생산의 장은 작가의 창조력에 대한 신념과 '물신(fetisch)'으로서의 문학작품의 가치를 생산한다고 볼 수 있다.

> 예술작품의 가치의 생산자는 예술가가 아니라, 예술가의 창조력에 대한 신념을 생산하면서 물신으로서의 예술작품의 가치를 생산하는 신념의 세계로서의 생산의 장이다. 예술작품이 알려지고 인정되어야만, 다시 말해 그것을 알아보고 인정하기에 필요한 미학적 성향과 역량을 부여받은 관객들에 의해 예술작품으로서 사회적으로 제도화되어야만 가치를 부여받은 상징적 대상으로 존재할 수 있기 때문에, 작품들의 과학은, 작품의 물질적인 생산뿐만 아니라 작품 가치의 생산, 즉 작품 가치에 대한 신념의 생산을 대상으로 한다.[44]

따라서, 작품의 물질적 생산뿐만 아니라 작품의 '가치'생산과 그것에 대한 '신념'도 분석 대상이 되어야 한다. 이때 작품의 직접적인 생산자인 작가 외에도 작품의 가치생산에 참여하는 행위자들과 제도들, 예를

---

44) P. Bourdieu, *The Rules of Art*, trans. by Susan Emanual, Stanford University Press, 1992, pp.228~229.

들어 평론가·문학사가·편집인·후원자, 혹은 저널리즘 등을 연구 대상으로 삼을 수 있다.

이에 따라 〈구인회〉를 재조명하려는 본 논문에서도 〈구인회〉 작가들의 문단 활동과 작품에 대해서만 논의를 한정할 수 없다. 즉, 문학적 장내에서 갈등 관계를 형성했던 앞 세대 작가들과 카프 문인들에 대한 논의를 포함해야 하며, 〈구인회〉를 뒷받침했던 당시 저널리즘의 기능과 영향도 간과할 수 없다. 앞서 언급한 바 있듯이, 말의 의미가 본질이나 실체로서 존재하는 것이 아니라, 그것의 쓰임에 의해 드러나는[45] 것과 마찬가지로, 〈구인회〉의 의의를 밝히기 위해서는 그 자체를 고립시키지 말고, 그것을 조건지어 주는 문맥을 문학적 장의 역관계 속에서 구체적으로 해명해야 할 것이다.

이 글에서는 〈구인회〉에 대한 연구를 보다 심화시키기 위해서, 〈구인회〉의 문학적 경향에 논의를 한정하거나 여기에서 문제를 출발시킬 것이 아니라, 당시의 권력의 장 속에서 문학적 장을 분석해 내고 그것과 〈구인회〉의 집단적 성향의 역동적 관계로 논의를 넓혀나가도록 하겠다. 〈구인회〉가 구성되고 텍스트들이 생산된 제 조건을 분석해 냄으로써, 문학사적 맥락 속에서 〈구인회〉가 차지하는 위상 및 그 미학적 의미가 제대로 밝혀질 수 있을 것이다.

이 책 1부의 전개 과정은 다음과 같다. 우선 지금까지 1장에서는, 1930년대 '문학적 장'을 통해 〈구인회〉라는 문학집단의 존재를 해명하

---

45) L. Wittgenstein, 이영철 역, 『철학적 탐구』, 서광사, 1993, 43절. 『논리철학 논고』 당시의 초기 비트겐슈타인이 주로 언어의 인식적(cognitive) 사용에 관심을 가졌던 것과 대조적으로, 『철학적 탐구』 시기의 후기 비트겐슈타인은 사회적 맥락과 구체적 상황에 의해서 의미들이 결정되는 표현적(expressive) 국면을 강조하였다(K. T. Fann, 황경식·이운형 역, 『비트겐슈타인의 철학이란 무엇인가』, 서광사, 1989, 5장 「전환」 참조). 이 글의 문제의식은 『철학적 탐구』 시기에 해당하는 비트겐슈타인의 후기철학에 주로 의존하고 있다.

는 것이 방법론상으로 어떠한 의의가 있는지 밝혀 보았다. 이와 더불어, 한국 근대문학사 전반을 바라보는 관점에 대해 문제를 제기하고 새로운 시각을 모색해 보았다.

다음 2장의 전반적인 논의는 〈구인회〉의 등장과 함께 1930년대 문학의 장이 어떻게 변모하였는가에 집중될 것이다. 1절에서는 〈구인회〉 결성의 과정을 밝히고 구성원들을 맺어준 원리인 '유사성'을 해명함으로써, 〈구인회〉 내부의 질서가 실체로서가 아닌 객관적 관계 구조로서 유지되고 있었음을 살펴보려 한다. 이 과정에서 〈구인회〉에 대한 기존의 오해가 상당히 불식될 수 있으리라 기대한다. 2절에서는 과거 근대문학의 유산에 대한 단절과 연속성의 관계 속에서 〈구인회〉라는 '가능성의 공간'이 어떠한 정체성을 일구어 내었는지, 그리고 〈구인회〉가 계급문학과 통속문학에 대해서 어떠한 차별화 전략들을 구사했는지를 살펴보겠다. 또 3절에서는 〈구인회〉가 부르조아 저널리즘을 장악함으로써 당시의 문학적 장의 구도에 어떠한 영향을 미쳤는지, 그리고 그들이 획득하고자 한 문학적 정당성이 무엇을 의미하고, 나아가 그들의 동인지 『시와 소설』의 존재의의가 무엇인지를 밝혀 보도록 하겠다. 본 장의 마지막 4절에서는 1930년대 문학적 장에서 〈카프〉와 〈구인회〉가 갈등하고 대립했던 것이 결과적으로 한국 근대문학에 있어서 문학적 합리성을 실현하는 데 공모하는 효과를 낳게 되었음을 설득력 있게 해명해 보겠다.

그리고 3장에서는 〈구인회〉라는 집단이 존립했던 구체적인 방식을 통해, 그것이 이해 관계와 무관한 '친목 단체'로서의 외양을 띠면서도, 저널리즘을 장악해 냄으로써 문단의 정치세력화를 이룰 수 있었음을 밝히고, 이러한 이중성(친목적 성격 / 정치적 성격)이 그들의 문학적 이데올로기의 이율배반성과 동일한 구조임을 드러내 보이고자 한다. 다시 말해서 〈구인회〉가 추구하는 문학적 자율성 역시 자본주의사회의 '물신화' 메커니즘을 내포하고 있다는 것인데, 이는 곧 근대의 문학적 장의 원리가 사회적 위계 질서의 구조에 필연적으로 종속되어 있기 때문이기도 하다.

그리고 끝으로 본 연구의 논의를 정리하고 앞으로 해결해야 할 과제를 논급함으로써 1930년대 문학 연구의 도약을 준비하도록 하겠다.

제2장

구인회의 등장과 문학적 장(場)의 재편

1. 〈구인회〉의 결성과 구성 원리로서의 유사성

〈구인회〉는 1933년 8월 15일 "순연한 연구적 입장에서 상호의 작품을 비판하며 다독다작(多讀多作)을 목적으로"[46] 결성된 문학 친목 단체로 알려져 있다.[47] 〈구인회〉의 결성을 주도했던 사람은, 이전부터 〈카프〉 회

---

46) 「'구인회창립' 기사」, 『조선일보』, 1933.8.30.

47) 〈구인회〉의 결성시기는 「'구인회창립' 기사」(『조선일보』, 1933.6.30)와 「'시와 소설의 밤' 광고기사」(『조선중앙일보』, 1934.6.27)에 명시되어 있지만, 해산시기에 대해서는 남겨진 기록이나, 정확히 밝혀진 바가 없다. 단, 이상의 〈사신(私信) 3〉(1936년 4월 경)의, "구인회는 그 후로 모이지 않았소이다. (…중략…) 『시와 소설』은 회원들이 모두 게을러서 글렀오이다. 그래 폐간하고 그만 둘 심산이오 2호는 회사 쪽에 내 면목이 없으니까 내 독력(獨力)으로 내 취미잡지를 하나 만들 작정입니다"라는 대목으로 미루어 보아, 이 시기를 즈음하여 〈구인회〉가 점유하던 문단 내 위상이 사라졌다고 간주할 수 있을 것이다. 이에 덧붙여, 〈구인회〉를 하나의 조직적 실체로서보다는 '문학적 장 내부의

원으로서 프로영화를 제작해 온 김유영과 등단 시기부터 동반자 작가의 색채를 띠고 활동해 온 이종명이었다. 이들의 문학적 경향은 〈구인회〉에 대한 일반적 통념과는 달리 계급문학에 가까운 것이었지만, 〈구인회〉 결성을 제안할 당시 이들은 오히려 일본의 신흥예술파를 선례로 삼아, 프로문학에 대항하려는 취지[48]를 분명히 내세웠다. 이 두 사람은, 평소에 친분이 있었고 당시 『매일신보』 학예부장이었던 조용만을 산파 역할로 내세워 나머지 3대 일간지의 학예부 관계자들, 즉 『동아일보』의 이무영, 『조선일보』의 김기림, 『조선중앙일보』의 이태준을 영입하였다. 그리고 당시 이태준·김기림과 더불어 "순수문학가 측에서 가장 촉망받는 작가, 시인"으로 꼽혔던 정지용과 이효석이 추가로 가입하게 되면서, 〈구인회〉의 회원은 일단 확정되었다.

그런데 〈구인회〉의 발의자였던 이종명·김유영 측과, 결성취지에 동의하고 가세했던 이태준·정지용·김기림 측이 초반부터 그룹의 위상과 운영 방식을 둘러싸고 견해상의 차이를 보이면서 대립하였고, 내부의 갈등은 곧 표면화되었다. 이 견해상의 차이란 다음과 같은 것이었다. 먼저, 전자의 측에서는 〈구인회〉의 조직이나 운영에 있어 회칙이나 회관 같은 것도 마련하는 등 적극적인 태세를 취하자고 주장하고 나선 데 대해, 후자의 측에서는 그런 번거로움을 피해 일종의 문인 친목 단체나 구락부와 같은 모임을 만들자는 식의 소극적인 방식을 고집하였다. 뿐만 아니

하위 장으로서, 위치들간의 객관적 관계 구조'로 보려는 이 글의 문제의식하에서 추측해 보자면, 파시즘이 전면에 등장했던 1936년을 전후하여 한국 근대문학에 거대한 지각변동이 생겨남으로써 〈구인회〉가 추구했던 미적 합리성의 세계가 더 이상 불가능해지자, 〈구인회〉의 존재의의는 상실되었고, 그 후 〈구인회〉의 집단적 활동이 불가능해졌다고 할 수 있다.

48) "일본에서는 극성을 떠는 프롤레타리아 문학 운동에 대한 반발로 신흥예술파 운동이라는 순수문학운동이 일어나 13인구락부가 조직되었다. '누구냐? 꽃밭을 짓밟는 놈이!'라는 논문을 발표해 좌익 문학운동 등에 일격을 가한 유명한 中村武羅夫가 선봉이 되어 기세를 올리고 있었다. 이 때문에 우리 쪽에서도 조만간 이런 반(反)'카프' 운동이 일어나려니 하고 있었는데 이 운동에 불을 그어댄 사람이 이종명과 김유영이었다." 조용만, 『울밑에 선 봉선화야』, 범양사 출판부, 1985, 124면.

라, 〈카프〉에 대해서도 과거에 프로문학적 성향을 보였던 전자의 문인들이 〈카프〉측의 공격을 예상하고 직접적으로 맞서서 대항하자고 주장한 데 반해, 후자의 문인들은 그저 수수방관하자는 자세로 일관하였다. 결국 이러한 대립 끝에 〈구인회〉의 구성이나 운영의 방향이 후자의 문인들이 주장한 대로 결정되자, 이종명과 김유영이 결성 3개월 만에 탈퇴하고, 그 후 조용만이 뒤이어 나갔으며 형식적으로 이름만 내걸었던 이효석·유치진·이무영49)도 떠나갔다.

문학 집단으로서의 안정된 면모를 갖추기도 전에 이미 초기 회원들의 상당수가 빠져나가자, 〈구인회〉는 이태준·정지용·김기림의 주도로 모임을 정비하고 문단의 새로운 중심 세력을 스스로 구축해 나가기 시작했다. 그 후 박태원·이상·박팔양50)이 회원으로 보강되고, 또 김유정·김환태가 새로 가입하여 동인으로 활동하게 되었다. 〈구인회〉의 동인지인 『시와 소설』에서 이상의 편집후기를 보면, "회원을 너무 동떨어지지 않는 한(限)에 맞아 보고자 꽤 오래 전부터 말이 있어 왔는데 그도 또 자연 허명 무실해 오던 차에 이번 기회에 김유정·김환태 두 군을 맞았으니 퍽 좋다. 두 군은 전부터 회원들과 친분이 없지 않던 터에 잘 됐다"라고 적혀 있는데, 이 두 사람의 가입에는 친분이 적잖이 작용한 것으로 보인다. 이 외에도 이태준으로부터 수 차례 권유를 받은 박팔양은 이종

---

49) 유치진의 〈구인회〉 가입은, 영화인 김유영이 있으니 연극인도 있어야 한다는 조용만의 생각에 의해 천거되고 강요된 것이었던 만큼, 그의 조기 탈퇴는 어느 정도 예상되었던 바이다. 또한 동반자적 문학 색채를 띠고 있었던 이무영이 〈구인회〉에 영입될 수 있었던 것도 그가 『동아일보』의 기자였기 때문으로 보인다. 특히 이무영은 〈구인회〉 작가로는 유일하게 프로 진영으로부터 "부단한 고민 속에서 그 무엇을 탐색하기에 게을리하지 않는" "구인회의 그 어느 멤버나 추종치 못할 진보성을 띤 작가"라는 평을 받은 바 있다. 박승극, 「조선문단의 회고와 비판」, 『신인문학』, 1935.3, 78~79면.

50) 여수(麗水) 박팔양은 정지용 등과 함께 1920년대 전반기에 서울에서 발간되었던 『요람』의 동인이었고, 1920년대 후반기에는 '김니콜라이'라는 필명으로 임화·김화산 등과 함께 아나키즘 사상을 띤 다다이즘문학에 심취해 있다가 초기 〈카프〉의 맹원으로 활약하였었다. 이청원, 「박팔양, 휴머니즘의 역사적 전개」(권영민 편저, 『월북문인연구』, 문학사상사, 1989) 참조

명·김유영 등의 반대로 가입이 보류되고 있다가, 이 두 사람이 탈퇴하고 나자 자연스럽게 동인으로 가담할 수 있었다. 이와 같이 몇 차례에 걸쳐 회원 변동이 있은 후,[51] 최종적으로 이태준·김기림·정지용·박태원·이상·김유정·김환태·박팔양·김상용이 동인으로 확정되었으며, 이를 동인지 『시와 소설』의 회원 명단에서도 확인할 수 있다.

〈구인회〉 동인의 형성 과정을 보면, 당시 문학의 비주류 장르였던 희곡(유치진)과 비문학 장르인 영화(김유영)가 제외되고, 거의 강제적으로 영입되면서 제대로 활동을 하지 않았던 작가들이 탈퇴하였음을 알 수 있다. 결국, 〈구인회〉는 시와 소설을 중심으로 한 문학 집단으로서 점차 자기 정체성을 확고히 해 나갔으며, 실질적인 좌장 역할을 한 이태준과, 김기림·박태원·이상의 문학적 수준과 자질에 의해 대표되어 오늘날까지 한국문학사에 뚜렷한 흔적을 남기게 되었다.

일반적으로 〈구인회〉는 하나의 문학 집단으로서 응당 갖출 법한 강령이나 회칙을 내세우지도 않았고 체계적인 조직활동도 거의 하지 않는 대신, 개별적인 작품창작을 위주로 활동했던 것으로 알려져 왔다.[52] 그러나 〈구인회〉 동인들의 집단적인 활동이 조직적 체계와 이념적 규율을 중시한 〈카프〉파에 비해 상대적으로 활발하지 못했으리라는 예상에도 불구하고, 그들은 개인적으로 뿐만 아니라 집단적으로도 꽤 활발한 문학활동을 펼쳤다. 물론 이들의 단체활동은 모임의 성격상, 일정한 조직적 규율에 의해 체계적이거나 계획적으로 전개되지는 않았다. 그들은 집단적인 문학활동으로서, 동인들이 모여 작품 월평회[53]를 자주 열었고, '시와

---

51) 백철, 『신문학사조사』, 백양당, 1949, 210~212면; 조연현, 『한국현대문학사』, 성문각, 1969, 496~497면. 동인의 형성 과정에 대해서는 김시태, 「구인회연구」, 『국문학 논문선』 10, 민중서관, 1977, 467~475면 참조.

52) 이러한 〈구인회〉의 존립 방식은 1930년대 후반에 등장한 문학집단들의 일반화된 양상이었지, 〈구인회〉만의 독특한 방식은 아니었다. 가령, 『시인부락』도 창간호에서 "꼭 무슨 빛깔을 달아야만 멋인가"라고 반문하였고, 『단층』도 창간취지나 편집동향을 엿볼 수 있는 일체의 언급을 하지 않은 채 작품만을 수록하였다.

53) 김인용, 「구인회 월평방청기」, 『조선문학』, 1933.10.

소설의 밤'(1934.6.30)이란 회합을 갖기도 하였다. 특히 '시와 소설의 밤'에서 이태준·박태원·김기림의 문학 강연과 정지용의 시 낭독이 좋은 반응을 얻자,[54] 이를 좀더 발전시켜 『조선중앙일보』 지면을 통해 '조선신문예강좌'(1935.2.18~22)를 개최하였다. 뿐만 아니라 회원들이 소속되어 있는 신문사나 잡지사의 매체 지면을 이용하여 집단적으로 자신의 문학관을 표명하거나 기성문단에 대해 비판하였고, 〈구인회〉의 대외적 활동이 거의 없어진 무렵에는 40여 페이지의 얄팍하나마 화려한 표지를 자랑하는 동인지 『시와 소설』(1936.3.13)을 발간하기도 하였다.[55]

1933년 8월 15일에 열린 창립총회에서 월 1회의 정기적인 모임을 갖기로 결의한 대로, 한 달 후인 9월 15일 오후 여섯 시, 〈구인회〉 회원들은 '아서원'에 모여 첫 번째 정식 모임인 '작품 합평회'를 개최하였다. 아홉 명의 회원 중 이효석·유치진이 불참한 채로 열린 이 회합에서는 이무영의 「아버지와 아들」, 이태준의 「아담의 후예」, 이종명의 「순이와 나」, 그리고 김기림·정지용의 시 등이 주로 논의되었다. 이 모임에서 이태준은 특히 김기림·정지용의 시에 대해 "어쨌든 정지용씨와 김기림씨 두분에게는 문학사 상으로도 큰 기대를 갖습니다. 우리의 말을 좀더 캐어낸다는 의미에서, 그리고 그것이 완성되는 때는 상(想)도 수습된 것이고, 말로서나 내용으로서나 완전한 작품이 될 줄 믿습니다"[56]라고 촌평을 하고 있어 인상적이다. 〈구인회〉는 '순연한 연구적 입장에서 상호의 작품을 비판하며 다독다작을 목적으로' 한다는 창립 모토에 걸맞게 모임의 '문학적' 성격을 유지해 나갔다. 이러한 정기적인 작품 합평회는 이후에도 지속되었던 것으로 보인다.

초기 멤버들이 몇몇 탈퇴하고 새로운 신입 회원을 맞이하는 등 집단 내부의 수습 기간을 거친 〈구인회〉는 곧 안정된 면모를 갖춰 가면서 두

---

54) B기자, 「문단신문」, 『신인문학』, 1934.10, 89면.
55) 장계춘, 「구인회와 '시와 소설'」, 『조선중앙일보』, 1936.4.7.
56) 김인용, 「구인회 월평방청기」, 『조선문학』, 1933.10, 88면.

번의 공개문학강연회를 가졌다. 1차 강연회는 1934년 6월 30일 『조선중앙일보』 학예부의 후원을 받아 '시와 소설의 밤'이라는 제목으로 종로 중앙기독교 청년회관에서 열렸다. 이태준·박태원·김기림이 각각 '창작의 이론과 실제', '언어와 문장', '시의 근대성'이라는 제목으로 강연을 하고 정지용은 시 낭송을 하였다.[57] 이 행사에 대해서는 "그 중 이태준씨의 강연이 가장 훌륭하였고 더욱이 정지용씨의 시 낭독은 가장 인기가 좋았다"[58]는 품평이 있었다.

이어 2차 강연회는 '조선신문예강좌'라는 제목으로 1935년 2월 18일부터 5일 동안, 역시 『조선중앙일보』 학예부의 후원으로 청진동 경성보육 대강당에서 열렸다. 2차 때에는 1차 때보다 훨씬 규모가 커져 〈구인회〉 회원인 박팔양·김상용·이상·김기림·정지용·이태준·박태원뿐 아니라 이광수·김동인과 같은 선배 문인들까지 연사로 참석하였다.[59] 이처럼 2차 강연회에서 〈구인회〉가 민족주의문학을 대표하는 문인들을 초빙하자, 〈카프〉측 비평가인 박승극은 다음과 같이 비판한 바 있다.

> 그 후의 〈구인회〉는 급속도로 '중간층'의 탈을 벗어야 할 도정에 다달은 것이다. 그리고 대외적으로도 권위를 내세워야 하며 또한 전과 다른 적극성을 취하여야 될 것이었다. 강연회를 열고 강좌를 개최하고 그에 수반하여 〈구인회〉의 분해는 급전직하로 진행하기에 이른 것이다.[60]

〈구인회〉는, 이념 우위의 프로문학과 상업화된 통속소설이 당시의 문학적 장에서 지배적인 위치를 점유하고 있는 데에 대해서 매우 비판적인 의식을 갖고 출발하였다. 다시 말해서, 〈카프〉와 같이 뚜렷한 조직적

---

57) 『조선중앙일보』, 1934.6.24, '시와 소설의 밤' 기사 참조.
58) B기자, 앞의 글, 앞의 책, 89면.
59) 『조선중앙일보』, 1935.2.17, '조선신문예 강좌' 안내 기사 참조. 이러한 사실을 두고 서준섭은 〈구인회〉의 민족주의적 이데올로기와 연속성을 주장하였다. 서준섭, 『한국모더니즘 연구』, 일지사, 1988, 101~111면.
60) 박승극, 「조선문학의 재건설」, 『신동아』, 1935.6, 136면.

강령이나 문학이념을 갖추고 출발한 것이 아니라, 기존의 문단 구도에 대한 부정성을 공통의 문제의식으로 삼아 형성된 것이 〈구인회〉였던 것이다. 따라서 이러한 집단 내부에는 다양한 문학적 성향을 지니는 작가들이 공존할 수밖에 없었다.

〈구인회〉 회원들의 행적과 문학적 성향을 살펴보면 그들을 공통된 범주로 묶는 것이 가능하지 않음을 곧 알 수 있다. 〈구인회〉 작가들 사이에서 목격되는 이러한 차이와 다양성은, 이상이 언급한 바 있듯이 그들 각자가 모두 당대 최고라는 의식을 스스로 지녔으면서도, 동시에 서로의 뛰어난 재능을 인정하고 있었다는 사실과 무관하지 않다. 말하자면 문학적으로 닮아가기보다는 서로간의 차이를 인정하고, 나아가 각자 고유한 문학세계와 예술가적 자부심을 지니게 됨으로써 〈구인회〉는 유지될 수 있었던 것이다. "서로 모이려는 유사성의 성격이 가장 잘 드러나게 되는 지점은 차이가 유지되고 자리잡히는 곳"[61]이기 때문이다.

개성 있는 문장을 통해 예술성을 실현하고자 했던 이태준, 가난한 서민의 삶과 토속적 정서에 깊이 천착해 들어간 김유정,[62] 지방어와 향토정서를 시적으로 미학화해 낸 백석,[63] 동반자 작가의 면모에서 탈피하여 인간본능 탐구로 방향을 바꾼 이효석, 한때 프로 작가로 활동하면서 현실에 남다른 관심을 표시해온 박팔양, 문학의 편내용주의와 편형식주의를 지양하여 '전체주의 시론'을 주장했던 김기림, 다양한 언어적 실험을 모색했던 박태원과 이상 등이 문학사적으로 〈구인회〉와 관련하여 기억될 수 있는 것은 바로 이들 각자의 문학세계가 갖는 고유함 때문이다. 그렇다면, 이와 같이 다양한 문학적 성향들을 기존 연구자들의 시각대로

---

61) 쨩룽시[張隆溪], 백승도 외역, 『도와 로고스』, 강, 1997, 15면.
62) 김유정은 비록 뒤늦게(1935) 〈구인회〉에 가입했지만 그의 전 문단활동 시기 내내 〈구인회〉와 관계 맺었던 사실을 상기할 때 그와 〈구인회〉의 관계는 어느 회원 못지 않게 깊다고 할 수 있다.
63) 사실 백석은 〈구인회〉의 정식 회원으로 소개된 적은 없고, 다만 『시와 소설』에 두 편의 시를 게재함으로써 〈구인회〉와의 관계가 드러나고 있는 정도이다.

'모더니즘'이라는 단일한 코드로 묶어 내어 궁극적으로 리얼리즘에 맞먹는 하나의 문학이념으로 설정하는 것은 〈구인회〉의 본래 모습을 왜곡하는 것이 된다.[64]

뿐만 아니라 작가 개개인의 창작활동의 추이를 살펴보더라도 그 경향이 일관되지 않아 일정한 코드로 규명해 낼 수 없는 경우가 대부분이다. 모더니즘적 경향에서 역사소설이라는 시대물로 나아간 박태원, 자칭 순수단편소설과 통속장편소설을 동시에 써나간 이태준, 김니콜라이라는 필명으로 다다이즘에 관심을 보이다가 〈카프〉에 참여하여 강한 정치지향성을 보여주었고, 그 후 〈구인회〉의 일원이 되어 「도회정조」・「점경」(『중앙』, 1933.11) 등에서 도시의 충만한 자극과 충격체험을 노래하기도 했던 박팔양 등이 그 대표적인 예이다.

이러한 점들을 보아도 〈구인회〉 작가들의 문학 경향을 한 가지의 공통적 특성에 의해 동일시할 수 없음이 분명해진다. 김기림의 다음과 같은 발언은 일정한 동일성으로 환원될 수 없는 〈구인회〉 내부의 다양성을 암시해 준다.

> 프로문학이 공식을 위하여 현실을 날조하지 않고 현실 속에서 법칙을 발견하는 데 주력한다면 조금도 전술한 운동과 배치하는 것이 아닐 것이외다. 여하간 새해의 문단은 좀 다채(多彩)하여야 하겠습니다. 초현실주의도 좋습니다. 즉물주의도 감각파도─너희들은 아무 구석에서나 너희들 자신의 특성을 가지고 대담하게 뛰어나오너라. 생기 있는 혼돈의 피방(彼方)에서는 더 높은 통일의 세계가 빛나고 있을 것이다.[65]

이제까지 살펴본 바와 같이 〈구인회〉 내부에는 하나의 문학적 이념으로 포괄해 낼 수 없는 다양한 경향들이 공존했던 것이 사실이다. 특히

---

64) 〈구인회〉의 다양성과 이질적 특징을 단적으로 보여주는 것으로, 그들의 동인지 『시와 소설』을 빠뜨릴 수 없다.
65) 김기림, 「신민족주의 문학운동」, 『김기림 전집 3─문학론』, 심설당, 1988, 229면.

모더니즘에 대한 일부 멤버들의 인식과 창작 방법론은 〈구인회〉 존립 기간 중에도 일관되기보다는 변모하는 양상을 보여주었으며, 회원들간 에도 다양한 편차가 존재했음을 부정할 수 없다. 그러므로 〈구인회〉 연 구에 있어 이질적인 문학적 경향의 공존과 개개인의 문학적 변모 과정 은 마땅히 고려되어야 한다.

그럼에도 불구하고 〈구인회〉에 대한 기존 연구사를 면밀히 검토해 보 면, 〈구인회〉의 집단적 속성이나 문학적 경향의 '본질'을 포착하여 그 실체성을 밝히려는 시도가 대부분이었다. 이러한 시도의 결과, 〈구인회〉 의 대표적인 작가, 소위 문학사에서 인지도가 높은 몇몇 작가들에게 논 의가 집중되면서 그 외 멤버들의 다양한 문학적 성향을 무시해 버리는 경우가 적지 않았다. 결국 이러한 본질 규명의 태도는, 문학 '집단'이라 면 적어도 멤버들간에 공통된 혹은 본질적인 어떤 것이 있어야 한다는 연구자의 선입견에서 비롯된 것이라 할 수 있다.

이는 단지 〈구인회〉에 대한 논의에서뿐만 아니라 한국 근대문학 연구 의 흐름 속에서 흔히 발견되는 경향이기도 하다. 즉 개체들 사이의 차이 를 무시하거나 적어도 '주목하지 않고', 그들간의 동일성을 찾으려는 이 러한 경향은, 개체들간에 '본질'이라는 공통된 어떤 것이 존재한다는 것 을 언제나 무비판적으로, 무의식적으로 인정해 버림으로써 발생하는 것 이다.[66] 더구나 일정 정도의 동일성에 대해 확신이 서는 순간 그 동일성 을 가능한 한 완전한 것으로까지 만들려는 경우도 발견할 수 있다. 결국 무시할 수 없는 명백한 차이조차도 동일화에 대한 주관적 의지나 무의 식적 습성에 의해 외면당해 버리는 것이다. 이렇듯, 다양성에서 통일을, 차이에서 동일성을, 다수에서 하나를 추구하는 경향은 연구 대상이 작가 개인이 아닌 집단일 경우 거의 예외 없이 나타난다. 강조컨대, 한 집단

---

66) 비트겐슈타인은 이러한 상황을 파리통 속에 빠져 한정된 공간을 돌아다니지만 빠져 나갈 길을 찾지 못하는 파리에 비유하였다. L. Wittgenstein, 이영철 역, 『철학적 탐구』, 서광사, 1994, 309절.

의 본질이나 실체에 대한 믿음, 혹은 집단을 구성하는 개별 구성원들간의 동질감이나 공통된 이념에의 집착은 자연스러운 것일지는 모르지만 당연한 것이라고 할 수는 없다.

비트겐슈타인은 바로 이러한 경향을 비판하면서, '일반성에 대한 열망', '특수한 것에 대한 경멸적 태도'라는 표현을 사용했다.[67] 전통적인 사유의 방식이 동일성과 통일성을 추구하는 것으로 특징지어질 수 있다면, 이에 반해 비트겐슈타인은 차이와 다양성을 발견하고자 하였다. 그에 의하면, 개체들간의 공통점을 찾아내려는 연구자의 기대가 주관적 오류임을 밝혀내려면 어떤 일반 개념이 적용되는 다양한 개체들을 선입견 없이 검토하기만 하면 된다. 비트겐슈타인의 이러한 비판적 사유는 〈구인회〉의 객관적인 실상을 밝히는 데 시사해 주는 바가 크다.

'공통된 어떤 것이 있어야 한다. 그렇지 않으면 그것들은 '게임'이라고 불리지 않을 것이다'라고 말하지 말라. 도리어 그것들 모두에 공통된 어떤 것이 있는지를 보라. 왜냐하면 만약 당신이 그 게임들을 보면 당신은 그것들 모두에 공통된 어떤 것은 보지 못할 것이고, 거기에서 유사성과 연관성의 총체적 계열을 보게 될 것이기 때문이다. 바꾸어 말해, 생각하지 말고 보라![68]

어떠한 유사성에 의해 함께 무리를 이룬 작가들이 있고 그들이 하나의 문인 집단으로 인식될 때, 그들 모두에 공통된 어떤 것, 혹은 작품이나 작가 성향의 본질을 추구하는 것이야말로 주관적 오류가 될 수 있다. 대상의 여러 특징들이 공존하며 서로 관련되어 있을 때 '나'의 올바른 시선은, 그것들 모두를 지배하는 하나의 법칙을 찾거나 일정한 패러다임으로 동일화시키는 것이 아니라, 대상을 직시하여 다양한 특징들의 관련 양상 혹은 관계 구조를 밝혀내는 것이다. 왜냐하면 어떤 주어진 일반 개념에 의하여 명명된 모든 사물들에게서 공통된 특징이 없다는 것은 그

---

67) G. Pitcher, 박영식 역, 『비트겐슈타인의 철학』, 서광사, 1987, 221면.
68) L. Wittgenstein, 이영철 역, 앞의 책, 66절.

사물들 모두가 공유하는 본질이 없음을 의미하기 때문이다. 이러한 관점에서 본다면, 〈구인회〉는 '서로 겹치고 엇갈린 유사성의 복잡한 그물망'으로서의 집단을 형성하였다고 하겠다.

> 우리가 언어라고 부르는 모든 것에 공통적인 어떤 것을 진술하는 대신, 나는 이러한 현상들에는 우리로 하여금 그 모두에 대해 같은 낱말을 사용하게 만드는 어떤 일자(一者)가 공통적으로 있는 게 결코 아니고, 그것들은 서로 매우 다양한 방식으로 근친적이라고 말한다. 그리고 이러한 근친성(들) 때문에 우리는 그것들을 모두 '언어들'이라고 부르는 것이다. (…중략…) 많은 게임 집단들을 답사하면 그것들에 유사성들이 나타나고 사라지는 것을 볼 수 있다. 우리는 서로 겹치고 엇갈린 유사성들의 복잡한 그물망을 보게 된다. 나는 '가족유사성'보다도 이 유사성을 더 잘 특징짓는 다른 표현을 생각할 수 없다. 왜냐하면 가족의 구성원들 사이의 여러 가지 유사성들, 체구, 용모, 눈의 색깔, 걸음걸이, 기질 등이 같은 방식으로 겹치고 엇갈려 있기 때문이다. 그래서 나는 '많은 게임들'은 하나의 가족을 형성한다고 말한다.[69]

위 인용문을 통해서도 알 수 있듯이, 하나의 집단에 구성원들을 결집시키는 본질적인 요소라 할 만한 것이 없다고 하여, 그 집단이 잡다하고 서로 무관한 사람들의 집합에 불과하다고 추론할 수는 없다. 예컨대, 본질을 부정한다고 해서, 한 집단에 속한 여러 '가족'들을 그 집단의 이름으로 부를 수 없는 것은 아니다. 그것들은 공통된 본질을 갖고 있지 않지만, 어떤 '가족 유사성'을 갖는다. 이러한 관점에서 볼 때, 〈구인회〉는

---

69) L. Wittgenstein, 이영철 역, 『철학적 탐구』, 서광사, 1994, 65~66절. 하지만 가령, 비트겐슈타인이 "언어라고 부르는 모든 것에 공통적인 본질은 아무 것도 없으며, 그것들은 서로 다른 여러 가지 방식들로 관련되어 있다"고 말할 때, 그것은 언어에는 공통적인 특성이라곤 하나도 없다는 것을 말하려는 것은 아니다. 그 자신 언어는 규칙들을 가져야 하거나 또는 규칙들의 지배를 받아야 하며, '충분한 규칙성'을 가져야 함을 지적한다. 그는 프로이트를 비판하는 자리에서 언어는 다른 언어로 번역될 수 있어야 한다고까지 했다. 그러나 이런 것들은 단지 언어의 필요조건일 뿐, 필요충분조건은 아닌 것이다. R. Suter, 남기창 역, 『비트겐슈타인과 철학』, 서광사, 1998, 53~54면.

단일한 의미를 전체가 공유하지 않는, 단지 다양한 유사성들이 서로 겹치고 교차하는 '가족'과 같은 집단이라 할 수 있다. 즉, 〈구인회〉 내부의 일부 구성원들 사이에 존재하는 공통적인 특징들 중에 그 일부만이 보존되고 나머지는 사라지면서, 그 내부의 다른 구성원들 사이에서는 또 다른 공통적인 특징들이 나타나는 것이다. "동일성(the identical)은 항상 차이의 부재 상태로 움직여간다. 그래서 모든 것이 공통의 이름으로 환원된다. 이와는 대조적으로 유사성(the same)은 차이를 경유하여 모임으로써 서로 다른 것이 한 부류에 속하는 것이다." "서로 모이려는 유사성의 성격이 가장 잘 드러나게 되는 지점은 차이가 유지되고 자리잡히는 곳이다."[70] 다시 말해 유사성을 발견한다는 것은 전혀 별개의 것을 동일하게 만들거나, 혹은 다양한 문화적·문학적 현상들에 존재하는 차이들을 없애는 것이 아니다.

물론 〈구인회〉 역시 그 회원들이 하나의 문학 집단 구성원으로서 최소한의 소통 가능한 문제의식을 공유하고 모인 이상, 그들의 문학적 경향이 전연 이질적이기만 하다고 단정하는 것은 무리이다. 그 이질성의 근저에 타자에 대한 강렬한 부정의식이 존재했다는 것, 즉 〈구인회〉가 이념 우위의 문학을 지향한 프로문학에 대해 비판적이면서, 동시에 당시 문단을 급속하게 상업주의로 물들이고 있었던 통속화 경향에도 매우 부정적이었다는 사실은, 그것이 비록 집단의 정체성을 규정하는 본질적인 요소는 아니라 하더라도, 〈구인회〉를 이해하는 데에 있어서 매우 중요하다.

---

70) 짱룽시[張隆溪], 백승도 외역, 『도와 로고스』, 강, 1997, 15면.

2. 가능성의 공간과 차별화 전략

이 글에서는 1930년대 한국 문단을 '문학의 장(Literary Field)'[71]이라는 개념을 통해 새롭게 구성해 보고자 한다. '장(場)'이란 '입장들(또는 지위들)의 구조화된 공간'이다. 이 '입장들'의 특성은 그 공간 안에서 차지하는 자신의 위상에 종속되어 있어, 그 위상을 점유하고 있는 사람의 개인적인 속성과는 무관하게 분석될 수 있다. 또한 '장'에는, 다른 장들의 특수한 이해 관계와 목표로 환원될 수 없는 고유한 법칙이 있다. 이 글의 이러한 접근 방법은, "예술작품의 주체는 표면상의 원인인 독창적인 예술가도 아니요, 집단의 의식도 아닌, (…중략…) 특수한 사회적 관계의 공간으로서의 예술생산의 장"[72]임을 전제하고 있다.

말하자면, '장'이란 위치들 사이의 객관적인 제 관계(지배나 종속, 보충이나 적대성 등)의 그물이다. 달리 표현하자면, 장의 구조 내의 각각의 위치는, 상징적인 자본이나 권력의 배분 구조 속에서 그들의 현실적이고 잠재적인 상황에 종속되어 결정되고, 다른 위치들과의 객관적인 관계에 의해 정의된다는 것이다. 부르디외에 의하면, 이때의 '위치'란 "소설과 같

---

71) 이 용어는 부르디외의 것으로, 사회라는 정태적인 용어를 대신하여, 공간을 죽은 구조가 아닌, 자체 내의 규칙에 따라 경쟁하고 투쟁하는 게임군(群)들이 있는 일종의 게임공간으로 제시하려는 의도하에 설정된 개념이다. '장(field)' 개념을 사회적 영역에 적용시키는 것은, 사회를 기본적으로 힘(force)들로 구성된 것으로 바라보는 관점을 함의한다. 장 개념에 대한 보다 상세한 설명은 P. Bourdieu, 문경자 역, 『혼돈을 일으키는 과학』, 솔, 1994, 127~135면 참조.

72) P. Bourdieu, *Sociology in question*, trans. R. Nice, SAGE, 1984, p.212. 부르디외는 장 개념을 통해, 문학예술적 행위를 높은 수준의 자율화의 형태로 보고 이를 기호화하는 형식주의나 문학예술적 형식을 사회적 형태에 접목시키려는 환원주의는 그 자체의 방법론적 한계로 말미암아 '객관적 관계들의 공간'으로서의 '생산의 장'을 고려하지 못하게 됨을 비판한다. 이런 점에서 그는 '실체론적' 사고라고 부르는 카시러의 합리적 구조주의 방식과 러시아 형식주의자들의 방식에 대하여 문학작품이나 사회적·상징적 체계를 사회적 실재 그 자체로 인식하여 개인, 집단, 혹은 제도를 연계하는 현실의 객관적 관계들을 파악할 수 없다고 지적한다.

은 장르나 사교계 소설과 같은 하위 카테고리에 상응하는 것으로서, 다른 관점에서 보면 문예지, 살롱 또는 생산자 집단의 모임의 장소인 써클 등이 차지하는 위치"[73]를 의미한다. 그리고 이 위치를 결정짓는 요소가 바로 문학작품들, 정치적·비정치적 담론, 선언, 또는 논쟁 등이다. 바로 이러한 관점을 취할 때, 작품에 대한 내재적인 독서의 한계와, 작품을 그것의 생산이나 소비라는 사회적 조건에 의해 설명하는 방식의 왜곡가능성 모두를 극복할 수 있게 된다.

문학의 장은 무엇보다도 문학작품의 생산과 변화가 이루어지는 공간이다. 다시 말해서, 문학의 장은 그 안에 들어오는 모든 사람들에게 작용하는 힘들의 장이자, 이 힘들의 장을 보존하거나 변형시키려고 하는 경쟁적 투쟁의 장이다. 그 결과 문학의 장 속에서 행위자 또는 집단은 끊임없는 성공과 실패, 승인과 배제의 과정을 겪을 수밖에 없다. 바로 이러한 장의 원리를 활용함으로써, 1930년대 문단에 〈구인회〉가 등장하면서 어떠한 변화가 나타났고 나아가 문학적 장의 구조는 어떠한 방향으로 전환되었는가를 보다 객관적으로 밝혀낼 수 있을 것이다.

이러한 관점하에서라면 1933년을 전후한 시기의 문학사적인 중요성이 새롭게 인식될 수 있다. 〈카프〉가 문학적인 전환의 계기를 겪게 된 때이자, 문학 중심적 사유를 집단의식을 통해 드러낸 〈구인회〉가 등장한 시기가 바로 1933년이었던 것이다. 뿐만 아니라 그 무렵 부르조아 저널리즘이 본격적으로 문단에 영향력을 행사하기 시작했다는 사실도 1933년을 전후로 새롭게 형성된 문학적 장을 해명하는 데에 불가결한 요소라 할 수 있다.

좀더 구체적으로 1933년 무렵의 문학적 동향을 살펴보면, 서로 다른 세대의 작가들과 다양한 문학적 경향이 공존했던 시기였음을 알 수 있다. 일단, 근대문학 1세대에 해당하는 구세대 문인들의 창작이 주로 상

---

73) P. Bourdieu, *The Rules of Art*, trans. by Susan Emanual, Stanford University Press, 1992, p.231.

업주의의 논리에 종속된 통속문학이나 역사소설에 치우치면서 질적으로나 양적으로 부진을 면치 못하였고, 〈카프〉는 이념의 존립 방식을 둘러싸고 조직적인 위기에 직면해 있었다. 하지만 〈카프〉의 이러한 조직적 혼란은 이념의 내면화를 통한 문학적 모색을 의미했던바, 〈카프〉 내부의 리얼리즘문학의 전개 과정에서 보더라도, 이 시기는 정점이자 하나의 전환기라고 할 만하다. 이기영의 「서화」(1932), 「고향」(1933~34), 염상섭의 「삼대」(1931), 「무화과」(1934) 등 리얼리즘문학의 대표작들이 대부분 이 시기를 전후하여 씌어졌고 동시에 〈카프〉계 작가들은 사회주의 리얼리즘을 수용하면서 점차 문학의 도식성에서 벗어나고 있었다. 다시 말해서 이념적으로 근대의 극복을 지향하면서도 문학을 정치 혹은 사상의 도구로 간주해 오던 단계를 벗어나 리얼리즘에 대한 사유가 본격화되기 시작했던 것이다.

〈카프〉 내부에서 이러한 전환을 가능케 한, 이 시기에 가장 주목할 만한 문학적 사건이 바로, 문학 외부의 타자로서 존재하던 이념이 문학 내부의 타자로 자리잡게 되는 계기가 된, 이른바 '물논쟁'[74]이다. 이기영의 「서화」(1933.5~7)와 김남천의 「물」(1933.6)을 둘러싸고 임화[75]와 김남천[76] 간에 벌어진 이 논쟁은 〈카프〉의 이념이 문학적으로 내면화되면서 프로문학운동이 조직적·정치적 실천으로부터 창작적 실천으로 전환할 수 있는 결정적인 계기가 되었다. 바로 이러한 〈카프〉의 문학적 전환과 〈구인회〉의 문학 중심적 사고가 양립하여 1930년대라는 문학적 장 속에서 상호 공존하는 형국은 이 시기에 대한 문학사적 해석을 내림에 있어 '장'이라는 개념이 유의미하다는 것을 뒷받침해준다.

---

74) 서경석, 「1930년대 한국문예비평에 나타난 '탈근대성' 연구」(『한국 근대리얼리즘 문학사 연구』, 태학사, 1998), 271면과 채호석, 「임화와 김남천의 비평에 나타난 '주체'의 문제」(『한국 근대문학과 계몽의 서사』, 소명출판, 1999), 333면에 '물논쟁'의 문학사적 의미가 밝혀져 있다.
75) 임화, 「6월 중의 창작」, 『조선일보』, 1933.7.12~19.
76) 김남천, 「임화적 창작평과 자기비판」, 『조선일보』, 1933.7.29~8.4.

1930년대 문단에서 〈구인회〉의 등장이 문학적 장의 구조에 어떠한 영향을 미쳤는지를 살펴보기에 앞서, 〈구인회〉 내부에 일어난 상당한 변화를 눈여겨볼 필요가 있다. 이는 곧, 〈구인회〉의 결성과 활동을, 기성문단에 대한 대타의식이라는 다소 소극적인 관점에서 바라볼 것이 아니라, 현실의 변화에 대한 적극적인 인식과 그에 따른 새로운 문학에 대한 부단한 사유의 결과로서 바라보아야 한다는 것이다. 말하자면, 기성문단에 대한 〈구인회〉의 대타의식이란, 〈구인회〉가 스스로 문학적 자기 정체성을 고민하는 과정에서 맞닥뜨린 충분조건으로서의 의미를 지니는 것이다. 따라서 〈구인회〉의 등장은 근대문학 형성기의 조선적 특수성이 강제하였던 계몽주의적 문학관에 대한 주관적 부정의 결과가 아니라, 문학의 자율성에 대해 본격적으로 사유할 만큼 시대가 성숙해짐으로써 문학에 대한 사유 또한 내용이나 이데올로기성에 제한되었던 것으로부터 형식적인 것을 포괄하는 방향으로 옮아간 결과라 할 수 있다.

〈구인회〉의 결성 이후 그 소속 작가들은 의도한 결과이든 그렇지 않든 간에 개개인의 작품 경향에 있어 상당한 변화를 드러내었으며, 대부분의 작가들은 〈구인회〉 소속 기간 동안 자신의 문학적 전성기를 구가하였다. 일본 유학을 마치고 귀국한 후 별다른 활동을 보이지 못했던 이태준은 〈구인회〉가 결성되던 1933년 8월 이후 불과 3년 동안 단편 15편, 중·장편 7편을 발표하는 등[77] 창작면에서만도 가장 왕성한 활동을 펼치면서 "비경향 문학이 낳은 가장 큰 작가"[78]라는 평가를 받은 바 있다. 또한 이상은 비록 뒤늦게 가입했지만 『시와 소설』을 직접 편집하는 등 〈구인회〉활동에 가장 적극적이었고, 〈구인회〉 가입과 더불어 문학적 실험을 더욱 의식적으로 감행하였다. 김기림은 한동안 문단을 떠나 있다가[79] 〈구인회〉 가입 즈음에 조선일보사에 신문 기자로 복귀하면서 본격

---

77) 이태준이 1930년대에 발표한 작품 수는 1920년대의 3배, 1940년대의 2배에 이르며, 1950년대보다도 많은 것이다. 권영민, 『한국현대문학사연표』, 서울대 출판부, 1987 참조.
78) 임화, 「본격소설론」, 『문학의 논리』, 학예사, 1940, 374면.

적인 문학활동을 하게 되는데, 훗날 "문학의 낡은 센티멘탈리즘과 편내
용주의적 관념성"[80]을 비판하면서 모더니즘 시론을 제기하기도 했던 그
는 이러한 경향을 〈구인회〉활동 시기에 이미 본격화하였다. 김기림의
다음 인용문은 자신의 문학적 도정에 있어서 〈구인회〉라는 한 집단의
영향력이 얼마나 결정적이었는가를 암시해 주고 있다.

> '써클'은 문인 자체에게 있어서도 필요한 것이다. 낡은 전설에서 대척되는 지
> 점에서 자신을 발견하는 기쁨을 의미하며, 전설과 새 출발의 경계선을 의미하
> 는 점에서, 유파는 자기발전의 한 개의 표석이다. (…중략…) 또한 '써클'은 현
> 대 자본주의 사회에서 등록상표와 간판의 의미도 가지고 있는 것을 부인하지
> 않는다. 나는 외람이 생각한다. 우리 문단의 타기의 원인의 일부분은 문인들이
> 각각 자신의 작은 제작실에 칩거하면서 개인의 길만 걸어가는 데 있다고— 요
> 컨대 문인의 대부분은 너무 비겁한 것이 아닐까? 용감하게 그 간판을 걸고 집단
> 으로서 유파의 동력을 발휘한다면 1933년의 문단은 더 활기있고 다채해질 것이
> 다. (…중략…) 그것은 문단에서 회색성을 완전히 제거할 것이며 따라서 문단의
> 윤곽이 보는 자 안계(眼界)에 선명해질 것이다. 집단은 개인보다도 항상 예외없
> 이 더 큰 힘의 가능성을 가지고 있다.[81] (강조—인용자)

동반자적 작품 경향을 보였던 이효석도 예외가 아니어서, 구입회 가
입 이후로, 구체적으로는 1933년 「돈」을 발표한 이후로 그는 도시적 모
더니즘으로 분류되는 작품들을 생산해 내었다.[82] 그리고 김유정은 『시

---

79) 김기림은 1930년 조선일보사에 입사, 1931년 전반기까지 신문 기자로 근무하던 중 고
　　향인 함경도 임명면으로 돌아가서 약 1년 반 동안 무곡원이라는 과수원을 경영하며 지
　　내다가 다시 1932년 말에 상경하였다. 김기림, 「에트란제의 제 일과」, 『조선중앙일보』,
　　1933.1.1 참조.
80) 김기림, 「모더니즘의 역사적 위치」, 『김기림 전집 2—시론』, 심설당, 1988, 55~56면.
81) 김기림, 「문예인의 새해 선언—써클을 선명히 하자」, 『조선일보』, 1933.1.4.
82) 유진오, 「작가 이효석」(『국민문학』, 1942.7), 『이효석 전집』 8, 창미사, 1983, 17면. "씨
　　는 소화 7, 8년(1932, 3)경의 좌익문학의 전면적 퇴조기에서도 손쉽게 순수문학으로 전
　　신하여 새로운 조수(潮水)에 삿대질하면서 재등장을 해냈던 것이다. (…중략…) 씨는 이
　　전신에서 지금까지 무거운 짐마냥 씨에게 덮어씌워졌던 시대의 압력으로부터 벗어나
　　서 겨우 숨을 돌이킨 그런 형태였었다."

와 소설』에 게재된 「두꺼비」에서 그로서는 예외적으로 기법과 형식의 실험을 과감하게 시도하기도 하였다. 한편, 백석은 〈구인회〉 회원이 아님에도 불구하고『시와 소설』에 「탕약」과 「이두국진가도」 두 편의 시를 실을 수 있었는데, 이는 고문체를 의도적으로 활용하고, 화법을 다양하게 사용하며, 구어체·방언·이야기체 등 참신한 언어실험을 해온 백석의 시세계가 〈구인회〉의 문학적 지향과 크게 어긋남이 없었기 때문이다. 백석에 대해 김기림은 "그 외관의 철저한 향토취미에도 불구하고 주착 없는 일련의 향토주의와는 구별되는 유니크한 '모더니티'를 품고 있다"[83]고, 그 문학성을 높이 평가한 바 있다.

이와 같이 〈구인회〉 동인들이 자신의 문학적 구상을 실현하는 데에 있어서 전례 없이 과감할 수 있었던 것은, 자신의 문학적 '새로움'이 '역사적으로 불가피한 것이 지니는 문학적 권위'[84]을 내포하고 있다는 데에 대한 자부심과, 문학의 '자율성'이 본격적으로 실현되어야 한다는 확신을 그들 스스로 지니고 있었기 때문이다. 이러한 문학적 확신과 자부심이야말로 〈구인회〉가 당시의 문학적 장 내에서 자기 스스로를 차별화할 수 있었던 의식과 실천의 잠재력이기도 했다. 다음에 언급될 몇 가지 사례들을 통해 바로 이 점을 확인해 볼 수 있다.

『조선중앙일보』 1934년 8월 1일자에는, 그 무렵 연재 중이던 이상의 시 「오감도」 7호와 함께 박태원의 소설 「소설가 구보씨의 일일」의 첫

---

83) 김기림, 「사슴을 안고」,『김기림 전집 2-시론』, 심설당, 1988, 373면.
84) T. W. Adorno, 홍승용 역,『미학이론』, 문학과지성사, 1984, 43면. "아도르노는 근대 예술의 카테고리로서의 새로운 것을, 테마나 모티브 혹은 처리수법 등을 혁신하는 일과 구별하는데, 후자의 혁신작업은 근대 이전에도 예술의 발달과정을 특징지워져 왔던 것인데 반해, 그가 구별한 '새로움'은 '시민적', '자본주의적' 사회를 특징지우는 전통적대적 입장에 근거를 두고 있다고 보기 때문이다." 뷔르거는 현대 예술의 새로움에 대한 아도르노의 견해를 소개한 후, "상품 사회가 존속하는 이상, (새로움이라는 것도) 구매자를 유혹해야 하는 필요성의 강압에 복종하게 된다" 점에서 그것이 한계를 가질 수밖에 없음을 지적하였다. P. Bürger, 최성만 역,『전위예술의 새로운 이해』, 심설당, 1986, 100~104면 참조.

회분이 동시에 게재되었는데, 이는 〈구인회〉의 새로운 문학적 경향을 한눈에 보여주는, 실로 문학사적으로 기념할 만한 장면이라 할 수 있다. 고현학적 방법론, 독특한 문체 및 기교를 구사한 박태원의 소설과 일반 독자로서는 도저히 해독할 수 없을 정도로 난해한 이상의 시가 한 지면에 동시에 실려 있는 이 대목은, 문학의 자율성이 어떠한 방식으로 형식에 응집되어 형상화될 수 있는가에 대해 〈구인회〉가 얼마나 자각적이었는지를 잘 드러내 준다. 이렇듯 난해하기까지 한 이 작품들에 익숙하지 못했던 당시의 독자들은 신문사에 거세게 항의를 했던 것으로 알려져 있는데,[85] 작품을 신기로 결정한 학예부장 이태준은 이러한 사태를 예상했음에도 불구하고 그의 입장은 실로 난처하지 않을 수 없었다. 다음 인용문에는 〈구인회〉 문인들에 대한 이태준의 각별한 배려와 그것을 섬세하게 읽어내는 박태원의 시선이 잘 드러나 있다.

> 그의 「오감도」는 나의 「소설가 구보씨의 일일」과 거의 동시에 중앙일보 지상에 발표되었다. 나의 소설의 삽화도 '하융(河戎)'이란 이름 아래 이상의 붓으로 그리여졌다. 그러나 예기하였던 바와 같이 「오감도」의 평판은 좋지 못하였다. 나의 소설도 일반 대중에게는 난해하다는 비난을 받았던 것이나 그의 시에 대한 세평은 결코 그러한 정도의 것이 아니다. 신문사에는 매일같이 투서가 들어왔다. 그들은 「오감도」를 정신이상자의 잠꼬대라 하고 그것을 게재하는 신문사를 욕하였다. 그러나 일반 독자뿐이 아니라 비난은 오히려 사내에서도 커서 그것을 물리치고 감연히 나가려는 상허의 태도가 내게는 퍽으로 민망스러웠다. 원래 약 일 개월을 두고 연재할 예정이었으나 그러한 까닭으로 하야 이상은 나와 상의한 뒤 오즉 10수 편을 발표하였을 뿐으로 단념하여 버리지 않으면 안 되었다.[86]

---

85) 임종국 편, 『이상전집』 3권, 태성사, 1956, 317면을 보면, 「오감도」를 읽고 난 당대 일반 독자들의 반응이 소개되어 있다. "미친 놈의 잠꼬대냐", "무슨 개수작이냐", "오감도라고 오자를 내는 것부터가 알 수 없는 수작이 아니냐" 등.
86) 박태원, 「이상의 편모」, 『조광』, 1937.6, 303면.

결국 박태원은 독자들의 비난을 감수해야 했고, 이상은 심지어 「오감도」의 게재를 포기하지 않으면 안 되었다. 이러한 결정에 대하여 이상은 다음과 같은 「오감도 작가의 말」을 남겼다.

웨 미쳤다고들 그리는지, 대체 우리는 남보다 수 10년씩 떠러저도 마음놓고 지낼 작정이냐. 모르는 것은 내 재주도 모자랐겠지만 게을러빠지게 놀고만 지내든 일도 좀 뉘우처보아야 아니하느냐. 열아믄개쯤 써보고서 시 만들 줄 안다고 잔뜩 믿고 굴러다니는 패들과는 물건이 다르다. 2천점에서 3십점을 고르는 데 땀을 흘렸다. 31년 32년 일에서 용대가리를 떡 끄내여놓고 하도들 야단에 배암꼬랑지커녕 쥐꼬랑지도 못 달고 그만두니 서운하다. (…중략…) 철 — 이것은 내 새길의 암시요 앞으로 제 아모에게도 屈하지 않겠지만 호령하여도 에코 — 가 없는 무인지경은 딱하다.[87]

이 글에서 이상은, 낙후된 현실 속에서 안일하게 창작에 임하는 다른 문인들과 낡은 감각에서 벗어날 줄 모르는 독자들을 조롱하고 있다. 이러한 태도는 그의 남다른 문학적 자부심의 표현이자, 이제 조선의 문학도 새로워지지 않으면 안 된다는, 문단에 대한 경고의 목소리이기도 하다. 이 장면을 두고 〈구인회〉의 다른 멤버인 김기림은 다음과 같이 변론한 바 있다.

새로운 시는 알 수 없다고들 말한다. 가령, 정지용, 장서언, 조벽암, 이상의 시는 알아볼 수가 없다고 한다. (…중략…) 그 원인은 단순하다. 우리가 '새로운 시'라는 개념으로 볼 때, 시 이전의 낡은 시는 시론이라는 것이 없었다. (…중략…) 그러나 한 개의 정신활동으로서의 새로운 시에는 그 정신활동의 시론이 있다. (…중략…) 나는 언젠가 시론의 유무가 곧 낡은 시인과 새로운 시의 구별을 짓는 것이라는 의미의 말을 한 일이 있다. 그래서 새로운 시는 낡은 시가 감상의 대상으로서 제공되는 것과는 딴판으로 이해의 대상으로서 제시된다. (…

87) 이상, 미발표 「오감도 작자의 말」, 『조광』, 1937.6, 303~304면에서 재인용. 이상은 이 글에서 자신의 문학적 입장을 이해해준 이태준과 박태원에게 감사의 뜻을 밝혀 놓았다.

중략…) 이상은 사실 우리들 중에서 누구보다도 가장 뛰어난 '슈르리얼리즘'의 이해자다. (…중략…) 그러나 이 시인은 '슈르리얼리즘'의 가장 현저한 방법상의 특색인 형태('폼')에 대한 추구―즉 가시적인 그리고 가청적인 언어의 외적 형태에는 얼마 비약적 시험을 하지 않고 그보다도 오히려 언어 자체의 내면적인 '에너지'를 포착하여 그 곳에서 내면적 운동의 율동을 발견하려고 한 점에 그 독창성이 있다. 그러한 점에서 이상은 '스타일리스트'다.[88]

이상은 주지하다시피 시나 소설의 창작에 있어 기존의 방식을 끊임없이 파괴함으로써 그의 등장 이전에는 찾아볼 수 없었던 문학의 새로운 영역을 발굴해 내었을 뿐 아니라, 〈구인회〉의 활동에 있어서, 특히 동인들의 작품을 모아『시와 소설』을 엮어내는 과정에서 그 누구보다도 적극적이었다. 그 후기에 "겉표지에서 뒷표지까지 예서 더할 수 있으랴"고 스스로 썼듯이,『시와 소설』에 대한 그의 자부심은 실로 대단했다. 그리고, 〈구인회〉를 "낡은 전설에서 대척되는 지점"이자 "전설과 새 출발의 경계선"[89]에 서 있다고 단정하고, 바로 자신들에 이르러 비로소 '20세기의 문학'이 의식적으로 추구된 것이라 선언한 김기림 역시 이상 못지 않은 긍지를 표출한 바 있는데, 이들의 이러한 자부심의 근원지가 바로 〈구인회〉였음은 두말할 나위가 없을 것이다.

또한 〈구인회〉의 대표격이라 할 수 있는 이태준이나 박태원의 경우도 크게 다르지 않아, 순수문학을 추구하는 예술가로서의 자긍심이 대단했음을 알 수 있다. 이광수・김동인・염상섭・김기진・박영희 등 선배 및 동시대 문인들이 식민지 조선이라는 계몽의 대상을 의식하고 선각자나 시혜자의 위치에 군림하면서 계몽주의적 문학관을 내세웠던 것에 반하여,[90] 이태준은 철저히 계몽적 의식으로부터 거리를 유지하면서 글쓰기를 시작했고, 게다가 직업적인 소설가가 되기 위해 신문사 학예부장직까

88) 김기림, 「현대시의 발전」,『김기림 전집 2―시론』, 심설당, 1988, 319~328면.
89) 김기림, 「'써클'을 분명히 하자」,『조선일보』, 1933.1.4.
90) 서영채, 「두 개의 근대성과 처사의식」,『이태준문학연구』, 깊은샘, 1993, 54~55면.

지 그만 두었다. 또 박태원도 『조선중앙일보』에 「청춘송」을 연재하던 중(1935.2.7~5.18), 스스로 그 연재를 중단한 바 있다. "소설의 가치를 모르는 저급한 독자들이 소설을 자미잇게 쓰지 않는다고 '그 소설 중지해 달라'고 중앙일보에 투서가 들어오고 (…중략…) (신문사측에서) 예술가 소설을 쓰지 말고 민중이 보고 재릿재릿할 만한 연애담만 쓰라"고 요구하자, 박태원은 "×××式의 소설을 써야 조와할 터이니 나의 양심으로는 그런 소설은 쓰지 못하겟기에 중지"[91]하겠다고 했던 것이다.

〈구인회〉는 기성문학의 지배 원리에 대해 의식적인 단절을 꾀했다고 할 수 있다. 바로 이들이 부정하고자 했던 기성문학이란, 근대문학 초창기의 계몽적 글쓰기, 〈카프〉의 이념적 글쓰기, 그리고 저널리즘의 기업화와 함께 점점 비중이 커져 가는 상업주의적 글쓰기(통속문학)를 가리키는 것이다. 말하자면, 〈구인회〉의 문학적 지향은, 문학에서 "내용만이, 그리고 내용과 관련된 문제만이 문학상의 논제로 취급되는" 단계를 넘어, "문학이 그 자체를 차츰 인식하기 시작하는" 차원에 놓여 있었다. 다음 인용문은 김기림이 〈구인회〉의 좌장이었던 이태준의 문학적 성격을 논한 것인데, 이 글을 통해 그는 자신이 속해 있던 〈구인회〉의 문학적 지향을 구체적으로 밝혀 놓았다.

문학에 있어서 형식에 대한 여러 가지 문제가 자못 열의를 가지고 신중하게 논의되는 것은 발전체로서의 일국의 문학이 어느 정도까지 성년의 시기에 도달한 후의 일이다. 내용만이, 그리고 내용과 관련된 문제만이 문학상의 논제로서 치급되는 것(으로부터) (…중략…) 사고의 내용이 내용으로부터 형식으로 옮겨져서 그것을 초점으로 하고 시대의 문학적 사유가 백열적으로 발산하는 것(이야말로) (…중략…) 참말로 '문학적'인 소설 혹은 시는 문학의 이러한 '리얼리즘'의 시기에서만 완성할 수 있을 것이다(이것은 문학사상의 '리얼리즘'과 구별되어 사용된 말

---

91) 「박태원씨의 예술적 양심」, 『조선문단』, 1935.8, 126면. 박태원의 이러한 양심적 행동에 대해 이광수는 "그래도 조선에서는 생명을 길게 작품을 쓸 사람은 박군일 걸요"라고 하며 기대를 피력한 바 있다.

이다). 근대문학에 있어서 문학이 문학이라고 하는 순수한 시각에서 조망되고 평가된 일은 없다. (…중략…) 조선에서도 신문학의 기운이 움트기 시작한 후 벌써 십수년을 지나는 동안에 '작품에 나타난' 인생관 또는 세계관이라든지 '이데 올로기'라든지 성(性) 사상이라든지 하는 주로 내용에 관련된 문제에 대하여 (…중략…) 추종할 수밖에 없을만치 무력했던 것이다. 그래서 조선에 있어서도 오늘이야말로 순수문학이 나타나도 좋은 시기가 왔으니…… (강조─인용자)[92]

그런데 이러한 문학적 사유와 행위는 우리 근대문학사에서 전혀 생소한 것이 아니다. 말하자면 그것이 <구인회>의 순수하게 자발적인 의지에 의한 것이거나 절대적인 자유 의지에 의한 문학적 단절 행위가 아니라는 것이다. 1919년 『창조』의 창간 이후 『폐허』·『백조』 등의 동인들에 의해 식민지 조선에서도 '문단'이란 것이 형성되었고,[93] 여기에 발표된 일련의 작품들을 통해, 근대적 '개인'에 대한 일체의 문제들이 진지하게 고민되고 '예술'이 그 자체로서 조명되기 시작했던 것이다.[94] 물론 "근대화 지향 논리의 극지에는 친일행위가 있었고 정체성 회복의 끝 지점에는 사회주의가 있"[95]는 상황이 1920년대 한국문학이 놓인 지점이라고 했을 때, 당시의 문인들이 일본 유학을 통해 습득한 근대적 특성이라는 것이 현실정합성을 결여하고 있었고, 이러한 측면에서 극히 추상적인 수준을 벗어나지 못했던 것이 사실이다. 하지만, 동시에 "사회 질서의 붕괴와 하부구조 및 그 결과로 나타나는 상부구조에서의 갈등의 발생, 그리고 전통적으로 받아들여지던 가치 체계의 붕괴로 말미암아 개인은 자신의 독립된 주체의식을 갖게 되고, 자신과 타인 및 사회와의 관계에 의문을 제기하게 된다"[96]는 사실을 인정할 때, 그 당시 문학에서 발견되는 '개인'과 '예술'의 근대적 특성 또한 부정할 수 없는 것이다. 만약, 근

---

92) 김기림, 「'스타일리스트' 이태준씨를 논함」, 『조선일보』, 1933.6.25.

93) 김윤식, 『염상섭 연구』, 서울대 출판부, 1987, 337면.

94) 박상준, 『한국 근대문학의 형성과 신경향파』, 소명출판, 2000, 14면.

95) 조남현, 『한국현대소설연구』, 민음사, 1987, 266면.

96) 박상준, 『한국 근대문학의 형성과 신경향파』, 소명출판, 2000, 40면.

대적인 개인의 발견이란 것을, 근대 시민사회에서 정치·경제적으로 발흥하는 부르조아 계급의 역사적 전망을 근거로 한 것이라는 의미로 엄격히 제한한다면, 이때의 '근대성'이란 특수한 차원을 배제해 버리고 만 추상적인 개념으로 전락하고 말 것이다.

1920년대 문인들에 의해 축적된 문학적 유산은 이렇게 1930년대 문학의 장 속에서 하나의 '가능성들의 공간(Space of Possibles)'97)으로 제시된다. '일련의 가능한 효과에 대한 제한 조건'이라는 의미를 갖는 '가능성의 공간'은 장의 변화를 유도하는 잠재적인 공간이면서, 동시에 장의 논리와 필연성을 내재화한 행위자에게만 적용될 수 있는 개념이다. 말하자면, 새로운 문학 집단이 문학생산의 장에 출현하는 것은 행위와 표현에 관한 기존의 특수한 코드를 습득해야 한다는 구속 조건을 수용하면서, 동시에, 문제 해결, 새로운 문체나 주제의 개발, 모순의 극복이나 혁명에 의한 단절을 이룰 수 있는 '구속 가운데의 자유'와 '객관적 잠재성의 세계'를 발견할 권리를 갖는다는 것을 의미한다.

이러한 의미에서, 새로운 사고와 표현 방식으로 기성세대와의 차이를 강조하는 신인들에게 주어지는 것은, 창조적 자발성의 옹호자들이 주장하는 절대적 자유가 아니라, 적어도 문법이 허용하는 범위 내에서 추구할 수 있는 창조적 기법의 다양성에 비유될 수 있다. 다시 말해서, 상징체계의 지배자와 그 도전자 간에 테제, 안티테제의 투쟁이 전개될 때, 이러한 투쟁의 발생은 '가능성의 공간'에 달려 있는 것이다.98) 같은 맥

---

97) P. Bourdieu, *The Rules of Art*, trans. by Susan Emanual, Stanford University Press, 1992, p.235. 이 개념은, '기계론적 결정 관계'라는 기존의 구조주의적 관점의 한계를 '장' 이론이 극복하게 되는 중요한 매개가 된다.

98) 현택수, 『문화와 권력』, 나남출판, 1998, 26면. 부르디외는 대립하는 힘의 관계로 파악되는 장의 구도를 '정통(orthodoxy)'과 '이단(heterodoxy)'이라는 종교적 세력간의 대립 구도에 비유한다. 그 결과 문학 형식의 변화의 원동력은 작품 속에 있는 것이 아니라 정통과 이단이라는 사회적 대립 관계에 있는 것이다. 이러한 맥락에서 성공한 문학작품이란 통속화된 기존 상징 질서의 보수적 수호자들에 대한 이교도적 단절을 꾀하며 기존 형식의 비판과 전복을 주장하는 자들의 투쟁의 산물이다.

락에서 1930년대에 〈구인회〉가 추구한 '새로움' 또한 그들의 의식적인 행위나 뛰어난 재능의 결과로서보다는, '가능성의 공간(조건)'으로 주어진 전(前)세대의 문학적 유산과의 관계 속에서 해석되어야 한다. 즉 이미 문학적 장으로 구조화된 공간이 〈구인회〉라는 '이단자'의 침입에 의해 어떠한 변동을 겪었는지, 그리고 그 '이단'의 폭과 깊이를 규정한 객관적 조건이 무엇이었는지를 사고할 때에만, 문학사적인 맥락 속에서 〈구인회〉를 제대로 위치지을 수 있을 것이다.

> 문학생산의 장에서 혁신 또는 혁명적 모색의 과감한 시도들이 새롭게 고안되기 위해서 그것들은, 채워져야 할 필요가 있는 '구조적 공백(structual lacunae)'과 같이, 이미 실현된 가능성의 체계 속에 잠재적 상태로 존재할 필요가 있다. 그런 과감한 시도들은 적어도 소수의 사람들에 의해 운좋게 인정받고, '합리적인 것'으로 받아들여져야 한다.[99]

새로운 담론을 포함하는 실험적인 작품을 내놓거나, 새로운 문학운동을 전개하거나 혹은 혁신적인 잡지를 출간하는 것은, 새로운 표현과 사고 방식으로 기성세대와의 차이와 단절을 도모하려는 의지의 표명이라 할 수 있다. 따라서 문학생산의 장에서 혁명적 모색을 시도한다는 것은 대다수 문인들의 비판을 감수해야 하는 것이기도 하다. 그런데 동시에 이러한 과감한 시도를 통해서 극소수의 비평가나 독자들에 의해 그 잠재적 가능성이 인정받게 되는 경우가 있어, 바로 그러한 기회를 발판으로 삼아 새로운 시도는 문학적 장의 일부를 차지할 수 있게 된다. 한국 근대문학사를 통해 이러한 예를 〈구인회〉만큼 잘 드러내 보인 경우도 드물다. 〈구인회〉의 문학적 새로움은 기성 문인들에게 매우 낯선 것이었던 만큼 전 문단에 큰 충격을 야기했음은 물론이다. 그 중에서도 〈카프〉 진영의 비판은 가장 거센 것이었다. 하지만 〈카프〉의 논객 중 유일

---

99) P. Bourdieu, *The Rules of Art*, trans. by Susan Emanual, Stanford University Press, 1992, pp.235~236.

하게 권환은 예외적인 견해를 보이고 있어 이채롭다. 그는 1933년의 평단을 회고하는 글을 통해[100] 김기림과 정지용의 작품을 매우 높이 평가하고 이들 문학에 많은 주의(注意)와 박수가 집중될 것으로 내다보았다.

또한 『조광』지 1936년 9월호에 이상의 「날개」가 발표되었을 때에도, 당시 문단의 반응은 그다지 호의적이지 않았다. 당연히 일반 독자들도 상식적으로 이해하기 어려운 이 작품에 대해 "플롯도 없고 성격묘사도 없는 작품이 무슨 소설이냐"는 식으로 냉소하였다. 그러나, 문단 내에서 극소수의 전문 비평가들만은 그 문학적 새로움의 의미를 인정해 주었다. 당시 문단에서 처음으로 이상의 소설을 높이 평가했던 비평가는 최재서인데, 그는 다음과 같은 논평을 통해 이상뿐 아니라 〈구인회〉의 문학적 지향에 대한 기대를 내비치고 있다. "우리는 일전(日前)에 김기림의 「기상도」에서 알 수 없는 시를 보았고 이번 이상의 「날개」에 있어 알 수 없는 소설을 만난다. (…중략…) 그리고 이 경향이 독자의 곤혹이었음에도 불구하고 당연히 환영하여야 할 경향이다."[101] 그는 이상의 사후, 다음과 같은 추도사를 남기기도 했다.

그의 소설의 예술적 실험을 어느 정도까지 신용해야 할른지 다소의 의심을 품고 있었습니다. 즉 이 작가는 이러듯 괴상한 테크니크를 쓰지 않고서는 자기의 내부생활을 표현할 수 없는 무슨 절실한 필연성이 있었든가, 혹은 그저 독자의 호기심을 끄을기 위한 단순한 손작란이었든가―이런 점에 관하야 다소의 의심이 없지 않았습니다. (…중략…) 처음 보는 이상의 보헤미안 타잎의 풍모와 씨니칼한 우슴과 기지환발(機智煥發)한 스피―치에 나는 또다시 한번 놀라지 않을 수 없었습니다. 나는 이 모든 것이 결코 인위적인 포―즈가 아니라는 것을 알 수 있었습니다. (…중략…) 결국 이상이 실험적인 테크니크로써 기괴한 인물을 그린다는 것은 단순한 지적 유희거나 불순한 인기책이 아니라 그의 고

100) 권환, 「33년 문예평단의 회고와 신년의 전망」, 『조선중앙일보』, 1934.1.1~4.
101) 최재서, 「리얼리즘의 확대와 심화―'천변풍경'과 '날개'에 관하여」, 『문학과 지성』, 인문사, 1938, 107면.

도로 발달된 지적 생활에서 솟아나는 필지(必至)의 소산이였다는 것, 따라서 그의 예술적 실험은 그의 기맥힌 생활이 갖추고 나설 표현형식을 탐구하는 노력의 결과라는 것을 나는 안심하고 결론할 수 있었습니다. 그러면 그의 소설은 어떤 점에서 실험적이냐? 그의 소설은 소설의 전통적 요소를 갖이고 있지 않습니다. (…중략…) 우리가 소설이라면 의례히 요구하는 성격묘사라든가 푸롯트 같은 것을 그의 소설은 전연 갖이고 있지 않습니다. (…중략…) 그가 남기고 간 일에서 가치를 간과할 수 없습니다. 시대의 비난과 조소를 받는 인테리―의 개성붕괴에 표현을 주었다는 것은 일개의 시대적 기록으로서 가치가 있을 뿐만 아니라 이 가난한 시대에 있어서 지식인이 살아나갈 방도에 대하야 간접적이나마 암시와 교훈을 주는 바 또한 적지 않다고 생각합니다. (…중략…) 상식과 저조(低調)에 빠지기 쉬운 우리 문단에 비록 어그러진 형식에 있어서나마 지적 관심을 환기하였다는 것은 그가 남기고 간 커다란 공적의 또 하나이라고 생각합니다.[102]

문학생산의 장에서 지속적으로 진행되는 이러한 변화는 위치들간의 대립 구조로서 나타난다. 정당한 표현양식을 강요할 수 있는 독점적 권력을 획득하기 위해서는 문학의 장 내부의 다양한 권위들간에 끊임없는 경쟁이 있게 마련이고, 그럼으로써 '정통 / 이단' 혹은 '기성 / 신인'과 같은 대립 구조가 형성되고 그 결과 전자의 측(정통 혹은 기성)은 정당한 언어와 그 가치에 대한 승인의 영속성을 보장받게 되는 것이다.[103] 특히, 문학적 장이 이렇게 지속적으로 변화하는 데에는 대개 신인들의 등장이 중요한 계기가 된다. 이들은 대부분 해당 '장'이 요구하는 특정한 자본을 소유하고 있지 않기 때문에 새로운 사고와 표현 방식을 내세워 기성 세대와의 차이를 보이고 그들과 단절하면서 자신의 정체성을 인정받고자 한다. 어떠한 장에서나 새로 등장한 젊은 세대들이 기성세대들의 노후한 징후들을 거부하려 하듯이, 문학적 장에 새로 등장한 문학 세대의

---

102) 최재서, 「고 이상의 예술」, 『문학과 지성』, 인문사, 1938, 113면.

103) P. Bourdieu, 정일준 역, 『상징폭력과 문화재생산』, 새물결, 1995, 128면.

주장과 표현이 근대적 문학의 '자율성' 논리에 뒤떨어진 기성문학을 거부하는 것은 당연한 이치라 할 수 있다. 결국 문학적 장의 자율화가 진전될수록 이들의 주장과 표현은 더욱 분명한 '차별화'의 논리로 발전하게 된다. 이러한 맥락에서, 〈구인회〉가 문학적 자율성에 대한 자각, 그리고 형식적 실험을 동반한 창작을 통해 부각될 수 있었던 것은, 이들이 전략적 차원에서 기성문학과의 차별화를 감행했다는 사실과 결코 무관하지 않다.

〈구인회〉가 구사했던 차별화 전략을 구체적으로 밝히기에 앞서 〈구인회〉의 등장에 대한 프로문학 진영의 반응을 살펴볼 필요가 있다. 왜냐하면 당시의 문학적 장에서 〈구인회〉와 양립해 있었던 프로문학 측은 〈구인회〉의 결성과 활동에 대해 공격적 비판을 서슴지 않았을 정도로 〈구인회〉에 대해 부정적 의식이 강했기 때문이다.[104] 그런데 〈구인회〉에 대한 〈카프〉의 민감한 반응은 장의 논리상 당연한 현상이기도 하다. 앞서 밝혔듯이, 상이한 입장간의 위계 질서를 전제로 하는 장은 그 내적 논리에 따라 기능하는 사회적 관계의 경쟁적 체계로서, 동일한 목적을 위해 경쟁하는 제도나 개인으로 구성되어 있다. 이러한 장에서 일반적으로 문제가 되는 것은 그 내부에서 최대한의 지배를 달성하는 것이다. 따라서 각각의 장에는 그 내부로 진입하여 자신의 이해 관계에 맞게 구조를 변경시키려고 애쓰는 신참자들과, 자신의 독점적 지위를 유지하고 경쟁을 배제하려는 기존 행위자들(집단) 사이의 투쟁이 있기 마련이다.[105]

---

104) 〈구인회〉에 대한 당시 〈카프〉측의 반응에 대해서는 다음의 글들을 참조할 수 있다. 백철, 「사악한 예원의 분위기」, 『동아일보』, 1933.10.1; 홍효민, 「1934년과 조선문단」, 『동아일보』, 1934.1.10; 홍효민, 「조선문단 및 조선문학의 전진」, 『신동아』, 1935.1; S.K생, 「최근 조선문단의 동향」, 『신동아』, 1934.9; 박승극, 「조선문단의 회고와 비판」, 『신인문학』, 1935.3; 박승극, 「조선문학의 재건설」, 『신동아』, 1935.6; 김두용, 「구인회에 대한 비판」, 『동아일보』, 1935.7.28~8.1; 한효, 「문학비평의 신임무」, 『조선중앙일보』, 1935.8.14; 박승극, 「문예시론」, 『조선중앙일보』, 1935.11.6.

105) 부르디외가 문학의 장을 기존 세력 관계를 변형하거나 유지하려는 것을 목표로 하는 힘의 장인 동시에 투쟁의 장소로 보는 것은 결코 문학의 장을 정치의 장으로 단순히

따라서 문학적 장에서 일어나는 큰 변화는 신인들이 대거 등장하면서, 작품의 질이나 창작 방법의 혁신을 통해 새로운 방식의 작품 평가 기준을 요구할 때 나타난다. 이때 기존 질서의 옹호자들은 노골적으로 혹은 암묵적으로 새로운 '정의'나 '경계선'을 요구하는 신진세력의 위협적 대두에 맞서 그 존재를 인정하지 않거나 비난과 혹평 등으로 배타적 행동을 취하게 되는 것이다.

먼저, 〈구인회〉에 대한 〈카프〉의 비판을 살펴보면 다음과 같다. 〈카프〉 진영에서도 가장 먼저 공격에 나선 백철은 〈구인회〉를 "현실적으로 존재할 아무런 의의를 갖지 못하는 무의지파 내지 자유주의 전파"106)라며 거의 맹목적으로 비판하였다. 이에 비해 홍효민은 〈구인회〉를, 의지가 없는 것이 아니라 "새로운 반동시대의 제2기적 필연의 정세 밑에서 산출되는 새로운 반동시대의 전위파"107)이자 〈카프〉의 적대세력이라고 간주하면서도, "극히 중추적 임무를 다할 동반자적 그룹이 될 것"이라고 하였다. 또한 박승극은 "구인회 멤버들이 조선의 중요한 신문, 잡지 문예란의 우이(牛耳)를 잡고" 있어 "문예잡지의 발표에 대하야 좌우할 권력을 가진 것에 주목하고", 계급 성분에 대해서는 파시즘에 이용될 우려가 있는 "중간층 작가"108)라고 규정하면서, 조선문학계에서 〈구인회〉가 〈카프〉에 버금가는 문학 단체로 성장할 가능성을 경계하였다.

특히 김두용은 다른 〈카프〉 평자들이 〈구인회〉의 실체를 제대로 파악하지도 못했고 〈구인회〉에 대한 무정견(無定見)을 내보였다는 이유를 내세워 〈카프〉 내부의 비판을 감행하였다.

기능적으로 환원하는 것을 의미하지 않는다. 문학의 장은 정치의 장 또는 여타의 장과 마찬가지로 투쟁의 공간이지만, 이 투쟁은 문학의 장에 고유한 형태의 권력과 위신을 추구하게 된다.

106) 백철, 「사악한 예원의 분위기(상)」, 『동아일보』, 1933.9.29.
107) 홍효민, 「1934년과 조선문단 — 간단한 회고와 전망을 겸하야」, 『동아일보』, 1934.1.10.
108) 박승극, 「조선문단의 회고와 비판」, 『신인문학』, 1935.3, 77~78면.

구인회 작가들의 공통한 점은 무엇인가? 각자가 논의하는 바 주장은 비록 다르다. 그러나 그 주장의 잇어 동일한 근거는 개인주의적 순수예술—예술의 순수성에 있다. 이것이 구인회 조직의 근본적 목표가 되고 있다. 이러한 소위 순문학을 발전시키기 위한 조직이 곧 구인회이다(7.28). (…중략…) 그러면 구인회는 대체 어떠한 방향을 취하고 나갈 것인가? 그 최초 성립의 동기가 카프의 빈약한 활동과 곤란한 정세에 있고 그 입장이 중간적 입장을 취하고 있는 이상(以上) 그 방향은 소부르적 문학의 방향을 취할 것은 명백하다. 이 집단이 결성될 때에 이것을 무의지파라고 한 사람이 있다(백철). 여기에 대하여 이무영씨는 '무의지파인지 아닌지는 총회가 열리어 규약이 발표될 때에 보라고' 공격한 일이 있다. 물론 이 공격은 정당하다. 구인회가 조선의 지명(知名)한 문사가 모와서 문학에 전진하려고 노력할 때에 그것이 아모 의지가 없다는 것은 사실에 부합치 않는다(7.31). (…중략…) (홍효민의 지적처럼—인용자 주) 구인회가 '팟쇼', '캬스팅코—트', '전위파운운'. 참으로 기상천외한이다. 조선의 소위 평론가들의 '구인회'에 관한 이러한 무정견한 평가는 참으로 놀랠만한 일이다. 그곳에는 참으로 정확한 이론이 없다. (…중략…) 조선의 프로작가, 비평가는 '카프'가 해체된 오늘날 (…중략…) 구인회 작가와 정당히 지도하면서 전진하여야 될 것이다(8.1).[109]

〈구인회〉에 대한 〈카프〉 논자들의 입장을 정리해 보면, 계급환원적 태도('소부르적')나 통일전선적('중간파적 작가', '동반자그룹') 관점 등 개별 논자들에 따라 비판의 수위와 관점이 다르다는 것을 알 수 있다. 그럼에도 불구하고 내용적으로는 유사한 문제의식을 발견할 수 있는데, 그것은 〈카프〉가 외부 집단에 대해서도 자신과 동일한 체계와 구조를 강요하고, 나아가 그 집단을 〈카프〉 내부로 견인해 낼 대상으로 간주했다는 점이다.

뿐만 아니라 그들은 집단의 존재 가치를 '맑시즘과 리얼리즘에 대한 수용 또는 거부'라는 이분법적 구도 속에서 판단하였고, 그 이념에 동의하지 않는 것에 대해서는 선택과 배제의 원리를 엄격하게 적용하였다. 가령, 김두용이 〈구인회〉에 제의한 '연대'라는 것도 미학적 매개항이 없

109) 김두용, 「'구인회'에 대한 비판」, 『동아일보』, 1935.7.28~8.1.

는 한에서 단순한 객관적 정세의 변화만을 수용한 결과이며,110) 이는 곧 전술적·조직적 차원의 논의일 뿐이라는 점에서, 그의 견해 역시 프로 문학의 기본 관점을 벗어난 것이라고 보기는 어렵다. 이러한 〈카프〉의 이념적·조직적 배타성은 작품의 문학성을 평가하는 데에서도 여실히 드러났다.

> 지난 해 동안에 파천황적(破天荒的)으로 중간층 작가와 작품이 조선 문단을 지배했지만 얻은 것이라곤 '제로'가 있을 뿐이다. 박영희씨는 일즉이 잃은 것은 예술이요 얻은 것은 이데올로기라는 말을 한 듯하나 조선의 중간층 작가에서는 예술도 이데올로기도 모두 다 잃어버린 것이다.111)

그런데 〈구인회〉에 대한 〈카프〉 진영의 반응이 예외 없이 비난 일변 도였던 것은 아니다. 앞서 살펴보았듯이 〈구인회〉에 대한 비판이 무성한 가운데에서도, 〈카프〉 진영의 작가이자 논객인 권환은 1933년의 평단을 회고하며,112) 김기림과 정지용의 작품을 매우 높이 평가하고 이들 문학에 많은 주의(注意)와 박수가 집중될 것으로 내다보았다. 이런 평가는 김기림과 정지용뿐만 아니라 이효석·이태준의 소설에 대한 전 문단의 기대, 그리고 뒤늦게 새로 가입한 박태원과 이상의 1934년도 작품 「소설가 구보씨의 일일」과 「오감도」에 대한 당시 문단의 관심을 고려해 볼 때 있음직한 발언이기도 하지만, 동시에 〈구인회〉의 등장으로 인한 당시 문단적 구도의 변화와 이후의 객관적인 흐름의 방향을 예견해 낸 결과라 할수 있다. 이와 같이, 〈구인회〉의 등장과 활동을 두고 당시 평론가들 사이에 의견이 분분했으며, 〈카프〉 내부에서도 〈구인회〉의 성격에 대한 견해차이로 상호 비판이 오고 가기도 했는데, 이는 〈구인회〉의 등장이 당시

---

110) 구자황, 「'구인회'와 주변단체」, 『근대문학과 구인회』, 깊은샘, 1996, 134~135면. 구
  자황은 당시의 객관적 정세를 언급하면서 '반파시즘 인민전선'의 영향을 강조하였다.
111) 박승극, 「조선문단의 회고와 비판」, 『신인문학』, 1935.3, 79면.
112) 권환, 「33년 문예평단의 회고와 신년의 전망」, 『조선중앙일보』, 1934.1.1~4.

의 문단 질서에 상당한 영향을 끼쳤다는 증거라 할 수 있다.

요컨대 〈구인회〉는 작가 개개인의 문학적 잠재력에 대해서는 오늘날과 마찬가지로 당대에도 인정을 받았으나, 그 대척점에 놓였던 〈카프〉에 비해 볼 때, 구심점이라 할 만한 이념과 강령이 없고 작품 경향에 있어서는 현실적 관심이 보이지 않는다는 이유로 대체로 부정적인 평가를 받았다.

그렇다면 〈카프〉의 강도 높은 비판과 노골적인 견제에 대해 〈구인회〉는 어떻게 대응했는가? 새로운 문학적 사유와 표현 방식으로 기성세대와의 차이를 강조하고 단절을 표시함으로써 자신의 정체성을 확립해 나갔던 〈구인회〉는 결성 당시부터 많은 비평가들의 주목과 비판을 받게 되자, 기성 문인들과 〈카프〉에 대한 차별화 전략에 있어서 더욱 치밀함을 보였다. 특히, 〈구인회〉가 〈카프〉에 대응하는 양상은, '의식적인 무관심' 및 '검열에 의한 통제'라는, 은폐된 방식이었다는 점에 주목할 필요가 있다.

초기 발기인인 이종명과 김유영은 범문화적인 단체로 〈구인회〉를 기획하여 〈카프〉에 대항할 수 있는 강력한 권력으로 키우겠다는 의도를 분명히 밝힌 바 있다. 그러나 〈구인회〉에 대한 위상 설정이라든가 운영 방식에 있어서 이들과는 전혀 다른 구상을 갖고 있었던 대다수 회원들은 〈카프〉의 공격에 대해 철저히 무관심으로 일관하는 방식을 취했다. 〈구인회〉는 신문 학예면을 장악하고 있다는 유리한 조건을 갖추었으면서도, 〈카프〉 측의 노골적인 공격성 발언에 대해서 한 번도 공개적으로 대응한 적이 없었다. 특히 『시와 소설』(1936.3.13) 후기를 보면 "한번도 대꾸를 한 일이 없는 것은 말하자면 그런 대꾸 일일이 하느니 할 일이 따로 많으니까다. 일후라도 묵묵부답채 지날거다"라고 편집자 이상이 기록한 대목이 있는데, 여기서 알 수 있듯이, 〈카프〉 진영으로부터 쏟아지는 노골적인 비난에 대해 〈구인회〉가 철저한 무관심으로 대응했던 것은, 문학 고유의 활동인 창작에만 전념하다 비롯된 우연적인 결과가 아니었

다.113)

이렇듯, 동일화를 강요하는 〈카프〉의 논리에 정면으로 맞선다거나, 그 논쟁 구도에 휘말려 들어가기를 극구 회피했던 〈구인회〉적인 대응 방식은, 근대문학적 장의 역설적 형태를 잘 보여주고 있다. 즉, 근대적인 문학적 실천의 이중성 또는 그것의 이데올로기적 성격과 밀접하게 연관되어 있다는 것이다.

> 길고 느릿한 자율화의 과정을 거치면서 점차적으로 제도화된 문학적 질서는 모든 형태의 경제주의에 대한 진정한 도전임과 동시에 경제적 세계의 전도된 형태이기도 하다. 이러한 문학적 질서에 속한 사람들은 초연함에 관심을 갖는다. 어떠한 보상도 받거나 기대하지 않음으로써 예언의 진정성이 증명되듯이, 예술적 전통과의 이단적인 단절은 초연함으로써 그 진정성을 증명한다. 이것은 경제적 논리가 전혀 없다거나, 고유한 미적인 의도 외에 다른 것이 없음을 의미하지 않는다.114)

〈구인회〉는 특정한 문학이념이나 강령을 내세운다든지 하여 문학 집단으로서의 정체성을 드러내는 방식을 의도적으로 삼갔을 뿐만 아니라, 비난에 가까운 〈카프〉의 공격성 발언에 대해서도 철저한 무관심으로 일관했다. 〈구인회〉 결성 무렵, 발의자였던 이종명·김유영은 당시 문단에서 〈카프〉 공격의 맹장으로 인식되어 있었던 염상섭을 〈구인회〉의 우두머리 자리에 앉히려고 시도하였지만, '〈구인회〉가 문학 집단이지, 정치 단체가 아니다'라는 이유를 내세운 대다수 다른 멤버들의 반대에 부딪혀 그 시도가 무산된 바 있다. 이러한 사실에서도 알 수 있듯이, 〈구인회〉로서는 애초부터 〈카프〉와 시비를 벌일 생각이 전혀 없었다. 말하자

---

113) 이러한 〈구인회〉의 반응은 우연적 결과라기보다는 문학적 장이라는 것이 그 특성상 '암묵적인' 규칙에 의해 구조화된다는 점에서 비롯된 것이다.

114) P. Bourdieu, *The Rules of Art*, trans. by Susan Emanual, Stanford University Press, 1992, pp.215~216.

면, 그들은 스스로 의도하지 않았던 논쟁에 휘말릴 수 있는 행동은 극히 자제하였는데, 이는 섣불리 〈카프〉 진영에 맞대응함으로써 논쟁의 소지를 만들지 않기 위해서였다.

문학을 사회 변혁의 수단으로 본 〈카프〉와 문학의 자율성을 존립 근거로 삼은 〈구인회〉가 서로 논쟁할 경우, 그것이 저널리즘의 논리에 재단되리라는 것은 분명한 사실이었고, 나아가 당시의 시대적 상황에 비추어 보아, 〈구인회〉의 입장이 전폭적인 문단의 후원이나 여론의 지지를 받지 못할 것임은 〈구인회〉 스스로가 어렵잖게 예상할 수 있었을 것이다. 뿐만 아니라, 문학의 장의 자율적 성격이 절대적일 수 없어 작가들의 실천이 궁극적으로 '권력 장'115)과의 연관 속에서만 설명될 수 있음을 고려할 때, 더구나 〈구인회〉 멤버 대부분이 직업적 작가이면서도 주요 저널리즘의 요직을 맡고 있었음을 감안한다면, 〈구인회〉의 전략은 일종의 정치적 감각의 소산인 것으로 보인다. 이렇듯 〈구인회〉가 〈카프〉 작가들을 직접적인 비판의 대상으로부터 제외시킨 것은 분명히 의도적이라고 하지 않을 수 없는데, 이는 — 본절 후반부에서 논의되겠지만 — 전(前)세대 작가들의 문학적 태도와 방법에 대해서는 신랄하게 비판했던 것을 염두에 둘 때 더욱 명확해진다.

이와 관련하여 〈구인회〉의 결성 과정에서 주목할 만한 사실은 '염상섭 영입의 실패'와 '4대 일간지 학예면의 장악'116)이다. 부르디외 식으로 말하자면, 이러한 행위는 문학의 장에서 발생하는 물질적이고 상징적인 자본에 대한 관심에서 비롯된 것이다. 먼저, 조용만의 기록을 통해 염상섭

---

115) P. Bourdieu, Ibid., p.215. "권력장은 (경제적이거나, 또는 특히 문화적인) 여러 다양한 장들 속에서 지배적인 위치들을 점유하기 위해 필요한 자산을 소유하려고 하는 행위자들이나 집단들 사이의 힘의 관계의 공간이다. 이것은 다양한 권력들(또는 다양한 종류의 자산들)을 소지한 자들 사이의 투쟁의 공간이다. 이 투쟁은 다양한 종류의 자산들의 상대적 가치를 변화시키거나 유지하는 것을 목표로 삼는다."
116) 후자의 문제는 1부의 2장 3절 '저널리즘의 장악과 문학적 정당성의 획득'에서 상세히 논의될 것이다.

의 영입 문제를 둘러싼 당시의 정황을 살펴보면, 이종명이 염상섭을 모임의 리더로 내세울 것을 처음으로 제안했다는 사실을 확인할 수 있는데, 이는 〈구인회〉 발의자들(김유영·이종명)이 〈카프〉에 맞서서 좀더 권력 지향적인 문학 집단을 만들어 보겠다는 의도를 품었기 때문인 것으로 보인다.117)

그렇다면 왜 〈구인회〉의 구성에 있어서 다른 사람도 아닌 염상섭이 영입 대상이 되었는가라는 문제가 자연스럽게 제기될 수 있다. 당시의 횡보는 『조선일보』 학예부장을 그만 둔 상태였지만, 이미 『매일신보』 정치부 기자를 지낸 적이 있었고, 매우 치밀하고 분석적인 내용으로 무장하여 프로문학 반대운동의 효장(驍將)으로 이름을 날린 바 있었다.118) 이러한 염상섭을 순전히 프로문학 공격을 위한 리더로 영입하자는 발의자들의 제안에 대해 조용만·정지용은 찬성하였으나, 이효석과 이태준은 완강하게 반대하였다. 〈카프〉측의 대표적인 이론가이자 실천가인 박영희와 이미 일대 설전을 벌인 바 있는 염상섭을 리더로 앉힌다면 이는 결국 〈카프〉측과 싸움을 하자는 뜻밖에 되지 않겠느냐는 것이 이효석의 반대 이유였다.

이에 비해서 이태준은 세대론에 근거하여 반대했는데, 말하자면 30대 작가들로 구성된 〈구인회〉에 40대인 염상섭이 들어오면 본인도 어색할 것이고, 독립운동 같은 정치운동이라면 상관없겠지만, 문학운동에서는 서로 거북할 것이라고 하여 반대 의사를 분명히 표시했다. 이 또한 〈카프〉와의 직접적인 논쟁을 삼가면서도 문학적 장의 구도를 재편하려는, 신문사 학예부장으로서의 날카로운 문단 감각에 근거한 판단이었다. 이리하여 염상섭을 우두머리로 추대하려던 이종명과 김유영의 제안은 본

---

117) 염상섭의 영입 문제는, 처음부터 〈카프〉를 의식하고 직접 맞서고자 했던 김유영·이종명의 개인적인 발상이었던 것으로 전해지는데, 결국 이태준 등의 강력한 반대로 무산되고 만다. 말하자면 반대자들은 전체 문학생산의 장의 구도를 전환하는 데에 있어서 〈카프〉 비판의 맹장이라 일컬어지던 염상섭의 영입이 합당하지 않다고 보았던 것이다.
118) 조용만, 『울밑에 선 봉선화야』, 범양사 출판부, 1985, 129면.

인의 고사와 회원들의 반대로 인해 끝내 무산되었을 뿐만 아니라, 이를 계기로 이종명과 김유영은 〈구인회〉를 탈퇴하게 되었다. 이종명과 김유영은 신문사 학예부 담당 기자를 겸한 작가들을 회원으로 끌어들여 〈구인회〉를 처음으로 구상하고 조직한 장본인들이었지만 다른 회원들에 비하여 문학활동이 부실하고 문학적 자질을 별로 인정받지 못했던 터였다. 결국 염상섭 영입 문제가 그들의 탈퇴로 일단락됨으로써, 〈구인회〉의 주도권은 당시 문단에서 가장 능력을 인정받고 있었던 이태준과 정지용에게로 자연스럽게 넘어가게 되었고 이후 〈구인회〉의 작품 창작과 발표는 더욱 왕성해졌다.

한편 1933년 이후 작품 발표 지면에 대한 〈구인회〉의 독점 현상이 매우 뚜렷해졌다. 이는, 〈구인회〉 멤버들이 대부분 신문사 및 잡지사에 적(籍)을 두고 있었다는 사실로 미루어 보아, 〈구인회〉가 〈카프〉에 대해 '검열에 의한 통제'를 수행한 결과로 볼 수 있다.

> '다독다작의 슬로건을 걸고 구인회를 조직해서 조선문단의 주목을 끌었다'(조선연감)고만 하는 것은 추상적 관찰에 지나지 못한다. 물론 그들은 처음에 다독다작을 표방했고 지난 해에 공개한 사업으로는 강연회가 있었을 뿐이나 이 구인회와 동체이명(同體異名)의 극예술연구회는 '카프'와 엄연히 대립해 있으며 또 그 멤버들이 조선의 중요한 신문, 잡지 문예란의 우이(牛耳)를 잡고 있다는 것을 알지 않으면 안 된다. 그러므로 그들은 문예작품의 발표에 대하여 좌우할 권력을 가진 것이며 지난해에는 그 권력을 제멋대로 행사한 것이다.119)

이러한 현상은 당시 저널리즘의 동향에 대한 논객들의 언급을 통해서도 확인될 수 있다. 1930년대에 들어서면서 이전 시기에 비해서 그나마 상대적으로 발표 지면이 다소 넓어진 것은 사실이다. 특히 1930년대 중반기 이후에는 『조선일보』·『중앙일보』·『조선중앙일보』 등 3대 민간

---

119) 박승극, 「조선문단의 회고와 비판」, 『신인문학』, 1935.3, 77~78면.

지들이 문예면을 강화하여, 『조선일보』는 매주 한 번씩 타블로이드판 4 면의 문예부록을 발행했고, 『동아일보』는 거의 매일 학예면을 통해서 유명무명 작가의 작품을 게재했으며, 『조선중앙일보』 역시 이상을 비롯한 신인들의 작품에 상당한 지면을 할애했다.[120]

하지만 발표 여건이 다소 나아졌다고 하더라도 여전히 발표 지면은 충분하지 못했을 뿐만 아니라, 문단의 모든 작가들에게 발표 기회가 고르게 주어진 것도 아니었다. 말하자면, 신문의 학예면과 잡지의 문예란을 〈구인회〉가 독점하다시피 했으니 당시 〈카프〉 진영에서는 상당히 불만을 품을 수밖에 없었던 것이다. "조선의 부르조아 저널리즘이 카프 측의 일체의 문화적 활동에 대한 완전한 보이콧트를 단행하고 있다"[121]는 이원조의 언급을 보더라도, 이미 더 이상 〈카프〉가 권력을 장악하던 시절의 문단이 아니었음을 알 수 있다. 문학적 장의 구도는 점차 〈구인회〉를 중심으로 재편되고 있었고, 나아가 다양한 입장과 세력간에 대립과 갈등이 형성되어 가고 있었던 것이다.

소위 문단과 발표기관과는 고기와 물의 관계 모양으로 불가분의 혈연을 가지고 있다는 것은 다른 부언을 요치 않아도 명백한 사실이다. 특히 작년에 (…중략…) 재래 프로파에 속한 작가들에게는 뼈에 사무칠 원한(怨恨)과 모욕을 저널리즘에게 당하고 있었던 것이다. (…중략…) 신문학예란과 잡지문예항에 나타난 작품과 작가를 일별할 때에 (…중략…) 너무도 균형을 잃어버린 것이다. 그 세계에서 드물다 할 고료를 가지고 재래 프로파나 진보적 작가의 작품은 의식적으로 보이콧하면서도 편집자에게 친교가 있거나 이유모를 '일류문사'란 타이틀이 있거나 어느 그룹에 소속되었거나 한 작가에게만 특권을 허해서 대중에겐 손톱끝만한 이익도 없는 작품을 발표하는 데는 지면을 애낌없이 제공하는 것이다. **발표기관의 불충분, 불균형과 관련하여 그 중요한 존재인 구인회를 생각해보지 않을 수 없다.**[122] (강조-인용자)

---

120) 김용직, 『한국현대시연구』, 일지사, 1985, 292~293면.
121) 이원조, 「신춘당선문예개평」, 『조선중앙일보』, 1932.2.9~13.

이상의 논의를 통해 여기서 지적하려는 것은 기존 연구사의 관점대로 〈구인회〉의 문학사적 위상을 '반(反)카프 집단'으로 제한하는 것은 지극히 피상적인 해석이라는 것이다. 왜냐하면 〈카프〉의 쇠퇴와 〈구인회〉의 등장이라는 선후 사실을 연속적인 문학사 속에서 인과론적으로 인식하게 되면, 각각의 문학적 사실에 담긴 고유한 문제의식이 왜곡될 수밖에 없기 때문이다. 〈구인회〉는 〈카프〉에 직접적으로 대립하려고 했던 것이 아니라, 〈카프〉가 장악하고 있던 기존의 문학적 장의 구조에 어떤 변동이 생길 것을 기대했다고 볼 수 있다. 문학적 장의 구조의 변화는 곧 문학적 권력의 이동을 의미한다. 그런데 이러한 권력의 획득은 단순히 논리로써 가능한 것이 아니었기에, 논쟁에 가담하는 것이 〈구인회〉의 입장에서는 오히려 문학적 에네르기의 낭비에 불과했을 것이다. 따라서 〈구인회〉가 〈카프〉의 공격에 대한 맞대응을 삼갔던 것은 그들이 실제로 무관심하거나 태도가 소극적이어서가 아니다. 오히려 문단 대내외적인 그들의 위치가 가져다준 날카로운 정치적 감각을 문학적 장에서 적절히 발휘한 결과였고, 그것은 결국 문단적 구도의 재편성이라는 궁극적인 효과를 낳을 수 있었다.[123]

한편, 〈구인회〉의 차별화 전략은 〈카프〉에 대한 것으로 한정되지 않는다. 그들은 자신의 문학관을 표명하거나 문단의 현실을 비판하는 데에 신문 학예면을 적극적으로 활용하였는데, 이 과정에서 〈구인회〉는 근대문학 초창기에 활동한 선배 문인들에 대해 매우 공격적인 태도를 취했다. 이 사실은 〈카프〉에 대한 태도와는 상반된다는 점에서 주목할 만하다.

먼저, 『조선일보』가 기획한 「1934년도의 문학건설 – 창작의 태도와 실제」(1934.1.1~1.25)라는 특집란에는 이태준・이무영・이종명・이효석・유

---

122) 박승극, 「조선문단의 회고와 비판」, 『신인문학』, 1935.3, 76~77면.
123) 이 글에서 문학적 정당성을 둘러싼 〈카프〉와 〈구인회〉의 역관계 및 문단 구도의 재편을 주장하는 것이 〈카프〉가 〈구인회〉의 존재 근거임을 의미하는 것은 아님을 밝혀둘 필요가 있다. 말하자면, 〈구인회〉와의 역관계 속에서 〈카프〉를 언급하는 것은 〈구인회〉 결성 당시 문단의 객관적 구도상 피할 수 없는 조건이라는 정도의 의미를 지닐 뿐이다.

치진 등 〈구인회〉 회원들이 김억 · 김남천 · 채만식 · 이기영 · 김동인 등 기성 문인들과 나란히 자신의 작가적 견해를 밝혀 놓았다. 이태준의 「작품과 생활이 경주중」(1.1), 이무영의 「작가 자신의 생활혁명」(1.4), 이종명의 「문학본래의 전통」(1.12), 이효석의 「낭만, 리알, 중간의 길」(1.13), 유치진의 「철저한 현실 파악」(1.21) 등이 바로 그것이다. 이러한 현상을 통해 문단 내에서 〈구인회〉의 상대적 비중이 점차 커지고 있음을 알 수 있고, 동시에 당시의 문학적 장의 구도가 상당히 변해가고 있음을 짐작할 수 있다.

특히, 이 기획을 통해 이태준 · 이종명 · 이효석 · 유치진이 발표한 글에는 〈구인회〉의 문학적 입장이 잘 드러나 있다. 작가라는 직분에 대해서 대단한 가치를 부여한 이태준은, 문학이 생활이나 이념의 수단이 될 수 없다는 그의 소신을 분명히 밝혀 놓았다. 또, 이종명은 예술의 전통은 '공리적 계획'과는 무관한 예술 본래의 순수성을 지녀야 한다는 점을, 그리고 이효석은 작품 내용의 진실성 못지 않게 표현이 중요하다는 점을 강조하였다. 이무영과 유치진은 현실에 충실하겠다고 다짐하고 있는데, 이 또한 보다 나은 작품을 창작하기 위해 작가적 태도를 반성하는 문맥에 놓여 있으며, 나아가 문학 고유의 영역인 창작에 전념하겠다는 〈구인회〉의 문학적 태도를 잘 반영하고 있다. 〈구인회〉 회원들은 이와 같이 『조선일보』 지상을 통해 문학에 대한 각자의 견해를 밝힘으로써 결과적으로는 〈구인회〉의 집단적인 의사를 직접 표명한 셈이 되었다.

또한 〈구인회〉 회원들은 자신과 문학관이 다른 선배 문인들에 대해 신문 지면을 빌려 공격함으로써 보다 적극적인 방식으로 문단 내에서의 자신의 위상을 확고히 해 나갔다. 예컨대, 그들은 같은 해 『조선중앙일보』(1934.6.17~29) 지면에 「격! 흉금을 열어 선배에게 일탄을 날림」이라는 자극적인 격문을 발표한 바 있다. 이무영 · 이종명 · 박태원 · 조용만 · 김기림 등이 이광수 · 주요한 · 김동인 · 염상섭 · 현진건 · 오상순 등의 선배에게 공개장을 띄운 것이다. 이때, 그 매체가 이태준이 학예부장을 맡고 있는 『조선중앙일보』라는 점 또한 기억할 만한 사실이다.

이무영은 「춘원 이광수씨에게」(6.20~22)라는 글을 통해 문단의 대선배인 이광수에게 문학적 각성을 촉구하였다. 그는 "'모모신문편집국장 이광수'라던가 '모모신문부사장 이광수'라는 것보다는 '소설가 이광수'라는 것이 얼마나 격에 맞게 들리는지 모르겠습니다" 그리고 이어서 "선생은 다시 십년 전으로 돌아가섰스면 하옵니다. 정치기구인 신문사의 편집국장 시대와 사장 시대를 한 짧막한 여름밤의 한 못된 꿈으로 돌리시고 다시 「혈서」의 작자로 「무정」의 작자로 돌아가시면 하옵니다. 다시 옛날의 대학청년 시대로 돌아가소서"라고 하면서 이광수에게 작가로서의 위치로 복귀할 것을 촉구하였다.

「빙허 현진건씨에게」(6.23)라는 글을 쓴 이종명은, 1920년대 중반 이후 신문사 기자생활을 하면서[124] 창작을 거의 하지 않고 있는 현진건을 향해 단편작가로서의 과거의 명성을 회복할 것을 권고하였다. 가령, "내가 정작 씨를 존경하고 기대하는 것은 장편보다도 저 '체홉'을 연상시키고 '오─헨리'를 무안케 할 만하든 단편이다"라는 대목에서는, 문학을 등진 선배 문인에 대한 아쉬움을 잘 드러내 보이고 있다.

박태원 역시 「김동인 씨에게」(6.24)라는 글을 통해, 그 당시 통속적인 역사소설을 신문에 연재하면서 순수문학의 창작과는 점점 멀어져가고 있는 김동인을 정중하면서도 단호하게 비판하고 있다. 그는 "근래에 수삼(數三) 발표하신 그 저속한 통속 소설 말고 왕년에 「배따락이」, 「목숨」, 「감자」 등에서 보혀주신 그 '바른길'을 거러가시라 고언을 들일까"라고 하면서, '작가적 기개, 작가적 자존심'을 되찾으라고 당부하였다.

다음으로 조용만과 김기림의 글이 이어지는데, 다른 회원들이 선배 문인들을 비판하면서도 정중한 태도를 잃지 않은 데 반해, 이들은 대담하고도 신랄한 비판을 서슴지 않았다. 조용만은 「염상섭 씨에게」(6.26~27)

---

124) 현진건은 1925년에 『동아일보』에 입사하여 1937년까지 사회부장을 역임한 바 있다.

라는 글에서 "도대체 조선문단의 선배들은 우리들 20세대의 젊은 세대에게 보히여 부끄럽지 안흔 작품을 써본 일이 잇습니까? (…중략…) 이러케 말하는 것이 오로지 나의 무지와 불손 외의 아무것도 아니라고 논박할 수 잇는 작품이 잇습니까?"라고 반문하고, "현대의 조선문학은 아무러한 자기반성이 업는 일본문학의 조박만을 하기에 급급한 아류문학 모방문학에 불과하다"고 일침을 가하면서, 구세대 작가들뿐만 아니라, 전 문단에 대해 강렬하게 비판하였다. 나아가, 신문에 연재하고 있는 통속소설을 중단하고 「표본실의 청개구리」, 「암야」, 「해바라기」와 같은 작품을 발표하던 단편작가 시대로 복귀하라는 권고도 잊지 않았다.

끝으로 김기림은 「주요한 씨에게」(6.28~29)라는 글에서 상당히 공격적인 어조로 주요한을 비판하였다. 특히 그가 이 글을 'G.W생'이라는 필명으로 기고했기에 더욱 대담할 수 있었으리라 짐작된다. 먼저 그는 "예술의 세계에서 나는 선배라는 말을 얼마 인정하지 안는다. 인정한다면 겨우 연령에 잇서서의 선배일 것이다"라고 단언했다. 이어서 그는, 「아름다운 새벽」의 작가 주요한이 그 당시 '화신상회'에 입사한 이후로 문학과는 멀어진 일상인이 된 사실을 환기시키고는 "이러케 떠나간 그는 다시 돌아오고 마럿다. 하지만 시에는 돌아오지 안헛다. 커―다란 상사회사의 과장의 의자로 돌아왓다"고 힐난했다. 김기림은 "요한 돌아오려거든 차라리 참된 시의 길―인생과의 백병전으로 돌아오라, 단애로 돌아오라, 참된 시인의 압길은 오직 위기를 거처서만 무덤으로 통한다. 그러치 안커든 차라리 돌아오지 말럼"이라는 충고의 말로 글을 마쳤다.

위의 글들은, 각각 글 쓴 주체와 논의 대상이 다르고 비판의 수위에서도 다소의 차이를 보이고 있긴 하지만, 유사한 문제의식을 함축하고 있다. 말하자면, 대체로 기성 문인들의 침체와 부진, 통속화 경향, 창작 태도의 진부함 등을 지적, 비판함과 동시에 그들의 문학적 각성을 촉구하는 내용으로 일관하고 있다는 것이다. 이것은 역으로 한 작가, 혹은 비평가로서, 그리고 <구인회>의 일원으로서 자기 자신의 정체성을 확인해

가는 계기가 될 수 있었을 것이다.

이전과는 전연 새로운 문학을 개척하려는 입장에서는 기존 문학과 기성 문인을 비판하지 않을 수 없다. 따라서 기성 문인들에 대한 〈구인회〉의 이러한 비판 속에서 확인할 수 있는 것은, 곧 스스로 그들과 다른 세대임을 확인하려는 세대의식과 그러한 의식에 내재되어 있는 단절과 차별화의 전략이다.[125] 이렇듯 선배 문인들에 대해 〈구인회〉가 비판을 가했던 궁극적인 목적은, 선배 문인들의 변화를 요구하는 데에 있다기보다는, 스스로를 그들과 차별화시키는 데에 있는 것이다.

이와 같이 〈구인회〉의 차별화 전략은, 연배나 문단 경력으로 보아 거의 같은 세대에 속해 있는 〈카프〉에 대한 방식과, 근대문학 초창기에 활동한 전(前)세대 작가들에 대한 방식에 있어서 매우 다르다. 먼저, 〈카프〉에 대한 〈구인회〉의 방식이 신문사(잡지사) 기자라는 문단 외적 위치를 활용한 교묘하고 은폐된 성격을 띠었다면, 구세대 문인에 대해서 〈구인회〉는 공개적이고 집단적인 방식을 취하거나, 작가 대(對) 작가로서의 발언을 통해 문학관의 차이를 부각시키는 등, 말하자면 문학적 차원에서 강한 비판을 가했다. 다음으로는, 〈구인회〉가 〈카프〉에 대해서는 일체의 공개적인 비판을 삼가고 그들의 노골적인 공격에 대해서도 묵묵부답으로 일관하는 등 철저히 무관심을 '가장한' 태도를 보였던 반면, 앞 세대 문인들에 대해서는 창작상의 침체와 안일한 태도를 두고 강도 높게 비판하거나 문학적 각성을 촉구하기도 하고, 동시에 자신들이 주최한 '조선신문예강좌'에 이광수·김동인을 연사로 초빙하여 친분을 드러내는 등 상당한 관심을 의식적으로 드러내었다.

그런데 이때, 선배 문인들에 대한 〈구인회〉의 태도가 이중적이었음에 주목할 필요가 있다. 문학적 장의 구조 내에서 우위를 차지하려면 자본

---

125) 민족주의 계열의 선배 문인들에 대한 〈구인회〉의 비판을 두고, 서준섭은 〈구인회〉가 민족주의 문학의 비판적 계승자임을 자처하는 행위로 해석하였다. 서준섭, 『1930년대 모더니즘 문학연구』, 일지사, 1988, 42~45면.

의 분배를 둘러싼 치열한 역관계에 민감하지 않을 수 없다.[126] 특히 여러 자본 중에서도 긴밀한 사회적·인맥적 관계를 의미하는 사회자본의 비중이 상대적으로 크다는 사실은 문단의 중요한 속성 중의 하나이다. 1930년대라는 문학적 장 속에서 앞 세대 문인들의 영향력은 아직도 무시할 수 없는 것이었다. 이러한 상황에서 문학적 장의 구조를 적극적으로 재편함으로써 자신의 문학적 헤게모니를 관철하려는 〈구인회〉로서는 선배 문인들을 상당히 의식하지 않을 수 없었을 것이다. 따라서, 아직도 문단적으로나 사회적으로 대가급 문인이자 지식인으로 인정받고 있는 이광수나 김동인 같은 선배 문인들을 초청하는 등 그들과의 관계를 대내외적으로 과시하는 행위는, 문학적 장의 구조 내에서 우위를 차지하려는 다분히 적극적인 전략이라 할 수 있다.

1930년대의 문학의 동향을 살펴보면, 한편으로는 구세대 작가들이 창작과 절연하거나 통속화 경향으로 경도되었고, 〈카프〉 해산에 즈음하여 프로문학 진영에서는 이념적·문학적 혼란이 극심해졌지만, 다른 한편으로는 프로문학에서의 이념의 내면화와 〈구인회〉의 문학주의가 상호 작용함으로써, 결과적으로 작가들의 문학적 인식이 확대, 심화되고 창작열이 왕성해지면서 양질의 작품이 생산되었음을 알 수 있다. 이러한 정황 속에서 〈구인회〉가 문단 내의 입지를 확고히 다질 수 있었던 것은, 이제껏 본 절에서 살펴본 바와 같이, 기존의 문단 구조를 변화시키기 위

---

126) 부르디외에 의하면 장의 역동성과 변화는 자본(경제자본·문화자본·사회자본·상징자본 등)의 분배 구조와 투입된 자본의 양과 비율로부터 영향을 받는데, 그 중 사회자본은 지속적인 사회적 관계망의 점유 또는 특정 집단에의 소속 등(어떤 개인의 사회적—인맥적—학맥적—정치적 연줄이나 어떤 단체·집단·공동체에 소속된 것)을 의미한다. 이때, 한 개인이 소유하는 사회자본의 양은 그가 활용할 수 있는 관계망의 범위와, 그가 관계맺고 있는 타인들의 (경제·문화·상징) 자본들까지 포괄하게 된다. 그런데 사회자본은 자연적으로 주어지는 것이 아니라, 지속적인 갱신과 유지작업을 필요로 하는데, 이는 상징적 승인을 획득하기 위한 작업을 의미하기도 한다. 이러한 승인의 재생산에는 특정한 제도적 장치가 투입된다. P. Bourdieu, 정일준 역, 『상징폭력과 문화재생산』, 새물결, 1995, 33면.

한 〈구인회〉 나름의 차별화 전략이 있었기 때문이다. 즉, 〈구인회〉는 시나 소설이 한때 정치적 슬로건으로까지 전락했던 〈카프〉식의 문학에 매우 비판적이었기에 신문, 잡지의 문예란을 독점하면서 프로문학의 문단적 입지를 잠식해 들어갔고, 저널리즘의 기업화와 함께 날로 통속화되어 가는 기성 문인들의 경향을 공개적으로 성토하였던 것이다. 그 결과 〈구인회〉의 등장은 기성 문인들에게 위기의식을 심어 주면서, 당시 문학적 장의 구도가 재편되는 데 결정적인 계기로 작용할 수 있었다.

하지만, 〈구인회〉가 가장 비중을 두었던 활동은, 무엇보다도 창작적 실천이었다. 그들은 문학적 전통과의 연속과 단절127) 속에 위치한 1930년대라는 가능성의 공간 속에서, 결성 당시부터 '순연한 연구적 입장에서 상호의 작품을 비판하며 다독, 다작을 한다'는 명목을 내세웠고, 그 소속 작가들은 등단 이후 줄곧 창작에 매진하면서 다양한 문학적 실험을 감행하였다. 결국, 이러한 〈구인회〉적인 방식이야말로 전혀 모순적인 양면성의 결합이라 할 수 있는 근대적인 문학적 실천의 이중성, 혹은 그 것의 이데올로기적 성격을 보여주는 것이라 하겠다.

3. 저널리즘의 장악과 문학적 정당성의 획득

문학은 제도화·자율화 과정을 거치면서 문학적 전통에 대해서 뿐만이 아니라 사회경제적 질서로부터 의식적인 단절을 감행해 왔다. 하지만

---

127) 황종연, 「모더니즘의 망령을 찾아서」, 『모더니티란 무엇인가』, 민음사, 1994, 196면. "'전통과의 결별'이라는 것은 단순히 기존의 문학적, 예술적 관습의 파괴와 혁신을 뜻하는 것이 아니다. 그것은 역사적인 것을 경험하는 근대 특유의 방식이라는 차원에서, 다시 말하여 유동적인 현재에 대한 의식에 압도된 생산적인 망각의 전략이라는 차원에서 이해되어야 한다."

권력에 의해 조종되는 이해타산적인 사회 질서에 대한 근본적인 절연이
란 사실상 가능하지 않으며, 오히려 그러한 단절이 의식적인 만큼 문학
적 장 내부에 사회적 권력의 구조가 각인되지 않을 수 없다. 말하자면
문학적 장이 종교적 혹은 정치적인 속박으로부터 벗어난다고 하여도 역
시, 문학적 장 내부에도 지배자와 피지배자, 즉 문학적 권위를 획득한
자와 그렇지 못한 자가 있을 수밖에 없어 그들 사이에 특수한 역관계가
형성되고, 나아가 내적 투쟁이 벌어지게 되는 것이다. 이러한 의미에서
문학적 장과 사회적 장 사이에는 구조적 상동성이 존재한다고 할 수 있
다. 본 절에서는 이러한 상동적 구조를 해명함으로써, 동일성의 사유가
갖는 한계를 극복하고 다른 장들과 구별되는 문학적 장 고유의 논리를
밝혀 보고자 한다.

　문학생산의 장에서는 문학적 정당성을 갖춘 생산자로서 인정받기 위
한 '작가', '시인', 그리고 '비평가'들의 경쟁과 투쟁이 지속된다. 그 결과
장 내부에서는 문학적 권위를 지닌 개인이 생겨나고 집단이 형성된다.
앞서 살펴보았듯이, 장이란, 그 내부에서 생산에 참여하는 사람들의 전
체를 의미하는 것이 아니라 '행위자들간의 위치들의 체계'로 정의되는
것이기 때문에, 출판사나 저널리즘과 같은 제도가 이 체계에 긴밀히 연
결되어 문학적 정당성을 얻기 위한 행위자들간의 경쟁 혹은 대립 관계
에 개입하게 된다.

　이러한 인식은 1930년대 문단을 언급한 당시의 평문에서도 발견된다.
가령, 김남천은 당시 문단의 개념이 변화하게 된 정황을 밝혀놓고 있는
데,128) 그에 의하면, 이전에는 '조선 문단'이란 개념이 정치에서의 결백
과 자유를 내세우는 예술지상주의자의 시민적 술어로서 프로문학인에게
는 하나의 길항과 배격의 대상이었다고 한다. 그런데 1930년대에 이르러
그 개념의 시민성이 폭로되면서 혼란이 야기되었는바, 그 이유는 〈카프〉

---

128) 김남천, 「동인지의 임무와 그 동향」, 『동아일보』, 1937.9.26.

가 해산되면서 대부분의 프로문학 진영 작가들이 문단 내부로 들어왔기 때문이다. 결국, 문단이란 문학 본래의 정신과는 무관한, 출판자본을 획득하기 위한 '상업적 시장'이며, 문학인 또한 자본에 종속된 '문필노동자' 그 이상이 아니라는 것인데, 이러한 사실을 이미 당시의 문인들은 분명히 인식하고 있었음을 다음 인용문을 통해 알 수 있다.

> '문단'이란 것과 문학자들의 상호관계를 상세하게 분석해본다면 이 형해뿐인 개념이 저널리즘을 가운데 두고 그러므로 한 개의 문학본래의 정신이라는 것보다도 출판자본을 에워싸고 형성된 것이라는 것을 알 수가 있을 것이다. 막연하여 잡을래야 잡을 수 없고 그렇다고 완전히 거부해 버릴 수도 없는 이 문단이란 수상한 술어는 사실인즉 예술 지상주의자들의 생각과 같이 고상한 순수한 상아탑도 아니고 한번 그 공기에 부딪치면 적지않게 취기가 코를 찌르는 **상업적 시장일지도** 알 수 없다. 아닌게 아니라 문단 속에 있어서의 출판자본의 엄연한 세력과 출판기관 당사자들의 이 속에 있어서의 모종의 힘은 이런 것으로밖에 이해할 길이 없다. **평론가와 작가가 타방에 있어서는 문필노동자인 한,** 이러한 관계는 이(理)의 당연한 바라 할 수 있으며 이에 대항하는 작가나 평론가의 직업적 기관이 없는 이상 출판에의 문단의 종속도 모면할 수 없는 필연사일 것이다. (…중략…) 여하튼 현재의 문단이란 것이 문학적 행동, 다시 말하면 문학정신의 실행을 통하여 유지되어 있지 않다는 것만은 알아두어야 할 것이다. 이러한 가운데 있어서는 동인잡지를 통한 문단에의 등용이란, 문학지원자의 아름다운 환상과는 다소 뒤틀리지 않을 수가 없다.[129] (강조-인용자)

김남천이 위 글에서 저널리즘에 대한 문단의 종속현상을 지적했다시피, 근대적 의미의 문단은 사회적 토대를 떠나서는 설명될 수 없다. 이미 근대사회에서 기업화된 저널리즘이란 "신문, 잡지, 단행본 등의 출판물을 생산, 판매하는 자본주의적 기구의 일(一)결과이어서 바로 상품이라는 점에 그 특징이 있"으며, 동시에 "사회의 이데올로기적 상층기구에

---

129) 김남천, 「동인지의 임무와 그 동향」, 『동아일보』, 1937.9.28.

속하는 하나의 역사적 현상"130)이라 할 수 있다. 특히 〈구인회〉는 문인 기자 집단이라고 할 수 있을 정도로, 결성 당시부터 저널리즘과 긴밀히 연관되어 있었다. 이 사실은 〈구인회〉활동 전반에 결정적 영향을 미쳤을 뿐만 아니라, 1930년대의 문학적 장의 변화에도 중요한 변수로 작용하였다. 따라서 당시 저널리즘의 사회적 의미와 문단과의 관련성을 파악하는 것은 〈구인회〉 문학의 이해에 있어서 매우 중요하다.

1931년 만주사변을 계기로 일제 식민권력과 국내 토착자본가 상층부 사이에 보다 긴밀한 유대 관계가 성립되면서 전자에 대한 후자의 예속화가 더욱 강화되어 갔다. 이는 한편으로는, 토착 자본가 블록이 자신의 토대를 기반으로 한 독자적인 근대화의 길을 포기하고, 일제의 만주 침략에 편승하여 식민권력에 의한 헤게모니 구축에 보조자 내지 동조자로 나서게 되었음을 의미하고, 다른 한편으로는, 일제가 무력적 강탈을 통하여 광대한 만주 지역을 식민지로 편입함으로써 자신의 헤게모니를 구축하고 토착 자본가 블록을 유인할 수 있는 다양한 전략을 구사할 수 있게 되었음을 의미한다.

당시 1930년대 초·중반에는 이른바 만주 붐, 만주 개발이라는 용어가 언론을 비롯한 대중매체에 광범위하게 유포되었으며, 실제로 조선인 자본가들이 만주로 진출할 수 있는 기회가 현저하게 늘어났다. 말하자면 1930년 이후 민족 부르조아지 계급의 일부는 만주를 담보로 한 예속화의 길을 선택함으로써 민족적 차원의 헤게모니를 획득하는 데 넘지 못할 선을 넘고 말았던 것이다. 정치적으로 보더라도 이들은 자신들이 바라던 대로 식민지 지방의회나 모국 의회로 대표를 파견하는 대신에, 지방제도의 개혁이라는 최소한의 양보를 대가로, 민족국가의 수립을 위한 잠재적인 정치 역량을 일본 제국주의의 팽창을 위한 전시체제에 모두 쏟아 부었다.131) 결국 조선의 민족 부르조아지를 중심으로 한 세력은 지

---

130) 김남천, 「조선적 장편소설의 일고찰」, 『동아일보』, 1937.10.22.
131) 박용규, 「일제하 민간지 기자집단의 사회적 특성의 변화과정에 관한 연구」, 서울대

배 헤게모니와 구분되는 대안적 헤게모니 전략을 추구하는 데 실패하고 말았다. 일제의 지배 헤게모니에 편승하여 그것의 일부를 공유함으로써 근대를 수립한다는 민족 부르조아지 세력의 예속적 발전 전략은 실질적으로 민족 독립을 포기하고 민족적 정당성을 상실하게 만들었던 것이다.

이러한 현실에서 일제하의 민간지는 단순히 '민간지'로만 평가될 수 없는 성격을 지니게 되었다. 한때 지사적 정신을 바탕으로 항일적인 논조를 보이기도 했던 당시의 민간지들은 1930년대에 들어서면서부터는 노골적으로 친일적인 논조를 드러낼 정도였다.[132] 일제하 기자 집단 역시 이러한 분위기에 편승하여 신문의 기업화가 본격적으로 진전된 1933년 이후에는 안정적인 직업으로서의 기자생활에 안주하는 양상을 드러내었다.[133]

1920년대 이후의 문인들은, 이전의 신소설 작가들이 단순히 신문제작의 한 방편으로 소설을 썼던 것과는 달리, 나름대로 특정한 사조에 기반한 구체적인 문예활동을 전개하였다. 이들은 대부분 동인지를 매개로 문단을 형성하기 시작했는데, 이러한 문예지들이 그 영세성으로 인해 오래 지속되지 못하고 폐간되면서 작품 발표의 기회는 매우 부족한 실정이었다. 결국 원고료 수입만으로 생계를 유지할 수 없는 형편이 된 상당수의 문인들이 궁여지책으로 신문사나 잡지사 등에 입사하면서 소위 '문인기자'들이 많이 양산되었다.

한편, 당시의 문인들이 생활의 궁핍함 때문에 신문사에 기자로 들어가려고 했던 것처럼, 신문사의 입장에서도 문인들을 기자로 채용하게 된 데에는 경제적인 이유가 크게 작용하였다. 1910년 이후 신문이라고는 총독부 기관지였던 『매일신보』 하나밖에 없었던 상황에서 새로 발행된 민간지들로서는 체계적인 훈련을 받은 기자를 둘 수 없는 형편이었기 때

박사논문, 1994, 4장 1절 '일제하 기자들의 정치, 문예활동' 참조

132) 박용규, 위의 논문, 10면.

133) 김민환, 『개화기 민족지의 사회사상』, 나남, 1988, 319~333면 참조.

문에 문인들을 기자로 채용하는 것이 신문사의 입장에서도 훨씬 유리했던 것이다. 또 1920년대 이후의 민간지들은 모두 학예면을 두고 있었고 그 중에서도 특히 문예란의 비중이 매우 컸으므로 이것을 담당하기 위해서라도 문인들을 기자로 채용할 필요가 있었다. 즉 재정적으로 어려웠던 신문사들은 외부의 필자들에게 줄 원고료의 부담을 줄이기 위해 아예 문인을 기자로 채용하여 학예면을 담당하도록 했던 것이다. 특히 민간지 초기에는 신문 연재소설을 그 신문사에 재직중인 기자가 담당하는 경우가 비일비재하여 문인들이 신문사에 입사할 기회는 적지 않았던 것으로 보인다.[134]

이러한 이유들로 인해 1920년대 이후 문인들이 기자가 되는 것은 일반적일 현상으로까지 인식되기도 했으나, 1930년대에 들어 비교적 전문적인 기자 집단이 생겨나면서부터는 이에 대한 비판이 제기되기 시작하였다. 말하자면, 경제적인 이유로 문인들이 기자로 입사하게 되면 문학과 저널리즘이 갖는 성격상의 차이 때문에 결국 문인들의 창작이 위축될 수밖에 없다는 것이다.

> 문사의 몸으로서 신문기자 되기를 고소원(固所願)이라는 사람은 없는 것이, 첫째는 문사들이 가장 조심하지 않아서는 아니 될 그 자신의 문체를 거칠게 하기 쉬운 탓이요, 둘째에는 장사가 장사이니 거짓해서는 아니될 그 자신의 감정을 거짓할 염려가 있는 것이요, 셋째에는 심혈을 다하야 자기의 은혜받은 창작에 종사할 만한 여유가 없는 것이니 이것으로 보면 문사가 기자가 되는 것은 먹고 입고 살기 위해서 그 자신을 본의와는 다른 길로 포기하지 아니할 수 없는 비참 이외에는 아무것도 의미가 없는 것이외다.[135]

---

134) 1923년 동아일보사에 입사한 이광수는 당시 자신의 담당이 소설과 논설이었다고 회고한 것으로 보아 연재소설 집필도 입사의 한 동기가 되었다는 것을 알 수 있다. 이광수,『나의 고백』, 춘추사, 1948, 147~148면. 〈구인회〉의 이태준도 조선중앙일보사에 입사하여 신문연재 소설을 거의 독점하다시피 했던 것으로 보아, 이러한 현상은 문인들 사이에 비일비재했던 것으로 생각된다.

135) 啞然子,「문사기자측면관」,『동광』, 1931.10, 65면.

한편 이러한 비판에도 불구하고, 문단의 일각에서는 현역 문인들의 입장을 존중하여 이를 변호하는 견해도 제기되었다. 이원조는 작가나 평론가가 신문·잡지의 제작에 직접 관여하는 현상에 대해 "무견식, 몰이해한 사람이 그 책임을 맡아 뒤죽박죽을 만드는 것보다는 견식 있고 이해있는 사람들이 공정한 입장에서 어느 의미로는 조선 문학의 발전할 길이라든지 시대사조의 변동에 대한 예민한 감각을 가지고서 조선 문학의 진로를 지도"136)할 수 있다고 보아, 이것이 과도기적 현상이라는 단서를 붙여 다소 긍정적으로 보았다. 또 일제하의 작가들 중 언론계에서의 활동이 가장 활발했던 염상섭은 발표 지면의 부족이나 생활고와 같은 현실적인 문제 때문에 기자로 재직하면서 창작활동을 할 수밖에 없었던 문인들의 입장을 다음과 같은 변론해 주기도 하였다.

> 예술가에 있어서 기자 생활함으로 말미암아 예술적 양심을 잃거나 속화하며 예술적으로 타락한다고 생각하여서는 아니 될 일이다. 기자생활이란 극무요 속무가 아님이 아니지만 그렇다고 극무, 속무에 종사하는 사람은 모두 속화하고 악화하고 사람으로서나 예술가로서의 양심이 마비되는 것은 아니다. 하물며 다른 직업과 달라서 소위 사회의 목탁이니 무관제왕이니 하는 기자 생활에서랴 (…중략…) 그가 만일 문학가인 경우면야 더욱이 자기반성이나 내적 고민이 예민하니만치 조신(操身)과 집심(執心)에 청고(淸高)를 자기(自期)하는 노력이 많을지니 기자생활이 극무임으로 말미암아 시간부족으로 인간하여 문학적 수양에는 장해가 불무(不無)하더라도 기자로서의 품위는 향상될 것이 아닌가 한다.137)

이러한 문인 기자들은, 1920년대 초반의 동인지 출신들을 비롯하여 1920년대 중·후반의 〈카프〉 계열의 문인들에 이르기까지 상당히 많았고 이들 중 일부는 학예부가 아니라 사회부와 같은 부서에서 활동하기

---

136) 이원조, 「조선문학의 현상」, 『문장』, 1939.10, 185면.
137) 염상섭, 「기자생활과 문예가」, 『철필』 2권 1호, 1931.1, 16면.

도 했다.[138] 1930년대에 들어서도 문인 기자들의 활동은 더욱 활발해졌는데, 왜냐하면 그들에 대한 일부의 비판에도 불구하고 당시의 민간지들이 오락성을 가미한 '문화적 교양'에 치중하는 경향을 보이면서 문인 출신의 기자들을 더 선호하게 되었기 때문이다.[139] 즉, 신문사가 기업화됨에 따라 저널이 상업주의적인 경향을 띠어가면서 학예면도 점점 강화되어 갔고 이로 인해 과거보다 오히려 많은 수의 문인들이 기자로 입사하게 되었던 것이다.

증가된 학예면을 흥미위주의 문예물로 채워야 할 필요성이 늘어나면서, 과거 동인지 출신의 민족주의적 성향의 기자들이나 〈카프〉 계열의 사회주의적 성향의 기자들이 보여주었던 사회, 현실에 대한 비판적 문제의식은 점점 사라져갔다. 즉, 1920년대의 문인 기자들이 대체로 지사적·논객적인 문필가였다면, 점증하는 민간지들의 상업주의적인 요구에 의해 채용된 1930년대 이후의 문인 기자들은 기업화된 신문사의 일개기능적인 존재에 불과했다. 기존의 민족주의, 사회주의 계열의 문인들은 생계유지를 위해 불가피하게 기자가 되었다 하더라도 일정 정도 자신들의 정치적 신념을 유지하면서 언론활동을 할 수 있었지만, 이제 기업화된 언론의 자본주의적 논리는 과거의 삶의 방식으로 시대를 버텨나가도록 문인들을 더 이상 내버려두지 않았다. 생계 문제를 해결해야 했던 문인들의 현실적 요구와 능력 있는 인재를 경제적으로 채용해야 했던 신문사의 필요성이 서로 부합하여 생겨난 민간지 초기의 문인 기자적인 전통은, 1930년대 신문의 기업화 경향이 초래한 상업화된 문화주의와 결합되었고, 그 결과 사회적 비판의식을 견지한 문인 기자들마저 지사적인 성격을 탈각하고 전통과도 급속히 단절되어 나갔던 것이다.[140]

---

138) 예를 들면, 『백조』 동인 출신인 현진건은 『동아일보』 사회부장을 지냈고, 『백조』 출신으로 〈카프〉의 이론가였던 김기진은 『조선일보』 사회부장을 지냈다. 특히 〈카프〉 계열이었다가 〈구인회〉 회원이 된 박팔양도 『조선일보』 사회부장을 지냈다.
139) 김윤식, 『한국근대문예비평사연구』, 일지사, 1976, 62면.
140) 당시의 이러한 저널리즘의 정황과 관련하여 『신동아』(1934.5)에 '저널리즘 특집'이 기

이미 언급한 대로, 〈구인회〉는 1930년대라는 가능성의 공간에서 다양한 차별화 전략을 구사함으로써 근대문학 초창기 이후의 계몽주의적 문학관, 특히 〈카프〉의 목적의식적인 창작 방법이 더 이상 문단의 중심이될 수 없음을 선명하게 드러내었다. 그리고 〈구인회〉 자신의 문학관을 직접적으로 표명하거나, 문학의 자기 합목적성에 대한 자각을 문학텍스트의 생산으로 전환시켜 내었다. 그런데 이러한 〈구인회〉 회원들 중에도 전업 작가로서 활동한 이는 극히 드물었다. 말하자면, 〈구인회〉의 대다수 회원들이 출판사·신문사[141]·영화사 등에 적(籍)을 두고서 작가활동을 병행하는, 말하자면 주 수입원인 부업을 갖고 있었다는 것인데, 이는 당시의 사회적·문단적 분위기와 무관하지 않다. 혹자는 이를 근거로 하여 〈구인회〉 작가들에게 전문가로서의 근대적 의식이 결핍되었음을 지적하기도 했는데, 이는 피상적인 판단으로 보인다. 물론 근대사회의 분화와 함께 문학의 자율성이 강화된 것은 분명하지만, 문학적 장의게임 규칙은 다른 장들에 비해 상대적으로 그 체계화의 수준이 낮다. 그래서 문학의 장에서는 그 경계선을 넘나들기가 쉽고 또 문학성·작가·장르 등에 대한 정의도 다양해질 수밖에 없다. 이렇듯 문학적 장은 잘정의되어 있지 않은 지위와 불안정한 미래를 제공하는 불확실한 사회공간 중의 하나이기에, 사실상 작가라는 직업은 다소 애매한 성격을 가지게 되는 것이다. 게다가 문인들이 창작활동만으로는 기본적인 경제 자본마저도 획득할 수 없다는 현실적인 이유 때문에[142] 그들 중 상당수가

획되었는데, 여기에는 이여성의 「사설에 대하야」, 이무영의 「신문사설에 대한 관견」, 이건영의 「쩌낼리즘과 문학」, 양두식의 「쩌낼리즘과 비기죄(誹譏罪)」, 최영수의 「조선신문만화의 과거 현재 급(及)장래」 등의 글이 실려 있다.

141) 박용규의 「일제하 민간지 기자집단의 사회적 특성의 변화과정에 관한 연구」(서울대박사논문, 1994) 4장 1절을 보면, 1930년대 문인 기자들의 등장 배경과 활동상에 대해상세히 알 수 있다.

142) 당대 작가들의 경제적 궁핍에 대해서는 이원조, 「문필가협회와 카프의 태도에 대한사견」(이동영 편, 『오늘의 문학과 문학의 오늘-이원조문학평론집』, 형설출판사, 1990, 17~22면)과 「직업으로서의 문학」(같은 책, 188~193면)을 참조할 수 있다.

주 수입원인 부업을 갖는다든지 하여 이중적 지위에 놓여 있었다.

〈구인회〉 회원들의 저널리즘과의 관련 양상을 좀더 구체적으로 살펴보면, 우선 김기림은 1930년에 『조선일보』에 입사하여 1940년에는 학예부장이 되었고, 이종명은 1930년에 『중외일보』에서 사회부 기자생활을 했었다. 또 이태준은 1930년에 『중외일보』 기자를 거쳐 1935년에 서항석의 추천으로 『동아일보』에 입사하였다가 〈구인회〉 활동시기에는 『조선중앙일보』의 학예부장을 역임하였고, 후기 회원으로 〈구인회〉에 참여한 박팔양도 『동아일보』의 기자를 거쳐 1926년에는 『조선일보』 사회부장을 지내다 이후 『조선중앙일보』로 옮겨와 사회부장을 지냈다.143) 이밖에도 조용만이 『매일신보』의 학예부장이었고, 이무영이 『동아일보』의 객원기자 노릇을 하였다. 결과적으로 〈구인회〉는 당시 4대 일간지(『조선일보』, 『동아일보』, 『조선중앙일보』, 『매일신보』)를 비롯한 거의 대부분의 신문 지면에 자신들의 입장을 표명하거나 작품을 발표할 수 있는 영향력을 갖추었다는 점에서 다른 작가들에 비하여 훨씬 더 유리한 조건에 놓여 있었다고 할 수 있다.

이러한 사실에서 짐작할 수 있듯이, 〈구인회〉가 당시 주요 저널리즘과 긴밀히 관련맺고 있었다는 사실은, 〈구인회〉가 문학적 장에 등장하면서 재편되기 시작한 1930년대 중반의 문단 구도를 해명하는 데에 결정적인 요인이 된다. 〈구인회〉의 발기인이라 할 수 있는 이종명과 김유영은 그들과 관련된 신문사인 『매일신보』의 학예부 일을 맡고 있었던 조용만을 제일 먼저 〈구인회〉로 영입하였고, 그리고 조용만을 통해 나머지 세 신문의 학예부 관계자들을 영입해 나갔다. 즉 『동아일보』의 이무영,144) 『조선일보』의 김기림, 『조선중앙일보』의 이태준이 바로 그들이

---

143) 박팔양이 〈구인회〉에 영입될 수 있었던 것도 그의 문학적 성향보다 『조선일보』 사회부장으로서의 그의 사회적 위치가 크게 작용했던 것으로 보인다.

144) 〈구인회〉의 출발 당시의 문제의식이 신문 저널리즘에 편향된 만큼, 동반자 작가 이무영의 〈구인회〉 가입은, 그가 '『동아일보』 기자'였기 때문에 이루어졌을 것이다.

다.145) 1930년대 후반에 이원조가 지적했다시피 "조선문학의 이제까지 발전해온 도정에 있어서 제일 큰 공헌을 한 것은 신문학예면"146)이었음을 그들은 문단 내에서 누구보다도 먼저 파악하고 있었던 것이다. 물론 다른 문화 잡지나 문학전문 잡지의 공적도 무시할 수는 없으나, 잡지의 수명이 매우 짧았던 데에 비해서 신문 학예면은 조선 문학에 상당한 지면을 꾸준히 할애해 왔던 것을 기억할 필요가 있다.

〈구인회〉 회원이 소속된 신문사는 예외 없이 〈구인회〉의 활동에 가장 확실한 후원자 역할을 해주었는데, 이로써 신문사 학예부를 포섭하겠다던 초기 발의자들의 의도는 충분히 효과를 거둔 것이나 다름없었다. 예컨대, 〈구인회〉가 주최한 두 번에 걸친 '공개문학 강연회'가 이태준이 학예부장으로 있던 『조선중앙일보』의 후원으로 성사되었고, 〈구인회〉의 기성 문인에 대한 집단적인 비판도 같은 신문에 게재되었다.147) 그밖에 주목할 만한 것은 「오감도」와 「소설가 구보씨의 일일」이 『조선중앙일보』에 연재되었다는 사실이다.

그의 「오감도」는 나의 「소설가 구보씨의 일일」과 거의 동시에 중앙일보 지상에 발표되었다. 나의 소설의 삽화도 '하융(河戎)'이란 이름 아래 이상의 붓으로 그리어졌다. 그러나 예기하였던 바와 같이 「오감도」의 평판은 좋지 못하였다. 나의 소설도 일반 대중에게는 난해하다는 비난을 받았던 것이나 그의 시에 대한 세평은 결코 그러한 정도의 것이 아니었다. 신문사에는 매일같이 투서가 들어왔다. 그들은 「오감도」를 정신이상자의 잠꼬대라 하고 그것을 게재하는 신문사를 욕하였다. 그러나 일반 독자뿐이 아니라 비난은 오히려 사내에서도 커서

---

145) 동인의 형성 과정에 대해서는 김시태의 「구인회 연구」, 『국문학논문선』 10, 민중서관, 1977, 467~475면 참조.
146) 이원조, 「조선문학의 현상」, 『문장』, 1939.10, 186면.
147) 이러한 사실로 미루어 보아도, 〈구인회〉에서의 이태준의 존재는 여느 회원들과는 달랐음을 알 수 있다. 말하자면, 그는 작품의 직접적인 생산자인 작가였을 뿐만 아니라 신문사 학예부장이라는 권위를 가진 '후원자'로서 "작품의 가치 생산에 참여하는 행위자와 제도의 기능"까지 담당하였다.

그것을 물리치고 감연히 나가려는 상허의 태도가 내게는 퍽으로 민망스러웠다. 원래 약 일 개월을 두고 연재할 예정이었으나 그러한 까닭으로 하여 이상은 나와 상의한 뒤 오즉 10수 편을 발표하였을 뿐으로 단념하여 버리지 않으면 안 되었다.[148]

특히 문학적 실험을 과감하게 시도했던 이 두 작품에 대해서는 독자와 평론가들의 항의와 비판이 거세었는데, 이를 감수하면서까지 그 작품들이 여러 날 학예면에 실릴 수 있었던 것은 〈구인회〉의 좌장격인 이태준이 바로 『조선중앙일보』 학예부장이라는 지위에 있었기에 가능한 일이었음은 두말할 나위가 없다. 뿐만 아니라 이상의 「오감도」가 독자들의 비난을 감당하지 못하고 게재가 중단되는 사태가 일어났었음에도 불구하고, 또다시 그의 「날개」가 같은 〈구인회〉 회원인 김기림의 「기상도」와 함께 『조선중앙일보』의 자매지인 『중앙』에 게재될 수 있었던 것도 이태준의 후원이 아니었으면 불가능했을 일이었다.

1930년대에는 동인지와 순문예지, 그리고 일간 신문의 학예면 외에도 각종 종합지의 문예면이 크게 활성화되어 당시 문학의 발전에 크게 기여하였다. 주지하는 대로 한국 근대문학의 발전 과정에서 가장 큰 공헌을 한 것은 신문 학예면이었지만, 1930년대 중반 이후에 와서는 신문학예면에서 문학이 점점 소외되어 가는 것도 거스를 수 없는 추세가 되었다.[149] 이런 점에서 『삼천리』·『비판』·『신동아』·『조광』·『중앙』·『사해공론』·『예술』·『조선문학』·『풍림』·『청색지』 등 각종 종합지와 문예 잡지들의 활발한 출간은 문인들의 입장에서도 매우 반길 만한 일이었다. 또 이들 잡지의 상당수에 〈구인회〉 회원들이 관여해 있었다. 정지용의 『카톨릭 청년』, 이무영의 『조선문학』과 『문학타임즈』, 이태준이 소속된 『조선중앙일보』의 자매지 『중앙』, 김기림이 소속된 『조선일보』의

---

148) 박태원, 「이상의 편모」, 『조광』, 1937.6, 303면.
149) 이원조, 「조선문학의 현상」, 『문장』, 1939.10, 186면.

자매지『조광』, 이무영이 관련된『동아일보』의 자매지『신동아』등이 〈구인회〉와 직·간접적으로 관련된 잡지들이다. 그 중에서도 특히 〈구인회〉회원들에게 자주 지면을 제공했던 것은『조광』·『신동아』·『중앙』과 같은 대중적인 잡지였다.

각종 일간지와 종합지의 문예면은 그 사회적인 영향력을 배경으로 하기 때문에, 다른 동인지나 순문예지에 비해 더 큰 문단적 권위를 가질 수밖에 없다. 1930년대에 이르러 주요 창작물과 평론들이 대부분 신문, 잡지와 같은 대중매체에 발표되었다는 사실이야말로 문학에 대한 저널리즘의 영향력이 1920년대에 비해 현저히 커졌음을 반영한 것이라 할 수 있다. 뿐만 아니라 1920년대 이전의 동인지나 순문예지가 문단의 지향이나 방향성을 암시하는 수준에 머물렀던 데 비해, 이후의 각종 신문, 잡지와 같은 대중매체의 문예면은 그것을 구체화하고 실제적으로 발전시키는 중심 기관으로서의 역할을 담당할 수 있는 이점을 지니고 있다.[150] 말하자면, 상품으로서의 기능을 가진 신문이나 잡지가 연재소설에 지면을 할애함으로써 대중문학이 급속도로 성장할 수 있었던 것이나, 일반 독자들에게 난해한 이상의 몇몇 작품의 경우처럼 순문학적인 것 중에서도 주로 단편소설이나 시가 대중매체를 통해 발표될 수 있었던 것이 바로 그 예라 하겠다. 이와 같이 신문이나 잡지의 문예면이 문단에서 중추적 기능을 수행한 점만 보더라도 저널리즘의 각종 표현매체들은 이 시기의 문학적 장에서 중대한 역할을 했다고 할 수 있다.

특히 〈구인회〉의 동인들이 4대 신문사 학예부의 관계자들 또는 당시의 군소 잡지들과 밀접히 연관된 문인들로 구성되었던 것 역시, 〈구인회〉발의자들이 그 당시 문단의 현실적 여건을 감안한 결과였다. 〈구인회〉초기 멤버 중 한 사람인 조용만의 기록에 따르면 그러한 인적 구성에는 두 가지 이유가 있었다. 먼저, 순수문학 집단이 형성된다면 프로문

---

150) 조연현,『한국현대문학사』, 성문각, 1969, 514~515면.

학 측으로부터 맹렬한 공격이 가해질 텐데 이러한 공격에 맞서 직접적으로 반박문을 쓴다든가, 간접적인 대응책으로 순수문학론을 전개하든가 하려면 우선 지면을 확보해 둘 필요가 있었기 때문이다. 다음, 그 당시에는 각 신문사마다 고정 집필자와 같은 것이 형성되어 있어서 그들이 일종의 섹트의식을 조장하고 있었는데, 이러한 장벽을 무너뜨리고 동인활동을 보다 폭넓게 전개하려면 어느 특정한 신문에 국한될 것이 아니라 모든 지면을 골고루 확보해 두는 것이 유리하다고 생각했기 때문이다.151)

마찬가지로 이원조도 당시에 문단 내부의 권력이 저널리즘 종사자에 편중되어 있음을 지적한 바 있는데, 이는 문단 섹트화 현상과 관련하여 앞서 언급한 조용만의 회고담을 뒷받침해주고 있어 주목할 만하다. 그의 평문을 보면, 현역 작가나 평론가가 신문·잡지의 편집과 같은 실무를 맡고 있을 뿐 아니라, 바로 그들에 의해 신인·중견·대가 등 문단 내의 지위 문제가 좌지우지될 정도였다는 사실이 낱낱이 밝혀져 있다.

> 백년 태작만 쓰는 사람이라도 사정(私情)에 끌려서 집필의 기회를 많이 준다든지, 그와 반대로 상당한 재능이나 포부가 있는 사람이라도 편집자가 등한시하면 문단진출의 길이 막히므로 아직도 조선 문학이 자주적인 것보다 더 많이 편집자의 손에서 좌우되는 동안에는 조선 문학의 발전을 편집자의 협력에 의해 도모하지 아니할 수 없는데······.152)

이어서 이원조는 "문단인 전체가 문학을 전업으로 하지 못하고 다른 직업에 얽매여 있는" 이러한 현상이 비록 불가피하게 빚어진 것이기는 하지만, "문학적 정력이 편집실무에 얽매여서 반감이나 된다는 것은 그 개인으로나 문학 전체로나 적잖은 손실"153)인 것을 부정할 수 없는 만

---

151) 조용만, 「구인회 이야기」, 『울밑에 선 봉선화야』, 범양사 출판부 1985, 125면.
152) 이원조, 「조선문학의 현상」, 『문장』, 1939.10, 185면.
153) 이원조, 위의 글, 185면.

큼, 이 과도기적 현상을 지나 문인과 편집자는 곧 분화되리라고 전망하였다. 전반적으로, 저널리즘과 문인들의 밀착된 관계에서 비롯된 '문단 섹트화 현상'에 대해 당시 문단에서는 매우 부정적으로 반응했던 것으로 확인되는데, 다음 좌담회의 내용이 이를 뒷받침해 준다.

> 이하윤 : 편집자를 집필자로 내세우지 말고 어디까지든지 기자로 편집자로 활약시키는 것이 좋을 것 같은데.
>
> 이학인 : 모르긴 하지만 다른 나라에서는 대개 그런 방법인 것 같든데요. 조선서는 문예부 하면 으레히 문인기자로서 채우니 문인도 으레히 신문사나 들어가야 글발표할 여념을 두게 되겠는데요. 그야말로 학예부만은 철두철미한 배타주의인 감이 있읍데다.
>
> 김환태 : 신문학예면은 기자의 학예면이 아니라 문단과 일반독자의 학예면이 되어야 할 줄 압니다. 그리고 학예부 기자도 좀 외근을 할 필요가 있을 줄 압니다.[154]

그런데 〈구인회〉 회원들이 대부분 작가이자 저널리스트이기도 했다는 사실은, 그들이 작품을 게재하기에 단순히 유리한 조건이었다는 정도로 그 의의가 제한되지 않는다. 단적인 예로, 그들이 저널의 학예면을 장악해 간다는 것은 곧 외부 문인들이 그만큼 지면을 얻지 못하게 된다는 것을 의미한다. "조선의 부르조아 저널리즘이 카프 측의 일체의 문화적 활동에 대한 완전한 보이콧트를 단행하고 있다"[155]는 이원조의 언급에서도 알 수 있듯이, 〈구인회〉가 학예면을 장악해 감에 따라 〈카프〉는 점차 발표 지면을 잃게 되었던 것이다.

---

154) 「문인좌담회」, 『조선문단』, 1935.7, 148~149면. 이러한 문단 섹트화 현상은 당시의 매체의 블록화 현상과 밀접한 연관을 가진 것으로 이 블록에 끼지 못한 문인들이 상당한 불만을 품게 되는 등 전반적인 문단세력화에 큰 영향을 미쳤던 것으로 보인다. 이러한 맥락에서 〈구인회〉가 신문학예면을 비롯한 저널리즘을 장악하고자 한 의도가 분명해진다.

155) 이원조, 「신춘당선문예개평」, 『조선중앙일보』, 1932.2.9~13.

물론, 1930년대 중반 이후로 이전 시기에 비해서 상대적으로 발표 지면이 다소 넓어진 듯한 인상을 주는 것은 사실이다. 이 무렵『조선일보』, 『동아일보』, 『조선중앙일보』등 3대 민간지들이 문예면을 강화했기 때문인데, 예를 들어『조선일보』는 매주 한 번씩 타블로이드판 4면의 문예부록을 발행하기도 하였다. 그러나 실상을 파헤쳐 보면 이러한 표면상의 변화가 문인들에게 실질적으로 더 많은 발표 기회를 가져다 준 것은 아니었음을 알 수 있다. 즉, 신문사가 점점 기업화되어 가면서 자연히 광고량이 증가하게 되자 학예면의 분량이 늘어나더라도 학예기사나 작품 게재량은 실제로 이전 수준을 넘지 못했고, 또 신문정책이 변화하면서 문화 전반으로 관심이 확대되자 오히려 문학에 대한 관심은 상대적으로 감소할 수밖에 없었던 것이 당시의 실정이었다.[156]

이와 같이 발표 지면이 여전히 불충분했던 당시 문단의 객관적인 정황에 비추어 보았을 때, 신문의 학예면과 잡지의 문예란에 대한 〈구인회〉의 독점 현상은 당시 〈카프〉 진영으로부터 상당한 불만을 야기하였고, 문단 내부에서는 이를 〈구인회〉의 당파적 행동이라고 비난하기도 했다. 다음 인용문은 〈구인회〉에 대한 〈카프〉의 반응을 잘 보여주고 있다.

소위 문단과 발표기관과는 고기와 물의 관계 모양으로 불가분의 혈연을 가지고 있다는 것은 다른 부언을 요치 않아도 명백한 사실이다. 그러므로 발표 기관이 불충분하다는 것은 그 나라 문단이 어떻다는 것을 표증함과 동시에 문단 발전에 막대한 지장을 줄 것이다. 특히 작년에 조선문단의 발표기관은 엄청나게 적었기 때문에 그 중에도 재래(在來) 프로파에 속한 작가들에게는 뼈에 사무칠 원한과 모욕을 저널리즘에게 당하고 있었던 것이다. (…중략…) 신문학예란과 잡지문예항에 나타난 작품과 작가를 일별할 때에 (…중략…) 너무도 균형을 잃어버린 것이다. 그 세계에서 드물다 할 고료를 가지고 재래 프로파나 진보적 작가의 작품은 의식적으로 보이콜하면서도 편집자에게 친교가 있거나 이유모를 '일류문사'란 타이틀이 있거나 어느 그룹에 소속되었거나 한 작가에게

---

156) 이원조, 「조선문학의 현상」, 『문장』, 1939.10, 186면.

만 특권을 허해서 대중에겐 손톱끝 만한 이익도 없는 작품을 발표하는 데는 지면을 아낌없이 제공하는 것이다. (…중략…) 발표기관의 불충분, 불균형과 관련하여 그 중요한 존재인 구인회를 생각해보지 않을 수 없다.[157]

한편, 신인들의 등단 과정 역시 1920년대와는 매우 다른 양상을 보였다. 1920년대는 '동인지 문단시대'[158]라고 불릴 정도로 아직 문단의 제도적 틀이 완비되지 못한 시기였다. 따라서 신인들이 문단에 진출하는 방법은 동인지를 만들어 작품을 발표하거나 아니면 기존의 동인모임에 가입하여 활동하는 것으로 대개 한정되었다. 『창조』·『폐허』·『백조』·『금성』·『영대』·『개벽』·『조선문단』 등의 동인지가 속출했던 것도 당시 문단의 이러한 실정을 반영한 현상이라 할 수 있다. 이에 비해 1930년대에 이르러서는 몇몇 동인지로 충족될 수 없을 정도로 문단의 규모가 커졌을 뿐만 아니라, 사회적으로 상업주의가 만연하면서 대중의 요구와 수요를 외면할 수 없을 만큼 문단의 상황이 변화되었다. 문학적 환경의 이러한 변화로 말미암아 문단은 새로운 제도를 도입하지 않을 수 없었는데, 그 필요성에 의해서 만들어진 것이 바로 '현상문예제도'였다.

1930년대에 들어서 시행되기 시작한 현상공모는 〈구인회〉가 결성되던 1933년 무렵부터 본격적으로 정착되면서 당시의 문학청년들에게 상당한 호응을 얻었다. 3대 민간지인 『동아일보』·『조선일보』·『조선중앙일보』와 관보격인 『매일신보』에서 매년 초 현상공모를 실시했고, 『신인문학』·『삼천리』·『신동아』·『신가정』·『중앙』·『신조선』·『조선문단』 등의 잡지들도 추천이나 공모를 시행하였다. 각 신문이나 잡지의 신춘문예상이나 추천·공모제를 통해 유망한 신인들이 문단에 진출할 수 있게 되었다는 사실[159]은 저널리즘과 문학의 긴밀한 관계에 의해 작가를 승

---

157) 박승극, 「조선문단의 회고와 비판」, 『신인문학』, 1935.3, 76~77면.
158) 조연현, 『한국현대문학사』, 성문각, 1969, 464면.
159) 김유정은 1935년 1월에 『조선일보』 신춘현상문예에 소설 「소낙비」가 일등으로 당선되었고 같은 해 『조선중앙일보』의 신춘문예에 「노다지」가 당선되어 한꺼번에 두 신문

인하고 문학을 정의할 수 있게 되었음을 증명해 주는 것이라 할 수 있다.

이러한 상황 속에서 이원조는 주목할 만한 평문을 발표한 바 있는데, 그것은 문학에 대한 저널리즘의 영향을 단순히 지적하는 수준을 넘어서, 계급적 이해 관계에까지 그 통찰력이 미치고 있다. 그는 문단에 대하여 "그네들(신진들-인용자 주)이 신탁해 있는 부르조아 저널리즘이 일부러 현상까지 해 모집하여 당선된 작품 중에서 정말로 우리가 기대하는 신세대의 쾌작이 나오지 못할 것은 사회적 이해를 달리하고 따라서 모든 문화영역에 대한 견해가 다른 검열의 일단 심사를 통해야 하기 때문이다"160)라고 하여 당시 저널리즘에 기대어 문단 진출을 꾀하는 문인들에게 날카로운 일침을 가한 것이다. 신인등용문이라 외치며 신춘문예를 모집하는 일, 그리고 거기에서 쾌작이 나오리라 기대하는 일이 모두 부르조아 저널리즘의 계급적 성격에 의해 제약된다는 이원조의 논법은 사회적 추세에 따른 문학적 환경의 변화를 면밀히 통찰한 결과라는 점에서 예리한 지적이 아닐 수 없다.

〈구인회〉 작가들이 〈카프〉 등 그 외의 다른 작가들과 뚜렷이 구분되는 것은 그들 중 상당수가 신문사와 같은 제도권에서 제공하는 신인등용문을 통해 문단에 입문했거나 문인 기자로서의 이중적 지위를 누리고 있었다는 점이다. 특히 〈구인회〉 작가들 대부분의 문학적 전성기가 〈구인회〉 활동시기와 거의 일치했던 것도 실상 그들이 문인 기자라는 자신의 사회적 지위나 저널리즘과의 깊은 인맥을 통해 충분한 발표 지면을 확보해 놓았기 때문이었다고 볼 수 있다. 결국 저널리즘의 계급적 성격에 의해서 거기에 발표되는 작품이 제약될 수밖에 없다는 것, 그리고 저널리즘을 통해 배출된 작가가 자신을 배출한 바로 그 저널리즘에 의해 제약을 받지 않을 수 없다는 것을 감안한다면, 부르조아 저널리즘과의 관계를 떠나서 〈구인회〉 문학의 의미를 논한다는 것은 피상성을 면하기

의 소설부문 당선 작자가 되었다.
160) 이원조, 「신춘당선문예개평」, 『조선중앙일보』, 1932.2.9~13.

힘들게 된다.

"조선에 신문학이 수립된 지 10년이 넘는 오늘날에 와서 저널리즘에 등장한 지 3~4년밖에 안되는 탐정소설이니 기괴소설인 야담이니 사화니 하는 것에 그 지반의 반분을 할여하지 아니치 못하는"[161] 당시 문단의 현실을 감안할 때, 저널리즘의 상업주의적 요구에 의한 문학의 타락은 매우 심각한 수준이었음을 짐작할 수 있다. 결국 문단에 대한 저널리즘의 침식작용은 제어하지 못할 정도의 힘으로 육박해 왔고, 이러한 문단 현실에서 〈구인회〉를 비롯한 대부분의 작가들은 자유로운 글쓰기가 어려워지는 상황으로 내몰리게 되었다. 이태준의 다음과 같은 발언은 저널리즘의 속성으로부터 자유로울 수 없는 작가의 고충을 잘 보여준다.

> 신문이나 잡지 편집자로서도 소설은 문학으로 보이기 전에 먼저 구독자를 잃지 않고 신독자를 끌어들이는 중요한 '미끼'로 보인 것이다. (…중략…) 그러니까 신문과 잡지는 조금만 이름이 나는 작가면 곧 이용한다. 이용이 되는 줄 알면서도 '쓰는 소설'만으로는 경제적으로 불리하니까 '시키는 소설'에 붓을 대지 않을 수 없는 노릇이다.[162]

한편, 김남천은 「현대 저널리즘과 문예와의 교섭」이라는 부제를 가진 글[163]을 통해 "저널리즘의 조선에 있어서의 특수성격이 신문의 학예면, 신문소설 등을 거쳐서 특히 문예 발전에 있어서 중요한 역할을 하고 있다는 사실과 조선의 장편소설이 저널리즘 가운데서도 특히 대신문에 의하여만 발표되어 왔다는 사실"에 주목하였다. 뒤이어 그는 "조선에 있어서의 사회적 제 관계의 지지한 기형적인 발전은 사유에 있어서는 아시아적 후퇴를 결과하면서 로만 발화의 기반을 상실케 하고 동시에 의연

---

161) 이원조, 「9월(1937년) 창작평」, 『이원조문학평론집－오늘의 문학과 문학의 오늘』, 형설출판사, 1990, 347면.
162) 이태준, 「소설독본」, 『여성』, 1938.7, 50면.
163) 김남천, 「조선적 장편소설의 일고찰」, 『동아일보』, 1937.10.19~23.

히 내포한 채로 움직이는 생산관계의 시민적 모순은 일방으로 지극히 불활발하고 왜곡된 장편소설을 산출시키는 토대가 된 것"이라고 하였다. 말하자면, 장편소설이 "봉건제도가 점차로 붕괴되고 상업자본주의가 상승하는 시대의 시민계급의 예술문학 속에 출생"하였음에도 불구하고, "조선에 있어서는 자본주의 사회에 있어서 가장 전형적인 장르인 '로만' 이 본래의 형태를 갖추고 훌륭하게 발전해오지 못했다는 사실"은, 곧 "조선의 신문학사상에 있어서 예술적 발전의 제계단을 대표하는 것이 태반 노벨레(단편)이었다는 것", 그리고 "금일 장편소설이 통속소설이니 대중소설이니 순수예술소설이니 하는 등의 기괴한 분열을 보게 된 것" 을 의미한다.[164]

신문학의 개화기를 약속하는 자연주의 문학이 단편 형식을 취하였고 그 다음 신경향파에 이르기까지의 소위 낭만주의시대라고 지칭되는 복잡한 분화작용의 시기가 또한 동(同)문학으로 대표되고 다시 신경향파와 프로문학의 초기가 단편소설에 의하여 대표된다는 (…중략…) 것은 결코 일개의 예술가의 자의나 혹은 어떤 문학적 집단의 우연한 발견에 의하여 된 것이 아니고 이러한 모든 것을 결정하는 사회적 제관계의 기형적인 발전과정의 소치이며 동시에 그의 반영이었던 것이다. 그러므로 조선에 있어서 '로만'의 꽃이 아름답게 만발할 수 없었다는 것은 '로만'이라는 장르가 자본주의 사회의 가장 전형적인 표현형식이라는 것과 조선에 있어서의 자본주의가 가장 뒤떨어져서 그의 걸음을 시작하였고 다시 그것이 극히 기형적인 왜곡된 진행밖에는 갖지 못하였다는 것을 동시에 설명하고 있는 것이다.[165]

이러한 현실적인 제약은 결국, 작가들로 하여금 소설에서의 장편과 단편의 세계를 객관적으로 인식하지 못하도록 하는 장애물로 작용하였다. 당시에는 "문예비평가가 연재되는 소설을 읽지도 않는다는 것은 아

---

164) 김남천, 「조선적 장편소설의 일고찰」, 『동아일보』, 1937.10.20.
165) 김남천, 위의 글.

무러한 수치로도 되어 있지 아니할 뿐 아니라 그것을 쓰는 작가자신도 단편보다 하위에 두는 것이 사실"이었다. 더구나 "신문연재소설을 제하고는 장편소설이란 것이 거의 하나도 없었던" 당시 문학적 현실은 "신문소설, 통속소설, 대중소설 등등의 일반화된 술어가 전부 비예술적인 것을 가리키는 술어"166)와 동일시되는 왜곡된 상식을 낳았다. 이러한 '단편 우위의 소설관'167)은, 작가들 자신이 저널리즘의 간섭을 받지 않기 위해 단편에 특별한 애착을 가지게 되었음을 의미하는 것으로, "신문소설적인 대중의 흥미"168)가 장편소설의 정상적인 발전을 저해함으로써 장편소설에 대한 작가들의 인식을 아예 바꿔놓은 결과라 할 수 있다.

근대문학의 왕좌가 산문으로 돌아오면서 그 중에서도 가장 제왕적 존재는 장편소설이었다. 그러나 외국 같은 데서는 장편소설이 반드시 저널리즘에 의거하지 않고도 독립할 수 있지마는 여기에 있어서는 사정이 그렇지 못하고서 장편소설하면 반드시 신문잡지를 통해서 발표되고 그 다음에 단행본으로 나오게 된다. 그래서 이러한 발표과정을 거의 운명적으로 밟게 되는 것이 장편소설인 만큼 이것을 신문소설이라고 부르기도 하는 동시에 이것은 순수한 문학 이외의 다른 요소(저널리즘)가 들어서 일종의 혼성물로 아는 것이 통상관념이 되어 있다. 이 관념은 일반 독자만 그런 것이 아니라 작가들부터도 장편소설과 단편소설 그 창작하는 태도에 있어서 달리하는 것이 사실이다.169)

현재 우리 문단만 보더라도 수에 있어 장편은 단편을 따르지 못하고, 또 질에 있어서도 장편은 단편보다 떨어져 있는 것이 사실이다. 장편은 대개 신문소설로서 본래의 장편과는 특수한 조건 밑에서 발달하는 것이니 현재 상태로는 소

---

166) 김남천, 위의 글, 『동아일보』, 1937.10.21. 실제로 13편에 달하는 그의 장편소설은 모두 신문, 잡지에 연재된 것들이었다.
167) 이태준의 이러한 소설관은 「단편과 장편(掌篇)」(『무서록』, 깊은샘, 1994)에 잘 드러나 있다.
168) 이원조, 「장편소설의 형태」, 『조광』, 1940.11, 223면.
169) 이원조, 「9월(1937년) 창작평」, 『이원조문학평론집 ― 오늘의 문학과 문학의 오늘』, 형설출판사, 1990, 348면.

위 전작 이외에는 집필자의 태도부터 진정한 문학제작이 아니다. 그러므로 작가들의 직업이 아니라 작가들의 예술을 보려면 아직도 단편을 떠나 구할 데가 없다.170)

주지하다시피 근대적인 문학이 경제적·정치적·종교적 권력에 맞서 자율성을 획득하는 이면에는, 그러한 권력에 대한 구조적인 종속이 새겨져 있다. 이를 부르디외는 '문학적 장과 사회적 장 사이의 구조적 상동성'171)이라고 한 바 있는데, 이때의 상동성이란, 문학의 장 고유의 지배 형태와 작동 원리 또한 인정한다는 의미에서, 동일성과는 다른 것이다. 그런데 문학이 저널리즘에 예속되어 가는 현상에 대해 〈구인회〉가 비판적 시선을 늦추지 않았다는 점에서, 〈구인회〉와 부르조아 저널리즘의 관련 양상은 단순하지도 않고, 일면 긴장된 측면마저 보여준다. 저널리즘의 상업주의화와 문단의 불가분의 관계는 스스로 통속화의 길로 빠지지 않는 작가들에게까지 때로는 선택과 결단을 강요할 만큼 중대한 영향을 미칠 수밖에 없다. 왜냐하면 신문 학예면을 장악하고 그것을 터전으로 삼아 문학 행위를 한다는 것은, 그러한 매체의 부르조아 이데올로기적 성격 및 신문 저널리즘의 상업성을 의식하거나 무의식적으로 내면화한 결과이기 때문이다.

앞서 언급했듯이 〈구인회〉는, 이제는 소설가로서보다는 신문사 간부로서 더 알려진 이광수와, 단편소설에서 보여주었던 기개는 간데 없고 통속적인 역사소설을 신문에 연재하고 있는 김동인을 신랄하게 비판하고는 그들에게 작가적 자존심을 회복할 것을 촉구한 바 있다. 초창기 근대문학을 개척한 선배 문인들이 통속, 신문소설에 함몰되어 가는 것을 비판하거나, 나아가 그들과의 이단적 단절을 통해 자신들의 문학적 정당

---

170) 이태준, 「소설독본」, 『여성』, 1938.7, 50면.
171) P. Bourdieu, *The Rules of Art*, trans. by Susan Emanual, Stanford University Press, 1992, pp.48~53.

성을 확보하려는 〈구인회〉의 노력은 자본을 쥐고 유혹하는 권력의 메커니즘을 거스를 수 있는 비판적 사유가 전제되지 않으면 불가능한 일이었다.

신문 저널리즘이라는 근대의 제도적·물질적 여건과 긴밀한 관계를 유지했던 〈구인회〉는 문학의 자율성이라는 외양에 감추어진 권력지향성을 누구보다도 명확히 인식할 수 있었다. 말하자면 문학의 자율성이라는 이데올로기의 이율배반성에 대해서 매우 자각적이었다는 것이다. 따라서 그들은 사물화된 사회적 질서에 대한 의식적·무의식적 비판을 통해 자율적인 문학을 추구해 가면서도, 동시에 저널리즘의 권력지향적 속성을 문학적 정당성을 획득하는 데에 이용함으로써 문단의 헤게모니를 장악하고자 하였다. 선배 문인들에 대한 비판에서도 짐작할 수 있듯이, 이러한 인식을 구체화하는 과정에서 〈구인회〉는, 작품의 상업적 성공이나 작가로서의 대중적 명성에 의존하기보다 소수의 전문 문인들에게 인정받을 수 있는 작품을 창작해 냄으로써 자신의 작가적 위신을 지키고자 하였다. 이러한 〈구인회〉의 의식을 가장 첨예하게 보여주었던 작가가 바로 이태준이었다. 다음 인용문은 『조선문단』의 한 기자가 쓴 '가정방문기'인데, 여기에는 이태준의 예술가적·인간적 면모가 드러나 있다.

이태준씨는 조선에서 양심적 작가라는 데서 기자는 퍽 숭상한다. 그는 중앙일보 학예부장으로 있으면서 장편을 두 번씩이나 발표하였으나 학예부의 일을 보면서 쓰기 때문에 의도했던 대로 안 되니까 딴 사정도 있고하야 이번엔 「성모」를 쓰기 위하야 단연 신문사를 고만 두었다. 여기에서 씨의 양심적 작가의 일면이 나타난 것이다. (…중략…) 이러한 씨가 이번엔 '작품'을 위하야 '학예부장'의 일을 퇴한 것은 씨가 안이고는 못할 일이다. 조선에서는 학예부장이나 하나 하면은 아마 굉장히 큰 벼슬이나 한 것 같이 자처하고 또는 부러워하는데 씨에게 있어서는 그게 오히려 작가로서 방해물로 인정한 씨에게 기자는 더욱 그 고상인격을 엿볼 수가 있다고 생각한다.[172]

---

172) 일기자, 「이태준씨 가정방문기」, 『조선문단』, 1935.8, 208~209면.

이태준은 <구인회>의 좌장 역할을 하는 동안에도 창작에 소홀하기는 커녕, 작가로서의 명망을 더욱 두텁게 쌓은 바 있다. 그가 문단 내에서 "지극히 적은 교양 있는 독자에게만 그의 특이한 문장의 향기를 가지고 가까이 할 수 있는", 그리고 "대중적일 수 없는 숙명을 가진 작가"[173]라는 평가를 받으면서 작가로서의 역량을 인정받았던 바로 그 무렵, 동시에 그는 『조선중앙일보』에 「제2의 운명」(『조선중앙일보』, 1933.8.25~1934.3.23)과 「불멸의 함성」(『조선중앙일보』, 1934.5.15~1935.3.30)을 연이어 연재하고 있었다. 그런데 이 신문연재소설이 애정의 삼각 관계를 주축으로 삼은 전형적인 통속소설이었다는 점에 주목하지 않을 수 없다. 아래 인용문에서 보듯이 대부분의 작가들이 순수문학인으로서의 자존심과 저널리즘의 상업성 사이에서 갈등할 수밖에 없었던 상황에서 이태준의 이중적인 창작 경향은 더욱 두드러져 보이는 것이 사실이다.

대체로 작품이 인기를 끌자면 어떻게 해야 하느냐 할 때 그것은 독자에게 사실적 경탄을 일으켜야 한다. 다시 말하면 독자의 흥미를 끌어야 한다는 것은 누구나 다 아는 바이다. 그러므로 신문소설을 쓰는 사람에게 당신은 신문소설을 쓰면서 제일 중요한 요소로 무엇을 생각하느냐 하면 열 사람이면 열 사람이 다 독자의 흥미를 끌어야 한다고 하면서 실상은 독자의 흥미를 끌지 못하는 것은 그네들이 처음부터 신문소설에 치여나지 않고 도리어 작가적 기초는 단편소설에 있었던 만큼, 아무리 흥미중심으로 쓰려고 해도 그렇게 잘 되지 않을 뿐만 아니라, 너무나 철저하게 흥미중심으로만 쓰는 것은 예술가의 자독적 행위라고까지 생각하는 관념을 벗어던지지 못하므로 단편소설에 비하면 흥미는 있으되 그래도 소설가로서 매신적인 행위에까지는 이르지 않겠다는 자제심이 발동하는 때문에 흥미의 추구가 철저하지 못하였고 따라서 그 작품은 실상 따지고 보면 단편소설의 연장도 아니고 본격적인 신문소설도 되지 못하였던 것이다.[174]

---

173) 김기림, 「'스타일리스트' 이태준씨을 논함—작가가 본 작가」, 『조선일보』, 1933.6.22 ~27.
174) 이원조, 「신문소설 분화론」, 『조광』, 1938.2, 169면.

다른 작가들과 달리 이태준은 장편소설과 단편소설의 창작을 병행하면서도, 어중간한 길로 빠지지 않았다. 한편으로는 "비경향문학이 낳은 가장 큰 작가"[175]라는 극찬을 받았을 정도로 자신의 본령인 단편소설을 일정한 수준으로 끌어올렸고, 다른 한편으로는 독자의 흥미를 끌어야 하는 신문소설을 연재하면서 당대에 독자대중들로부터 대단한 인기를 누리기도 했다. 이것이야말로 이태준의 고유한 현실 감각이었다고 하지 않을 수 없다.[176] 즉, 전형적인 통속장편소설을 신문에 연재해 가면서 동시에, 수필에 육박하도록 투명한[177] 단편소설들을 지속적으로 써 나갈 수 있었던 것은, 부르조아 저널리즘의 계급적 성격을 반영한 두 가지 양식을 동시에 실현시켜낸 것이라 할 수 있다.

그렇다고 하여 이태준이 보여준 소설의 통속성이 그저 대중의 기호와 흥미에 영합한 수준은 아니었다. 그는 「통속성이라는 것」이라는 글을 통해 "'통속성'이란 말이 '저급'이란 말로 방하(放下)될 수 없음"을 강조하였다.

정말 작품에 있어 하대(下待)될 소위 통속성이란 공통만속하는 그 통속이 아니라 작가가 대상을 영혼으로 통제하지 못하고, 흥미만으로 농(弄)하는 데서 생기는 불진실미, 그것인 것이다. 연애가 나온다고, 나체가 나온다고 통속이라 하면 인식부족이다. 나체보다 더한 것이 나오더라도 작자가 열변의 태도면 그만이다. 아무리 성현열사만을 취급하더라도 작자가 좌담식 농변의 태도라면 그건 소위 통속 즉 '불진실'이다. 통속이란 말은 애매하게 '불진실'이란 말에 대용되

175) 임화, 「본격소설론」, 『문학의 논리』, 학예사, 1940, 374면.
176) 장편소설과 단편소설에 대한 이태준의 인식을 잘 보여주는 글로는 다음을 참조할 수 있다. 「머리에」, 『까마귀』, 한성도서, 1937; 「장편소설론」, 『조선일보』, 1938.1.1; 「소설독본」, 『여성』, 1938.7; 「단편과 장편(掌篇)」・「조선의 소설들」, 『상허문학독본』, 서음출판사, 1988.
177) "가령, 「까마귀」 속에서도 우암노인이나 장마 같은 것은 벌서 다분의 수필적 경향을 가지고 있지마는 그런데 비유야 맞든 안맞든 이태준은 작가의 눈이 너무 맑아져서 나중에는 투명한 한 개의 초점밖에는 남지 않으리라는 일종의 구심적 경향을 가지는 데……." 이원조, 「정축일년간 문예계총관」, 『조광』, 1937.12, 46면.

고 있다. 누구보다 소설가들은 이 도탄에 빠진 '통속'을 구출해야 한다.[178]

이태준이 우선적으로 장편보다 단편에 더 주력하였던 것은, 당시의 문학적 여건 속에서는 '단편 우위의 소설관'을 지키는 것이 작가로서의 자존심을 유지하는 길임을 확신하였기 때문이다. 그는 당시의 문단 현실에서는 저널리즘의 속성으로부터 상대적으로 자유로운 단편을 창작함으로써만이 순수문학에 대한 자신의 지향을 실현할 수 있다고 판단한 것이다. 왜냐하면 "(과거에는) 저널리즘의 일상성과 시사성이 비평의 기능과 계몽의 성능과를 합쳐서 진리의 원리를 가장 솔직하게 지켰다면"[179] "(이제는) 신문 자신의 상업주의에 의해 (저널리즘에 있어서의) 일상성과 시사성과 계몽성의 정당한 인식이 상실"[180]되었고, 더구나 이러한 신문이나 잡지에 연재하는 방식이 아니고는 장편을 발표할 수 없었기 때문이다.

특히 이러한 사정에는 "장편소설의 출판에 있어 절대적인 기반이 되어야 할 출판현상이 대단히 미약"하였던 현실에 대한 인식도 크게 작용한 것으로 보인다. 당시까지만 해도 전작장편이란 것은 거의 기대할 수 없는 형편이었기 때문에 신문에 게재된 것을 뒤늦게 단행본으로 내놓는 정도였던 것이다. 결국 "상업주의로 인해서 왜곡되고 오해된 시사성과 비속한 추상적 대중에의 무원칙한 추수가 확실히 로만을 연화하고 타락시킬"[181] 수 있다는 당시 문단의 전반적인 인식에 공감한 이태준은, 아예 창작에 전념하기 위해 학예부장으로 있던 신문사를 사퇴하였고[182] "단편작가로서의 일가를 이루어"[183] 내었다.

---

178) 이태준, 「통속성이라는 것」, 『무서록』, 깊은샘, 1994, 79면.
179) 김남천, 「조선적 장편소설의 일고찰」, 『동아일보』, 1937.10.22.
180) 김남천, 위의 글, 『동아일보』, 1937.10.23.
181) 김남천, 위의 글, 『동아일보』, 1937.10.23.
182) 「박태원씨의 예술적 양심」, 『조선문단』, 1935.8, 126면.
183) 최재서, 「단편작가로서의 이태준」, 『문학과 지성』, 인문사, 1938, 175면.

그간 장편도 몇 쓴 것이 있다. 그러나 나는 아직은 이 적은 작품들에게 더 애정을 느낀다. 쨔날리즘과 타협이 없이, 비교적 순수한 나대로 쓴 것이 이 단편들이기 때문이다. 내가 쓰고 싶은 것을, 내가 쓰고 싶은 때에, 내가 쓰고 싶은 투로 쓰는 것은 나의 생활에서 가장 질겁고, 가장 안전하고, 가장 신성하기도 한 일이었다. 그래 내 생활에 다소 가치가 있었다면 그 가치의 화폐가 곧 이 단편들이라 해 마땅할 것이다.[184]

이러한 일련의 사실들은 문학에 대한 저널리즘의 지대한 영향력을 입증해 준다. 결국 저널리즘에 대한 〈구인회〉의 관계는, 〈구인회〉 회원들이 단순히 신문사나 잡지사에 소속되어 있다는 등의 외관상의 형식에 머무는 것이 아니다. 즉, 저널리즘을 관통하고 있는 부르조아 이데올로기의 속성은 〈구인회〉라는 집단의 이데올로기로서, 그리고 그들이 지향하는 문학의 이데올로기로서 각인될 수밖에 없으며, 나아가 그들의 문학적 실천이란 곧 그러한 이데올로기의 이율배반성을 무의식적으로 실현하는 것이라 할 수 있다.

한편 〈구인회〉의 동인지 『시와 소설』(1936.3.13)에 대한 해석에 있어서도 이러한 문단 현실과 저널리즘의 연관성이 중요한 단서를 제공해 준다. 『시와 소설』을 발행할 당시 〈구인회〉 회원은 박팔양·정지용·김상용·이태준·김기림·박태원·이상·김유정·김환태 등 아홉 명이었다. 화가 구본웅이 경영하는 창문사의 임시 직원으로 일하고 있었던 이상은 〈구인회〉 동인지를 그곳에서 편집·교정·출판하였고 그 후기도 직접 썼다. 또, 『시와 소설』에는 정지용의 「유선애상」, 김상용의 「눈오는 아츰」과 「물고기 하나」, 백석의 「탕약」과 「이두국진가도(伊豆國湊街道)」, 이상의 「가외가전」, 김기림의 「제야」 등 시 7편과, 박태원의 「방랑장 주인」과 김유정의 「두꺼비」 등 소설 2편, 그리고 김기림의 「걸작에 대하야」, 이태준의 「설중방란기」, 김상용의 「시」, 박태원의 「R씨와 도야지」 등 수

---

184) 이태준, 『까마귀』, 한성도서, 1937.8, 머리에.

필 4편이 실려 있었다.

『시와 소설』을 살펴보면 몇 가지 특이한 사실을 발견할 수 있는데, 그 중 하나가 동인지의 명칭에도 불구하고 시, 소설 외에 수필이 네 편이나 실려 있다는 점이다. 그리고 회원 명단에서 그 이름을 발견할 수 없는 백석의 시 두 편이 실려 있다는 점도 눈에 띈다. 『시와 소설』의 편집후기에는 "회원밖의ㅅ분것도 물론 실닌다"고 하여 작품을 게재할 수 있는 자격을 회원에 국한하지 않을 것임을 암시한 바 있는데, 이는 백석을 염두에 둔 언급인 듯하다. 그의 작품세계를 대표하는 『사슴』 계열의 시들이 내용에 있어서는 "가장 토속적이지만 이를 드러내는 문학적 방식은 매우 선명한 모더니즘계 감수성"185)에 잘 어울린다는 점에서 뚜렷한 개성이 돋보이는데, 바로 이 점이 백석과 『시와 소설』이 서로 공유했던 지점이라 할 수 있다.186) 결국, 동인지에 참여할 수 있는 자격에 있어서 회원, 비회원의 구분보다, 문학적 지향성이라는 면에서 서로 소통하고 적극적으로 실천하는지의 여부가 더 중요했던 것이다. 이때 문학적 지향성이란 것 또한, 회원들에 대해 이념적 구속과 강제로 작용하는 것이 아니라, 전대의 문학적 전통에 대한 '양식적 권태감'을 서로 공유함으로써 새로운 현실관과 문학관을 모색하는 차원에서 존재하는 것이다.

그밖에도 김유정이 「두꺼비」를 게재하여 문단의 주목을 받았는데, 「만무방」·「따라지」 등 자신의 대표작들을 통해 주로 토속적인 감수성과 리얼리즘적인 방법론으로 더 잘 알려진 그가 의외로 '장거리문장' 혹은 '단락 없애기'와 같은 언어 장치를 독특한 창작기법으로 내세움으로써 자신에 대한 독자의 선입견을 깰 수 있었다. 특히 『시와 소설』을 통해 선보인 김유정의 파격은 이상이 「오감도」에서 '띄어쓰기'를 무시한 방

---

185) 김윤식, 「'날개'의 생성과정론―이상과 박태원의 문학사적 게임론」, 『한국현대문학비평사론』, 서울대 출판부, 2000, 249면.
186) 『시와 소설』(창문사, 1936) 후기에, "회원을 너무 동떨어지지 않는 한(限)"에서 새로 맞을 수 있음을 밝혀 놓았다.

식을 도입했다는 사실과 대응할 만한 것이어서 더욱 의미심장하다.[187] 그의 이러한 실험정신은 자기 내부에 존재하는 다양한 요소들을 하나로 통일시키지 않고 외부의 요소와 접속할 가능성을 열어놓으려는, 그리고 하나의 집단에 속해 있으면서도 어떤 문학이념에 자신을 가두어 두지 않으려는 작가 자신의 욕망의 표출이며, 나아가 〈구인회〉의 문학적 지향에 닿아 있기도 하다.

이와 관련하여 또 주목해야 할 것은 『시와 소설』이 〈구인회〉의 대외적 활동이 거의 중단된 무렵인 1936년에 이르러서야 발간되었고, 애초에 월간으로 계획되었음에도 불구하고 단 1호밖에 발행되지 못했다는 점이다.[188] 사실, 이제까지의 〈구인회〉에 관한 연구들에서 『시와 소설』의 발간을 둘러싼 문제는 소홀하게 다루어져 있거나 다분히 주관적인 차원에서 논의되는 데 그쳤다.

> 『시와 소설』이 뒤늦게나마 한때 발간된 바 있다는 것은 이상, 박태원 등 신진들의 문학적인 정열을 부분적으로 드러내 보여 준 것에 불과하며, 이 잡지가 창간호에 그쳤다든가, 규모에 있어 그것이 너무 빈약했다든가, 그밖에는 기관지를 낸 사실이 없었다든가, 하는 것은 〈구인회〉의 전반적인 활동에 비추어 볼 때 과소평가할 수 있는 아무런 근거가 되지 못한다.[189]

---

187) 김윤식은 김유정의 이러한 의외성에 대해, 『시와 소설』의 편집자 이상이 동인지의 성격을 고려해 시에 비해 소설이 상대적으로 빈약하다고 판단하여 김유정에게 "모더니스트계로 승격시키고자 하는 은밀성"을 주문한 것으로 보았다. 그리고 이러한 김유정에 대응할 만한 시인으로 백석을 지목하여 그의 시가 게재될 수 있었다고 해석하였다. 김윤식, 「'날개'의 생성과정론 — 이상과 박태원의 문학사적 게임론」, 『한국현대문학비평사론』, 서울대 출판부, 2000, 249~250면.

188) "『시와 소설』은 회원들이 모두 게을러서 글렀오이다. 그래 폐간하고 그만 둘 심산이요. 2호는 회사 쪽에 내 면목이 없으니까 내 독력으로 내 취미잡지를 하나 만들 작정입니다."(「사신」 3, 『이상문학전집 3 — 수필』, 문학사상사, 1993, 225면)
   "구인회는 인간 최대의 태만에서 부침중이오 팔양이 탈회했오 — 잡지 2호는 흐지부지요. 게을러서 다 틀려먹을 것 같소"(「사신」 4, 같은 책, 229면)

189) 김시태, 「구인회 연구」, 『국문학 논문선』 10, 민중서관, 1977, 9면; 이중재, 「구인회 연구」, 동국대 박사논문, 1995, 51~52면 참조.

물론, 〈구인회〉의 실질적인 리더 역할을 했던 이태준을 비롯하여 연장자 축에 들었던 김기림과 정지용은 〈구인회〉를 저널리스트들로 규합하는 데에 전적으로 찬동했던 당사자들로서, 그들은 신문의 학예면과 잡지의 문예란 등 자신들의 발표 지면이 충분히 확보되어 있다고 판단하였기 때문에 굳이 동인지나 기관지를 만들 필요성을 거의 느끼지 못했을 것이다. 하지만 그렇다고 하여 『시와 소설』이 이상·박태원 등의 문학적 정열로 인해 발간될 수 있었다는 식의 해석은 다소 피상적인 것으로 보인다. 왜냐하면 『시와 소설』이 발간되기까지의 〈구인회〉의 활동 방식과 당시의 문학적 환경에 대한 면밀한 인식이 이러한 해석에 결여되어 있기 때문이다.

　　『시와 소설』의 발간은 동인들의 단순한 주관적인 열정이나 의지에 의한 것이 아니라, 당시의 문단적 상황으로부터 좀더 자유로운 창작 여건을 만들어 내기 위해 적극적으로 고안된 문학적 실천이었다고 할 수 있다. 〈구인회〉 회원들은 결성 당시부터 신문이나 잡지에 자신의 창작물을 게재하는 데에 별 어려움이 없었지만, 오히려 이러한 조건이 그들로 하여금 저널리즘에 더욱 종속될 수밖에 없게 만들었다. 즉, 문단이 전적으로 저널리즘에 종속된 당시의 상황에서 발표 지면을 신문이나 잡지에만 의존할 경우에 계몽문학이나 통속문학으로부터 단절한, 자율적인 존재 근거를 갖는 문학작품을 창작할 수 없다는 것을 깨달았을 때 그들은 비로소 『시와 소설』과 같은 동인지를 필요로 했던 것이다. 이와 관련하여 김남천은 변화된 문단적 위상이 과거와 확연히 달라졌음을 밝혀놓으면서, 신인작가의 발표 기관이거나 무명 작가의 문단등용의 수단에 불과했던 동인지에 새로운 문학적 임무를 부과하기도 하였다.

　　‘문단’이란 것과 문학자들의 상호관계를 상세하게 분석해 본다면, 이 형해뿐인 개념이 저널리즘을 가운데 두고 그러므로 한 개의 문학본래의 정신이라는 것보다도 출판자본을 에워싸고 형성된 것이라는 것을 알 수가 있을 것이다. (…

중략…) 문단이란 예술지상주의자들의 생각과 같이 고상한 순수한 상아탑도 아무 것도 아니고 한번 그 공기에 부딪히면 적지 않게 취기가 코를 찌르는 상업적 시장일는지도 알 수 없다. 아닌게 아니라 문단 속에 있어서의 모종의 힘은 이런 것으로밖에 이해할 길이 없다. (…중략…) 그러므로 동인지는 한 개의 고매한 문학정신을 가져야 할 것이다. 이러한 문단 속에 자극과 파문을 던져주고 문단이란 허울 좋은 연막에 싸여서 통속소설과 대중소설로 흘러가 버린 거대한 독자층을 문학의 본도로 끌어올리는 임무를 지녀야 할 것이다. (…중략…) 문단적으로가 아니라 실로 문학적으로 그가 가지는 본래의 비판정신을 양성하여야 할 것이다. 동인지는 지금 순문학의 진영을 지키는데 가장 큰 주동력의 하나가 되어야 할 것이다.190)

〈구인회〉의 성격은 『시와 소설』의 후기 중, 작가들에게 "쓰고 싶은 것을 쓰라"는 식으로 작품을 의뢰했다는 대목을 통해서도 잘 드러난다. 일반적으로 동인지는 그 구성원들 사이에 무언 중에라도 공통된 지향을 강제하는 속성을 띨 수밖에 없다. 또는 의도적으로 그런 지향을 대외적으로 드러내거나, 집단의 정체성을 멤버들 스스로 의식하여 내면화할 수 있는 효과적인 장치로서 동인지를 발간하는 경우도 적지 않다. 그런데 〈구인회〉의 『시와 소설』은 오히려 이와 반대되는 취지와 성격을 갖고 있다. 말하자면, 이들의 동인지는, 작가로서의 자율적 권리를 억압하는 외적 구속, 예를 들어 이념적인 강제나 상업주의적 유혹과 같은 요인으로부터 자유롭게 창작하고 그것을 발표할 수 있도록 회원들에게 제공된 공간이었고, 심지어 이러한 창작정신을 공유할 수 있는 비회원들에게까지도 개방되었던 것이다. 〈구인회〉 멤버들에게 있어서 『시와 소설』은 자신의 작가정신을 방어하기 위한 마지막 보루와도 같은 것이었다고 할 수 있다.

『시와 소설』에 밝혀진 〈구인회〉 동인은 비평가 김환태를 제외하고는 모두 시인이나 소설가로 구성되어 있다. 또 앞서 살펴보았듯이, 〈구인회〉

190) 김남천, 「동인지의 임무와 그 동향」, 『동아일보』, 1937.9.28.

결성 이후의 회원 변동 과정이나, '시와 소설'이라는 동인지의 제목을 보더라도 〈구인회〉가 명실공히 시와 소설의 창작을 중심으로 한 문학 집단을 지향해 나갔음을 알 수 있다. 요컨대, 〈구인회〉에게 있어서 동인지는 자율적인 문학의 창작과 발표를 위한 중요한 방편으로서의 의미를 지니는 것이다.

하나의 장(場, field)은 궁극적으로 지배 관계에 의한 위계 질서에 기초하고 있다. 여기서 상징적 권력을 획득하는 것은 그 장에 고유한 '상징적 자본'을 축적하는 것을 의미하고, 지배 관계는 '상징적 폭력'191)에 의해 유지, 재생산된다. 이때 상징적 자본을 통해 향유하게 되는 '상징적 권력'이란 그 장 내부에서 '정당성'을 인정받을 수 있고 그 인정이 통용될 수 있는 권력을 의미한다. 그리고 상징적 폭력은 물리적 힘을 통해서 행사되는 것이 아니라 의식과 인식의 차원에서 발생하는 것으로, 근대 이후로는 개인으로부터 벗어나 제도의 객관성과 상대적 자율성을 통해 제도 자체 내에 자리잡게 되었다. 말하자면, '제도'라는 것이 예술을 생산하고 분배하는 장치일 뿐 아니라 당대의 예술에 대한 지배적인 사유, 작품의 수용을 결정짓는 생각들까지도 포함하는 개념이라면,192) 바로 이러한 제도적 장치와 제도화된 사고 방식 속에 이미 상징적 폭력이 내재되어 있다는 것이다.

따라서 기존의 역학 관계 상태에서, 하나의 장의 특징을 나타내는 특수한 권위나 권력의 토대인 특정자본을 독점한 사람들은, 그들이 장악하고 있는 제도의 객관성과 상대적 자율성으로 인해 직접적으로 다른 사람들에 대한 지배를 목적으로 하는 전략을 구사할 필요가 없다. 다시 말해서, 하나의 장 내에서 정당성 확보를 위한 특정한 투쟁이 전개될 때 그 대상이 되는 것은, 직접적인 대립자가 아니라 장의 구조 자체, 즉 그

---

191) P. Bourdieu, 정일준 역, 「상징폭력이란 무엇인가」, 『상징폭력과 문화재생산』, 새물결, 1995, 66~68면.
192) P. Bürger, 최성만 역, 『전위예술의 새로운 이해』, 심설당, 1986, 37면.

장에 고유한 자본193)의 분포 상태라는 것이다. 예를 들어, 문학적 장에서 작품에 가치를 부여하고 작가의 정의를 내릴 수 있는 상징적 권력의 지표가 되는 상징자본194)을 독점하고자 하는 개인이나 집단은, 특정한 상징자본의 분배 구조를 전복하거나 보존하기 위해, 그 장에 고유한 전략들을 구사해야 한다. "문학적 투쟁에 가담한 행위자들과 제도들의 전략들은 순수한 가능성 형태의 '직접적인 대치 상태'로 파악되지 않는데, 왜냐하면 이때의 전략이란, 장의 구조, 즉 경쟁자와 동류, 그리고 독자대중들에 의해 부여된 인정과 특수한 자본(문화자본이나 특수한 상징자본 등)의 분배구조 속에서 행위자들이 차지하고 있는 위치에 따라 결정"195)되기 때문이다. 물론 이러한 전략들은 항상 그것들의 역사적 특수성에 입각해서 분석되어야 한다.

이와 같은 문학적 장 고유의 특수한 논리는 〈구인회〉의 대외적인 차별화 전략을 통해 보다 분명해진다. 예를 들자면, 〈구인회〉는 연배상 같은 세대에 속하는 〈카프〉196)에 대해서는 직접적인 공격을 수행하거나 소모적인 논쟁을 벌이는 방식을 지양하였고, 통속화되어 가고 있는 당시의 문학적 경향에도 휩쓸리지 않았다. 대신, 저널리즘의 후원으로 문학

---

193) P. Bourdieu, 최종철 역, 『구별짓기-문학과 취향의 사회학(상)』, 새물결, 1995, 230면. 장들의 가장 중요한 속성 중의 하나는 특정한 종류의 자본을 다른 자본으로 전환시킬 수 있다는 점이다. 예컨대, 특정한 학력자격은 수지맞는 직업에서는 현찰로 바꿀 수 있다. 문학의 장 내에서 보자면, 문학이 제도화·자율화의 과정을 거치면서, 기존의 문학적 전통과 단절하고 이해타산의 무관심에 관심을 갖게 된다. 경제적 질서에 모험적으로 도전함으로써 문학의 아방가르드가 처하게 되는 열악한 경제적 조건이란 장기적으로 볼 때, 경제적 이익으로 전환되기 쉬운 속성을 가진 상징적 이익을 취하는 유리한 경제적 조건이기도 하다.

194) 특히 문학적 장에서의 상징자본은 저널리즘과 같은 제도적 위치와 연결되어 있다.

195) P. Bourdieu, 정일준 역, 앞의 책, 275면. 이와 함께 부르디외는 "지배자와 도전자들 사이의 투쟁의 내기물, 그들이 격돌하는 문제들, 그들 대립의 명제와 반명제의 해결방향, 그리고 생산의 현재와 미래의 방향을 결정하는 것은 과거의 투쟁들에 의해 물려받은 가능성들의 공간에 달려있다"고 덧붙인다.

196) 임화는 「시단의 신세대」(『문학의 논리』, 학예사, 1940, 493면)에서 임화 자신을 포함한 구 카프계 시인들과 김기림을 '같은 시대의 한 환경'의 시인들로 보았으며, 최재서 또한 「시단의 3세대」(『조선일보』, 1940.8.4)에서 임화와 김기림을 시단의 2세대로 묶었다.

공개강좌를 개최한다거나, 충분히 확보된 신문 학예면을 십분 활용하여 자신들의 문학적 입장을 표명하는 데 주력하였고, 특히 집단 내부의 창작 월평회를 마련하여 작가들간에 서로 창작 의욕을 북돋아 주거나, 다양한 실험적 텍스트를 생산해 내는 데 전념하였다. 요컨대 〈구인회〉가 문단 내부에서 하나의 동인 집단을 형성하고 나아가 저널리즘을 장악할 수 있었던 것은, 타자에 대한 지배를 목적으로 하는 전략을 구사하기보다는 문학적 장의 논리를 제대로 인식하고 제도적 장치를 잘 이용해 낸 결과라 할 수 있다.

이러한 '장'의 논리에 입각해서 살펴본다면, 〈구인회〉라는 집단의 결성은 그 자체만으로도 소속 작가들에게 집단의 이름으로 말하고 행위하도록 할 수 있는 상징자본을 부여하는 것이 된다. "사건의 상태를 서술하거나 어떠한 사실에 대해 말하는 것뿐 아니라 어떠한 행위를 수행하는 언술이 있어, 그것이 권력을 갖게 되는 것은, 그 말의 '담지자'인 어떤 사람의 사적인 발화이기 때문이 아니다. 즉 권위를 부여받은 대변인은 오직 자신을 임명해준 집단, 또는 그에게 권력기반을 제공한 집단에 의해 축적된 상징자본을 집중화하고 있기 때문"[197]인 것이다.

예컨대, 박태원과 이상이, 〈구인회〉가 꾸려지기 시작하면서부터 회원이 되기를 간절히 바랐다거나, 안회남이 〈구인회〉에 가입하기를 원했음에도 불구하고 — 그는 〈구인회〉가 형성될 무렵부터 2~3년 간 계속 자신을 입회시켜 주지 않는다고 회원들에게 행패까지 부렸다고 한다 — 결국은 받아들여지지 않았다는 사실은, '집단의 이름으로 말하고 행위할 수 있는 권위' 즉 상징자본에 대한 그들의 욕구를 보여주는 것이라 할 수 있다. 이러한 사실은 그만큼 〈구인회〉가 당시의 문인들에게 선망의 대상이 되고 있었음을, 다시 말해서 문단의 상징적 권력을 부여받고 문학적 정당성을 인정받음으로써 고유한 위계 질서로 특징지어지는 문학

---

197) P. Bourdieu, 정일준 역, 『상징폭력과 문화재생산』, 새물결, 1995, 55면.

적 장에서 지배력을 발휘하게 되었음을 입증해 주는 것이다.

또한 〈구인회〉가 당시 주요 신문의 학예면과 잡지의 문예란을 거의 장악했던 것은 중요한 상징자본을 획득하기 위한 전략이었다고 할 수 있다. 문인들이 직접 신문사나 출판사에 자리를 잡은 경우, 그들은 문학적 장 고유의 상징자본을 증대시키면서 후배 신인들에게 권위 있는 조언을 해줄 수도 있고 작품을 게재할 수 있도록 실질적인 후원자 노릇을 할 수도 있다. 가령, 이태준이 박태원의 「소설가 구보씨의 일일」과 이상의 「오감도」를 『조선중앙일보』 학예면에 실어주는 데에 결정적인 역할을 했다거나, 그가 학예부장으로 있던 『조선중앙일보』의 후원 아래 〈구인회〉가 '공개문학강연회'를 두 번이나 개최하였고, 그 지면에 집단적인 '기성 문인 비판'이 실릴 수 있었던 사실로 미루어 보건대, 〈구인회〉에서의 이태준의 위치는 단지 한 사람의 작가이거나 구성원의 차원을 넘어서 〈구인회〉의 물질적·상징적인 후원자였음을 알 수 있다.

한편 〈구인회〉는 『시와 소설』이 발간되고 동인이 확정되기까지 회원이 몇 차례나 변동되었는데, 이 또한 문학적 장의 논리와 무관하지 않다. 앞 절에서 살펴보았듯이, 〈구인회〉가 형성된 것은, 〈구인회〉 멤버들이 서로 다른 문학적 성향을 가지고 있었지만 이념 우위의 문학을 지향한 프로문학에 대해 비판적이면서 동시에 당시 문단을 급속하게 상업주의로 물들이고 있던 통속화 경향에 반대했다는 점에서 문제의식을 공유하였기 때문이다. 결국 당시 문단의 구도에 대한 그들의 부정의식이야말로, 〈구인회〉의 집단적 일체감과 문학적 정체성을 형성하는 데에 가장 결정적으로 작용한 요인이었던 것이다.

> 하나의 장에서 지배적인 위치들을 점유한 사람들은 아주 동질적인 데 반하여, 매우 부정적으로, 즉 지배적인 위치에 대한 대립에 의해 정의되는 아방가르드적인 위치들은 상징적 자본의 초기 축적 단계에서 얼마 동안은 출신과 기질과 이해관계가 매우 다른 작가들과 예술가들을 불러 모은다.[198]

그런데 〈구인회〉는, 문단 내에 존재하는 입장들간의 경쟁과 차별화를 거쳐 상당한 문학적 권력을 획득하기까지 그 일부 멤버들이 여러 번 교체되었다. 〈구인회〉라는 모임이 이종명과 김유영에 의해서 제안된 이후 저널리즘 방면에 종사하는 문인들을 중심으로 회원들이 구성되기까지, 그리고 정식으로 모임이 발족된 이후에도 그 내부에서는 견해상의 차이를 해소하지 못한 기존 회원들이 탈퇴하고 새로운 회원들이 가입하는 일이 한동안 지속되었다.[199]

이는 초기 발의자들의 견해를 새로운 회원들이 수용하지 않은 데서 비롯된 것으로, 이태준이 실질적인 좌장 역할을 맡게 되면서 발의자 두 사람을 포함한 이효석·유치진·이무영 등 상당수의 초기 멤버들이 탈퇴하고 김유정·이상·박태원 등이 새로 가입하는 복잡한 양상을 띠었다. 이렇게 된 대략적인 사유를 밝히자면, 문학적 집단을 형성하기 위해 필요한 제도화, 즉 선언과 강령의 문제, 가입 절차나 모임의 형식, 그리고 활동 방식 등과 같은 상징적 자본의 축적 및 분배와 관련하여 멤버들간에 분열과 갈등이 발생할 수밖에 없었으며 그 결과 집단을 이탈하거나 혹은 새로 가입하는 회원이 생기게 되었던 것이다.

(위 인용문에 이어—인용자) 그들의 이해관계는 잠시 일치하지만, 곧 갈라지게 될 것이다. 부정적인 일치가 강한 정서적 유대감에 의해 더욱 강화되어 있는 소규모의 고립된 집단들이 때로는 리더를 중심으로 모였던 것처럼, 이 피지배 집단들은 인정을 받게 될 때—그런데 이러한 인정의 상징적 이익은 흔히 그들 중 단 몇 사람에게, 혹은 심지어 그들 중 한 사람에게 돌아가게 된다—, 그리고 단결의 부정적 힘이 약해질 때 매우 역설적이게도 위기에 몰리는 경향이 있다. 그룹 내부의 입장의 차이, 특히 사회적이고 교육적인 차이들은 처음에는 비판적인 단결에 의해 극복되고 승화되었지만 이제 축적된 상징적 자본의

198) P. Bourdieu, *The Rules of Art*, trans. by Susan Emanual, Stanford University Press, 1992, p.267.
199) 〈구인회〉의 결성 과정에 대해서는 1부의 2장 1절 '〈구인회〉의 결성과 구성 원리로서의 유사성'에서 상세히 서술한 바 있다.

이익에 대한 불공평한 분배로 전환된다.[200]

일반적인 장의 구조라는 것이 "이전의 경쟁을 통해 축적되어 이후의 전략의 방향을 결정짓는 특정자본의 분배관계의 상태"[201]를 의미한다고 할 때, '문학적' 장의 구조란 상이한 문학적 입장을 가진 집단들간에 성립된 특정한 상태의 역관계라고 할 수 있다. 그리고 문학적 장 내에서 상이한 집단들간에 벌어지는 투쟁은 곧 '문학적 정당성'을 독점하기 위한 비물리적 투쟁이다. 여기서 '문학적 정당성'이란 작가 또는 작품에 대한 '승인권'으로서, 권위를 갖고 스스로 작가라고 말하거나 누군가에게 작가라는 칭호를 부여할 수 있는 권력을 의미한다. 문학적 장의 조건과 한계를 규정하는, 개별 작가(집단)나 장르에 대한 '정의 내리기'는 정당성 확보를 위한 상징투쟁의 한 양상이라 할 수 있다.

그렇다면 문학적 장에 속해 있는 여러 집단들간의 갈등에 대해서 뿐만이 아니라, 특정 집단 내부의 구성원들간의 갈등에 대해서도 이러한 원리가 적용될 수 있을 터이다. 즉, 한 문학 집단 내부에서도 상징자본을 토대로 문학적 정당성을 주장할 수 있는 제도적 권위는 몇몇의 특정 개인에게만 부여될 수 있는 것으로, 이것을 쟁취하기 위해서 구성원들간의 경쟁은 불가피하다. 마찬가지로, 〈구인회〉라는 한 집단 내부에서의 멤버들의 잦은 교체도 제한된 상징자본을 둘러싼 구성원들간의 경쟁과, 불공평한 분배 상태에 대한 불만의 결과였던 것이다. 그리고 이러한 집단 내부의 경쟁은 오히려 1930년대 문학적 장 내부의 역관계 속에서 〈구인회〉가 주도권을 장악할 수 있게 되는 중요한 원동력이었음이 틀림없다.

요컨대 〈구인회〉는 문학적 정당성의 획득을 위해 주로, 사회에 대한 무비판적 동조 속에서 대중들에게 위안과 향락을 제공하는 통속문학을 정면으로 비판하고, 사회 변혁을 위해 문학에 대한 이념적 검열을 수행

---

200) P. Bourdieu, op.T cit., p.267.
201) P. Bourdieu, 정일준 역, 『상징폭력과 문화재생산』, 새물결, 1995, 56~57면.

하였던 계급문학에 맞서 장의 지배적 위치를 획득해 나갔다. 이러한 비자율적인 문학(예술)에 대한 부정을 통해, 〈구인회〉는 자신의 문학에 대해 정의를 내리거나 경계를 설정하고 궁극적으로는 '문학의 자율성'에 대한 인식과 실천으로 접근해 갈 수 있었던 것이다.

4. 문학적 근대성의 기획을 위한 공모

먼저, 〈카프〉와 〈구인회〉, 리얼리즘과 모더니즘의 관계에 대한 기존의 인식을 살펴보기로 한다. 기존 연구를 통해 〈카프〉의 해산은 〈구인회〉 결성의 직접적인 원인으로 규정되었고, 〈구인회〉의 모더니즘적 사유는 리얼리즘적 문학이념에 대한 절대적 부정의 산물로 파악되었다. 이러한 인식은 단순히 불과 몇 년 간의 문학사적 사실에 대한 편견에 그치는 것이 아니라, 모더니즘과 리얼리즘으로 이분화하는 태도의 극복을 통해 가능해진 문학의 근대성에 대한 논의에도 큰 질곡이 되지 않을 수 없다.

물론, 〈카프〉를 주축으로 한 계급문학 진영은 〈구인회〉의 결성 이전부터 그 소속 작가들의 작품에 대해 매우 비판적이었다. 1930년대 초반, 그러니까 〈카프〉가 아직 문학적 장의 중심적 위치를 차지하고 있을 무렵, 계급문학과는 전혀 이질적인 경향을 내세운 〈구인회〉가 등장하게 되자, 1920년대 중반 이후 줄곧 문단을 장악해온 〈카프〉는 〈구인회〉에 대해 조직적이고 강도 높은 공격을 가하였다. 특히 김두용은 「'구인회'에 대한 비판」[202]을 『동아일보』에 4회에 걸쳐 연재한 바 있는데, 여기서 그는 〈구인회〉의 발생을 〈카프〉에 대한 반항에서 기인한 것으로 규정하

---

202) 박승극, 『동아일보』, 1935.7.28 / 30 / 31, 8.1에 연재하였다.

였다. 그의 이러한 발언은 당시의 문단적 정황을 가장 단적으로 보여주는 것이기도 하다. 이러한 과정에서 〈구인회〉의 문학적 성격은 계급문학 진영에 의해 모더니즘적인 것으로 파악되었는데, 〈구인회〉에 대한 기성 문단의 거센 반발은 모더니즘에 대한 당시의 인식 및 〈구인회〉를 '모더니스트 집단'으로 규정한 데서 비롯되었다. 말하자면 모더니즘을 계급문학에 대립하는 경향으로 규정했던 당시의 문단적 상황 속에서 보자면 〈구인회〉의 등장은 당연히 〈카프〉에 맞서기 위한 의도된 행위로 해석되었던 것이다.

우리는 순수한 심리주의적 경향의 작가는 아니나 현실에 대하야 동일하게 맹목적일냐는 작가로 이태준, 박태원, 이종명 등 3인을 들 수가 잇다. (…중략…) 대개 이러한 경향을 '모—더니즘' 혹은 감각파라고 부르는 모양 갓흐나 일본의 '모—더니즘' '신감각파' 등은 그래도 저의들의 사회와 시대 생활을 가지고 잇섯스나 조선에 그들에게는 발서 그 가운데 한아도 업는 것이다[203]

작년에 조직체로서 모던이즘 문예가들을 중심으로 구인회도 조직되엿슬 뿐 아니라 김기림씨의 시류를 꽤 높게 평가하고 또 정지용씨의 시에 대하여 새삼스러운 가치를 주엇습니다. 그것은 즉 모던이즘 문예의 발아기를 말한 것입니다. 다만 정지용씨가 山藏之玉가치 김기림씨가 비약적 발전한 것가치 새삼스럽게 기가(其價)가 발휘된 그 물질적 근거가 어데 잇겟습니까. 우연이겟습니까. 천지소변(天之所便)이겟습니까. 그러한 현실도피적 고답적 문학을 필연적으로 발생케 하는 최근 급격적으로 변해가는 객관적 정세입니다[204]

이와 같이 〈구인회〉는 존립 당시에 '반카프' 혹은 '모더니스트 집단'으로 인식되었는데, 이는 곧 '구인회=반카프=모더니즘'이라는 도식을 낳게 된다. 결국, 〈구인회〉가 등장하기 약 10년 전부터 문단을 지배해온 〈카프〉 문인들의 공격과 방어의식에서 비롯된 이러한 인식은, 이후 한국

---

203) 임화, 「1933년의 조선문학의 제경향과 전망」, 『조선일보』, 1934.1.14.
204) 권환, 「33년 문예평단의 회고와 신년의 전망」, 『조선중앙일보』, 1934.1.4.

근대문학 연구자들간의 오래된 관행으로 답습되어 〈카프〉와 〈구인회〉의 관계에 대한 일반화된 통념으로 굳어졌다. 나아가 이는 1930년대 문학에 국한되지 않고, 모더니즘 일반을 리얼리즘에 대한 저항 담론으로 인식하게끔 하는 중요한 원인이 되기도 하였다.

물론, 〈구인회〉가 형성되기 이전까지 〈카프〉가 문단을 독점하다시피했었기 때문에 당시 〈구인회〉의 등장이 〈카프〉의 문학적 권력에 대한 도전으로 받아들여졌던 것도 무리는 아니다. 뿐만 아니라, 리얼리즘을 공식적인 문학이념으로 내세웠던 〈카프〉에 대해 〈구인회〉가 상당히 부정적인 태도를 지녔고, 또 이들의 대다수가 〈카프〉와는 전혀 다른 문학적 경향을 표방했던 것도 사실이다. 그렇다고 하더라도 바로 이러한 이유만을 가지고 〈구인회〉의 문학을 곧 '모더니즘'으로 구획할 수는 없다.

무엇보다도 1930년대 문학적 장의 보다 객관적인 구도를 드러내기 위해서는 그 동안의 한국 근대문학 연구에 가로놓였던 인식론적 장애를 제거할 필요가 있다. 특히, '리얼리즘(무산자계급문학) / 모더니즘(부르조아문학)'이라는 견고한 이분법적 구도가 안고 있는 문제는 그리 단순하지 않다. 바로 이러한 인식론적·미학적 편견이 〈구인회〉의 객관적인 위상을 밝히는 데에 있어서 뿐만 아니라, 한국 근대문학의 전모를 제대로 파악하고자 할 때에도 큰 장애가 된다는 것은 말할 것도 없다.[205] 모더니즘과 리얼리즘의 변증법적 관계를 간과한 채, 근대문학을 서로 대립되는 두 가지 범주로 나눌 목적으로 이런 개념들을 사용하게 되면, 이들 개념은 양자 모두 대단히 제한적인 것이 될 수밖에 없다. 가령, 이러한 구도를 전제하고서는 대중문학(통속문학)을 어디에, 어떻게 위치시켜야 하는가의 문제에 대해 생산적으로 논의할 수 없으며, 또한 지나치게 자의적

---

205) "『오해된 리얼리즘에 대해서』라는 저서에서 루카치는 토마스 만을 현대 부르조아 문학의 한 극점인 '비판적 리얼리즘'의 대변자로 설정하고, 반대편 극점에는 카프카를 '퇴폐적 아방가르드'의 대변자로 설정한다. 이러한 양극화는 루카치가 논의한 장의 머리말이 「프란츠 카프카냐, 토마스 만이냐」라는 제목에서부터 부각되어 있다." A. Eysteinsson, 임옥희 역, 『모더니즘 문학론』, 현대미학사, 1998, 234면.

인 방식으로 개별 작가들을 문학적 장의 이분화된 진영으로 각각 나누어 버리는 오류를 범할 수 있다는 것이다.[206] 이분법적 틀에 의해 전체 문학의 장을 양분해 버리고 다양한 텍스트들을 단순한 몇 가지 범주 속에 분류해 버리는 것은 결국 문학의 장에서 억압적인 서열체계를 양산할 뿐이다.

또한 모더니즘을 리얼리즘 담론에 대한 저항으로 정의하거나, 나아가 리얼리즘의 의사소통적 언어에 대한 저항으로서만 규정할 경우, 모더니즘을 주관적이고 유아론적인 문학으로 해석하게 됨으로써 형식주의자들의 '시적 언어' 이론을 되풀이할 위험이 있다. 오히려 모더니즘이란 것은 그런 담론을 합법화하고 생산해 내는 전통을 배경으로 삼아, 합리적 담론의 의미화 작용과 의미화하려는 힘을 부정성의 형식을 통해 유지하려는 실천으로 보아야 할 것이다.[207] 모더니즘은 합리성 자체에 대한 비판이 아니라, 합리성이 비합리적으로 되어 가는 것에 대한 미학적 비판으로 이해되어야 한다.

특히, 〈카프〉의 전성기 이후 1930년대의 다양해진 문학적 조류에 대해, 혹은 〈구인회〉의 문학적 성향에 대해 '반리얼리즘'으로 분류하는 기존의 연구 관점을 재고해 볼 필요가 있다. 이러한 관점은 리얼리즘으로 포괄되지 않는 것을 설명할 수 있다는 장점을 내포하고 있긴 하지만, 결과적으로 그 전체를 리얼리즘의 일종으로 만들어 버리는(리얼리즘과의 관계를 떠나서는 어떠한 설명도 가능하지 않은) 대가를 치러야 한다. 따라서 〈카

---

206) 가령, 루카치가 토마스 만을 리얼리즘 소설의 현대적 기획의 대변자로 파악한 것도 이런 경우이다. 왜냐하면 많은 비평가들은 만을 '본격 모더니즘'에 속하는 작가로 꼽기 때문이다. 만이 리얼리즘 담론과 지시체적인 사회적 코드에 의존하고 있는 것도 사실이지만, 문제는 토마스 만이 리얼리즘 담론이 정통적으로 맺고 있는 사회적 실재로부터 우리를 소외시킴으로써 궁극적으로 그런 사회적 실재를 해체하는 데 리얼리즘 담론을 얼마나 이용하고 있는가 하는 점이다. A. Eysteinsson, 임옥희 역, 위의 책, 236면.
207) A. Eysteinsson, 임옥희 역, 위의 책, 260~262면. 아이스테인손은 모더니즘을 리얼리즘에 대한 저항담론으로 설정하는 것에 문제를 제기하고, 리얼리즘을 사회적인 텍스트로서의 모더니즘 글쓰기를 이해하는 데 필수 불가결한 상호텍스트의 기반으로 정립하였다.

프〉에 대한 〈구인회〉의 관계도 '지배－저항'이라는 단선적 패러다임을 넘어서, 규범에 대한 순응도 저항도 아닌 다른 궤도로 움직이는 것으로 바라볼 수 있어야 한다. 설령 결과적으로 〈구인회〉의 위상이 〈카프〉에 대한 저항의 맥락으로 의미화된다고 하더라도, 그때의 저항 효과는 행위 주체들의 저항의식에서 비롯된 것과는 차원을 달리 한다. 요컨대, 〈카프〉식의 사회적 저항이 억압에 맞선다는 의미에서 상대적으로 소극적인 것이라면, 〈구인회〉의 방식은 효과로서의 저항의 의미를 띠며 보다 적극적으로 현실과 문단에 개입해 들어가는 태도가 될 수 있는 것이다.

결국, 〈구인회〉 활동 당시의 미학적 인식의 차원을 간과한 채 서구식 모더니즘의 잣대로 〈구인회〉의 문학을 평가한다면, 심각한 문학사적 편견을 낳을 수밖에 없다. 더구나, 보편적 지향으로서의 근대성과 한국적인 특수성 사이에 심연과 같은 모순을 안고 있는 한국 근대문학사에 있어서 이러한 제한적 문제틀은 더욱 심각한 폐단을 낳을 수밖에 없다. 우리의 근대는, 근대가 실현된 위에서 그것에 대한 비판적 에너지를 보유한 미적 근대성의 성격이 설정될 수 있었던 서구의 경우와는 매우 다른 것이다.208)

한국 근대문학(비평)에서 '모더니즘'이라는 개념이 문단현상과 관련하여 등장한 것은 〈구인회〉가 결성된 해인 1933년 무렵이었다. 그런데 〈구인회〉의 문학적 경향을 살펴보면, 서구의 예술운동이나 문학이념으로서의 모더니즘과는 크게 차이가 난다. 조용만의 회고에서 언급되고 있는 바와 같이, 실제로 〈구인회〉는 일본의 '13인 구락부'를 모델로 한 것이었다. 즉, 이 시기에 한국문학비평에 나타난 모더니즘 개념은 애초에 신흥예술파의 활동을 중심으로 하여 형성되었던 일본 모더니즘 개념의 영

---

208) 이러한 문제의식과 관련하여 신범순은 「1930년대 문학에서 퇴폐적 경향에 대한 논의」(『한국현대시의 퇴폐와 작은 주체』, 신구문화사, 1998)에서, 이 시기를 리얼리즘과 모더니즘으로 구분하는 것에 쐐기를 박고 그러한 것들을 가로질러 그 어떤 것에도 속하지 않는 독특한 자리가 있음을 지적하고 있다.

향 아래 놓여진 것이었다.

여기에서 주목해야 할 것은 구체적인 문학작품이나 운동으로서 우리 문단에 모더니즘이 자리잡기 이전에, 일본문학의 한 흐름으로 지칭되는 모더니즘 개념이 우선적으로 주어졌다는 사실이다. 따라서 1930년대 전반기의 모더니즘 개념은 일본 신흥예술파의 대중문학적 모더니즘을 탈피해 가는 과정에 있었다고 할 수 있거니와, 그 구체적인 계기는 김기림의 영미 주지주의시의 도입과 최재서의 주지주의 문학론의 소개에서 찾아볼 수 있다.[209] 결국 1930년대에는 말할 것도 없이, 〈구인회〉 내부에서조차도 모더니즘이란 하나의 고정된 실체로서가 아니라 문학의 새로운 방향성을 지속적으로 모색하는 과정이며, 일방적인 수용의 차원에서만 설명할 수 없는 일련의 자기 갱신의 과정으로서 존재하는 것이다.

〈구인회〉가 추구해 나간 모더니즘이란 〈카프〉에 대한 대타의식으로, 또는 리얼리즘에 대한 저항담론으로 정의할 수 없는 것이다. 나아가 그것은 다양한 외적 요인들을 수용함과 동시에 그 자체의 의미와 한계를 자각하면서 스스로 극복해 간다는 점에서, 역동적인 생성의 과정으로서만 존재를 드러내 보이는 것이라 할 수 있다.

리얼리즘과 모더니즘의 의미와 관련하여, 잘 드러나지 않는 장의 다른 특성을 밝혀볼 수 있다. 하나의 장 내부의 대립자들은, 그들이 상이한 이해 관계로 인해 서로 대립해 있는 상황에서조차도 그 게임의 기초를 이루는 원칙에 대해 서로 합의가 전제되어 있다는 사실을 아무도 의식하지 못한다.[210] 보다 구체적으로 말하자면, 하나의 장의 투쟁에 참여하는 사람들이 상호 적대적인 목표를 가지고 있다고 할지라도, 그들은 일반적으로 그 장을 유지해야 한다는 공통의 이해 관계를 가지고 있는

---

209) 손정수, 「1930년대 한국 문학비평에 나타난 모더니즘 개념의 내포에 관한 고찰」, 『한국학보』, 일지사, 1997년 가을 참조
210) P. Bourdieu, 정일준 역, 『상징폭력과 문화재생산』, 새물결, 1995, 57면; P. Bourdieu, 문경자 역, 『혼돈을 일으키는 과학』, 솔, 1994, 130면.

것이다. 예를 들어 게임의 규칙이나 목표 등 정당성의 기준을 두고 대립과 갈등 관계에 있다고 하더라도, 바로 그러한 관계가 그들이 규칙을 문제삼았던 바로 그 게임 자체를 궁극적으로 재생산하는 데에 기여하는 효과를 낳는다. 즉 개별 작가나 문학 집단 간의 문학적 입장이나 방법의 차이로 인한 갈등과 논쟁은 단순히 각자의 스타일을 옹호하기 위한 투쟁에 그치는 것이 아니다. 강조컨대, 바로 그 갈등과 논쟁 자체를 통해, '평범한' 언어로부터의 거리로서 정의되는 정당한 언어 및 그 정당성에 대한 믿음 모두를 재생산하게 되는 것이다. 이러한 의미에서 구체적인 이해 관계를 둘러싼 투쟁은 그 게임의 기초를 이루는 원칙에 관한 객관적인 공모를 무의식중에 은폐한다고 할 수 있다.

> 구체적 이해관계를 둘러싼 투쟁이 그 게임의 기초를 이루는 원칙에 관한 객관적인 공모를 은폐한다는 것은 장들의 총칭적 속성들 중 하나이다. 보다 구체적으로 말하자면, 그 투쟁은 일차적으로는 직접적으로 관련된 사람들 내에서, 그러나 그들뿐만 아니라 다른 이들 사이에서도, 게임의 정당성의 승인을 규정하는 게임과 그 이해관계의 가치에 대한 실질적인 참여를 재생산함으로써 그 게임과 그 이해관계들을 끊임없이 생산, 재생산하는 경향이 있다. 만약 우리가 이러저러한 작가들의 스타일의 가치에 대해 논쟁하는 것이 아니라, 스타일에 대한 논쟁의 가치를 논하기 시작한다면 문학세계는 어떻게 될 것인가? 사람들이 케잌에 촛불을 켤 가치가 있는지를 의문시하기 시작한다면, 게임은 끝난 것이다. 정당한 문학기법들을 둘러싼 작가들의 투쟁은, 바로 그 투쟁의 존재 자체를 통해, '평범한' 언어로부터의 거리로서 정의되는 정당한 언어 및 그 정당성에 대한 믿음 모두를 생산하는 데 기여한다.[211]

이와 같은 전제가 마련되었을 때, 〈구인회〉의 끊임없는 문학적 실험, 전(前)세대 문인들의 통속화 경향에 대한 비판, 그리고 〈구인회〉에 대한 〈카프〉의 공격 및 그에 대한 〈구인회〉의 의식적인 무관심, 검열과 통제

---

211) P. Bourdieu, 정일준 역, 『상징폭력과 문화재생산』, 새물결, 1995, 128면.

등은 외형적으로는 이질적이고 서로 무관한 행위들처럼, 또는 상황에 따른 불가피한 결과인 것 같이 보일지라도 그러한 행위들이 당시의 문학적 장에서 상호 작용하여 이끌어내는 힘(효과)은 결코 간과할 수 없다. 말하자면, 그들의 행위가 얼마나 의식적이었던가와는 상관없이, 그 효과는 문학적 영역의 자율성과 그것을 둘러싼 이데올로기를 강화하고 재생산해내고 있었던 것이다.

프로문학 진영 역시 〈구인회〉와 양립해 있는 기간 동안 〈구인회〉에 대한 공격적인 발언을 시종 중단하지 않았다. 특히 〈구인회〉가 학예면을 장악함에 따라 발표 지면을 구하기가 더욱 힘들어지자 프로문학 측의 불만은 점점 거세질 수밖에 없었는데, 이러한 과정 또한 결과적으로 문학적 자율성의 토대를 강화하는 데에 기여하는 것이었다. 무엇보다도 이 지점에서 다시 한번 눈여겨보아 두어야 할 것은, 이러한 상황에서 조차 〈카프〉는 궁극적으로 이윤 추구를 목적으로 하는 자본주의 대중매체의 계급적 속성 자체를 결코 문제삼지 않았다는 점이다. 이들에게는 근대적인 의미의 작가로서 부르조아 이데올로기의 가장 전형적인 대변자 노릇을 하는 저널리즘을 통해서나마 창작물을 싣지 않을 수 없다는 현실적인 이유가 절실했던 것이다.

그리고 프로문학 진영이 1933년을 계기로 창작상의 전환을 모색하게 된 것은, 그들이 당시 새롭게 형성된 문단 내부로, 그리고 문학적 장의 구도 속으로 본격적으로 편입되었음을 의미한다. 이러한 과정에서 그들은 〈구인회〉 못지 않게 문학적 정당성을 확보하고 문학적 권력을 유지하기 위해 노력하였는데, 그 결과 이전 시기 자신들의 문학적 인식의 추상성과 관념성을 지양하고 조선적 현실의 특수성을 인정하게 되었으며, 나아가 문학적 자율성의 기반 위에 서게 된 것이다. 이는 비로소 프로문학의 위상을 '문학적 근대 기획',[212] 즉 진정한 근대성의 맥락에서 설정하

---

212) 하정일, 「1930년대 후반 문학비평의 변모와 근대성」, 『민족문학과 근대성』, 문학과지성사, 1995, 371면.

게 되었다는 것을 뜻한다.

사실상, 1930년대 이전의 〈카프〉는 근대적인 것들을 모두 부르조아적인 것과 동일시하여 배격한다든지, 근대 이후의 전망에 집착하여 구체적인 현실의 실상을 과장하거나 왜곡해 온 감이 없지 않다. 그들은 변혁의 이념을 부르조아 민주주의라는 근대적 내용으로 설정했음에도 불구하고, 결국 미학적 프로그램은 근대문학 '이후'에 맞춤으로써, 프로문학의 문학적 근대기획으로서의 성격을 스스로 부정하고 있었던 것이다. 따라서 1933년이 경과되면서 나타나기 시작한 문학적 근대기획으로서의 프로문학관은 프로문학의 이념적·역사적 위상을 이전과는 질적으로 다르게 설정함으로써 가능해진 것이라 할 수 있다. 이러한 근본적 전환이 이루어질 수 있었던 것은, 만주사변 이후 급속히 강화된 일제의 탄압과 검열, 그것에 잇따른 〈카프〉의 검거가 외적 계기로 작용했기 때문이기도 했지만, 무엇보다도 신경향파문학 이후의 프로문학에 대한 반성적 인식과 모더니즘을 지향한 〈구인회〉의 등장이 문학적 장의 중요한 내적 계기로 작용했기 때문이다.

요컨대, 세계관이 창작 방법을 압도하던 단계의 모순을 인정하고 구체적인 현실에 기반한 리얼리즘을 문학적 창작 방법으로 인식한 것은 미적인 것의 자율성을 자각하게 되었음을 의미한다. 물론 이 자율성이라는 개념은 부르조아 이데올로기의 구성요소이면서, "인간의 에너지들을 근본적으로 그 자체가 목적인 것으로, 모든 헤게모니적 또는 도구주의적 사고의 적수로 보는 비전"[213]이다.

결국, 〈구인회〉와 프로문학 간의 상호 견제와 비판은 그들이 의식하지 못하는 사이에 1930년대 문학적 장의 토대 자체를 강화하고 재생산해내고 있었던 것이다. 1930년대라는 문학적 장 내부에 공존했던 양 진영은 현실과 문학에 대한 구체적인 인식의 방법에 있어서는 대립 관계

---

213) T. Eagleton, 방대원 역, 『미학사상』, 한신문화사, 1995, xiv면.

를 형성했지만, 그 대립의 기초를 이루는 원칙에 있어서는 서로 일치하는 바가 있어, 문학에 있어서의 '근대성'을 공통으로 기획했다고 볼 수 있다. 또한 이러한 원칙에 대한 객관적인 공모는 표면적인 적대 관계 아래 은폐되어, 행위자들 자신도 모르는 사이에 행해진 것이다. 프로문학 진영의 현실 반영의 원리도, 문학적 전통에 대한 〈구인회〉의 반역도, 한편으로는 상대방에 대한 전복의 전략들을 내포하고 있지만, 다른 한편으로는 "전체 게임이 의거해 있는 궁극적인 믿음의 초석 자체를 문제삼지는 않는다는"214) 한계에 갇혀 있다. 왜냐하면 문학적 장의 구도가 위협받지 않기 위해서는 이 한계를 위반하는 전략을 펴는 진영을 장의 외부로 추출할 수밖에 없기 때문이다.

이러한 사실들과 관련하여 아래 이원조의 글을 주목할 필요가 있다.

> 작가나 평론가들이 이때까지 자기의 감각을 폐쇄했던 무거운 철문이 열리자 (…중략…) 이것은 또 한 개의 문학시대를 출현하였다. (…중략…) 이러한 문학시대가 위에서 말한 상섭, 동인, 도향, 서해의 문학시대가 그 근저를 상티망으로 한 것이었다면, 30년대의 문학시대는 지성, 내지 교양이 그 밑바닥이 되었다. 그러므로 30년대의 문학시대의 휴머니즘론은 물론 한 시대를 영도할 수 있는 구체적인 이즘은 아니었지마는 그러나 이 때까지 분파적 유대에 얽매여 있던 개개인이 서로 얽힐 수 있는 일종의 완충지대를 형성하였다. (…중략…) 그러므로 이 휴머니즘론은 막연하나마 작가나 평론가가 문학탐구에 있어서 한 개의 추진력은 될 수 있었으므로 (…중략…) 30년대가 한 개의 문학주의 시대적 상모를 가졌다는 것은 문학이 시대나 사회로부터 원심적 경향을 취하고 있다는 말인데 (…후략…)215) (강조는—인용자)

이원조가, 1930년대를 관통하는 문학정신이라고 한 것은 지성, 즉 합리주의적 정신이다. 그는 이것이야말로 당시의 다양한 문학적 조류를 가

214) P. Bourdieu, *The Rules of Art*, trans. by Susan Emanual, Stanford University Press, 1992, p.179.
215) 이원조, 「30년대를 검토한다」, 『조선일보』, 1940.1.27.

로지르는 본격적인 힘이었다고 본 것이다. 말하자면 1933년경 이념의 내면화에 따른 〈카프〉의 문학적 모색과, 문학의 형식과 언어에 대한 〈구인회〉의 집요한 관심은 모두, 한국 근대문학에 있어서 '미적 자율성'이나 '미적 합리성'이 본격적으로 제기되고 적용될 수 있는 기반이 마련되었기에 가능해진 것이라 볼 수 있다.

결론적으로 말해서, 1930년대의 문학적 장을 경험한 한국 근대문학은 비로소 미적 합리성의 토대 위에 설 수 있었다. 이는, 한편으로는 프로문학과 〈구인회〉가 동시대의 문학적 공간에서 서로 비판, 견제하면서도 문학의 근대적 기획을 무의식중에 공모하고 실현해 낼 수 있었기에, 다른 한편으로는 식민지근대라는 특수한 현실에 대한 구체적인 인식이 가능했기에 이루어진 결과라 할 수 있다.

구인회의 존립 방식과 미적 이데올로기의 상관성

제 3 장

1. 〈구인회〉 존립 방식의 이데올로기성

앞서 2장을 통하여 문학적 장 내에서의 위치의 동질성에 의해 어떻게 한 집단이 형성되어 가는지, 그리고 새로운 집단의 등장을 계기로 문단의 구도가 어떻게 변화해 가는지를 장의 '효과'라는 측면에서 살펴보았다. 이때, 문학적 장을 보다 포괄적인 권력 장 내부의 자율적인 한 부분이라고 보고 전자가 후자에 '구조적으로' 종속되어 있다는 관점을 전제로 하였다. 이러한 전제하에서라면 〈구인회〉는 결국 문학적 장 내부의 역관계 속에서 차지하는 부분적 위치(position)로서 존재하는 것이다. 이때 문제시되는 것은, 문단 내의 다양한 문학적 입장들이 형성하는 역관계 속에서, 그 장이 허용하는 정당한 규율에 입각하여 어떠한 차별화 방식을 통해 문학적 권위를 획득하느냐이다.

하지만 이러한 구조주의적 관점은 〈구인회〉가 문단 내부에서 차지하는 객관적 위상만을 설명할 수 있을 뿐이어서, 그 자체로는 〈구인회〉의 전모를 제대로 밝혔다고 볼 수 없다. 부르디외의 다음과 같은 지적, "장속의 위치의 동질성만으로는 문학 집단이 형성될 충분조건이 될 수 없으며 실제로 예술을 위한 예술가들의 경우 그들은 서로 존경과 우정의 관계로 맺어져 있음을 볼 수 있다"216)에서 알 수 있듯이, 장의 효과는 동일하거나 근접한 위치의 점유자들을 가깝게 하는 유리한 조건을 만들지만, 그것만으로는 하나의 집단으로 뭉치게 하는, 문예그룹이라는 '동체 효과'의 조건을 결정하기에 충분치 못하다. 왜냐하면 장 내부에서의 위치에 개인적 성향을 직접적으로 연관시킬 수 없고, 그 성향으로부터 위치를 직접 연역할 수도 없기 때문이다.217)

언어라는 것이 원래부터 그 본질적 의미를 가지고 있는 것이 아니라, 그것이 씌어진 사회적 상황이나 구체적 맥락을 통해서만 제대로 전달될 수 있다고 할 때, 결국 언어로 말하고 그것을 이해하는 것은 다양한 능력이나 기술을 나타내는 어떤 행동의 양태에 참여하는218) 것과 다름없다. 바꿔 말해서 "표현은 삶의 흐름에서만 의미를 갖는"219) 것이므로, 표현을 하거나 그것을 이해하는 것은 "삶의 형식"에 참여하는 것이라 할 수 있다. 상대방과 적절한 삶의 형식을 공유하고 있을 때에만 우리가 그를 이해할 수 있다는 것이나, 외국어를 배우는 것이 단지 문법이나 사전을 외우는 것이 아니라 그 나라의 생활 형태(문화)를 배우는 것이면서 동시에 거기서 사용되는 규칙을 배우는 것과 같다는 사실이 바로 그러한 이유에서이다. 결국 말의 의미는 그 말이 발화되는 상황에서의 그것의 역할이고, 그것의 쓰임이 새겨진 행동이다. 이러한 맥락에서 〈구인회〉의

---

216) 현택수, 『문화와 권력』, 나남출판, 1998, 41면. (강조―인용자)
217) P. Bourdieu, *The Rules of Art*, trans. by Susan Emanual, Stanford University Press, 1992, pp.265~267.
218) G. Pitcher, 박영식 역, 『비트겐슈타이의 철학』, 서광사, 1987, 269면.
219) L. Wittgenstein, 이영철 역, 『철학적 탐구』, 서광사, 1994, 19・23절.

문학적 양식과 기법을 이해한다는 것은 곧 그들의 삶의 양식이나 생활감
각을 제대로 알고 나서야 가능해진다고 할 수 있다.

이것은 바로 장의 구조와 문학적 행위를 매개하는 지속적인 '성향들
의 체계'인 '아비투스(habitus)'를 제기하는 것이기도 하다. 부르디외는 아
비투스를 언급하면서 그 특징을 다음과 같이 집약적으로 보여주었다.

> 특정한 유형의 환경을 구성하는 구조들은 (…중략…) 지속적인 성향들의 체
> 계인 아비투스, 구조화하는 구조로 기능하게끔 경향지어져 있는 구조화된 구조
> 를 산출한다. 즉, 관행과 표상을 발생시키고 구조화시키는 원칙으로서, 어떤 식
> 으로든 규칙에 복종하도록 강제하지 않고서도 객관적으로 '규제될 수' 있고 또
> '규제되고 있는' 것이며, 목표를 향한 의식적인 정향과 목표를 달성하기 위해
> 요구되는 작동들을 명확하게 통달하지 않고서도 객관적으로 목표에 부합될 수
> 있으며, 결국 지휘자의 지휘가 없이도 집단적으로 화음을 낼 수 있다.[220]

아비투스는 존재 조건을 구성하고 있는 구조들의 산물이며, 이러한
존재 조건 속에서 아비투스는 획득된다. 또, 성향들의 체계로서의 아비
투스는 점진적인 주입 과정을 통해 획득되며, 그 주입 과정에 고유한 양
식과 특징은 해당 사회의 제도적 조건에 달려 있다. 지속적으로 주입되
는 성향들을 통해, 육체는 특정한 형식으로 주조되며, 그럼으로써 아비
투스는 한 작가로서 현실을 살아가는 전반적인 삶의 방식, 즉 걷고 말하
고, 행동하고 먹는 방식에 반영된다.

그리고 이 성향들은 이항 가능하다는 특징을 갖는다. 다시 말해서 그
성향들이 애초에 획득된 장이 아닌 다른 장들에서도 실천을 발생시킬
수 있다는 것이다. 지속적으로 내장된 성향들의 체계인 아비투스는 존재
조건에 부합하는 실천들과 감각들을 발생시키는 경향이 있다. 이때의 존
재 조건은 그러한 실천들과 감각들의 산물이자, 또 그것들이 재생산해

---

220) P. Bourdieu, 정일준 역, 『상징폭력과 문화재생산』, 새물결, 1995, 61면.

낸 것이기도 하다. 이때 유의할 것은 행위자들이 그들의 모든 행위를 결정하는 사회 구조나 특정 장의 구조의 단순한 꼭두각시가 아니라는 점이다. 즉, 행위자들은 그들이 동원할 수 있는 수많은 전략들을 가지고 행동하며, 동시에 이러한 전략의 구체화는 특정한 생활양식을 규정하는, 구조화된 가능성의 공간 안에서 일어난다. 요컨대, 문학 집단의 성립이란 '이중적' 행위인 것이다. 따라서 〈구인회〉라는 집단의 내적 성격이 해명되지 않을 수 없고 이는 궁극적으로 멤버들 개개인의 문학적 성향과도 밀접하게 관련되어 있다.

> 상허, 지용, 종명, 구보, 무영, 유영, 기타 몇몇이 9인회를 한 것도 적어도 우리 몇몇은 문단의식을 가지고 했다느니보다는 같이 한 번씩 50전씩 내가지고 아서원에 모여서 지나요리(支那料理)를 먹으면서 지껄이는 것이―나중에는 구보와 상이 그 달변으로 응수하는 것이 재미있어서 한 것이었다. (…중략…) 9인회는 꽤 재미있는 모임이었다. 한동안 물러간 사람도 있고 새로 들어온 사람도 있었지만 가령 상허라든지 구보라든지 상이라든지 꽤 서로 신의를 지켜갈 수 있는 우의가 그 속에서 자라고 있었다는 것은 지금 생각해도 유쾌한 일이다. 우리는 때때로는 비록 문학은 잃어버려도 우의만은 잊지 말았으면 하고 생각할 때가 있다. 어떻게 말하면 문학보다도 더 중한 것은 인간인 까닭이다.[221]

〈구인회〉는 스스로 '단순한 친목 단체', 다시 말해서, 아서원에서 청요리를 가끔 같이 먹는 정도의 인간적·문학적 사교모임임을 강조했다. 그런데 이러한 대외적인 이미지로 인해 〈구인회〉는 문학 연구자들의 관심에서 다소 비껴나 본격적인 문학 연구의 대상으로 다루어지는 일이 극히 드물었던 것이 사실이다. 그러다 보니 문학사적 의의를 제대로 평가받지 못하거나 그 위상이 폄하되는 경우가 비일비재하였다.

너무 9인회를 크게 보고 지나친 난해석(難解釋)을 부리다가 자기 자신이 오

---

221) 김기림, 「문단불참기」, 『김기림 전집 5 ― 소설, 희곡, 수필』, 심설당, 1988, 141~142면.

해하는 것은 물론 독자로 하여금 9인회에 엉뚱한 기대 혹은 실망을 갖게 하는 것은 사실이다. 9인회는 한낱 문학적 사교성을 가졌을 뿐이다. 구인회원들은 이런 회합이 필요하다. 대개는 창작에만 모두하지 못하고 기자니 교원이니 하는 번무에 매여 무엇보다도 예술가로서의 기분감정에 주으린 우리들이다. 종일 만나는 사람들이 예술가 아닌 사람이요, 종일 듣는 소리가 예술 아닌 소리들이다. 그러다가 우연히 글쓰는 사람들끼리 만나면 그 때의 반가움이란, 또 될 수 있으면 문학적인 회화를 갖고 싶을 것이란 결코 적은 욕망이 아니었다. 그리고 그와 헤어질 때는 가뭄에 풀이 몇 방울 비에 젖는 듯 생기가 나고 창작욕의 충동을 가슴 하나 느끼는 것이 사실이다. '아— 자주 만나기라도 해야겠다' 이래서 그 우연히 만나는 것을 계획적으로 정기적으로 만나기 위해 생긴 것이 구인회이다.[222]

〈구인회〉의 외양상 친목 단체적인 성격은 〈카프〉의 조직적 결속력과 비교하여 더욱 두드러진다. 〈구인회〉에는 조직적인 강령이나 회칙도 없었을 뿐만 아니라 그 구성원들 중에는 집단 내의 지배적인 다수의 성향과 맞지 않으면 곧 자진 탈퇴해 버리는 경우가 많아 늘 회원의 교체가 잦았던 데에 비해서 〈카프〉는 체계적인 조직의 형태와 엄격한 규율을 갖추고 있어 그 명확한 실체성이 대내외적으로 확인될 수 있었다.

이러한 〈카프〉의 조직적 성격은, 〈구인회〉가 결성되던 1933년에 프로문학 진영에서 벌어진 김남천과 임화 간의 '물논쟁'에 잘 반영되어 있다. 이 논쟁에서 김남천이 강조한 것은 '계급 구속적 주체'였다. 그는, 모든 인간은 '보편적 인간'이 아니라 바로 '계급적인 인간'이라는 것, 즉 인간은 출신계급에 의해 규정될 수밖에 없다는 사실을 지적한 것이다. 물론 출신계급에 의해 규정된다고 해서 계급 구속성으로부터 절대로 벗어날 수 없다는 것은 아니다. 김남천이 보기에 이러한 구속으로부터 벗어날 수 있는, 그리고 그 자신이 소시민 출신 지식인의 한계를 극복할 수 있는 방법이 있다면 그것은 바로 '실천'과 '조직'이었다.

---

222) 이태준, 「구인회에 대한 난해 기타」, 『조선일보』, 1935.8.1.

자기의 운명을 집단의 거대한 운명에 종속시키고 자기의 표현을 이 속에서만 발견해 오던 시대에 있어서는 집단과 개인과의 새에 넘을 수 없는 문화사상상의 불일치는 표면화될 여유가 없었고 각 개인은 사소한 불일치를 실천과정 속에서 해결하여 그곳에서 일정한 객관적 방향과 영향 밑에서 일치하여 자기를 이끌고 나가는 통일된 방침이라는 것이 있을 수 있었다. (…중략…) (그러나) 역사의 행정이 이러한 것의 일반적인 퇴조적 현상을 우리의 앞에 강요할 때 집단성의 밑에 종속되었던 작가와 비평가는 자신의 출신 계급을 따라 일개의 고립된 자기로 귀환하고 말았다.223)

특히 이 시기의 김남천은 '조직 만능주의'라고 비판받을 정도로 그에게 조직의 집단성과 당파성은 선험적인 것과 다름없었다.224) 결국 주체는 '조직'이고 그 조직 안에 있는 '개인'은 조직의 의지를 실행하는 담지자에 지나지 않았던 것이다. '물논쟁'을 통해 알 수 있듯이 〈카프〉의 조직 구성과 운영 방식이 개인의 생활과 창작을 규제하는 편이었다면, 스스로 '구락부'를 표방한 〈구인회〉는 자유로운 분위기 속에서 잦은 교류를 통해 문단적 교우 관계를 돈독하게 유지해 나갔다.

가령 이태준은 다른 동인들의 문단적 후원자의 역할을 해주었고, 박태원은 이상을 모델로 하여 「방란장 주인」·「애욕」·「피로」와 같은 소설을 쓰기도 하였다. 특히 박태원의 소설 「소설가 구보씨의 일일」에서 "시인이었음에도 불구하고, 극히 건장한 육체와 또 먹기 위하여 어느 신문사 사회부기자의 직업을 가지고 있는 벗"으로 묘사되고 있는 이가 바로 〈구인회〉의 다른 멤버인 김기림이라는 사실이나, 구보가 "종로경찰서 앞을 지나 하야코 납작한 조고만 다료"에 벗을 찾아갔을 때 그 벗이 이상이고, '다료'는 이상이 경영하는 '제비'라는 사실은 이미 널리 알려져 있다. 또한 이상의 공개된 「사신」(1936~37) 아홉 편 중 일곱 편이 김기

---

223) 김남천, 「고발의 정신과 작가」, 『조선일보』, 1937.6.5.
224) 채호석, 「임화와 김남천의 비평에 나타난 '주체'의 문제」, 『한국 근대문학과 계몽의 서사』, 소명출판, 1999, 333~335면.

림에게 보낸 것이었고, 김기림은 「구보 형에게」(『여성』, 1939.5)를 발표하기도 하였다. 뿐만 아니라 이상의 세 번째 사신을 보면 그가 김기림의 시집 『기상도』(1936)의 장정과 교정을 맡아 해주었고, 그것을 자신이 일하던 '창문사'에서 출간해 주었음을 확인할 수 있다. 박태원의 작품 「소설가 구보씨의 일일」의 삽화를 그려준 이가 바로 이상이라는 사실은 이미 잘 알려진 문학사의 에피소드이기도 하다. 또한 이상은 1936년 가을에 일본으로 떠날 때까지 〈구인회〉 후기 동인이었던 김유정과의 남다른 우정을 과시하였고, '소설체로 쓴 김유정론'이라는 부제를 단 소설 「김유정」(1939.5)을 쓰기도 하였다.225)

〈구인회〉 소속 작가들은 자신의 작품에서 〈구인회〉의 모임을 실제로 그려내기도 하였다. 특히, '다방' 같은 공간에서의 모임이나 경성 거리에서의 동인들의 만남은 소설 속에 빈번하게 등장한다. 이는 작품의 소재 이상의 의미를 지니는 것으로, 〈구인회〉의 문학을 이해하는 데에 있어서 매우 중요하다. 예를 들어, 「소설가 구보씨의 일일」에 나타난 대낮의 다방 풍경은 박태원을 비롯한 〈구인회〉 멤버들의 일상생활을 생생하게 드러내고 있다.

> 다방의 오후 두시, 일을 가지지 못한 사람들이 그곳 등의자에 앉아, 차를 마시고, 담배를 태우고, 이야기를 하고, 또 레코드를 들었다. 그들은 거의 다 젊은 이들이었고, 그리고 그 젊은이들은 그 젊음에도 불구하고, 이미 자기네들은 인생에 피로한 것같이 느꼈다. 그들의 눈은 그 광선이 부족하고 또 불균등한 속에서 쉴사이없이 제각각의 우울과 고달픔을 하소연한다. 때로, 탄력있는 발소리가 이 안을 찾아들고, 그리고 호화로운 웃음소리가 이 안에 들리는 일이 있었다. 그러나 그것들은 이곳에 어울리지 않았고, 그리고 무엇보다도 다방에 깃드린 무리들은 그런 것을 업신녀겼다.226)

---

225) 조용만, 「이상과 김유정의 문학과 우정」, 『신동아』, 1987.5, 558~559면.
226) 박태원, 『소설가 구보씨의 일일』, 깊은샘, 1989, 33면.

경성의 다방과 카페를 자주 드나들었던 〈구인회〉 회원들은 '불량한 기질'227)을 예술가 기질로 인식하여 반항적이고 일탈적인 행동을 즐기기도 하였다. 실제로 박태원·김유정·이상 등은 다방에서 빈둥거리며 시간을 보내는 룸펜생활228)을 하였던 것으로 알려져 있다. 다방에 죽치고 앉아 글을 쓰고, 쓰다가 지치면 원고를 맡겨놓고 거리로 '모데르노로지오'를 나가곤 했던 박태원은 「소설가 구보씨의 일일」을 통해 하루 동안 네 번이나 다방에 들르는 자신을 인상적으로 그려 놓았다. 또, 이상의 경우, 총독부 기사라는 직업을 그만 두고 다방 경영에 뛰어들어 룸펜생활을 자처했고, 김유정도 문우들이 직장을 알선해 주는 데에도 별로 적극적인 태도를 보이지 않았다. 이러한 그들의 면모는 당시의 다른 작가들에게 무기력하고 무의지적이고 소비적인 인간군으로 비춰졌음은 물론이다.

1920년대 일본으로부터 수입되기 시작한 근대적 문물 중의 하나인 다방은 만남이나 여가 혹은 휴식의 장소로서만 사용되었던 것이 아니라 당시 지식인들의 문화공간으로서 중요한 구실을 했다는 데 특별한 의미가 있다. 말하자면 다방이라는 이 낯선 공간은 단순한 일상적 세계의 따분함을 메워주는 그런 공간이 아니라 적어도 근대의 새로운 경험공간이었던 것이다.229) 문인들의 상당수가 신문사나 출판사를 제외하면 일자리가 없어 실업자로 지낼 수밖에 없었던 상황을 염두에 둔다면 다방은 이들의 욕구를 어느 정도 충족시켜 주는 문화적 공간이면서, 나아가 삶의 공간 그 자체이기도 했다. 특히, 박태원의 「방란장 주인」은 당대 다방의 존재 의의가 어떠했는가를 잘 보여준다.

---

227) 이무영, 「불량학생과 예술가 기질」, 『신동아』, 1935.4, 48면.
228) 이상의 작품 중 「날개」·「지주회시」·「동해」·「환시기」·「실화」 등에 룸펜적 존재 방식과 '권태'가 등장한다.
229) 조영복, 『한국모더니즘문학의 근대성과 일상성』, 깊은샘, 1997, 67~69면 참조. 이 책의 저자는 다방을 '거리체험'의 공간으로 제시하고 있다.

어떻게 한 밑천 잡아 보겠다든지 하는 그러한 엉뚱한 생각은 꿈에도 먹어본 일 없었고, 한 동리에 사는 같은 불우한 예술가에게도, 장사로 하느니 보다는 오히려 우리들의 구락부와 같이 이용하고 싶다고 (…후략…)[230]

다방은 작가들의 교류장인 동시에 생산의 거처이기도 했거니와 그것은 단순히 상품 교환장소의 성격을 넘어 일종의 문화적 거점이 되기도 했다는 점에서 그렇다. 그 문화가 근대적 도시문화임을 부언할 필요는 없다. 축음기·음악·그림, 서양 문단 사정에 대한 정보의 유통 등은 다방을 통해 만나게 되는 당시 문인들이 자신의 근대적 도시 감각을 키우는 데 중요한 작용을 했음을 여러 보고를 통해 알 수 있다. 경성의 다방문화도 다르지 않다. 구인회와 다방의 관계, 그리고 '낙랑파─라'를 비롯해 30년대 문학인들과 관계를 맺고 있던 경성의 다방문화가 바로 이런 일본의 다방 문화의 수입품인 것은 주지의 사실이다.[231]

이와 같이 〈구인회〉 회원들은 '근대인의 오아시스'[232]인 다방에서 근대적인 문명, 즉 영화·회화·음악 등에 대한 정보를 나누기도 하고 "창작욕의 충동을 가슴 하나 느"[233]낄 수 있을 정도로 창작에 대한 자극을 주고받기도 하였다. 이로써, 근대적 문인임을 자부하는 그들의 특수한 삶의 방식을 통해 〈구인회〉가 '단순한 친목 단체'라고 스스로를 표방하면서 집단의 강제적 규율과 체계적 조직성을 거부했던 이유를 짐작할 만하다.

한편, 〈구인회〉가 각자의 활동 방식을 서로 구속하지 않고 굳이 '친목'의 형식을 고집했던 또 다른 이유는, 당시의 경성을 더욱 감각적으로

---

230) 박태원, 「방랑장 주인」, 『소설가 구보씨의 일일』, 깊은샘, 1989, 217면.
231) 이성욱, 『한국 근대문학과 도시문화』, 문화과학사, 2004, 75면. "일본의 다방 끽다점이 유럽의 카페를 모방하여 동경에 처음 문을 연 것이 메이지 44년이다. 그때 마츠야마가 긴자에 카페 쁘렝땅을 개업했는데 당시 사람들은 이곳이 무엇을 하는지를 전혀 알지 못했다. 때문에 영업곤란을 예상한 마츠야마는 회비 50전을 받는 회원제로 이곳을 운영했는데, 당시 회원은 작가, 화가, 연극관계자 등 각계의 문화인들이었다고 한다."
232) 김기림, 「오후의 무명작가들」, 『김기림 전집 3 ─ 문학론』, 심설당, 1988, 197~198면.
233) 이태준, 「구인회에 대한 난해 기타」, 『조선일보』, 1935.8.1.

체험하고 근대적 감수성을 획득하는 데에 이러한 활동 방식이 매우 유리했기 때문이다. 도시는 혼란과 충격과 유동성의 감각적 경험을 수용하는 미적 형식의 출처라는 점에서뿐만 아니라, 공공의 삶을 향한 욕망과 투쟁의 장소234)라는 점에서 〈구인회〉의 문학적 활동에 중요한 역할을 하였다. 이성적 사고로 문학을 하는 자들의 집단에서는 이론과 현실 원칙에 입각한 조직적 투쟁이 활동의 중심이 된다면, 감성적 사고로 문학을 하는 집단에서는 거리를 배회하면서 근대의 내적 모순이 응집된 도시를 감각으로 느끼는 일이 창작 행위 못지 않게 중요하다고 해도 과언이 아니다. 따라서 〈구인회〉의 문학을 이해하기 위해서는 당시 경성이라는 도시와의 관계를 언급하지 않을 수 없다.

> '모더니즘'은 위선 오늘의 문명 속에서 나서 신선한 감각으로써 문명이 던지는 인상을 붙잡았다. 그것은 현대의 문명을 도피할려고 하는 모든 태도와는 달리 문명 그것 속에서 자라난 문명의 아들이었다. 그 일을 바꾸어 말하면 우리 신시사상에 비로소 도회의 아들이 탄생했던 것이다. 제재부터 위선 도회에 구했고, 문명의 뭇면이 풍월 대신에 등장했다. 문명 속에서 형성되어가는 새로운 감각, 정서, 사고가 나타났다.235)

〈구인회〉 작가들은 일찍이 도시에서 성장하여 자신의 문학 속에 도시를 수용하고 거기에 도시적 감각의 세련성을 부여하거나 의도적으로 언어 감각의 혁신을 추구하였던 세대에 속한다. 정지용·김기림·이효석 등은 시골 태생이긴 하지만 소년기부터 국내 또는 일본의 대도시에서 유학생활을 하였고, 박태원·이상은 서울에서 태어나 자랐으며 이들 역시 일본 유학을 경험한 바 있다.236)

---

234) 황종연, 「모더니즘의 망령을 찾아서」, 『모더니티란 무엇인가』, 민음사, 1994, 210면.
235) 김기림, 「모더니즘의 역사적 위치」, 『인문평론』, 1939.10, 83면.
236) 서준섭, 『한국모더니즘문학연구』, 일지사, 1988, 26~27면. 서준섭은 〈구인회〉를 도시문학으로 규정하고 그 관련성을 심도 있게 논의하였다. 당시 경성의 도시화에 대해서는 이 문헌을 참조하면 된다.

물론 당대의 도시 세대 작가들 전부가 〈구인회〉와 같은 삶을 추구하면서 도시적 감수성을 공유했던 것은 아니다. 〈카프〉 문인들과 〈구인회〉 작가들은 같은 시대에 속해 있으면서도 각각 '제너레이션'을 달리하여 느꼈던 것이다. 구체적으로 말해서, 임화·김남천 등 〈카프〉계 작가들은 김기림·박태원 등과 같은 세대에 속하지만[237] 근대도시를 거의 전면적으로 부정하고자 했던 반면, 〈구인회〉 멤버들에게 도시(경성)를 떠난 삶은 상상하기 어려운 것이어서, 그들은 지방의 명승지를 답사할 때에도 한 순간도 '이곳에서 살아 보았으면' 하는 생각을 하지 못했다.[238] 말하자면, 이들이 도시체험을 통해 그들 세대의 '환상'을 공유했다는 사실은, 〈카프〉가 이념적 타자에 대한 동일시를 통해서, '사상의 힘이 현실의 총체성을 파악할 수 있다는'[239] '집단환상'을 공유했던 것과는 근본적으로 달랐다고 할 수 있다.

이들에게 있어서 '세대'란 생물학적이거나 역사적인 기준에서가 아니라 문화사적인 단위 개념에 의거한 것으로 인식된다. 임화는 「시단의 신세대」(『조선일보』, 1939.8.18~26)라는 글을 통해, "기림과 우리 구'카프' 시인들은 '쩨네레-숀'을 달리하였으나 근본적으론 같은 시대의 한 환경의 시인들이었다"라고 하였고, 「소설과 신세대의 성격」에서는 제너레이션을 다음과 같이 규정한 바 있다.

　　'쩨네레-숀'을 달리하야 느낀다는 것은 마치 한 도회 안에 살면서도 제각기 고향을 달리하는 것과 마찬가지로 동시대에 살면서도 정신의 고향을 달리하고 있음을 느끼는 것이다. 정신의 고향이란 각 '쩨네레-숀'들이 주인공으로서 탄생한 시대의 정신적 습속과 '컨벤숀' 등이라 말할 수가 있다. 각 시대에는 정신의

---

237) 서준섭이 근대문학의 2세대로 규정한 김기진(1903), 박영희(1901), 임화(1908), 김남천(1911) 등은 사실 김기림(1908), 정지용(1903), 이태준(1904), 박태원(1909), 이상(1910), 이효석(1907), 김유정(1908)과 비슷한 연배로서 같은 도시세대라 할 수 있다.
238) 박길룡, 「내 사는 서울이 영원한 악사」, 『조광』, 1936.2; 박태원, 「내 자란 서울서 문학도를 닥다가」, 『조광』, 1936.2 참조.
239) A. Calinicos, 정남영 역, 『현대철학의 두가지 전통과 맑스주의』, 갈무리, 1995, 129면.

고유한 주조와 사고의 독특한 방법이 있는 법이다. 그것은 물론 전대에서 전승되고 후대에로 유전되는 것이나 그 시대 시대마다가 정신사상에다 자기의 고유하고 독특한 낙인을 찍는 것이다. 이런 것들은 선대인에게나 후대인에게나 다같이 기이한 것으로서 느껴지는 것이나, 당대인에게는 당연한 것으로서 체험되는 것이다. 그러므로 서로 다른 '쩨네레-슌'들은 제 각기 당연하다고 생각하는 정신의 습속, 사고의 방법, 통트러 정신적인 '컨벤숀'을 가지고 있기 때문에 같은 시대안에 살면서도 이방인과 같이 모든 점에 있어 일치하기 어려운 것이다. 생리적으로 말하는 부와 자의 세대, 자와 손의 세대, 혹은 조부와 손의 세대와 같이 불소(不少)한 거리와 막대한 차이가 동시대 가운데서 각 '쩨네레-슌'들을 구별한다. 이런 것들은 막연히 말하야 시대를 사는 생의 방법의 차이에서 오는 것일지도 모른다.[240] (강조-인용자)

자립적인 근대화 과정을 밟지 못한 상대적으로 후진적인 국가에서의 모더니즘은 환상적인 특성을 띨 수밖에 없다. 왜냐하면 사회적 현실뿐만 아니라 환상·신기루·꿈을 기반으로 성장하도록 강요받기 때문이다.[241] 식민지 조선에서의 도시적 체험이 갖는 '환상'적 성격은 마샬 버만이 저개발 혹은 제3세계 모더니즘의 특징을 분석한 것과 거의 흡사하다.

한쪽 극단에서는 선진 국가의 모더니즘을 볼 수 있는데, 경제적 정치적 현대화의 물자 위에 직접 건설되었으며 극단적 방식으로 현실에 도정할 때에도 현대화된 현실로부터 비전과 에너지를 얻었다. 반대편 극단에서는 후진성과 저개발에서 나오는 모더니즘이 발견된다. (…중략…) 저개발의 현대화는 현대성이란 환상과 꿈 위에서 건설하고 신기루와 유령에 대한 친밀감과 갈등 위에서 성장하도록 강요받는다. 생겨 나온 생활에 충실하기 위해서는 날카롭고 거칠고 미완성이도록 강요받는다. 혼자 힘으로는 역사를 만들 수 없다는 무능함으로 인해 자신을 고발하고 괴롭히거나 또는 역사라는 부담 전체를 스스로 짊어지기 위한 엄청난 시도에 몰두하는 것이다. 자기혐오의 광포함 속으로 자신을 강요하고 자조란 거대한 유보를 통해서만 자신을 보존한다. 그러나 이런 모더니즘

240) 임화, 「소설과 신세대의 성격」, 『문학의 논리』, 학예사, 1940, 476~477면.
241) M. Bermann, 윤호병 역, 『현대성의 경험』, 현대미학사, 1994, 287면.

이 성장해 나온 기인한 현실 및 그 밑에서 이런 모더니즘이 움직이고 살아가는 견딜 수 없는 압력들은 자기 세계 속에서 훨씬 더 편안한 서구 모더니즘이 거의 따라올 수 없는 절망적인 백열을 고취한다.[242]

이상을 포함한 도시 세대들, 즉 〈구인회〉 작가들도 조선의 근대화가 곧 일제 식민지에 종속되는 것임을 알고 있었다. 이들의 도시적 생존 방식은 문학적으로는 감수성의 변화를 동반하지만 사회학적으로는 욕망의 무한개방과 인간의 소외를 의미하고, 정치지리학적으로는 식민지의 통치 권력과 그 권력의 바탕인 시장의 확대를 의미했기 때문이다. 여기서 문인들의 소외와 욕망의 개방에 따른 도시적 환상[243]이 예견된다. 그들은 근대화를, 억압적인 동시에 희망적이며 소외적인 동시에 희망적인 것으로 보고자 하였다. 얼핏 보아 모순되는 이 양가적인 반응이야말로 이들 첫 도시화 세대의 공통된 경험 현상이었던 것이다.

이러한 의미에서 〈구인회〉가 목적의식적인 계급문학이나 상업적인 통속소설에 대한 일관된 부정성을 공유하면서, 문학의 자율성을 추구하고 문학주의를 표방했던 것은 단순히 그들의 문학적 취향이나 기호에서 비롯된 것이 아니라고 할 수 있다. 말하자면 그들의 문학은 곧, 식민지의 수도 경성에서의 삶의 일부이자 반영으로서 보아야 한다. 부르디외가 말한 바 있듯이, "글쓰기의 혁명은 생의 스타일의 완전한 전환과 짝을 이루어 행해지는"[244] 것이다.

이제껏 살펴보았듯이, 〈구인회〉 멤버들간의 교류와 삶의 방식은 단순한 사적인 감정의 발로이거나 그저 문인들간의 친목을 유지하기 위한 방편이 아니었음을 알 수 있다. 다방과 같은 도시적 공간에서의 〈구인회〉 멤버들의 만남은 그 자체가 곧 〈구인회〉의 주요한 집단적 활동의 한 방식으로서, 그것은 '사교'와 '친목'적 차원을 넘어 문학적 감성과 창작 방

---

242) M. Bermann, 윤호병 역, 『현대성의 경험』, 현대미학사, 1994, 283면.
243) 서준섭, 『한국모더니즘 문학연구』, 일지사, 1988, 29면.
244) P. Bourdieu, *The Rules of Art*, trans. by Susan Emanual, Stanford University Press, 1992, p.109.

법을 교류하는 기회였던 것이다.

특히 이 지점에서 강조되어야 할 것은, 이러한 교류와 삶의 방식이 대중매체에 종사하는 문인들과 긴밀한 관계를 유지할 수 있는 거의 유일하다시피 한 기회였다는 사실이다. 당시의 다방이 기자, 편집자와 작가, 그리고 문학 애호가들이 모두 한 자리에 모일 수 있는 주요한 공간이었음을 고려한다면, 그들의 교류가 문단 내부의 상징적 권력 투쟁에 매우 중요한 영향을 미쳤을 것이라는 점은 쉽게 짐작할 수 있다. 사실, 문단에서 작가로 이름을 걸고 활동하는 데 있어서 작품의 발표 지면을 확보하는 일이 창작능력 못지 않게 중요해진 현실에서, 신문사나 잡지사에 기자로 종사하는 문인들(이들이 곧 〈구인회〉 동료들이기도 하다)과의 만남을 외면하는 것은 곧 문단에서 도태되는 결과를 초래할 수 있었다. 따라서 이러한 교류를 통한 사회적 인맥의 형성은 그들에게 절대 간과할 수 없는 일이 되어 버린 것이다.

또, 당시에 각 신문사마다 고정 집필자가 정해져 있어서 문단에 일종의 섹트의식이 조장되고[245] 있었다는 비난 섞인 여론도 주목해 두어야 할 것이다. 이와 관련하여 〈구인회〉 멤버들의 모임은 "매체의 블록화"[246]라는 비난마저 감수하지 않으면 안 되었다. 실제로 1930년대 중반 무렵 '좌담회'와 같은 기록들을 보면, 당시에 문인들이 다방에서 자주 모임을 갖는 것에 대해 강도 높은 비판이 제기되었음을 알 수 있는데, 그 비판이란 한마디로, 〈구인회〉의 모임이 문단의 정치세력화를 초래하는 '당파적 행동'[247]이라는 것으로 요약될 수 있다. 말하자면, 〈구인회〉적인 활동 방식이 아무리 사교적인 성격을 취했다고 할지라도 그들이 문인 기

---

245) 이원조, 「조선문학의 현상」, 『문장』, 1939.10, 186면.
246) 당시 전 문단은 '매체의 블록화'를 이루고 있었고 이 블록에 끼지 못한 문인들은 불만을 품고 있었음이 확인된다. "각 신문이나 잡지에 집필하는 분들을 보면 부지중에 쁠럭을 형성하고 있는 듯한 감이 있드군요." 정지용·김남천·서항석 외, 「문예좌담회」, 『조선문단』, 1935.7, 147면.
247) 정지용·김남천·서항석 외, 「문예좌담회」, 『조선문단』, 1935.7, 143면.

자 집단이라는 사실을 부정할 수 없는 이상, 〈구인회〉를 향한 문단 내의 비판적인 여론은 피할 수 없었던 것으로 보인다.

따라서 〈구인회〉 동인들의 활동을 단순한 친목 도모의 행위로 인식하는 것은 그들이 추구한 문학적 속성을 제대로 이해하지 못했거나 겉으로 드러나는 것만을 피상적으로 받아들인 데에서 빚어진 결과라 할 수 있다. 〈구인회〉가 사교모임의 외양을 갖추고 주로 다방 같은 곳에서 친목을 도모하면서도, 실상은 문단의 정치 세력화에 결정적인 영향을 미쳤다는 것은, 〈구인회〉라는 한 집단의 이데올로기적 성격을 대변해 준다. 이러한 집단의 이데올로기적 속성은 단순히 개인적 성향이나 기질의 문제로 환원할 수 있는 것이 물론 아니다. 특히 〈구인회〉 작가들이 대부분 부르조아 저널리즘과 밀접한 관계를 맺고 있었기 때문에, 이들이 권력으로부터 자유로운 외양을 취하면서도 강력한 이데올로기적 속성을 가질 수 있었다는 것은 이미 밝혀 놓은 바 있다. 이때 〈구인회〉라는 한 문학 집단의 이데올로기란 사실상 부르조아 개인주의에 다름 아니다. 부르조아 이데올로기는 유력한 지배 담론으로서 자신을 완전히 권력에서 자유로운 것으로 드러낼 뿐 아니라, 부르조아사회 또한 억압적 기제로서보다는, 사회 전체의 일반적 이해를 대변하는 것으로 자신을 제시하는 경향이 있는데,[248] 바로 이러한 성격은 〈구인회〉의 담론 내에 모든 지배적 권력의 흔적이 부재하다는 점과 정확히 부합한다.

요컨대, 〈구인회〉와 같이 개별 작가들이 모여 하나의 집단을 형성했다는 것은, 더구나 그들의 상당수가 신문사 학예부의 문인 기자들이기도 했다는 사실은, 〈구인회〉의 집단적 성격이 내포하고 있는 이중성, 즉 사교적이면서 동시에 정치적인 의미를 그대로 보여준다. 이 사실을 통해, 비슷한 문학적 취향으로 인한 동인들간의 남다른 친밀감이나 문우로서의 감정적 연대의 이면에는 절대주의적 비유기적·억압적 구조들보다

---

248) 최혜실, 「"소설가 구보씨의 일일"에 나타나는 '산책자' 연구」, 『관악어문연구』 13집, 1988, 209~210면.

더 믿을 수 있는 문단적·정치적 지배의 형식이 잠재되어 있음을 확인할 수 있다.[249]

2. 이중 구속으로서의 현실 인식과 미적 자율성

1930년대는 일본의 군국주의적 체제가 강화되면서 식민지 조선에 가해진 감시와 억압의 정도가 날로 더해갔던 시기이다. 1931년 동북사변을 시작으로 일본이 군국주의체제로 전환하고 이에 따라 식민지체제하의 언론·교육·문화의 모든 영역이 파시즘의 지배 아래 재편되었다. 이 즈음의 문학사만 보더라도 〈카프〉 회원 검거(1931, 1934)에서 시작되어 『문장』지 발간 금지(1941)로 끝났다고도 할 수 있을 정도로 식민지 당국의 정치적·이념적 통제는 1930년대 문학의 향방에 지대한 영향을 미쳤다.

이렇듯 1930년대 들어 객관적인 정세의 급격한 악화는 작가들을 움츠리게 할 수 있는 시대적 명분으로 작용했으리라는 예상이 충분히 가능하다. 그럼에도 불구하고, 오히려 문학적 방면에서는 주목할 만한 성장을 이루었고, 그 중심에 〈구인회〉가 놓여 있었다. 〈구인회〉 작가들이 식민지 억압 구조의 한복판에서 이루어낸 문학적 성취[250]는, 문학사적 전

---

249) 이러한 맥락에서 이글턴은 부르조아 계층과 미적인 것의 이데올로기적 친화성을 강조하였다. T. Eagleton, 방대원 역, 『미학사상』, 한신문화사, 1995 참조. "부르조아지는 일단 공상에서든, 현실에서든 절대주의의 중앙집권적 정치 기구를 해체하고 나면, 그 이전에 사회적 생을 하나의 전체로 조직해 주었던 제도들의 일부를 잃은 것을 깨닫게 된다. 그러므로 독자적으로 재생산될 수 있을 정도로 충분히 강력한 통일성에 대한 감각은 어디에서 발휘되어야 하는가 하는 의문이 일게 된다. 경제적 생에서는 개체들은 구조적으로 고립되고 상호 적대적이다. 정치적 차원에서는 한 주체를 다른 주체와 연결시켜 주는 추상적 권리들만 존재하는 것처럼 보일 것이다. 그것이 감정, 정서, 자연발생적인 육체적 습관 등의 '미적' 영역이 그처럼 중요성을 띠게 되는 한 이유이다."(13~15면)

250) 임형택은 이러한 문학사적 사실에 대해서 근대성과 민족문학적 성취로서 평가하고

환이라는 평가가 가능할 정도로 새로운 것이었다. 특히 〈구인회〉의 이러한 문학적 성과를 통해, 서구적인 의미의 근대와 근대문학을 완성된 모델로 생각하고 그것의 결핍으로서 한국의 근대와 근대문학을 사고하는 논리에 대해 의문을 제기해 볼 만하다. 말하자면 식민지 시기 문학적 상상력을 억압했던 것은 일제의 식민 지배라기보다, 오히려 그러한 현실을 문학에 반영해야 한다는 강박적 논리였다고 할 수 있다.[251] 이 지점에서, 1930년대의 사회사적 배경과 문학적 텍스트 사이의 간격을 적극적으로 인식해야 할 필요성이 제기되는 것이다.

보다 효율적인 통치를 목적으로 일본 제국주의가 그들의 자본을 유입해 들어옴으로써 조선의 외양은 나날이 자본주의화되어 갔고, 식민지 조선의 대중들은 근대라는 것을 삶의 일부로 경험할 수 있게끔 되었지만, 일상의 구석구석에는 식민지적 자취가 남아 그들을 구속하고 있었다. 뿐만 아니라, "식민주의의 문제는 물질적인 역사적 조건의 상관관계뿐만이 아니라 그 조건에 대한 인간의 태도와도 관련되어"[252] 있기 때문에 식민지적 조건에 대한 자의식이 피지배자들의 의식과 무의식을 상당히 잠식해 있었던 것이다. 이것이 당시 조선의 시대 현실이었고 거부할 수 없는 형세였다. 말하자면, 외양적·감각적으로는 빠른 속도로 자본주의화되어 가면서도 다른 한편으로는 식민지적 일상성으로부터 완전히 자유롭지 못한 현실의 모순적인 상황에 갇혀 있었다고 할 수 있다.

이와 같은 상황에서 당시의 대중들간에 일상성의 이중적인 구도를 타파하려는 의식이 성장하고, 동시에 내면적인 갈등과 고뇌가 무한히 증폭되어 재생산되었을 것이라 짐작할 수 있다. 일제 식민지 치하의 현실 속에서 이루어낸 근대적 문학예술의 성과를 두고 한 학자는, 기본적으로

있다. 임형택, 「한국문화에 대한 역사적 인식논리」, 『창작과비평』, 1998년 가을, 245면.
251) 이광호, 「모순으로서의 근대 문학사」, 『문학과사회』, 1999년 겨울호 참조.
252) Octave Mannoni, *Prospero and Caliban : The Psychology of Colonization*, trans. by Pamela Powesland(New York : Frederick A. Praeger, 1956), p.110.

타율적 근대 상황에 대한 주체적·진취적 대응의 산물, 식민지 피압박 민족의 자기 발견, 자기 표현의 형상으로 인식해야 함을 역설한 바 있다.[253] 이러한 지적은 바로, 우리의 식민지근대가 서구의 근대와는 전혀 다른 차원의 역사적 가능성과 한계를 동시에 남겨줄 수 있음을 시사해 준다.

무엇보다도 1930년대 조선의 사회적 상황은 식민지 근대 특유의 가능성으로 작용하는 일면도 있었음을 간과할 수 없다. 잔존하는 전근대와 맞이해야 할 근대 모두를 일제가 식민지 지배전략에 왜곡, 활용했다면, 그에 따른 저항이 당연히 따르기 마련이다. 즉 식민지근대가 그토록 궁핍했기에 이상의 악전고투는 전근대와 근대 모두에 대한 처절한 이중적 싸움의 성격을 띠는 것이다.[254] 그 싸움이 치열하면 치열할수록 이상이 〈구인회〉 동인지에 남긴 기록, "어느 시대에도 그 현대인은 절망한다. 절망이 기교를 낳고 기교 때문에 또 절망한다"의 의미는 더욱 선명해질 수밖에 없다.

식민지에서의 근대의 추구라는 논리적 모순 상황(한편으로는 근대화를 추구하면서도 다른 한편으로는 근대화 과정이 일본 제국주의의 침략과 동일시되는 중대한 모순적 상황)은 '이중 구속(double binding)'[255]이라 부를 수 있는데, 이러한 상황은 단순한 모순으로만 이해될 수 없는 복잡성을 띠고 있다. 즉 한편으로는 욕망을 자극하면서 다른 한편으로는 억압하는 이러한 상황은, 그것에 대한 태도를 확정지을 수 없도록 한다는 점에서 일종의 분열증을 일으킬 수 있다는 것이다.

253) 임형택, 「한국문화에 대한 역사적 인식논리」, 『창작과비평』, 1998년 여름, 245~246면.
254) 유희석, 「이상과 식민지근대」, 『창작과비평』, 2000년 봄, 282~283면.
255) G. Bateson, 『마음의 생태학』, 민음사, 1989, 203~281면 참조. 이중 구속 상태란 예컨대 '내 명령에 따르지 마'라는 명령처럼 두 개의 다른 또는 상호 모순된 타입(심급)의 메시지가 주어지고 게다가 어떤 타입의 메시지에 답할 것인가에 대해 판단할 수 없는, 즉 '메타커뮤니케이티브한 진술을 할 수 없는' 경우를 가리킨다. 이러한 관계가 항상적으로 반복될 때 분열병으로 이어지는 조건이 형성된다.

그런데 중요한 것은 여기서 생성된 분열자가 극단적인 창작상의 실험과 다양한 모색을 가능케 하는 조건이 될 수 있는, 하나의 역사적 가능성과 한계를 동시에 품고 있다는 사실이다. 특히 문인을 포함한 지식인들은 근대화 과정에서 새로운 문화와 교육을 접함으로써 특정한 문제·쟁점·딜레마에 남달리 노출되어 있는 존재이다. 따라서 이들에게 있어서 식민성과 근대성은 서로 배리적인 관계로서 파악됨과 동시에, 어떤 의미에서는 서로 접속되어 영향을 주고받으면서(이 과정은 무의식 속에서 이루어질 수 있다) 이른바, '식민지근대'를 발현시킬 수 있으며, 나아가 문학에 대해 큰 추동력으로 작용할 수 있다.[256] 근대를 진정으로 극복하기 위해서는 "그 안에 내포된 역설적 가능성을 온몸으로 사는 자세, 극단으로 가는 철저함과 진지함이 요구된다"[257]고 할 때, 일제 식민지 치하의 근대화 과정에서 당시의 문인들이 겪어내었던 '이중 구속'적 상황은 식민지 조선의 고유한 현실이자 역사 인식의 발현의 모태로 해석할 수 있을 것이다.[258]

또 이러한 이중 구속적 상황에서 초래되는 정신분열[259]은 근본적인 전략적 가치를 지닌 것으로 해석될 수 있다. 왜냐하면 정신분열은 우리가 더욱 다양하고 복잡한 인간적 삶의 형식을 자리매김할 수 있도록 0

---

256) 황종연은 「한국문학의 근대와 반근대」(동국대 박사논문, 1991)를 통해 1930년대 문학의 성과를 거론하는 과정에서, 일제 치하의 근대화(자본주의화)가 결국 식민 지배-종속의 관계를 영속시킨다는 측면에 특히 주목하여, 〈카프〉 해산과 맑시즘의 퇴각으로 근대성의 인식과 추구의 경향이 점차 소진되어 간 것으로 파악하고 있는데, 이 점은 이 책 1부의 문제의식과 차이를 보인다.

257) 진정석, 「모더니즘의 재인식」, 『창작과비평』, 1997년 여름, 171면.

258) '이중 구속'적 상황을 〈구인회〉의 시기에 대응시킬 수 있는 이유를, 〈구인회〉가 존재하기 이전과 이후에 문단에서 가장 두드러지게 활동했던 〈카프〉와 '신세대 문인들'과의 비교를 통해 언급하자면, 〈카프〉에게는 이러한 상황의 상위에 '맑시즘'이라는 이념적 타자의 권위가 있었고, 신세대의 경우에는 '파시즘'이라는, 의식을 내면화하고 현실을 억압하는 기제가 놓여 있었기 때문이다. 이러한 비교를 통해, '이중 구속'이라는 용어가 〈구인회〉가 활동했던 상황에 대한 적합한 개념화라고 생각된다.

259) Deleuze, G. & Guattari, F., *Anti-Oedipus : Capitalism and schizophrenia*, trans. by Robert Hurley, Mark Seem, and Helen Lane, Minneapolis : University of Minnesota Press, 1983, p.28.

도(zero degree)와 같은 구실을 해주고, 개인적인 그리고 사회적인 현실의 확정적인 구조 — 이것들이 끊임없이 이어져 우리가 역사라고 부르는 것을 구성한다 — 를 해체하고 새롭게 판단할 수 있도록 하는 기준선과 같은 역할을 하기 때문이다.260)

따라서 이중 구속적 상황 속에서 작가는 의미를 확정해 나갈 수 없다. 대상은 원래의 문맥으로부터 이탈할 수밖에 없고 그 의미가 고정될 수 없게 된다. 문맥상으로 약호화된 기능으로부터 이처럼 철저하게 이탈된 언어가 의미하는 지시체적인 위상은 과연 무엇인가? 원래의 의미로부터 일단 찢겨져 나온 대상의 운명을 논의하면서, 벤야민은 "이제 그런 대상은 그 나름의 어떤 의미를 방출하거나 의미화 작용을 전혀 할 수 없게 된다. 그와 같은 의미를 대상이 지니고 있다손 치더라도 그것은 알레고리스트가 부여한 의미일 따름이다. (…중략…) 알레고리스트의 수중에서 대상은 전혀 다른 것이 되어버린다"261)라고 한 바 있다. 제자리를 이탈한 파편들의 형상은 곧 근대적 동일화의 원리에 의해 배제되어 온 타자와 차이성을 드러내려는 작가적 의도의 소산이면서, 교환가능성으로 환원되는 현실 원리에 대한 비판의 의미를 내포한 알레고리라 할 수 있다.

결국, 정신분열자의 경험은 욕망의 흐름이 암호화·조직화·통제화되는 상징 질서에 가담하지 않기 때문에 실재의 본질을 보다 있는 그대로 반영하게 된다.262) "정신분열증 환자는 혁명가가 아니지만, 그러나 정신분열 과정은 (…중략…) 혁명의 잠재적 가능성이다."263) 모순적이고 상반되는 것이 공존하는 이 분열적 상황, 상충하는 다양한 것들이 삶을 분점하는 분열적인 시대와, 욕망 자체가 분열적 흐름으로 존재하는 상황을 예리하게 그려낼 수 있는 강력한 조건이 될 수 있는 것이다.264)

260) F. Jameson, 유희석 역, 「동굴을 넘어서」, 『비평의 기능』, 제3문학사, 1991, 186면.
261) B. Benjamin, *The origin of German Tragic Drama*, trans. by John Osborne, London : Verso, 1977, p.184; A. Eysteinsson, 임옥희 역, 『모더니즘문학론』, 현대미학사, 1977, 267면 재인용.
262) A. Calinicos, 황석천 역, 『마르크시즘의 미래는 있는가』, 열음사, 1987, 116면.
263) 이진경, 『필로시네마 혹은 탈주의 철학에 대한 7편의 영화』, 새길, 1995, 160면.

근대의 공간을 벗어날 수는 없지만, 어떠한 근대적 공간에도 사로잡히지 않으려고 탈주하는 분열자는, 분열적인 과정을 스스로 산출하면서 동시에 중단시키고 억압하는 자본주의의 내재적인 산물이다.265) 이러한 관점에서 보았을 때, <구인회>의 문학사적 의의는 식민지사회의 정치적 억압을 예술적 이점으로 전환시킬 수 있음을 가장 뚜렷하게 보여준 데에 있다고 할 수 있다. 이상에게 있어서, 분열된 모습으로 드러나는 거미인간(「지주회시」)의 현실적 비애와 박제인간의 비상을 향한 갈구가 식민지 근대에서 짓밟힌 삶의 진상을 여실히 보여주고 있거니와, 이처럼 분열되어 드러나는 이상의 실험적 감수성이야말로 식민지 근대가 가하는 이중적 억압의 구속으로부터 탈주를 꿈꾸는 자의 모습인 것이다.

근대성의 가장 중요한 내포는 권위와 억압으로부터 개인이 스스로 해방되는 것이고, 탈식민화란 피지배자에게서 모든 자기 표상과 자기 인식의 자립적 회로를 빼앗아버리는 식민주의로부터 해방되는 것이다. 1930년대 현실에서 근대화와 탈식민화는 모두 우리가 추구해야 할 과제였다. 아이러니컬한 것은, 식민지 치하에서는 근대화의 과정 자체가 일제의 지배논리에 종속되어 있기 때문에 양자의 동시적 추구라는 과제는 마치 하나의 이상에 불과한 것처럼 생각될 수도 있다는 점이다. 하지만 앞서 말했듯이 근대성을 주체의 해방으로 파악한다면, 식민성266)이 지배하고

---

264) 베이트슨의 정신분열증 분석에 대해서 고진은 "정신분열증 환자의 행위가 의사소통에서의 이중 구속에 맞서기 위한 하나의 전략으로서 이루어진다"는 점을 지적하였다. 가라타니 고진, 김재진 역, 『은유로서의 건축』, 한나래, 1998, 142~146면 참조.

265) 이때의 '분열자'란 어떤 사람을 지시하는 게 아니라, 분열적인 흐름, 분열적인 과정 자체를 지시한다. 즉 어디로든 흐를 수 있는 탈코드화된 욕망, 개인의 욕망을 붙잡아 매고 있던 초월적 중심이 해체된 것을 의미한다. 이러한 생각은 라깡에게서도 발견된다. 즉 "'정신병적 상태'도 인간 존재가 취할 수 있는 하나의 가능한 형태이다. 그것은 절대적인 자유에 대한 소망, 즉 어떠한 법칙에도 종족하고 싶어하지 않는 소망과 관련된다." P. Widmer, 홍준기 · 이승미 역, 『욕망의 전복』, 한울, 1998, 153면.

266) 식민성이란 협의로는, 일제하의 식민지 경험(법률적 불평등)을 의미하지만, 광의로는 그와 더불어 인종 / 종족 차별주의, 관권주의, 성차별주의, 서구 중심적인 지식 구조 등 다양한 형태의 온갖 지배와 배제 행위를 지칭하며, 이는 또한 식민성을 근대세계체제

있는 시기에는 근대성을 실현할 수 없다고 보는 것은 피상적일 수밖에 없다. 요컨대, 식민지 상황을 극복하려는 노력 자체가 이미 근대성을 내재하고 있는 것이다.[267]

'미적 근대성'을, 근대성을 미학적으로 실현하려는 영역, 혹은 근대의 다른 영역들과 구별되는 미적 영역을 확보하려는 근대성의 자율적인 한 부분이라고 한다면, 이를 식민지 치하의 현실에서 자유롭게 그 극단까지 밀고 나갈 수는 없었다. 그러기에는 현실의 무게가 감당하기 힘든 것이었고 그에 따른 역사철학적 과제가 미적 근대성을 위협하고 있었기 때문이다. 식민지 치하라는 특수한 역사적 상황에서 전개된 한국 근대문학이 서구적인 의미의 근대적 발전 과정과 같은 조건에서 생산될 수 없기도 했지만, 더 중요하게는 그것을 전범으로 삼을 필요도 없는 것이라면, 미적 자율성의 추구라는 1930년대 근대문학의 의미를 보다 역사적인 맥락하에서 해석해 내야 한다. 그러한 역사적 시각이 전제되지 않는다면, 한국 근대문학은 식민지근대라는 현실적 조건의 제약 아래 늘 결핍되고 왜곡된 존재로 남게 되고, 나아가 서구에 대한 콤플렉스에서 오래도록 벗어나지 못할 것이다.

의 일부로 자리매김하려는 문제의식을 포함한다. 백낙청, 「한반도에서의 식민지 문제와 근대 한국의 이중과제」, 『창작과비평』, 1999년 가을 참조.

267) 이연숙, 「일본어에의 절망」, 『창작과비평』, 1999년 가을, 105면. "'오리엔탈리즘'이란 동양을 늘 서양이라는 프리즘을 통해서 왜곡시키는 문화적 표상의 체계이다"라고 할 수 있다. 이 논리를 따르면, '타자'인 동양은 결코 자기를 표상할 수도 인식할 수도 없는 무력한 존재이다. 그런데 이 논리가 서양문화 내부를 벗어나 표상의 차원을 넘어, 제국주의란 현실의 권력 관계에서 서양의 정치적 지배에 편입된 동양에 적용되었을 때는 매우 강력한 작용을 하기 시작한다. 즉 동양은 단지 정치적·경제적·법적인 권력을 박탈당한 것에 그치지 않고 '동양'의 아이덴티티 그 자체가 오리엔탈리즘 논리에 의해 침식당하고 마는 것이다. 즉 피지배자가 자신이 누구이며 무엇을 할 수 있는가를 자문하는 순간, 어느 새 지배자가 날조한 거울이 피지배자 앞에 내밀어진다. 물론 그 거울에 비친 상은 지배자가 만들어낸 '타자'의 상일 뿐이다. 이러한 오리엔탈리즘의 논리는 서양과 동양의 관계에서만 보이는 것이 아니라, 모든 식민주의에 붙어 다니는 것이라고 할 수 있다. E. Said, 박홍규 역, 『오리엔탈리즘』, 교보문고, 1995; 강상중, 『오리엔탈리즘을 넘어서』, 이산, 1999 참조.

본절에서는 〈구인회〉의 문학이 내포하고 있는 미적 자율성의 이데올로기성을 살펴보고자 한다. 일반적으로 이데올로기에 대한 전통적 논의는 주로, '의식'이나 '관념'과 같은 용어로 표현되어 왔다. 하지만 여기에서는 이데올로기를 담론적인 현상으로 간주하여, 특정 언술의 사회적 맥락과 기능을 문제삼고자 한다. 다시 말해서 이데올로기는 특정한 효과를 위해 특정한 인간 주체 사이에서 실제로 사용되는 언어에 관한 것으로, 그 담론적 맥락으로부터 고립시켜서는 파악될 수 없는 것이다. 따라서 이데올로기를 특수한 담론의 집합으로서보다는, 담론 내부의 특수한 효과의 집합으로 보게 될 것이다.[268]

미적 이데올로기란 곧 근대문학의 자율적 성격의 이중성에 대한 문제이다. 문학이 자율성을 획득하게 되는 것은, 곧 단일한 보편적 규범으로부터 개별적인 가치 영역으로의 분화라는 근대적인 합리화의 과정을 전제하며, 이 과정에서 미적 근대성 혹은 미적 합리성이 다른 근대성의 영역에서 분리되는 것이다. 그런데 이와 같이 현실을 지각하고 형상화할 수 있는 능력을 해방한다는 것은 어떤 합목적적인 것의 압박에서 벗어나 있는 현실 지각의 영역이 생겨나는 과정인 동시에, 바로 그러한 현실 지각의 영역이 이데올로기화되어 가는 과정이기도 하다. 단, 특정 테두리 안에 있는 문학텍스트들의 미적 이데올로기를 추출해 보면 어떤 공통점이 분명히 있을 텐데, 그것이 불변적인 범주의 구조로 간주될 필요는 없다. 비트겐슈타인의 '가족 유사성(family-resemblance)'[269]의 의미를 따른다면, 그 몇 가지 공통점들의 집합은 어떤 불변적 '본질'로서보다는 중첩된 특징의 그물망으로서 존재하는 것이다.

근대의 문학은 일상적 경험과는 대비되는 미적 경험(aesthetic experience)

---

268) T. Eagleton, 여홍상 역, 『이데올로기 개론』, 한신문화사, 1994, 1장 7장 참조. 예컨대, 부르조아 이데올로기는 소유물에 대한 특수한 담론, 영혼에 대해 이야기하는 방식, 사법에 대한 논문, 술집에서 엿들을 수 있는 종류의 언술 등을 포함한다. 이때 부르조아적인 것이란 혼효된 이 언어들의 종류보다는 그것들이 생산해내는 효과를 의미한다.
269) L. Wittgenstein, 김영철 역, 『철학적 탐구』, 서광사, 1994, 66~67절.

에 의해 특징지어진다. 이러한 미적 경험은 일상적 현실과 합목적적 실천으로부터 벗어나서 자율성을 구가해 온 근대예술의 의미와 가치를 설명하는 중심 개념이 되었다. 미적 경험에는 사회 체계의 분화에 따른 영향이 내재해 있는바, 뷔르거는 이를 '경험의 소멸'로 설명하고 있다. 그는 경험을 "실제 생활로 다시 되옮겨질 수 있는 지각과 반성들의 가공된 다발"270)로 규정하면서, 근대적 분화 과정이 경험의 소멸을 초래하였다고 한다. 이 경험의 소멸이 예술에서 나타나는 형태가 바로 미적 경험인데, 이 미적 경험을 통해 예술은 사회적 영역으로 환원되지 않는 존재가 되고, 그 결과 규범적이고 도구적인 합리성이 일상생활에 강제하는 인식작용을 비판할 수 있게 된다.

한국 근대문학은 1930년대에 들어서야 비로소 근대성에 대한 인식이 보편적 현상으로 확산될 수 있는 현실적 근거를 갖게 되었다. 말하자면 이때 비로소 근대성이라는 것이 관념이 아닌, 경험적 수준으로 육박해 들어옴으로써 감각적 의식에 의해 작품이 생산되는 단계에 이르렀다는 것이다. 그 결과 근대성에 대한 반성적 의식이 나타나면서, 작가적 자기인식에 변화가 생기게 되었다. 김기림이 지적한 대로,271) "문학에 있어서 형식에 대한 여러 가지 문제가 자못 열의를 가지고 신중하게 논의되는 것은 일국의 문학이 어느 정도까지 성년의 시기에 도달한 후의 일이다." 그에 의하면 문학의 내용만이, 혹은 내용과 관련된 문제만이 문학상의 논제로서 취급되는 것은 문학의 '로맨티시즘'시대, 즉 문학으로서는 소년기에 있다는 증거이다. 따라서 "대전(大戰) 이전에서 그쳐버리는 근대문학사는 문학이 문학 자체를 잃어버리고 방황하는 방랑의 역사였고", "근대문학에 있어서 문학이 문학이라고 하는 순수한 시각에서 조명되고 평가된 일은 없었다." 그러던 중 "조선에 있어서도 순수문학이 나타나도 좋은 시기"가 왔는데, 이는 곧 이태준과 이상을 포함한 〈구인회〉

---

270) P. Bürger, 김경연 역, 『미학이론과 문예학 방법론』, 문학과지성사, 1987, 56~57면.
271) 김기림, 「'스타일리스트' 이태준씨를 논함」, 『조선일보』, 1933.6.25~6.27.

의 등장을 가리키는 것이다.

〈구인회〉의 좌장 격이었던 이태준은 계몽적 의식으로부터 거리를 유지한 채 글쓰기를 시작하였다. 말하자면, 그의 작가로서의 출발점은 직업적인 소설가 혹은 장인으로서의 예술가라는 위치였다.[272] 이태준은 당시 문인 중에서 그 누구보다도 '문장'으로써 독자를 흡인하는 작가였고, 심지어 그 당시의 신진작가들 사이에서는 상허의 문장을 따르는 것이 유행처럼 되어 있었다고 한다.[273] 특히 그가 〈구인회〉활동을 하던 무렵까지도 운동과 이념을 문학 우위의 것으로 사고한 〈카프〉[274]가 존재했고, 1930년대 이후 저널리즘의 기업화와 함께 신문연재소설들이 통속화되어 가면서 문단은 급속하게 상업주의에 휘말리고 있었다. 이러한 문학적 경향에 대해 철저히 부정적인 이태준이었기에, 그의 전문가로서의 의식은 당대 어느 작가에게도 뒤지지 않는 것이었다.

특히 이태준의 자율적인 문학관은 도구적 이성에 대한 대타의식 또는 언어적 자의식을 통해 잘 드러난다.[275]

주인공의 운명이 어떻게 될까? 이 사건의 결말이 어떻게 떨어질까? 이런 것은 다음 문제로 돌려도 좋다. 그런 것은 다 읽기만 하면 결국 알고 말 사실이다. 읽어 내려가면서 맛보고 즐기고 할 현대소설의 중요한 일면이 있다는 것을 알아야 한다. 밀레의 「만종」 같은 그림은 내용뿐이다. (…중략…) 그러나 고호의 「해바라기」 같은 그림은 내용이란 해바라기꽃 몇 송이를 병에 꽂아 놓은 것

---

272) 서영채, 「두 개의 근대성과 처사의식」, 『이태준 문학연구』, 깊은샘, 1993, 55면.
273) 김남천, 「문장, 허구, 기타」, 『조선문학』, 1937.4, '단상'.
274) 임화는 「주체의 재건과 문학의 세계」에서 "일즉이 취할 듯한 정열을 가지고 문학을 사회적 투쟁의 한가운데로 끌고들어갔던" 프로문학운동의 붕괴를 "이론적으로 파악되었던 세계관이 실천의 마당에서 산새와 같이 우리를 두고 떠나간 쓰라린 경험"으로 반추한 임화는 운동의 좌절이 야기한 사상적 이탈을 탄식하면서도 과거의 계급문학론이 "우리가 빠져있는 사상적 문학적 심연으로부터 재생할 구체적 혈로(血路)를 비쳐주지 못하는 이론"으로 떨어졌음을 통감한다고 하며, 식민지 맑시즘의 교조적 허약성을 비판한 바 있다. 임화, 『문학의 논리』, 학예사, 1940, 45~49면.
275) 김민정, 「이태준론」, 『한국학보』 91·92 합본, 1998년 가을 참조.

뿐이다. 아무 극적인 것이 없다. (…중략…) 고호가 해바라기를 어떻게 보았나? 어떻게 표현했나? 그 선과 색조에 고호의 개성 눈과 고호의 개성 솜씨가 있는 것이다. 소설도 그것이 있다.[276]

위 인용문을 통해, 작품의 내용에 해당하는 '무엇'을 표현하느냐가 아니라 '어떻게' 표현하느냐를, 그리고 언어와 같은 예술적 수단에 대한 자의식을 이태준이 중요하게 의식하고 있었음을 알 수 있다.

특히, 이태준의 문학적 자율성에 대한 의식은 그가 장편소설과 단편소설을 철저히 구분하여, 후자를 자신의 문학의 본령으로 단정하는 것에서 잘 드러난다. 1930년대 당시의 작가들은 경제적인 어려움 때문에 피치 못하여 통속소설이나 신문연재 소설을 쓰게 되는 경우가 많았다. 그런데 그럴 경우 "그들의 작가적 기초가 단편소설에 있었던 만큼, 아무리 흥미중심으로 쓰려고 해도 그렇게 되지 않고, 너무 철저하게 흥미중심으로만 쓰는 것은 예술가의 자독적(自瀆的) 행위라고까지 생각하는 관념을 벗어 던지지 못하였기에 (…중략…) 실상 따지고 보면 단편소설의 연장도 아니고 본격적인 신문소설도 되지 못한"[277] 어중간한 작품이 되는 일이 다반사였다.

작가가 스스로 통속화의 길로 빠지지 않더라도 상업주의화되어 가는 저널리즘의 영향을 아주 배제해 버릴 수 없음을 감안할 때, 당시의 문학적 현실에서 자유로운 글쓰기란 일종의 환상과 다름없었던 것이다. 당시의 문단에서 연재소설이란 문학으로 인정받지 못하고 신문이나 잡지의 독자를 끌어들이는 중요한 '미끼'[278] 정도로 인식되어 있었기 때문에, 편집자와 독자들의 요구에 순응하지 않는 한 연재소설을 의도한 대로 이끌어가기는커녕, 제대로 마무리조차 할 수가 없었다. 이러한 현실이었

---

276) 이태준, 「소설이 맛」, 『무서록』, 깊은샘, 70면.
277) 이원조, 「신문소설분화론」, 『오늘의 문학과 문학의 오늘―이원조문학평론집』, 형설출판사, 1990, 132면.
278) 이태준, 「소설독본」, 『여성』, 1938.7, 40면.

기에 통속성과 예술성의 종합이란 것은 하나의 이상에 불과한 것이었다.

이와 같은 상황에서 이태준은, 한편으로는 통속소설을 신문에 연재하면서도[279] 동시에 다른 한편으로는 독자적으로 문학주의를 추구해 나갔다. 말하자면 저널리즘을 전략적으로 활용함으로써 그는 오히려 자신의 예술가 의식에 대해 긍지와 자존심을 지켜내려 하였다. 그리고 궁극에는 그것이 최선이 아님을 인식하고 조선중앙일보사 학예부장으로 있던 1년 정도의 기간 동안 「불멸의 함성」, 「제 2의 운명」을 연재한 후에는, 제대로 된 장편소설의 집필을 위하여[280] 신문사를 그만 두었다.

상허의 이러한 작가정신과 작가적 실천은, 한때 그에게 통속작가로서의 명성을 가져다주기도 했지만, 결과적으로 "지극히 적은 교양 있는 독자에게만 그의 특이한 문장의 향기를 가지고 가까이 할 수 있는" "대중적일 수 없는 숙명을 가진 작가"[281]라는 찬사를 받게 해주었다. 나아가, 이태준은 〈구인회〉의 좌장 역할을 맡으면서 수필에 육박하도록 투명한[282] 수준의 많은 단편소설을 창작해 내었고, "비경향 문학이 낳은 가장 큰 작가"[283]라는 극찬까지 받았다. 그의 이러한 작가적 태도를 돌이켜 보면, 하나의 작품을 만들어 내는 소설가란 단지 전문적인 예술가로서 족할 뿐이다. 곧 소설가는 흔히 프로문학자나 통속소설가들이 그러하듯이 지사도, 계몽주의자도, 특정한 이데올로그도 아니며, 단지 소설이라는 예술품을 생산해 내는 예술가인 것이다.

279) 「불멸의 함성」(『조선중앙일보』, 1933.8.25~1934.2.23; 「제2의 운명」(『조선중앙일보』, 1934.5.15~1935.3.30. 이에 대해서는 1부의 2장 3절 '저널리즘의 장악과 문학적 정당성의 획득'에서 언급한 바 있다.

280) 일기자, 「이태준 가정방문기」, 『조선문단』, 1935.8, 208면 참조. 이 글을 통해 당시의 이태준이 장편소설 「성모」의 집필을 계획하고 있었음을 확인할 수 있다. 특히, 창작을 위해 신문사를 그만둔 그를 당시의 문단에서는 '양심적 작가'라 하여 숭상하였다.

281) 김기림, 「'스타일리스트' 이태준씨를 논함」, 『김기림 전집 3 – 문학론』, 심설당, 1988, 173면.

282) 최재서, 「단편작가로서의 이태준」, 『문학과 지성』, 인문사, 1938, 175면.

283) 임화, 「본격소설론」, 『문학의 논리』, 학예사, 1940, 374면.

한편, 이상[284]은 문학적 경향이나 예술가로서의 삶에 있어서 이태준과는 전혀 다른 양상을 보였다. 그는 스스로의 삶과 운명을 문학에 내던짐으로써 근대적 예술가 의식의 궁극적인 지점에까지 도달할 수 있었다. 「날개」·「종생기」·「환시기」·「12월 12일」·「김유정전」 등 그의 대표작들은 개인적인 삶을 공적인 것으로 바꾸어 버리는 작가의 사고 방식을 보여주고 있는데, 이는 글쓰기 자체가 그의 삶의 실천 그대로임[285]을 말해주는 것이다.

> 저는 지금 사람 노릇을 못하고 있습니다. 계집은 가두에다 방매하고 부모로 하여금 기갈케 하고 있으니 어찌 족히 사람이라 일컬으리까. 그러나 저는 지식의 걸인은 아닙니다. 7개 국어 운운도 원래가 허풍이었습니다. (…중략…) 저는 당분간 어떤 고난과라도 싸우면서 생각하는 생활을 하는 수밖에 없습니다. 한 편의 작품을 못쓰는 한이 있더라도, 아니, 말라비틀어져서 아사하는 한이 있더라도 저는 지금의 자세를 포기하지 않겠습니다. 도저히 '커피' 한 잔으로 해결될 문제가 아닌 것입니다.[286]

이 글은 1937년 2월 7일 이상이 김기림에게 보낸 사신이다. 이상 자신이 병세의 악화로 죽음을 목전에 둔 상황에서 "한 편의 작품을 못 쓰는 한이 있더라도, 아니, 말라비틀어져서 아사하는 한이 있더라도 저는 지금의 자세를 포기하지 않겠습니다"라고 하여 비장한 각오를 표현한 것은, 오히려 끝까지 글쓰기를 실천하겠다는 의미의 역설로 읽히기에 충분하다. 그에게 있어 글쓰기는 삶의 실천이고, 삶은 달리 글쓰기의 실천이었기 때문이다.

---

284) 〈구인회〉를 모더니즘적 관점에서 분석한 김윤식은, 김기림·박태원·이상을 〈구인회〉적 문학 경향의 대표적인 작가로 인식하는 가운데, 이상이야말로, "구인회적 성격, 그러니까 이른바 모더니즘적 성격을 가장 본질적인 측면에서 육박한 것"이라고 평가한 바 있다. 김윤식, 「1930년대 한국평단의 문예시평과 문학이념의 관련양상에 대한 연구」, 『한국학보』 67집, 1992년 여름, 11~15면 참조.
285) 이상, 『이상문학전집 3-수필』, 문학사상사, 1993, 244면.
286) 이상, 위의 책, 241~242면.

그런데, 이상의 경우에서 주목되는 것은 그의 문학이 미적 근대성의 한 전형을 보여주되, 그것이 문학물신주의와 깊은 관련을 맺고 있었다는 사실이다. 다음 인용문에서 '고황에 든 병'이라는 표현은 그가 얼마나 문학물신주의에 경도되어[287] 있었는가를 잘 드러내고 있다.

형 도동(渡東)하는 길에 서울 들러 부디 좀 만납시다. 할 이야기도 많고 이 일 저 일 론의하고 싶소 고황을 든, 이 문학병을—이 익애의, 이 도취의…… 이 굴레를 제발 좀 벗고 표연할 수 있는 제법 근량 나가는 인간이 되고 싶소 여기서 같은 환경에서는 자기부패작용을 일으켜서 그대로 연화할 것 같소 동경이라는 곳에 오직 나를 매질할 빈고가 있을 뿐인 것을 너무 잘 알고 있지만 컨디슌이 필요하단말이오, 컨디슌, 사표, 시야, 아니 안계, 구속, 어째 적당한 어휘가 발견되지 않소만그려![288]

주지하다시피 문학물신주의는 바로 상품물신주의사회의 필연적 결과물이다. 말하자면, "상품관계가 인간에게 해악을 끼치고 그를 위협하는 대상성의 사물로 변모해버린 것은, 욕구를 충족시켜주는 모든 대상들이 상품으로 되는 것 정도에서 머무르지 않고, 인간의 전체의식에 그것의 구조를 각인"[289]하게 되는데, 문학 또한 이러한 과정에서 예외일 수 없는 것이다.

문학자가 문학해 놓은 문학이 상품화하고 상품화하는 그런 조직이 문학자의 생활의 직접의 보장이 되는 것을 치욕으로 생각할 필요는 없다. 그러나 현대라는 정세가 이러면서도 문학자—가장 유능한—의 양심을 건드리지 않아도 께름직한 일은 조곰도 없는 그런 적절한 시대는 불행히도 아즉 아닌가 보다.[290]

---

287) 이상 문학의 물신성에 대해서는 김윤식, 『이상연구』, 문학사상사, 1987, 330면 참조.
288) 이상, 앞의 책, 223면.
289) G. Lukacs, 박정호·조만영 역, 『역사와 계급의식』, 거름, 1992, 154~156면 참조. 맑스에 의해 인식되고 루카치에 의해 이론적 기틀이 확립된 인간의식의 '사물화 현상'은 근대 자본주의의 독특한 문제이다.
290) 이상, 「문학과 정치」, 『이상문학전집 3 – 수필』, 문학사상사, 1993, 258면.

위의 인용문에서 보듯이, 이상은 일찍이 문학이 상품으로 팔리는 현실을 직시하였다. 글을 쓰는 일은 자신의 재능을 원고로 상품화하여 문학시장에 파는 것이기도 하다. 문학저널리즘은 근대적 합리주의의 결과임을 그는 인식하고 있었고, 그 역시 거기에 직업적인 작가로 참여했다. 물신화된 대도시에는 정상적으로 살아갈 수 있는 조건이 결여되어 있었기 때문에 그는 자기 분열과 해체를 경험하면서 자폐적인 내면세계에 칩거하고 있었다. 특히 그는, 생활 기반의 상실에 따라 문학 물신주의에 빠져드는 한편, 현실에 대한 관심은 점점 증대하는 양상을 보였다. 이상에게서 이 둘은 서로 분리될 수 없었다. 교환 원리가 지배하는 사물화된 세계로부터 스스로를 분리시키지만, 그 순간 하나의 이데올로기가 그의 전면에 등장한다. 요컨대 전체 사회의 메커니즘으로부터 궁극적으로 벗어날 수 없다는 것에 대해 그는 분명히 자각하고 있었던 것이다.

더구나 〈구인회〉 작가들 중 상당수가 저널리즘에 종사하고 있는 상황이었음을 감안한다면 문학의 물신화에 대한 이상의 인식은 매우 자각적이었을 것임에 틀림없다. 자본주의사회의 많은 저널리스트들은 정치와 본격적인 문학 사이에 다리를 놓았을 뿐 아니라 때로는 상당수의 사람들이 그 저널리즘으로부터 적잖은 영향력과 수입과 명성을 얻기도 했다. 특히 문학과 일간신문의 결합은 문학적 생산의 모든 성격을 바꾸어 놓을 정도로 혁명적인 효과를 가져왔다. 그 가운데에서도 문학작품의 상품화를 가장 전형적인 형태로 보여주는 것이 바로 연재소설이다. 연재소설은 문학의 유례 없는 대중화 그리고 독자대중의 거의 완전한 평준화를 의미한다.[291]

문학의 자율성이란, 문학이 근본적으로는 사회적 현실에 기인하지만 그 형식을 통해 사회에 비판적일 수 있다는, 이중성을 띠고 나타난다. 이 점이 바로 근대적인 문학의 외적인 역사뿐만 아니라 그 내적 형식들

---

291) A. Hauser, 백낙청·염무웅 역, 『문학과 예술의 사회사—현대편』, 창작과비평사, 1974, 15~18면 참조.

에 관련된 이율배반성의 중요한 측면이다. 말하자면 예술에 있어서 형식이 바로 침전된 내용이라는 것이다. 이렇듯 문학의 근대성은 그 발생에서부터 어쩔 수 없이 무언의 자기 모순에 빠져 있다. 그것은 무엇보다도 예술작품이 상품화를 거부하게끔, 다시 말해서 예술작품을 교환 대상으로 전락시키는 사회적 세력들에 대항하여 간신히 버티도록 하는 전략이다.292) 따라서 모더니스트의 예술작품들은 그들 자신의 물질적 지위와 모순 관계에 있으며, 그들이 기반하고 있는 경제적 현실을 담론의 형식으로 부정하는 자기 분열적 현상들이라고 할 수 있다.

상품의 지위로 단순히 전락해 버리는 것을 막기 위해서 모더니스트의 작품은 지시 대상과 실제적 역사적 세계에 대해 판단을 중지하고 스스로 작품의 결을 복잡하게 한다. 다시 말해서, 작품의 즉흥적인 소비성을 예방하기 위해 형식을 교란시키고, 현실에서의 더러운 거래로부터 벗어나 자기 목적적인 대상이 되기 위해 자기만의 언어로 자신의 주위에 방어망을 구축한다. 바로 이상이 「오감도」를 신문에 연재함으로써 독자들의 갖은 비난을 감수했던 것은 그 스스로 의도했던 것이라 할 수 있다. 말하자면 습관화된 의사소통이라는 현실적인 과정을 방해하기 위해 매스컴의 동질화시키려는 힘에 대항하는 전략을 구사한 것이다.

이상뿐만 아니라 〈구인회〉 동인들이 공통적으로 신문(연재)소설에 대해, 특히 그것의 지나친 통속화 경향에 대해 비판적이었다는 사실도 다시 환기할 수 있다. 사회에 대한 무비판적 동조 속에서 위안과 향락을 제공하는 통속적인 신문소설에 대해 비판적 거리를 둔다는 것은, 예술이 상품화되는 것에 대한 경고라 할 수 있다. 아도르노는 '상품에 대하여 소비하려는 태도를 취하는 독자의 취향'을 '향유'라 하고, 진정한 예술

---

292) 이 점을 가리켜 테리 이글턴은 "본격 모더니즘 작품이 상부구조 내에서 제도화되어 왔다고 한다면 포스트모던 문화는 자신을 토대 내에 정착시킴으로써 그러한 엘리트주의에 대중적으로 반발한 것이다"라고 하였다. 「자본주의, 모더니즘, 포스트모더니즘」, 『비평의 기능』, 제3문학사, 1991, 238~239면.

도 향유로서 체험될 때에는 자율성을 상실하게 됨[293]을 지적한 바 있다. 향유란 통속성의 중요한 계기를 이루기 때문이다.

이와 관련하여 〈구인회〉의 동인지인 『시와 소설』의 의미가 자연스럽게 밝혀질 수 있다.[294] 『시와 소설』이 발간되기까지는 이상의 남다른 관심과 헌신이 숨어 있었던 것으로 알려져 있다. "구인회에 가입해 놓고 크게 좋아하였고 창문사 주인 화가 구본웅의 원조로 〈구인회〉 기관지 『시와 소설』을 발간하였다. 이상의 힘이었다"[295]라거나, "이상은 구본웅을 졸라 그의 부친이 경영하는 출판사 창문사에 교정부원으로 취직했고, 구본웅의 후원으로 창문사에서 〈구인회〉 동인지 『시와 소설』을 돈을 내지 않고 출간하였다"[296]라는 조용만의 진술, 그리고 『시와 소설』의 편집 후기를 이상이 직접 쓴 점 등이 이 사실을 뒷받침한다. 결성 당시 〈구인회〉는 작품을 발표할 수 있는 신문과 잡지의 문예면을 충분히 확보하고 있었기 때문에 특정한 기관지나 동인지를 별로 필요로 하지 않았다. 그럼에도 불구하고 그들은 〈구인회〉 모임이 거의 해체될 무렵 『시와 소설』(1936.3.13)을 발행하였는데, 그것이 곧 창간호이자 종간호가 되었다.

그런데 여기에는 단순히 동인들의 문학적 열정이나 주관적 의지에서 비롯된 것이라 할 수 없는, 보다 근본적인 의미가 내재되어 있다. 말하자면, 그들은 자신들의 작품이 저널리즘에 의해 팔리고 유포됨으로써 전체 사회의 구조에 종속될 수밖에 없는 메커니즘으로부터 벗어나고자 했던 것이다. 저널리즘은 그들에게 작품의 충분한 발표 지면을 확보해 주었을지언정, 사회적 요구와 대중적 취미에 구속받지 않는 자유로운 문학 활동을 보장해주지는 못했던 것이다. 따라서 교환 가치에 의해 지배되는 현실의 원리와 부르조아 저널리즘의 동일화 메커니즘을 부정하고자 순

---

293) T. W. Adorno, 홍승용 역, 『미학이론』, 문학과지성사, 1984, 309면.
294) 『시와 소설』의 존재 의의에 대해서는 이 책의 1부 2장 3절에서 자세히 언급하였다.
295) 조용만, 『울밑에 선 봉선화야-남기고 싶은 이야기』, 범양사 출판부, 1985, 139면.
296) 조용만, 위의 책, 285면.

수한 작품집으로서의 동인지를 만들게 되었던 것이다.

한편, 〈구인회〉 문학의 미적 자율성을 이해하기 위해서는 그들이 현실에 대해 인식하고 있는 바를 놓쳐서는 안 될 것이다. 이상의 다음과 같은 언급은 현실에 대한 그의 태도를 엿볼 수 있게 하는 단서가 된다.

맑스주의 문학이 문학 본래의 정신에 비추어 허다한 오류를 지적받게까지 되었다고는 할지라도 오늘의 작가의 누구에 있어서도 그 공갈적 폭풍우적 경험은 큰 시련이었으며 교사 얻은 바가 많았던 것만은 사실이다.[297]

같은 해 파리에서 열린 (반파시즘과 문화옹호를 위한) '국제 작가대회' 소식이 국내에 전해지자 이상은 그것에 적극적인 관심을 표명하였다. 그즈음 '낙랑' 다방에서 만난 이상의 모습을 김기림은 이렇게 전한다. "다방 N 등의자에 기대앉아 흐릿한 담배 연기 저편에 반나마 취해서 몽롱한 상(箱)의 얼굴에서 나는 언제고 '현대의 비극'을 느끼고 소름쳤다. 약간의 해학과 야유와 독설이 섞여서 더듬더듬 떨어져 나오는 그의 잡담 속에서 오늘의 문명의 깨어진 '매카니즘'이 엉크러 있었다. 파리에서 문화 옹호를 위한 작가대회가 있었을 때 내가 만난 작가나 시인 가운데서 가장 흥분한 것도 상(箱)이었다."[298]

이뿐만 아니라, '하스코프'에서 열린 혁명작가회의를 국내에 처음 소개한 이가 박태원이라는 것, 죽음 직전의 김유정이 "크로포토킨의 상호부조론이나 맑스의 자본론이 훨씬 새로운 운명을 띠이고 있다"고 갈파한 것, 김기림의 전체 시론, 그리고 계몽주의적 성격이 짙은 상허의 장편소설 등이 현실에 대한 〈구인회〉의 관심을 대변해 준다. 여기서 확인할 수 있는 것은 이들이 시대의 변화에 매우 민감하게 반응했으면서도 자신의 주된 창작의 공간에서는 이와 같은 인식을 피력하는 것을 자제

---

297) 이상, 「문학과 정치」, 『이상문학전집 3 — 수필』, 문학사상사, 1993, 250면.
298) 김기림, 「이상의 추억」, 『김기림 전집 5 — 소설 · 희곡 · 수필』, 심설당, 1988, 416면.

하였다는 점이다.299)

특히 이태준의 단편에 등장하는 주인공들은 당대에 최재서가 지적한 바 있듯이, '낙백(落魄)한 유자(儒者), 누항(陋巷)에 침면(沈眠)하는 퇴기, 불우한 소학교원이나 혹은 유랑하는 농민, 어리석은 신문배달부, 생에 희망을 잃은 노인'300) 등 한마디로 말해 당대 사회에서 철저하게 소외된 민중들이다. 이런 민중들에 대해서 이태준은 분노하기도 하고 때로는 방관자적 입장을 취하기도 하지만 그들의 삶에 깊이 개입하지는 않았다. 작가 자신의 표현대로라면, 그들은 "사상적 사고라거나 현실 기구와 관련한 구성이라거나 그런 것을 피할 수 있는 이미 운명이 결정된 인물들"301)이다. 따라서 그들의 현실 자체가 어떤 것인가를 천착해 들어가 그 모순의 근원을 파헤쳐 보기보다는 그 결과를 그리는 것이 중시될 수밖에 없었다. 흔히 작가 이태준의 현실 인식의 정도를 보여주기 위해 자주 인용되는 다음과 같은 발언은 오히려 '예술의 자율성'을 의식하고 있는 작가로서의 주체적 자각과 자신감의 표현으로 봄이 옳을 듯하다.

'구인회 작가여 용감하여라. 민중도 생각하여라' 하는 것들은 참으로 무엇에 그렇게 놀랜 사람들인지 알 수가 없다. 우리도 그만한 민중 관념 그만한 자기반성에 게을리하지 않았다. 그냥 막연히 민중 운운한다고 지금은 수가 아니다.302)

요컨대 〈구인회〉는 예술적 자아로서의 작가정신과 사회적 자아로서의 현실 인식을 적어도 동일시하지 않으면서 근대적 예술가로서의 전문가의식을 가졌다고 봄이 타당하다. 그러나 이태준을 비롯한 〈구인회〉 멤버들이 문학을 현실에 대한 직접적 대응으로서 전혀 사고하지 않았다고 하여 예술의 자율성이라는 영역에 안주하고 정체해 있었던 것은 아

---

299) 박헌호, 「구인회를 어떻게 볼 것인가」, 『근대문학과 구인회』, 깊은샘, 1996, 40~41면.
300) 최재서, 「단편작가로서의 이태준」, 『문학과 지성』, 인문사, 1938, 175면.
301) 이태준, 「참다운 예술가 노릇 이제부터 할 결심이다」, 『조선일보』, 1938.3.31.
302) 이태준, 「구인회에 대한 난해, 기타」, 『조선중앙일보』, 1934.8.10.

니다. 그에게 있어서 예술의 자율성이란 현실과의 새로운 관계에 대한 끊임없는 모색이며, 그 관계란 간접적인 것이고 철저히 미학적인 것이라 할 수 있다.

삶의 진정한 가치가 훼손되고 교환가치만이 팽배한 사회, 나아가 인간의 의식구조가 사물화되고, 이성의 합리성마저 지탱될 수 없는 파시즘의 현실에 대해 〈구인회〉 작가들은 비판적인 의식을 놓지 않았다. 동시에 예술의 자율성에 대한 그들의 지향성은 누구보다도 강렬한 것이었다. 물론 예술의 자율성이 사회 비판의 칼날을 잃을 위험이 없지는 않지만, 이러한 위험으로부터 벗어날 수 있는 것이 바로 예술의 내재적 비판에 의해서이다. 이것은 어떠한 형식으로 현실을 텍스트 속으로 수용할 것인가에 대한 고민으로 현상한다. 동시에 이는 텍스트를 현실 변혁의 실천적 수단으로 삼았던 〈카프〉의 '운동으로서의 문학'에 대한 비판이 된다.

이러한 예술의 내재적인 비판은 예술이 자율적인 존재이면서 사회적인 산물이기 때문에 가능하다. 이는 곧 사회의 각 부문이 자율성을 얻게된 것이 사회분화의 결과라는 사실에서 유추할 수 있다. 예술도 종교의 부속물이기를 그치면서 자율성을 획득했던 것이며 예술의 역사는 그 자율성이 진보해온 역사이다. 예술작품이 엄격하게 미학 내재적으로만 지각될 경우 그것은 미학적으로도 결코 올바르게 지각될 수 없다. 사회적 인간 관계로부터 유리된 고독한 인간을 다루는 현대문학을 퇴폐적이라고 비판했던 루카치에 대항해서[303] 아도르노는 "고독 자체가 개인주의 사회 속에서 사회적으로 매개되어 있고 본질적으로 사회적인 내용을 가진다"는 사실을 강조한 바 있다. 궁극적으로 예술의 자율적인 본질과 사회적인 본질, 소위 순수냐 참여냐, 또는 진보냐 반동이냐로 양분되는 흑백논리는 성립할 수 없다.

303) T. W. Adorno, 김주연 역, 「강요된 화해—루카치의 '오해된 리얼리즘'에 대하여」, 『아도르노의 문학이론』, 민음사, 1985 참조.

오늘날 예술의 자율적인 본질과 사회적인 본질을 형식주의와 사회주의적 리얼리즘이라는 용어로 구별하는데 그 영향은 엄청나다. 이런 용어로써 관리되는 사회는 모든 예술작품의 이중성 속에 숨어있는 객관적인 변증법을 말살하려 든다. 작품의 양면성은 양과 염소로(즉 흑백으로) 나뉘어지게 된다. 이러한 이분법은 두 긴장된 요소를 단순한 양자택일의 문제로 만들기 때문에 잘못된 것이다. 개개 예술가는 선택을 해야만 한다는 것이다. (…중략…) 예술이 노골적으로 은밀하게든 위로의 말 이상이려 할 경우 예술을 형식주의적인 예술과 반형식주의적인 예술을 가르는 것은 그 추상성으로 말미암아 불가능하다.304)

예술과 사회와의 관계에서 중요한 사실은 예술이 사회를 자기 내부로 끌어들여야지 그 반대가 아니라는 것이다. 이 반대의 경우, 예술은 거대한 사회의 기능 연관 속에 항복하고 들어감으로 인해, 비진리가 된 사회에 대한 안티테제로서의 역할을 다할 수 없고 진리의 마지막 도피처가 될 수 없다. 〈구인회〉 문학의 대타적인 위치에 비자율적인 문학이 자리 잡고 있다면, 그것은 사회의 악을 적극적으로 제거하는 데 참여하려는 참여문학과 사회에 대한 무비판적인 동조 속에서 위안과 향락을 제공하는 통속문학일 것이다.

이제껏 살펴본 바와 같이, 〈구인회〉는 1930년대 문학적 장 내부에서 〈카프〉의 목적의식적 문학과 통속소설류의 상업주의문학으로부터 스스로를 차별화하며 문학적 자율성을 추구해 나갔다. 〈구인회〉는 이러한 차별화를 통해, 문학이 사회적 기능에 종속되거나, 일종의 상품으로서의 문학작품이 대중의 오락적 도구로 전락하는 메커니즘에서 어느 정도 벗어날 수 있다. 또한 그들이 주목했던 것은 자신들이 속해 있는 문학적 장의 자율성이란 결국 상대적인 의미에서일 뿐이라는 사실이었다. 모더니스트텍스트가 전통적인 서술 방식을 부정하면서 교환가치로 타락하는 굴욕을 피할 수 있었다면, 그것은 상품의 또 다른 이면인 물신화를 재생

---

304) T. W. Adorno, 홍승용 역, 『미학이론』, 문학과지성사, 1984, 395면.

산함으로써 가능한 것이었다. "사회로부터 비판적인 거리를 설정하는 데 필요한 예술의 상대적인 자율성은 사회와는 무관한 것이라는 환상으로 변하게 된다. 이런 환상이야말로 바로 그 사회에서 일어나고 있는 전반적인 물화의 전형적인 특징이다."[305] 이것이야말로 〈구인회〉 문학이 노출되어 있는 미학적 이데올로기의 아이러닉한 특징이다. 또한 이 '자율성'이라는 개념이 부르조아 이데올로기의 핵심적 구성요소[306]임을 감안한다면, 〈구인회〉와 부르조아 저널리즘의 연관성의 의미는 더욱 명확해진다.

앞서 서론에서 언급한 바 있듯이, 〈구인회〉의 미학적 이데올로기는 〈구인회〉라는 집단적 조직 방식이 갖고 있는 이율배반성과 상동적 구조를 취하고 있다. 문학의 자율성을 지향한 〈구인회〉의 이데올로기란 애초부터 양날을 가진 모순된 개념이었다고 할 수 있다. 한편으로 〈구인회〉는, "주체들이 타율적인 법에 의해서가 아니라 감각적 충동과 동료 감정에 의해 연결되고, 각기 독자적 특수성을 보전하면서도 동시에 사회적 조화로 나아갈 수 있는" 집단으로 나타나고, 다른 한편으로 〈구인회〉가 추구했던 미적인 것의 자율성은 "사회적 권력을 거기(권력)에 예속된 이들의 육체 깊숙이 주입하고, 그리하여 정치적 헤게모니를 위한 지극히 효과적인 방식으로 동원되는, 일종의 '내면화된 억압'을 의미한다."[307] 즉, 사물화에 반대하여 스스로 분리되어 나온 문학이 또 다른 물신화에 굴복할 수밖에 없다는 것이 바로 그들의 미학적 이데올로기의 실상이라면, 일반 사회조직과는 다른 문학적 특수성으로 인해 〈구인회〉가 '구락부'의 형식하에 사교적 모임을 유지하면서도 '문단정치의 세력화'를 이룰 수 있었다는 데에 〈구인회〉식 존립 방식의 특성이 있으며 이 양자는 긴밀한 상관 관계에 있는 것이다.

---

305) A. Eysteinsson, 임옥희 역, 『모더니즘 문학론』, 현대미학사, 1996, 219면.
306) T. Eagleton, 방대원 역, 『미학사상』, 한신문화사, 1995, xii면.
307) T. Eagleton, 방대원 역, 위의 책, 20면.

한편 근대예술의 아이러니의 또 다른 측면이 있다. 즉, 자율적 문학이 추구하는 작품의 '순수성'이란 것이 합리화된 사회적 질서의 기술적·기능적 형식들로부터 차용된 것이라는 점이다.[308] 이 점에서 문학의 형식을 강조한 〈구인회〉의 특성을 '문명사적 근거'[309]에서 구한 김기림의 견해는 주목할 만하다. 아도르노는 그 시대의 진정한 예술작품은 최고의 선진성(현대성)을 지녀야 함을 강조하면서 맑스의 생산력 개념을 빌어 논구한 바 있다. 요지는 그때그때 가장 진보한 작품만이 아류로 전락하지 않고 시간 속에서 몰락하지 않을 수 있는 가치를 지니는 것이다.

> 미학 내적인 발전, 즉 생산력과 기술의 발전은 미학외적인 생산력의 발전과 짝을 이룬다. (…중략…) 지배적인 생산관계 밑에서 산업화가 이룩한 것을 완전히 소화시킨 예술만이 현대적이다. (…중략…) 중요한 예술작품은 시대의 수준에 도달하지 못한 것을 모두 그 시대로부터 제거해 버린다. (…중략…) 작품이 아직도 존재한다면 덧없음에 대한 불안 속에서 과거를 가지고 노는 작품이 아닌, 자신을 위험 속에 노출시킬 수 있는 작품만이 살아남을 수 있다.[310]

결국 모든 예술적 구성은 불가피하게 이데올로기로 치닫게 되며, 예술은 그런 억압의 이데올로기적 동조자로 드러난다. 더구나 다른 모든 것이 그렇듯이 객관화의 법칙에 종속된다면, 예술은 일종의 물신주의를 피할 수 없다. 요컨대, 예술의 자율성은 자신의 저항상대를 재생산하는 사물화의 한 형식이라 할 수 있다.

정신의 객관화 없이 비판이란 있을 수 없다. 그런데 예술에서와 같이

---

308) 이 점에서 프레드릭 제임슨은 "예술 작품의 내용이 궁극적으로는 그 형식에 의해 판단된다는 것과, 그 예술 작품을 낳은 특정한 사회적 계기의 핵심적인 가능성들을 이해하는 데 가장 확실한 열쇠는 바로 작품의 실현된 형식"임을 지적하고 있다. F. Jameson, 여홍상·김영희 역, 『변증법적 미학이론의 전개』, 창작과비평사, 1984, 66면.
309) 김기림, 「장래할 문학은?-신휴매니즘의 요구」, 『조선일보』, 1934.11.16.
310) T. W. Adorno, 홍승용 역, 『미학이론』, 문학과지성사, 1984, 56면. 이러한 관점에서 아도르노가 거의 비판 없이 인용하는 진정한 예술작품은 쇤베르크, 카프카, 첼란, 프루스트, 보들레르, 베케트 등의 작품이다.

비판은 사물의 지위로 떨어지고, 스스로를 허물어뜨릴 위험이 있다. 즉 스스로를 물적 생산 조건으로부터 독립된 것으로 가정하지 않을 수 없으며, 따라서 부지불식간에 허위의식으로 영속화하게 된다. 그러나 예술작품의 물신적 성격은 또한 진정성의 조건이기도 하다. 예술작품으로 하여금 현실 원리의 속박으로부터 벗어날 수 있게 해주는 것은 예술작품도 그 일부를 이루는 물질적 세계에 대한 불가피한 관계인 것이다. 요컨대 예술작품의 물질적인 현실과 그 미학적 구조 사이의 견딜 수 없는 딜레마가 예술의 진정성을 의미하게 된다. 폴드만의 저작에서처럼 진정성이라는 것이 존재한다면, 그것은 아이러닉하게도 필경 진정성을 상실할 수밖에 없는 모든 참여에서 벗어나, 타락한 경험적 주체에 의해 한때 초월적 주체였던 것이 완전히 허물어지지 않았다면 그 둘 사이에 거리를 설정하는 태도에 있다.311) 드만에게 있어서 현기증이 속도의 지표 역할을 하는 시대에서 그런 고전적 초월에 다가가는 가장 가까운 길은 무한한 자기 복귀적 아이러니이다. 예술이 이런 진정성을 포기하지 않는 한, 예술은 절망의 근원이자 희망의 근원이 될 수 있다. 하지만 이러한 불화 속에서 희망의 근원을 읽지 못함은 바로 식민지근대에 놓인 조선의 특수한 상황 때문이었다.

이미 예술가가 황금광을 희구하는 시대에 살았던 이상에게 문학지상주의, 문학물신주의는 자신이 선택할 수 있는 유일한 자기 방어 수단이자, 자기 구원의 길이기도 했다. 문학의 운명에 걸려든 그는 세상에서 소외된 채 자의식이라는 관념의 골방에 칩거하면서 삶의 진실을 발견할 수 있었는데, 그는 문학 자체를 '앓으면서' 자신의 생존의 근거를 확인하고자 했던 것이다. 그는 흡사 필사적으로 도주하는 "13인의 아해"처럼 자신의 문학이 지배적 질서에 의해 흡수될 수밖에 없는 운명으로부터 끝없이 벗어나고자 하였던 시인이다.

---

311) Paul de man, *Blindness and Insight : Essays in the rhetoric of Contemporary Criticism*, Minneapolis : University of Minnesota Press, 1983, p.214.

이상의 절망은 바로 이러한 근대적인 문학의 역설적인 속성에서 비롯된 것이었다. 『시와 소설』 서문격에 해당하는 부분에 각 회원들의 단문이 실려 있는데, 그 내용들이 대부분 당시 개개인에게 절실했었던 문제를 거론하고 있어, <구인회> 문학의 성격을 파악하는 데에 실마리를 던져준다. 그 중에서도 이상은 "어느 시대나 그 현대인은 절망한다. 절망이 기교를 낳고 그 기교 때문에 또 절망한다"[312]라고 적고 있다. 바로 이상의 절망은, 사물화된 사회에 대한 부정으로서 자율적인 문학을 추구하는 것이 궁극적으로 문학 자체의 물신화와 상품화에 맞닥뜨리는 결과를 초래할 수밖에 없다는 사실을 깨달은 데에서 기인한다. 즉, 그의 문학이 일정한 이데올로기적 자율성으로 해방되어 공범 관계에 있는 바로 그 사회에 맞서는 발언을 하게 된다는 점이다. 그의 문학은 미학적인 방식으로 사회에 대한 항의가 되고자 하지만, 그 항의가 격렬한 논박보다는 내적 번민에 그치게 되고 효과도 없는 형식적 제스처가 되고 마는 것은 바로 문학과 사회의 그러한 공범 관계 때문인 것이다.

예술은 단지 자신을 생산한 그 조건에 대해 함축적 비판이나 제기하여 유효성을 갖기를 바랄 뿐이다. 동시에 그 유효성은 예술이 그런 조건과는 거리가 먼 특권적인 상태에 있음이 환기되면서 곧 무효화된다. 말하자면, 예술은 자신이 반대하는 것과 얼마나 깊이 타협하고 있는지 말없이 인정할 때에만 진정한 것이 될 수 있다. 이상은 자기 문학의 진정성이 이렇게밖에 실현될 수 없다는 사실에 절망하고 결국 죽음으로 향했던 것이다. 또한 이것이 그의 문학의 아포리아의 근원이기도 하다. "가장 우수한 최후의 모더니스트이자 모더니즘의 초극이라는 운명을 한 몸에 구현한 비극의 담당자"[313]라는 김기림의 추도사나 최재서의 다음과 같은 글은 비로소 그 의미가 선명해질 수 있다.

---

312) 『시와 소설』, 창문사, 1936.3, 3면.
313) 김기림, 「모더니즘의 역사적 위치」, 『김기림 전집 2 — 시론』, 심설당, 1988, 58면.

그가 다닥친 것은 밑이 없은 절망의 구렁창이었던 것은 사실이다. 그는 이 구렁창이를 넘어서지는 못하였다. 그런 의미에서는 그는 절망의 시인일세 옳다. 그러나 그는 이 절망을 절망 그대로 즐기려는 동양적인 감상가는 아니었다. 다만 그 절망의 실체와 의미를 더 철저하게 파헤치려 한 것이었다. (…중략…) 오늘의 세대가 이상에게 새 매력을 느낀다면 다름 아닌 그의 문학의 그 철저성 때문이 아닐까. 미적지근한 인습의 연장에 만족하지 않고 자기가 사는 세계와 그 속에 처한 자기의 위치와 또 자신의 의미에 대한 철저한 추궁을 거쳐서만 '새로운 생활'을 헤쳐나갈 수 있기 때문이다.314)

결국, 예술은 타락한 역사의 논리를 회피하는 대신, 자유에 대해 비싼 대가를 치러야만 한다. 예술이란, 존재의 어떤 이상화된 영역이기보다는 모순의 발현이라 함이 옳다. "예술은 스스로를 위한 존재이자 동시에 사회를 위한 존재이고, 그 자체이자 동시에 다른 어떤 것이며, 역사로부터 비판적으로 거리를 두지만 역사 너머의 우월한 지위를 차지할 수 없는 것이다. (…중략…) 문화는 진실이자 환영이고, 인식이자 허위이다. 모든 정신처럼 문화는 즉자적으로 존재한다는 자기도취적 현혹에 시달린다. 그러나 즉자적으로 존재한다는 것은 주변의 상품화된 세계에서 내세워지는 그런 거짓 자기동일성들을 부정하는 방식으로 존재하는 것이다."315)

사회적 조건의 산물이고 그래서 문제의 일부이기도 한 예술적 진공은 이러한 아이러닉한 논리에 의해서 그 자체가 창조적인 해결이 될 수 있다. 말하자면, 예술은 사회적 쟁점들을 외면할수록, 정치적으로는 더욱 웅변적이 된다. 반대로 사회에 항의하기 위해 예술이 직접적으로 언급하고 나서는 것은 즉시 그 항거 대상과 공모하게 되는 것을 의미한다. 파괴하고 싶은 바로 그 대상을 가정하지 않을 수 없기 때문에 부정은 자기 부정이 되는 것이다. 따라서 그 어떤 긍정적 표명도 결국 더럽혀지고

314) 김기림, 「이상의 문학의 한모」, 『김기림 전집 3-문학론』, 심설당, 1988, 182~183면.
315) T. W. Adorno, 홍승용 역, 『미학이론』, 문학과지성사, 1984, 400면.

만다. 남는 것은 부정의 제스처가 남긴 극히 순수한 흔적이다.

〈구인회〉의 문학은 합리적이고 현실적인 담론에 반대하지만, 그런 담론을 합법화하고 생산해내는 전통을 배경으로 삼아, 합리적 담론의 의미화작용과 의미화하려는 힘을 부정성의 형식으로 유지하려는 실천316)이라 할 수 있다. 그리고 바로 이러한 의미에서 이들은 모더니스트였다. 〈구인회〉 작가들이 당시 〈카프〉의 리얼리즘을 암묵적으로 비판하며 일종의 자신감을 가질 수 있었던 것에 대해 제임슨의 다음과 같은 언급을 참조할 수 있다. 그의 주장에 따르면, "리얼리즘은 가장 복합적인 인식론적인 도구이면서도 또한 사회적인 실재의 진실을 기록하는 장치이며 이와 동시에 형식 그 자체가 거짓이며, 미학적 허위의식의 원형이며, 부르조아 이데올로기가 서술적인 문학의 영역이라는 외양의 탈을 쓴 것"317)이다. 제임슨의 리얼리즘 비판은, 역사적 사유 형태로서의 리얼리즘이 세속화된 현실을 그 나름의 언어로 적절하게 다루지 못한 것에 대한 부정성을 함축하고 있다. 말하자면, 리얼리즘이 자본주의 현실에 대해 대단히 비판적이었음에도 불구하고, 자본주의사회와 자본주의 이데올로기의 토대를 형성하는 서술 구조와 상징적 질서를 재생산하는 한계를 지니고 있다는 것이다.

또한 리얼리즘은 작품의 유기성을 통해 스스로 완전하다는 인상을 줌으로써 "그런 작품이 만들어진 것이라는 사실을 인식하지 못하도록 만든다."318) 그런데 바로 이 '완전성'이야말로 사회의 다른 실천으로부터 문학의 잠재적인 분리를 강화시킬 수 있다. 물론 이런 분리는 문학의 상대적 자율성에 필연적으로 내재되어 있는 속성이다. 뿐만 아니라 리얼리즘의 방법론이 갖는 치명적인 약점은 작품에 각인된 이데올로기가 어떻

---

316) A. Eysteinsson, 임옥희 역, 『모더니즘문학론』, 현대미학사, 1996, 258면.
317) F. Jameson, 유희석 역, 「동굴을 넘어서―모더니즘이데올로기의 탈신비화」, 『비평의 기능』, 제3문학사, 1991, 182면.
318) P. Bürger, 김경연 역, 『전위예술의 새로운 이해』, 심설당, 1986, 51면.

게 만들어지는지를 이해할 수 없게 한다는 데에 있다. 아도르노에 의하면 이것은 현실과 주체 간의 거짓된 화해 이미지에 불과하다.

결국, 〈카프〉의 리얼리즘문학과 〈구인회〉의 모더니즘문학은 사회적 근대성이 진척되면서 가능해진 미적 합리성의 두 가지 분화 양상으로, 한국 근대문학의 양 기둥을 이루고 있다. 양자는 문학적 자율성의 추구라는 문제의식을 공유하고 있었다고 할 수 있다. 그럼에도 불구하고 〈구인회〉의 작가들이 문학적 자부심을 갖고 〈카프〉로부터 스스로를 구별짓고자 했던 것은, 형식적 기교의 우월함 때문이 아니라 그것이 갖는 효과를 의식하고 있었기 때문이며, 무엇보다도 그들이 추구한 문학적 새로움이 단순한 문학적 관습의 파괴가 아니라 역사적인 것을 경험하는 근대의 특수한 방식이라는 것을 자각했기 때문이다.

이상에서 〈구인회〉 문학이 지니는 미학적 이데올로기의 이율배반성을 문학의 자율성과 사물화의 관계 속에서 살펴보았다. 특히 이 점은 〈구인회〉 중에서도 이상의 문학적 좌절을 통해 가장 선명하게 드러난다. 이상(李箱)은 미적 합리성의 보다 극단에 다가갔지만, 그럼으로써 미적 합리성의 이데올로기가 내포한 이율배반성에 좌절할 수밖에 없었다. 더구나 이율배반성 자체가 문학의 진정성을 담보해 준다는 것을 이해하기엔 당시 식민지근대의 현실이 그에게 너무나 가혹했다. 하지만 그의 좌절은 항상 문학으로의 복귀를 의미하는, 궁극점을 향한 끊임없는 도전이기도 했다.

이러한 미적 이데올로기의 모순성에도 불구하고 미학적 근대성은 한국 근대문학에 있어서 놓쳐서는 안 될 과제이다. 왜냐하면 미적 이데올로기의 이율배반성이 초래하는 긴장 관계 및 그 속에서 추구되는 미적 근대성만이 문학의 진정성에 대한 물음에 해답을 제시해 줄 수 있기 때문이다.

3. 식민지근대와 1930년대 문학의 재인식

본 연구에서는 〈구인회〉라는 문학 집단의 존립 방식에 내재된 이중성, 그리고 〈구인회〉 소속 작가들의 문학텍스트의 미적 이데올로기가 갖는 이율배반성을 구명하고 이 양자간의 구조적 상관성을 밝혀 보았다.

〈구인회〉가 등장했던 1933년 무렵의 문학적 동향을 살펴보면, 구세대 문인들은 통속소설이나 역사소설의 창작으로 그나마 명맥을 유지하고 있을 정도로 양적·질적 부진을 면치 못하였고, 〈카프〉는 이념의 존립 방식을 둘러싸고 조직적인 위기에 직면해 있었음을 알 수 있다. 이 중 〈카프〉의 조직적 혼란은 이념의 내면화를 통한 문학적 모색을 의미했던 바, 이후의 프로문학은 과거의 도식성을 탈피하고 예술적 형상화의 차원으로 나아갔다. 이 시기에 문학활동을 시작한 〈구인회〉는 기존의 문단 세력들과 경쟁하면서 문학적 정당성을 획득해 나갔다. 1930년대의 이러한 문학적 양상과 전환의 계기 및 방향성을 이해하는 데 있어서 '문학적 장(Literary Field)'의 개념은 무엇보다 효과적이다.

이 글에서는 1930년대 한국 근대문학의 의미망을, '서로 다른 입장들 간의 구조화된 공간'을 뜻하는 부르디외(Bourdieu)의 장(場)이라는 개념을 통해 설명해 보았다. 이것은 곧 문학 창조의 주체가 한 개인의 천재성이나 집단의 공통이념이 아닌, '장'이라는 특수한 사회적 관계의 공간임을 의미한다. 뿐만 아니라, 이러한 공간에 일군의 새로운 문학인들이나 집단이 등장하게 되면 그 장에 고유한 기존의 특수한 코드를 습득해야 하는데, 바로 이러한 '구속 가운데에서의 자유'라는 제한된 세계에서 이들은 자신의 객관적 잠재력을 발견하게 되는 것이다. 이러한 일련의 과정은 다양한 문학적 입장과 방법들간의 '문학적 정당성을 획득하기 위한 투쟁'으로 요약된다. 따라서, '객관적 잠재성의 세계'라는 의미를 가진 이 '가능성의 공간'은 새로운 문학 집단이 장에 등장하면서 형성되는 역관계에 의해 구도의 변화를 겪을 수밖에 없다. 특히, 다른 장들의 이해 관계와 목표로 환원될 수 없는 고유한 법칙을 내포하고 있는 문학적 장 내부에서는 그 장에 특수한 지배적 권위를 획득하기 위해 다양한 입장들간에 상징적 투쟁이 벌어지는데 그 결과에 따라 문학적 정당성을 획득할 수 있고 권위를 인정받을 수 있는 것이다.

〈구인회〉는 소위 '구락부'와 같은 사교모임을 스스로 표방하면서도, 1930년대라는 문학적 장 속에서 프로문학과 상업주의문학에 대한 여러 차별화 전략을 구사했다. 말하자면, 〈구인회〉는 다분히 이데올로기적인 속성을 지닌 집단이었다고 할 수 있는데, 이는 〈구인회〉가 문학적 장 고유의 상징적 권력을 획득하기 위한 역관계 속에 놓여 있음으로 인한 불가피한 현상이기도 했다. 여기서 그들의 차별화 전략이 직접적인 대립자를 대상으로 하는 것이 아니라, 장 내부의 세력 관계를 움직임으로써 장의 구조 자체를 전복하기 위한 것이었다는 사실은 〈구인회〉의 구체적인 활동 방식을 이해하는 데에 매우 중요하다.

〈구인회〉의 이러한 존립 방식을 이해하기 위해서는 무엇보다도 〈구인회〉 멤버들 각각이 저널리즘과 맺은 관계의 양상과 그것의 영향을 구체적으로 파악해 둘 필요가 있다. 특히, 〈구인회〉의 대다수 멤버들이 당시 주요 일간지의 학예면뿐만 아니라 각종 종합지의 문예란을 담당하는 기자들이었기 때문에 그들은 자신의 작품을 발표하고 문학적 입장을 표명할 지면을 충분히 확보할 수 있었고, 문학적 장 내부의 상징적 권력을 획득하는 데에도 절대적으로 유리한 입지를 차지하고 있었다. 이러한 이점을 활용하여 이들은 기성세대 문인들의 안일한 작가적 태도에 대해 비판하기도 하고, 저널의 문예란을 독점함으로써 〈카프〉의 문학에 대해 간접적인 검열과 통제를 가하기도 했으며, 무엇보다도 그들은 충분히 확보된 발표 지면을 통해 문학의 새로움을 자유롭게 추구해 낼 수 있었다.

한편 〈구인회〉는 이념 우위의 프로문학과 상업화된 통속소설이 당시의 문학적 장에서 지배적인 위치를 점유하고 있는 데 대해서 매우 비판적인 의식을 갖고 출발했다는 점에서, '문단의 지배적인 위치에 대한 대립에 의해 부정적으로 정의되는 위치들(pisitions)의 집합'이라 할 수 있다. 따라서 이러한 부정성을 공통의 문제의식으로 삼아 모인 집단의 내부에는 다양한 문학적 성향을 지니는 작가들이 공존할 수밖에 없다. 요컨대 〈구인회〉의 내부 구성원들 사이에는 단일한 본질로 환원되지 않는 이질성이 존재하는 것이다. 이러한 〈구인회〉의 구성 방식을, '단일한 의미를 전체가 공유하지는 않지만, 다양한 특성이 서로 겹치고 교차하는' '가족 유사성'의 관계로 맺어져 있다고 할 수 있다.

이 점은 여기서 특히 강조되어야 할 바인데, 왜냐하면 기존의 한국 근대문학사를 통해 〈구인회〉는 단일한 성격을 지닌 문학 집단으로, 혹은 리얼리즘에 반대하는 문학적 이념성을 공통으로 가진 (협소한 의미의) '모더니스트' 집단으로 규정되어 왔기 때문이다. 따라서 본 논문에서 〈구인회〉의 문학적 특징을 '모더니즘'이라 규정하였을 때, 그것의 의미는 리얼리즘에 대타적인 일정한 미적 이념이 아니라 '합리적 담론의 의미화 작용과 의미화하려는 힘을 부정성의 형식을 통해 유지하려는 다양한 미학적 실천'이라 할 수 있다. 따라서 〈구인회〉의 모더니즘은 합리성 자체에 대한 비판이 아니라, 합리성이 비합리적으로 되어 가는 것에 대한 미학적 비판으로 이해되어야 한다.

그런데 1930년대 한국 근대문학도 사회적 영역으로부터의 자율성을 차츰 획득하면서 오히려 그 자체가 물신화되는, 자본주의적 사회에서는 불가피한 변화를 겪지 않을 수 없었다. 구체적으로 보자면, 문학이 자율화되어 간다고 하더라도 사회 구조의 메커니즘으로부터 완전히 벗어날 수 없다고 할 때, 문학의 자율화란 곧 '물신화=상품화'를 의미하게 되며, 이는 문학적 수법이 사회적 생산력을 의식하며 그 수준을 좇아가게 되면서 더욱 가속화된다.

바로 이러한 문학의 근대성을 가장 뚜렷하게 자각한 인물이 바로 이상(李箱)이다. 그는 한국 근대문학사에서 예외적이라 할 정도로 미적 합리성의 완성에 다가간 인물로서, 미적 합리성의 이데올로기가 내포한 이율배반성의 실상을 목격할 수 있었고 동시에 그 실상에 좌절하여 죽음으로까지 나아갔다. 즉 사물화된 사회에 대한 부정적 의식 자체가 사물화되어 버리는 현실에서 그는 더 이상 길을 찾지 못했던 것이다. 하지만 그의 좌절은 항상 문학으로의 복귀를 의미하는, 궁극점을 향한 끊임없는 도전이기도 했다.

한편, 〈구인회〉가 결성되어 활동하였던 시기는 '식민지근대'라는 '이중 구속'적 상황이었기 때문에 문학이 침체될 수밖에 없으리라는 추측을 낳을 수 있지만, 실상은 그렇지 않았다. 당시의 전반적인 문학이 질적·양적인 측면에서 괄목할 만한 성장을 이루어 냄으로써 문학적 근대성의 실현이 더욱 본격화되었으며, 바로 이러한 성과의 중심에 〈구인회〉가 존재했었다는 사실에는 반론의 여지가 없을 터이다.

이러한 결과는 '이중 구속'이라는 극악한 조건 속에서 오히려 이중의 악전고투를 통해 더욱 치열한 문학정신을 배태했기 때문에 가능했다고 할 수 있다. 이 점은 바로 서구와는 다를 수밖에 없는 한국 근대문학이 놓인 특수한 환경을 이해할 필요가 있음을 제기한다. 경제·사회적 측면의 근대가 물질적 토대로서 충분히 성장한 서구 자본주의에서는 미적 합리성의 영역이 현실의 동일화 원리에 대한 비판의 힘을 내장하고 독자적으로 존재할 수 있었다면, 현실적으로 식민지근대에서의 한국 근대문학은 그것과는 상당히 다른 면모를 보여주었다. 하지만 이것이 한국 근대문학의 한계를 의미하는 것은 아니다. 만약 서구의 근대와 식민지근대 간의 이러한 차이를 외면하고, 만약 근대적 합리성과 미적 합리성의 실현이라는 결과만을 추궁한다면 한국 근대문학 연구 자체가 도구적 합리성의 함정에 갇혀버리고 말 것이고, 결국 한국문학의 근대성은 영원히 결핍되거나 왜곡된 것으로 남을 수밖에 없을 것이다. 중요한 것은 근대적 합리성과 미적 근대성을 향해 나아가는 도정 그 자체이다.

본 논문을 통해 궁극적으로 밝히고자 하는 것은, 〈구인회〉가 이룩해 놓은 양질의 문학적 성취의 이면에 놓인, 미적 근대성을 성취하려고 애쓴 노력과 그것을 넘어서고자 하는 더욱 간절한 수고 사이에서 일어났던 무한한 분열과 그것의 잠재적 가능성이다. 그럼으로써, 비로소 식민지적 조건에서의 한국의 근대문학은 객관적인 위상을 되찾게 될 것이다.

이제까지 〈구인회〉 문학이 지니는 미학적 이데올로기의 이율배반성을 문학의 자율성과 사물화의 관계 속에서 살펴보았다. 이 점은 〈구인회〉 중에서도 이상의 문학적 좌절이 가장 선명하게 드러내 보여준다. 그러한 미적 이데올로기의 모순성에도 불구하고, 또 그것이 가져온 수많은 좌절에도 불구하고, 미학적 근대성의 실현은 한국 근대문학의 도정에서 놓쳐서는 안 될 과제이다. 왜냐하면 미적 이데올로기의 이율배반성을 인식하고 그러한 긴장 관계 속에서 미적 근대성을 추구할 때에만이 문학의 진정성에 대한 물음은 그 해답에 다가갈 수 있기 때문이다. 요컨대, 한국 근대문학의 근대성을 해명하는 일은 근대적 합리성과 그 안에서의 미적 합리성의 위치를 가늠하는 일인 것이다.

마지막으로, 본서의 1부에서 주요하게 다룬 '미적 근대성'이라는 범주에 대해 언급해 보겠다. 이제까지 한국 근대문학사의 연구는, 〈카프〉를 근대문학의 주류(主流)로서 인식하는 관점, 혹은 '리얼리즘 대(對) 모더니즘'이라는 이분법적 도식으로써 문학사를 재단하는 방식에 의해 주도되어 왔다. 이 글에서는 바로 '미학적 합리성'이란 개념이 이러한 편향된 문학사적 관점을 바로 잡는 데에 유용하다고 보았다. 말하자면, 리얼리즘이 현실의 총체적 재현을 구상하면서 미적 자율성의 궤도에 다가갈 수 있었듯이, 모더니즘도 도구적 합리성에 대한 부정으로서 사회적 근대성으로부터 분화되어 나온 것이라고 할 때, 양자의 기반에 '미적 근대성'이라는 범주가 모두 적용될 수 있기 때문이다. 아이스테인손(Eysteinsson)의 지적처럼, 리얼리즘과 모더니즘은 문학을 양분하는 도식으로 적용되어서도 안 되고 서로 배타시하는 관계에서도 벗어나야만 한다. 나아가 이들이 상호텍스트적 관계로서 공존할 수 있어야만 이제까지 간과·배제 혹은 왜곡되어 온 문학적 사실들에 대한 복원이 가능해질 것이다.

2부

1930년대 후반 모더니즘 소설과 정치적 무의식

제 1 장

1930년대 후반, 새로운 서사의 가능 조건

1. 문학사적 지형의 변화와 모더니즘의 재인식

이 글은 1930년대 후반기 소설 문단의 두 줄기라 할 수 있는 구카프 작가들과 신진작가군 중에서 후자의 집단을 대표했던 최명익과 허준의 소설[1]이 지니는 문학사적 의의를 재평가하는 데에 그 목적을 두고 있다. '조선현대문학의 분해기'[2]라 불리는 1930년대 후반기에 본격적으로 문

---

1) 이 책의 2부에서는 최명익의 「비오는 길」(『조광』, 1936.5~6), 「무성격자」(『조광』, 1937.9), 「폐어인」(『조선일보』, 1938.2.5~25), 「역설」(『여성』, 1938.2~5), 「심문」(『문장』, 1941.1)과 허준의 「탁류」(『조광』, 1936.2), 「야한기」(『조선일보』, 1938.9.3~11.11), 「습작실에서」(『문장』, 1941.2)를 연구 대상으로 삼고자 한다. 그런데 최명익의 1930년대 작품 중 유일하게 「봄과 신작로」를 논의 대상에서 제외시킨 이유는 이 작품이, 주로 지식인의 자의식을 탐색한다는 그의 작품세계의 본령에 직접 닿아 있지 않다고 판단되었기 때문이다. 이 점에 대해서는 김남천, 「신진소설가의 창작세계」(『인문평론』, 1940.2)를 참조할 수 있다.
2) 백철, 『조선신문학사조사』, 백양당, 1948, 254면.

학활동을 시작했던 이들 두 작가는, 기성 비평가들과의 세대논쟁을 통해서도 알 수 있듯이, 새로운 미의식을 지닌 신세대 작가군의 대표적 인물로서, 특히 당대 지식인들의 내면세계를 깊이 천착했다는 점에서 오늘날까지도 많은 연구자들의 주목을 받아왔다.

1930년대 중반 무렵 창작적 역량을 갖춘 많은 신인들이 문단에 등장하자 비평가들은 이들에게 큰 기대를 걸게 되었는데, 저널리즘이 이러한 문단적 상황을 적절히 활용하면서 이른바 '세대논의'3)가 제기되었다. 당시의 신인이란 "문단에서 미미하나마 일정한 일홈을 가지고 있으나 아직 중견이나 대가의 열에 오르지 못한 작가"4)를 의미하며 구체적으로는 김동리・최인준・오장환・정비석・김영수・최명익・이운곡・박영준・계용묵 등 1935년을 전후로 해서 문단에 정식 등장한 작가들이 여기에 해당된다. 이 논의에서 최명익과 허준은 신진작가들 중에서도 주목받는 인물로 떠오르게 되는데, 이는 무엇보다도 그들이 작가적 역량을 인정받았기 때문이다. 말하자면 그들은 당대의 시대 상황에 대해 냉정하게 인식할 줄 알았고 그것에 근거하여 지식인의 내면을 밀도 있게 형상화해내는 데에 남다른 개성과 재능을 발휘하였던 것이다.

이 시기 최명익과 허준에 대한 비판은 주로 프로문학 진영 문인들과 중견 비평가들에 의해 이루어졌다. 먼저 이원조는 "대체로 인생이라는 것은 무수한 사실의 총체인데 이러한 인생에서 변화가 생긴다는 것은 이 무수한 사실이 서로 동화되기도 하고 반발도 해야 할 것이다. 그러므로 이러한 사실과 사실의 동화니 반발이니 하는 것은 행동이라는 형식

---

3) 세대론의 전개 과정에 대해서는 이미 많은 선행 연구가 있었으므로 이 책의 2부에서는 당대의 논자들에 의해서 언급되었던, 그리고 이 글에서 대상으로 삼는 최명익과 허준의 작품평만을 중심적으로 살펴보도록 한다. 세대론에 대해서는 다음 논의를 참고할 수 있다. 김윤식, 「세대론」, 『한국근대문예비평사연구』, 일지사, 1976, 343~383면; 백철, 위의 책, 474~479면; 한형구, 「일제 말기 세대의 미의식에 관한 연구」, 서울대 박사논문, 1992, 25~54면.

4) 임화, 「신인론」, 『문학의 논리』, 학예사, 1940, 464면.

을 통해서 나타나는 것이며 또한 행동이라는 것이 생긴다면 그 밑헤 '상티망'(감정)이 움직이고 잇지 안으면 안되는 것이다"[5]라고 전제한 뒤, 최명익의 「무성격자」에 대해서 과잉된 자의식으로 인해 '무수한 자의식의 반사체'만을 드러내고 있기 때문에 역동적인 삶을 제대로 표현하지 못했다는 부정적인 평가를 내렸다.

또, 임화는 "신인이 새로운 정신적 세대의 주인공이 될냐면은 세대의 용탁(容啄)을 허하지 않는 엄숙한 재산을 간직"[6]해야 하는데, 이들은 언어의 조탁과 기교의 세련을 통하여 순수문학을 지향했던 중견들의 작품을 그대로 답습하고 있다고 비판하였다. 특히 최명익의 「심문」에 대해서는 한 시대의 지적 분위기를 창출하는 데 성공하였으나 그 분위기라는 것이 새롭다기보다 오히려 구시대의 연장에 불과하다고 지적하였다. 구체적으로, "어딘지 절실한 체험이 부족했고, 그것을 부정하거나 초월하야 보기에는 또한 최씨는 역시 구시대인이었다"고 하면서 "우유부단하고 부진불퇴(不進不退)하는 현대조선정신의 한 주변"에 머무른 것에 대해 아쉬움을 드러내었다.

김남천 또한 임화와 같은 관점에서 최명익을 비판하였는데 "지식인의 정신적 상태를 응시하는데 간과할 수 없는 하나의 힌트"가 된다는 점에서 그의 기법적 특징은 인정하지만, 그 작가의식에 대해서는 "외부세계에 대한 산문정신의 패배"를 의미하는 것이며 "사조의 변천을 당하여 그것을 완전히 제 자신의 '자기의 문제'로써 처리해 본 경험이 희박"[7]하다며 회의적인 견해를 내비쳤다. 개별적인 작품에 대해서도 부정적인 평가를 내렸는데, 「무성격자」는 "주인공 정일을 통해 이 시대를 사는 의지가 박약한 우유부단한 지식인의 퇴폐적인 일면을 가장 뚜렷하게 드러"낸 작품이라고 비판하였다. 마찬가지로 「역설」과 「폐어인」에 대해서도

---

5) 이원조, 「9월(1937년) 창작평 — 자의식의 과잉」, 『조선일보』, 1937.9.9~14.
6) 임화, 「창작계의 일년」, 『조광』, 1939.12, 134면.
7) 김남천, 「신진소설가의 창작세계」, 『인문평론』, 1940.2, 60면.

"강한 성격이 빠져나간 신념을 잃은 지식인의 무의미한 자존심의 유지를 통하여(전자), 또는 건강을 상실한 자의 무가치한 세태에 대한 체관, 건강을 유지해 보려는 하치않은 노력에 대한 쓸쓸한 정관 등을 통하여(후자), 작자는 같은 세계의 슬픈 노래를 되풀이할 뿐 신생의 싹은 조련히 발견되어지지 않았다"라고, 또한 「심문」에 대해서도, '지식인의 사상 문제를 통해 당대 지식인 소시민의 정신적 일면이 심리주의 수법으로 심도 있게 그려질 줄 알았는데, 결국 어딘가 초점이 맞지 않은 듯한 느낌을 준다'고 혹평하였다.

이와 같은 중견들의 비판에 대하여 30대 비평가인 김환태의 신인옹호론과 김동리를 중심으로 한 신인들의 반박론이 제기되었다. 김환태는 중견들의 신인부정론에 맞서, "개성에서 발아한 문학적 인생의 표출로 신진작가들은 벌써 그 진정한 작가적 고뇌를 체험했다"고 한 후, 문학정신이란 인간성의 탐구요 그것에 표현의 옷을 입히는 창조적 노력이라 정의 내리고 최명익의 「봄과 신작로」와 「심문」, 그리고 허준의 「야한기」 등 신진작가들의 작품 수준이 기성 작가들보다 결코 못하지 않을 뿐 아니라 신인들의 작품을 통하여 오랜만에 문학적 흥분을 느꼈다며 찬사를 보내었다. 그는 최명익을 "왕성한 문학정신"을 소유한 순수한 작가로서 "그의 작품은 절실한 인간탐구의 노력을 보이고 있으며 그것의 문학적 형상화에 깊이 있게 도달"[8]하였다고 고평하였다.

또 김동리는 최명익을 신진 작가 중에서 작가적 기량과 태도에 있어 가장 신임할 만한 인물이라고 꼽았다. 그는 「비오는 길」에 형상화된 작중인물의 삶과 그것을 바라보는 작가적 시각의 참신함에서부터, 「심문」에 드러난 탁월한 기법에 이르기까지 일련의 작품들에 대해 긍정적으로 평가함으로써 대부분의 기성 비평가들이 내린 부정적인 평가를 일축하였다. 또한 최명익의 작중 인물들에 대해서 "그때그때의 작가의 개성과

---

8) 김환태, 「순수시비」, 『문장』, 1939.11, 145·150면.

생명의 구경적 문제 혹은 그것의 일면을 표시하는 작가의 분신"[9]이라고 호평하면서 그를 순수계열의 중진 작가로 파악하였다.

> 씨의 작품세계에서 느껴지는 바 영롱한 조화감─가령, 빛과 어둠, 생과 사, 상식과 신비, 북구적 인간성과 동양적 식물성 등의 그것은 모다 이 의지적 중용성에서 오는 조화감이다. 이제 정일, 문일, 현일, 명일 하고 차츰차츰의 그의 다른 분신들은 접해가매, 그들의 구원의 길이란 역시 일 의지적 중용성에 열려져 감을 보겠다. 여기 그 '인생'의 구원이란 동시 예술의 구원이기도 하다.[10]

백철은 최명익과 정비석·허준 등을 중요한 신인으로 꼽으면서 이들을 '자조적인 경향을 대표'하는 작가들로 간주[11]한 바 있다. 특히 최명익의 「역설」에 대해, "그의 자조는 다만 진흙에 빠진 마차를 자기적(自棄的)으로 내버려두는 것이 아니라 (…중략…) 어떤 신생활을 찾아보려고 심마(心馬)에 냉혹한 챗죽을 던지는 것"[12]이라고 하면서 침착하고 무게 있는 최명익의 작가적 태도에 신뢰를 보낸다고 격려를 아끼지 않았다. 또한 엄흥섭은 「비오는 길」에 대해서 "도스토예프스키를 닮은 수법을 사용한, 신인의 작품으로서 근래의 보기 드문 역작"임을 전제하고 "최씨의 수법에서 우리는 또 한번 '또스토엡스키'를 음미하게 된다. (…중략…) 우리는 최씨의 좀더 좋은 작품─「비오는 길」─에서 느껴지는 것 같은 현대의 고민을 또 다시 검토하고 음미할 때를 가졌음을 기뻐한다"[13]는 긍정적인 평가를 내렸다.

다음, 허준에 대한 언급으로는 안함광·백철·김남천의 평가가 주목할 만하다. 이들 중 안함광은 허준의 작품 「탁류」를 이상의 「날개」와 같은 맥락에서 평가하여 "주관적 진실성을 다한 니힐리즘의 굴곡적 유동

---

9) 김동리, 「신세대의 정신」, 『문장』, 1940.5, 86~87면.
10) 김동리, 위의 글, 87면.
11) 백철, 「현문학이 가져야 할 주장과 이상」, 『동아일보』, 1948.12.18.
12) 백철, 「금년간의 창작계 개관」, 『조광』, 1938.12, 57면.
13) 엄흥섭, 「문예시평 (7) 신인들에 대한 앞날의 기대」, 『조선일보』, 1937.5.10.

과 그의 질적 심도가 이 작품을 관류하고 있는바 애욕의 삼각 갈등에 의하여 통속물적인 혐오를 가지지 않게 할 뿐 아니라 또 박진력을 느끼게 하는 근본적 이유이다"14)라고 전제한 후, '신념의 농도'와 그 '질적 심도'에서 오는 「탁류」의 진실성이 객관적 진실성에까지 고양되지 못하고 주관적인 데 머물고 만 것은 그의 역사적 한계 때문15)이라고 지적하였다. 김남천은 1939년 당시 문단의 중심 논쟁이었던 세대론의 흐름 속에서 허준을 다루면서 당시 신진작가들 중에서도 그에 대해 각별한 관심을 보이는 한편, 허준이 1930년대 이후 암울한 상황에 처한 지식인의 정신 상태를 심리묘사에 치중하여 표현하고 있는 점에 대해서는 비판적으로 보았다.16)

백철은 허준의 전반적인 문학세계를 '니힐리즘과 결합된 내부의 심연에 침거(沈居)한 세계의 문학'으로 규정하고, 허준이 이상·최명익 등과 함께 1930년대 중반의 새로운 경향인 심리주의적 경향을 대표한다고 파악하였다. 또한 「탁류」에 대해서는 인생에 있어서의 '탁류'의 교류 장면을 효과적으로 그려내고 있다고 보고, 다음과 같이 허준을 호평한 바 있다.

> 여기 신인이 있다 — 고 오랫동안 기대하는 반향이 비로소 들어온 만족을 늦겼다. 작품의 구화(構話)라든지 스토리이의 발전이라든지 고상한 문학의 향기라든지, 그 우에 조선작가에서는 전연 볼 수 없다고 하야도 과언이 아닌 묵업은 인생철학의 품위를 가하고 잇는 점 등에 잇서 이 「탁류」는 현재문학의 최고수준에 달하고 잇스며 또 그 수준을 얼마 안허서 깨트릴 압력을 보여주고 있다.17)

이상으로 최명익과 허준에 관한 당대의 평가들을 대략 살펴보았는데,

---

14) 안함광, 「작단, 비평단의 회고와 그의 전망」, 『조선문학』, 1937.1, 32~33면.
15) 안함광, 「인상에 남는 신인문학 - 「탁류」와 「전락자」에 대하야」, 『조선일보』, 1936.2.1 ~15.
16) 김남천, 「신진소설가의 창작세계」, 『인문평론』, 1940.2, 60~61면.
17) 백철, 「금일창작의 최고봉 - 신인 허준의 「탁류」를 천(薦)」, 『조선일보』, 1936.2.20.

이것은 크게 긍정적 평가와 부정적 평가로 대별해 볼 수 있다. 먼저 긍정적인 관점에서는, 첫째, 지식인의 자의식을 토대로 진지한 자기 성찰의 태도를 보여주고 있으며 시대의 정신사적 문제를 객관적인 입장에서 파악하려고 했다는 점, 두 번째는 개성과 생명의 구경추구라는 신세대의 문학정신을 효과적으로 형상화해 냈다는 점을 꼽고 있다.

반면 부정적 관점에서는, 한 시대의 이데올로기 문제를 지식인 작가로서 적극적인 '자기 문제'로 이끌어내지 못하여 이념적 나약함을 드러냈다는 점을 지적하고 있는데, 말하자면 이들이 주로 지식인의 자의식 문제를 다루면서도 삶의 역동성을 외면하고 신념을 상실한 병적 지식인의 피상성에 초점을 맞춤으로써 소시민의 방황하는 정신세계를 그려내는 데에 머물렀다는 것이다.

이러한 당대의 긍정적 또는 부정적 평가는 후대의 연구자들에 의하여 무비판적으로 수용될 수 있는 사항이 아니라, 재평가의 가능성이 열려 있는 참조 사항일 뿐이다. 즉 긍정적인 견해에 대해서는 그러한 지적이 가능했던 '세대론'의 전체적인 맥락 속에서 평가의 객관성을 다시 점검해 볼 필요가 있을 것이고, 부정적인 견해의 경우에도 당대 지식인의 정신세계를 현실적 연관 관계로부터 유리된 것이 아닌, 사회적으로 매개된 것으로 바라보는 시각이 전제되었는지를 확인해야 할 것이다.

최근 들어 최명익이나 허준에 대한 연구가 꽤 활발히 이루어져서, 작가론이나 주제론을 취한 본격 논문 및 한두 작품을 중심적으로 논의한 소론 등이 적잖이 발표되었다.[18] 그럼에도 불구하고 최명익에 비해 허

---

18) 이 책 2부의 연구사 검토를 통해 미처 다루지 못한 논문들을 소개하면 다음과 같다.
유성하, 「1930년대 한국 심리소설 기법연구」, 계명대 박사논문, 1987; 김진석, 「1930년대 한국 심리소설 연구」, 고려대 박사논문, 1989; 최상윤, 「한국의 자의식 소설 연구—그 구조분석을 중심으로」, 세종대 박사논문, 1989; 권선영, 「최명익 소설연구—자의식의 확대과정을 중심으로」, 숙명여대 석사논문, 1990; 김겸향, 「최명익 소설의 공간 연구」, 이화여대 석사논문, 1990; 심영덕, 「최명익 소설연구—단편집 「장삼이사」를 중심으로」, 영남대 석사논문, 1990; 주혜성, 「최명익 연구」, 연세대 석사논문, 1990; 김해연, 「최명익 소설연구」, 경남대 석사논문, 1991; 김현식, 「최명익 소설연구」, 전북대 석사논

준에 대한 연구는 상대적으로 미비한 편인데, 아마도 그가 과작(寡作)의 작가였기 때문에 그러한 듯하다. 물론 1930년대 후반기에 대한 시대적 관심과 함께 허준에 대한 연구도 점차 그 성과가 쌓이고 있지만, 아직까지는 작품론에 머물러 있거나, 1930년대 문학사의 일부분으로서 허준 소설을 다루고 있는 경우가 대부분이다. 이러한 점으로 보건대, 허준에 대한 작가론 차원의 연구가 보다 적극적으로 이루어져야 할 것이다.

최근의 논의 중에서 먼저, 최명익에 대한 본격적인 시론으로서의 의의를 부여할 수 있는 것으로는 강현구의 논문을 들 수 있다. 그에 의하면 최명익의 소설에서 지식인은 '불안과 소외의식'으로 인하여 무기력하고 현실 도피적인 삶을 살고 있긴 하지만, 자신의 삶에 대한 반성을 통하여 적극적이고 의욕적으로 새로운 삶을 갈망하는 것으로 형상화되어 있다. 그러나 '불안과 소외'와 '부끄러움과 갈망'의 갈등은 자신의 삶을 정립해 나가기 위한 진통의 과정이 되지 못함으로써 지식인의 '역설의 인식과 운명에의 순응'[19]이 나타나게 되었다고 평가하였다.

최혜실은 최명익 문학을 한국의 시대적 상황을 바탕으로 하여 나온 심리소설의 계보에 드는 것으로 설정한 후, 고민하는 지식인의 자의식 탐구에 초점을 맞추어 검토하였다. 즉 시대 현실과 이상 사이의 방황뿐

문, 1991; 이희윤, 「최명익 연구」, 건국대 석사논문, 1991; 명형대, 「1930년대 한국 모더니즘 소설의 공간구조」, 부산대 박사논문, 1991; 임병권, 「최명익의 작품세계 연구―대립적 공간구조와 Animal Image를 중심으로」, 서강대 석사논문, 1991; 권애자, 「최명익 소설연구―작중인물의 나르시시즘과 그 극복」, 전북대, 1992; 김계열, 「최명익 소설연구―작중인물의 변모양상을 중심으로」, 숙명여대 석사논문, 1992; 김현식, 「최명익 소설연구」, 전북대 석사논문, 1992; 김교선, 「자의식 과잉의 표현」, 『소설의 이해와 평가』, 형설출판사, 1972; 김양수, 「말기 지식인의 자의식을 묘파―최명익의 작품세계」, 『월간문학』 232, 1988.6; 김치홍, 「최명익의 「장삼이사」 고」, 『명지어문학』 19, 1990.6; 양문규, 「최명익 소설연구」, 『강릉대 인문학보』 9, 1990.6; 유영윤, 「최명익론」, 『목원어문학』 9, 1990.12; 장춘하, 「최명익 소설연구」, 『대구 어문논총』 9, 1991.6; 박준하, 「허준 소설의 고독과 현실주의 문학과의 상관성」, 부산대 석사논문, 1991; 김희진, 「허준 소설연구」, 이화여대 석사논문, 1992; 홍혜준, 「허준 문학 연구」, 서울대 석사논문, 1998.
19) 강현구, 「최명익의 소설연구」, 고려대 석사논문, 1984.

아니라, '지식인으로서의 시대적 고민과 생활에서의 소외'라는 이중적 갈등을 겪고 있는 인물들을 형상화해 내었다는 점에 주목하였던 것이다. 또한 최명익의 소설에 나타나는 '길' 모티프에 남다른 의미를 부여하여, 그것을 '밀폐된 창을 통한 여로'라고 집약적으로 제시하였다. 최명익에게서 '길'은 "생의 인식을 거부하려는 완강한 자의식"을 표상하면서도 "개인이 생과 상호작용하면서 질적 변화의 단초를 보이는 상태"[20]를 암시한다는 것이다.

전영태는 최명익의 작품 「심문」을 로렌스의 작품 및 이론과 비교, 분석하였는데, 그의 소설을 '의식과잉자의 세계'라고 폄하할 수만은 없다고 변호하면서 의식의 과잉 뒤에 숨어 있는 숨가쁜 노력의 발자취를 긍정하였다. 또한 최명익이 추구하고자 하는 목표는 '가치 있는 삶', '문화적 삶'에 있었으며 그는 역사나 사회에 정면으로 대결하는 직접적인 방법을 떠나 자아를 깊이 탐구하여 현실의 참모습을 파악하고 그것을 바탕으로 현실의 개혁 내지는 역사의 새로운 창조를 도모하였다고 평가하였다. 그리고 자신의 한계를 완벽하게 극복하지는 못했지만 그 한계 내에서나마 성실하게 자신의 위치를 정립시키려 노력한 작가[21]라는, 적극적인 평가를 내린 바 있다.

백철은 다시 『신문학사조사』에서, 최명익이 인간의 내부세계를 탐색해 나가는 심리소설의 수법으로 지식인의 자의식, 남녀의 심리적 갈등을 그린 것에[22] 주목하였고, 조연현은 『장삼이사』를 중심으로 지식인의 고뇌라는 측면에서 접근하였다. 특히 조연현은 '어떻게 살아야 후회 없는 삶을 살 수 있을까'라는 과제와 '산 사람은 아무렇게나 살아도 죽을 때까지 살 수 있다'라는 체념이 작가의식에 공존함으로써 자의식의 분열

---

20) 최혜실, 「1930년대 한국 심리소설 연구–최명익을 중심으로」, 서울대 석사논문, 1986.
21) 전영태, 「최명익론–자의식의 갈등과 그 해결의 양상」, 『선청어문』, 서울대 국어교육과, 1979.11, 122면.
22) 백철, 『조선신문학사조사』, 신구문화사, 1980, 517면.

과 그에 따른 비극을 초래23)했다고 소감을 피력했다. 그는, 최명익의 작품세계를 한마디로 '삶의 방법에 대한 모색'이라고 규정한 후, 한국문학사를 통하여 "자기분열을 완성한 최초의 작가"24)로 최명익을 자리매김하였다.

정한숙은 최명익이 형상화한 어두운 성격묘사는 일제 말의 처참한 세월을 견뎌낼 수밖에 없었던 지식인의 초상화이며 이는 곧, 일제에 의해서 개발되는 표면의 근대화가 결국 민족의 생명에 대한 파괴임을 폭로하고 싶었던 것25)이었다고 작가의식을 밝혔다. 또 조남현은, 1930년대 초반 이후 여러 문인들의 전향선언에 충격 받은 지식인들이 삶의 급격한 변화를 겪었던 사실과 관련하여, 최명익을 지식인의 자기 성찰 욕구를 드러낸 작가 중의 한 명으로 보았으며, 1930년대 지식인의 절망을 형상화함에 있어서 도피적인 삶의 모습을 그려냈다는 데에 주목26)했다. 김윤식은, 최명익의 소설 「심문」이 자기 분열에 처했던 식민지 지식인의 내적 성실성을 드러냈다고 보고 그를 허준과 함께 진보주의자 계열에 놓았으며27) 또한 "염상섭에서 비로소 발견된 내면의 세계가 우리 소설사에 30년대 초반 이상(李箱)에 이어 내리고 그 중반에 〈삼사문학〉 그룹 및 최명익·허준에 이어지고, 50년대에 장용학에 이어져 뚜렷한 우리 소설사의 내적 형식을 이룩하고 있음"28)을 지적하였다.

이재선은 최명익의 작품집 『장삼이사』를 '의식과잉자의 세계'로 보고, '실의와 동면의 상태', '죽음과의 마주침', '길의 상징성' 등 세 항목으로

---

23) 조연현, 「자의식의 비극」, 『문학과 사상』, 세계문학사, 1949, 107~108면.
24) 조연현, 위의 글, 66~67면.
25) 정한숙, 『현대한국문학사』, 고려대 출판부, 1982, 148면.
26) 조남현, 『한국지식인소설 연구』, 일지사, 1984, 198면. 이러한 논지의 글로는 다음과 같은 글들을 참고할 수 있다. 조남현, 「패배의 삶, 그 다양성」, 『북으로 간 작가선집』, 을유문화사, 1988, 349~356면; 조남현, 「어둠의 시대와 삶의 빛」, 『우리소설의 판과 틀』, 서울대 출판부, 1991, 20~28면.
27) 김윤식, 『한국현대문학사』, 일지사, 1979, 189면.
28) 김윤식, 『한국근대소설연구사』, 을유문화사, 1986, 157면.

나누어 상세하게 고찰하였다. 그는 최명익의 작중인물들을 병리적인 징후에 깊이 빠진 시대의 희생자로서, 확신을 갖지 못한 자포자기적인 인물들이라고 보았다. 그는 작가 최명익이, 의식과잉자로서의 지식인이 겪는 우울하고 답답한 생의 절망을 죽음의 내재성으로 은유화하였으며, 길의 상징성을 절망적 현실을 견디면서 어둠 속에서 밝아올 내일을 예비하는 통로29)로 삼았다고 해석하였다.

이강언 역시 이재선의 문제의식과 마찬가지로, 최명익 소설의 작중인물들이 삶의 확고한 신념과 행동을 상실한 의식과잉자임에 착목하여, 이들의 의식과잉 상태로부터 비롯된 자기 풍자의 수법30)을 살피고 있다. 서준섭은 최명익의 작품이 한편으로는 박태원·이상 등의 심경 소설을 계승하여 시대적 전환기를 살아가는 지식인의 내면을 다루고 있지만, 다른 한편으로는 "사상 운동가를 등장시켜 한 시대의 종언을 묘사하면서 그 이데올로기가 주인공의 자의식 속에 내면화되어 나타난다"는 점에서 박태원·이상 등의 심경 소설과 분명히 차별성이 있다31)고 보았다. 이동하는 최명익의 단편 「장삼이사」를 논하면서 이 작품은 일제강점기의 한 시대를 지배했던 분위기의 단면을 증언해 주는 기록이면서, 동시에 현재적인 문제의식으로 우리에게 도전해 오는 소설이라며, 그 도전은 바로 현실세계의 폭력적 구조와 지식인의 소외라는 문제를 겨냥하고 있다32)고 밝혔다.

한편, 채호석은 해방 이전 최명익의 소설을 모더니즘이라 규정짓고33) 세계관의 변화에 따라 리얼리즘으로 이행될 가능성에 대해 논하였다. 그

29) 이재선, 『한국현대소설사』, 홍성사, 1979, 481~491면.
30) 이강언, 『한국 현대소설의 전개』, 형설출판사, 1992, 224~234면.
31) 서준섭, 『한국모더니즘문학연구』, 일지사, 1988, 192면.
32) 이동하, 「최명익론-세계의 폭력과 지식인의 소외」, 『월북문학연구』(권영민 편), 문학사상사, 1989, 131~144면.
33) 채호석, 「리얼리즘에의 도정-최명익론」, 『한국문학의 리얼리즘과 모더니즘』(김윤식·정호웅 편), 민음사, 1989, 195~211면.

러나 해방 후에 발표한 「서산대사」 역시 역사적 현실에 대한 구체적 인식의 미비로 말미암아, 엄밀한 의미의 리얼리즘에 도달하지 못한 것으로 보았다. 한편, 그는 「허준론」이라는 소론을 통하여, 허준의 소설을 전반적으로 다루었는데, 특히 1930년대 후반 모더니스트들이 해방 이후 겪게 되는 변화의 내적 합법칙성을 해명하는 데에 중점을 두었다. 여기서 그는 모더니즘이 단순한 기법의 문제가 아니라 세계관의 문제임을 전제한 뒤, 그러한 유형의 대표적 사례로서 현실의 변화에 따른 작가의 세계관의 변화[34]에 초점을 두어 허준의 작품을 평가하였다.

최명익과 허준은, 1930년대 중반 이전까지 현실에 대한 총체적인 인식의 가능성을 전제로 하여 리얼리즘문학을 추구했던 이전 세대 카프 작가들과 전적으로 차별화된, 독자적인 문학세계를 이루어 내었다. 그럼에도 불구하고 최근까지 꾸준히 지속되어 온 이들에 대한 연구는 1930년대 후반 논자들의 권위에 기대어 온 경향이 있다. 말하자면, 주로 세대간의 갈등에서 비롯된 당대의 부정적 평가를 그대로 답습하거나 또는 문학적 기법의 새로움에 대한 관심과 긍정적 평가를 무비판적으로 수용하는 데에서 크게 더 나아가지 못했던 것이다. 이러한 기존 평가의 이면에는 대부분 최명익과 허준의 작가의식을 허무주의적인 것으로, 다시 말해서 당대 사회를 변화 불가능한 것으로 받아들임으로써 새로운 현실 모색을 위한 노력을 포기한 것으로 파악하려는 의도가 깔려 있었다. 그 결과 현실의 급격한 변화와 관련하여 문학사의 지형이 매우 달라졌음에도 불구하고 이제껏 최명익과 허준의 문학에 대해서는 역사적인 재평가가 유보되었고 객관적인 문학사적 의의를 부여하지 못하였다. 이러한 문제의식에 기반하여 이 글에서는 다양한 층위와 방법으로 형상화될 수 있는 작품 내의 부정적 계기들에 대해 보다 적극적인 의의를 부여함으로써 최명익과 허준 소설의 문학사적 위치를 재고해 보고자 한다.

---

34) 채호석, 「허준론」, 『한국학보』, 1989년 가을, 197~198면.

2. 주체의 분열과 무의식적 타자의 담론

1930년대 후반의 프로문학 작가들의 대부분이 현실에 대한 불안의식을 구체적인 생활로의 복귀를 통하여 해결하려 하거나, 현실을 총체적으로 해석, 반영할 가능성을 상실하고 일상의 단면들을 묘사하는 것으로 나아간 데 반해, 그 당시의 최명익과 허준은 텍스트 내의 다양한 계기를 통하여 현실과의 타협을 거부하고 내면화된 부정성(die Negativität)의 의식을 보여주었다. 이 글에서는 이러한 면모를 텍스트 속에서 구체적으로 도출해 내기 위해 '정치적 무의식(The political unconscious)'이라는 프레드릭 제임슨(Fredric Jameson)의 비평 범주를 중점적으로 적용하고자 한다.

현실 원칙에 의해서 억압된 것은 인간에게 있어 일종의 결핍의식을 형성하게 되는데, 이것은 인간의 무의식 속에 자리잡아 욕망을 불러일으키게 된다. 즉 현실에 의해 억압된 것이 무의식화되고 이 무의식은 바로 욕망의 숨겨둔 장소가 됨으로써 이 욕망과 무의식의 주인은 현실의 의식적인 주체가 아니라 그가 의식하지 못하는 자기 속의 '타자'가 되는 것이다. 따라서 무의식은 '타자의 담론'이라 할 수 있다. 결국, 인간은 한편으로는 현실에 적응하기도 하고 때로는 그것을 동경하기도 하는 의식적인 주체이면서, 또 다른 한편으로는 그러한 의식적인 주체에 의해 존재 지어짐과 동시에 잊혀진, 그리고 현실을 경멸하면서 동시에, 현실에 의해 좌절된 자신의 신념에 집착하는 무의식의 타자이기도 한 것이다. 이와 같이 인간은 "일관된 의식을 지닌 존재이기보다 무의식에 의해 근본적으로 규정되는 모순된 존재로 분열"[35]되어 있다. 이러한 맥락에서 보자면, 억압되고 망각되었던 욕망이 드러나는 이 무의식의 언어, 혹은 무의식적 타자의 발화가 오히려 '진정한 발화'라고 할 수 있는 것이

---

35) 손병우, 「라깡(J. Lacan)의 주체이론과 이념작용 분석에 관한 연구」, 서울대 석사논문, 1988, 80면.

다. 제임슨은 역사의 과정에서 억압되고 좌절된, 그러나 소멸하지 않고 부단히 그 성취를 추구하는 이러한 인간의 욕망과 무의식을 '정치적 무의식(Political Unconscious)'이라 부르고, 이를 '필연에서 자유로 나아가려는' 집단서사(역사)의 추동력으로 이론화하였다.

이때, 결핍을 그 전제 조건으로 깔고 있음으로써 충족을 끊임없이 지연시킬 수밖에 없는 욕망의 메커니즘이야말로 '역사'에 대한 새로운 해석을 가능케 하는 중요한 근거가 된다. 제임슨에게 있어서 역사란 '필연에서 자유의 영역으로 나아가려는 거대한 집단적 투쟁'을 의미하는데, 이러한 역사는 결코 자유의 영역을 보장받은 유토피아를 향한 움직임이 아니다. 오히려 역사는 인간에게 상처를 입히는 것이며 또한 인간을 좌절시키는 것이다. 이런 점에서 본다면 카프작가들을 지탱했던 주요한 원리인 '역사적 필연성'이라는 맑시즘의 발전사관은, 다가올 혁명의 승리에 대한 무조건적인 확신이 아니라, "역사적 사실들이 왜 꼭 그러한 방식으로 일어날 수밖에 없었는가", 또는 "인간의 역사에서 발생한 모든 혁명의 필연적 실패에 내포되어 있는 냉혹한 논리"[36]에 대한 명확한 인식으로 재해석될 수 있는 것이다.

한편, 제임슨에 의하면 서술의 행위는 '현실' 혹은 '역사'의 알레고리적 형상을 통해 역사적 문제를 '상상적으로' 해결하려는 '사회적으로 상징적인 행위'이다. 가령, 문학텍스트가 사회의 실제적 모순을 상상적으로 해결한다고 할 경우 이것이 의미하는 것은, 실제 모순이 텍스트 바깥에 외부적 실재로 미리 주어져 있고 문학텍스트는 그것을 반영하는 식의 정태적 관계를 말하는 것이 아니다. 예술이 정치적 실천으로 전화될 수 있다거나, 궁극적으로 세계를 변화시킬 수 있다고 보지 않는[37] 제임

---

36) Fredric Jameson, *The Political Unconscious : Narrative As a Socially Symbolic Act*, Methuen, 1981, p.102. 이때 '정치적 무의식'이란 문학작품과 같은 제한된 영역에만 적용되는 것이 아니라 보편적인 서사 양식에 두루 적용될 수 있는 범주이다. 예컨대, 문학의 경우에 대해서도 이 개념은 유기적 텍스트에서 비유기적 텍스트에 이르기까지 폭넓게 적용될 수 있는 해석학적 범주라 할 수 있다.

슨은 상징적 행위로서의 예술은 직접적으로 현실에 영향을 미친다기보다 외부적 현실을 문학텍스트의 내적 형식으로 끌어들임으로써 ― 이러한 과정을 통해 제임슨은 역사를 '하위텍스트'로 간주한다 ― '역사에 대한 이야기'를 들려주는 것으로 파악한다. 특히, 프로이드와 라깡의 정신분석학적 개념을 자신의 서술 이론에 적용시킨 제임슨은 서술 행위는 의식의 행위가 아닌 무의식의 산물이라고 주장한다. 따라서 문학텍스트는 현실(역사)의 문제를 여러 가지 무의식의 전략을 통하여 해결하려고 하는 시도의 결과물이다. 이 과정에서 제임슨은 무엇보다도 서술화의 과정에서 나타나는 역사적 모순의 '억압'을 강조한다. 즉 그에게 있어서, 꿈이 '현실'에 대해서 '상징적' 의미를 갖는 것처럼, 서술은 역사에 대한 '사회적으로 상징적인 행위'라는 의미를 갖는 것이다. 이러한 이론적 배경하에서 제임슨은 모더니즘에 대해서도, "그것은 자본주의의 물신화에 저항하는 것이며, 일상생활의 차원에서 점증해 가는 탈인간화 현상에 대한 전체적인 유토피아적 보상을 포함하는 상징적 행위가 되는 경로들을 보여주는 것"이라 하여 적극적으로 수용하고 있다.[38] 이러한 '정치적 무의식'의 범주를 적용함으로써 최명익과 허준의 텍스트가 지닌 부정성의 적극적 의의를 평가해 낼 수 있을 것이다.

이를 위해 먼저, 2부 2장에서는 실제 작품들을 분석하여 '죽음 이미지', '개인의 불구성' 그리고 '익명성'이라는 구체적인 형상화 유형들을 살펴봄으로써 이들의 문학에 내재된 '부정성'의 계기를 밝혀내고자 한다. 그리고 이러한 계기들에서 공통적으로 발견되는 '파멸'의 형상을, 현실에 대한 미메시스적인 작용으로서, 더 나아가 시대의 잠재적 가능성에 대한 암호로서 파악하게 될 것이다. 그리고 2부 3장에서는, 노골적으로 정치성을 띠었던 1920년대 이후의 문학이 파시즘의 억압이 가시화된 1930년대 후반에 이르자 불가피하게 정치성을 내면화해 가게 되는 양상

---

37) Fredric Jameson, Ibid., p.234.
38) Fredric Jameson, Ibid., p.42.

을 살펴보고, 이를 텍스트 아래에 가리어진 '정치적 무의식'이라는 비평 개념을 통해 해석해 보고자 한다. 또, 이러한 과정에서 현실에 대한 총체적 인식의 불가능성과 그에 따른 미래의 예측 불가능성이 당대 문인들의 현실관과 미의식에 미친 영향에 주목하여, 끊임없이 변화하는 현실이라는 물질적 조건 아래에서 '역사'라는 범주 또한 재해석될 수밖에 없음을 밝혀 보려고 한다. 그럼으로써 "'필연'의 체험으로부터 자유로의 도정"이라는, 재해석된 '역사' 개념이 바로 최명익과 허준의 문학 속에서 어떻게 발현되는지가 드러나게 될 것이다. 아울러 본 논문의 연구 과정을 통해 이들의 문학에 담긴 '부정성'이 과거에 대한 부정을 함축하면서, 나아가 '미학적으로 개인과 사회를 맺어주는 것으로서의 역사적 새로움'을 의미한다는 사실을 밝혀내고 궁극적으로 '역사적으로 불가피한 것이 갖는 필연적인 권위'를 이들의 문학에 부여할 수 있을 것이다.

현실에 대한 부정적 인식의 형상화

제 2 장

1. 부정성의 계기로서의 죽음 이미지

최명익과 허준의 문학텍스트에서 가장 두드러지는 점은 바로 '죽음' 또는 '어둠'의 이미지이다. 이러한 특징은 최명익의 본격적인 문단 데뷔작이라 할 수 있는 「비오는 길」의 주인공 병일의 의식에서부터 뚜렷이 나타난다. 병일은 도스토예프스키가 혈담을 뱉는 꿈을 꾸는가 하면, 니체가 푸른 이끼 돋은 바위를 안고 이마를 부딪치는 것을 상상하는 등 심한 신경쇠약에 시달리는 인물이다. 그런데 병일의 이런 환상은 바로 그 자신의 어릴 적 기억에 남아 있는 아버지의 죽음에 대한 연상으로 말미암은 것이었다. 큰 구렁이가 나타나 성문 위 기왓장이 떨어졌다는 얘기조차 병일이에게는 '육친의 시체'를 보는 듯한 침울한 인상을 줄 정도이다.

한편 이러한 죽음의 연상은 외부세계를 바라보는 병일의 의식을 통해서도 여실히 드러난다. 예컨대, 병일이가 2년 내낸 매일 걸어 다니는 출퇴근길은 '검은' 또는 '어두운' 분위기에 휘감겨 있으며 그 양편에 서 있는 집들은 '고분' 혹은 '무덤'으로 인식되고 있는 것이다.

> 헐린 옛성 밑에는 낮고 작은 고가들이, 들추어 놓은 고분 속같이 침울하게 벌려져 있고 (···후략···)[39]

> 동편 집들의 뒷담은 무덤과 같이 답답하게 돌아앉아 있었다.[40]

「무성격자」에서도, 죽음을 예감하는 문주의 히스테릭한 음성과 아버지 병실의 '주검의 냄새'가 시종 작품을 압도하여 독특한 분위기가 형성된다. 아버지의 병세가 위독하다는 소식을 듣고 고향으로 내려가던 정일이는 기차 안에서 죽음의 상황을 떠올리며 '감정유희'에 빠져 있다.

> 다시 눈을 감은 정일이는 자기의 피폐하고 침퇴한 뇌에로 폐물이 발호하는 현상이라고 밖에 할 수 없는 생각이 마치 여름날 썩은 물에 북질북질 끓어오르는 투명치 못한 물거품같이 자꾸 떠오르는 것이 괴로웠다. 한나절 후에 보게 될 임종이 가까운 아버지의 신음 소리, 오래 앓는 늙은이의 몸 냄새, 눈물 고인 어머니의 눈과 마음 놓고 울 기회라는 듯이 자기의 설움 쏟아놓을 미운 처의 울음소리, 불결한 요강 …… 그리고 문주의 각혈, 그 히스테릭한 웃음과 울음소리 …… 이렇게 주검의 그림자로 그늘진 병실의 침울한 광경과 이그러진 인정의 소리가 들리고 보이었다. 혹시 아버지의 죽음이라는 생각이 한순간 머리 속의 헌화를 누르고 떠오르기도 하였으나 마음에 반향을 일으키는 아무런 여운도 없이 사라지거나 임종이 가까운 아버지—이렇게 입 속으로 중얼거리며 그 말에 감상적 여운을 들여서 감정 유희를 해보려는 자기를 빙그레 웃게 되기도 하였다. 그때마다 이렇게 아버지의 죽음을 슬퍼할 수 없는 것은 삼십이 가까운 자

---

39) 최명익, 「장삼이사」, 『북으로 간 작가선집』, 을유문화사, 1988, 84면.
40) 최명익, 위의 글, 97면.

기의 나이 탓이 아닐까? 이렇게 생각하여 보는 정일이는 두들겨도 소리 안 나는 벙어리 질그릇같이 맥맥한 자기 마음이 더욱 무겁고 어둡게 생각되었다.41)

「폐어인」의 경우, 생쥐를 잡아먹자마자 "내장이 모두 쏟아져 나온 듯한 것을 무드기 게워 놓은 채" 죽어 있는 고양이의 모습과, 죽음을 목전에 둔 폐결핵 환자인 현일의 병세를 병치시켜 놓음으로써 이후 작품의 전개를 암시하고 있다. 「심문」에서도 마찬가지로, 주인공 명일은 하얼빈으로 가는 열차의 식당 안에서 마주 앉은 한 중년여인의 신약전서를 들여다보고 목적지에서 맞이하게 될 '죽음'이라는 무서운 숙명을 예감한다.

> 애욕 때문이랄까! 복잡한 심리적 암투를 하다가 달아난 여옥이가 있는 곳이라 생각하며, 이국적 호기심을 만족할 수 있고, 옛친구를 만나는 기쁨만이 기다리는 하얼빈이 아니요, 혹시 어떤 음울한 숙명까지도 나를 노리고 있을 것같이 생각되는 것이다. 숙명이란 이렇다 할 원인이 없는 결과만을 우리에게 던져 주는 것이다. 원인이 있다더라도, 지금 마주 앉은 중년 여자의 『신약전서』에 있을 '죄는 죽음을 낳고'라는 '죄'와 같이 추상적인 것으로, 그런 추상적 원인이 '죽음'이라는 사실적 결과를 맺게 하는 것이 숙명이라면 우리는 그런 숙명 앞에 그저 전율할 밖에 없을 것이다.
>
> 그런 무서운 숙명이 나를 기다리는지도 모를 하얼빈이라고 생각하면 그곳으로 이렇게 달아나는 이 열차는 그런 숙명과 같이 음모한 괴물일는지도 모른다고 나는 좀 취한 머리 속에 또 한 가지 이런 스릴을 느꼈다. 그러면서 큰 고래 입 속으로 양양히 헤엄쳐 들어가는 물고기들을 상상하며 그런 물고기의 어느 한 부분인지도 모르는 피시 프라이의 한 조각을 입에 넣고 씹으며 마주 볼 때, 나보다 한 접시 앞선 중년 여자는 소위 어느 한 부분인지도 모를 스테이크의 마지막 조각을 입에 넣고 입술에 맺힌 핏물을 찍어내는 것이었다.42)

이러한 '죽음'으로의 경도는 인간 관계를 규정하는 계기가 되기도 하

---

41) 최명익, 위의 글, 27~28면.
42) 최명익, 위의 글, 127~128면.

는데, 이는 바로 「무성격자」에서 정일과 문주의 관계를 통해서 명백히 드러난다. 정일[43]은 문주와 자신의 생활과 패잔한 자기의 영상을 눈앞에 떠올릴 때면 자연히 눈살을 찌푸리게 되면서도 퇴폐적 도취가 그리워 문주를 찾아가는 아편중독자이다. 교문을 나서자 어느덧 그의 발걸음은 문주의 처소를 향해 가는데 이는 바로 문주로 표상되는 '죽음의 이미지'를 좇아가는 것이다. 이들의 관계에서 정일이 처음 문주에게 이끌린 것도 그녀에게 드리워진 '죽음'의 그림자 때문이었으며 이들이 관계를 지속시킬 수 있었던 것 또한 서로를 통해 '죽음'을 확인할 수 있었기 때문이었다. 즉, "같이 죽어달라고 조르면 언제든 들어줄 것 같아서 좋다"는 문주의 말이 정일을 감격시켰던 것이다. 정일은 교양 없고 퇴폐적인 문주의 히스테리로 이끌리는 자신의 생활을 "외따른 맑은 물에서 헤엄칠 수 없게 된 고기가 잘 뜬다는 사해(死海)로 찾아가는"[44] 일종의 자학 행위로 인식하면서, 동시에 문주와의 관계를 통하여 자신의 의식 속에 내재된 죽음에 대한 욕구를 확인할 수 있었던 것이다.

그런데, 「무성격자」에서 정일과 문주의 데카당스적인 관계에서 보듯이, 최명익과 허준의 작품에서는 지식인과 창부(또는 기생, 마담)의 관계, 나아가서는 그들이 부부로 맺어지기까지 하는 현상이 자주 등장하는데 이것 또한 '죽음'의 이미지와 무관하지 않다. 즉 이러한 관계는 '문명사의 한 전환점을 목격하고 있다는 느낌에서 비롯'되는 "몰락의 도취경"[45]으로 해석될 수 있다. 데카당스라는 것이 무엇보다도 문화의 위기와 몰락이라는 느낌, 즉 흥망성쇠라는 한 생명 과정의 종말에 서 있으며 한 문명의 해체에 직면해 있다는 의식을 포함한다[46]고 할 때, 이는 '죽음'

중43) 최명익, 「궁금한 그들의 소식—작중인물지」, 『조광』, 1940.12, 240면. 작가는 정일에 대해서, 허무감에 사로잡힌 인생 낙오생이자, 한 시대의 병리학적 현상의 누형을 창조하기 위해 형상화한 인물이라고 밝혀 놓았다.

44) 최명익, 「장삼이사」, 『북으로 간 작가선집』, 을유문화사, 1988, 34면.

45) Arnold Hauser, 백낙청·염무웅 공역, 『문학과 예술의 사회사—현대편』, 창작과비평사, 1991, 187면.

에 대한 갈망과 관련되어 있는 것이다. 다시 말해서, 데카당스한 것에의 도취에는 삶의 불안과 '어디로 향할지 모르는 막연한 전율'에서 비롯된 파괴와 자기 파괴의 쾌락이 내재되어 있다고 할 수 있다. 「무성격자」에 등장하는 아편중독자 정일과 티룸의 마담 문주의 데카당스적인 관계뿐만 아니라, 정일과 어느 창부의 관계, 그리고 「심문」의 명일과 다방 마담 여옥의 관계, 「탁류」의 철과 과거에 창부였던 아내 순이의 관계 등이 그러하다.

　　마침내 정일이는 어느 집 문으로 들어가서 가장 살찐 육체를 골라 샀다. 방안에 쓰러진 듯이 몸을 던진 정일이는 자기의 신음 소리를 들었다. 그는 몇 번 더 그 신음소리를 내어보았다. 어디 편찮으세요? 하는 계집의 말에 '음'하고 눈을 감았다. 눈을 감은 정일이는 문주의 약한 몸을 아끼는가? 혹시 문주의 병독 있는 입김을 꺼리는가? 이렇게 중얼거리듯이 생각하는 그는 찬 비에 내장으로 쫓겨들었던 술기운이 다시 전신으로 퍼지는 듯 흥분을 느끼었다. 문주의 손톱을 다스려줄 때에 자기 뺨에 서리는 그 병독 있는 호흡이 아니면 문주의 눈이 그렇게 낭랑할 리 없고 포갠 그 입술이 그렇게 애연할 리 없고 그 마음이 그렇게 맑고 그 감정의 흐름이 그렇게 선율적일 리가 없고 그 직감력이 그렇게 예민할 리 없고 …… 이렇게 연달아 중얼거려지는 자기 생각에 눈앞에 나타나는 문주를 보는 정일이는 사람다운 체온이 있을 것 같지 않은 문주의 몸에서 결핵균의 시독(屍毒)인 신열일지도 모를, 오히려 뜨거운 정을 느끼었던 것을 생각하며 옆에 누운 살찐 육체를 만지고 있는 사이에 그 춘화의 히로인은 코를 골기 시작하였다. 그 콧소리에 오히려 마음이 놓이는 듯하여 정일이는 노파를 불러서 짧은 시간을 긴 밤으로 늘이는 돈을 더 치르고 그 살찐 육체 옆에 가지런히 자기 몸을 뉘었다. 정일이는 문주! 하고 부르는 문주의 이름에서 어떤 미각을 맛보듯이 입속으로 부르며 이름 모를 육체 위에 걸친 자기 팔이 탄력있는 그 폐의 파동에 따라 오르내리는 것을 보고 있는 눈에 한없이 풍만하여 보이는 그 젖가슴은 육의 광장이라는 생각을 일으키었다. 여기에는 프리즘으로 비쳐보듯이 자기 마음을 분석하는 문주의 그것 같은 눈도 육감도 없는 곳이라는 생각에 안심되

---

46) Arnold Hauser, 백낙청·염무웅 공역, 위의 책, 187면.

는 듯한 정일이는 어느덧 잠이 들었던 것이다.[47]

나는 간혹 출입하던 어느 다방의 새 마담으로 여옥이를 알게 되었고 (…중략…) 침실의 여옥이는 전신 불덩어리의 정열과 그러면서도 난숙한 기교를 갖춘 창부였고 낮에는 교양인인 듯 영롱한 그 눈이 차게 빛나고 현숙한 주부인 양 단정한 입술은 늘 침묵하였다.[48]

그래서 만나기도 처음이요, 보기도 처음인 덩실덩실 벌레와 같이 딩구는 울분한 늙은 창부 무릎 위에 몸과 마음과 돈과 아쉬운 것 없이 다 맡기고, 나를 건져 달라고 하던 그것이, 그것이 동시에 내 결혼을 의미하였던 것이 아니냐. 그리고 또한 지금의 내 존재를 신속하게 하는 인생의 첫 고리가 되기도 하던 것이다. "왜 무엇을 건지라고 하시오" "내가 왜 있는지 모르는 슬픔의 탓으로 내가 무엇을 할 것 없는 허무에서다."[49]

창부와의 관계가 자주 나타나는 것은 데카당트한 이미지를 좇는, 그리고 때로는 그를 동정하고 이해하는 성격에서 기인하는 것으로, 무엇보다도 부르조아사회 및 부르조아적 가정에 기초를 둔 도덕에 대한 저항을 표현한다. 창부는 한편으로, 부패한 자본주의사회의 필연적 산물이기도 하지만, 다른 한편으로는 뿌리뽑힌 자요 사회에서 쫓겨난 자이며, 사랑의 제도적·부르조아적 형태에 반항할 뿐 아니라 사랑의 '자연적'인 정신적 형태에 대해서도 반항하는 반역아들이다. 그들은 감정의 도덕적·사회적 조직을 파괴할뿐더러 감정의 근거 자체를 파괴하기까지 한다. 또한 창부는 격정의 와중에서도 자기가 도발시킨 쾌락의 초연한 관객으로 냉정하게 남아 있으며, 남들이 황홀해서 도취에 빠져 있을 때조

---

47) 최명익, 「장삼이사」, 『북으로 간 작가선집』, 을유문화사, 1988, 43면.
48) 최명익, 위의 글, 121면.
49) 허준, 「탁류」, 『북으로 간 작가선집』, 을유문화사, 1988, 123면.
　　허준 작품의 이러한 분위기는 그의 수필에서도 확인된다. "문학은 허무다. 그러나 문학에는 완성된 허무라는 것이 없이 오직 모색과 혼탁이 있을 뿐이다."(「나의 문학전」, 『조선일보』, 1935.8.2~4)

차도 고독과 냉담을 즐기는 인물이다. 그들은 자기들이 어떻게 몸을 팔고 비밀을 팔아 넘기는지를 알고 있는 것이다.[50] 따라서 이러한 '창부와의 연대감'의 형상화는 사회로부터 소외된 인간의 극단적인 삶의 모습을 드러내는 방식이라 할 수 있다.

또한 이재선 교수의 지적처럼, 최명익의 문학은 우울과 권태, 퇴폐와 타락 및 정신병리학적인 징후, 그리고 죽음 등을 주요 목록으로 갖고 있는 세계이다. 그리고 작가는 이러한 과정에서 다양한 삶을 형상화하기 위하여 온갖 동물적 이미지를 동원하고 있다. 그 구체적인 예로서 옴두꺼비의 동면, 독사의 송곳 같은 냉혹, 사해에 뜨는 물고기, 죽음의 음습함을 담은 박쥐의 날개, 청개구리 뱃가죽, 마른 지렁이, 성낸 소, 문어의 흡반, 뱀의 시체 등을 나열하고 있는데, 이러한 섬뜩하고 낯선 비유를 많이 구사하는 것은 바로, 특정 상황에서의 동물적 충동성에 대한 냉소와 자조의 의식을 드러내기 위한 것이라고 해석된다.[51] 그의 문학은 이러한 어두운 분위기 속에서 지식인들의 우울과 염세의 징후를 제시하는 데에 집중되어 있는 것이다.[52]

이렇듯 작품의 초반부터 자주 등장하는 '죽음'의 분위기는 인물의 죽음이라는 현실적인 사건으로까지 나아가게 된다. 즉 「야한기」에서 은실 어머니의 죽음, 「습작실에서」에서 노인의 죽음, 「비오는 길」에서 칠성의 죽음, 「무성격자」에서 문주와 정일 아버지의 죽음, 「심문」에서 여옥의 자살 등이 그것이다.

이상에서 확인된 바와 같이 작품에 등장하는 다양한 '어둠'과 '죽음'

---

50) Arnold Hauser, 백낙청 · 염무웅 공역, 『문학과 예술의 사회사―현대편』, 창작과비평사, 1991, 188~189면 참조.

51) 이재선, 『한국현대소설사』, 홍성사, 1979, 482면.

52) 조남현, 「어둠의 시대와 삶의 빛」, 『우리소설의 판과 틀』, 서울대 출판부, 1991, 25면. 저자는 최명익 소설에 나타난 동물적 상징성들을 '동물 현상에의 탁의'라는 용어로 설명하고 있는데 이는 무력감 · 절망감 · 소외감에 휩싸인 채 하루하루 죽지 못해 사는 지식인들의 모습을 더욱 구체적이고 충격적으로 보여 주기 위한 것이며, 최명익 특유의 내면회귀 성향과 심리주의가 가져다 준 부산물이라고 설명하고 있다.

의 이미지는 결국 현실에 대한 '죽음의 알레고리'로 나타나는데, 이는 바로 '예술적 부정성'의 한 극단적 방식이라고 할 수 있다. 인간의 욕망이 현실세계에서 타협점을 찾지 못할 때 인간에게 죽음을 향한 충동이 일게 되듯이, 이들에게 있어서도 절망적인 현실 속에서 욕망을 충족시킬 수 있는 궁극적이면서도 유일한 방식은 '죽음'뿐이었던 것이다. 말하자면 "삶의 내용으로서 아직도 남은 것은, 다만 아무것도 생동하는 것이 없다는 사실일 뿐"[53]임을 자각한 이들에게 있어서 삶이란 '죽음'의 의미로서만 가능해지는 것이다.

아도르노에 의하면, 현대 예술이 아직도 취할 수 있는 가장 단호한 태도는 '죽음'에 다가가는 것이다.[54] 외부세계의 타락이 인간에게 죽음을 강제할 정도에까지 이르게 되면, 인간은 죽음을 강제하는 것에 자신을 비슷하게 만드는 방법 외에는 그 어떤 다른 선택을 할 수 없다. 따라서 문학이 현실에 대한 단순한 위안이나 무기력함의 표상을 넘어서고자 한다면 그것은 현실의 가장 극단적이고도 어두운 상태에 동화되어야 하는 것이다.

다시 말해서, 현대의 예술작품은 죽음의 원칙인 물화에 미메시스적[55]으로 따르게 되어 있으며 이로부터 도피하는 것은 예술에 있어서의 환상적 계기에 불과할 뿐이다. 즉 주문을 외워 두려운 것을 쫓아버리는 것과 마찬가지로, 파멸과 죽음을 형상화하는 것은 그러한 파멸과 죽음을 강제

---

53) Theodor W. Adorno, *Noten zur Literatur, Gesammelte Schriften 2*, Frankfurt am Main : Suhrkamp, 1974, p.215.

54) Theodor W. Adorno, Ibid., p.214.

55) 여기에서 전통적인 미메시스 개념은 변형된 형태로 등장한다. 전통적으로 미메시스가 어떤 본원적인 것 또는 현실에 대한 맹목적인 모방이었다면, 아도르노에게 있어 정신은 미메시스에 의해 현실에 대한 역사적인 태도를 표명하게 된다. 정신은 자신과는 다른 현실에 아무런 미련 없이 동화되고 구체적인 것들 앞에서 현실이 갖는 제압에의 욕구를 그대로 드러낸다. 그런 점에서 아도르노의 미메시스 개념은 루카치의 반영론과 대립되는데 현대 예술에 있어 미메시스는 이미지를 인식으로 대체하고 폭로가 아니라 은폐를 추구하는 것이다. 방대원, 「예술의 부정성─아도르노의 소재 개념」, 서울대 석사논문, 1985, 41~42면 참조.

하는 힘을 약화시키려는 것이다. 그 결과 새로운 예술은, 현실적인 인간 관계가 그러하듯이, 추상적이며 또한 죽음과 유사할 수밖에 없다. 따라서 최명익의 작품을 지배하고 있는 '죽음'과 '어둠'의 이미지는, 1930년대라는 야만적인 현실 즉 거대한 파시즘의 지배 아래 존재하는 세계가 바로 '죽음'의 형상을 띠고 있다는 사실에 대한 미메시스라 할 수 있다.

> 미메시스적인 행위는 이러한 파멸의 절대적인 부정성을 통하여 말로 표현할 수 없는 것, 즉 유토피아를 말하게 된다. 새로운 예술에 등장하는 모든 혐오스럽고 무시무시한 것들은 모두 그러한 형상 주위에 모인다. 새로운 예술은 화해의 가상을 단호히 거부함으로써, 화해되지 않은 것 가운데에서 화해를 견지한다. 이는 유토피아의 현실적 가능성, 즉 생산력의 수준에 비추어 볼 때 지구가 지금 이 자리에서 당장 유토피아가 될 수 있는 가능성이, 다른 극단에서는 총체적인 파멸의 가능성과 결합하고 있는 이 시대의 올바른 의식이다.[56]

한편, 이러한 문학의 미메시스적 행위는 역설적이게도 '유토피아적' 요인을 지니고 있다. 그런데 실제로 이들 최명익과 허준의 작품에서는 전망의 구현이나 유토피아와 같은 것은 더 이상 가능하지 않은 것으로 보인다. 오히려 그것을 '죽음'과 '어둠'의 분위기가 대신하고 있는 것이다. 그렇지만 다른 한편으로 작품 내부에는, 아직 존재할 수 없는 유토피아가 숙명처럼 내재하고 있다. 이러한 역설은, 작품 속에 미메시스적으로 존재하는 '파멸'이라는 것이 하나의 형상이면서도, 또한 단순한 묘사가 아니라 그 시대의 잠재력에 대한 암호임을 생각할 때 그 의미가 더욱 분명해질 것이다.

아직 실현되지 않은 욕망은 아직 실현되지 않은 것으로서만 기존 문화에의 편입을 면할 수 있고 또 영원히 지연됨으로써만 참된 유토피아적 힘을 드러내게 되는 것이다. 따라서 예술은 아무리 매개되어 있을지

---

56) Theodor W. Adorno, 홍승용 역, 『미학이론』, 문학과지성사, 1984, 62면.

라도 현실에 저항하는 것이 될 수 있다. 이러한 의미에서 바로 '죽음'과 '어둠'의 이미지로 형상화되는 예술적 부정성은 끊임없는 파국으로 점철되어 있는 현실에 대한 예술의 긴장 관계를 보여주는 중요한 원리라 할 수 있다.

2. 불구적 인물을 통한 몰락의 형상

최명익은 전망이 부재한 현실에서 연유하는 답답함과 그것 때문에 절망하고 의지력을 잃어버린 지식인의 고뇌를 주로 형상화하고 있는데, 이 지식인들은 사회적으로 무용한 존재로 인식되고 있을 뿐 아니라 사회적 역할을 스스로 거부한다는 점에서 공통점을 지닌다. "일제식민지 치하에서 한국 지식인들이 비판 행위와 사상의 창조, 전달, 적용 행위를 중심으로 한 본래적 소임을 제대로 행사할 수 없었을 뿐만 아니라 당시 대다수 한국 지식인들이 전문교육을 받은 데 대한 보상을 제대로 받을 수 없었다는 사실은 식민지 치하에서의 한국 지식인들이 물질적, 정신적 양면에서 소외당하고 있었음을 일러주는 것이다"[57]라는 지적에서 알 수 있듯이, 최명익과 허준의 소설에 등장하는 지식인 주인공들은 일제 말기의 지식인들이 지녔던 공통된 운명을 보여주는 것이라 할 수 있다.

당대(일제의 식민지통치하—인용자) 한국 작가들은 지식인의 삶을 소재로 한 경우 대체로 그 주인공이 지식인으로서의 본래의 역할을 행사하지 못한 채 물질적, 정신적 양면에서 매우 어려운 삶을 유지해 간다는 플롯을 보여주는 단계에 머물고 있다. (…중략…) 식민통치는 지식인을 소재로 한 소설이 지식인으로

---

57) 조남현, 『한국지식인소설연구』, 일지사, 1984, 236면.

서의 주인공이 본래의 몫을 행사하는, 다시 말해서 지식인이 당대 사회를 분석하고 비판하는 그런 소설 양식으로 구체화할 수 있는 분위기를 근본적으로 허용치 않았지만 당대의 한국작가들은 위의(비참하고, 어둡고, 막막한 – 인용자) 색조 혹은 분위기를 작품의 밑바닥에 깔아놓음으로써 어느 정도 작가로서의 소명을 수행해 나갈 수 있었던 것으로 평가된다.[58]

니체와 도스토예프스키에 대한 상당한 독서편력을 갖고 있는 「비오는 길」의 병일이는 고학을 통해서나마 높은 수준의 교육을 받았고, 한때 도서관에 드나들며 독서하는 일에 심취해 있기도 했지만, 현재는 작은 사무실에 고용되어 "사무실 마루를 쓸고 훔치고, 손님에게 차와 점심 그릇을 나르고, 수십 장의 편지를 쓰고, 장부를 정리하는 등 소사와 급사와 서사의 일을 한 몸으로 치르는" 단순하지만 고된 육체노동에 시달리고 있다. 게다가 취직한 지 2년이나 되도록 신원 보증인을 구하지 못하여 사무실 주인에게 항상 인격적인 모욕을 감수하며 살고 있다.

「무성격자」의 정일[59]은 불과 3~4년 전까지만 하더라도 패기에 넘치는 대학시절을 보냈으나 그 후 2~3년 동안 교사 노릇을 하면서는 단지 그 지나간 학생시절을 감상적으로 추억할 뿐이다. 나이 30에 어머니에게 응석을 피우다시피 하여 타내는 떳떳치 못한 돈으로 퇴폐적인 생활을 하는 지금, 과거의 자존심은 남아 있을 리가 없다. 나태한 생활이 계속되면서 이제는 몸까지 비대해진 그에게 남은 것은 무기력뿐이고, 장래를 걱정하고 설계할 만한 기력조차 없어졌다. 그럼에도 불구하고 그는 계속

---

58) 조남현, 위의 책, 9면.
59) 작가 최명익은 「궁금한 그들의 소식 – 작중인물지」(『조광』 62, 1940.12, 238~240면)에서 정일과 문주에 대한 자신의 생각을 다음과 같이 피력한 바 있다. "정일의 처지와 심경을 좀더 잘 알게 된다면 그는 동정하게 될 것이다. 그런 동정은 정일이 일개인에 대한 것은 물론 아니고 한 시대의 병리학적 현상의 한 누형으로서의 동정이다. (…중략…) 오직 양(孃)은 같이 죽자면 의례이 죽어줄 정일이를 애인 연인으로보다는 앙징스런 모성애로 어여비 역어온 탓일 것이다. 사실 정일이는 퇴폐적 젖이 흐르고 절망으로 냉각한 문주의 품 속을 퇴폐적 향수의 고향으로 기어들었던 것이다. 그런 관계로 보아 양은 확실히 연장자로 그보다 정일의 어머니였다."

해서 술을 먹어대는데, "권태를 잊기 위한 술이라든가 취하여서라도 잊
어야 할 우울이라든가 하여 자기가 마시는 술을 변호하기보다는 이러한
권태와 우울이 오히려 술에 목마른 현상인 듯이 생각되어 어느덧 알코
올 중독자가"[60] 되어 버린 것이다.

> 그래서 술잔을 들 때마다 조금 먹고 말리라고 시작하는 것이지만 종시 취하
> 고 마는 것이다. 취하였던 이튿날 겨우 일과를 치르고 나서는 혼탁한 머리와
> 떨리는 다리로 번잡한 거리를 망령과 같이 방황하는 것이었다. 방황하던 거리
> 에 혹시 서점으로 들어가기도 한다. 그것은 학생생활의 습관 중에 오직 남은
> 한 가지일 것이다. 그러나 지금의 그 습관, 회고적 감상으로 물들여진 것이다.
> 연구와 체계와 독서의 플랜을 흐트려버린 지 오랜 지금은 전과 같이 어떤 필요
> 한 책을 찾으러 가는 것이 아니었다. 그저 막연히 들어선 시선은 높고 넓은 서
> 가에 비죽이 들어찬 책 뒷등에 클래식한 명조체의 활자와 금시에 혹시 그전에
> 존경하고 사랑하던 반가운 사람의 신장(新裝)한 전집이 보이면 한때 매혹하였
> 던 계집의 체온 같은 감각적 회상을 느끼기도 하였다. 혹시 전에 본 문헌에서
> 저자의 이름만을 기억하던 신간을 뽑아들고 목차를 내려보기도 하였으나 자기
> 와 그 책 사이를 이어가기에는 너무나 큰 미싱 링크가 있음을 발견할 뿐이었다.
> 그 책을 다시 제자리에 채우고 서가를 쳐다볼 때에는 술에 부른 지방 덩어리인
> 몸으로 아무리 부딪쳐도 도저히 무너뜨릴 수 없는 장벽을 대한 듯이 답답함을
> 느끼었다.[61]

정일은 불과 3~4년 전의 패기에 넘친 학생시절을 감상적으로 추억하
기에는 아직 자존심이 선뜻 허락지 않으면서도, 최근 2~3년 간의 생활
과 문주와의 관계를 생각하면 이미 자존심이란 것도 날아가 버린 맥고모
같이 썩을 대로 썩었음을 솔직하게 인정하지 않을 수 없었다. 최명익 소
설에서 중요한 부분을 차지하는 지식인의 형상이 주로 그렇듯이, 자신의
행위의 목적을 망각한 채, 자포자기한 삶을 살아가고 있는 「무성격자」의

---

60) 최명익, 「장삼이사」, 『북으로 간 작가선집』, 을유문화사, 1988, 32면.
61) 최명익, 위의 글, 32~33면.

정일도 역시 사회적으로 무용지물이 되어 버린 지식인일 뿐이다. 또한 문주는 어떠한가? 정일의 친구의 사촌동생인 그녀는 한때 '의학을 전공하다 무용 예술로 일대 비약을 이룬' 소녀였지만 그 후 3년이 지난 지금은 티룸 알리사의 마담으로, 그리고 '교양 없이 데카당(퇴폐적)인' 히스테리밖에 남은 것이 없는 정신분열증 환자로 전락하고 말았다.

이밖에도 당대 지식인들의 삶과 내면풍경을 목격할 수 있는데, 할 일 없는 시간을 보내기 위해 밤늦도록 티룸에 앉아 무료하게 소일하고 있는 젊은이들의 모습을 통해서이다.

> 희미한 전등에 벽에 그려진 바위 같은 자기네의 그림자 밑에 앉아서 턱을 고인 손끝에서 피어오르는 담배 연기를 바라보며 하품으로 시간을 보내는 젊은이들의 우울한 포즈 (…후략…)[62]

「폐어인」의 현일은, 홀어머니의 지극한 뒷바라지 덕분에 학업을 무사히 마치고 보통학교 훈도가 되었다. 훈도생활 근 10년 만에, 교육자라는 특전으로 입학할 수 있는 대학 철학과에 선과생으로 들어갔을 때, 이미 현일의 나이는 서른이 가까웠다. 3년 후에 대학을 나와 학교에서 시간강사로 수신을 가르치게 되었고 그 이듬해에는 훈도 시절 때부터 10여 년간 독학으로 공부하여 영어 교사자격 검정시험을 치러 둔 덕분에 그는 M학교의 전임교원이 될 수 있었다. 일단 교단에 서면 수신은 열정과 신념의 시간이었고 영어는 긍지와 자신감이 넘치는 시간이었던 만큼, 현일은 교사로서의 자부심을 지니고 교육이 곧 자신의 천직이거니 생각했었다.

하지만 지금의 현일은 어떠한가? 그는 단지 "경험도 자본도 건강도 없는 사람이니 다른 무엇을 할 수 없어서 어쩔 수 없이"[63] 교직에 매달려 있는 것이다. 본래 자신이 처해 있는 시대와 사회의 문제에 근본적인

---

62) 최명익, 위의 글, 32면.
63) 최명익, 「폐어인」, 『조선일보』, 1939.2.16.

관심을 갖고 민감하게 반응을 하는 계층[64]의 한 사람인 현일은, "세상의 분위기가, 그리고 절박한 현실이 인텔렉트를 버리고 직업도 바꾸라고 강요"하는 현실에서 "한 사회인으로 무엇을 해 보겠다는 희망도 야심도 잃어버린 채, 모든 것이 귀찮아지고 세상이 어둡고 인생을 저주하고 싶은" 절망스럽고 비관적인 상황에 직면해 있다. 그리고 이제는 "반신 물에 잠그고 반신 바람에 불리면서도 두 가지 호흡의 기능을 다 잃고 죽어가는" 폐어(肺魚)의 신세가 되어 목전에 다가온 죽음을 내다볼 수밖에 없는 처지가 되었다. 이렇듯 절망조차 남지 않은 현일의 모습은 당대의 지식인들이 자신의 신념을 지켜나간다는 것이 얼마나 어려운 일인지, 나아가 이것이 당시 지식인들의 공통된 운명이었음을 뚜렷하게 보여주고 있다.

「역설」의 문일은 '일찍이 문단의 대가이던 영문학자'였지만 지금은 문학과는 무관하게 살고 있고 문단을 떠난 지도 이미 오래된, 그저 평범한 교원일 뿐이다. 그는 부와 명성을 얻기 위해 교장 자리를 탐하는 K씨를 경멸하면서도, 그러는 자신 또한 아무런 책임감도 가질 줄 모르고 오히려 보잘것없는 자기의 긍지를 만족시키면서 살아가고 있다. 문일은 이전 교장이 별세한 이래 아직 후임이 없는 동교의 교장 후보자 중에서 자신이 가장 유력하다는 신문기사를 보고는 그것이 비록 '고십파들의 껌'에 불과하더라도 이런 풍설을 자신의 인망의 덕이라고 생각하고 스스로 긍지를 느껴보는 것이다. 말하자면 자기의 자존심과 결벽증은 어느덧 세속에 더럽혀져서 고십파들이 씹다 버린 껌과 같은 '인망'이라고 생각하면서도 그것을 슬며시 집어서 씹어보는 것으로 굶주린 긍지를 만족시켜 보려고 하는 것이다. 그리고는 S씨같이 배후의 추천자도 없고 K씨같이 내세울 조건이나 활동력이 없어서 풍설에 그치고 마는 자신의 '인망'을 아깝게 여기고 있다. 그는 단지 기생 계향과의 탱고 춤에 열중할

---

64) 조남현, 『한국지식인소설연구』, 일지사, 1984, 8~9면.

뿐 교장 선출과 관련해서 매우 소극적인 자세로 일관하고 있다.

「심문」의 명일은 3년 전에 상처(喪妻)를 하고 가족이라고는 중학생인 딸 경옥이가 있을 뿐이다. 도화 선생이었던 그는 상처 후 직장마저 그만둔 후 팔리지도 않는 그림을 간혹 그리면서 무명 화가로서 살아가고 있다. 재취할 생각도 없고 삶에 대한 모든 의욕도 상실한 그는, 직업과 주소도 없이, 남아도는 시간을 방랑·방탕·술·늦잠·계집 등 퇴폐적인 행위로 소일하고 있어, 한마디로 무위도식자나 다름이 없다.

또 현혁(현일영)은 한때 젊은 투사로서 좌파 이론의 헤게모니를 잡았던, 지하운동의 명망 있는 활동가였지만 지금은 아편중독자가 된 낙오자이다. 그는 겨우 모르핀 연기에 의지하여 지나간 추억의 꿈을 먹고 사는 사람에 불과하다. "반성에는 지쳤고, 자책에는 양심이랄 게, 이성이 마비되고 말았지만, 옛날 자신의 명성을 더 히로익하게 꾸미고, 그리 풍부하달 수도 없는 로맨스를 연문학적으로 과장해서 씹어가며, 호수 같은 시간 위에 떠도는",65) 그야말로 이 시대의 타락한 전향자의 전형인 것이다. 단지 현재의 그를 지탱해 주는 것은, 자신이 좌익활동으로 투옥되어 있는 동안 떨어져 있었던 여옥이, 이미 과거의 것이 된 현혁의 패기와 의지력에 이끌려 되돌아 왔다는 자부심, 게다가 그러한 사실로 인해 자신의 기억을 더 찬란하게 만들고 그것을 행복으로 느끼는 자기 도취의 심정이다.

> 물론 아편을 먹는 이유랄 것도 없는 것은 아닙니다. 신병, 빈곤, 고독, 절망, 자포자기, 이런 이유랄까 ―. 핑계랄까 ―. 아마 그 중에 제일 큰 이유나 동기랄 것은 '자포자기'겠지요. 신병, 빈곤, 고독, 절망, 이런 순서로 꼽아내려가다가 흔히들 '자포자기'하는 것이지만, 반드시 이런 것은 아니라고 나는 생각합니다. (…중략…) 비록 신병이 있고 빈곤하더라도, 시작을 않았으면 그만일 아편을 자포자기로 시작했지요. 그래서 지금은 아주 건질 수 없는 말기 중독자가 되고

---

65) 최명익, 「장삼이사」, 『북으로 간 작가선집』, 을유문화사, 1988, 143면.

말았죠. 말하자면 아무런 시대나 환경이라도, 사람을 타락시킬 힘은 없다고 봅니다. 그 반대로 타락하는 사람은 어떤 시대나 환경에서든지 저 스스로 타락하고야 말, 성격적 결함이 있는 것입니다. 그래서 나는 내 환경을 저주하거나 주제넘게 시대를 원망할 이유도 용기도 없습니다. 오직 내 약한, 자포자기하게 된 내 성격을 저주하는 것뿐입니다.[66]

현혁이 청년투사였던 시절부터 그의 연인을 자처하였던 여옥이 또한 그러한 지식인의 형상으로부터 벗어나 있지 않다. 그녀는 한때 동경 유학을 다녀온 문학소녀였으나 지금은 하얼빈의 초라한 여급이자 카바레의 댄서로 전락하여 현혁에게 아편 먹일 돈을 벌어다 주는 처지가 되었다. 게다가 그녀 자신도 현혁의 강요에 못 이겨 지독한 아편중독자가 되고 말았다.

한편, 최명익의 소설에 등장하는 주요 인물들은 주로 사색적이고 독서를 좋아하며, 그렇지 않으면 내성적인 성격을 지니고 있거나 거의가 심한 자의식에 시달리고 있다. 최명익의 작중인물들이 나타내는 자의식의 분열이 바로 현실에 대한 "지식인의 절망과 불안과 무기력에서 비롯"되었다는 것은 일찍이 지적된 바 있다.

최명익 단편집 『장삼이사』를 통독하고 첫째로 느낀 것은 작자 최명익 씨가 퍽 불행한 사람이라는 것이었다. 그리고 이 불행은 지식인의 운명적인 불행을 통한 인간의 자의식의 비극이라는 데 나의 흥미는 더욱 집중되었던 것이다. 일찍 최명익 씨의 작품이 일부 지식층에 특별한 애정과 호의를 받아 온 것도 씨의 모든 작품이 가지고 있는 지식인의 절망과 불안과 무기력에 대한 지식인의 동병상련적인 자위에 원인될 것이 아닌가 생각되는 것이다. 그만큼 씨가 즐겨 취급하는 인물은 지식층의 생활과 사상에 대해서였다.[67]

---

66) 최명익, 「장삼이사」, 『북으로 간 작가선집』, 을유문화사, 1988, 142~143면.
67) 조연현, 「자의식의 비극―〈장삼이사〉를 통해 본 최명익」, 『문학과 사상』, 세계문학사, 1949, 107~108면.

이들은 대부분 어딘가 병이 들어 있거나 정신적인 분열에 시달리고 있다.[68] 먼저 「비오는 길」의 병일은 각기병으로 고생할 뿐만 아니라 매일 밤 불합리한 망상에 시달리는 등 극도의 신경분열 증세로 고통 받고 있다.

> 어느 날 방엔가 늦도록 「백치」를 읽다가 잠이 들었을 때에 도스토예프스키가 속궁군 기침을 깃던 끝에 혈담을 뱉는 꿈을 꾸었다. 침과 혈담의 비말을 수염 끝에 묻힌 채 그는 혼몽해져서 의자에 기대고 눈을 감았다. 그의 검은 눈자위와 우므러진 뺨과 검은 정맥이 늘어선, 벗어진 이마 위에 솟은 땀방울을 보고 그의 기진한 숨소리를 들으며 눈을 떴었다. 그때에 방안에는 4시를 치려는 목종의 기름 마른 기계 소리만이 섞여 들릴 뿐이었다. 이렇게 잠을 잃은 병일이는 「백치」권두에 있는 작자의 전기를 다시 한번 훑어보았다. 전기에는 역시 병일이가 기억하고 있는 대로 이 문호의 숙환으로 간질의 기록만이 있을 뿐이었다. 도스토예프스키의 동양인 같은 수염에 맺혔던 혈담은 어릴 적 기억에 남아 있는 자기 아버지의 죽음의 연상으로 생기는 환상이라고 생각하였다.
> 근자에 병일이는 사무실에서 장부 정리를 할 때에도 혹시, 후원에서 성난 소와 같이 거닐고 있던 니체가 푸른 이끼 돋힌 바위를 안고 이마를 부딪치는 것을 상상하고 작은 신음 소리가 나오려는 것을 깨닫고는 몸서리를 치기도 하였다.[69]

권태나 우울을 잊기 위해 술을 마시는 정도가 아니라, 이제는 아예 무절제와 방탕에 빠져 알콜 중독자로 전락해 버린 「무성격자」의 정일, 자아분열적인 히스테리와 죽음에 대한 강박관념에 시달리는 폐병환자 문주, 정일 아버지의 서사 노릇을 하면서 차차 신임을 받아 결국 애꾸눈인 정일의 누이동생과 정략결혼을 한 용팔, 직장을 잃으면서 비롯된 불안의식과 결벽증, 폐결핵에 시달리는 「폐어인」의 현일과 도영, 생활에 대한

68) 전영태, 「최명익론─자의식의 갈등과 그 해결의 양상」, 『선청어문』, 서울대 국어교육과, 1979.11, 101면.
69) 최명익, 위의 글, 101면.

일체의 의욕을 상실하고 산책과 명상 등으로 소일하는 「역설」의 문일, 그리고 어두운 단칸방에서 4년째 조금도 쉬지 않고 시계추와 같이 몸을 좌우로 흔들고 있는 상동병자인 계향의 아버지와 오빠, '한때 좌익 이론의 헤게모니를 잡았던 젊은 투사이자 지하운동의 활동가'였으나 지금은 아편중독자로 전락하여 자신에 대한 극도의 모멸감에 시달리는 「심문」의 현혁, 동경 유학을 다녀온 엘리트 여성으로 과거에 현혁의 애인이었지만 이제는 하얼빈 다방의 초라한 여급이자 카바레 댄서로 전락한 아편중독자 여옥 등은 육체나 정신의 어딘가를 심하게 앓고 있는 불완전한 인물들이다. 이들은 병일 · 정일 · 문일 · 명일 · 현일과 같은 명명법(appellation)에서도 알 수 있듯이, 서로 유사한 의식과 삶의 방식을 지니고 살아가고 있다.

이러한 불구적인 인물들이 조금씩 변주된 모습으로 반복해서 등장하는 것은, 항상 동일한 것의 반복이 지배의 원리로서 전면에 나타나는 자본주의사회와, 무미건조한 일상 속에서 기계와 같은 존재로 전락해 버린 인간을 형상화하려는 의도에서 비롯된 것이라 할 수 있다.[70] 이러한 인물들의 형상을 통해서 목격할 수 있는 것은 바로 무한히 전개되어 가는 사회적인 지배권력에 대한 개인의 무력감과 불안의식이다.

또한 허준 소설에 있어서도 이러한 반복된 모티프가 예외 없이 등장하는데, 「탁류」의 채숙과 그의 아버지, 그리고 「야한기」의 은실(맹인)의 비정상정 혹은 불구성(또는 열등함)이 바로 그것이다. 먼저, 채숙은 그 생각이 마치 어른을 방불케 할 정도로 조숙하지만, 또래 아이들보다 늦은 아홉 살에 학교에 들어가서도 그 학교생활에 제대로 적응을 하지 못한다. 채숙은 학교에서 선생이나 생도들을 상대하여 닥치는 대로 싸움을

---

70) 최명익, 「소설 창작에서의 나의 고심」, 『나의 인간수업, 문학수업』, 인동, 1990, 225면. 최명익이 「비오는 길」을 "일제 통치하의 암흑세계에서 고민하는 젊은 인테리의 형상을 빌어서 그 당시의 나의 심정을 토로한 작품"이라 하고, "그 후에 발표한 「무성격자」, 「역설」 등등 일련의 작품도 모두가 나약한 젊은 인테리의 고민상을 그린 것"이라 밝히고 있듯이 작자 자신이 인물의 형상화에 매우 의식적이었음을 알 수 있다.

일삼을 뿐 아니라 "한두 해는 낙제를 한 병신 같은 아이"이다. 이러한 채숙의 모습은, 자신의 현실적 삶을 받아들이지 못함으로써 집단으로부터 소외된 모습이라 할 수 있다. 그 아버지는 딸아이의 "성미가 사납다 할지 고집스럽다 할지 어찌도 괴팍스러워서 선생님도 구만 동무들도 그만 영 나분나분하지 않다"고 전하지만, 아이의 학교생활을 들어보면 그러한 부적응성과 반항적 행동이 반드시 아이의 잘못이라고 나무랄 일만은 아니었다. 이런 측면은 예컨대, 자기 반의 성적을 올리기 위해 경쟁을 하는 과정에서 아이들에게 부정 행위를 노골적으로 강요하거나 암묵적으로 용인하는 학교 선생에게 채숙이 끝까지 반발하는 것을 보아도 어렵잖게 확인된다. 바로 채숙에게서 보이는 소속된 집단과의 부조화, 그리고 더 나아가 그것에 대한 강한 거부감은 자신에게 주어지는 부정적 현실과 타협하지 않는 건강성[71]이라 할 수 있는 것이다.

처음 학교에서 아이들을 뽑을 때에 벌써 척 보고 이 아이 저 아이를 한 반에 갈라 세우고 제일 똑똑한 체해 보이는 아이를 일급, 그 다음이 이급, 삼급, 사급 매겨 놓는답니다. 그럼 그렇게 매겨 놓은 것이걸랑 시험 때라도 그대로 앉히고 보게 해야 할 것 아닙니까. 그것을 시험 때가 되면 사급에 앉은 아이들은 일급 아이들이 앉은 자리에 옮겨 앉혀서 일급 아이들 것을 보고 쓰게 하고 삼급 아이들은 이급 아이들 것을 보고 쓰게 하니, 보고 쓰라고 하는 것은 아니겠지요마는 자연 아이들이 보고 쓰게 되지 않겠읍니까. 그래 첫 번 시험 때도 선생님이 생도들에게 자리를 바꾸라고 하니까, 집년도 사급에 앉았다가 멋모르고 바꾸어 앉았답니다. 바꾸어 놓고 시험을 보노라니까 아이들이 모두들 슬금슬금 일급 아이들 것을 기웃거려 보더랍니다그려, 그러면 저도 남 하는 대로 따라 했으면 그만인 것을 애 성미가 꽤 까다로와서 그랬겠지만요, 보기는 제지하고 저 아는 것까지 안 쓰고 책상에 머리를 박고 엎으려져 있었답니다. 하니 선생이 와서 왜 안 쓰고 있느냐ㅡ고 해, 아무 말도 안 해, 하고 보니 선생으로 앉아서는ㅡ안 쓰는 거냐 못 쓰는 거냐ㅡ말이 왈라가닥불가닥 하게 되었겠지요.[72]

---

71) 채호석, 「허준론」, 『한국학보』, 1989년 가을, 134면.

채숙의 아버지는 온전하지 못한 눈으로, 가업을 이어가고 있는 갖바치이다. "한편쪽 눈을 쓰지 못하는"[73] 그는, 남과 다른 외양으로 고통받을 뿐 아니라, 학교에 적응하지 못하는 딸아이에 대한 근심으로 "넘쳐 흐르는 자기의 생각이 터져 나갈 곳 없이 어느 무거운 추에 물려 있는 듯이 매양 침울"[74]하기만 하다. 이는 바로 사회의 권력에 의하여 관리되고 또한 파멸되어 가고 있는 인간의 형상으로서, 사회를 지배하고 있는 권력과 이 권력의 거짓됨을 고발하는 미학적 장치라 할 수 있다.

이렇듯 최명익과 허준의 소설에 등장하는 인물들의 신체적 또는 정신적 불구성과 무능력함의 형상은 전체주의적인 지배체제에서의 개인의 운명, 특히 지식인의 '몰락'의 형상과 동일시될 수 있다. 우리는 이러한 인물들을 통하여 개인의 무력감을 발견하고, 나아가 동일한 인간형의 반복을 통하여 '사물화된 세계의 권력'과 '개인의 소외된 주체성'을 읽어낼 수 있다.

3. 익명성에 의한 자기 구원의 지향

허준 소설의 작중인물들에게서 특히 두드러지는 것은 '익명성'이다. 「탁류」의 철, 「야한기」의 남우언, 「습작실에서」의 남목 등 이들 주인공의 이름은 소설 속의 다른 부수적인 인물들에 비해 거의 언급되지 않으며, 심지어 「야한기」에서는 그 이름이 단 한 번 불리었을 뿐이다. 게다가 그들의 개인사나 직업도 거의 밝혀져 있지 않다. 단지 소설을 압도하

---

72) 허준, 「탁류」, 『북으로 간 작가선집』, 을유문화사, 1988, 118~119면.
73) 허준, 위의 글, 116면.
74) 허준, 위의 글, 120면.

고 있는 것은 어디서 비롯되었는지 알 수 없는 그들의 무력감과 자조뿐이다. 이러한 점은 이들 소설의 시점이 전지적 작가 시점임을 생각해 본다면 매우 특이한 현상이다. 이와 같은 인물의 익명성은 바로 인간의 본질적 동일성의 상실과 그가 맺고 있는 사회적 관계의 무의미함을 보여주는 것이라 할 수 있다.

> 현대문학에서는 개인의 익명의, 몰개성적·사회적 배경에서 나타나며, 이 세상의 어느 곳에도 분명히 속하지 않으며 어떠한 사물이나 사람과도 관계가 없는 개인으로 묘사되고 있다. 그는 완전한 이방인이며 과거도 없고 일반적으로 미래도 없는, 문학적인 표현을 빌리면 '추방인(displaced person)'이다. 그와 같이 타인과는 관계가 없고 시간적으로 한정되지 않는 인물은 카프카의 작품 속에 가장 극단적으로 묘사되어 있다. 그의 작품의 주인공은 이름도 가족도 없는 것이 특징이다. 그는 사회적으로 추방되어 있을 뿐만 아니라 시간적으로도 추방되어 있다.[75]

이러한 면모는 주요인물의 가족이 부재하다는 점과 설사 가족이 있다 하더라도 전혀 무의미한 존재라는 특징으로 드러나는데, 이는 모더니즘 소설에서 주목할 만한 익명성의 우회적 표현이라고 할 수 있다. 예컨대, 「비오는 길」의 병일은 음침한 하숙집에 혼자 기거하며, 「무성격자」의 정일은 고향에 부모님과 아내, 누이동생이 있긴 하지만 아버지에 대한 경멸감, 조강지처에 대한 역겨움, 눈빛이 잔인스러운 누이에 대한 소원함 등에서 알 수 있듯이, 그에게 있어서 가족이란 물질적인 지원자로서의 역할 외에는 별 의미가 없는 존재이다. 「폐어인」의 현일은 심한 폐결핵을 앓고 있어 아내와도 서로 가까이 할 수 없는 '삭막한 부부 관계'를 견뎌야 하며, 「역설」의 문일은 어머니·처·딸·식모가 있는 것으로 언급될 뿐, 그들과의 어떠한 관계도 전혀 드러나 있지 않다. 「심문」의 명일은 상처한 후, 남은 딸마저 기숙사로 들여보내고 자신은 일정한 주소지 없

---

75) Hans Meyerhoff, 김준오 역, 『문학과 시간 현상학』, 삼영사, 1987, 156면.

이 방랑하는 생활을 하고 있다. 또한 「탁류」의 철은 과거에 창부 노릇을 하던 순이를 우연히 찾게 된 것이 인연이 되어 그녀를 아내로 맞이했으나 결국 순이의 오해와 불신으로 그들의 결혼은 파탄을 맞게 되고, 「야한기」의 남우언도 부정한 아내 춘자와의 결혼을 파국으로 끝맺고 만다.

한편, 허준 소설의 작중인물들은 자신이 처해 있는 상황에 대해서 적극적으로 인식하려 하지 않는다. 인간의 의지로도 어쩔 수 없는 것이 현실의 운명이라고 생각하는 그들은, 사람들이 현실을 살아가면서 내리는 가치 판단에 대해서도 굳이 골몰할 필요가 없다고 여긴다. 단지 그들은 극도의 무기력감에 빠져 있어, 현실에 무관심한 채 자신의 내부로 시선을 돌리게 될 때 필연적으로 발견하게 되는 홀로 있다는 고독감을 음미하며 살아가는 것이다.[76] 그들은 사회와 그 속에 존재하는 개인의 문제, 그리고 인간이라면 부딪칠 수밖에 없는 생사를 둘러싼 수많은 문제들로부터 관심을 돌림으로써 행동의 세계에서 벗어나 지성적 사고의 범주에서 해방되고자 한다. 이는 결국 내적 자아의 지속을 가능하게 하고 사물의 참된 인상을 파악할 수 있게끔 하는 계기가 된다. 이렇듯 현실에 대한 인물들의 무기력함은 행위에의 무관심에서 비롯된 것으로[77] 어느새 '해결성 없는 지속의 버릇'이 되어 버렸다.

> 철은 별로 부끄러운 생각도 없고 번민도 분노도 일어나지 않았다. 오로지 몸이 몸덩어리만이 천 근만큼이나 피곤할 뿐이었다. 그러나 그 피곤도 그것에 따라서 일어나는 그의 나태의 정신에 비하면 아무것도 아니었다. 그 나태는 모든

---

76) 최혜실, 『한국모더니즘소설연구』, 민지사, 1992, 176면.
77) 김진성, 『베르그송 연구』, 문학과지성사, 1985, 130면. "이러한 무관심의 순간은 우리가 해야 할 어떤 절박한 행동에 구속을 받지 않을 때이며, 따라서 실리적인 지성의 활동이 둔화되어 자아의 내면과 사물의 참된 인상을 바라볼 수 있는 순간인 것이다. 따라서 프루스트의 소설에서는 적극적인 행동과 생산적인 사회 활동은 내적 자아의 세계보다 훨씬 비실재적이며 의미없는 것으로 보인다. 스페인의 현대 철학자 오르테가 가세트(O. Gasset)가 프루스트의 소설에 나타난 '나'의 삶은 식물적 삶이며 그의 문학은 '나태의 쾌락의 문학적 개척'이라고 말한 것은 바로 이 점을 지시한 것이다."

것을 응시하고, 또 따라서 모든 것을 거부하는 정신이었다.[78]

　몸이 곤하면 곤할수록 어쩐 일인지 한쪽으로 맑아가는 정신의 힘은 해결 못한 채 묻어놓은 과거의 수많은 생각—사회, 개인, 생명, 시간, 생, 사 같은 이런 어지러운 문제의 썩어진 뒷꼬리를 물고 그의 가슴을 한없이 파들어가는 것이었다.
　그리고 새삼스러이 다시 해결할 것도 없고 해결할 수 있는 것도 아니로되 그것은 또 모두가 의지라고 하는 한 큰 무덤에 입을 막아 넉넉히 고이 매장할 수가 있었던 것들이었다. 왜 그러냐 하면 대상을 가지지 아니한 의지 그것이라 하는 것도 결국은 또 무의지에 지나지 않는 것이니까. 그러면 그 의지는 왜 대상이 없었는가 대상이 없지 아니한다면 그럼 의지를 버리던 것인가. 그렇지도 아니하다 하면 그런 것에는 관계도 없는 운명에 대한 깊은 의식이 자기에게 이러한 결심을 주었던 것인가. 그렇다.[79]

　「야한기」의 남우언은 아이의 죽음을 보면서도 피로를 느낄 뿐이고, 주변의 사건들 또한 마치 그와 무관한 듯 그저 스쳐지나가 버린다. 이러한 남우언이라는 인물은 극도로 타락한 인물들 사이에서 자신의 내면을 보존해 가는 과정을 보여준다.

　자기 생활에 대하야 항상 무엇인가 도발적인 것을 보내고 항상 자기와 상대하는 위치에 서서 자기를 감시하고 있는 이 세상에 대하여 자기는 어떠한 결심이던 결심을 가졌어야 했을 것이었다. 가령 누구에게 보복할 결심이던 어디로 뭇지르고 가서 무엇을 할 결심이든 간에, 그리고 그런 것을 처음부터 전연 안 가지는 것은 아니었다.
　하지만 가지는 그 순간부터 그것은 자기자신의 존재성과 융합하여 사정없이 사념의 새 분자로 분자에로 분열하기를 시작하는 것이었다. 그리고 그여에 환류해 오는 것이라고는 이 무량한 태만과 곤비의 의식을 노코는 아무 것도 없었던 것이다. 자기가 이 세상 모든 것에 대하야 아모러한 결심도 필요로 하지 않는 그러한 뿌리 깊은 연민의 눈으로 대하는 것도 바야흐로 이러한 시간부터

---

78) 허준, 「탁류」, 『북으로 간 작가선집』, 을유문화사, 1988, 147면.
79) 허준, 위의 글, 122~123면.

이며 또 동시에 자기 자신이 무한히 비참한 존재인 것을 깨닫는 것도 이러한 때인 것이다. 그리고 이 비참한 생명이 죽어서는 안 된다는 생각을 하는 까닭도 이러한 태만과 곤비의 자세를 가지고 이 무한히 흘러가는 공간과 시간 가운데 자기의 부동하는 존재성을 정치(定置)시키려는 그리고 거기 무슨 의미를 발견하려는 그런 욕망에서인 것이 분명한 것이다.[80]

이 대목은 아내 춘자의 부정을 묵과한 주인공 남우언이 결핵을 앓다 임종 직전에 이른 성군의 병원으로 떠나는 날, 민보걸 · 민홍걸 형제의 파렴치한 간계에 빠진 장면이다. 억울하게도 은실이 어머니의 살인누명을 쓰게 된 남우언은 유치장에 갇히는 신세가 되지만, 자신의 현실적인 모욕과 피해에 맞서려 하지 않는다. 오히려 그것에 무관심하고 자신의 존재적 해명에 더 집착할 뿐이다.

「탁류」 역시 「야한기」와 마찬가지로, 그 주인공이 아내의 부도덕한 행위를 알게 되고 나서도 그녀를 경멸하거나 원망하지 않는다. 「탁류」의 철은 과거에 창부였던 아내 순이가 채숙과 소학교 여선생에 대한 철의 관계를 오해하여 질투하고 발악하는 데에 대해서도 오히려 자기 자신을 그녀보다 더 비하시킴으로써 자기 행동의 정당성을 찾으려 할 뿐이다. 그는 대신 자신의 이러한 무능력함과 나태함을 보지 못하는 순이를 "겉으로 보기에는 눈동자가 멀쩡하나 앞을 보지 못하는" 청맹과니와 같은 인간에 불과하다고 치부해 버린다. 그는 결국 순이의 곁을 떠나면서 "내가 누구를 멸시할 수가 있을 것이며 누구를 미워할 수가 있는가"라며 자신을 질책하고 그 얼굴에 '통쾌한 미소', 즉 '자기조소'[81]를 떠올린다.

> 나는 너를 떠날 결심을 하였다. 내가 너를 사랑하지 않는 탓도 아니요, 너와

---

80) 허준, 「야한기」, 『조선일보』, 1938.11.9.
81) 김남천, 「신진소설가의 작품세계」, 『인문평론』, 1940.2, 61면. "물론 이러한 '미소'가 어떤 것인지를 작자는 충분히 이해하고 있을 것이라고 생각한다. 퇴폐를 형식적으로 청산은 해 보았으나, 그 다음 그의 얼굴에 떠올은 '미소'는 그러한 상태를 넘어설 수 없는 자신에 대한 변함없는 자기조소는 아니었을까."

같이 살아가는 것이 부끄러워서 하는 것도 아니다. 더럽기로 한다면 나는 너보다 몇 갑절 더한 놈인지 모르는 놈이다. 나도 너처럼 더럽고 하잘 것 없는 놈이니까, 진심으로 조금도 부끄러운 생각 없이 여태껏 너와 같이 살아온 것이 아니냐. 그것은 지금과 예전과 다를 것이 없다. (…중략…) 지금 떠나면 나는 더 보잘 것 없는 것을 하고 더 보잘 것 없는 계집을 얻고 또 이보다 더 부끄러운 처지에 박혀 있을는지도 모른다. 하지만 그런 때가 있다고 하더라도 그 중에서 역시 나를 구원하는 것은 내 해결성 없는 '지속의 버릇'일 것이다. (…중략…)

그는 치를 부르르 떨었다. 그러나 그 다음 순간에는 그것도 일종의 **통쾌한 미소**가 되어 그 얼굴에 떠올랐다. 이윽고 그는 그 자리에서 일어섰다.[82] (강조－인용자)

그런데 「탁류」와 「야한기」에서 나타나는 인물의 익명성, 그리고 고립된 개인의 존재는, 바로 "(모더니즘에서의) 인간은 영원히 고독한 개인으로서 모든 사회적 연관으로부터 유리된 채 존재한다"[83]라고 지적한 루카치의 견해에 비추어 보기보다 개인과 사회의 부조화라는 구체적이고도 역사적인 현실의 결과이며, 현대의 인간 및 인간 관계의 중요한 특징에 해당한다고 보는 것이 타당하다. 아도르노에 의하면, 현대 예술에 등장하는 '고독'의 모티프는, 개인주의적인 사회 속에서는 사회적으로 매개된 것이고 본질적으로 사회적인 내용을 담지하고 있는 것이다.[84] 즉 그는, 루카치처럼 현대예술에서 나타나는 고립, 의미의 붕괴, 비의성, 인공성을 시민 예술가의 이데올로기적인 몰락으로 보는 것이 아니라, 물화에서 초래된 필연적이고도 의식적인 귀결이라고 본 것이다.

현대에 올수록 예술이 개인주의로 편향하는 것을 비난하는 것은 개인주의의 사회적 본질을 제대로 파악하지 못한 것이기 때문에 대수로운 것이 되지 못한

---

82) 허준, 「탁류」, 『북으로 간 작가선집』, 을유문화사, 1988, 148~149면.
83) Georg Lukacs, 황석천 역, 「모더니즘의 이데올로기」, 『현대리얼리즘론』, 열음사, 1986, 20~21면.
84) Georg Lukacs, 황석천 역, 위의 글, 20~21면.

다. 고독한 독백은 대화보다도 사회적 추세에 대해 더 많은 것을 말해 주는 것
이다.[85]

경험적 현실과 거리를 유지하려는 이러한 시도는 바로 아도르노의 표
현주의에 대한 옹호를 연상시킨다. 그에게 있어 표현주의는 사회와 주체
간의 모순된 관계에서 비롯된 불협화음을 형상화한 것이기에, 그 자신도
보편적인 것과 특수한 것을 억지로 화해시키려 하지 않으며, 주체와 객
체의 단절을 극복한 듯한 외양을 취하는 미적 총체성 대신 그 내부의
불안한 충동적 움직임과 불규칙성을 제시한다.

불협화음은 모더니즘에 있어서 불변요인이라고도 할 수 있다. (…중략…) 주
체의 자율성에 평행하여 외부 현실이 주체에 대해 지니는 힘도 증가하였다. 보
들레르 이래로 현대예술에서 불협화음적인 요인이 예측할 수 없는 영향력을 지
니게 되었다. 이는 그러한 요인 속에서 예술작품의 내재적 힘의 유희와 외부
현실이 서로 상응한다는 사실에 기인한다. 불협화음은 통속적인 사회학이 작품
의 사회적 소외라고 칭하는 요인을 내부로부터 작품에 부여한다.[86]

아도르노는 그러한 표현의 객관적인 내용을 역사적으로 사회체계에
의해 억압되어 온 무의식의 살아 있는 움직임으로 파악한다. 불협화음의
주체는 해방되었지만 그럼에도 불구하고 그는 자본주의사회의 고독한
주체이기도 한 것이다. 이처럼 고독한 인간이 느끼는 불안이 미적 형식
언어의 규범이 된다는 점에서 그 '고독'의 형상화는 개인의 실존적 고뇌
를 넘어서는 사회적인 것이라 할 수 있다. 이러한 '고독'에 대한 자각은
「습작실에서」에서도 예외 없이 소설 전체를 압도하고 있다.

정말 홀로 혼자 되는 것이 좋아서 그랬든지, 그렇지 아니하면 나 혼자라고 하

---

85) Theodor W. Adorno, *Philosophie der neuen Musik*, Frankfurt am Main : Suhrkamp, 1975, p.44.
86) Theodor W. Adorno, Ibid., p.33.

는 의식 속에 놓여 있기를 원함이어서 그랬든지, 어쨌든 고독이라 하는 것이 그처럼 사치한 물건인 것을 알게 된 것은 나와 같은 청춘에 있어서는 여간한 은근한 기쁨이 아니었습니다.[87]

사람이 고독한 것은 그것만으로 옳은 일이요, 또 옳게 사는 사람은 고독한 것이 당연한 법이니라고 생각하게까지 이르른 그때의 내 생각조차도, 사실은 나만으로 안 것일 수 없으리라는 추억은 도무지 나를 쓸쓸하게 하여서 못 견디게 하는 겁니다.[88]

이러한 고립된 개인의 모습은, 허준 소설의 '익명성'과는 또 다른 방식으로 최명익의 소설에 자주 등장한다. 먼저 「비오는 길」의 병일의 의식을 통해서 보자면, 그가 매일같이 반복해서 대하는 인간과 사물의 세계는 그에게 단지 낯설고 소원하게 느껴질 뿐이다. 그는 인구 20만의 도시 속에 존재하는 사람들을 자기와는 무관한 '모자 자기네 일에 분망한 사람들'일 뿐으로 인식하고 있는 것이다. 그러나 그의 심리 상태는 그리 단순하지 않다. 한편으로는 그들에게 무관심하려 하지만, 다른 한편으로는 도시인으로서 번잡스런 시가의 분위기 속에 편입하지 못하는 자기 스스로 심한 고립감을 느낀다. 이러한 양면성, 즉 자신을 도시(속의 군중)와 동일시하면서도 동시에 거리를 둘 수밖에 없는 불가피성은 현대 소설의 특징적인 현상으로, 비극적으로 존재하도록 운명지어진 현대인의 이중의 얼굴을 연상시킨다.

도시 거리의 혼잡 속에는 이미 무엇인가 인간의 본성에 거슬리는 면이 있다. 각양각색의 계층과 신분에 속하는 사람들이 서로를 지나치며 몰려가고 있다. 동일한 특성과 능력, 동일한 이해관계를 지닌 이들은 모두가 행복해지기 위한 사람들이 아닌가? …… 그런데도 그들은 마치 서로 아무런 공통점이 없으며 아

---

87) 허준, 「탁류」, 『북으로 간 작가선집』, 을유문화사, 1988, 89면.
88) 허준, 위의 글, 91~92면.

무런 상관도 없는 것처럼 치닫듯 스쳐 지나가고 있는 것이다. 그들 사이에 유일한 합일점이 있다면 그것은, 각자는 보도를 거닐 때에 우측통행을 지켜야 하며, 그럼으로써 서로 지나치는 두 무리가 서로 통행에 지장을 받지 않도록 해야 한다는 묵약이다. 그렇지만 어느 누구도 다른 사람들에게 단 한 번만이라도 시선을 던져 줄 생각은 하지 않는다. 이러한 개인들이 작은 공간으로 밀집해서 밀어닥치면 밀어닥칠수록 잔인한 무관심, 즉 자신의 사적인 관심사에만 무감각하게 고립되는 현상은 그만큼 더 역겹고 자존심을 상하게 하는 것으로서 나타나게 된다.[89]

병일은 도시에 대한 동경을 꽤 깊이 간직하고 있긴 하지만, 동시에 도시인들에게 경멸의 시선을 한번 던짐으로써 부지불식간에 그것을 무가치한 존재로 치부해 버릴 수도 있다. 또 그는, "외짝거리 점포의 유리창 안에 앉아 있는 노인의 얼굴을 그 곁에 쌓여 있는 능금알과 다를 바 없이" 바라보는데, 이는 바로 자신의 자의식 이외의 모든 것에 대한 물상화[90]를 직접적으로 보여주는 것이라 할 수 있다.

2년 동안 줄곧 같은 길을 거닐어 출퇴근을 하면서도 길가에 위치한 사진관을 한번도 눈여겨보지 않았던 병일은 비가 부슬부슬 내리는 어느 날, 사진관 아래에서 비를 피하던 중에, 한 겹 유리창을 사이에 두고 사진사의 얼굴과 마주친다. 그런데 이때 사진사 이칠성의 얼굴이 병일의 눈에는 바로 '회화된 초상화'[91]로 보이는 것이다. 말하자면, "비를 놓고 부채로 쇼윈도 안의 하루살이와 파리를 쫓아내는 그의 혈색 좋은 커다란 얼굴은 직사되는 광선에 번질번질 빛나" 보였고 "그의 미간에 칼자국같이 깊이 잡힌 한 줄기의 주름살과, 구둣솔을 잘라 붙인 듯한 거칠은 눈썹, 인중에 먹물같이 흐른 커다란 코그림자는 산 사람의 얼굴이라기보

---

89) Walter Benjamin, 반성완 편역, 「보들레르의 몇 가지 모티브에 관해서」, 『발터벤야민의 문예이론』, 민음사, 1990, 132・139면.
90) 채호석, 「리얼리즘에의 도정─최명익론」, 『한국문학의 리얼리즘과 모더니즘』(김윤식・정호웅 편), 민음사, 1989, 200면.
91) 최명익, 「장삼이사」, 『북으로 간 작가선집』, 을유문화사, 1988, 90면.

다, 얼굴의 윤곽을 도려낸 백지판에 모필로 한 획씩 먹물을 칠한 것같이" 보였던 것이다. 이렇듯 외부세계로부터의 고립감에서 생겨나는 '소외의식'[92]은 병일이가 근무하는 사무실 주인과의 관계에서도 적나라하게 드러나는데 이러한 감정은 급기야, 주인이 금고를 잠그는 소리를 듣기만 해도 '신경에 헛구역의 충동'을 일으킬 정도에까지 이르고 만다.

주인의 이러한 감시에 처음 얼마 동안은 신원 보증이 없어서 그같이 못 미더운 자기를 그래도 써주는 주인의 호의를 한없이 감사하고 미안하게 여겼었다. 그 다음 얼마 동안은 병일이가 스스로 믿고 사는 자기의 담박한 정성을 그리도 못 미더워하는 주인의 태도에 원망과 반감을 가지게 되었었다. 그러다가 최근에는 유독 병일이 말을 못 믿는 것이 아니요 자기(주인)의 아내까지 누구나 사람을 믿지 않는 것이 이 주인의 심술인 것을 알게 되자, 병일이는 이러한 종류의 사람을 경멸할 수 있는 쾌감을 맛보았던 것이다. 자기에게서 떠나지 않는 주인의 이 경멸할 감시적 태도를 병일이는 할 수 있는 대로 묵살하고 관심하지 않으려고 하다. 그러나 맨 처음 감사하고 미안하게 생각하였을 때나, 그 다음 원망과 반감을 가졌을 때나 경멸하고 묵살하려는 지금이나 매일반으로 아직까지 계속하는 주인의 꾸준한 감시적 태도에 대하여 참을 수 없이 떠오르는 자기의 불쾌감까지는 묵살할 수 없는 것이었다.[93]

병일이는, 한편으로는 "셋집이나 아니구 자그마하게나마 자기 집에다 장사면 장사를 벌리구 앉아서 먹구 남는 것을 착착 모아가는 살림이 세상에 상재미"라 생각하는 사진사 이칠성에게 일종의 경멸과 불쾌감을 느끼면서도, 다른 한편으로는 이러한 삶의 희망과 목표가 병일이 자신도 운명적으로 예속된 사회층의 관념적인 행복의 기준이기도 하다는 것을 긍정할 수밖에 없었다. 역시 병일은 자기 삶의 희망과 목표는 무엇인가

---

92) 정문길, 「프롬에 있어서의 소외와 그 극복」, 『소외』(정문길 편), 문학과지성사, 1984, 122면. "소외란, 인간이 그 자신을 이질적인 존재로서 경험하는 경험의 한 유형을 의미한다."
93) 최명익, 앞의 글, 86면.

라고 스스로 생각할 때에 아무런 대답을 떠올릴 수 없었다. 이와 같이 그는 별다른 희망과 목표를 찾을 수 없으면서도 자기가 속해 있는 사회층의 사람들이 희망하는 행복을 스스로 행복이라고 믿지 못하는 이유를 알 수 없었다. 그리고는 희망과 목표를 향하여 분투하고 노력하는 사람들의 물결 가운데서 오직 병일이 자기만이 아무런 지향도 없이 주저하고 있다는 고독감을 느낄 뿐이었다.

이렇듯 관계로부터의 이탈과 거기서 비롯되는 소외는 「무성격자」의 정일과 문주의 관계를 통해서도 확인된다. 정일은 "문주와 자기의 생활에 자연히 눈살을 찌푸리게 되면서도 퇴폐적 도취가 그리워 패잔한 자기의 영상을 눈앞에 바라보며 아편굴로 찾아가는 중독자가 되어버린"[94] 것이다. 또 이들의 관계는 애초부터 순수한 애정에서 비롯된 것이 아니라 서로에 대한 공감대, 다시 말해서 서로의 모습을 통해 동질감을 확인하는 데에서 시작되었으며 지속되어 왔던 것이다. 그러하기에 정일은 문주의 하소연을 교양 없는 "데카단의 히스테리"로 여기고, 문주가 '손톱을 깎던 면도'로 자신을 가해할지도 모른다는 위기의식과 불안감을 느끼면서도 그녀로부터 벗어나지 못한다. 결국 문주에 대한 정일의 관념적 사랑은 자기 모습의 확인임과 동시에 자학의 표현인 것이다.

이러한 정일의 진실하지 못한 인간 관계는 문주에게만 국한된 것이 아니다. '오직 돈을 위하여 분망한 인생'을 살아온 아버지와의 갈등, 조혼으로 맺어진 아내에 대한 경멸, 처남 용팔에 대한 혐오감 등 그는 가족 구성원 누구와도 정신적 유대를 맺지 못하고 있다. 특히 그는 죽음을 목전에 둔 아버지를 마지못해 보러 가면서 처음으로 죽음을 지켜보는 데서 오는 호기심을 숨길 수 없었고, 아버지의 죽음을 보아야 한다는 의무감 때문에 마음이 어둡고 무거웠다. 정일은 만수노인의 외아들이지만 무위도식하는 자신의 생활에 대한 죄책감 때문에 집에서조차 떳떳하지

---

94) 최명익, 「장삼이사」, 『북으로 간 작가선집』, 을유문화사, 1988, 36면.

못하다. 어느 날 그는 아버지의 진노와 용팔의 눈길을 피해 샛문 뒤에 숨어 있는 자신의 모습을 두고, 어린 시절 친구들과의 '숨기내기' 놀이를 연상하게 된다.

샛문 뒤에 서 있는 정일이는 자기가 어릴 적에 동무들과 숨기내기를 하였을 때의 일이 생각났다. 그때 다른 애들은 모두 잡힌 모양으로 찾는 애와 잡힌 동무들이 지걸이며 자기가 숨어 있는 곳을 지나가고는 영 찾으러 오지를 않아서, 동무들은 숨어 있는 자기를 잊어버리고 벌써 딴 장난을 시작한 것이나 아닐까 하면서도 그렇다고 싱겁게 나갈 수도 없어서 울상을 하고 지금같이 박혀 있던 것이다. 지금도 내가 울상을 하고 있지나 않는가 생각하여 정일이는 아버지의 심한 구역 소리에 귀를 기울이고 있을 때 어머니가 찾는 소리에 놀라서 비로소 샛문 뒤에서 나올 수가 있었다.[95]

그런데 이러한 소외현상이 인간과 사회의 현대적인 징후로 간주될 수 있는 이상, 문학에 나타나는 '소외'의 형상화는 문학적 '현대성'의 지표가 될 수 있다. 또한 소외는 인간 정신의 자기 분열, 자기 부정, 자기 극복의 필연적인 계기이며 이를 통해 자유로운 인간으로서의 존엄성을 회복할 수 있다[96]고 할 때, 문학 속에 담긴 개인주의와 소외의 형상화는 부정적으로만 해석될 수 없는 것이다.

「장삼이사」[97]에서는 유독 '나'만이 기차 속의 다른 일행들과 자연스러운 관계를 맺지 못하고 스스로 소외된 모습을 보여준다. '나'는 우연

---

95) 최명익, 위의 글, 52~53면.
96) 신오현, 「소외이론의 구조와 유형」, 『소외』(정문길 편), 문학과지성사, 1984, 36면.
97) 조남현은, 「어둠의 시대와 삶의 빛」(『우리소설의 판과 틀』, 서울대 출판부, 1991, 21 ~22면)에서 최명익의 소설을 사실적인 계열과 지식인의 내면 심리묘사를 보여주는 계열로 나누고 「장삼이사」를 전자의 계열에 포함시킴으로써 이를 최명익 소설의 본류에서 제외시키고 있다. 그러나 「장삼이사」를 인간의 내면과 자의식을 다룬다는 최명익의 본령에서 제외할 수 없다. 왜냐하면 이 작품에서 관찰자적 자세가 전반부를 지배하고 있기는 하지만 이는 '기차'라는 극히 제한되고 특수한 배경 공간의 설정으로 인한 극히 자연스러운 현상이며 특히 후반부의 '나'의 내면 묘사는, 「장삼이사」를 최명익 문학의 중심부에 세우기에 결코 모자람이 없다고 할 수 있다.

히 한 젊은 여인을 동반한 중년 신사와 같은 자리에 앉게 되는데, 얼핏 보아도 두꺼비를 연상시키는 이 신사는 처음에 약간 별난 행동으로 기차 안의 사람들에게 불쾌감을 준다. 그러나 그가 주위 승객들에게 술을 권하면서, 그를 중심으로 자연스레 술판이 벌어지고 사람들 사이에는 대화가 오고가게 된다. 술을 못하는 '나'는 술자리에 끼어 들지 않고 그저 관찰자적 입장에만 머문다. 이렇게 오가는 이야기를 엿듣던 '나'는 신사와 젊은 여인이 포주와 창녀의 관계로 엮어져 있음을 짐작하게 되고 또 젊은 여자는 도망쳤다가 지금 붙잡혀 가는 길이라는 사실도 알게 된다. 그런데 이 사실을 알게 된 주위의 기차 승객들은 모두 중년 신사의 편이 되어 "여인의 얼굴을 보이지 않는 말의 채찍으로 후려 갈기"는 무례한 언행을 서슴지 않는다. 열차가 계속 나아가면서 주위 사람들은 하나둘씩 내리고, 그 중년 신사 또한 미리 약속해 둔 정거장에서 기다리고 있던 자기 아들에게 여자를 맡기고 내린다. 그가 떠나면서, 여자를 잘 관리하지 못했다는 이유로 아들을 때리자, 그 아들은 화풀이 삼아, 데리고 가는 여자의 뺨을 세 번씩이나 연달아 때린다. 여러 사람들 앞에서 심한 모욕과 폭행을 당한 이 술집 색시는 눈물을 흘리며 화장실로 뛰쳐나간다. 이때 '나'는 그 여자가 화장실에서 혀를 깨물고 죽을지도 모른다는 불안감에 사로잡혀 갑자기 심신의 피곤이 몰려오고 심한 현기증에 시달리게 된다.

그런 신경의 착각일까, 웬 까닭인지 내 머릿속에는 금방 변기 속에 머리를 처박고 입에서 선지피를 철철 흘리는 그 여자의 환상이 선히 떠오르는 것이었다. 따져보면 웬 까닭이랄 것도 없이 아까 심심치 않게 잘 놀았다는 그들의 하잘 것 없는 주정의 암시로 그렇겠지만 또 그리고 나야 남의 일이라 잔인한 호기심으로 즐겨 이런 환상도 꾸미게 되는 것이겠지만, 설마 그 여인이야 제 목숨인데 그만 암시로 혀를 끊을 리가 있나 하면서도 웬 까닭인지 머릿속에 선한 그 환상은 지워지지가 않는 것이었다. 더욱이나 아까 입술을 옥물고도 웃어 보이던 그 눈을 생각하면 역력히 죽을 수 있는 매진 결심을 보여준 것만 같아서 더욱 마음이 초조해지고 금시에 뛰어가서 열어보고 안 열리면 문을 깨뜨리고라도 보고 싶은 충동에 몸까지 들먹거리기도 하는 것이었다.[98]

그러나 '나'의 이러한 불길한 예상과는 전혀 달리, 잠시 후에 나타난 여자는 언제 울었느냐는 듯이 뺨에 난 눈물 자국과 손가락 자국을 화장으로 완벽하게 감추었을 뿐만 아니라 "당장이라도 직업의식적인 추파로 내게 호의를 표할 듯한 눈짓"[99]을 던지고 자기를 때렸던 남자와 태연하게 이야기를 주고받는 것이었다. 이러한 과정을 지켜보던 '나'는 이제껏 그녀에게 진심으로 동정을 보내던 자신의 감정이 과도한 감상적 유희이자 주관적 관념이었음을 알고는 '껄껄 웃어보고 싶은' 자조의 충동을 느끼게 된다. 이는 '반전(peripeteia)'[100]의 기법을 통하여, 지식인으로서의 막연한 관념이나 피상적인 동정심 따위가 자신이 몸담고 있는 현실세계로부터 얼마나 동떨어진 것인지를 인식하게 해주는 대목이라 할 수 있다. 이러한 '반전'은 그 수법이 대담할수록 우리의 순진한 기대가 갖는 평범한 균형감을 뒤집을 수 있고 그 결과, 우리로 하여금 진정한(real) 무엇인가를 발견케 해준다는 점에 그 의의가 있다. 더 나아가, 이러한 '기대에 어긋남'이라는 수법은, '종말'에 대한 보다 습관적인 태도로 인해 우리가 무심코 눈감아 왔을 무엇인가를 발견케 하는 방법이기도 하다.[101]

그런데 「장삼이사」의 '내'가 느끼는 소외감은 한편으로는 스스로 타인과의 관계를 거부하는 '자발적 소외'라는 점에서, 그리고 다른 한편으로는 그것이 본의 아니게 '강요된 소외'라는 점에서 '나'가 느끼는 이중

---

98) 최명익, 「장삼이사」, 『북으로 간 작가선집』, 을유문화사, 1988, 188~189면.
99) 최명익, 위의 글, 190면.
100) Frank Kermode, 조초희 역, 『종말의식과 인간적 시간―허구 이론의 연구』, 문학과지성사, 1993, 31면. "반전(peripeteia)은 내러티브에서 수사법의 아이러니에 해당한다. (…중략…) 오늘날 반전은 우리가 결말을 신뢰하는 심리에 의존한다. 반전은 조화가 뒤따르는 무효화이다. 우리의 기대가 어긋남으로써 느끼는 흥미는 예상치 않은 교훈적인 경로를 통해 발견이나 깨달음에 도달하려는 우리의 욕구와 분명히 관계가 있다."
101) Frank Kermode, 조초희 역, 위의 책, 32면 참조.

적 소외의 면모를 보여주고 있다.102) 이러한 측면에서 「장삼이사」에서 '나'의 자조적 웃음은 최재서가 지적한 '자기 풍자'와 깊은 관련이 있다. 여기서 자기 풍자의 수법이란 주로 소외와 허무의식에 갇혀 있는 지식인 자신에게로 향한 것으로, 주체의 분열을 그대로 표현함으로써 현대인들로 하여금 신념의 상실과 허무주의를 강요하는 현실에 대한 '소극적 파괴'를 감행하도록 하는 것이다. 즉, 자기 분열을 강요한 현실에 대해 일종의 소극적 복수를 감행하자는 것인데, 이때 풍자의 대상은 사회나 외부정세가 아니라, 사회로부터 생겨난 인생에 대한 실망이나 허무주의이다. 그러나 이러한 자기 풍자는 역설적이게도 인간의 분열된 상태를 지속시키는 결과를 가져올 뿐만 아니라 허무를 동반하는 웃음으로 귀결된다.

> 현대인의 심리를 짙게 물들이고 있는 공통적 특색은 인생에 대한 실망 그리고 거기에서 생겨나는 허무감과 무가치감이다. (…중략…) 이리하여 그는 이를 악물고 풍자의 길로 들어갈 것이다. 이것은 소극적이나마 일종의 복수이다. 인생에서 모든 것을 잃어버렸다 할지라도 그가 만일 그 실망을 해부하여 그 허무를 폭로하고 아울러 그 무가치를 냉소할 지성을 가졌다면 그는 아직 그 자신의 주인이라고 할 것이다.
> 자기풍자는 무엇보다 현대의 산물이다. 전대엔 생겨날 수 없었던 현대의 독특한 형식이다. 왜 그러냐 하면 자기풍자는 자의식의 작용이고 자의식은 자기분열에서 생겨나는데, 이 자기분열은 현대에 와서 비로소 결정적으로 형태화하였기 때문이다.103)

위 인용문은, 정치적 상황의 악화와 그로 인한 문단 전제의 침체, 지배적인 비평 이론의 부재, 비평에 대한 불신감 팽배, 비평가와 작가의 반목 등으로 요약되는 1930년대 중반의 상황 속에서 새로운 논리와 방

---

102) 이동하, 「세계의 폭력과 지식인의 소외」, 『월북문인연구』(권영민 편), 문화사상사, 1989, 142~143면.
103) 최재서, 「풍자문학론」, 『조선일보』, 1935.7.14~29.

향성을 제시104)하고자 했던 최재서의 '풍자문학론'의 일부이다. 여기서 알 수 있듯이 지성이란, 인생에 대한 실망을 해부하고 허무를 폭로하며 무가치함을 냉소하는 일종의 자의식이다. 결국 풍자는 자의식의 운용 방식인 셈이다. 따라서 최명익과 허준의 소설에서 드러나는, 불안과 허무 의식에서 기인한 자기 분열의 양상은 최재서가 문단 위기의 타개책으로 제시한 '풍자문학론'의 의미를 통해 어느 정도 그 의의가 밝혀졌다고 할 수 있다.

바로 이러한 주인공의 소외, 고독 혹은 혼자 있음이야말로 허준 소설의 근대성을 해명하는 가장 중요한 척도이다.105) '고(孤)'에 대한 자의식, 즉 한 자립적인 주체에 대한 자각이야말로 근대적인 삶의 감각이자 느낌의 구조인 것이다. "현대에는 고독한 주체가, 고대에는 공동체가 주체로 등장하고 있다"106)라는 지적처럼, 개인에 대한 명료한 자각, 그리고 그 자각에서 스며 나오는 '고독'에 대한 의식은 근대와 전근대를 준별하는 중요한 문화적 상징이자 표지라 할 수 있다.107)

이와 같이 자아의 동일성뿐만 아니라 사회 관계의 무의미함에 대한 알레고리로 등장하는 '익명성'과 '고립'108)은 자기 자신을 보존하고 싶

---

104) 김동식, 「최재서 문학비평 연구」, 서울대 석사논문, 1993, 62면.
105) 권성우, 「허준 소설의 '미학적 현대성' 연구」, 『한국학보』 73집, 1993년 겨울, 39~40면 참조.
106) 서규환, 『현대성의 정치적 상상력』, 민음사, 1993, 111면.
107) 권성우는 이러한 허준의 문제의식을 그의 해방공간 작품과 연관시키고 있는데, 즉 "어떤 집단으로부터도, 또한 어떠한 이데올로기로부터도 자유로운 이 철저한 고독의 사상이야말로 몇 년 후의 '해방공간'이라는 중대한 역사적 공간에서 허준을 정치적인 흐름에 맹목적으로 휩쓸리지 않게 하면서 당시의 가장 우수한 소설들이라고 할 수 있는 「잔등」과 「속 습작실에서」와 같은 작품들을 탄생케 한 세계관적 기반이자 미학적 단초였다. 바로 이 「잔등」과 「속 습작실에서」 같은 작품에서 허준의 소설이 지닌 미학적 현대성은 그 나름대로 완성되어 일정한 소설사적 성과를 획득하게 되는 것이다"라고 그는 지적하였다. 권성우, 앞의 글, 40~41면 참조.
108) Malcolm Bradbury and Jameson McFarlane, *Modernism*, London : Penguin Books, 1976, p.423. 이 책에서는 모더니즘, 특히 내성소설(introverted novel)에 자주 등장하는 익명성과 고립을 근대적 수법으로서의 죽음으로 파악하고 있다.

지 않다는 자아의 '자기 망각'을 의미한다.109) 그런데 이때 자기를 망각한다는 것은 자아를 단순히 맹목적으로 포기하는 것이 아니라, 자아의 지배욕을 거부하는 것이면서 동시에 지배적인 주체에 의해 작동되는 경험적 세계의 진행을 비판하는 계기를 포함하는 것이라는 맥락에서 그것을 '적극적 수동성(aktive Passivität)'110)이라 할 수 있다. '자기 망각'의 대가로 자기 소외에 이르게 되는 이러한 자아는, 세계를 특정 목적에 따라 대상화시키는 것으로부터 자기 자신을 구출해 내는 원동력을 지닌다는 점에서 그 형상화가 의의를 갖게 되는 것이다.

---

109) 문병호, 『아도르노의 사회이론과 예술이론』, 문학과지성사, 1993, 255면.
110) Theodor W. Adorno, *Noten zur Literatur, Gesammelte Schriften 2*, Frankfurt am Main : Suhrkamp, 1974, p.126.

제3장 침묵에 내재된 정치적 무의식의 복원

1. 욕망의 좌절로서의 역사 인식

일반적으로 일제 말기는 1937년을 전후한 시기부터 해방되기까지의 기간을 말하는데, 1937년경부터 1941년 무렵까지를 전기로, 그 이후부터 8·15까지를 후기로 나누어 볼 수 있다. 이렇게 나눌 수 있는 것은, 1937년을 전후하여 조선의 모든 사회적·문화적 양상이 일제의 식민지 침략에 따른 발악적 전시체제에 따라 변모하였기 때문이다. 좀더 구체적으로 일제 말기의 상황을 살펴보면, 10년 이상 지속된 만주에 대한 일본의 무력 침략이 1937년의 중일전쟁으로 확대되고 그것은 다시 그들이 대동아전쟁이라고 부르는 태평양전쟁, 즉 제2차 세계대전으로까지 확전된 것이다.

이 일지사변(日支事變)은 제국주의 일본의 본격적인 동아(東亞)침략전인 동시에 제2차 세계대전의 주원인이 된 것은 우리가 주지하는 사실이요, 이 침략전이 일본의 식민지의 환경인 한국 내의 정세 위에 직반영이 된 것은 당연한 치세(致世)였다. 1936, 7년 이후 일제의 조선에 가한 정책은 드디어 그 야만성을 노골화한 것으로서 모든 것은 그들의 침략전쟁에 직접 협력이 되도록 박차를 가했던 것이다. 1938년의 지원병제도의 실시와 함께 소위 내선동조론이 날조되어 등장된 것과 이런 사실을, 그 뒤 1941년 이후의 징병, 징용의 강제실시, 소위 창씨개명의 시행 등과 관련해서 고찰하면 1937년 이후는 벌써 조선에 문화, 문학이 정상적인 발전을 꾀할 수 없는 시대였다. 민족적인 반일적(反日的)인 일체의 사상이 허용되지 않는 시대, 그와 반대로 문학 위에도 그 침략전에의 강요가 시책되려는 그 현실을 맞이하여 조선의 현대 문학은 최후의 시련기에 도달한 것이다.[111]

1930년대 후반의 사회적 분위기를 가장 집약적으로 나타낸다면, 그것은 '파시즘의 전면적인 지배와 억압'이라 할 것이다.[112] 이러한 상황은 필연적으로 당대 문인(지식인)들의 정신세계에 결정적인 영향을 미치게 되었고, 그들은 맑시즘이라는 이념적 지표를 더 이상 유지할 수 없었다. 이는 곧 당시의 지식인들이 1930년대 후반에 밀어닥치기 시작한 파시즘의 기세를 감지하면서, 자본주의의 모순이 인간의 실천에 의해서 극복될 것이며 따라서 자본주의 이후에는 사회주의가 올 것이라는 그들의 신념을 순식간에 지워버릴[113] 수 있는 현실의 위기에 대해서 인식을 공유하게 되었음을 의미한다. 제임슨에 의하면, "마르크스주의적 이데올로기에 있어서의 위기란 근본적으로 다른 사회는 어떤 것이어야 하는지에 대한, 그리고 그러한 체제에서 상상될 수 있는 새로운 사회적 관계의 성격에

---

111) 백철, 『조선신문학사조사』, 백양당, 1948, 256면.
112) 백철은 『조선신문학사조사』(254~255면)에서 1930년대 후반기의 한국의 현실을 '위기의 세계정세' 즉, 세계정세의 파시즘화에 대한 반영으로 규정하고 있다.
113) 김윤식, 「한국 근대문학 교육의 어떤 좌표」, 『한국문학의 근대성 비판』, 문예출판사, 1993, 53~59면.

대한 진정으로 유토피아적인 개념구상에 있어서의 위기의 문제"인데, 이러한 인식은 바로 파시즘의 세력이 점차 현실화되면서 당대 지식인들이 겪었던 위기의식을 이해하는 데 시사하는 바가 크다.

'말할 내용' 곧 자신의 이념에서는 어떤 근본적인 오류를 발견할 수 없는데 '그리려는 현실'에서는 그 이념을 실현할 수 있는 가능성조차 발견되지 않는 상황, 이것이 1930년대 후반 작가들이 서 있었던 자리라 할 때,[114] 이들에게 객관적 진리, 객관적 현실 같은 것은 부재하다고 인식되었을 것이고 적극적인 현실의 재현양식은 더 이상 적합하지 않게 되었을 것이다. 이와 같이 현실에 대한 총체적 인식의 불가능성과 그에 따른 미래의 예측 불가능성은 당대 문인들의 현실관과 미의식에 결정적인 영향을 끼쳤음은 물론이다. 그렇다면 이에 기반하여 최명익과 허준의 문학에 가로놓여 있는 현실에 대한 인식은 어떻게 파악될 수 있을까? 이에 답하기 위해 작가의 시대적인 인식, 나아가 역사에 대한 해석을 구체적인 작품을 통해서 밝혀보도록 하겠다.

먼저, 「비오는 길」의 병일이가 날마다 오가는 골목은, "봄이면 얼음 풀린 물에 길이 질고 여름이면 장마물이 그 좁은 길을 개천삼아 흐르기" 때문에, 각기병을 앓고 있는 그가 이 길을 걸어다니는 것은 항상 힘겨울 수밖에 없으며, 게다가 이 음침한 길에서는 '영양불량인 아이들의 똥'을 밟기가 일쑤였다. 뿐만 아니라 병일이가 사는 이 빈민굴에는 늘 우울한 장마가 계속 이어지는데, 이는 단순히 병일이의 내면의식만을 상징하는 데에 그치지 않고 어둡고 절망적인 시대의 분위기까지도 암시하고 있는 것이다. 또한 병일은 이칠성이 경영하는 사진관의 쇼윈도에 걸린 여공들의 사진을 보면서 그리고 나이 어린 기생의 생활고를 엿들으면서 강한 연민의 정을 보이기도 한다.

---

114) 류보선, 「환멸과 반성, 혹은 30년대 후반기 문학이 다다른 자리」,『민족문학사 연구』 4호, 민족문학사연구소, 1993, 223면.

대개가 고무공장이나 정미소의 여공인 듯한 소녀들의 사진이었다. 사진의 인
물들은 모두 먹칠이나 한 듯이 시꺼멓고 구멍이 들여다 보이었다. (…중략…)
그들의 후죽은 이마 아래 눌리어 있는 정기 없는 눈과, 두드러진 관골 틈에 기
를 펴지 못하고 있는 낮으막한 코를 바라보면서 병일이는 그들의 무릎 위에 얹
혀 있을 거칠은 손을 상상하였다.115)

　　"수다 식구가 먹고, 입고, 사는 것만 해두 여간이 아닌데" 하는 기생의 말소
리는 더욱 호젓하였다. (…중략…) 병일이는 늙은 인력거꾼이 잡고 선 초롱불에
기생의 작은 손등을 반쯤 가린 남길솜과 동그란 허리에 감싸 올린 옥색 치마
위에 늘어진 붉은 저고리 고름을 보았다. 그것이 어린애와 같이 웃는 기생의
흰 얼굴과 어울러서 더욱 어리게 보이었다. 그러나 이제 인력거꾼과 하던 말과
그 짧은 대화의 끝을 콤비한 생활고의 독백으로 마치던 그 호젓한 말씨는 결코
어린애의 말이라고 들을 수는 없었다. 대문 안에 사라진, 미상불 갓 깬 병아리
같은 솜털이 있을 기생의 얼굴을 눈에 그리며 그의 얘깃 소리가 귓가에 남아
있는 병일이의 머릿속에는 어릴 때 손가락을 베었던 의액이 풀잎이 생각났다.
연하면서도 날카로운 의액이의 파란 풀잎이 머릿속을 스치고 사라지자 병일이
의 신경은 술에서 깨어나는 듯하였다.116)

　「역설」의 첫머리에는 김문일 자신을 유력한 교장 후보로 소개하는 신
문 보도와 나란히, 만주 사변에 관한 기사와 사진이 제시되어 있어 매우
의미심장하다. 이때 기관총 소리를 너털웃음으로, 총을 불 뿜는 강철기계
로, 그 장면 자체를 회화(戱畵)라고 표현하고 있는 점이 독특하다. 이러한
표현은 '패러디'117)의 기법을 이용한 것으로 전쟁에 대한 작가의 부정적
시각을 충분히 엿볼 수 있게 한다. 그리고 식민지 현실을 직접적으로 언
급하지 않으면서도 그에 대한 식물학적인 대비와 철책의 상징화를 통해

---

115) 최명익, 「장삼이사」, 『북으로 간 작가선집』, 을유문화사, 1988, 88면.
116) 최명익, 위의 글, 99면.
117) '패러디(parody)'란 '실인생(real life)'을 소재로 모방하는 듯이 암시하지만 실제로는 그
　　인생을 풍자, 과장의 기법으로 조롱하는 것을 일컫는다. Northrop Frye, 임철규 역, 『비
　　평의 해부』, 한길사, 1982, 202면.

서 이 땅에서 벌어지고 있는 주객전도의 상황을 잘 드러내고 있다.[118]

    이 땅의 옛 주인격인 꼬부장한 소나무가 몇 그루 손님격이면서도 개화(開花)
의 발자취를 따라 어디나 넓게 자리를 차지하는 포플라, 아카시아, 이 땅의 백
성같이 성명없이 났다 꺾이고 사그러지는 꽃나무 오리나무 같은 잡목과 그리고
흔히 무덤가에 노란 꽃이 피는 사철화가 몇 떨기 난 그대로 **목책 안에 갇혀 있
을 뿐이다.**[119] (강조－인용자)

여기에서는 무엇보다도, 현실을 '목책 안에 갇혀' 있다고 이해하는 대목
을 통해 작가의식을 파악해 볼 수 있다. 주인공 문일이 산책하던 '길'[120]
은 목책 안에 갇혀 끊어진 그대로이며, 이 산책길이 '어디서 어디로 가는'
길인지 알려고 찾아 나서 봐도 길은 새 신작로에 부딪쳐서 녹슬고 말았
다는 사실이 확인될 뿐이다. 그리고 일자리를 구하기 위해서 문일이 학교
를 찾아갔을 때, 교직원 인선을 맡은 중노인으로부터 그의 수신교안이
'시대 인식이 부족하다'고 지적 받은 것은 곧 지식인에게 파시즘에 협력
하도록 강요하는 당대의 분위기를 짐작케 하고도 남는다.
    또한 「폐어인」의 주인공 현일은 "서재인을 의욕하면서도 시정을 헤맬
수밖에 없는"[121] 실직자이다.

    지금 사람은 스스로 목적을 세우고 전공하고 연구한 자기의 지식과 기술을
그냥 지켜가지고는 살아갈 수가 없는가? 또는 그저 시정인에 부동되어 쉽사리

---

118) 이재선, 『한국현대소설사』, 홍성사, 1979, 481면.
119) 최명익, 앞의 글, 12~13면.
120) 최명익 작품의 가장 중요한 모티프라고도 할 수 있는 '길'의 상징성은 이재선 교수의
    연구에서부터 시작되어 그 이후 많은 연구자들로부터 주목을 받아 왔다. "그의 길은,
    길이 일반적으로 의미하게 되는 지향성이나 회귀성의 본질과는 다른, 단절과 의식의
    미로와 더 깊이 연관되어 있음으로써 방향 결정의 근거를 잃어버리고 있는 답답한 식
    민지 사회의 사람들의 정신이나 의식 상태를 음성적으로 보여주고 있으면서도 또 한편
    으로는 지향성도 배제하지는 않고 있다." 이재선, 앞의 책, 487면.
121) 최명익, 「수형과 원고기일」, 『문장』 17, 1940.7, 247면.

버리고 마는가? 요새 학교를 나온 젊은 인텔리들이 교문을 나서기만 하면 제복과 같이 인텔렉트를 벗어 던지는 것은 웬일인가? 이러한 생각을 하는 현일은 방금 '교원 말고 한번 다른 직업을 구해볼 생각은 없는가'고 권고하던 말소리가 다시금 귀에 새로웠다. 세상의 분위기가, 그리고 절박한 현실이 인텔렉트를 버리고 직업을 바꾸라고 강요하는 것이다.[122]

그는 '세상의 분위기가, 그리고 절박한 현실이 인텔렉트를 버리고 직업을 바꾸라'고 강요한다고 인식함으로써 지식인의 실업 문제[123]를 사회구조적 모순으로부터 기인하는 것으로 보고 있다. 특히, 「폐어인」에서는 폐교된 M학교 전직 교원들의 실직생활을 보여줌으로써 당시 지식인들의 생활고를 잘 드러내고 있다.

현일은 한 교원실에서 5, 6년이나 같이 지내온 동료들을 눈앞에 그리며 누구를 찾을까 생각하였다. 학교가 없어지자 고향으로 돌아간 사람과 40에 인생을 재출발한다면서 만주와 북지로 떠난 사람도 있었다. 그 후 그들의 소식을 알 수 없었다. 젊은 교원 중의 한 사람은 어느 신문사로, 한 사람은 시골 어느 학교로 취직되어 가고 말았다. 그들을 전송할 때처럼 현일은 자기의 나이와 신병을 느껴본 적이 없었다. 여기 남아있는 몇몇 사람은 퇴직금을 자본으로 작은 장사를 시작한 이도 있었다.
며칠 전에 거리에 나갔던 현일은 역사 선생이던 O씨가 낡은 포대실로 만든다는 소포 노를 들고 어느 잡화 도매 상점 안에서 점원들과 다투고 있는 것을

---

122) 최명익, 「폐어인」, 『조선일보』, 1939.2.21.
123) 백철은 『조선신문학사조사』(백양당, 1948, 196~203면)에서 2차 세계대전 후 전 세계가 경제공황의 영향으로 파시즘에 침몰하게 된 후, 당대 지식인들이 겪은 실업난과 생활난을 지적해내고 있다. "경제적 공황 등 자본주의 말기의 특징은 특히 지식계급의 군명을 좌우한 현상이란 것을 기억할 필요가 있다. (…중략…) 1931년을 전후하여 조선 내에서도 대학졸업생이 대량으로 나오게 될 때에 지식인의 취직난은 글자 그대로 하늘에 별을 따는 어려움과 비할 것이었다. 바야흐로 지식인 실업홍수의 시대였던 것이다. 이 지식인의 취업난 생활난은 이 시대의 조선 지식인이 직면한 일대 현실이었다. 실은 전향에서 말한 그 불안사조도 이 지식인의 생활불안의 현실위에 그 구체적인 근거가 있었던 것이다."

보고 길을 돌아갔던 것이다. 그때 현일은 그러한 자기의 행동을 설명할 수 없었다. 갈 길을 가지 못하고 딴 길로 숨어가게 되는 자기가 불쾌하고 성가시었을 뿐이었다.[124]

예컨대, 비누 장사로 하루하루 연명해 가는 '전직' 미술 선생은 같은 중량이라도 더 크게 보이도록 비누를 네모지게 만들라고 강요당하는 상황에서도 빨래 비누에 밀레의 '만종'을 그려 넣거나 '행복'이라는 글자를 새겨봄으로써 작은 위안을 삼아 보려 한다. 하지만 자신의 미술이 고작 "거품이 되고 말 이 비누 잔등의 의장"에 불과하다는 것을 그 또한 모르지 않기에 그의 걸음은 씁쓸하기만 하다.

이러한 분위기 속에서도 현일이 현실에 대한 강한 비판 의식을 소유하고 있다면, 그와 비슷한 삶을 살아왔고 역시 같은 병을 가진 처지라는 이유로 서로 이해와 동정을 갖고 지내온 사이인 도영은 현일과는 전혀 다른 삶의 방식과 가치관을 갖고 있다. 이전에는 "심지어 변소에 갈 때마다 담뱃갑과 손수건을 꺼내놓고야 가는 결벽성까지 지녔던" 도영은, 오히려 이제는 현일의 결벽증을 일종의 감상적인 것이라고 비난하면서 현일에게 '쥐의 철학'을 갖도록 권한다. 도영은 "덫 속에 갇힌 쥐가 오직 할 일은 덫 속에 있는 미끼를 먹고사는 것밖에 없다"[125]는 '쥐의 철학'을 내세우면서, 아무리 극단적인 상황에서라도 단지 목숨을 부지하기 위해서라면 어떠한 일 ─ 병을 낳게 하기 위해 몸에 좋다는 황구렁이, 독사, 지렁이들을 먹어댄다 ─ 도 불사해야 한다는 현실주의적 가치관을 설파한다. 어떻게 해야 죽지 않고 살 수 있느냐가 문제일 수밖에 없는 현실이라면 비관이니 염세니 하는 망상이나 결벽성을 버리고 단지 살아야 한다는 일념으로 무장하는 것이 당연하다고 그는 주장한다. "왜 사느냐, 어떻게 살아야 하느냐"를 생각하는 것은 이제는 공연한 관념 유희에

---

124) 최명익, 「폐어인」, 『조선일보』, 1939.2.18.
125) 최명익, 「폐어인」, 『조선일보』, 1939.2.19.

불과한 것이 되었으며 인생에서 실패라는 것은 "남이 다 사는 세상에 혼자 일찍 죽는 것"을 의미할 뿐이기 때문이다. 교원자리에서 쫓겨난 후 극도로 심신이 쇠약해진 도영은 자기 자신을 아무것이든 가리지 않고 마구 먹어 삼키는 '쥐'로 비하하기를 서슴지 않는다. 도영은 스스로를 '쥐'에다 비유함으로써 자신과 같이 극한 상황에 몰린 사람이 선택할 수 있는 유일한 길은 맹목적인 적응주의뿐임을 암시하고 있다.126) 도영의 이러한 현실관은 살아야 한다는 패기가 아니라 삶에 대한 비관이나 절망마저도 잊어버린 작태라 할 수 있다. 결과적으로 이는 다분히 현실과의 타협, 더 나아가 파시즘에의 영합으로 나아갈 가능성을 함축하고 있으며 그러하기에 도영에 대한 현일의 비판은 현실의 파시즘적 논리에 대한 강한 부정을 의미한다고 할 수 있다.

이러한 비판적 의식은 「역설」에 등장하는 K씨에 대한 문일의 시선에서도 잘 드러난다. "투기적 토지 경기와 일확천금의 자금을 위한 은행, 사채의 금융과 이율 등 시정의 현회한 풍경을 한때 이 교원실에 옮겨" 놓은 K씨는 큰 자본을 만들어 보겠다는 사리사욕을 채우기 위해 교장자리를 탐내고 있다. 이러한 K씨의 삶의 방식은 '필요에 적응하는 본능적 동작'을 초래할 수 있다는 점에서, 그에 대한 문일의 비판은 주목할 만하다. 진리에 대한 접근이 부정을 통해서만 가능한 것이지 그 진리 자체를 적극적으로 내세움으로써 가능한 것이 아니라고 할 때, 이러한 부정의 정신은 단순한 비판의 차원을 넘어서 보다 적극적인 의미를 지닐 수 있다.

「심문」의 현혁은 "반성에는 지쳤고 자책에는 이성이랄 게 마비되고만" 마약중독자이다. 그는 최후의 순간에는 '타인이 자신을 모욕하기 이전에 스스로 모욕하기'라는 철저한 자굴 행위로써 자신의 마지막 자존심을 지킴과 동시에, 여옥에 대한 자신의 진실한 사랑을 확인하고자 한다. 즉 철저히 자굴해 보임으로써 전향자로서의 자책감을 보상하고자 하

---

126) 조남현, 「어둠의 시대와 삶의 빛」, 『우리 소설의 판과 틀』, 서울대 출판부, 1991, 26면.

는 현혁의 태도는, 전향자의 삶을 독특한 방식으로 형상화해낸 것으로,[127] 사회 비판적이었던 자신의 과거를 아직도 완전히 포기할 수 없다는 생각을 드러내는 간접적 방법이라 할 것이다. 이 또한 암묵적인 부정의 의미를 내포하고 있음은 물론이다.

또한 동경에서 유학까지 한 문학소녀였던 여옥은 다방의 여급으로, 카바레의 댄서로 연명하다 급기야 현재의 아편중독자로 전락한 자신의 운명적 인생을 자학하면서도, 자신의 추락해 버린 인생을 "환경이나 처지의 힘"에 기인하는 것으로 인식하고 있다.

> 천한 취미로 물들여진 여옥의 손톱이 닦을수록 더 영롱해지는 것을 보던 눈에 종달새의 며느리 발톱이 띄자 깜짝 놀랄 밖에 없었다. 그것은 병신스럽게 한 치가 긴 것이었다. (…중략…) "뒷발톱이 어지간히 길죠?" "병신스럽구 징그러운걸." (…중략…) "저 발톱만치 길이 들었다면 들었고, 사람의 손에서 병신이 된 게라면 병신이구. …… 환경이나 처지의 힘이랄까!" 여옥이는 이러한 자기 말에 소름이 끼치는 듯이 오싹 몸짓을 하고는 또 콧물을 썻어가며 조롱을 쳐다본다.[128]

이러한 여옥의 죽음(자살) 역시, 현혁의 자굴 행위로 인해 주어진 갱생의 길을 포기하고 "뜻밖에도 현혁의 마음을 확인하게 됨으로써 자신의 진실성을 입증"[129]하기 위해 선택한 최후의 수단이었다.

> 나는 그 싸늘한 여옥이의 손을 이불 속에 넣어 주면서 갱생을 위하여 따라나서기보다, 이렇게 죽어 가는 것이 여옥이의 여옥이다운 운명이라고도 생각하였다.[130]

---

127) 최명익의 「심문」은 현혁이라는 인물을 통해 전향자가 살아가는 독특한 방식을 제시했다는 점에서 주목받아 왔다. 김윤식, 「전향소설의 한국적 양상」, 『한국근대문학사상사』, 한길사, 1984, 304면.
128) 최명익, 「장삼이사」, 『북으로 간 작가선집』, 을유문화사, 1988, 133~134면.
129) 신수정, 「〈단층〉파 소설연구」, 서울대 석사논문, 1992, 35~36면.
130) 최명익, 앞의 글, 169면.

이러한 인물들을 분석하면서 전영태는 「심문」의 자아는 이미 "역사와 사회가 그 속에 침투해 들어간 분자와 같은 자아"[131]라고 해석한 바 있다. 산산이 쪼개져 사물의 본래 특성마저 상실한 원자화된 자아와는 달리, 분자화된 자아는 그 특성이 겉으로 드러나지는 않지만 그 자아 내에 막강한 분열의 힘과 개혁의 의지를 비축하고 있다는 의미에서 그러한 해석이 가능했던 것이다.

한편, 「장삼이사」는 작품의 무대가 열차의 내부로 한정되어 있다는 사실로 인해 시대적 상징성과 함께 비판적 의미가 더욱 부각될 수 있다. 이동하는 이 작품에서 그려지고 있는 열차의 내부를 인간사회의 한 축도로 보고 승객으로 등장하는 인물들을 현실사회의 중심적 구성분자를 이루는 네 가지 유형으로 나누고 있다.[132] 그 첫 번째 유형은 중년신사와 그 아들에 의해서 대표되는데, 그들은 인간적인 가치라든가 아름다움 같은 것에는 추호의 관심도 없는 동물적 존재이면서 현실적인 힘을 가지고 지배적인 자리에 올라서 있는 자들이다. 두 번째 유형은 중년 신사와 대화를 나누며 술을 얻어먹는 주위 사람들로서, 폭력적인 지배를 자행하는 당사자는 아니지만 그러한 지배를 묵인함으로써 도움을 주는 자들이다. 세 번째 유형은 유곽을 탈출하다가 되잡혀 중년신사에게 끌려가는 여자인데, '못 가진 자'이며, '약자'이며, '무력한 수난자'이다. 그러나 그녀 나름대로 생존 전략을 갖고 내적으로 무장하여 살아간다는 점에서는 현실적 인간이기도 하다. 마지막으로 네 번째 유형은 '나'로 대표되는 이 소설의 화자이다. 여기서 '나'는 '자발적 소외'와 '강요된 소외'라는 이중소외에 빠져 있는, 현대 지식인의 여러 유형 중의 하나를 대표하는 존재이다. 이동하는 이러한 검토를 통하여 최명익의 다른 작품들과 마찬가지로

---

131) 전영태, 「최명익론―자의식의 갈등과 그 해결의 양상」, 『선청어문』, 서울대 국어교육과, 1979.11, 108면.
132) 이동하, 「세계의 폭력과 지식인의 소외」, 『월북문인연구』(권영민 편), 문학사상사, 1989, 136~141면 참조.

「장삼이사」 또한 일제강점기를 둘러싼 시대 분위기의 한 단면을 증언해 주는 기록이면서, 바로 현실세계의 폭력적 구조와 지식인의 소외라는 문제를 정면으로 제기하고 있다고 하였다.

다음, 허준의 소설인 「탁류」에서 '철'은 부정을 강요하는 학교의 제도에 맞서 끝까지 굴복하지 않는 어린 채숙에 대해서 "자기의 가진 고운 순을 휘이지 않자면 여간 버티기 쉬운 일이 아닐 것"이라고 걱정하는 한편, 채숙의 아버지에 대해서는 "남과 같이 떳떳하지 못하고, 늘 어떠한 모욕 속에 산다고 하는 뜻이 이렇게도 쓰라린 것이었던가"라고 하며, 이들 약한 자, 사회적으로 소외된 자들에 대해서 강한 관심과 연민[133]을 드러낸다. 뿐만 아니라, 같은 집에 세 들어 사는 여교사와 자신의 관계를 터무니없이 오해하여 미친 듯이 대드는 아내 순이를 비웃기는커녕 진실한 것을 그 어조에서라도 발견하고자 하며 그 근거 없는 행동에 몹시 애연해하기조차 한다.

이상으로 최명익과 허준의 작중인물들에게서 보이는 현실 인식과 그 속에 함축된 비판적 시각을 살펴보았다. 그런데 이들의 소설 속에 담긴 현실에 대한 강한 부정적 인식을 제임슨의 '정치적 무의식'이라는 비평 범주와 관련지음으로써 그것에 대한 더 적극적인 평가가 가능해진다. 제임슨은 『정치적 무의식』에서 자신이 수행할 해석 작업을 "더 근본적인 해석약호라는 강한 언어로 텍스트의 표면적 범주들을 다시 쓰는 일"[134]이라 정의한 바 있다. 이때 더 근본적인 해석약호란 다름 아닌 '정치적 무의식'을 의미하는 것이다. 정치적 무의식을 복원하는 작업은 텍스트의

---

133) 연민이란, "삶에 대한 사랑이지만 약하고 병든 반동적 삶에 대한 사랑"을 의미하는데 이러한 연민을 느낄 수 있는 자는 삶을 평가절하하고 부정하는 사람들이다. 그리고 그것은 가난한 자, 고통받는 자, 힘없는 자와 소수 사람들의 최종적 승리를 예언해 준다. 그것은 그 사람들에게 이러한 승리를 예언해 주고 이러한 승리를 부여해 준다. 연민은 '실천적인 니힐리즘'이며, 무에로 이르도록 설득하는 것이다. G. Deleuze, 신범순·조영복 역, 『니체, 철학의 주사위』, 인강사랑, 1993, 254면.

134) Fredric Jameson, *The Political Unconscious : Narrative As a Socially Symbolic Act*, Methuen, 1981, p.60.

표면으로부터 '억압(repression)', '신비화(mystification)', 또는 '위장(disguise)'된, 그리하여 침묵과 부재(absent)의 형태로 내재되어 있는 '역사의 실재'를 회복해 내는 일이다. 억압·신비화·위장 등의 용어가 함축하듯이, 정치적 무의식이라는 근본적인 언어는, 침묵과 부재의 언어로서 텍스트의 내면에 잠재되어 있기 때문에, 텍스트의 표면에서 직접적으로 얘기하지 않는다. 텍스트의 표면을 형성하고 있는 의식적인(conscious) 목소리는 드러나지 않는 무의식을 그 심층에 깔고 있는 것이다. 그런데 이때 텍스트의 표면을 구성하고 있는 의식적 목소리가 이러저러한 억압 장치와 방어기제를 동원하여 무의식적 언어를 억압하려 하면 할수록 침묵의 무의식은 더 큰 폭발적 힘으로 텍스트를 전복하게 된다.

그러나 정치적 무의식의 회복이라는 것이 억압된 침묵과 부재의 역사를 복원하는 작업이라 하더라도 그것이 제임슨 자신이 의도하는 내재적이고 반초월적 해석 모델의 완성을 의미하는 것은 아니다. 그 목표에 도달하기 전에 제임슨은 먼저, 침묵과 부재의 형태로 존재하는 역사를 내재적 형식으로 텍스트 속에 끌어들이는 작업을 시도한다. 제임슨이 이렇듯 내재 비평의 이상을 내세울 수 있었던 것은, 상부 구조와 하부 구조 사이를 '반영(reflection)'의 범주로 설명함으로써 외재 비평이라는 비난뿐만 아니라, 하부를 상부의 궁극적 결정 인자로 간주한다는 형이상학적 본질론의 혐의를 감수할 수밖에 없었던 맑시즘의 상/하부 구조 관계 모델을 새로운 범주로 재정식화함으로써 가능했다. 이러한 과정을 이해하기 위해서는 먼저 텍스트와 역사 간의 관계를 밝혀내야 한다.

제임슨은 상부 구조와 하부 구조의 관계에 있어서 구조적 인과론을 자신의 인식론적 기반으로 삼고 있다. 이는, 원인과 결과 사이를 외부적 결정 관계로 설정하는 기계적 인과론과, 또 내적 본질을 가진 관념론적 실체를 원인으로 상정하는 표현적 인과론으로부터 벗어난 것이다. 이때 효과를 일으키는 원인으로서의 구조[135]는 효과 바깥에 설정된 어떤 것도 아니고 그렇다고 효과 속에 내재해 있음으로써 효과를 일으키는 내적 본질도 아니다. 구조는 부재 원인(不在原因, absent cause)으로 효과 속에 내재해 있으면서 동시에 그 어느 부분에도 완전한 형태로 들어가 있지 않다. 즉 구조는 효과 바깥에 있는 것이 아니라, 효과들의 총체로 존재하는 것이다.[136] 이러한 부재 원인으로서의 구조란, 구성요소이면서도 그 존재를 경험할 수 있는 것이 아니다. 그것은 전체의 일부나 여러 수준들 중의 하나가 아니라 그러한 수준들 사이의 관계들의 전체 체계이다. 이러한 구조적인 사회적 총체성 개념은 한 사회구성체 내의 모든 요소들의 궁극적 동일성에 의해서라기보다, 요소들의 구조적 차이와 서로간의 거리를 통해 그 요소들을 연관시킴으로써 이해될 수 있는 것이다. 따라서 총체성이란 "상이한 시간들의 결합 유형, 즉 구조와 상이한 수준들에 의해 생산된 상이한 시간성의 '탈구(dislocation)'와 '왜곡(torsion)'의 유형이며, 그것의 복합적 조합이 과정의 전개에 특유한 시간을 구성"[137]하

---

135) 역설적인 이 '구조' 개념을 이해하기 위해서는 상/하부 구조 관계에 대한 설명이 필요하다. 제임슨의 역사관의 토대를 이루는 구조적 인과론은 전통적 맑시즘의 사회 설명 모델인 상/하부의 이항 모형과 구별되는, 4개의 실천 영역으로 구성된 사회구성체론으로 알뛰세르의 '구조' 개념에서 수용된 것이다. 사회구성체를 구성하는 정치·경제·이데올로기·과학 등 4개의 실천 영역은 각각 물질적 근거를 가지고 있음으로써, 서로 환원될 수 없는 상대적 자율성을 가진다. 따라서 이것은 상/하부 구조 이항 모델과 달리, 단일한 모순이 제 실천 속에 연속적인 시간성으로 나타나는 것이 아니라, 각 실천 영역들의 불균등하고 불연속적인 그 자체 모순의 형상으로 나타나는 것이다. 이러한 제 모순들은 경제적 본질 모순의 단일한 표현이 아니라 꿈의 텍스트처럼 상호 응축, 대체되어 환유적 관계로 겹쳐지고 중층적으로 결정(overdetermined)된다.

구조는 이 4개의 실천 영역들 사이의 지배, 종속 관계로만 존재하는 것이지 결코 이들 바깥에 주어진 외부적 원인이 아니다. 각 실천 영역들 사이의 중층 결정으로 이루어진 구조로서의 사회구성체는 '현존해 있는 동시에 부재하는' 원인들에서 비롯된 효과로서의 구조이며, 그 효과를 산출한 원인은 전체의 복합적인 조직체계이다. 그러므로 원인은 그 원인으로부터 비롯된 정치, 경제, 이데올로기, 이론 이 4개의 실천 영역들 속에 현존해 있으면서 동시에 부재하는 것이다. 구조가 효과 속에 내재해 있으면서 동시에 부재하는 부재 원인(absent cause)이 되는 이유가 여기에 있다. Louis Altthusser, *For Marx*, tr. Ben Brewster, London : NLB, 1977, p.251, pp.200~216 참조.

136) Louis Althusser, 김진엽 역, 『자본론을 읽는다』, 거름, 1991, 231~242면 참조.

137) Fredric Jameson, *The Political Unconscious : Narrative As a Socially Symbolic Act*, Methuen, 1981, p.36, pp.40~42, pp.116~128 참조; Alex Callinicos, *Against Postmodernism*, Polity Press, 1989, pp.128~132 참조.

게 되는 것이다.

총체성의 범주가 이와 같이 부재 원인의 형식을 띤다면, 이는 '총체성'이라는 범주 자체를 부정하는 것이 아니라, 그것이 우리가 결코 완전히 접근할 수 없는 유토피아적 이상향으로 남아 있음을 의미한다. 이렇게 유토피아적 미래로 상정되면서 동시에 항상 실현이 불가능한 이상향으로 남아 있어야 한다는 점에서, 다시 말해서 욕망을 배태하는 동시에 그것의 실현을 영원히 지연시켜야 한다는 점에서, 제임슨의 탈실체화된 총체성은 구체적 추진력을 내포한 범주는 아니지만, 바로 이 지점에서 '역사' 개념이 재정의될 수 있는 것이다. 맑시즘이 기존의 관념론적 철학으로부터 벗어나 유물론으로 자리잡을 수 있었던 것은 그것이 역사라는 물질적 근거를 모든 사유의 근본으로 삼는 사적 유물론이기 때문이다.[138] 역사적 물질 조건은 끊임없이 변화하게 되고 이런 역사적 변화에 열려 있음으로 해서 맑시즘은 닫힌 체계로 종결되기를 거부한 채 시간 속에서 변화하는 형식으로 남게 된다. 그러나 역사가 시간의 변화 속에서 내용을 달리 한다 하더라도 역사 그 자체가 모든 관념이나 사유에 선행하는 근본적 물질 조건으로 설정된다는 것에는 변함이 없다. 바로 이 점이 사적 유물론으로서의 맑시즘의 마지막 보루이자 후기 구조주의자들의 비판의 대상이 되는 부분이다.[139]

같은 역사주의의 이름 아래 등장한 독일의 관념론적 역사주의에 있어서 역사라는 것이 그야말로 '환희의 역사'라면, 그에 반해 맑시즘에 있어서의 역사란 조이스적인 용어로 하나의 긴 악몽과 같은 과거이다. 특히 이데올로기적 파편더미인 텍스트의 과거는 구역질 없이는 바라볼 수 없는 어떤 것을 말한다. 다시 말해서 '역사'라는 것은 "필연에서 자유로

---

138) Fredric Jameson, *Marxism and Form, Twentieth Century Dialectical Theories of Literature*, Princeton Univ. Press, 1971, p.359~374; Fredric Jameson, *The Political Unconscious : Narrative As a Socially Symbolic Act*, Methuen, 1981, p.45.

139) Fredric Jameson, *Marxism and Form, Twentieth Century Dialectical Theories of Literature*, Princeton Univ. Press, 1971, pp.359~374.

의 거대한 흐름"을 의미하는 것으로 재정의될 수 있는데, 이때의 '필연'이란 물론 역사의 발전론적 승리의 법칙을 말하는 것이 아니라 역사적 사실들이 왜 꼭 그러한 방식으로 일어날 수밖에 없었는가 하는, 역사적 사건들에 부과된 냉혹한 논리[140]이다. 그리고 '자유'란, 불행한 현재를 직시하면서 그 현재를 불행한 것으로 판단할 수 있고 더 유토피아적인 상태를 바라볼 수 있는 형식이라 할 수 있다. 따라서 '목적론적'인 것으로 인식되었던 맑시즘은 차라리 '반목적론적'인 것으로 재인식되어야 한다.[141]

목적론적 유토피아로 상정되었던 루카치의 총체성 범주가 오히려 반목적론적 부재 원인으로 재해석되기까지 제임슨의 '역사' 범주는 유토피아로 향한 길을 끝내 닫아버리지 못한 채 결국 욕망의 좌절을 끊임없이 반복할 수밖에 없는 메커니즘으로 떨어지게 된다. 그에게 있어서 역사란 "상처 입히는 것이며 욕망을 거부하고 집단적 실천뿐 아니라 개인적 실천에도 가차없는 제한을 가하는 것이다. 따라서 역사의 간계란 그것의 명백한 의도를 뒤집어엎는 무시무시한 아이러니컬한 반전으로 변하게 된다."[142] 그럼에도 불구하고 이런 "필연의 체험"으로서의 역사에 혁명적 충동을 불어넣기 위해서는 부재 원인의 형태로라도 총체성, 유토피아 등의 미래를 남겨둘 수밖에 없다. 왜냐하면 유토피아적 사유에 대한 공격은 이론적 논증의 문제가 아니라 근본적인 사회변화에 직면하여 모든 사람이 겪어야 하는 깊은 공포감의 증상이기 때문이다.[143] 그러나 유일한 현실적 대안인 총체성 범주 또한 부재 원인의 형태로밖에 존재할 수

140) Fredric Jameson, *The Political Unconscious : Narrative As a Socially Symbolic Act*, Methuen, 1981, p.102.
141) Fredric Jameson, *Interview, Diacritics XII*, No.3(fall, 1982), p.80; 이명호, 「서사, 욕망, 그리고 역사-프레드릭 제임슨의 해석론 연구」, 경희대 석사논문, 1987, 81~82면에서 재인용.
142) Fredric Jameson, *The Political Unconscious : Narrative As a Socially Symbolic Act*, Methuen, 1981, p.102.
143) Fredric Jameson, *Interview, Diacritics*, pp.84~86; 이명호, 앞의 논문, 82면에서 재인용.

없다는 점에서 제임슨의 유토피아란 혁명의식을 장전시킨 희망찬 미래라기보다는 혁명적 불행의식에 사로잡힌 자의식적 범주임에 분명하다.

파시즘의 지배, 맑시즘이라는 이념적 지표의 상실로 요약되는 1930년대 후반의 현실 속에서 최명익과 허준이 보여준 문학적 경향은, 제임슨이 이해하는 '총체성' — 역사 혹은 실재를 '부재 원인'으로 파악하는 의미와 결합된 — 의 개념 및 해석론을 통해 새롭게 해석될 수 있다. 즉, '총체성'이라는 것이 어떤 절대적 진리의 형태 혹은 절대정신의 계기로 포착되기 힘든 만큼 그것을 재현하는 것이 더 이상 불가능하다고[144] 할 때, 구조적 인과성이 지닌 해석의 사명은 작품 내의 균열과 불일치에 의해, 나아가 궁극적으로는 예술작품을 하나의 이질적이고 정신분열적 텍스트로 보는 방법에 의해 자신만이 특권을 가지고 다룰 내용을 찾아내는 일이 될 것이다.[145]

바로 이러한 해석 방식은, 재정의된 '역사' 혹은 '외부적 실제'를 '하위텍스트(subtext)'로 설정한 제임슨의 견해에서 비롯된다. 이때 하위텍스트란, "그렇게 직접적으로 존재하는 것도 아니고, 어떤 상식적인 외부적 실재도 아니며 또한 역사 편찬물과 같은 전통적 서사도 아니다. 그것은 사실 뒤에 재구성되어야 할 텍스트"[146]이다. 다시 말해서 문학작품이란 '외부적 현실을 자기 자신의 내재적인 하위텍스트로 끌어들이는 과정'이며 동시에, 세계 혹은 역사는 외부적 재료가 아니라 문학텍스트를 구성하는 내적 형식이 되는 것이다. 따라서 작품을 해석한다는 것은 문학텍스트 속에 '억압', '신비화', '위장' 등 침묵과 부재의 형태로 내재되어 있는, "텍스트의 표면에 억압되거나 신비화되어 묻혀진 역사의 실재"를 회복하는 일이며 이것은 바로 '정치적 무의식'을 복원하는 일[147]이 되는

---

144) Fredric Jameson, *The Political Unconscious : Narrative As a Socially Symbolic Act*, Methuen, 1981, p.55.

145) Fredric Jameson, Ibid., p.56.

146) Fredric Jameson, Ibid., p.81.

147) Fredric Jameson, Ibid., p.20.

것이다. 결국 문학텍스트는 '하부텍스트'로서의 현실을 자신의 형식 속에 끌어들임으로써 '현실에 대한 이야기'를 들려주는 것이 된다.[148]

그렇다면 이러한 사실에 기반하여 1930년대 후반기라는 현실 속에서 본격적인 창작활동을 했던 최명익과 허준의 역사 인식을 이끌어낼 수 있을 것이다. 결론적으로 말한다면, 바로 이들이 '역사'라는 것을 "필연에서 자유로의 거대한 흐름"으로 인식했다고 할 수 있다. 즉 역사를 발전론적 승리의 법칙으로서 이해하는 것이 아니라 역사적 사실들이 왜 꼭 그러한 방식으로 일어날 수밖에 없었는지에 주목하여 '역사적 사건들에 부과된 냉혹한 논리'[149]로서 수용할 줄 알고, 불행한 현재를 직시하면서 그 현재를 불행한 것으로 판단할 수 있고 나아가 더 유토피아적인 상태를 바라볼 수 있는 형식을 갖추는 것이 바로 '역사'에 대한 이들의 새로운 해석 방식이었던 것이다. 이때, 불행한 현재라는 것이 파시즘이 지배하는 일제 치하의 자본주의 현실을 말하는 것이고 게다가 이것이 총체성을 상실한 상태라면, 자유란 그 잃어버린 총체성의 다른 이름일 수밖에 없다. 물론 이러한 자유는 추상적일 수밖에 없는데, 그럼에도 불구하고 그 추상성은 나름의 힘을 가지고 있다. 왜냐하면, 개개인을 즉각적인 현실 대상에 매몰시키고 '파편화된 것을 물신화하는', 그럼으로써 전체를 바라볼 수 있는 힘을 상실케 하는 자본주의 상황에서는 이러한 추상으로의 움직임, 즉 텍스트의 배후에 있는 보다 포괄적인 비유적 의미나 일반화에 의해서 텍스트를 팽창시키는 것이 오히려 욕망의 지향을 읽어낼 수 있는 새로운 방식이 될[150] 수 있기 때문이다.

그렇다면 이러한 역사관, 그리고 거기에 내재된 비판정신이 머무는 곳은 어디인가? 그것은 바로 「비오는 길」의 병일의 독서, 「역설」에 나오

---

148) Fredric Jameson, Ibid., pp.81~82 참조; 이경덕, 「근대성과 모더니즘―프레드릭 제임슨의 모더니즘론」, 『세계의 문학』, 민음사, 1993년 가을, 239면 참조.

149) Fredric Jameson, Ibid., p.102.

150) Fredric Jameson, Marxism and Form, Twentieth Century Dialectical Theories of Literature, Princeton Univ. Press, 1971, p.112.

는 문일의 동면(冬眠), 즉 '침묵'이라 할 수 있다. "셋집이나 아니구 자그마하게나마 자기 집에다 장사면 장사를 벌리구 앉아서 먹구 남는 것을 착착 모아가는 살림"을 세상 사는 재미라 생각하는 사진사 이칠성의 가치관을 볼 때, 병일은 그야말로 행복한 사람이라고 여겼던 적이 있다. 이러한 생각을 하면서 "일상적 삶의 희망과 목표를 향하여 분투하고 노력하는 사람의 물결 가운데서 오직 병일이 자기만이 지향없이 주저하는 고독감"을 느끼기도 했다.

> 이렇게 사진사를 행복자라고 생각하는 병일이는 이러한 행복관념 앞에서 여지없이 굴복하는 듯하였다. 그러나 진심으로 그 행복관념에 복종할 수 없었다. 그러면 자기는 마치 반역하는 노예와 같이 운명이 내리는 고역과 매가 자기에게는 한층 더 심한 것이라고 생각되었다.
> 병일이는 이렇듯이 발걸음 하나나마 자신 있게 내짚을 수 있는 명일의 계획도 세우지 못하고 오직 가혹한 운명의 채찍 아래서 생명의 노예가 되어 언제까지 살지도 모를 일생을 생각할 때 깨어날 수 없는 악몽에서 신음하듯이 전신에 땀이 흐르는 것이었다.[151]

병일은 생활인에 대한 일시적인 동경에 이끌려 사진사를 찾아가는 것을, 마치 땀 흘린 말이 누워서 뒹굴 수 있는 장소를 찾아가는 것과 같다고 생각한 적도 한때는 있었으나 그곳도 마음놓고 뒹굴 수 있는 곳이 아님을 곧 깨닫게 된다. 그는 일생의 목표를 그리 소홀하게 결정할 것이 아니기에, 지금부터는 더욱 독서에 강행군을 하겠다고 다짐한다. 즉 생활인에 대한 그 '인격의 울분한 반항'은, 모두 자기네 일에 분망한 세상에서 나도 결국 내 생활을 위하여 몰두하는 시간을 가져보겠다는 것으로 귀결되고, 결국 그는 '독서'를 선택한 것이다. 따라서 이때 '독서'라는 무언(無言)의 행위는, 세속화된 욕망의 추구에 대한 비판을 의미하며 '생활인'으로 상징되는 현실의 논리에 대한 '부정성'과 그 극복의 의지

151) 최명익, 「장삼이사」, 『북으로 간 작가선집』, 을유문화사, 1988, 104면.

를 표명한 것이라고 볼 수 있다.

「역설」의 문일은, 이미 내정된 거나 다름없을 정도로 유력한 교장 후보자인 S씨가 교장 자리를 양보하겠다고 찾아오지만 끝내 그 자리를 거부한다. 문일은 학교의 장래를 진심으로 걱정하는 S씨의 진지한 태도를 보고는, 교장 선임과 관련된 자신에 대한 풍문에 잠시나마 긍지를 느꼈던 자신의 가볍고 속물적인 태도를 반성하며 이때만이라도 '자기의 자존심과 결벽성을 지키기 위해' S씨의 간곡한 교장직 권유를 끝내 거절하였던 것이다.

> 문일이는 옴두꺼비의 안내로 의외로 발견한 무덤가에서 생명체이던 형해조차 이미 없어진 지 오랜 빈 무덤 속에 드러누웠거나 앉아 있을 옴두꺼비를 생각하며 자기 방에 누워있을 자기를 눈앞에 그리어 보았다. 옴두꺼비는 지금 무덤 속에 들어간 채로 오랫동안의 동면을 시작할 작정인지도 모를 것이다. 동면이란 꿈을 먹고 사는 것이 아닐까? 동면 기간의 양식이 되는 꿈은 그의 생활기인 봄, 여름, 가을 동안에 축적한 생활경험의 재음미일 것이다. 그러면 재음미로서 낡은 껍질을 벗고 새로운 몸으로 새 봄을 맞으려는 꿈은 결코 악몽이 아닐 것이라고 문일이는 생각하였다.[152]

따라서 이러한 '침묵'은 현실로부터의 도피로 해석될 수만은 없다. 즉 문일의 이러한 동면은 지식인의 맹목적 결벽성과 자존심의 발로라고 단정지을 것이 아니라, 나름대로 더 이상 속물화되거나 퇴폐적이지 않겠다는 진실한 의지의 산물로 볼 수 있는 것이다. 문일은 "우연한 행운을 좋은 기회라거나 당연한 일 같이 받아들이기까지는 아직도 나의 자존심이나 결벽성은 그렇게 더럽혔거나 마비된 것은 아니라고!"[153] 자기 자신에게 다짐한다.

아우슈비츠의 대량학살 이후 서정시를 쓰는 것이 야만적인 행위로 인

---

152) 최명익, 위의 글, 23면.
153) 최명익, 위의 글, 20면.

식되었던 시절을 떠올려 본다면, 1930년대 후반 파시즘의 지배라는 현실의 극심한 고통 앞에서 침묵을 지키는 것은 일종의 저항으로서의 의미를 지닐 수 있다. 즉 부정적 현실에 대한 침묵적 대응의 방식을 좀더 적극적으로 해석해 볼 수 있는 것이다. 특히, 이러한 '침묵'으로써밖에 대답할 수 없었던 고통을 그들은 바로 '죽음'에 이르기까지 감수해야 했던 것이다. 즉 「무성격자」의 문주와 「심문」의 여옥의 죽음이 바로 그것이다.

> 여옥의 말을 듣고 보면 나는, 언제나 나의 의식을 분열시키고야 말던, 그 역시 분열된 의식으로 갈피를 잡을 수 없던 여옥이의 표정이 갱생에 대한 열정과 동경을 초점으로 통일된 것을 발견하고, (…후략…)154)

어제 본 여옥의 눈물이 "병적 권태에 물들고 니힐한 웃음에 떨리는 눈물"이었다면, 지금 여옥이 흘리고 있는 눈물은 한 초점으로 통일된 의식과 순화된 정서를 담고 있다. 한때는 갱생을 꿈꾸기도 하였으나, "지금의 병—중독—을 고친댔자 다시 맑아진 새 정신으로 보게 될 세상은 생소하고 광막하기만 하여 더욱 외로울 것만 같은" 자신의 처지를 견디지 못하고 그녀는 죽음을 선택하였다. 여옥은 실현 불가능한 '갱생'을 향한 꿈을 잠시나마 꾸어보았으나 역시 그것은 거짓된 환상이었다. 외부세계의 강제성이 죽음을 불러일으킬 정도에까지 이르렀을 때, 그녀는 그러한 현실에 자신을 동화시킴으로써 고통을 포용해야 함을 깨달았으며, 비로소 자신의 삶을 '죽음'으로써 실현시켰던 것이다.

---

154) 최명익, 「장삼이사」, 『북으로 간 작가선집』, 을유문화사, 1988, 148면.

2. 부정적 현실 인식에 의한 문학사적 새로움

19세기 초반부터 20세기 초에 걸쳐 유행했던 서구 문예사조, 즉 사실주의 및 자연주의에 깊이 뿌리박힌 유물론적 세계관을 물질주의와 산업주의에 의한 개인정신의 부자유로 인식하고 이것에 반발하여 등장한 것이 서구의 심리소설이다. 이것은 오랜 세기 동안 서구를 지배해 온 기독교이념의 붕괴와 그에 대신하여 세계를 구원하리라 기대했던 과학의 합리적 세계관에 대한 좌절감, 즉 현대문명의 위기와 이로 인해 배태된 현대인의 삶의 무의미성에 대한 부정적 인식의 산물이었다. 이러한 전통적 가치관과 구질서의 붕괴는 인간과 인간, 인간과 세계 사이의 의미 있는 관계를 일시에 파괴해 버렸으며 그 결과 인간은 각자 고립된 상태에서 생의 문제와 대결해야 했는데, 이때 우선 자신의 내면세계로 관심을 돌리게 되면서 출현한 것이 바로 심리소설이었던 것이다.

서구에서의 모더니즘 예술이 하나의 역사적 산물일 수밖에 없었듯이, 한국의 모더니즘 역시 예외가 아니다. 1930년대 한국 근대문학을 특징짓는 주요 현상 중의 하나인 모더니즘은 기본적으로 현대문명의 위기와 현대적 삶의 무의미성, 인간의 비인간화에 대한 인식에서 비롯된 것으로, 불안과 소외와 같은 비관적 세계관에 근거하고 있다. 게다가 그 발생 과정에서 서구 및 일본의 문학 이론으로부터 받은 영향도 무시할 수 없으며, 무엇보다도 식민지 파시즘이라는 구체적인 시대 현실 및 당시 문인들이 지식인으로서 가졌던 정신사적인 문제와 더 밀접한 관련 속에서 등장한 것이 바로 한국의 모더니즘이었던 것이다. 한국 문단이 가지고 있던 이러한 시대적·상황적 특수성을 전제할 때, "1935년 이후의 악화된 현실에 처한 조선 현대문학 위에 파생된 내부 편향의 문학이라는 것이 문학의 현실에의 부조화에서 온"[155] 것이라고 파악한 백철의 견해나, 다음과 같은 김기림의 언급은 주목할 만하다.

1930년대는 날로 심해 가는 일제의 정치적 공세 아래서 조선의 지식인들이
그들의 최후의 것을 잃지 않기 위하여 비통한 수세로 들어간 것을 특징으로 한
시기였다. 정치와 경제에서 잃어버린 모든 손실 뒤에 민족 문화에 있어서도 날
로 존망의 위기가 닥치고 있었던 것이다. 문학인은 어찌 보면 '클로노쓰'의 추
적을 피하야 어린 '제우스'를 산속에 감춘 '크레테' 신화의 '레아' 여신의 예지
를 닮아 예술주의라는 연막에 가려서라도 그들의 문학을 지켜 가려 한 듯하다.
그 문학에는 따라서 내면화와 소극성이라는 시대의 정신적 징후가 짙게 흘렀
다. 그러나 구라파의 예술주의처럼 스스로 취한 길이라느니 보다는 차라리 강
요된 둔신술인 듯하다. 그것은 현실의 심각한 영상이 유미적으로 항상 변신을
하고 나타난 '메타포어'의 문학이었다. 그러므로 나는 일종의 의장된 예술주의
라고 부르고저 하는 것이다.156)

　　이러한 인식은 당대 비평가 최재서에게서도 보이는데, 그는 심리소설
의 본령이 인간내면의 관찰이란 점을 명확히 인지하면서도 영미의 심리
소설과 구분되는 한국의 심리소설의 특수한 측면을 이해함으로써, 관찰
의 대상이 지식인의 분열된 자아에 국한될 때에만 그 의의를 두었던 것
이다. 즉 일제의 파시스트적인 억압으로 인한 1930년대 한국 문단의 특
수성을 감안하여, 현실의 막막함과 시대의 급박함, 그리고 지식인들의
사명감과 자의식 등으로 한국 심리소설은 서구 심리소설의 기법에까지
천착해 들어갈 만한 여유와 의의를 가질 수 없었다고 그는 파악하였던
것이다.157) 이러한 인식에 근거하여 최명익과 허준이 자신의 작품을 통
해 형상화하고 있는 구조적인 내성화의 면모는 단순히 자아도취적인 심
리탐구에 머무는 것이 아니라 그것을 넘어서서 독창적인 자기 인식과
세계 인식을 획득158)하고자 하는 치열한 노력의 소산이라 할 수 있다.

---

155) 백철, 『조선신문학사조사』, 백양당, 1948, 316면.
156) 김기림, 『시론』, 백양당, 1947, 서문.
157) 최혜실, 「1930년대 한국심리소설연구—최명익을 중심으로」, 서울대 석사논문, 1986,
　　　18면.
158) Malcolm Bradbury and Jameson McFarlane, *Modernism*, London : Penguin Books, 1976, p.414.

임화는 "나이가 젊다든가 문단 경력이 짧다든가 하는 것이 신인의 요건이 되지 않을 바에는 자연 신인의 본질이란 그 써내는바 문학의 새로움에 있지 아니할 수가 없다"[159]고 신인을 규정한 바 있다. 그런데 임화의 지적대로, 당시의 신진작가들은 기성작가들과는 "각각 다른 시대의 정신적 아들로 태어나" "한 개의 조류로서 기성문학에 도전하는 상당한 문단 내 세력"을 형성했음에도 불구하고 그들의 미의식은 기법적인 측면에서만 어느 정도 그 의의를 인정받았을 뿐, 그 새로움에 대한 정당한 평가는 아직까지 거의 없었던 것으로 보인다. 이미 알려진 대로, 1930년대 후반기 당시 최명익과 허준의 소설에 문단의 이목이 집중되기는 했지만, 그들의 문학이 추상적 편향을 극복하지 못했다는 점은 줄곧 한계로 지적되어 왔다. 즉, 외부 현실이나 시대적 환경보다 특히 인물의 심층세계에서 일어나는 자의식의 반응에 초점을 맞춘 이들의 문학이, 파시즘이라는 당대의 거대한 억압 조건과 이전 카프문학에 대한 반발심리로 탈정치화, 탈사회화 경향을 보였다는 것이다.

　　뒤에 와서 문학사를 쓰는 사람들이 이 시대의 자료를 재정리할 때에 그 신세대론에 대하여 그것을 그대로 수리할 수 없는 것은 대체로 이 시대와 같은 암흑기에 적극적인 정신을 대표한 신세대의 인간이 등장될 수 없다는 사실이다. 그러기에 30년과 20년의 작가의 문제는 차라리 그 암흑현실이란 특수한 세계에 대한 문학적 태도의 차이밖에 되지 않는다. 30대의 작가가 일정한 고민의 과정을 통하여 그 현실에 익어지는 데 반하여 20대 작가는 그 고민의 과정을 통과하지 않고 그 현실에 나갈 수가 있었던 것이다. 비교적 밝은 해면에 살던 30대의 작가가 갑자기 심해(深海) 속으로 내려갈 때에 그 암흑에 시도(視度)를 맞추기까지 시간과 노력이 필요했고 20대는 처음부터 그 심해의 어족(魚族)인 때문에 나면서부터 그 심해의 현실을 볼 수 있었다. 그러나 그 심해의 현실에 대한 두 연대의 작가의 세계관이 근본적으로 다른 것은 아니다. 될 수 있으면 그 심해의 현실을 나와서 일층 광명의 현실을 그리는 것은 두 세대에 공통된 이상이

---

159) 임화, 「신인론」, 『문학의 논리』, 학예사, 1940, 465면.

었다. 그 현실에 살면서 시인들의 꿈을 그린 것은 두 연대가 마찬가지다.[160]

위의 인용은, 신세대 문학에 대해 부정적 견해를 피력한 임화를 백철이 비판한 글의 일부분이다. 구체적으로 말하자면, 신세대 문학을 통해 시대에 상응할 만한 새로운 정신적 특징을 발견할 수 없고 특히 "아이디얼리즘이 결여"되어 있음을 지적하면서 최명익과 허준도 결코 예외가 아니라고 혹평한 임화의 견해에 대한 비판이 이 글에 잘 드러나 있다. 임화는 신세대가 지녀야 할 절대적 가치 기준으로서의 '부정성'에 대해서 올바른 인식을 갖추고 문제제기를 했음[161]에도 불구하고 정작 신세대의 작품을 평가하는 데에 있어서는 소극적인 태도로 일관했다. 이런 점에서 위에 제시된 백철의 주장은 최명익과 허준의 문학과 그들의 현실 인식을 보다 적극적으로 평가할 수 있는 가능성을 보여준다는 점에 그 의의가 있다.

모더니즘에서는 현실을 투명하게 그리고 총체적으로 재현한다는 기획을 버리고 파편화된 감각들을 다양한 기법을 통하여 형상화하고자 한다. 그러나 이와 같이 총체성에 대한 부정이 형상화의 전제 조건이 된다 하더라도 그것은 하나의 의미체로 기능할 수 있어야 한다. 다시 말하면 이러한 비유기적인 텍스트 역시 해석학적으로 이해될 수 있으며 단지 작품의 통일성이 모순을 자체 속에 받아들이고 있을 뿐이라는 것이다. 이때 한 작품 전체를 구성하는 것은 더 이상 개개의 부분들이 아니고 오히려 이질적인 부분들 사이의 모순적인 관계이다. 또한 이질적인 단편들을 모순적 '관계'로 묶어주는 것은 당대의 현실이거나 이에 대응하는

---

160) 백철, 『조선신문학사조사』, 백양당, 1948, 260~261면.
161) 신인에 대한 임화의 규정을 요약하자면 다음과 같다. "문학상의 새로운 제네레슌이란 항상 기존의 문학세계에 대하여 부정적 태도를 취한다. 이리하여 기존의 문학가치라든가 권위라든가에 대한 부정의 포즈란 신인에 고유한 것이다. (…중략…) 그러므로 신인들의 주요한 과무는 조선문학의 역사와 현상에 대해 누구보다도 상세명철한 지식을 얻기에 전력을 다해야 한다." 임화, 「신인론」, 『문학의 논리』, 학예사, 1940, 468~470면.

작가의 자세이다.162)

물론 이러한 텍스트를 통해 현실에 대한 적극적인 저항이나 전망을 찾아보기는 힘들다. 왜냐하면 모더니스트인 최명익과 허준의 욕망이라는 것은 '욕망이 부정된 현실에 대한 부정'이라는 형식, 즉 부정의 부정으로 나타나기 때문이다. 말하자면 역사, 현실이 직접적으로 드러나는 것이 아니라 왜곡되거나 굴절된 방식으로만 드러나게 되는 것이다.163) 따라서 모든 시대, 모든 문학에 있어서 현실에 대한 직접적인 저항이나 전망을 추구하는 것은 지극히 비현실적이며 비역사적인 것이 된다.

주지하다시피, 모더니즘 소설이 내포한 문제의식이 단순한 기법의 차원이 아니라 바로 한 작가의 문학 전반의 근간이 되는 세계관과 밀접히 관련되어 있다고 할 때, 기존의 평가는 재고될 필요가 있다. 다시 말해서 1930년대 후반기에 본격적인 문학활동을 시작한 신진작가들, 특히 최명익과 허준에 대해서는 단순한 기법적 차원의 새로움 이전에, 그러한 새로움을 낳은 세계관적 기반과 작가들의 문제 인식이라는 차원에서 보다 적극적인 문학사적 자리매김이 필요한 것이다.

새로움이란 것이 '과거에 대한 부정의 의미를 함축하면서 미학적으로 개인과 사회를 맺어주는 것'이라 할 때, 이것은 분명히 '역사적으로 불가피한 것이 지니는 문학적 권위'164)를 내포하게 된다. 따라서 당대 파시즘으로 대표되는 극단적인 상황에서 최명익과 허준의 문학이 지니는 새로움이란 '몰락의 형상'일 수밖에 없었다. 그런데 이러한 '새로움'은 불가피하게 추상성을 띨 수밖에 없는바, 바로 이 추상성 속에 내용적으

---

162) 신수정, 「〈단층〉파 소설 연구」, 서울대 석사논문, 1992, 46면.
163) 이러한 관점하에서 오늘날의 해석학은 새로운 역사적 상황에 맞게 변화될 필요가 있다. 즉, 비판적 해석학은 전체와 부분의 필연적인 일치를 추구하는 대신에 개별적인 작품층 사이의 모순들을 탐구하는 일에 눈을 돌려 이로부터 비로소 전체의 의미를 추론해 내야 할 것이다. Peter Bürger, 최성만 역, 『전위예술의 새로운 이해』, 심설당, 1986, 142~143면 참조.
164) Theodor W. Adorno, 홍승용 역, 『미학이론』, 문학과지성사, 1984, 43면.

로 무엇인가 결정적인 것이 숨어 있다. 즉 추상성의 잔재는, 어떤 식으로든 사회적으로 반응할 수밖에 없었던 이들 문학의 새로움에 불가피하게 따라다니게 마련이다. 보다 구체적으로, 그것은 아직도 참된 삶이라는 것이 존재한다고 여기는 착각을 깨뜨리며, 또한 전통적인 환상을 통해서는 결코 이루어질 수 없는 미학적인 거리획득을 가능하게 하는 것이다.[165] 더 나아가 이 '새로움'은 그 절대적인 부정성[166]을 통해 말로 할 수 없는 것, 즉 유토피아를 보여준다. 말하자면 화해의 가상에 대한 비화해적인 거부를 통해 현실에 대한 올바른 의식을 견지하고 있는 것이다.[167]

---

165) Theodor W. Adorno, 홍승용 역, 『미학이론』, 문학과지성사, 1984, 42~44면 참조.
166) 아도르노는 헤겔식의 변증법적 총체성이라는 개념을 부정하고 그에 대립하여 현실이 단일한 관점에서는 파악될 수 없다고 주장한다. 이때의 단일한 관점이란 사회·문화의 발전이 완성되고 따라서 역사를 하나의 총체로 평가할 수 있는 관점이다.
167) Theodor W. Adorno, 홍승용 역, 앞의 책, 62면.

일제 말기 모더니즘 소설의 미학적 저항

1930년대 후반기에 본격적으로 창작활동을 전개했던 최명익과 허준은 새로운 미의식을 지닌 신세대 작가군의 대표적 인물이었다. 이들은, 새롭게 문단에 진출한 신진작가군의 문학이 안고 있는 역사의식과 미의식이 문학사적 '새로움'의 창출이라는 당대 문단의 중요한 과제를 실현하는 데에 어떠한 방식으로 기여했는가를 고찰함에 있어서 의미 있는 연구 대상이라 할 수 있다. 그런데 당시 기성 비평가들과의 세대 논쟁 과정에서, 또는 구카프계 작가들의 문학세계와의 비교를 통해서 이들 두 작가는 관심의 초점이 되기는 했지만, 대체로 그 평가는 부정적이거나 소극적인 긍정 정도에 그쳤다.

이 글에서는 과거 프로작가들의 전향 소설이 현실에 대한 불안의식을 구체적인 생활로의 복귀를 통해 해결하거나, 현실을 총체적으로 반영, 해석할 가능성을 상실하고 일상의 단면들을 묘사하는 데에 귀결되고 말았던 반면, 최명익과 허준의 경우에는 작품의 다양한 계기들을 통하여 현실과의 타협을 거부하고, 내면화된 부정성의 의식을 보여주었다고 판단하였다. 그 결과 '현실 도피'니, '자의식에의 칩거'니 하는 기존의 부정적 평가를 재고하고, 최명익과 허준의 문학사적 위치를 그 역사적 새로움에 기대어 보다 적극적으로 평가할 수 있다는 결론을 이끌어 내었다.

이를 위해 2부 2장에서는 부정성의 계기로서의 죽음 이미지, 주체의 몰락과 불안의식, 그리고 익명성과 소외의 양상을 살펴보았다. 그리고 이들 세 가지 계기의 형상이 모두 '파멸'에 대한 의식을 공통적으로 지니고 있음을 밝혀내고 이 점을 현실에 대한 미메시스적인 작용임과 동시에, 시대의 잠재적 가능성에 대한 암호로 파악하였다.

또한 2부 3장에서는 최명익과 허준 문학에 내재해 있는 역사와 현실에 대한 인식을 밝히는 것을 목표로, '정치적 무의식'이라는 프레드릭 제임슨(Fredric Jameson)의 비평 개념을 빌어와 그 구체적인 해석을 시도해 보았다. 결과적으로, 그들의 역사 인식을 "필연 ― 역사의 발전론적 승리의 법칙을 말하는 것이 아니라, 역사적 사실들이 왜 꼭 그러한 방식으로 일어날 수밖에 없었는가 하는 역사적 사건들에 부과된 냉혹한 논리 ― 에서 자유로의 거대한 흐름"으로 규정하고 그들의 문학이 불행한 현재를 직시하면서 이 현재를 불행한 것으로 판단할 수 있고, 나아가 더 유토피아적인 상태를 바라볼 수 있는 형식이라는 것을 밝혀내었다. 그리고 이러한 논의 과정을 통해 현실에 대한 총체적인 인식의 불가능성과 그에 따른 미래의 예측 불가능성이 당대 문인들의 현실관과 미의식에 끼친 영향을 드러내었다.

지금까지의 고찰을 통하여 알 수 있듯이, 최명익과 허준의 문학은 파편화된 현실을 치밀하게 읽어냄으로써, 그것을 담아낼 새로운 서사의 형식과 틀을 모색하고 확보해 내려는 부단한 노력의 결실이었다. 따라서 '새로운 서사'의 가능 조건에 대한 이러한 자기 의식은, 거대서사의 틀을 상실해버린 1930년대 후반의 현실에 대한 비판적 인식에 의해서만 도달할 수 있었던 미학적 성취라 할 것이다.

이제까지 살펴본 대로 2부에서는 최명익과 허준의 텍스트들을 통하여 현실에 대한 이들의 역사 인식과 미의식을 살피는 데에 주력하였다. 최명익과 허준, 그리고 문학적 새로움을 의식적으로 추구했던 그 외의 동시대 작가들은 무엇보다도 자신의 시대적 고민을 개성 있는 미적 형식으로 표현하는 데 자각적이었고, 이는 동시에 현실에 대한 위기의식과 극복 의지의 형상이 될 수 있었다.

예술에 의한 저항이 사회 구조에 직접적인 힘을 가할 수 없다고 할 때, 문학의 역할과 소명은 바로, '진보적인 의식에 의해 이루어진 형식'을 창조해 내는 것이다. 즉 현대예술은 유기적인 예술작품의 추구에 의해서만이 아니라, 자신의 기법에 대한 의식적인 태도를 가짐으로써 대상의 더 높은 차원을 형상화해 낼 수 있는 것이다. 문학의 인식적인 기능은 바로 사회에 대해 말을 하거나 그것을 그대로 반영함으로써 가능한 것이 아니라, 바로 문학이 그 사회의 본질을 건드리고 타락한 사회에 동화됨으로써 그 사회가 지닌 잠재력을 암시하게 될 때 비로소 실현될 수 있다는 것을 새삼 되새겨볼 필요가 있다. 이러한 사유가 전제되었을 때 비로소, '문학'이라는 매개체를 통하여 현실에 대한 고발과 역사에 대한 항의를 의식적으로 추구해왔던 최명익과 허준의 주체적인 노력에 정당한 문학사적 위상을 부여할 수 있을 것이다.

3부

미적 주체의 형성과 문학적 자율성

제 1 장

일제하 근대적 문학 주체의 형성 과정에 대한 고찰[1]

1. 주체 문제를 바라보는 새로운 인식틀의 필요성

프로문학의 퇴조와 함께 문학계의 정신적 구조 일반의 공백 지대를 초래했던 1930년대 중반 이후를 문단의 '전형기'[2]라고 불러왔듯이, 최근 10여 년 간 한국문학이 당면한 현실 역시 제2의 '전형기'라고 할 수 있을 것이다. 시대적 상황이 급속하게 변화하면서 이전의 문학 연구의 흐름을 주도했던 방법론에 대한 비판적 재검토의 필요성이 제기되었고, 나아가 새로운 방법론과 새로운 해석을 위한 시도가 다양하게 이루어져 왔던 것이다. 특히, 형이상학적 주체 중심주의에 대한 근본적인 회의와

---

1) 이 글에서 주로 논의되는 시기는 카프가 등장한 1920년대 중반부터 1930년대 후반까지이다.
2) 김윤식, 『한국근대문예비평사 연구』, 일지사, 1976, 202면.

함께 알뛰세르·라깡·푸코·데리다·들뢰즈 등 서구 사상가들의 이론과 개념이 도입되었고, 최근에는 많은 한국 근대문학 연구자들이 이를 적극적으로 수용해 내면서 연구의 패러다임도 실로 다채로워졌다.

그런데 문학 연구 방법론의 다양성을 면면이 살펴보면, 바로 그들의 문제의식이 한국 근대문학에 있어서의 근대성의 재인식, 혹은 서구적 근대성에 대한 불만에서 불거진 탈근대성의 사유[3])에 집중되어 있음을 알 수 있다. 물론 이러한 제 시도가 한국 근대문학 연구 전반에 방법론적인 전환을 가져왔을 만큼 상당한 영향력을 행사하긴 했지만, 그 과정에서 아쉬웠던 점은 우리가 의존하고 있는 방법론의 바탕에 어떤 전제와 근거가 깔려 있는지에 대한 충분한 검토를 동반하지 못했다는 사실이다.

이러한 문제의식 아래 이 글에서는 식민지시대문학, 그 중에서도 이미 많은 연구자들에 의해 검토되어 온 바 있는 1930년대 문학에서의 주체 개념에 관하여 문제를 제기하려 한다. 사실상 '1930년대 문학'과 '주체'의 문제는 최근 몇 년 간 숱하게 논의되어 왔고 이미 연구 성과도 상당히 축적되어 있다고 할 수 있다. 그 결과, 예전의 부채의식을 딛고 좀더 비판적 안목으로 카프문학을 바라볼 수 있게 되었고, 몰락하는 부르조아지의 퇴폐적 세계관의 반영이라는 왜곡된 인식을 감수해야 했던 모더니즘문학도 문학사 내에서 제몫을 찾게 되었다. 또한 1930년대 후반기 문학에 대한 심도 깊은 관심은, 연구자의 동시대적인 문제의식과 맞물려 다양한 쟁점을 낳았을 뿐만 아니라 연구 방법론에 대한 폭넓은 모색을 가능케 함으로써,[4]) 한국 근대문학 연구의 지평을 넓혀 놓은 바 있다. 이러한 지점에서 바로 '그' 연구 대상과 '그' 주제에 '또' 하나의 논의를 덧붙이고자 하는 것은 그간 논의의 근간이 되어 온 문제틀의 의미를 검토

---

3) 서준섭, 「한국 근대문학비평 연구의 새로운 지평」, 『한국학보』 99호, 일지사, 2000년 여름, 177~179면.

4) 채호석은 1930년대 후반기에 집중된 최근의 연구들이 해석의 타당성에 대한 검증보다 연구 방법론의 모색에 초점이 맞추어져 있음을 지적한 바 있다. 채호석, 「1930년대를 바라보는 몇 가지 방식」, 『민족문학사연구』 10호, 민족문학사연구소, 1997 참조.

해 보고 나아가 방법론상의 한계를 지적해 보기 위해서이다. 말하자면, 서구 이론의 수용 그 자체를 문제로 삼기보다는, 그 수용된 이론이 한국 근대문학을 이해하고 해석해 내는 데에 얼마나 유용한 장치가 될 수 있으며, 나아가 과연 더 생산적인 논의를 유도해 낼 수 있는지에 대해 검토해 보고자 하는 것이다.

이 글은 1930년대 문학에 대한 근간의 연구 성과를 기반으로 하여 이 시기 문학에 있어서의 근대적 주체의 형성 과정을 재검토해 보기 위해 씌어졌다. 보다 구체적으로는, 카프 존립 당시와 카프 해체 이후의 문학(적 담론)을 통해 각각의 시기에 근대적 주체 형성의 문제를 어떻게 인식하였는지 살펴보고, 나아가 카프 해체를 기점으로 한 1930년대 전·후반기의 문학사적 관계를 어떤 시각으로 바라볼 수 있는지, 그 새로운 방향성에 대해 모색해 보고자 한다.

2. KAPF 존립 당시의 주체 형성의 의미

1990년대 중반 이후 본격화되기 시작한 1930년대 문학에 대한 연구는 거의 대부분 '주체'와 '타자', '동일성'과 '차이'라는 개념(및 그것으로부터 파생된 개념들)을 중심으로 이루어져 왔다고 해도 과언이 아닐 것이다. 1920년대 중반부터 1930년대 후반까지의 문학적 담론에서 드러나는 주체 '구성'의 문제를 동일시(주체화)라는 메커니즘을 통해 설명하려는 시도들은, 주체를 자명한 출발점으로 간주하지 않고, 특정한 사회적·역사적 과정을 통해 구성되고 만들어지는 것으로 바라본다는 점에서 공통된 전제를 바탕에 두고 있다고 할 수 있다. 이러한 일련의 과정을 계기로 한국 근대문학 연구의 기존의 문제틀에 대한 반성적 논의가 촉발되었고,

나아가 개별 작가나 비평가, 혹은 문학사적 사건에 대한 보다 객관적인 탐색이 가능해지기도 했다. 또한 무엇보다도 이러한 문제의식은 서구적 의미의 근대(성)을 비판적으로 성찰하도록 연구자들을 자극하였고, 나아가 '탈근대(성)'의 근거와 논리를 마련하려는 연구자들의 의도에 크게 부합하는 면이 있었다는 데에 새로운 방법론의 의의가 있다고 하겠다.

특히, 무의식적 표상체계와 그에 대한 동일시를 통해 주체의 구성 과정을 설명해 낸 라깡의 이론과 그의 영향 아래 형성된 알뛰세르의 이데올로기론5)은 근대적 주체의 형성 과정을 설명해 내는 이론적 토대로서 상당한 기여를 하였다. 이 방법론은, 절대적인 대타자의 호명에 의해 구성된 상징적 질서 속에서 개개인들은 이 '대타자'에게 동일화할 것을 명령받게 되고, 그럼으로써 그들은 사회적 주체로서 재구성되어 안정된 사회 관계를 매개할 수 있게 된다는 것으로 요약되는데, 특히 이것은 카프의 문학적 담론의 메커니즘을 설명하는 데에 적극적으로 활용되어 왔다.

최근의 연구 성과 중에서 주목할 만한 것으로, 프로문학의 발생과 관련하여 카프 문인들이 어떻게 주체로서 성립하게 되었는가, 그리고 1930년대 중반 이후 카프라는 담론구성체가 붕괴되면서 당시의 문인들이 주체의 문제를 어떠한 방식으로 재인식하게 되었는가를 구체적으로 분석해 보이고 있는 논의가 있다.6) "사회주의 문예이론의, 특히 일본의 그것과의 동일화 양상"을 통해 카프 비평가들의 주체의 의미를 구명한 이 논자는, 알뛰세르가 말하는 '대주체(Subject)' 혹은 페쇠가 말하는 '담론구성체' 속에서 한 개인이 비로소 (근대적) 주체로서 성립될 수 있었음을

---

5) 알뛰세르의 이데올로기론은 '재생산'이라는 관점에서 전개됨으로써 기존의 지배적 질서가 어떻게 유지되고 기능하는가 하는 메커니즘만을 보여줄 뿐, 이 질서의 변화와 전복이 어떻게 가능한지를 전혀 설명해 줄 수 없다는 방법론상의 한계를 지닌다.

6) 서경석, 「1930년대 한국문예비평에 나타난 '탈근대성' 연구」, 『한국 근대리얼리즘 문학사 연구』, 태학사, 1998 참조. 이 글의 저자는, 알뛰세르의 주체호출 메커니즘 이론이 "개인은 언제나 / 이미 주체이다"라는 주장을 전제로 둠으로써 주체가 왜 '대주체'의 부름에 답하지 않을 수 없는지에 대해 설명할 수 없는 한계를 지니고 있음을 간과하고 있다.

카프의 담론에 대한 분석과 함께 꼼꼼히 살피고 있다.

그런데, 여기서 주목해 보아야 할 것은, 이러한 논의가 항상／이미 존재하는 어떤 사회적·문화적 질서 속에 개인들이 어떻게 편입되는가라는 점을 문제의 중심으로 사유하고 있다는 사실이다. 다시 말해서, 카프라는 조직의 구성원들은 카프이념의 '호출－종속'의 메커니즘에 종속됨으로써 개개인이 자기 동일성과 사회적인 정체성을 획득하고 주체로 서게 된다는 것인데, 이러한 논리는 주체의 형성 과정에 미치는 담론(구성체)의 영향에 관점이 편중되어 있어, 궁극적으로 담론 내부의 틈에 대한 사유가 배제될 수밖에 없다.[7] 사람들은 서로간의 일상적인 대화 속에서도 각자 의도하지 않은 어긋남을 수없이 경험하게 마련이다. 환언하면 쌍방 중 어느 쪽이든지 잉여를 만들어낼 수밖에 없고, 그 결과 서로간의 이해란 정확한 복제라기보다는 오히려 어긋남에 의한 파괴 혹은 생산이 된다고 할 수 있다. 그렇다면, 담론구성체 내부의 지배 이데올로기에 대한 구성원들의 종속이라는 일방적인 구도는 현실의 담론체계를 지나치게 단순화한 결과라 하지 않을 수 없다.

담론을 통한 호명을 받아들여 개인의 상징적 동일시가 가능해지려면, 그리고 그 권력이 세밀하게 조직된 일상생활의 약호로 개인의 신체에 작동됨으로써 스스로 감시하고 규제하는 근대적 주체가 형성되기 위해서는 기본적인 조건이 전제되어야 한다. 능동적 나르시스트적 욕망[8]이 바로 그것이다. 개인에게 아무런 욕망을 불러일으키지 않는다면 그를 주체로 변화시키는 것은 불가능하다. 다시 말해서, 대타자에 자신을 동일시하려는 '응시'의 욕망을 이끌어내야 한다는 것이다. 카프라는 하나의 담론구성체가 '대타자'로서 그 내부의 구성원들을 호명해 내는 질서가

---

7) 욕망이라는 것이 기표 연쇄로 이루어진 상징적 질서의 틈에 의해서 생기는 것이라면, 페쉐의 경우에는 기표의 틈새를 자신의 이론에 적극적으로 끌어들이지 않고 있다.
M. Pecheux, *Language, Semantics and Ideology*, tr. Harbans Nagpal, st. Martin's Press, 1982 참조.
8) 최종렬, 『타자들』, 백의, 1999, 207～208면.

상대적으로 표층에 자리잡은 것이라면, 무의식에 존재하는 것은 그것에 가려져 있는 욕망의 층위라 할 수 있을 것이다. 요컨대, 개인을 호명하는 담론구성체를 통해서 '항상 / 이미' 편재해 있는 권력만을 볼 것이 아니라, '아직 / 아닌' 것의 응시를 놓쳐서는 안 된다.[9]

물론, 기존 연구의 방법론이 전제하고 있는 완결된 공시적 구조의 타당성은 카프에 대한 연구사적 맥락에서 충분히 주목할 만하다. 그럼에도 불구하고, 언제나 / 아직 그 안에 포섭되지 않은 부분(외부)이 있게 마련이고 그 부분과의 끊임없는 상호작용 속에서 상징적 질서는 재생산된다는 점을 간과할 수 없다. 왜냐하면 상징적 질서는 '항상 / 이미' 존재하는, 구조화되고 언어화된 것이긴 하지만, 동시에 완결된 구조로서가 아니라 생성 과정 속에 존재하기 때문이다.

담론구성체로서의 카프가 조직 내부에서, 그리고 외부의 담론들과 계속된 논쟁으로 일관했다는 사실 자체가 이러한 역동성을 대변해주는 것이다. 카프라는 조직의 논리가 분리, 배척의 원리에 의해 동일화를 지배적으로 관철해 나가고자 했던 구조라고 하더라도 말이다. 카프라는 하나의 강력한 문학운동 조직이 존립할 수 있었던 것은 그 담론구성체가 지닌 규범과 강령, 그리고 구성원들에 대한 제약과 규율에 의해서만이 아니며 또 그럴 수도 없다. 그 내부구성원들간의, 또는 외부에 있는 비판세력과의 끊임없는 논쟁 과정이 오히려 이러한 조직을 유지하고 그 이념을 재생산하는 중요한 동력이었다는 사실을 간과해서는 안 된다.

결국 문제가 되는 것은, 주체의 욕망과 '대타자'를 맺어주는 담론의 운동이다. 그렇다면, 카프 내부에서 행해진 내용 / 형식 논쟁, 아나키스트와의 논쟁, 대중화 논쟁 등, 그리고 대외적으로 민족주의 진영이나 해외

---

9) 구조에 종속되면서도 거기에 일방적으로 함몰되지 않는 주체의 가능성에 대한 문제의식은, "꽉 짜여진 구조, 코드화된 질서에서 빠져 나가는 것에 주목하고, 더 나아가 그러한 구조와 질서 자체의 불가능성을 테마화"한 지젝의 사유와 밀접한 연관을 갖는다. Slaboj Zizek, 주은우 역, 『당신의 징후를 즐겨라—헐리우드의 정신분석』, 한나래, 1997 참조.

문학파 등과의 논쟁은 상징적 질서를 매개로 한, 문학적 장(場) 내부의 역동적인 운동 과정이었다고 할 수 있다. 실제로 이러한 논쟁의 과정은, 담론구성체의 호출에 따른 개인들의 동일시로 다 설명될 수 없는 '잉여'가 존재한다는 사실을 잘 보여주고 있는데, 상징적 질서의 강제 못지 않게 이 점은 주목되어야 한다.

일례로 '내용 / 형식 논쟁'을 살펴볼 수 있다. 주지하다시피 이 논쟁은, 카프계 비평가 김팔봉이 자신의 월평에서 박영희의 소설 「사냥개」(1925)와 「지옥순례」(1926)를 두고 "기둥도 서까래도 없이 붉은 지붕만 있는"[10] 작품이라고 혹평하면서, 다시 말해서 소설도 건축이니까 갖출 것은 다 갖추어야 한다고 주장한 데에서 시작되었다. 요컨대, 아무리 프로문학이라도 내용과 형식의 조화를 통한 문학성의 획득을 무시해서는 안 된다는 것이다. 이 논쟁은 외관상으로 팔봉의 자진철회로 해결이 난 것처럼 보이지만, 실제로는 카프 조직 측에서 박영희 쪽을 지지함으로써, 그리고 카프 문학인 중 유일한 공산당원이었던(동경지부의 이북만을 제외하면) 김복진의 압력에 의해 일단락되었다. 결국 이 논쟁을 중요한 계기로 삼아, 팔봉은 자신의 문학적 입장을 카프 주류파와 차별화함으로써 '변증법적 양식고'를 낳았고, 문학에서의 대중적 형식의 창출이라는 문제에 몰두하게 되었다. 애초부터 운동으로서의 문학을 주장해왔던 카프 지도부의 강경한 입장은 조직 내부의 갈등을 불러일으키게 됨으로써 궁극적으로 카프문학을 문학 방법론으로서의 리얼리즘으로 나아가게 하는 요인이 되었던 것이다.

한편 카프는 1, 2차 방향 전환을 통해 '전위(前衛)의 눈으로 사물을 보라'와 '당의 문학'이라는 테제를 내세웠던 동경 소장파에 의해 장악되면서 점점 이념적으로 강화되어 갔다. 그런데 이 과정에서 주목해 두어야 할 것은 "카프는 프로레타리아 예술가의 단체이며, 결코 프로의 정치 단

---

10) 김팔봉, 「문예시평」, 『조선지광』, 1926.12, 94면.

체는 아니다"[11]라는 카프 일각에서의 문제의식이 부르조아 문예관이라는 이유로 억압되었다는 사실이다. 이러한 이면의 문제의식 역시 카프 내부의 숨겨진 목소리임에 틀림없으며 이는 소멸되어 버린 것이 아니라 단지 은폐되어 있었다는 것을, 1930년대의 문학적 성과, 특히 리얼리즘문학의 성취를 통해 짐작할 수 있다. 바로, 염상섭의 「삼대」, 이기영의 「고향」, 홍명희의 「임거정」, 한설야의 「황혼」, 채만식의 「태평천하」 등의 예술성이 이러한 사실을 뒷받침해 주고 있다.

동일시 메커니즘에 의한 기존의 분석 방식으로는 '카프 구성원들이 동일시하는 상징적 기제 혹은 대타자가 왜 러시아나 일본의 사회주의 리얼리즘이었는가, 즉 당시 많은 저항이데올로기들 중 하필 그것을 선택할 수밖에 없었던 이유는 무엇이었는가? 그리고 그것에 왜 동일시하였는가?'와 같이, 이제껏 당연한 것으로 착각하여 제기조차 해보지 않은 보다 근본적인 의문에 대해서 수긍할 만한 대답을 할 수 없을 듯하다. 물론 동일시가 주체 형성의 과정과 긴밀히 연결되어 있는 것은 분명하지만, 어떤 질서나 규범에 대한 동일시를 통해서 주체의 구성을 설명하기보다는, 특정한 과정을 통해 생산된 주체에 의하여 동일시를 설명[12]하는 방식이 보다 설득력을 지닐 수 있다. 누구나 태어날 때부터, 아니 탄생을 기다리는 시기부터 상징적 질서로 둘러싸여 있는 것은 사실이지만, 그가 완전한 의미에서 상징적 질서에 참여하여 주체가 되기 위해서는 치열한 내적·외적 싸움을 거쳐야 하기 때문이다. 그 자체 균열된 채 존재하는 상징적 질서의 이질성과의 투쟁, 그리고 그러한 강제와 통제장치를 통해서 작동하는 효과와 그 효과들의 통접적(conjunctive) 종합[13]으로서 주체를 포착하는 것이 후자의 '동일시' 논리이다. 요컨대, '동일시'는

---

11) 김팔봉, 「문예월평」, 『조선지광』, 1927.2, 3면.
12) 김진균·정근식 편저, 『근대주체와 식민지 규율권력』, 문화과학사, 1997, 40~43면.
13) G. Deleuse·F. Gattari, 최명관 역, 『앙띠오이디푸스—자본주의와 정신분열증』, 민음사, 1994, 1장 3절 참조.

자명한 전제가 아니라 설명되어야 할 대상인 것이다.

3. 전형기의 시대 인식과 근대적 주체의 형성 과정

1) 근대적 주체의 형성 과정

주지하다시피 카프는 예술가적 집단이 아니라 예술가의 사회적 단체였다. 따라서 1930년대 중반 이전의 카프에 있어서 문학은 그 자체로서 존재할 수 없는, 다시 말해서 절대적 타자성에 복속된 개념14)이었다. 그리고 카프의 문학이념인 리얼리즘에서의 '현실'이란 구체적인 '생활'이 배제된 "역사적으로 보아진"15) 추상적이고 절대화된 개념이었다.

한편, 1930년대 중반 이후의 카프는 이념의 존립 방식을 둘러싸고 조직적인 위기에 직면하게 되었는데, 이러한 카프의 조직적 혼란은 이념의 내면화를 통한 문학적 모색을 의미하기도 했다. 문단의 이러한 변화를 상징하는 사건이 바로, 이기영의 「서화」(1933.5~7)와 김남천의 「물」(1933.6)을 둘러싼 임화16)와 김남천17) 간의 논쟁이었다. 이것은 카프의 이념이 문학 내부로 내면화되면서 프로문학운동이 조직적·정치적 실천으로부터 창작적 실천으로 전환할 수 있는 결정적인 계기가 되었다는 점에서 주목할 만한 문단적 사건이었다.18)

---

14) 손정수, 「1930년대 한국문예비평에 나타난 리얼리즘개념의 변모 양상에 관한 고찰」, 『외국문학』 46호, 열음사, 1996년 봄, 233면.
15) 임화, 「생활의 발견」, 『문학의 논리』, 학예사, 1940, 334면.
16) 임화, 「6월 중의 창작」, 『조선일보』, 1933.7.12~19.
17) 김남천, 「임화적 창작평과 자기비판」, 『조선일보』, 1933.7.29~8.4.
18) 서경석, 「1930년대 '리얼리즘의 승리론'과 주체재건의 문제」, 『한국 근대문학사 연구』, 태학사, 1999, 165~167면.

우선, 1930년대 후반기 문학에 대한 최근의 논의를 살펴보자. "카프가 해산되면서 그때까지 문단을 주도하였던 맑스주의문학이 몰락하였으며, 이후 문단의 중심적 문제로 자리잡은 것이 맑스주의를 대신할 새로운 문학이념의 모색이었"[19]다는 지적이 있다. 이 논자가 언급하고 있듯이, 절대적 타자성의 소멸에 따른 주체의 해체가, 1930년대 중반 이전에는 보이지 않았던 근대적 문제의식에 대한 근본적인 회의를 낳게 하는 결정적 계기였다면, 이러한 문맥에서의 근대적인 주체란 철저히 근대적인 것을 지향하는 패러다임 속에서 사유하는 주체임이 분명하다. 그렇다면 카프의 이념적 토대인 맑시즘은 근대 지향의 논리를 추수하는 이념에 불과한 것이 되고 마는 것이다.[20] 이와 동시에, 카프의 해산, 즉 절대타자의 소멸을 곧바로 주체의 해체로 연결시켜 버린다면, 바로 '그 해체되기 이전의 주체란 과연 무엇인가?'라는 의문이 자연스레 제기될 수밖에 없다.

이제 우리 근대문학사에 있어서 카프는 반드시 극복되어야 할 대상으로 인식되어야 하며, 바로 이 점에 카프의 존재 의의와 한계가 있는 것이다. 이는 곧 카프가 영원한 초월적 기표가 아니라는 것을 의미한다. '절대적' 타자로서의 문학이념을 통해 지탱되는 구조 자체가 이후 문학의 전개와 근대적 주체의 형성에 있어 필수적인 것이 아님을, 이미 카프의 존재와 그 해체를 통해서 확인할 수 있었다. 다시 말해서, 대타자와, 그것에 복속된 개인들과의 절대적 거리가 소멸함으로써 대타자의 절대성이 상대화되는 바로 그 지점에서 근대는 출발하게 되고, 그 속에서 근대적 주체가 형성될 수 있다는 것이다.[21] 대타자, 즉 상징적 질서를 떠받치는 중심은 사실 텅 빈 중심에 불과하다. 오히려 중요한 것은 주체에

---

19) 김외곤, 「임화의 소설론과 생활세계의 인식」, 『한국학보』, 1995년 겨울, 133면. 이 글에 대한 구체적인 비판은 채호석, 「1930년대를 바라보는 몇 가지 방식」(『민족문학사연구』 10호, 민족문학사연구소, 1997)에서 행해졌다.
20) 이 점에 대해서는 이진경, 『맑스주의와 근대성』, 문화과학사, 1997을 참조할 수 있다.
21) 아사다 아키라, 이정우 역, 『구조주의와 포스트구조주의』, 새길, 1995, 147면.

내면화된 비인칭의 시선일 뿐이다. 근대성은 근대에 대한 비판과 거부까지 포함하고 있는 것, 말하자면 근대는 스스로에게 문제를 제기하며 또 그에 대한 해결책을 제시하고 있는 셈이다.[22] 요컨대, 근대는 그 내부에 모순을 담지하고 있으며, 그 모순된 힘들간에 존재하는 반전의 역동성이 바로 근대 자체를 실현하는 힘인 것이다.

요컨대, 근대문학의 부정성은 근대성 자체에 내재된 이중의 모순과 그 모순이 일으키는 긴장으로부터 나온다. 20세기 문학을 하겠다는 구보가 일상을 벗어나려는 욕망 때문에 도시를 배회하게 되지만 결국 어머니에게로 귀결되어 버린[23] 양상이나, 근대의 속물화된 인간들을 거리에서 관찰하던 구보가 벗들을 만나기 위해 다방으로 찾아가지만 결국 그 공간에서마저도 세속적인 가치로부터 자유로울 수 없음을 깨닫게 되는 장면은, 누구나 내적 분열을 겪으면서 자기 구성을 해나가게 된다는, 근대적 주체 형성의 원리의 중요한 단면을 보여준다고 하겠다. 뿐만 아니라, 규범의 확립과 개성적 문체의 추구라는 이율배반성 속에서 근대적 글쓰기를 고민했던 이태준의 「문장강화」에서, 또한 문학의 상품성을 누구보다 먼저 자각했으면서도 "남보다 수십 년씩 떨어져도 마음놓고 지내는" 다른 문인들의 안일함을 조롱하며 새로운 예술적 실험을 끊임없이 감행한 이상(李箱)의 문학에서, 우리는 위기의 담론으로서의 근대적 문학과 그 주체의 양상을 발견할 수 있다.

---

22) 이러한 문제의식은 J. Habermas, 이진우 역, 『현대성의 철학적 담론』, 문예출판사, 1994, 44~74면 참조.

23) "공동체와 그것을 규제하는 코드로부터 밖으로 방출된 근대의 사적(私的) 인간은 가족에 연결되어 외디푸스화됨으로써 정형적인 주체 ─ 슈퍼에고를 내면화한 주체 ─ 가 된다. 말하자면 한사람 한사람이 '소식민지'가 되는 것이고, 이미 이 단계에서 욕망의 다형성이 규제되는 것이다." 아사다 아키라, 이정우 역, 앞의 책, 138면.

2) 1930년대 후반의 '전형기' 규정에 대한 재고

1930년대 중반 이전 거의 10년 간, 사회주의이념은 카프의 대다수 문인들에게 절대적인 대타자로서, 그리고 상징적인 가치체계의 실질적인 중심이자 다른 무엇과도 동등하게 교환될 수 없는 질적인 목적으로서 존재했다. 말하자면 구성원들은 이 공통의 '거울'에 각자의 모습을 비춰보고, 그것으로부터 사회적으로 인정된 자기 동일성을 발견해낼 수 있었다. 이러한 카프의 중심적인 논리는 사실상 근대적인 메커니즘과 양립하기 힘든 것이다. 왜냐하면, 근대란 한마디로 중심 없는 시대이기 때문이다. 자기 밖의 절대적 중심을 소거하는, 혹은 그 중심이 '주체' 속으로 내면화되는 것이 본격적인 근대로의 첫걸음이다.

질적인 위치들의 체계인 상징적인 질서가 해체[24] 혹은 등질화되는 순간, 욕망은 무정부주의 상태처럼 흐를 수 있지만 바로 이때 이 양적인 욕망의 흐름을 일정한 방향으로 유도하는 원리가 있다. 바로 자본화된 화폐가 그것인데, 이는 모든 욕망의 다방향적인 흐름을 (자본의 가치증식이라는 현실 원칙에 따라) 자기 자신의 일방적인 운동으로 빨아들인다. 이것이 욕망의 흐름들에 대한 자본주의 체계의 화폐적·수량적, 그리고 일상적 통제 방식이다. 이러한 일상적인 유동성 속에서 표상에 의한 위계, 즉 정적인 상징적 대타자와 그것에 의해 할당받은 고정된 위치는 더 이상 존재하지 않는다.[25] 오히려 자기 내부에, 추월당해야만 하는

---

24) 물론 질적인 차이가 완전히 소멸된다는 것은 아니다. 단 더 이상 그러한 차이가 구조의 일부를 이루지 않는다는 것이다. 즉, 새로운 차이의 지속적인 생산을 통해 반전을 포함한 무제한적인 전진을 계속해 나가는 것이, 바로 자본주의이고 근대이다.

25) G. Deleuse·F. Gattari, 최명관 역, 『앙띠오이디푸스-자본주의와 정신분열증』, 민음사, 1994 참조. 전근대사회에서 토지에 긴박되어 있던 생산의 흐름들이 해방되어 탈영토화되고, 그 생산물들이 각각 질적으로 다름에도 불구하고 시장에서의 교환을 통해 등가화되는 것을 흐름의 탈코드화라고 할 수 있다. 이러한 탈영토화, 탈코드화된 흐름들은 무한정 자유롭게 해방되는 것이 아니라 자본주의의 새로운 통제 방식에 의해 조절된다. 생산력의 증대라는 미명하에 생산의 흐름은 탈코드화와 탈영토화를 가속화시키면서도,

자기와 추월하려는 자기 — 메타 수준과 대상 수준, 혹은 초월적 주체와 경험적 주체 — 라는 양자가 끊임없이 교차하고 그것들 사이의 영원히 메울 수 없는 격차가 '주체'에게 일상적인 운동을 강요하는 것이다. "상품 교환에 의한 탈코드화가 진행되면서 화폐를 정류기로 하는 방대한 돌진으로 근대사회가 성립"하였지만 "확실한 목표도 없이 계속 달리지 않으면 안 된다는 강박관념이 상징적 질서에 의한 것보다 더 큰 압박으로 사람들을 억압하고 있는 것이다."[26] 이것이 바로 근대에 있어서 주체의 분열이 생겨날 수밖에 없는 이유이다. 근대의 인간은 사회의 상징적 질서의 개입에 의해 상상적인 충족이 불가능해지고 무의식 속으로 욕망이 미끄러지면서 주체의 분열을 경험할 수밖에 없으며, 더 나아가 상징적 질서의 내면화에 의해 '자기를 감시하는 자기'로서만 존재하는 것이다.[27]

이러한 의미에서 1930년대 중반 이후를, '주인'은 존재하지 않음에도 불구하고 '노예'가 아닌 자가 한 사람도 없는 시기라고도 할 수 있을 것이다. 절대적 타자에 대한 복종의 시대에서 '양심'의 시대로의 전환은, 전 문단에 걸쳐 많은 문인들로 하여금 '주체의 해체'를 논하도록 하였다. 그러나 이때의 주체의 '해체'가 기존의 논의에서처럼 절대적 타자성의 소멸(정확히는 타자의 '절대성'의 해체)에 의한 것으로 이해되어서는 곤란하다. 왜냐하면, 내면화된 타자가 엄연히 존재하는 이상, 따라서 인식(과

흐름들은 수량적으로 환원되어 자본주의의 공리계에 의해 국민국가와 자본으로 재영토화된다. 자본주의는 사회적 생산의 흐름들을 탈코드화하고 탈영토화하는 동시에 그 속에 내재하는 욕망하는 생산의 흐름도 탈코드화, 탈영토화한다. 탈코드화 탈영토화된 흐름들은 자본주의의 내재적 장에 재영토화되어야만 하기 때문에 자본주의는 한편으로 사회적 생산의 흐름들을 사회적 공리계로 통접함으로써 사적 소유의 형태로 재영토화하고 다른 한편으로 욕망하는 생산의 흐름들을 환상과 꿈이라는 주관환된 표상에 귀속시켜 근대의 사유화된(privatized) 가족으로 재영토화된다.

26) 아사다 아키라, 이정우 역, 『구조주의와 포스트구조주의』, 새길, 1995, 82면.
27) 분열을 일으키지 않는 충족된 의식의 개인이란, 일체의 타자를 배제하는 완강한 자기 중심적인 동일성을 의심하지 않거나 절대적인 대타자에게 맹목적으로 복종하는 인간이다.

나아가 행위)의 주체가 자기 의식을 유지하고 있는 한에서는 주체의 해체란 가능하지 않기 때문이다. 혹, 작가 이상(李箱)과 같이, 자기 확인을 가능케 하는 타자가 사라질지도 모른다는 것을 공포스럽게 여긴다거나, 자의식의 과잉으로 고통스러워할지언정 말이다. 오히려 이상의 존재야말로 근대적 주체의 전형일지도 모른다. 마찬가지로 "말하려는 것과 그리려는 것의 분열"[28]을 앓았던 임화에게 있어서도 역시 자신의 말 그대로, 그것은 해체가 아닌 "미완의 주체"에 대한 자각이었다고 할 수 있다.

이상(以上)의 논의에 기대어, 1930년대 후반 혹은 카프 해산 이후의 시기를 가리키는 '전형기'라는 규정을 재검토해 볼 필요가 있다. 이 용어는 일반적으로, '주조의 상실에 따른 새로운 중심 이념의 모색'이라는 의미로 받아들여지고 있다. 이러한 논조에 의한다면, 전형기에 들면서 현실적 의의를 완전히 박탈당한 맑시즘은 "또 하나의 거대한 사유체계를 건설하려는"[29] 흐름으로 대체되고 바로 그 흐름이 1930년대 후반의 중요한 요소가 될 것이다. 다시 말해서 전형기에 대한 이러한 사유 방식은, 파시즘이 전면화된 1930년대 후반기의 이전과 이후를 서로 다른 시기로 구분해 버리는 결과를 낳게 된다.

그런데 과연 이 '중심 이념'이란 무엇인가? 혹시 그것은 이전의 카프의 위상을 대신할 만한 것으로 오인되고 있는 것은 아닌지 의심스럽다. 만약 중심 이념이 곧 '대타자'의 권력과 그것에 의한 질서를 의미한다면, 이러한 문학사적 구성은 지나간 문학사의 '동일한' '반복'을 의미하게 될 것이다. 중심 이념의 존재란 문학사의 보편적인 목적이 될 수 없고 하나의 역사적 유형일 뿐이다. 요컨대, 본격적인 근대와 근대적 주체의 형성 과정은 과거의 중심의 상대화에 의해 조건지어지며, 초월적·절대적 중심항의 매개에 의존하지 않는, 내재적·상대적 형태의 부단한 운동으로 특징지어지는 것이다.

---

28) 임화, 「세태소설론」, 『문학의 논리』, 학예사, 1940, 346면.
29) 김외곤, 「임화의 소설론과 생활세계의 인식」, 『한국학보』, 1995년 겨울, 134~135면.

4. 파시즘의 재인식을 위한 제언

1930년대에 대한 최근의 비판적 논의들이 기대고 있는 서구의 일부 후기 구조주의자들의 견해에 따르면, 우리가 지금까지 생각해왔던 근대란 이성에 대한 신뢰와 인간 역사의 진보에 대한 믿음에 기반해 있으며, 따라서 궁극적으로 성취하여야 할 가치였다. 그러나 20세기 후반 들어 자본주의의 문제점이 불거지고 세계대전과 파시즘의 경험이 이에 겹치면서 근대에 대한 부정적 의식이 만연하게 되었으며, '근대성'에 대한 논의도 근대가 가진 부정적 측면, 즉 소외와 배제, 통제와 규율에 초점이 맞추어졌다. 이처럼 탈근대의 관점에서 근대성을 거론하는 것은 규범과 이탈의 욕망이 얽혀 있는 근대의 의미를 새롭게 인식하게 함과 동시에 이러한 근대를 극복할 수 있는 탈근대의 전망을 모색해 보도록 한다는 점에 그 의의가 있다.

절대적 가치를 지녔던 사회주의이념이 이미 "통용되지 못할 루블지폐"[30]로 전락해 버린 시점이 카프 해산을 전후해서이다. 그리고 1930년대 후반을 그 이전 시기와 구분할 수 있는 문단 외적인 지표로 들 수 있는 것이, 중일전쟁의 발발로부터 태평양전쟁에 이르는 총력전의 개시, 치안유지법의 개악, 사상범보호관찰령을 통한 사상탄압 등이다. 이러한 사건들을 관통하는 것은 분명 파시즘의 득세일 것이다. 하지만 이와 같은 상황의 변화를 기존 논의들에서처럼 '그저' 파시즘의 득세로만 설명하기에는 뭔가 부족한 감이 없지 않다. 그러한 지표가 단순히 외적 억압만을 의미하지 않고, 그로 인해 당대인들이 겪었을 정신적인 절망감과 역사적 전망의 부재에 대한 인식을 함축한 규정이라 하더라도 말이다. 더구나 1930년대 당시에도 이러한 파시즘을 단지 '야만주의' 혹은 '혈족

---

30) 유항림, 「마권」, 『단층』 1호, 1937.4, 96면.

주의'31)로 상징화하는 경우가 대부분이었음을 상기해 본다면, 이 시점에서 파시즘의 성격을 재검토해 보지 않을 수 없게 된다. 이는 "그의 눈앞에 놓여있는 현실 속으로 파고들지 못"32)함으로써, 현상의 내적 계기를 제대로 보지 못한 결과일 수 있다. 어쨌든 당대의 문인들에게 파시즘이란 것이 "자본주의 모순은 인간의 실천에 의해서 극복될 것이며 따라서 자본주의 이후에는 사회주의 사회가 올 것이라는 그들의 출발점을 순식간에 지워버릴 만큼 중대한 사건"33)으로 인식되었던 만큼, 이에 대한 좀 더 객관적인 분석은 이후 논의의 진전을 위해 필수적이다.

일제의 파시즘은 내선일체의 정책으로 대표된다. 이러한 정책의 의도는 일상적인 조직과 훈련을 통해34) 조선인의 육체와 내면을 일본인화하는 것이다. 이것은 육체적 억압을 통해 욕망의 출구 자체를 봉쇄하는 전체주의적 통제 방식과는 다르다. 말하자면, 일제강점기를 통해 근대를 체험할 수밖에 없었던 우리에게는, 파시즘화에 따른 식민지적 주체의 생성 과정과 근대적 주체의 생산 과정이 결코 별개의 것이 아니라는 것이다. 물론 그 시대가 갖는 식민지근대로서의 특수성은 강조되어 마땅하지만 말이다. 그런데, "1930년대 문단에서 카프의 해체와 그에 따른 마르크스주의의 퇴각이 의미했던 것이 근대성의 인식과 추구에 적합한 사상적 환경의 붕괴와 더불어 근대에 대한 이념적, 실천적 지향을 가능케 하는 역사적 사고가 존립하기 어렵게 되었다"35)라는 지적에서 짐작할 수

---

31) 최재서, 「지성옹호」, 『문학과 지성』, 인문사, 1938, 149면. "지성이 퇴각을 함에 따라 선전과 폭력주의, 감상적 내슈내리즘과 신비주의, 모든 미신과 애매철학, 비합리적 영웅주의와 선정문학 등이 세력을 차지하여 예지는 거의 질식할 지경에 이르렀다."

32) F. Jameson, 여홍상·김영희 역, 『변증법적 문학이론의 전개』, 창작과비평사, 1984, 333면.

33) 김윤식, 「한국 근대문학교육의 어떤 좌표」, 『한국문학의 근대성 비판』, 문예출판사, 1993 참조. 김윤식은 이러한 카프의 맑시즘 수용 양상을 '근대성'과 구분하여 '근대주의'라 하였다.

34) 김진균·정근식 편저, 『근대주체와 식민지 규율권력』, 문화과학사, 1997 참조.

35) 황종연, 「한국문학의 근대와 반근대」, 동국대 박사논문, 1991, 1장 참조. 그 외에도 이러한 시대적 인식에 기반한 연구로서 한형구, 「일제 말기 세대의 미의식에 관한 연구」, (서울대 박사논문, 1992)를 들 수 있다.

있듯이, 기존의 1930년대 후반에 대한 해석은, "당대인들이 맞서야 할 타자의 모습이 자본주의적 모순이 아니라 야만주의였"다는 당대의 시대인식을 그대로 수용해 버림으로써, 결국 1930년대 전반과 후반을 각각 근대의 지향과 탈근대의 지향이라는 이분화된 도식 속에 가두어36) 버리는 결과를 초래하고 말았다.

우리에게 근대적 주체의 형성은, 규율화된 근대적 주체의 생산과 내선일체의 식민지 주체의 생산의 동시적인 경험 속에서 출현했다고 볼 수 있다.37) 그런데 이때 당연히 제기될 수 있는, 서구적 근대와 다른 식민지적 근대의 차별성이 무엇인가라는 문제에 집착하는 순간, 식민지적 근대는 일국적 차원에서 사고되어 버림으로써 식민지는 식민지대로 세계사적 연관을 상실하게 되고, 근대는 근대대로 서구적 근대의 모방에 불과한 것이 되고 만다. 말하자면, 우리의 지나간 식민지적 근대를 서구적 근대와 차별적으로 인식하고 근대를 비판적으로 사고하려는 노력 못지 않게 중요한 것은, 자본주의세계 경제의 확산과 마찬가지로 근대적 제도 및 담론이 서구에서 비서구사회로 확산되어 갔음을 전제하고 그 과정에서 '식민화'라는 것이 결정적인 계기로 작용했음을 인식하는 것이다. 이를 통해서 식민화된 비서구사회에 폭력적인 방식으로, 혹은 문명화라는 방식으로 근대가 뿌리내리게 되었는데, 일제강점기의 한국사회에서의 근대화도 그것과 본질적으로 다를 바가 없다. 이러한 의미에서 일제강점기에 있어서 식민화는 근대의 조건이었다고 할 수 있다.38) 요

---

36) 류보선, 「환멸과 반성, 혹은 1930년대 후반기 문학이 다다른 자리」, 『민족문학사연구』 4호, 1993, 225면.

37) 김진균·정근식 편저, 앞의 책, 143면. "한국에서 근대적 주체의 구성을 동일시라는 메커니즘을 통해서 설명할 수 없다. (…중략…) 한국처럼 자국의 지배자도 아닌 외부의 침략과 침탈에 의해 어떤 '근대적 모델'이 제시되었을 때, 그에 대한 동일시를 통해 근대적 주체가 구성될 가능성은 매우 희박하다. 오히려 '근대적 주체'로 만들려는 시도는 기존의 사회적 습속과 더불어 민족적 습속의 마찰, 나아가 제국주의적 강제에 대한 반발과 투쟁이라는 강력한 저항을 압도하는 강제와 통제를 통해서 수행된다."

38) 배성준, 「식민지근대화 논쟁의 한계지점에 서서」, 『비판과 연대를 위한 역사포럼 3차

컨대, 1930년대라는 역사적 현실은 식민지근대라는 특수성을 안고 있으면서 동시에 자본주의적 근대라는 보편사적 현실의 일부라는 것이다. 이러한 인식을 전제로 했을 때, 파시즘의 의미는 기존의 막연한 정의를 넘어서게 되고, 나아가 1930년대 문학 연구가 더욱 심화할 수 있을 것이다.

세미나 발표문』 2000 참조.

제 2 장

심미적 사유의 도정과 미적 근대성의 구현

이태준론

1. 이태준 문학에 대한 해석의 다양성

이태준은 카프가 결성되던 1925년 그 해에 「오몽녀」를 발표하면서 등단한 이후, 개성 있는 작품세계와 탁월한 문학적 식견으로 독보적인 문학사적 위상을 견지해 왔다. 그는 1933년에 결성된 〈구인회〉의 실질적인 좌장 역할을 하면서, 당시 문단의 주도권을 장악하고 있던 계급문학 운동에 대해 시종 비판적 거리를 유지하였고, 1939년 이후로는 『문장』지의 편집자로 활약하면서 1930년대 순수문학 진영의 실질적인 리더로서 군림하였다. "1925년 이후의 비카프문학이 낳은 가장 큰 작가"라는 임화의 평가[1]는 그 당시 이태준이 문단 내에서 차지했던 위상을 단적으

---

1) 임화, 「본격소설론」, 『문학의 논리』, 학예사, 1940, 374면.

로 보여준다고 할 수 있겠다. 그러던 그가 해방 이후에는 좌익진영에 가담하여 〈조선문학가동맹〉의 지도적 역할을 수행하였고, 당시 좌익통일전선체인 '민주주의 민족전선'의 간부를 지내던 중 월북하여 북한에서도 중요한 직책을 역임하다 마침내 숙청당하였다.[2]

이태준에 대해서는 그간 연구성과[3]가 제법 축적되면서 한 작가로서의 객관적인 면모가 상세히 밝혀져 있어 그의 작가의식과 작품세계에 대해서도 다양한 해석의 근거가 마련되었다고 볼 수 있다. 이것을 일별해 보면 대개 네 가지 관점으로 나누어 볼 수 있다. 먼저, 문체와 같은 작품의 기법적 측면에 관심을 두고, 그를 '스타일리스트' 혹은 '기교주의자'로 규정하는 시각이 있고, 다음으로는 사회의 주변부로 내몰린 소외된 계층에 대한 작가의 관심에 주목하여 작가의식이나 현실 반영의 문제를 중심으로 접근함으로써, 그를 '리얼리스트'로 규정하는 시각도 있다.

또 수필과 소설에 드러난 것을 토대로 이태준이 '고전'이나 '옛것'에 경도되어 있다고 보고 그를 '전통주의자' 또는 '반근대주의자'라고 평가하는 견해가 있다. 마지막으로, 작가의 반(反)자본주의적 비판의식과 심미적·표현적 합리성에 주목함으로써 이태준을 '모더니스트'라고 규정하는 관점이 있는데, 이는 최근 연구의 주요한 경향에 해당한다. 특히 최근의 관점은 '미적 합리성'을 토대로 기존 연구물들의 한계를 상당히 극복해 내긴 했지만, 해방을 전후로 한 작가의 변모까지도 설득력 있게 해명해 내기에는 좀 무리가 있다고 보인다.

그런데 여기서 유의할 것은, 각각의 평가의 차원이 단순히 서로 다를 뿐만 아니라, 상호 대립 혹은 모순된 관계에 놓여 있다는 점이다. 그리고 이러한 평가를 가능케 한 핵심적이 원인을 작가의 '상고주의적 경향'이 제공하고 있다는 사실이다. 바로 이 지점이 이 글에 담긴 문제의식의 출

---

2) 민충환, 「이태준의 전기적 고찰」, 『이태준 문학연구』, 깊은샘, 1993, 33~53면 참조.
3) 상허문학회, 『이태준 문학연구』(깊은샘, 1993, 434~440면)에 수록되어 있는 '이태준 자료 및 연구 목록' 참조

발점이기도 하다. 말하자면, 이태준에게 있어서 심미적 체험의 대상이 왜 일상적 현실이 아닌 자연이어야만 하고, 또 작가는 왜 당대의 것이 아닌 고전이나 옛것에 경도되어 있는가 하는 의문은 이태준의 전모를 보다 객관적으로 파헤치는 데에 넘어야 할 언덕임에 분명하다. 따라서 이 글에서는 이러한 의문을 풀어 나가기 위해 심미적 대상을 바라보는 작가 자신의 시선과 태도를 드러내고, 그것이 또한 현실에 대한 어떠한 태도를 의미하는지를 밝혀 보고자 한다. 이러한 의문에 대한 해답의 추구 과정이 이태준 문학의 객관적인 이해를 가능케 하며, 그의 문학적 기반을 보여주고, 더 나아가 그가 실질적인 리더 역할을 했던 〈구인회〉의 성격에 접근하는 데 적지 않은 실마리를 제공하리라 생각된다.

단, 논의 과정에서 장편은 제외시킬 것인데, 그 주요한 이유는 이태준 자신이 '근대적 작가 또는 예술가'로서의 위상을 단편을 통해 실현했기 때문이다. 작가 스스로 "순수한 문학으로서의 소설은 단편소설과, 연재 조건에 걸리지 않는 전작소설에서 발육이 가능할"[4] 것이라고 밝힌 바 있고, "단편은 모든 작가들의 예술을 대표하고, 따라서 조선 문학을 대표하는 자라 하여도 과언이 아닐 정도다"[5]라는 발언을 했다는 사실 등이 이를 뒷받침한다.

2. 낭만주의적 경향과 근대적 미의식

이태준은 "시적 작품 혹은 사실적 작품을 자기 기질에 맞는 대로 쓰는 작가의 권리를 부인하는 것은 작가의 기질을 무리로 변조시키는 것

---

4) 이태준, 「조선의 소설들」, 『무서록』, 깊은샘, 1994, 69면.
5) 이태준, 「단편과 장편(掌篇)」, 『무서록』, 깊은샘, 1994, 59면.

이요, 그의 독창을 막는 것이요, 자연이 그에게만 준 그의 눈과 그의 재질의 사용을 금하는 것이 된다"는 모파상의 말을 인용하면서 다음과 같은 견해를 강하게 내세운 바 있다.

사회는 우리에게 무엇을 요구하는가? 대중은? 물론 이것을 생각하여야 한다. 이상과 같은 사람은 전혀 이런 것은 불문에 부친 것 같기도 하다. 그러나 얼른 그러했으리라고 단정하는 것은 경솔이다. 이 점을 이상처럼 고민한 사람도 적을 줄 안다. 다만 대중의 노예가 안 된 것뿐이다. 만일 이상이 자신에게서 사회 의식성이 그 아닌 것보다 더 승할 수 있는 성격을 진단했다면 그는 누구보다도 불꽃이 튀는 의식 작품을 써냈을는지 모른다. (…중략…) 목전에는 독자가 적어도 좋다. 아니 한 사람도 없어도 슬플 것이 없다. 그 고독은 그 작자의 운명이요 또 사명이다. 고독하되, 불리하되 자연이 준 자기만을 완성해 나가는 것은 정치가나 실업가는 가져보지 못하는 예술가만의 영광인 것이다. "같은 달음질이라도 백미(白米)와 천미(千米)와 또 마라톤이 다를 것이다. 마라톤이 인기 잇다 해서 백미에 적당한 자기 체질을 무시하고 마라톤에 나서면 거기에 남는 것은 무엇일 것인가. 유정이나 이상은 다 자기 체질에 맞는 종목을 뗀 사람이다. 그래서 그들 작품에는 자신이 있다, (…중략…) 작가가 따라야 할 독자의 요구란 무차별적인 것이 아니라 비록 소수의 독자만이 요구할 수 있는 "당신 자신의 기질에 맞는 최선의 형식으로 무어든지 아름다운 것을 지어 달라"는 것이며 (…중략…) 기질에 맞는 것을 쓴 작가에게는 상식 혹은 개념 이상의 창조가 있다. 그러나 기질에 맞지 않는 것을 쓴 작가에게는 기껏해야 상식이요 개념 정도다. (…중략…) 문학은 사상이기보다는 차라리 감정이기를 주장해야 할 것이, 철학이 아니라 예술인 소이(所以)다. 감정이란 사상 이전의 사상이다. 이미 상식화된, 학문화된 사상은 철학의 것이요, 문학의 것은 아니다.6)

1937년 5월에 발표된 이 평문은 이태준이 등단 당시 보여주었던, 그리고 그 후에도 그의 문학의 심층에 흐르는 낭만주의적 경향을 암시함과 동시에, 그가 상식과 개념을 넘어선, 학문과 철학을 넘어선 그 무엇

---

6) 이태준, 「누구를 위해 쓸 것인가」, 『무서록』, 깊은샘, 1994, 49~52면.

으로서 문학을 상정하고 있음을 단적으로 보여주고 있다.

먼저, 그의 문학관에서 드러나는 낭만주의적 성격은 '모더니스트'라는 그의 작가적 규정과 모순되는 것이 아님을 밝혀 둘 필요가 있다. 서구의 모더니즘이 이전 낭만주의의 성격을 계승하고[7] 있음은 주지의 사실이다. 이태준의 등단작이라 할 수 있는 「오몽녀」(1925)는 당시 문단의 주류적 분위기와는 무관하게, 현실의 문제보다는 주체의 주관적 욕망을 중시하는 낭만주의적 경향[8]을 띠고 있다. 여타의 경향보다도 더욱 급진적으로 과거의 전통이나 인습에서 벗어나고자 했던 낭만주의는 주관성을 중시하고 자의식을 강조한다는 점에서 모더니즘의 문제의식과 많은 공통점을 지니고 있다. 즉, 기본정신에서 모더니즘은 낭만주의적 전통을 상당 부분 그대로 계승한 것이다. 보러(K. H. Bohrer)는 낭만주의적 혁명성에 주목하면서 그 '혁명성'의 척도를 이데올로기적·내용적인 영역에서가 아니라, 전문적인 예술적 담론, 즉 낭만적 언어 자체의 기호체계에서 찾은 바 있다. 특히 그는 낭만주의를 '계몽의 계몽'으로 규정하였는데, 이 점은 1920~30년대의 〈카프〉와 대립적 관계에 놓여 있었던 모더니스트들의 문제의식, 즉 계몽주의적 문학 자체 속에 은닉되어 있는 물화된 이성에 대한 계몽적 정신, 그리고 자기 준거적 표현체계로서의 언어의식과 상당히 유사함을 확인해 볼 수 있다.[9]

이렇듯, 도구적 이성에 대한 대타의식이라든가 언어적 자의식이라든가 하는 낭만주의적 성격은 모더니즘문학의 그것과 상통하는 바가 크다. 혁명의 상상력이 이념보다 사건 자체의 힘의 분출을 겨냥하고 있다는 것, 그리고 정치적인 사유가 아니라 상상의 전복성이 내러티브화되어 있다는 것이 양자의 공통점을 잘 대변해 준다. 특히 예술적 자율성과 관련

---

7) 김욱동, 『모더니즘과 포스트모더니즘』, 현암사, 1992, 35~44면 참조.
8) 강진호, 「동경과 좌절의 미학」, 『이태준문학연구』, 깊은샘, 1993, 107면. 이 글에서 강진호는 이태준 소설에 일관되게 나타나는 주관적 동경과 문명화된 세계에 대한 비판, 과거에 대한 향수 등을 낭만주의적 정신의 소산으로 설명하고 있다.
9) Karl Heinz Bohrer, 『절대적 현존』, 문학동네, 1998, 21~34면 참조.

하여, 상허가 예술작품의 창작이 개인에 의해서 이루어지며 이는 전적으로 개성에 기반한 것임을 자각하고 있었다는 사실을 다음의 인용문은 보여주고 있다.

주인공의 운명이 어떻게 될까? 이 사건의 결말이 어떻게 떨어질까? 이런 것은 다음 문제로 돌려도 좋다. 그런 것은 다 읽기만 하면 결국 알고 말 사실이다. 읽어 내려가면서 맛보고 즐기고 할 현대소설의 중요한 일면이 있다는 것을 알아야 한다. 밀레의 「만종」 같은 그림은 내용뿐이다. (…중략…) 그러나 고호의 「해바라기」 같은 그림은 내용이란 해바라기꽃 몇 송이를 병에 꽂아 놓은 것뿐이다. 아무 극적인 것이 없다. (…중략…) 고호가 해바라기를 어떻게 보았나? 어떻게 표현했나? 그 선과 색조에 고호의 개성 눈과 고호의 개성 솜씨가 있는 것이다. 소설도 그것이 있다.10)

위 인용문을 통해, 작품의 내용에 해당하는 '무엇을' 표현하느냐가 아니라 '어떻게' 표현하느냐를, 그리고 언어와 같은 예술적 수단에 대한 자의식을 이태준이 얼마나 중요하게 의식하고 있었는지 잘 알 수 있다. 예술가가 개인으로서 생산활동을 하는 데 있어, 이러한 '창조적 주체로서의 개인과 관련된 예술관'에서 강조되는 '개성'이란 정신의 잠재적 원동력이자, 예술적 수단을 구사하는 능력이며, 더 나아가 '창작 과정을 야기시키고 촉진시키는 자부심'으로서 작용한다.11)

이태준 단편의 주인공들은 당대에 최재서가 지적한 바 있듯이, '낙백(落魄)한 유자(儒者), 누항(陋巷)에 침면(沈眠)하는 퇴기, 불우한 소학교원이나 혹은 유랑하는 농민, 어리석은 신문배달부, 생에 희망을 잃은 노인'12) 등 한마디로 말하자면 그 당시 사회에서 철저하게 소외된 민중들이다. 이런 민중들에 대해서 이태준은 때로는 분노하기도 하고 때로는 방관자

10) 이태준, 「소설이 맛」, 『무서록』, 깊은샘, 1994, 70면.
11) Peter Bürger, 최성만 역, 『전위예술의 새로운 이해』, 심설당, 1986, 88면.
12) 최재서, 『문학과 지성』, 인문사, 1938, 175면.

적 입장을 취하기도 하지만 그들의 삶에 깊이 개입하지는 않는다. 작가 자신의 표현대로라면, 그들은 "사상적 사고라거나 현실 기구와 관련한 구성이라거나 그런 것을 피할 수 있는 이미 운명이 결정된 인물들"[13]이다. 따라서 이태준은 그들의 현실 자체가 어떤 것인가를 천착하고 들어가 그 모순의 근원을 파헤쳐보기보다는 그 결과를 그리는 것을 중시하였다. 흔히 작가 이태준의 현실 인식의 정도를 보여주기 위해 자주 인용되는 다음과 같은 발언은 오히려 '예술이 자율성'을 의식하고 있는 작가로서의 주체적 자각과 자신감의 표현으로 봄이 옳을 듯하다.

> '구인회 작가여 용감하여라. 민중도 생각하여라' 하는 것들은 참으로 무엇에 그렇게 놀랜 사람들인지 알 수가 없다. 우리도 그만한 민중 관념 그만한 자기반성에 게을리하지 않았다. 그냥 막연히 민중 운운한다고 지금은 수가 아니다.[14]

이러한 이태준 자신의 언설을 곧바로 그의 작가로서의 현실 인식의 수위로 간주하는 것은 성급한 판단이다. 이와 관련해 '하스코프'에서 열린 혁명작가회의를 국내에 처음 소개한 이가 박태원이라는 것, 파시즘에 맞서 문화옹호를 위한 국제작가대회가 파리에서 열렸을 때 가장 흥분한 이가 이상(李箱)이었다는 김기림의 회고, 그리고 죽음 직전의 김유정이 "크로포토킨의 상호부조론이나 맑스의 자본론이 훨씬 새로운 운명을 띠이고 있다"고 갈파했던 사실, 김기림의 전체 시론, 계몽주의적 성격이 짙은 상허의 장편소설 따위를 근거로 제시해 볼 수 있다. 여기에서 확인할 수 있는 것은 이들이 시대의 변화에 매우 민감하게 반응했다는 사실과, 자신의 주된 창작의 공간에서는 이와 같은 인식을 피력하는 것을 자제해 왔다는 점이다.[15]

따라서 이태준을 평하여, '진보를 향하여 흘러가는 역사, 그것을 이끌

---

13) 이태준, 「참다운 예술가 노릇 이제부터 할 결심이다」, 『조선일보』, 1938.3.31.
14) 이태준, 「구인회에 대한 난해, 기타」, 『조선중앙일보』, 1934.8.10.
15) 박헌호, 「구인회를 어떻게 볼 것인가」, 『근대문학과 구인회』, 깊은샘, 1996, 40~41면.

어 가는 역사적 주체에 대한 신념의 상실'이라고 한다든지, '이태준이 지닌 반자본주의적 의식이 자본주의를 넘어서지 못하고 자본주의 내에 고착되어 있다'고 지적하는 것은 그에 대한 생산적인 접근 방법이 되지 못한다. 그는 자본주의의 부정성을 넘어설 수 있는 가능성을 암시하거나 그 극복방안을 드러내고자 한 작가의 부류에 속하지 않았다. 그의 표현 대로라면, "자신의 기질에 맞는 최선의 형식으로", 문학적 자율성의 영역이 갖는 비판의 힘을 드러내 보이고자 했던 것이다.

요컨대 이태준은 예술적 자아로서의 작가정신과 사회적 자아로서의 현실 인식을 적어도 동일시하지 않으면서 근대적 예술가로서의 전문가 의식을 가졌다고 봄이 타당하다. 그러나 이태준이 현실에 대한 직접적 대응으로서 문학을 사고하지 않았다고 하여 예술의 자율성이라는 영역에 안주하고 정체해 있었던 것은 아니다. 그에게 있어서 예술의 자율성이란 현실과의 새로운 관계에 대한 끊임없는 모색이며, 그 관계란 간접적인 것이고 철저히 미학적인 것이었다고 할 수 있다.

3. 아우라를 통한 미적 세계의 경험

모더니즘이란 도시생활의 체험, 곧 근대적 '생활세계'의 체험과 직결되어 있으며, 동시에 담론으로서의 근대성도 밀접히 연관되어 있다. 이는 근대성 자체를 이데올로기적인 것 혹은 아프리오리(apriori)한 것으로 상정하고 접근해 들어가는 관점과는 명백히 다른 것이다. '생활세계' 곧 일상성은 매우 구체적인 것이며 감각적인 것이다. 동시에 일상적 현실은 '반복'과 '자기 동일성'을 특징으로 하는 완결된 세계이다.16) 이러한 현실에 대한 권태의 양상은 1930년대 모더니스트들에게 하나의 미적 경험으로서 다양한 형태를 띠고 나타난다. 박태원의 초기 소설에 나타나는 무위의 권태, 이상 소설을 지배하는 절대권태, '산문적 현실'로부터 유래하는 최명익 소설의 권태 등은 당시 모더니스트들이 일상의 권태를 형상화해 내고 있는 구체적인 양상들이다.17) 이들의 경우, 일상적 현실의 전면 수용을 권태소멸의 궁극적인 방법으로 인식하고 있었던 것이다.

이에 반해 이태준의 소설에서는 일상에의 침투의 흔적과 '권태'의 양상은 거의 찾아볼 수 없다. 그는 경직된 현실에 대한 절망과 무력감 대신 심미적 상상 공간을 통해 자기의 세계를 구축하였다. 주지하다시피 이태준에게 이것은 고전을 가까이 함으로써 가능한 것이었다.

> 고전은 아득해서 좋다.
> 시간으로 아득함은 공간으로 아득함보다 오히려 이국적이요 신비적이다. 고경조신(古鏡照神)의 그윽한 경지는 고탑의 창태(蒼苔)와 같이, 연조(年祖)라는 자연이 얹어주고 가는 가치이다. 창연함! 오래오래 울퀴야 나오는 마른 버섯과 같은 향기! 이것은 아모리 명문이라도 일조일석에 수사할 수 없는, 고전만이 두를 수 있는 일종 배광(背光)인 것이다.18)

"향과 색과 음향이 서로 응답하는" 이러한 시적 교감의 차원은 벤야민의 아우라(Aura)를 연상시키기에 충분하다. '아무리 가깝게 보일지라도 사실은 먼 것의 일회적인 나타남'과 '그 분위기의 지속성'을 의미하는 아우라는 벤야민이 꿈꾸는 진정한 유토피아라고 할 수 있는데, 조용히 휴식을 취하는 관조자의 지각작용 속에서 가까운 것과 먼 것이 하나가 되는 그러한 현상이다.19) 이 관조자는, 의도 없는 존재로서의 사물을 폭력적으로 장악하거나 사물을 소유하려 하지 않는다. 이러한 아우라를 통

---

16) A. Eysteinsson, 임옥희 역, 『모더니즘문학론』, 현대미학사, 1996, 190면.
17) 강상희, 「1930년대 한국모더니즘소설의 내면성 연구」, 서울대 박사논문, 1998, 56~58면 참조
18) 이태준, 「문장의 고전, 현대, 언문일치」, 『문장』, 1940.3, 135면.
19) W. Benjamin, 반성완 역, 『발터 벤야민의 문예이론』, 민음사, 1983, 203~204면.

한 심미적 경험은 대상 속에 자신을 침잠시키거나 더 나아가 무화시킴으로써 대상과의 신비적 일체감을 체험하는 태도를 전제로 한다.

이러한 아우라의 공간에 대해서 일종의 분석적 태도를 취하거나 대상을 향한 비판적 인식이 개입하게 되면 그 분위기는 사라진다.[20] 왜냐하면 이러한 사유의 태도는 본질적으로, 인식하고자 하는 것에 대한 폭력과 다름없기 때문이다. 인식하려는 세계에 대해 주체가 덮어씌우는 개념망은 인식을 기형화하는 그물이다. 모든 사유에 내재되어 있는 이러한 기형화를 극복하기 위해서는 인식의 개념에 '감각적인 체험의 계기'를 끌어들이는 것이 필요하다.[21]

바로 이러한 인식에 대해서 이태준은 꽤나 자각적이었던 것으로 보인다. "완전히 느끼기 전에 해석부터 가지려 함은 고전에의 틈입자(闖入者)임을 면치 못하리니 고전의 고전다운 맛은 알 바이 아니요 먼저 느낄 바로라 생각한다"는 이태준의 발언은 고전을 통해 아우라의 공간을 체험하는 자의 감각을 보여 준다. 먼저 '감각적'인 것의 수용은, 이태준이 소설 창작에 있어서는 정서를 시각화[22]하는 기법을 사용함으로써, 그리고 소설론을 통해서는 '보여주기(showing)'를 강조함으로써 역력히 드러난다.

이러한 시각화의 경향이 가장 잘 드러나는 작품이 바로 「까마귀」이다. 이 소설은, 가난한 소설가가 친구의 별장을 빌려 기숙하던 중 폐병에 걸린 여자를 우연히 만나는 데에서 시작된다. 그런데 이 여자가 까마귀를 죽음의 상징으로 여겨 두려워하는 것을 알게 된 소설가는, 까마귀가 실상은 한 마리 새에 불과하다는 것을 알려주려 하지만 이미 그녀는 죽고 없다. 유의할 것은 이 작품의 무게중심이 사건의 전개에 있지 않다

---

20) '고대성과 현대성의 논쟁'에서 밝혀졌듯이, 근대는 그 이전과 자연을 대하는 태도에 있어서 근본적인 차이가 있다. 즉 고대성에서 자연은 지배의 대상이 아닌 유화의 대상이었던 반면에, 현대성에서는 자연이 냉엄한 인간 이성의 위대한 분석력으로 극복될 대상이 된다. 서규환, 『현대성의 정치적 상상력』, 민음사, 1993, 112면.

21) 김유동, 『아도르노 사상』, 문예출판사, 1993, 145면.

22) 박헌호, 「이태준 문학의 소설사적 위상」, 성균관대 박사논문, 1997, 111~122면.

는 점이다. '서사'는 이 작품을 가득 채우는 분위기를 유발하는 동인으로 작용할 뿐이고, 한층 두드러지는 것은 '보여주기'를 통해 정서의 시각화가 이루어지고 있다는 사실이다. 그런데 궁극적으로 이러한 소설의 서정적 경향은 결국 산문적 현실과, 반복과 자기 동일성에 의해 훼손된 일상으로부터의 거리에 비례한다고 볼 수 있다.

> 밖으로도 문 위에는 추성각(秋聲閣)이라는 추사(秋史)체의 현판이 걸려 있고 양쪽 처마끝에는 파ー랗게 녹쓸은 풍경이 창연히 달려 있다. 또 미닫이를 열면 눈 아래 깔리는 경치도 큰 사랑만 못한 것 같지 않으니, 산기슭에 나붓이 섰는 수각(水閣)과 그 밑으로 마른 연잎과 단풍이 잠긴 연당이며 그리고 그 연당 언덕으로 올라오면서 무룡석으로 석가산을 모으고 잔디밭 새에 길을 돌린 것은 이 방에서 나려다보기가 기중일 듯싶었다. 그런데다 눈을 번뜻 들면 동쪽 하늘이 바다처럼 트이고 그 한편으로 휜칠한 늙은 전나무 한 채가 절벽같이 가려 섰는 것이다. 사슴이 뿔처럼 석정귀가 된 상가지에는 희끗희끗 새똥까지 묻히어서 고요히 바라보면 한 눈에 태고(太古)가 깃들이는 듯한 그윽한 경치이다.[23]

> 다락에는 제일강산(第一江山)이라, 부벽루(浮壁樓)라, 빛낡은 편액(扁額)들이 걸려 있을 뿐, 새 한 마리 앉아 있지 않았다. 고요한 그 속을 들어서기가 그림이나 찢는 것 같아 현은 축대 아래로만 어정거리며 다락을 우러러 본다. 질퍽하게 굵은 기둥들, 힘 내닫는 대로 밀어던진 첨자와 촛가지의 깎음새들, 이조(李朝)의 문물(文物)다운 우직한 순정이 군데군데서 구수하게 풍겨나온다. (…중략…) 끝없는 대동벌에 점점히 놓인 구릉들과 함께 자못 유구한 맛이 난다.[24]

바로 위의 인용문은 「패강냉」의 주인공인 소설가 '현'이 십여 년 만에 처음으로 평양에 닿았을 때의 느낌을 적은 대목이다. '현'은 소설에서 평양 장면을 쓰게 될 때마다 그곳에 가고 싶어했었다. 오랜만에 평양에 온 그는, '평양'이라는 공간을 실제 접했을 때의 감회를 만끽하기보다는

---

23) 이태준, 「까마귀」, 『돌다리』, 깊은샘, 1995, 20면.
24) 이태준, 「패강냉」, 『돌다리』, 깊은샘, 1995, 103면.

'공간적인 동시에 시간적인(역사적인) 만남'이 가져다 주는 분위기를 호흡하고 있는 것이다. 미적 근대성이란 현실에 대한 모사에 의해서가 아니라, 예술가의 상상력에 의해 실현될 수 있는 것이다. 그것은 궁극적으로, 그의 눈에 들어오는 외양의 진부함을 뛰어넘어, 순간성과 영원성이 하나가 되는, '교감(correspondence)'의 세계로 들어가는 수단을 필요로 한다.25)

대상에 대한 완전한 이해의 방법 중 또 다른 하나가 '체험의 계기'를 수용하는 것이다. '현'이 십여 년 전 평양을 찾았을 때 그곳 여자들은 머리에 수건을 두르고 있었고, 이것이 그에게는 너무나 깊은 인상을 남겼었다. "단순하면서도 흰 호접과 같이 살아 보였고, 장미처럼 자연스런 무게로 한 송이 얹힌 댕기"는, 그들의 악센트 명랑한 사투리와 함께 '피양내인'들만이 가질 수 있는 독특한 아름다움이었다. 그런데 이제 이 고장 어디에서도 그 머릿수건을 구경할 수 없게 되자 '현'은 '폐허'를 바라보는 서글픔을 느낀다.

「돌다리」는, 병원을 확장하는 데에 아버지가 농토를 팔아 금전적으로 도와주기를 기대하는 창선과 그것에 반대하는 아버지의 관계를 그리고 있다. 토지를 팔아서 병원을 증축하겠다는 창선의 계획은 현실적으로 타당하고 합리적일 수도 있지만, 땅에 대해서는 '이해를 초월한 종교적 신념'을 가진 아버지의 뜻과는 타협의 여지가 없었다. 아버지에 의하면 '땅이란 일시 이해를 따져 사구 팔구'하는 것이 아닌 '천지만물의 근거'라는 것이다. 목제(木製) 다리가 놓여 있는데도, 떠내려간 돌다리를 굳이 보수하는 것도 역시 이러한 이유에서이다. 돌다리에는 어린 시절의 추억이 얽혀 있고, 할아버지가 그 다리를 건너서 자연으로 돌아갔으며 어머니도 그 다리를 건너서 시집을 왔다. 말하자면 그것은 무심히 지나칠 물건이 아니라 '인정'을 베풀어야 할 대상이다. 결국 창선의 아버지는 아들과 부인의 간절한 부탁과 주변의 비웃음에도 불구하고 다리를 복구한다.

---

25) M. Calinescu, 이영욱 외역, 『모더니티의 다섯 얼굴』, 시각과언어, 1993, 67면.

「돌다리」에서 아버지의 땅에 대한 애착은 그가 자연과 하나가 된 것에 비길 만한 것이다. 이러한 아버지의 애정은, 대상을 있는 그대로 놓아두지 않고 인간을 위한 목적 때문에 사물을 변조시키는 대상화와 상반되는 것이다. 말하자면 다리는 체험과 관련하여 과거의 의미가 배어 있는 것으로, '미적 경험'의 대상으로 승화된다.

벤야민의 '아우라' 개념, 다시 말해서 '시공간적 아득함에서 기인하는 분위기'라는 것은 중세의 예배적인 의식에 종속된 예술에 그 기원을 두고 있기는 하다. 하지만 벤야민은 그러한 의식으로부터의 해방을 통해 미적 지각을 만들어낸, 시민사회와 더불어 생겨난 자율적 예술의 시대를 '분위기적 시대'라는 개념으로 설명해 내었다. 즉, 예술을 위한 예술의 운동 및 유미주의와 더불어 예술의 재의식화가 이루어졌다는 것이다. '진짜' 예술작품의 유일무이한 가치는, 그것이 제아무리 간접적으로 매개가 되어 있다고 하더라도, 가장 세속적인 아름다움에 대한 숭배의 여러 형태에서까지도 세속화된 의식으로서 그 모습을 드러낸다고 할 수 있다.

따라서 '현'이 기대했던 아우라, 그리고 아버지가 '돌다리'에 대해 갖는 남다른 애정은 그것이 비록 제의적인 것으로부터 뽑어 나오지는 않는다 하더라도 세속화된 아름다움이나 가치에 대한 숭배의 느낌이며, 또 그들의 상실감은 그러한 느낌의 소멸에 의한 것이라 할 수 있다. 사용할 수 없는 자질구레한 장식품이나 낡아빠진 골동품에 대한 애정 혹은 지난날의 즐거웠던 기억들을 떠오르게 해주는 장소를 다시 찾았을 때 느끼는 기분은 시간의 지속(durée) 속에서, 그리고 공간 속에서 순간 순간 떠오르는 일련의 이미지들의 환영 속으로 우리를 몰입시키면서, 과거와의 감성적인 연결 고리로서 기능하는 것이다.

그런데 중요한 것은 이태준에게 있어서 이러한 심미적 체험의 대상이 왜 하필이면 고전적인 것이며, 또 자연이어야만 하는가?[26] 그것은 바로 '지금-이곳'으로부터의 시공간적 거리 속에서, 즉 지금으로부터 먼 과거와 일상의 영역으로부터 분리된 자연 속에서 객체의 가치가 온전히 보존된 심미적 상상의 공간이 형성될 수 있기 때문이다. 그러한 공간 속에서 진정한 아우라가 전해질 수 있음도 물론이다.

대상에 대한 분석적 태도나 개념적 인식 외에, 이러한 아우라가 붕괴하게 된 또 다른 결정적인 계기는, 사물을 공간적으로 그리고 인간적으로 더욱 자신에게 가까이 끌어오고자 하는 현대인의 강렬한 욕구[27]이다. 다시 말해서 아우라는 대상에 대한 '목적 없는' 태도를 전제로 한다. 이러한 태도는 기능을 일차적으로 중시하고 이윤을 목적으로 하는 일상성의 자본과 교환의 논리와 달리, 모든 기능적 목적과 용도의 부재를 전제하고, '일상성과의 거리'에 의해 가능한 것으로, 그 자체의 특수한 미적 공간을 형성한다. 가령, 「석양」의 매헌이 신라토기와 같은 옛 멋이 나는 그릇을 들여다보면서 실과(實果)라도 담아놓겠다는 생각을 하기보다 '빈 대로 놓구' 보는 것을 더 좋아한다는 설정은 바로 일상성과의 먼 거리감을 표현한 것이다.

사회가 발달하면서 각 분야가 독립적으로 분화되고 전문화되어 가는 경향은 예술의 영역까지도 지배하게 된다. '경험'이란 것을, 실제생활로 다시 옮겨질 수 있는 지각과 반성들의 가공된 덩어리[28]라고 규정했을 때, 근대적 분화 과정은 경험의 소멸을 초래하게 된다. 다시 말해서 '경험의 소멸'이라는 것은 전문가가 자신의 분야에서 얻은 경험들이 더 이상 실제생활로 다시 옮겨질 수 없다는 것을 의미한다. 이 경험의 소멸이 예술에서 나타나는 형태가 바로 미적 경험이다. 순수하게 발전된 한 특

---

26) 벤야민이 '아우라' 또는 '아우라적 예술'을 통해 의미한 것은, 베버가 근대성에서 하나의 독립된 가치 영역으로 구축되어 있는 미적인 것으로 의미했던 것과 매우 유사하다. 그러나 벤야민은 이보다 훨씬 더 많은 것을 의미한다. 벤야민에 의하면 문화적 대상들뿐만 아니라 자연적 대상들도 또한 아우라를 가질 수 있다. Scott Lash, 김재필 역, 『포스트모더니즘과 사회학』, 한신문화사, 1993, 197면.

27) W. Benjamin, 반성완 역, 『발터 벤야민의 문예이론』, 민음사, 1983, 204면.

28) Peter Bürger, 최성만 역, 『전위예술의 새로운 이해』, 심설당, 1986, 57면.

수한 경험으로서의 미적 경험은, 경험의 소멸이 예술의 영역에서 명백하게 표명된 형식이라고 할 수 있다.[29]

결국 예술이 사회적일 수 있다는 것은 사회에 대항해서 그 어떤 특정한 입장을 분명하게 표명하는 데에서 입증되는 것이 아니라, 오히려 경험적 현실을 자기 자신으로부터 분리시켜 예술작품에는 아무런 기능이 없다는 것을 드러냄으로써 보다 명확해진다. "아무 쓸모없는 것이야말로 진정한 아름다움을 갖는다. 유용한 모든 것은 추한 것이다"라는 서구 모더니스트의 주장을 실현하듯, 「여정(旅情)의 하루」에서 주인공은 치열한 삶의 현장인 원산 부두에서 "정히 악(惡)의 시인 보들레르의 환상이 이곳에 버려져" 있다고 느끼며, 늙은 여인들의 얼굴에서는 억척스러운 인간미가 아닌 추악한 두개골을 떠올린다. 이는 곧 그의 감수성이 얼마나 일상의 세계와 등지고 있는지를 알 수 있게 해주는 대목이기도 하다. 따라서 이러한 미적 경험에서는 실용적 목적이나 도덕성의 판단 기준을 더 이상 의식할 필요가 없다.

이처럼 경험의 소멸이 일상성과의 단절을 의미하게 된다고 할 때, 그것의 예술적 형식으로서의 미적 경험은 이태준에게 있어서 댄디즘의 양상으로 드러난다. 속물근성에 대한 강렬한 혐오와 고고(孤高)한 정신성에 대한 숭상, 그리고 장식적 미학과 비극적 취향을 내포하는 댄디즘적 경향은 박태원을 비롯한 1930년대 모더니스트들의 미적 체험의 주된 방식이기도 하다. 즉 권태로운 현실의 반대편에 자기 충족적인 자아의 상, 즉 댄디를 놓음으로써[30] 일상의 권태를 파기함과 동시에 근대적 현실에 대한 '형식으로서의 비판'을 수행할 수 있었던 것이다.[31] 댄디즘의 귀족

---

29) Peter Bürger, 최성만 역, 위의 책, 57면.

30) 강상희, 「1930년대 한국모더니즘소설의 내면성 연구」, 서울대 박사논문, 1998, 56~65면 참조.

31) 박헌호, 「구인회를 어떻게 볼 것인가」, 『근대문학과 구인회』, 깊은샘, 1996, 38면 참조. "사회적 근대성을 이룩하지 못한 당시 조선의 현실에서 이들의 댄디즘은 부르조아적 모더니티에 대한 반항의 의미보다는 야만적인 식민지 현실에 대해 '조선적 정서'를

3부 미적 주체의 형성과 문학적 자율성   303

취향은 예술가로 하여금 일반 대중들의 취향에 영합하지 말고 오히려 그들을 경멸하는 시선으로 쳐다보도록 하는 지시적 의미를 갖기도 한다. 가령, 「까마귀」에서 "늘 괴벽한 문체(文體)를 고집하여 독자를 널리 갖지 못하는" 가난한 작가를 주인공으로 설정하는 것 역시 이런 댄디즘적인 사유의 결과라 할 수 있다.

「패강냉」의 현은 마침 평양에 있는 고등보통학교에서 조선어와 한문을 가르치는 교사 박의 편지를 받고 평양을 찾게 된다. 그 편지의 내용인즉, 조선어 말살 정책으로 인해 박의 시간이 절반으로 줄게 되고 그것마저 없어질 날이 멀지 않은 듯하여 '학교에 찌씨찌싯 붙어있는' 존재처럼 자기를 느끼고 있다는 것이다. 현은 그 편지를 읽고 박을 만나 '손이라도 한번 잡아주고 싶어' 평양에 갔으나, 박이 학교로부터 내몰린 느낌을 받는 것이나, 현 역시 그 자신이 놓인 시대로부터 소외당한 느낌을 받는 것은 다를 바가 없었다. 여기서 현은 시대에 편승하여 평양부의회 의원까지 오른 김과 만나게 되는데, 그의 속물적 삶과, 방향 전환을 하여 팔리는 글을 쓰라는 충고에 발끈하여 그의 면전에 사이다 컵을 던져버리고 만다.

"아닌게 아니라 자네들 이제부턴 실속을 채려야 하네."
하고 김은 힐긋 현의 눈치를 본다.
"어떻게 채려야 실속인가?"
"팔릴 글을 쓰란 말일세. 자네들 쓰는 걸 인제부터 누가 알아야 읽지 않나? 나두 가끔 자네 이름이니 좀 읽어볼까 해도 요미니꾸꿋데 …… 도―모이깡 ……."

강조하는 형태로 나타난다." 한편, 강상희는 「1930년대 한국모더니즘소설의 내면성 연구」(서울대 박사논문, 1998, 65면)에서 "다만 1930년대 모더니즘 소설은 댄디즘을 징후로만 보여 주었다는 한계를 노정한다. 모더니스트들의 권태가 이상의 경우를 제외하고는 절대적인 것일 수 없었듯이, 세계사적 보편성을 관철할 수 없었던 식민지 지식인에게 댄디즘은 보편의 징후로밖에 체감되지 못한 것이라고 생각된다"라고 견해를 피력하였다.

"아니꺼운 자식…… 너이 따윈 안 읽어두 좋다. 그래 방향전환을…… 뭐……
어디가 글쓰는 놈이 선전이구 어쩌구 하는구나? 똥내나는 자식……" (…중략…)
"이 자식? 되나 안 되나 우린 우린…… 이래뵈두 우리……"32)

현의 분노는 자기 자신의 예술이 단순한 유희나 자기 도취가 아니라
자기 존재의 근거이자 마지막 보류이며, 그리고 도구적 합리성에 대한
비판적 자의식에서 비롯된 것임을 드러낸다. "자기의 작품에 대해서 독
자가 없다고 하더라도 그 고독을 작가의 운명이요, 오히려 예술가만의
영광으로 생각"33)한다든지, "아(雅)가 아니요 속(俗)인 모든 것은 결코 예
술일 수 없다"는 이태준 자신의 구체적인 언설을 통해 보더라도, 그의
귀족주의적 취향은 단순한 포즈가 아님이 분명하다.

댄디의 존재야말로 퇴폐의 시대에 있어 영웅주의의 마지막 발현이요,
인간적 긍지의 한 가닥 남은 밝은 빛이다.34) 옷차림의 우아함이나 생활
양식의 세련성과 정신적 엄격성 등은 일상과 동떨어진 질서에 속한 인
물들이 오늘날의 범속한 세계에서 스스로에게 부과하는 외면적 규율에
지나지 않는다. 정말 중요한 것은 내면적인 탁월성과 독립이요, 일체의
존재와 행동에 있어 아무런 실천적 목표나 동기를 갖지 않는다는 점이
다. 보들레르는 예술가보다 댄디를 상위에 둔다. 왜냐하면 예술가는 무
엇에 열중하고 뭔가 추구하면서 일하는, 아직도 하나의 공인(工人=俗物)
이기 때문이다. 오스카 와일드가 그 자신의 생활을 예술작품으로 만들겠
다고 하고 그의 회화, 교제, 생활 형식 등으로 만든 이 '예술작품'을 자
신의 문학작품보다 더 높이 평가한다고 했을 때, 그는 보들레르의 댄디
를, 즉 완전히 무용(無用), 무동기(無動機), 무목적(無目的)인 존재라는 이상

32) 이태준, 「패강냉」, 『삼천리문학』, 1938.1, 29~30면. 이 인용 대목은 『이태준 단편집』
(학예사, 1941)에 실리면서 간략하게 개작된 부분이므로, 원출처에서 인용한다.
33) 이태준, 「누구를 위해 쓸 것인가」, 『무서록』, 깊은샘, 1995, 50면.
34) A. Hauser, 백낙청·염무웅 공역, 『문학과 예술의 사회사』, 창작과비평사, 1974, 202~
204면.

을 염두에 두고 있는 것이다. 비록 '댄디즘'이 서구로부터 비롯된 개념이라 할지라도 이태준의 작가적 태도와 소설의 경향에서 보이는 '댄디즘'은 현실적인 가치를 포기하는 외면적 태도를 통해 오히려 예술가로서의 자부심을 보여주고자 하는 역설적 표현이라 할 수 있다.

4. 고전에 대한 심미적 관계의 지향

글의 서두에서도 밝힌 바 있듯이, 이태준에 대한 다양하면서도 모순된 평가(스타일리스트 / 리얼리스트 / 반근대주의자 / 모더니스트)의 근원은 그의 소설과 기타 평문들을 통해 매우 두드러지게 드러나는 상고주의적 경향이라 할 수 있다. 특히 〈구인회〉의 대표적 멤버로서 1930년대 문단 내의 모더니즘의 흐름을 주도했던 바로 그가 이병기·정지용 등과 더불어 『문장』을 주재했고, 그 편집 경향이 강한 민족주의적 색채를 띠었다는 사실은 이러한 상고주의(尙古主義)에 대한 해석을 더욱 어렵게 만들고 있다.

이태준이 골동품을 완상하며 난초를 키우고 고색창연한 옛 서적을 어루만지며 '선인들이 정독한 자취'를 엿보는 취미를 지녔다는 사실은 이미 널리 알려져 있다. 고전적 절제와 아취를 숭상하는 이러한 상허의 '호고취미(好古趣味)'는 그의 문체에까지 영향을 미치기도 했다. 그러나 한 작가에 대한 평가에 있어서 이러한 외관은 결정적인 근거가 되지 못한다.

이미 살펴본 바와 같이 일상적인 것과의 시공간적 거리를 통해 '아우라'를 뿜어내는 미적 공간을 창출하는 태도는 이태준을 본격 모더니스트로 규정하게 만드는 중요한 요소라 할 수 있다. 이러한 사실에 기반하여 상허의 상고주의적 의식을 아도르노의 '미메시스'35)와 긴밀히 연관지을 수 있다. 올바른 미메시스는 주체와 객체의 경직된 경계를 넘어, 또한 자기 유지의 굴레나 개념적 인식의 틀을 벗어나 열린 세계와 만날 수 있는 심미적 인식 능력을 가리킨다. 이때 객체는 더 이상 주체의 실용적인 목적에 종속되거나 도구화되지 않고 신성한 아름다움을 회복할 수 있는 것이다.

「달밤」의 황수건은 가난할 뿐 아니라 정신적 연령이 낮은 바보스럽고 사회화되지 못한 인물이다. 그는 한마디로 '모자라는 인물'이다. 이 점을 강조하는 것은 그의 가난과 어수룩함이 사회적인 맥락으로부터 해석될 수 없기 때문이다. 그것은 불합리한 사회 구조로부터 비롯된 것이 아니라 선천적으로 타고난 바보스러움에서 비롯된 것이어서 화자는 그의 가난이나 어수룩함에 대해서 동정하지도 않고, 그가 놓여져 있는 사회적 관계에 대해서 비판하지도 않는다. 오히려 '나'는 황수건의 천진하고 순박한 성격에 자기 자신이 동화되어 감을 느낀다. 한참씩 그의 말을 받아주고 있더라도 힘이 들지 않고 웃음밖에 남는 것이 없어 기분이 거뜬해지는 것을 느낀다. 황수건은 훼손되지 않은 인간이자, 자연의 일부로서 존재하며, 그의 '바보스러움'은 반(反)문명의 의미를 갖는다. 이 작품은 대상에 대한 미메시스적 관계가 인간성이나 인간의 인식 능력에 대한 근원적인 반성이 될 수 있음을 보여준다.

> 아무델 가도 저런 동네는 없을 것이다. 읍엘 갔다와도 서당턱만 내려서면 바람 한점 없이 아늑하고 빨래하기 좋고 먹어도 좋은 앞개울물이며, 날이 추우면 뒷산에 올라 솔잎만 긁어도 며칠씩은 때더니 …… 이젠 모두 남의 동네 이야기로구나!36)

위의 인용은 「꽃나무는 심어 놓고」의 시작에 해당하는 부분으로, 방

---

35) T. W. Adorno, 홍승용 역, 『미학이론』, 문학과지성사, 1984, 182면.
36) 이태준, 「꽃나무는 심어놓고」, 『달밤』, 깊은샘, 1995, 213면.

서방 부부가 추운 겨울날 먹고 살 길이 막혀 정든 고향을 떠나면서도 향수에 못 이겨 자꾸 뒤를 돌아보는 장면이다. 이태준의 소설 중에서 비교적 현실 인식이 뚜렷하게 드러난다는 평을 받는 이 작품도 면밀히 살펴보면 자본주의적 생산 관계 속에서 농민이 땅에 대해서 갖게 되는 계급적 정서와는 별 상관이 없다. 그것은 인간이 아름다운 자연을 보게 되었을 때 저절로 우러나오는 자연스러운 정서에 가까운 것이다. 고향에서 굶주리다 못해 먹고 살 길을 찾아 서울로 떠나왔으면서도 객지에서 맞는 봄 경치의 아름다움에 처자식을 생각하기보다는 자기 자신이 '슬픈 시인'이 됨을 느낀다. 그리고 벚나무를 한껏 심어 놓고 꽃이 채 피는 것을 보지 못하고 떠나온 아쉬움에 고향을 자꾸 떠올린다.

「석양」에서 매헌은 경주에 내려가 자연으로부터 위로와 안식을 얻는다. 또 경주에서 만나 알게 되어 흠뻑 심취한 타옥이라는 젊은 여인은 매헌에게 '이조백자와 같은' 느낌을 준다. 그는 이미 경주의 자연이나 풍물과 일체가 되어 있고 그 일체감에 몰입하고 만다. 매헌과 타옥의 만남이 깊어질수록 타옥은 매헌에게 위로와 안식을 주며 싫어지는 날이 없는 영원한 '그릇'이 되어 간다.

「바다」에서 옥순의 어머니와 옥순은 각각 출어한 남편과 약혼자가 심한 폭풍우에 떠밀려 죽어 돌아오지 못하게 되는 비운을 겪는다. 특히 옥순은 자책감과 그리움을 못 이겨 그들을 앗아간 바닷속으로 몸을 던지고 만다. 하지만 그 죽음은 비극으로서가 아니라, 오히려 아름다움으로 묘사되어 있다. 이것이야말로 '미메시스'적 태도의 한 전형이랄 수 있다.

미적 대상을 구체적으로 '향유'하는 것은 속물적인 태도이다. 실제로 미적 대상은 더 많이 이해될수록 덜 향유된다고 할 수 있다. 예술작품에 대한 전통적인 태도는 '경탄'이다. 즉, 예술작품은 즉자적으로 존재하는 것이지, 관람자를 위해 존재하는 것이 아니라는 데 대한 경탄인 것이다. 청중을 매료시키는 것은 작품의 진리이다. 예술의 진리에 대한 '주체'의 관계는 '예술을 주체에' 합병하는 것이 아니다. 반대로 관객이 대상 속

으로 사라지는 것이다.37)

　이러한 사유는 이태준의 「파초」라는 수필에 잘 드러나 있다. "소를 길러 일을 시키고 늙으면 팔고 사간 사람이 잡으면 그 고기를 사다먹고 하는 우리의 습관"에서 볼 때, "내 방 미닫이 앞에서 나와 두 여름을 났고 이제 그 발육이 절정에 올라 꽃이 핀" 파초에 대해서조차 그는 오히려 영광스러워하고 고개를 숙인다. 내년에 영락없이 그 파초가 죽을 것이니 적지 않은 돈을 주고 사겠다는 이웃사람의 호의조차도 '파초'의 시선에서 보노라면 부끄러움에 눈시울이 뜨거워지는 것이다.38) "산과 산으로 가로막되 덤비는 일 없이 고요한 그대로 고이고 고이어 나중날 넘쳐흘러가는 그 유유무언(悠悠無言)의 낙관(樂觀)"39)을 얘기하며 물의 성스러움에 경탄한다거나, 집안 화단의 "이름없는 한 포기 작은 잡초"40)에 이르기까지도 그는 쉬어 가는 눈을 지나치지 않는다.

　「농군」은 임화로부터 발표 당시에 "비록 단편일망정 (…중략…) 서사시의 감정이 흐르고 있다"41)는 호평을 받은 바 있다. 이 작품은 봉천행 보통급행 삼등칸 열차를 타고 만주로 가는 한 농가의 모습으로 시작한다. 주인공 창권이는 밭과 산을 조금 가지고 소작을 하며 살던 농민이다. 점점 살기가 어려워진 그들 가족은 고향을 떠나 낯선 만주 땅을 찾아가기는 하지만 힘들게 찾아간 '장자위프'는 그들을 위한 보금자리를 마련해 놓고 있지 않았다. 게다가 그곳에서는 밭농사를 하는 토착민들과 논농사를 하는 조선 농민들의 이해가 엇갈려 죽음을 불사한 심각한 갈등이 일어난다. 고향에서 살기 어려워 이국 땅 만주를 찾아온 사람들의 생존이 달린 이 싸움에서 그들은 모두 적극적인 자세로 대결한다. 그리고 적지 않은 희생을 치른 뒤에야 농사를 지을 수 있는 도랑을 차지하게

---

37) T. W. Adorno, 홍승용 역, 『미학이론』, 문학과지성사, 1984, 30면.
38) 이태준, 「파초」, 『무서록』, 깊은샘, 1995, 28~29면.
39) 이태준, 「물」, 『무서록』, 깊은샘, 1995, 17면.
40) 이태준, 「화단」, 『무서록』, 깊은샘, 1995, 26면.
41) 임화, 「현대소설이 귀추」, 『문학의 논리』, 학예사, 1940, 432면.

된다. 그런데 이러한 갈등의 상황을 추동하는 본질적인 계기는 창권을 비롯한 이주민들의 땅에 대한 맹목적인 애정과 집착이다.

「농군」에서 보이는 이태준의 미적 태도는 공동체의 갱생이나 민족적 자아의 탐구와는 단절된, 철저히 개인주의적인 것이다. 이는 단자화된 개인의 자기 동일성을 유지하기 위한 것[42]이 아니라, 오히려 주체의 자기 동일성에서 벗어나 옛 것 또는 자연적인 것의 가치를 온전히 보존하고자 하는 욕망에서 비롯된 것이다. 만약 이태준의 미적 태도가 자기 유지를 위한 것이라면 그것은 대상에 대한 소유나 지배욕으로 나타나야 했을 터인데, 그에게서는 이러한 흔적을 발견하기 어렵다.

5. 합리성의 매개와 미메시스적 대상 인식

이데올로기에 경도되어 편내용주의적 문학관으로 일관했던 카프에 대한 이태준의 대타의식은 예술의 자율성에 대한 철두철미한 자각 위에서 가능한 것이었지만, 특히 1930년대 초반의 그의 문학(관)은 어떤 측면에서는 예술의 전적인 '무상성(gratuitousness)'을 강조하는, 즉 "아무 쓸모없는 것이야말로 진정한 아름다움을 갖는다. 유용한 모든 것은 추한 것이다"[43]라는 유미주의적 경향을 강하게 드러내었다. 그런데 1930년대 후반기, 즉 1937~38년을 전후하여 일제의 식민지 지배 방식이 더욱 야만적인 형태를 띠어갈 무렵 이태준은 자기 반성적인 면모를 드러내기 시작한다.

---

42) 황종연, 「〈문장〉과 문학의 정신사적 연구」, 동국대 석사논문, 1984, 43면.
43) M. Calinescu, 이영욱 외역, 『모더니티의 다섯 얼굴』, 시각과언어, 1993, 57면.

나는 산문인 소설은 건축과 똑가티 설계와 근로가 업시 못할 것이라 밋는다. 그래 소설 건축에만 정력과 시간을 쓸 수 잇는 생활을 막연히 기다려 왔다. 그래도 그런 생활이 오려니 햇으나 당해볼수록 절망이다. (…중략…) 내 취미에 맞는 인물을 붓들어 가지고 스켓취나 공부하면서 제작생활을 할 수 있는 시기를 기다려 왔다. 그래 불우선생(不遇先生) 황수건이(달밤의 주인공) 안영감(아담의 후예의 주인공) 색시(孫巨富) 복덕방 영감들 따위 사상적 사고라거나 현실 기구와 관련한 구성이라거나 그런 것을 피할 수 있는 이미 운명이 결정된 인물들을 택해 거의 시를 쓰는 즉흥 기분으로 쓴 것이다. 나의 작품에 애수는 잇고 사상이 업다는 것은 가장 쉽고 또 정확한 지도들이다. 그러나 이 작가는 이런 범위 내에서만 완성할 수 있다는 것은 속단이다.[44]

「영월영감」에서 주인공은 예전에 영월 군수를 지내 영월 영감이라 불린다. 그는 한일합방이 되자 벼슬을 그만 두고 은거하다 3·1운동으로 옥고를 치르기도 했다. 그러던 그가 감옥살이 후에는 돌변하여 금광을 찾아 전국을 떠돌아다닌다. 1939년에 씌어진 이 작품보다 7~8년 먼저 창작된 「고향」과 「불우선생」에 등장하는 주인공의 의식과 대비시켜 본다면 그 차이가 뚜렷함을 알 수 있다. 「고향」은 주인공 '김윤건'이 일본 유학을 마치고 조선에 와서 일본의 식민지적 흔적과 친일적으로 변한 사람들을 보며 현실에 절망하는 과정을 그린 소설이다. 그런데 이 작품에서 김윤건은 구체적인 자기 현실을 갖지 못하고 현실에 대한 울분을 감정적으로 폭발시켜 결국 유치장 신세를 지게 되는, 비현실적인 정열만 앞세우고 행동이 수반되지 않는 관념적인 인물로 그려지고 있다. 또 현실적인 힘은 없이, 민족에 대한 열정과 기개만으로 세상을 살아가는 이 상주의자 '불우선생'도 마찬가지이다. 그러나 '영월영감'의 경우는 이와 큰 차이를 보인다.

"넌 너의 아버질 너무 닮는구나! 전에 너의 아버지께서 고석을 좋아하셔서

---

44) 이태준, 「참다운 예술가 노릇 이제부터 할 결심이다」, 『조선일보』, 1938.3.31.

늘 안협(安峽)으루 사람을 보내 구해오셨지. …… 그런데 난 이런 처사(處士) 취민 대반대다."

"왜 그러십니까?"

"더구나 젊은이들이…… 우리 동양 사람은, 그중에도 우리 조선 사람이지. 자연에들 너무 돌아와 걱정이야."

"글쎄올시다."

"자연으로 돌아와야 할 건 서양 사람들이지. 우린 반대야. 문명으로, 도회지루, 역사가 만들어지는 데루 자꾸 나가야 돼……"[45)

"서구 문명사의 한 단계인 모더니티 — 과학적, 테크놀러지컬한 진보의 산물이자 산업혁명의 산물이며, 자본주의가 휩쓸었던 경제적, 사회적 변화의 산물이다 — 와 미학적 개념으로서의 모더니티 사이의 메울 수 없는 분열"[46) 이후 두 가지 모더니티 사이의 관계는 극복할 수 없을 정도로 적대적이 되었음에도, 양자는 서로 상당한 영향을 미치기도 하고 심지어 서로 부추기기도 하는 관계에 놓여 있다고 할 수 있다. 이와 관련해서, 역사가 문명과 도시에서 만들어진다고 믿는 영월 아저씨의 생각은 전형적인 근대주의자의 것이다. 그리고 "현대의 승리는 서구 저들에게 있기에 하시(下視)하면서도 저들의 뒤를 슬글슬금 따라야 하는 데 동방의 탄식이 있다"[47)라는 이태준 자신의 고백은 곧 "모더니즘이 계몽주의 기획의 상속자이면서 동시에 계몽주의의 역사적인 전개과정에 반발한 것"[48)이라는 사실과 더불어 '문명의 기반과 도시화의 진행을 피해가는 한 그것의 극복과 심미적 세계의 구축은 불가능하다'는 사실을 자각한 결과라 할 수 있다. 그렇다면 다음의 인용은, 거스를 수 없는 힘으로 존재하는 근대성에 대한 역사적 인식을 보여주는 것이지, 기존의 일반화

---

45) 이태준, 「영월영감」, 『돌다리』, 깊은샘, 1995, 119~120면.
46) A. Eysteinsson, 임옥희 역, 『모더니즘문학론』, 현대미학사, 1996, 51면.
47) 이태준, 「동방정취(東方情趣)」, 『무서록』, 깊은샘, 1995, 57면.
48) A. Eysteinsson, 임옥희 역, 앞의 책, 49면.

된 지적처럼 모더니스트에서 리얼리스트로의 변모를 드러내는 증거라고 볼 수 없다.

> 고전이라거나, 전통이란 것이 오직 보관되는 것만으로 그친다면 그것은 '주검'이요 '무덤'일 것이다. 우리가 돈과 시간을 들여 자기의 서재를 묘지화시킬 필요는 없는 것이다. 청년층 지식인들이 도자를 수집하는 것은, 고서적을 수집하는 것과 같은 의미를 나타내야 한다. 완상이나 소유욕에 그치지 말고, 미술품으로, 공예품으로 정당한 현대적 해석을 발견해서 고물(古物) 그것이 주검의 먼지를 털고 새로운 미와 새로운 생명의 불사조가 되게 해 주어야 할 것이다. 거기에 정말 고완의 생활화가 있는 줄 안다.[49]

> 나는 이 '도청도설' 혹은 '가담항설(街談巷說)'이란 말에 몹시 불쾌를 느꼈었다. 소설이라고 반드시 먼지가 일고, 가래침이 튀고, 비린내가 나고, 비명이 일어나야만 한다는 조건은 어데 있는가? 될 수 있는 대로 먼지를 피하고 가래침을 안 보고 비린내를 안 맡고 비명을 안 들으며 써 보려 하였다. 이것은 틀림없이 그 소설 천시에 대한 반감에서 일어난 나의 '소설'에의 약간의 인식부족이었다. 소설을 가리켜 '가담항설'이라 '도청도설'이라 했음은 멀리 창창한 한서의 고전이거니와 그때 이미 얼마나 정시(正視)한 소설관(小說觀)인가! (…중략…) '현세의 제현상에 촌가(寸暇)의 방심이 없는 가장 정력적인 집착의 기록', 문자로 흐르는 곤곤(滾滾)한 인간장강(人間長江)이 곧 산문, 곧 소설의 정체(正體)요 위용일 것이다. (…중략…) 이것은 누구에게보다 내 자신에게 하는 말이다.[50]

고전이나 전통에 대한 현대적 해석의 중요성을 강조한다거나, 현실을 직시하는 데에 소설의 본령이 있다는 자각을 이태준이 분명히 하게 된 것은 1930년대 중반 이전의 문학적 사유로부터 진일보한 것이라 할 만하다. 이전의 그가 심미적 경험의 방식으로 대상에 대한 미메시스적 태도를 제기하되, 현실에 대한 거리두기를 강조함으로써 그것이 비합리적

---

49) 이태준, 「고완품과 생활」, 『무서록』, 깊은샘, 1995, 143면.
50) 이태준, 「소설」, 『무서록』, 깊은샘, 1995, 145면.

인 것으로 경도될 수밖에 없었다면, 이제 그는 현실에 부딪치면서 합리성에 매개된 사유로서 미메시스를 재발견해 내기 시작한 것이다. 이러한 변화와 자기 반성은 1930년대 후반에 들면서 더욱 노골적으로 자신의 정체를 드러내기 시작한 근대의 실상을 그가 외면하지 않고 그것에 부딪쳐 넘으로써, 거스를 수 없는 그러한 현실의 불가피성을 직시할 수 있었기에 가능해진 것이다.

앞서 살펴본 「영월영감」에서 성익이 애장품으로 간직하던 골동품 몇 점을 팔아 금광자본을 마련하여 영월영감에게 건네주자 이 영감이 오히려 젊은이의 처사 취미를 비웃는[51] 대목이라든가, 「돌다리」(1943)에서 땅에 대한 아버지의 맹목적인 신념에 창선이, "아버지와 자기와의 세계가 격리되는 일종의 결별의 심사를 체험하는" 대목은 이태준의 변화를 잘 드러내준다. 이제 그는 아버지에 대한 동경의 시선을 거두고, 그로부터 비판적 거리감을 느낀다. 이러한 변화는 곧 아버지의 신념으로 대변되는 비판적 힘의 '당위성'을 인정하면서도 도구적 합리성의 세계로부터 물러서거나 비켜가지 않는, 즉 정면으로 맞서 그것을 극복하려는 태도를 통해 더욱 분명해진다.

주체와 객체의 경직된 경계를 넘어, 또한 자기 유지의 굴레나 개념적 인식의 틀을 벗어나 객체의 진리를 만날 수 있는 심미적 인식 능력으로서의 미메시스는, 도구적 이성에 의해 추방된 이후 자신의 마지막 은신처가 된 예술의 영역에서나 구현될 수 있게 되었다. 그런데 중요한 것은 이러한 미메시스적인 인식이 합리적 사유의 한계를 넘어서기 위한 방법이지, 합리성이나 개념적 인식을 부정하는 비합리주의는 아니라는 점이다. "예술은 합리성을 빠져나옴이 없이 합리성을 비판하는 합리성이지 전(前)합리적이거나 비합리적인 것이 아니다."[52] 문명에 대한 맹목적인 추종 못지 않게 그것을 무조건 배타시하고 거부하여 자연으로 귀환하는

---

51) 이태준, 「영월영감」, 『돌다리』, 깊은샘, 1995, 119면.
52) T. W. Adorno, 홍승용 역, 『미학이론』, 문학과지성사, 1984, 95~96면.

행위는, 그것이 합리성에 의해 매개되지 못함으로써 개념적 인식에 대해 비판적 역할을 할 수 없다. 어떤 주장이나 담론에 대해 막연하게 '아니다'에 그쳐서는 안 되며 그에 대한 내재적인 이해를 바탕으로 그것의 허위성이 드러나는 국면을 밝혀야 하는 것이다.

6. 자기 부정에 의한 미적 근대성의 구현

이제까지 이 글에서는 1930년대 이태준의 주요 단편들과 그의 평문들을 중심으로 하여, 그가 문단의 중심에 선 근대적 작가의 한 사람으로서 문학의 자율성에 대한 인식을 시종일관 추구해 나갔다는 것과, 동시에 그 과정은 자신의 불철저함을 스스로 지양해 내는 자기 극복의 시간이었다는 것을 밝혀 보았다. 이러한 의미에서 그는 전통주의적 반근대주의자도 아니며, 또 (해방 이전의) 모더니스트에서 (해방 이후의) 리얼리스트로 변모했던 것도 아니다. 그는 1930년대 후반 이후, 근대화로 치닫고 있는 역사의 거스를 수 없는 힘을 직시하면서 동시에 자기 성찰의 과정을 감수함으로써, 문학적 자율성에 대한 인식이 불철저했던 과거의 사유를 지양해 낼 수 있었다. 그는 수렁과 같은 현실 속에서도 그러한 역사에 매몰되지 않고, 사회적 혁명에 앞서 자기 혁명(부정)의 정신을 일관성 있게 유지했으며, 나아가 점점 야만적인 것으로 다가오는 사회적 근대화의 과정에 비켜서지 않고 부딪쳐 나갔을 갔을 때 문학적 자율성이 갖는 비판적 힘이 진정한 의미를 지닐 수 있음을 통찰했던 것이다.

제3장

문학의 순수성을 향한 열정 혹은 맹목

김환태론

1. 전환기의 시대 인식과 비평의 위상

근대의 형이상학적 대립의 해체와 함께 문학의 존립 방식 혹은 존폐 여부에 대한 논의가 문학에 대한 위기의식을 부추기고 있는 오늘의 시점에서 1930년대의 비평가 김환태의 문학사적 위상을 되짚어보는 것은 그 의미가 자못 크다. 고도로 기술집약적인 다른 매체들에 밀려 문학의 입지가 갈수록 좁아지고 있을 뿐만 아니라, 문학 자체의 경계가 허물어지면서 그 정체성마저 의문시되고 있는 현실이 지금의 문학이 처해진 위기의 실상이라면, 1933년 「평론계 SOS」에서부터 본격화된 당시의 '비평위기론'이란 프로문학의 과학주의적 비평에 질식당해 온 작가들이 문학의 본래의 권위를 되찾고자 제기한 일종의 반란과도 같은 것이었다. 물론 현재의 문학위기론과 1930년대의 그것을 동일한 차원에서 비교할 수는 없겠지만, 문학의 정체성에 의문을 제기하고 문학이 차지할 수 있는 정당한 위상을 회복하려 한다는 점에서는 양자 사이에 유사한 문제의식이 자리잡고 있다고 하겠다.

오늘날 김환태가 우리들에게 기억되는 것은 주로, 1930년대 후반의 '세대-순수논쟁'의 중요한 논객으로서, 1930년대 모더니스트들의 모임인 <구인회>의 유일한 비평가로서, 그리고 무엇보다도 우리 문학사에서는 보기 드문 인상주의 비평가로서이다. 그는 1909년 11월 29일 전북 무주에서 출생하여 1944년 고향에서 35세의 젊은 나이로 세상을 떠나기까지 약 30여 편의 평론을 발표하였다. 1934년 「문예비평가의 태도에 대하야」(『조선중앙일보』, 1934.4.21~23)를 통해 자신의 문학적 입장을 본격적으로 밝힌 이후 1940년에 마지막 평문을 발표하기까지 그는 스스로 '인상주의자' 혹은 '예술지상주의자'임을 드러내는 데에 주저한 적이 없었으며 그 문학적 입장에 추호의 흔들림도 없었다. 김환태는 그 인생이 길지 않았던 만큼 그리 많은 평론을 남기지도 않았고 한 시대의 비평계를 장악했던 화려했던 비평가도 아니었다. 대신 그는 1930년대라는 한국 근대문학사의 중요한 전환기에 나름의 소신 있는 문학적 입장을 견지했던 문제적인, 그리고 소수의 전문 비평가 중의 한 사람이었다. 이제 김환태가 문단에 등장하여 자신의 문학적 입장을 개진할 수 있었던 당시의 정황과, 그를 한 시대의 비평가로서 부각시킨 중요한 문단적 계기들 및 그의 문학관과 비평적 태도를 검토해 봄으로써 김환태 문학의 현재적 의의를 점검해 보도록 하겠다.

2. 비평의 위기와 문학의 공백

김환태가 평론활동을 시작했던 1933~34년 무렵은 한국 근대문학사에서 특히 주목해야 할 시기이다. 당시의 문단은 시대의 중심사상의 부재 속에서 주조 탐색이라는 과제에 직면해 있었다. 물론 문단의 이러한 급격한 변화는 객관적인 대내외적 정세[1]에 그 일차적인 원인이 있겠지만, '식민지근대'라는 이중의 극복과제를 동시에 짊어진 당서 한국 근대문학의 특수한 상황에서 비롯된 불가피한 결과이기도 했다. 1933년 무렵이라면 〈카프〉가 아직 조직적 실체를 연명하고는 있었지만, 박영희·신유인 등이 조직을 탈피하고, "생경한 슬로건과 테제만을 무리하게 주입시키려다가 작품을 반신불수로 만들어 왔다"[2]고 하여 프로 작가들 사이에서도 경색된 창작 방법에 대한 비판이 제기되는 등 〈카프〉가 전면적인 해체의 위기에 봉착해 있었던 시기였다.

특히, 정론성과 지도성으로 당시 비평계의 절대적인 우위를 점하고 있던 프로문학 진영은 과학주의라는 미명하에 저질러온 공식주의적 횡포를 이유로 대대적인 공격을 감수해야만 했다. "가장 정확한 방법과 가장 엄밀한 계율을 가지고 나타난 경향문학이 문학사적으로는 비판의 정신만을 남기고 이렇다 할 만한 성과를 이루지 못했다"[3]는 당시 한 평론가의 회고처럼, 궁극적으로 창작에 힘을 실어 주어야 할 비평이 오히려 프로문학 전반의 황폐화를 초래함으로써 결국 그 권위를 상실하고 말았던 것이다. 비평계의 이러한 정황을 가장 극명하게 보여주었을 뿐만 아니라 당시 비평계의 위기의식을 전문단으로 확대시킨 계기가 있었는데, 그것이 바로 1933년 10월에 「조선일보」에서 기획한 「평론계의 SOS—비평의

---

1) 김윤식, 『한국근대문예비평사연구』, 일지사, 1976, 2부 '전형기의 비평' 참조
2) 이기영, 「문예평론가와 창작비평가」, 『조선일보』, 1934.2.3.
3) 이원조, 「30년대를 검토한다」, 『조선일보』, 1940.1.26.

권위수립을 위하여」라는 특집기사이다.

> 문예비평론계가 만근(晩近)처럼 비난 공격의 화살 속에 버리워 있는 불행한 시기는 가져 본 일이 없다. 비평정신의 결여, 탈선행위의 횡행 등 불미한 풍속이 평론계의 공기를 함부로 흐리고 있다고 한다. 따라서 비평의 권위가 땅바닥에 떨어졌다.[4]

이 특집 기사는 프로문학비평에서 전형기 모색 비평으로 방향 전환을 하게 되는 징후를 보였다는 점과 작가의 발언권의 유별난 증대를 보였다는 점에서 비평사적 의의[5]가 뚜렷하다. 이 저널리즘적 기획을 계기로 이종명·양주동·방인근·이무영·이효석·이헌구·이태준 등 작가들이 광범위하게 참여하여 비평의 횡포를 비판하고 나섰다. 그들은, 1920년대 이후 지속되어 온 〈카프〉의 권위적 비평이 이제 그 비평정신마저 상실한 채 창작에 대한 횡포로 타락하거나 안일한 비평적 태도를 보이고 있는 현실에 대해 성토하였다.

「평론계의 SOS」는 다음 해 곧바로 '작가로서 평론을 평론'하는 「문예비평가론」[6]으로 발전해 나갔다. 김동인·이기영·이무영·이효석·엄흥섭·채만식·함대훈 등 소설가들로만 구성된 필자들은 이제는 예전처럼 작가보다 높은 지위에서 작가를 지도하려고 드는 비평가를 용인하지 않을 것임을 분명히 했으며, 대부분의 평론이 "상식 또는 '팜플렛' 지식의 문필적 유희"에 불과하다고 하여 '비평가무용론'[7]을 주장하게까지 되었다.

그런데 작가들이 비평에 대한 불신을 드러내면서 그 구체적인 대상으로 지목한 평론가들은 모두, 당시 〈카프〉 소속의 전문직 비평가였음에

---

4) 「평론계의 SOS-비평의 권위수립을 위하여」, 『조선일보』, 1933.10.3.
5) 김윤식, 앞의 책, 281면.
6) 『조선일보』, 1934.1.31~2.16.
7) 이석훈, 「평론가 무용론자의 독백」, 『조선일보』, 1934.2.10.

주목할 필요가 있다. 하지만 현실적으로 평론과 창작의 영역이 엄연히 구분될 수밖에 없는 이상, 작가 측의 불신을 씻고 그들과 공존할 수 있는 전문직 비평가의 존재를 절실히 요구하고 있었던 것이 당시 문학계의 보편적인 정황이었다. 그 결과, 이념적으로 무장한 지도식 비평을 부정하고, 창작의 가치와 작가들의 권위를 세워줄 수 있는 비평가들이 등장하게 되었던 것이다.

이러한 사실들로 미루어 보아, 1933년에 제기된 비평의 위기란, 결국 창작에 대한 지도식 비평을 고수했던 〈카프〉 비평가들에 대한 문단적인 불만의 폭발이었으며, 이에 대한 비판과 새로운 모색의 의미를 띠는 것이었음을 명백히 알 수 있다. 전문적 비평가로서, 그리고 순수문학주의자로서의 김환태의 등장은 바로 문단의 이러한 동향과 불가분의 관련을 지니고 있다.

3. 인상주의 비평가, 김환태

김환태는 1934년 「문예비평가의 태도에 대하여」를 통해서 자신의 문학적 입장을 본격적으로 밝힌 이래 시종일관 프로문학에 대한 비판적 관점을 견지하면서 독자적인 문학관을 형성해 나갔다.[8] "과거의 조선의 프로문학 비평을 돌아볼 때 그곳에는 정치이론과 사회이론은 얼마든지 찾을 수 있어도 진정한 문학이론과 문예비평은 얻어보기에 지극히 힘들

---

8) 김환태는 일본의 구주제대 법문학부에서 영문학을 전공했으며 1934년에 「문예비평가로서의 매슈 아놀드와 월터 페이터(Matthew Arnold and Walter Pater as Literary Critics)」라는 제목으로 졸업논문을 쓴 바 있다. 김환태가 아놀드와 페이터로부터 받은 영향에 대해서는 김윤식, 「인상주의 비평—김환태론」, 『김윤식 선집 3—비평사』(솔, 1996) 참조

다"9)는 비판하에 그는 나름의 비평적 방법론을 확립하였다.

진정한 비평은 창작방법을 가르치고 창작과정을 감시하는 대신에 작가의 창작력의 성장과 발현을 위하여 그에 필요한 분위기와 신념의 계열을 준비한다. 그리하여 그로 말미암아 작가의 창작력의 건전한 성장과 발현을 볼 때, 그곳에 비로소 비평의 지도성이 발생하는 것이다. 따라서 비평의 지도성은 언제나 비평 스스로의 겸손에서 오는 것이며, 비평가의 권위는 그가 입법자나 재판관이 될 때가 아니라 작가의 좋은 협동자가 될 때에 그리고 나아가서는 한 작품에서 얻은 인상을 그의 암시된 방향에 따라서 재구성하여 그 작품에 의존하면서도 그에게 발전한 작품상을 만들어 보여 줄 수 있는 창작가가 될 때에 비로소 확립되는 것이다.10)

이 글에서 김환태는 예술의 예술로서의 본령은 독창성에 있는 것이고 독창성을 낳는 것은 예술가의 개성이므로, 한 작가의 창작 방법이란 개성에 따라 결정되는 것이지 비평가의 규율로 결정할 수 없다는 견해를 드러내었다. 결국, 예술이 사회와 같은 외적 조건을 초월하여 자율성을 가질 수 있는 것은 바로 사회적 설명이 불가능한, 예술가의 개성과 천재성에 의해서이다.11) 그리고 물질적 기초 위에서만 예술을 이해하려고 한 맑스주의자들이 위대한 예술품을 산출시키지 못한 것은 바로 이 점을 외면했기 때문인 것이다. 일찍이 김환태는 본격적인 등단을 위해 발표한 평문의 첫 대목에서부터 자신의 이러한 문학관을 일목요연하게 드러낸 바 있다.

문예비평이란 문예작품의 예술적 의의와 심미적 효과를 획득하기 위하여 '대상을 실제로 있는 그대로 보라'는 인간정신의 노력입니다. 따라서 문예비평가는 작품의 예술적 의의와 딴 성질과의 혼동에서 기인하는 모든 편견을 버리고

9) 김환태, 「비평문학의 확립을 위하여」, 『김환태전집』, 문학사상사, 1988, 78면.
10) 김환태, 위의 글, 82~83면.
11) 김환태, 「예술의 순수성」, 『김환태전집』, 21~22면.

순수히 작품 그것에서 얻은 인상과 감동을 충실히 표출하여야 합니다. 즉 비평가는 언제나 실용적, 정치적 관심을 버리고 작품 그것에로 돌아가서 작자가 작품을 사상한 것과 똑같은 견지에서 사상하고 음미하여야 하며 한 작품의 이해나 평가란 그 작품의 본질적 내용에 관련하여야만 진정한 이해나 평가가 된다는 것을 언제나 잊어서는 아니 됩니다.12) (강조─인용자)

　김환태에게 있어서 본래적 의미의 비평이란 작품론이나 작가론에 해당하는 것이었던 만큼, 그의 비평적 관점은 「상허의 작품과 그 예술관」·「시인 김상용론」·「정지용론」 등과 같은 실제 비평에 특히 잘 반영되어 나타난다. 또한 그는 실제 비평에서 문학적 주장을 달리 하는 작품에 대해 유파를 초월하여 문학작품 자체를 가지고 평가하려는 객관적인 태도를 보임으로써 문학적 입장이 다르다는 이유로 상대편 문인을 무조건 배척했던 당시의 문단적 상황에 대해 부정적 의식을 드러내기도 했다.

　이와 관련하여 박영희는 김환태의 문학론에 대해 주목한 바 있다. 그는 김환태 문장의 특징으로 "자기의 논지가 어느덧 상대방의 문장과 접근하게 되는 알 수 없는 친화력"13)을 들었는데, 덧붙여 바로 이러한 친화력 때문에 그의 문장이 단조로움을 피하기 어려우며, 또 예리함이나 강렬함이 배제되어 있어 논쟁의 장에서 적합하지 않다는 점을 지적하였다.

　김환태가, 이념에 치중한 나머지 문학적 가치가 떨어지는 생경한 표현의 작품보다는, 현실 인식이 다소 부족하더라도 미적 가치가 있는 작품을 우선시하였다는 것은 부정할 수 없는 사실이다. 그는 등단 초기부터 스스로 인상주의 비평가임을 두드러지게 내세웠다. '한 작품의 이해나 평가란 그 작품의 본질적 내용에 관련'하여야만 '진실감'이 유발된다는 신념을 유지했으며, 문학비평에 대해서도 "순수히 작품을 있는 그대로 보려는 노력을 통해 그것에서 얻은 감동과 인상에 반성을 더하여 분

---

12) 김환태, 「문예비평가의 태도에 대하여」, 『김환태전집』, 17면.
13) 박영희, 「현역비평가의 군상」, 『조선일보』, 1936.8.29.

석 비판하고 나아가 작품에 암시된 작가의 이상적 정신활동과 심적 체험을 재구성하는 것"으로 정의내린 그는, 비평과 감상을 동일시한다는 비판에 대해서도 자신의 주장을 굽히지 않고 당당하게 맞섰다. "감상과 비평은 전연 딴 종류의 것이 아니라, 비평이란 감상이 좀더 세련된 것"임을 그는 분명히 밝힌 바 있다.

> 나는 비평에 있어서의 인상주의자다. 즉, 비평은 작품에 의하야 부여된 정서와 인상을 암시된 방면에 따라 유효하게 통일하고 종합하는 재구성적 체험이오, 따라서 비평가는 그가 비평하는 작품에서 얻은 효과, 즉 지적 정적 전 인상을 표현하고 전달하기 위하여 어느 정도까지 창조적 예술가가 되지 않으면 안된다고 믿어 움직이지 않는 자이다.[14]

김환태는 지적·정적인 전 인상을 정확히 표현하기 위하여 비평가는 창조적 예술가가 되어야 한다고 주장하면서, 이를 위해 몇 가지 조건을 제시하였다. 즉, 고도의 심적 훈련과 탐미적 교양이 요구된다는 것, 문예비평의 대상은 언제나 문학작품 자체이어야 하며, 그 속에 끼여드는 사상성을 경계하고, 사상과 관념, 작가의 상상력 속에 용해되어 작품 자체의 법칙을 쫓아야 한다는 것, 예술은 천재의 개성을 통해 생명력을 발휘하여 그것을 통해 독창적인 미의 세계를 구축한다는 것, 전 주관의 대표자로서의 감정의 구상화를 의미하는 표현을 중시해야 한다는 것 등이 바로 그것이다.

한편, 김환태의 이러한 주관주의적 비평 방법은 다른 비평가들의 상당한 반감을 불러일으켰다. 그 중에서도 임화는 김환태의 「비평문학의 확립을 위하여」에 대해 「문예논단의 분야와 경향」이라는 반박문을 썼는데, 여기서 그는 김환태 비평의 주관주의적 편향을 비판하여 "김씨의 말과 같은 비평은 과학으로서의 가치를 상실하게 된다"고 전제한 후, "'의

---

14) 김환태, 「나의 비평의 태도」, 『김환태전집』, 27면.

도'가 작가의 '상상력'과 '감정' 속에 용해되었는가 안하였는가는 실상 예술의 형식적 부면에 잇어도 그 미소한 주관적인 일부분에 불과"하고 그 전부는 "어떤 방향으로 이끌려고 하였는가도 '상상' '감정'과 공히 오히려 작가의 주관 의도의 범위 밖을 나가는 것이 아니다. 사실 작가의 의도가 여하이 표현되었는가 하는 형식적 측면이란 것은 작품이 제시하고 있는 문학적 현실이 예술로서의 필요한 일체의 객관적 표현수단에 의하여 정의되었는가 안하였는가를 제시하는 것이다"[15]라고 논박하였다. 이에 대해 다시 김환태는 자신을, "형식을 내용에서 분리하고 형식적 면에서 한정하는 형식주의자로 치부"하는 임화의 발언에 오해와 곡해가 있다고 하여 「비평 태도에 대한 변석(辨釋)」에서 문학의 본질론에 대한 자신의 비평 방법을 해명한 바 있다.

4. <구인회>와 김환태

<구인회>는, <카프>가 국내·국외적인 불리한 정세의 영향으로 조직적·이념적 위기에 직면하게 되고, 문단 내부에서도 창작을 황폐화시켜 온 <카프>식 비평에 대한 비판이 거세지고 있을 때 등장한 문학 집단이다. 1933년 "순연한 연구적 입장에서 상호의 작품을 비판하며 다독 다작을 목적으로" 모인 <구인회>는 스스로 밝힌 것처럼 문인들의 친목 단체로 알려져 왔으나 이는 실제와는 다소 차이가 있다. 그들은 <카프>에 대한 부정적 의식을 기반으로 출발하였기 때문에 처음부터 뚜렷한 문학이념이나 통일된 창작 방법을 내세우지 않았을 뿐, 점차 모더니즘 집단으

---

15) 임화, 「문예논단의 분야와 경향」, 『사해공론』, 1936.7, 408면.

로서 그 정체성을 형성해 나갔다.

이와 관련하여 〈구인회〉의 멤버들이 당시 신문 학예면의 실질적인 책임자들이었다는 사실은 더욱 중요한 의미를 내포한다. 이전에는 지사적인 정신을 바탕으로 항일적인 논조를 보였던 일제하의 민간지들이, 이 시기를 전후한 신문의 기업화 경향에 따라 급격히 상업주의의 논리에 휩쓸려 가고 있었는데, 이는 곧 저널리즘이 사회적 권력의 중심부에 근접해가고 있었음에 다름 아니다. 따라서 저널리즘과 긴밀한 관련을 가진 〈구인회〉의 결성이 문단에 미친 영향력은 실로 대단한 것이어서, 기존의 문단 구도와 문학적 동향을 크게 바꾸어 놓을 정도였다. 앞서 언급한 「평론계의 SOS」가 문단에 큰 파급력을 가질 수 있었던 것도 이러한 저널리즘의 영향력과 밀접한 관련이 있음은 물론이다.

〈구인회〉는 결성 초기에 멤버의 변동이 몇 번 있긴 했지만, 곧 이태준·김기림·정지용·박태원·이상·김유정·김환태·박팔양·김상용으로 그 구성원이 확정되었다. 〈구인회〉 회원들의 문학적 성향과 대내외적 활동 방식을 통해 알 수 있는 것은 곧, 〈구인회〉가 시인과 소설가를 중심으로 모여 창작에 주력한 모임이었던 만큼, 당시의 문단 내부의 논쟁에 대해서 의식적으로 무관심의 포즈를 취했다는 사실이다. 그런데 이들 중 시인도 소설가도 아닌 비평가가 단 한 명 속해 있는데, 그가 바로 김환태이다. 하지만 〈구인회〉 내의 유일한 이론 비평 전공자라는 점에서 드러나는 그의 존재의 이질성은 단지 외관상의 문제일 뿐이다. 오히려 시와 소설의 실제 창작을 가장 주된 활동으로 삼았던 〈구인회〉에게 있어서 그의 존재의미는 각별한 것이었다. 그는 「평론계의 SOS」가 제기된 상황에서 '비평무용론'에 대한 지지를 표명한 바 있는데, 말하자면 김환태는 비평에 대한 창작의 우위를 주장한 비평가였던 것이다.

문예비평의 대상은 사회도 정치도 사상도 아니오 문학이다. 이는 누구나 일소에 부치고 말 극히 초보적인 단안(斷案)일지도 모른다. 그러나 과거의 우리

문예비평가들은 이 극히 상식적이요 초보적인 이 사실을 전연 망각하고 있지 않았던가? 더욱이 비평의 대부분을 점하고 있던 맑스주의 문학비평에 있어서 그러하지 않았는가? (…중략…) 문학비평가는 먼저 자기를 말하여야 한다. 한 작품에서 어떠한 기쁨과 감동을 받았는가를, 그리고 그로 인하여 자기가 얼마만큼 변모되었는가를 고백하지 않으면 안 된다. 정연한 이론을 세우기는 쉽다. 그러나 자기를 표현하기는 어렵다. 문예비평가가 창작가와 함께 자기표현의 고통을 다시 말하면 창작의 고통을 맛보는 것은 오직 이 길을 통하여서인 것이다.16)

김환태가 '말더듬는 사람'이라는 뜻의 '눌인(訥人)'을 자신의 아호로 삼은 데에서도 드러나듯이, 그는 스스로 현학적 태도를 일체 피하고자 했으며 "자신의 비평만이 바르다고 주장할 권리를 가지지 못한다"고 하여 겸허함을 비평적 태도의 가장 큰 미덕으로 여겼다. 위 인용문에서도 알 수 있듯이 김환태는, 비평의 지도성을 비판하는 것은 물론이고 비평 자체를 창작과 다름없이 인식하고 있었다. "마치 작가가 현실생활 속에서 얻은 인상을 정착하기 위하여 그 인상을 낳아 준 그 만큼의 현실의 생활을 기록하듯이, 나는 작품에서 얻은 인상을 정착하기 위하여 나에게 그 인상을 낳아 준 작품 속에 그만큼의 생활을 기록한다. (…중략…) 나는 작가가 창작을 할 때에 느끼는 것과 비슷한 창작의 기쁨을 느낀다. 따라서 외람하나마 나는 나의 비평이 창작으로서 감상되기를 원하여 마지않는다."17) 이것이 눌인 김환태가 가장 솔직하게 밝힌 자신의 비평적 관점이었다.

요컨대, 당시 문단에 팽배해 있었던 '비평무용론'에 비평가인 그가 적극 공감하고 나선 것도, 그 자신이 밝히고 있는 것처럼, "전적으로 비평, 그것을 부정하려고 한 것이 아니라, 진정한 비평의 출현을 대망"18)하기

---

16) 김환태, 「문예비평—비평문학의 확립을 위하여」, 『김환태전집』, 78~80면.
17) 김환태, 「평단전망」, 『김환태전집』, 295면.
18) 김환태, 「작가, 평가, 독자」, 『김환태전집』, 51면.

때문이었다. 다시 말해서, 그에게 있어서 진정한 비평가란, "아무런 문학적 심미적 교양도, 훈련도, 문학에 대한 열정도, 진리에 대한 탐구도 없는" 그릇된 비평을 배격하고, "문예작품의 예술적 의의와 심미적 효과를 획득하기 위하여 순수하게 작품 그것에서 얻은 인상과 감동을 충실히 표출"할 수 있는 비평가를 의미했다.

5. 순수-세대논쟁과 김환태

1930년대 후반 '세대론'에서 파생된 '순수문학논쟁'은, 문학정신의 순수를 규명하려는 취지를 갖고 유진오와 김동리 간에 벌어진 논쟁에서 시작되었다. 뒤이어 김환태가 김동리의 논조를 수용하여 『문장』 1939년 11월호에 「순수시비」를 발표하게 되었고, 이에 대해 이원조가 그 다음 호에 「순수란 무엇인가」라는 평문에서 반론을 제기하였다. 말하자면, 이 논쟁은 1933년을 즈음한 프로문학의 퇴조 이후 결성된 〈구인회〉 중심의 문학주의자들과 그와 비슷한 성향의 신인들이, 경향파를 위시한 30대 문인들에 대립하면서 비롯되었다고 볼 수 있다. 그런데 30대 문인들의 대부분이 비평을 겸한 작가 혹은 전문적 비평가였던 데 반해, 신인들은 그들의 주장을 이론적으로 뒷받침하여 대변해 줄 비평가를 전혀 확보하지 못한 상황이었다. 결국, 신인 측에서 가장 역량 있는 작가이면서 자신의 독자적인 문학관을 나름대로 확보하고 있었던 김동리가 30대 비평가들에 대적하기 위해 나서지 않으면 안 되었던 것이다.

이리하여 유진오와 김동리 간에 논쟁이 발생하자 30대 비평가인 김환태가 김동리의 '순수문학론'을 옹호하기 위해 신인 측에 가담하게 되었던 것이다. 이는 비록 그가 신인들과 세대를 달리 하더라도, 그 문학적 입장을 공유하고 있었기 때문에 가능한 일이었다. 즉, 김환태의 신인옹호는 문학정신의 순수성에 대한 옹호라 할 수 있다. 그에 의하면, 이때의 문학정신이란 '인간성의 탐구'이며, 그것에 '표현'을 부여하는 창조적 힘이다. 그에게서 문학정신은 문학상의 '주의'나 '사조'와는 전혀 다른 것일 수밖에 없다. 그런데 그가 '주의'와 '문학정신'을 엄격히 구별하고 있는 것은 사실이지만 이에 대해 설득력 있는 근거를 제시하지 못했다는 점도 역시 부정할 수 없다.[19]

김환태의 문학적 인식의 한계는 자신의 논지에서 가장 강조해온 '순수'라는 말의 정의를 통해 보다 명확히 드러난다. 특히 이러한 정의는 김환태의 문학관을 해명하고, 나아가 거기에 내재된 논리적 모순을 밝혀낼 수 있는 중요한 단서를 제공해 준다는 점에서 집고 넘어가야 할 필요가 있다.

> 오늘날 우리가 신진작가들에게서 보는 바와 가튼 완성한 문학정신을 우리는 우리 문단에서 일찍이 보지 못하였다. 문학정신이란 결국 인간성의 탐구요, 그것에 표현의 옷을 입히려는 창조적 노력이다. (…중략…) 이태준, 박태원, 정지용에게는 인간정신에 대한 심각한 탐구는 적었으나 강렬한 표현의 노력이 있었으며, 이 노력에 있어서 그들의 문학정신은 의연한 것이었다. (…중략…) 그들의 강렬한 표현적 노력은 그들의 관조적 감상과, 세태적 관찰과, 칼날같은 감각을 형상화하는 데 성공하였다. 이리하여 그들만으로 각각 한 독창적 작품세계를 가질 수 있었다. 이는 오직 그들이 의연한 문학정신을 가지고 있는 데서 비로소 가능한 일이었다.[20] (강조-인용자)

김환태는 기성작가들이 '비문학적 야심과 정치의 책모'에서 벗어나지 못한 데 반해 신진작가들은 '문학정신만을 옹호하려는 의연한 태도'를 보이고 있다고 하여, 30대야말로 비문학적이고 비순수이며, 순문학에서

---

19) 김윤식, 『한국근대문예비평사연구』, 일지사, 1976, 2부 6장 「세대론」 참조.
20) 김환태, 「순수시비」, 『김환태전집』, 138~139면.

출발한 신인이 오히려 순수한 세대라고 보았다. 그런데 문예비평가가 사회와 정치를 논하더라도 무엇보다 먼저 문학과의 관련하에서 논한다면 그것은 비문학적인 것이 아니라고 했던 김환태 자신의 논지에 비춰 본다면, 문제를 제기했던 유진오를 비롯한 30대 비평가들의 태도가 결코 '비순수'일 수 없으며 문학주의의 범주를 일탈했다고 볼 수 없는 것이다.

이에 대해 30대 비평가 이원조가 반박을 하고 나섰다. 이원조는 「순수는 무엇인가」라는 글에서, '순수란 과연 모든 문학상의 주의와 사실을 거부하는 것인가'라고 질문하면서 김환태의 주장이 지니는 논리적 모순과 취약성을 공격하였다. 이원조는 먼저, 문학에서 순수하다는 것은 일체의 비문학적인 야심이나 술책을 떠난 문학정신의 옹호 및 인간정신의 탐구라는, 김환태의 명제를 그대로 긍정한다. 그렇지만, 인간성 탐구는 미흡하나 표현이 뛰어나다는 이유로 이태준·박태원·정지용 세 사람을 순수문학의 대표적 작가로 보는 김환태의 주장은 잘못된 것임을 강조했다. 실제로 「순수시비」에서 김환태는 포우·말라르메·보들레르·발레리를 예로 들어 이들이야말로 가장 순수한 존재라고 한 바 있는데, 왜냐하면 이 작가들이 사실 속에 몰입했기 때문이 아니라 "도리어 사실을 피한 작가들"이기 때문이었다. 바로 이 대목을 들어 이원조는, 문학의 순수성이 표현에만 있는 것이라면, 그리하여 모든 주의와 사상에 대해 귀를 막는 것이 순수문학이라면 그것은 잘못된 생각이라고 비판한다. 그러한 의미에서 신인들이 순수하다면, 신인들이야말로 경멸의 대상이 된다는 것이다.

"김환태가 예술의 순수성을 주장한 것은 기쁜 일이나, 예술이 사상이나 주의로부터 절연하는 것을 순수한 것이라고 생각하는 것은 참을 수 없는 일이다"[21]라는 것이 이원조의 반박문의 결론인데, 이는 김환태 문학관의 한계와 당시 문학적 태도를 둘러싼 '순수' 논의의 핵심을 정확히

---

21) 이원조, 「순수는 무엇인가」, 『문장』 11호, 1939.12, 140면.

지적하고 있는 대목이라고 할 수 있다. 즉, 순수문학에서 중요한 것이 인간성 탐구임을 주장하면서도 인간성 탐구보다는 표현 기교가 뛰어난 작가들을 순수문학의 대표적 작가로 꼽는 김환태의 모순된 논리를 이원 조는 예리하게 지적해낸 것이다. 아울러 이원조의 글은 신인이 더 순수한가, 아니면 기성이 더 순수한가라는 막연한 이분법적 논리에서 벗어나, 무엇이 과연 순수문학이고 문학가가 지녀야 할 태도는 무엇인가에 대한 논의로 나아갔다는 점에서 문학론의 본질에 더욱 접근해 있다고 할 수 있다.

6. 김환태 비평의 의의와 한계

지금의 시점에서 과거의 한 비평가에 대해 논의한다는 것은, 궁극적으로 그의 현재적 의미를 드러내기 위한 작업일 수밖에 없으며 또 그래야만 할 것이다. 김환태가 견지한 순수주의는 이미 그 공과(功過)에 대해서 많은 지적이 있어 왔지만, 사실 비판적인 평가가 지배적이었다. 이미 살펴본 대로, 문학의 순수성에 대한 맹목에 가까운 그의 신념이 논리와 체계를 상당히 결여하고 있다는 것이나, 사회 역사적 현실과의 대결을 외면하고 있다는 점 등은 마땅히 지적 받아야 할 것이다. 김환태의 문학론에서 나타나는 인식 수준의 이러한 한계를 부정할 수는 없기 때문이다.

그럼에도 불구하고, 문학의 위기가 떠들썩하게 운위되고 문학성이 실종되어 가는 오늘날에 있어서 김환태의 존재가 새삼 상기되는 것은, 비평의 정론성과 지도성이 창작을 억압하는 당대의 문학적 현실에서 문학성을 구출할 수 있는 문단적 분위기를 형성하는 데에 그의 비평이 일조했다는 사실 때문이다. 특히 그가 시류에 흔들리지 않고 문학작품 그 자체에 충실한 비평을 소신 있게 주장했던 점은 김환태 비평의 고유한 미덕이라고 할 수 있다.

편가르기 식의 논쟁이 난무하여 상대편을 비방하기 위해 온갖 수단과 정보가 악용되고, 특히 대부분의 문학 논쟁이 상업적 저널리즘에 편승함으로써 진정으로 추구해야 할 목표를 상실해 가고 있는 오늘날의 문학적 상황에서, 그의 비평적 태도가 지닌 긍정적·부정적 측면은 모두 현재의 문학인들에게 의미 있는 시사점을 던져주고 있으며, 더불어 그에 대한 정당한 평가는 아직도 문학사 연구의 과제로 우리 앞에 남아 있다.

제 4 장

근대주의자의 운명을 재현하는 문학적 방식

최명익론

1. 최명익 소설을 왜 다시 읽는가?

최명익은 1928년 『백치』의 동인으로 출발한 이후 꽤 오랜 습작기를 거쳐, 1936년에 그의 실제적인 등단작이라 할 만한 「비오는 길」을 발표하면서 문단의 주목을 받기 시작했다. 문단 데뷔가 다른 작가들에 비해 상대적으로 늦었던 탓에 과작(寡作)[1]이라는 인상을 주기도 하지만, 그는 분명

---

1) 최명익의 해방 전 작품으로는 「비오는 길」(『조광』, 1936.5~6), 「무성격자」(『조광』, 1937.9), 「역설」(『여성』, 1938.2~3), 「봄과 신작로」(『조광』, 1939.1), 「폐어인」(『조선일보』, 1939.2.5~25), 「심문」(『문장』, 1939.6), 「장삼이사」(『문장』, 1941.4) 등을 들 수 있다. 이 외에도 「희련시대」(『백치』 1, 1928.1), 「처의 화장」(『백치』 2, 1928.7), 「붉은 코」(『중의일보』, 1930.2.6), 「목사」(『조선일보』, 1933.8.1~3)를 발표한 바 있으나 이 작품들은 습작 수준의 것으로 일반적으로 연구 대상으로부터 제외되어 왔다. 또 해방 후 작품으로는 「기계」(『문학예술』, 1948.4, 미완), 창작집 『맥령』(문화전선사, 1947)에 실린 「맥령」, 「마천령」, 「담배 한 대」, 「무대 뒤」, 그리고 장편역사소설 『서산대사』(1956), 중편소설 『임오년의

우리 근대문학사에서 손꼽힐 만한 문제적인 작가임에 틀림없다. "1930년대 모더니즘적 표상의 심리적 반영의 최고 수준을 보여준"[2] 신세대 소설가이면서, 나아가 해방을 전후로 한 문학적 변모를 통해 한국 근대문학의 특수성을 단적으로 드러내 보여준 대표적인 작가로 한국문학사는 그를 기록하고 있다.

1930년대 중반에 세대논의가 제기되었을 때, 프로문학계를 비롯한 기성 문인들의 신인부정론에 맞서 젊은 비평가들이 신인옹호론을 펼치며 그토록 당당할 수 있었던 것은 최명익과 같은 범상치 않은 신인에 대한 두터운 믿음이 심중에 있었기 때문이다. 한마디로 최명익은 새로운 문학 경향을 대표하는 신인이었을 뿐만 아니라, "현대의 고민을 음미할 줄 아는" 기량과 태도를 갖추었다는 점에서 본격적인 등단과 더불어 문단의 이목을 집중시킨 작가였다.

해방 이후 그에 대한 관심은 1980년대 후반에 북한문학이 부분적으로나마 해금되면서 촉발되었는데, 이 시기에는 주로 모더니즘에서 리얼리즘으로의 작가적 변모에 초점이 맞춰졌다. 당파성을 배타적으로 강조했던 리얼리즘 미학에 의해 일체의 모더니즘이 퇴영적인 것으로 간주되었던 당시의 경직된 연구 풍토 속에서 최명익의 리얼리스트로의 변모는, 변모 그 자체만으로도 긍정적인 평가를 받기에 충분했던 것이다. 말하자면 리얼리즘 / 모더니즘이라는 이분법적 도식에 의해 한국 근대문학사를 이데올로기적으로 재단하는 것이 지극히 자연스러웠던 상황에서, 현실의 '전체'를 그리되 '본질'을 드러낼 수 있는 리얼리즘에 입각한 창작은 현실을 외면하지 않는 작가라면 응당 지향해야 할 과제로 인식되었고, 따라서 최명익이 해방 이전에 보여주었던 모더니즘적 경향은 지양되어야 할 대상일 수밖에 없었다.

서울』(『조선문학』, 1961.5~8) 등이 있으며, 그 외에 수필집 『글에 대한 생각』(조선문학예술총동맹출판사, 1964)이 있다.
2) 김윤식, 『한국현대현실주의소설연구』, 문학과지성사, 1990, 107면.

실제로 최명익에 대한 보다 본격적인 연구가 이루어진 것은, '이념의 상실'로 일컬어지는 1990년대의 시대 상황 속에서 1930년대 후반, 소위 '전형기'에 관심이 집중되면서부터였다고 할 수 있다. 최명익은 평양에 근거지를 둔 문학 동인들의 모임인 〈단층〉파에 직접 소속되지는 않았지만, 그가 〈단층〉파 멤버인 최정익의 친형이라는 점, 그리고 '지식인 소설' 계열의 작품에서 드러나는 정신적 지향과 작품 경향의 유사성으로 인해 주로 〈단층〉파와 함께 1930년대 후반기 모더니즘을 대표하는 작가로 평가되어 왔다. 따라서 이 시기에는 지식인의 자의식 문제, 〈단층〉파와의 관련성, 모더니즘문학의 부정성, 심리주의적 소설 기법 등을 중심으로 연구가 수행되었다. 특히 한국 근대문학사의 대표적인 '문제작'이기도 한 「심문」(1939)은 전향소설의 독특한 유형3)으로 평가받은 바 있어, 일제 말기의 최명익 문학은 실로 다양한 방식으로 문맥화되었다고 볼 수 있다.

한편, 1990년대에 접어들면서 문학사에 대한 이데올로기적인 재단 방식이 비판되었는데, 이를 계기로 연구의 축은 점차 미적 근대성의 규명으로 옮아가게 되었다. 이에 따라 최명익에 대한 연구의 초점도 그의 문학의 근대성을 밝히는 것으로 나아갔는데, 특히 이 과정에서 중요한 연구사적 과제가 제출되었다는 점이 주목할 만하다. 말하자면, 오랫동안 리얼리즘이 독점해오다시피 했던 현실에 대한 미학적 전략으로서의 위상을 모더니즘에 부여함으로써 한국 근대문학사에서의 모더니즘문학의 입지가 좀더 분명해졌으며, 나아가 '식민지하에서의 근대적 경험'에 착목함으로써 서구 추종의 혐의를 받아온 모더니즘 연구에 대한 반성적 대안을 모색하고 한국 근대문학의 특수성을 새롭게 인식하게 되는 계기가 마련되었다.

이처럼 최명익의 작가적 면모와 작품들이 다각도로 주목받아온 상황

---

3) 김윤식, 『한국근대문학사상사』, 한길사, 1984, 4부 2장 「전향소설의 한국적 양상」 참조.

에서 다시 그의 문학을 검토한다는 것은 어떤 의미가 있을까. 잠시 일별해 보았듯이, 최명익이라는 한 작가에 대한 연구가 시작된 이후, 그것은 시대적인 요구에 의해 관점을 달리해 왔다. 이는 문학사가 끊임없이 다시 서술될 수밖에 없는 것이라는 점에서 당연한 결과일 텐데, 그렇다면 지금의 현실적 요구는 무엇인가.

자본주의적 근대성을 창조의 원천과 극복의 대상으로 공유한다는 점에서 리얼리즘과 모더니즘이 쌍생아의 관계에 있는 이상, 리얼리즘에 의한 모더니즘의 극복이라는 일방적인 관계는 이제 재고되지 않으면 안된다. 뿐만 아니라, '식민지 경험'이라는 우리의 역사적 특수성에 대한 강조가 불가피하게 '근대주의'라는 한계를 가질 수밖에 없다면[4] 이를 극복하는 방법론적인 성찰이 필요할 것이다. 요컨대, 최명익의 문학을 현시점에서 다시 읽어야 할 필요성은 바로 이러한 연구사적 맥락에서부터 대두한 것이며, 나아가 현실적인 요구에 의한 것이라 하겠다. 이 글은 이러한 문제의식에서 출발하여 해방을 전후하여 드러나는 작품의 변모에 주목하고 그 내적 필연성을 밝혀보고자 한다.

2. 현실 부정의 원리로서의 양가성과 아이러니

최명익이 문단에 자신의 존재를 처음으로 각인시킨 작품은 「비오는 길」이다. 이 공식적인 데뷔작은 이후 최명익 소설의 원형에 해당하는 것

---

4) 진정석, 「모더니즘의 재인식」, 『창작과비평』, 1997년 여름 참조. 진정석은 "억압받는 주체의 자기정립은 언제라도 새로운 지배의 논리로 전환될 가능성은 없는가?"라는 문제의식하에 주체의 자기 보존을 위한 인정투쟁이라는 주인의 노예의 변증법으로부터 벗어날 것을 주장하고 있다.

으로, 다른 어느 작품보다도 작가 자신의 현실 인식이 명시적으로 드러나 있는바, 근대에 대한 이중적 시선이 바로 그것이다. 평양성 밖 빈민굴에 살면서 맞은편 성 밖에 있는 공장에 사환 겸 사서로 근무하는 병일은 자본주의적인 삶에 대한 동경과 경멸이라는 근대적 개인의 의식을 선명히 구현해 보인다. 신원보증인을 세우지 못해 공장 주인의 감시를 늘 의식해야 하는 병일은 한편으로는 주인에 대해 반감을 가지면서도, 다른 한편으로는 자신도 신원보증인을 세워 주인으로부터 '인간적인' 대우를 받고 싶어한다.

또 우연히 알게 된 사진관 주인 이칠성과의 관계에서도 마찬가지이다. "셋집이나 아니구 자그마하게 자기 집에다 장사면 장사를 벌리고 앉아서 먹구 남는 것을 착착 모아 가는 살림"을 세상의 최고의 행복이라 여기는 사진사를 "청개구리의 뱃가죽 같은 놈!"이라 조소하면서도, 병일은 "희망과 목표를 향하여 분투하고 노력하는 사람의 물결 가운데서 오직 병일이 자기만이 지향 없이 주저하는 고독감을 느낄 때" 이칠성의 "청개구리의 뱃가죽만한 탄력"이 도리어 부러워지는 것이다. "자기가 처하여 있는 사회층의 누구나 희망하는 행복"과 그들의 "문어 흡반 같은 억센 생활력" 앞에 그의 예민한 신경이 노출될수록 병일의 내적 분열은 점점 깊어만 간다. 그는 일상의 작은 틈새에서도 예외 없이 의식의 분열을 경험한다. 귀가 도중 나이 어린 가난한 기생의 생활고를 엿듣게 된 병일은 이칠성의 소시민적 삶과는 또 다른 그녀의 삶을 통해 "이상하리만큼 평범하고 속된 산문적 현실을 일관하여 흐르는 어떤 힘찬 리듬"을 발견하지만 동시에 그것은 "엄숙한 비관의 힘"으로 변하여 현실을 부정하게 된다.

「무성격자」는 「비오는 길」에서 보여준 생활인에 대한 지식인의 이중적 시선을 아버지에 대한 것으로 옮겨놓지만 그 양상은 오히려 더 노골적이다. 소시민적 삶과 속물성을 끝까지 외면하며 '노방의 타인'을 자처했던 병일의 자리에는, 서가에 들어서서도 감각적인 계집의 체온을 회상하고 자존심 대신 '신경질적 결벽성'만 남은 정일이 등장한다. 교원이라지만 룸펜과 다름없는 생활을 하는 정일은, 명예도 없고 돈벌이도 안 되는 교사 노릇을 그만 두고 장사를 배워 집안 사업을 물려받으라는 아버지의 강요에 술과 여자에 대한 자포자기적인 탐닉으로써 대꾸할 뿐이다. 그의 아버지에 대한 태도 역시 철저히 이중적인데, 투기로 재산을 축적한 금전만능주의자인 아버지 만수 노인을 철저히 경멸하면서도, 그의 생활력과 죽음 앞에서의 의지력에 대해서는 긍정하지 않을 수 없는 것이다.

> 만수노인은 혼자서나 여러 사람이 있는 데서나 돈을 셀 때만은 반드시 담을 향하고 돌아앉는 것이 예외 없는 버릇이었다. 여러 사람이 있을 때에는 창피하였고 혼자서는 경멸의 눈으로 바라보던 돈 세는 아버지의 뒷모습이 다시 보이는 듯하였다. (…중략…) 자기가 만든 세상에 대한 애착을 버리지 않으려는 끝없는 의지력이 이 파멸된 육체의 생명을 이같이 이끌어 나가는 것이 아닐까? 이렇게 정일이는 아버지의 황홀한 눈과 죽고 싶지 않다고 부르짖는 말에 솟아오르는 자기의 감격과 눈물을 해석하였던 것이다.[5]

이상의 작품에서뿐만 아니라, 최명익의 해방 전 작품들은 거의가 근대에 대한 양가적인 태도를 텍스트의 서사적 원리로서 구현하고 있다. 양가성이란 것이, "가치, 소설적 줄거리 및 등장인물들에 대한 단의적인 규정이 더 이상 가능하지는 않지만 가치의 문제 그 자체는 여전히 중요한 역할을 담당하고 있는 소설 유형의 특징"[6]이라고 할 때, 최명익의 1930년대 후반 소설에서 볼 수 있는 근대에 대한 이중적 시선 혹은 양가적 의식은 교환가치에 의한 매개라는 현실의 부정적 원리가 텍스트에 내재화된 방식으로서, 자본주의적 현실에 대응하는 미학적 전략이라 할 수 있다. 주인에게 인정받고자 하는 병일의 욕망이라든가 병일과 칠성의 사물화된 관계에서 드러나는, 모든 가치들이 교환가치에 궁극적인 기원

---

5) 최명익, 「무성격자」, 『조광』, 1937.9, 280면.
6) P. Zima, 서영상·김창주 역, 『소설과 이데올로기』, 문예출판사, 1996, 43면.

을 두고 있는 세계, 즉 미 / 추, 진 / 위, 선 / 악 사이의 모든 질적 대립들이 양적인 것으로 치환되는 시장 메커니즘의 세계에서는, 사물들을 양분해 버리는 가치평가적 태도가 허위적인 가상으로 드러날 수밖에 없다. 최명익의 해방 전 마지막 작품인 「장삼이사」는 이를 '아이러니'한 웃음을 통해 적나라하게 보여주고 있다.

만주행 삼등열차에 오른 '나'는 우연히 한 젊은 여인을 동반한 중년 신사와 동석하게 되는데, 그 주위에 앉은 '당꼬바지'와 '가죽짜켙'과 '캡' 등 다른 승객들에 의해 결국은 구석 자리로 밀려나고 만다. 이들의 존재에 처음부터 철저히 무관심해 온 '나'를 제외하고 그 승객들은 술판을 벌이는데, 그들의 대화를 들어본즉, 그 젊은 여인은 유곽을 도망쳐 나온 갈보이고 중년 신사는 그녀를 붙잡아 돌아가는 갈보장수라는 것이다. 이 사실을 안 다른 승객들이 "여인의 얼굴을 보이지 않는 말의 채찍으로 후려 갈기"는 언동을 서슴지 않는 가운데, 포주에게 모진 매질까지 당한 여인은 눈물을 흘리면서 화장실로 가버린다. 시종 무관심으로 일관하던 나는 그녀가 혹시나 화장실에 가서 혀를 깨물고 자살이나 하지 않을까 하는 공연한 망상에 사로잡혀 안절부절못하고 있는데, 잠시 후 그녀는 '나'의 동정적 시선에 오히려 '직업의식적인 추파'를 던지며 나타난다.

이런 명백한 현실을 듣고 보는 동안에도 나의 망상은(?) 저대로 그냥 시간적으로까지 진행하여, 지금 아무리 서둘러도 벌써 일은 저지르고 만 것이었다. 싸늘하게 굳어진 여인의 시체가 흔들리는 마룻바닥에서 무슨 짐짝이나 같이 퉁기고 뒹구르는 양이 눈 감은 내 머릿속에서도 굴러다니는 것이었다. 아아, 그러나 이런 나의 악몽은 요행 짧게 끊어지고 말았다. 그 여인이 내 무릎을 스치며 제 자리로 돌아왔다. 무사히 돌아올 뿐 아니라, 어느 새 화장을 고쳤든지 그 뺨에는 손가락 자국도 눈물 흔적도 없이 부우옇게 분이 발려 있는 것이었다. 그리고 당장이라도 직업 의식적인 추파로 내게 호의를 표할 듯도 한 눈이었다. 어쨌든 나는 그 여인이 그렇게 태연히 살아 돌아온 것이 퍽 반가웠다.[7]

---

7) 최명익, 「장삼이사」, 『문장』, 1941.4, 49면.

여기서 '내'가 갈보에게 보내는 동정이란 곧 삶에 대한 가치 지향적 태도의 발현에 다름 아니다. 시종 무관심하게 방관하고 있던 나는 한 여인의 육신이 돈에 의해 매매되는 현실에 대해 부정적 의식을 내비친 것이다. 하지만 이미 도덕적 관념은 시장의 논리와 양립할 수 없을 뿐 아니라 결말의 반전에 의해 곧 파탄에 이르고 만다. 여인의 예상치 못한 행동으로 발생한 반전적 상황에 맞닥뜨린 '나'는 "왠 까닭인지 껄껄 웃어보고 싶은 충동을 겨우 억제하였다."

　이 웃음 충동은, 주위에 무관심해온 내가 한 순간 내비친 동정이 자기 나름의 생존전략을 갖고 살아가는 현실적인 인간으로부터 철저히 배신당한 데 대한 허탈감의 표현으로, 자신의 동정심이 곧 허위의식에 다름 아니라는 사실과 그것이 얼마나 현실에서 무력할 수밖에 없는지에 대한 새삼스러운 자각에서 생겨난 것이라 할 수 있다. 시장 법칙이 모든 인간적 가치들을 교환가치라고 하는 공통분모와 관련지우는, 철저히 세속화된 사회에서는 한 인간의 고유한 가치에 대한 비극적 정조마저도 희극적인 것이 되고 마는 것이다.

　특정한 가치에 대한 동일화를 통해 가능해지는 이데올로기의 독백적인 진지함과는 반대로, 상황에 대한 인식의 아이러니는 바로 양가성으로부터 기원하는 것이다. 즉 아이러니는 모든 신화적 이분법을 비껴 가는 자기 반어적이고 자기 반성적인 길이라는 점에서 양가성의 비판적 산물이자 그것에 대한 반응이라고 할 수 있다.

　최명익의 소설은 '양가성', 그리고 그것으로부터 기원하는 '아이러니'를 서사적·의미론적 구성 원리로 삼음으로써 이분법적 사유에 근거한 근대주의적 담론의 한계를 넘어서려 하고 있는 것이다. 이러한 양가성의 원리는 사물의 고유한 질적 가치가 무화되고 교환의 대상이 되어 버린 현실에서는 오히려 언술적인 가치 표명의 방식보다 더 근본적인 비판의 의미를 지닌다고 할 수 있다. 결국 여기서 간과해서는 안 될 것이, 최명익의 소설이 삶의 진정성에 대한 추구를 전혀 외면하고 있지 않다는 점이며, 더불어 그것이 현실에 대한 비판적 요소를 포함하고 있다는 사실이다. 이 점은 가치에 대한 무차별적인 태도로 일관하는 이칠성을 바라보는 '나'의 경멸적 시선에 의해서도 입증된다.

"어떻게 살아야 후회 없는 일생일까"라는 끈질긴 질문에서 보듯이, 최명익은 전통적인 서사 방식의 기저를 이루고 있는 '가치에 대한 물음'이나 '이데올로기적인 추구'[8] 그 자체를 완전히 포기하고 있지 않으며 심지어 소설의 결미에 이르러서는 가치지향성을 드러내 보이기도 한다. 바로 이 점이 현실과 대면하는 작가의 고통스러운 표정이 역력히 드러나는 대목이기도 하다. 현실을 부정하면서 동시에 현실에 편입하고자 하는 이러한 의식의 분열은, 근대적인 사유를 문제삼고 있기는 하지만 그렇다고 근대 자체를 전면적으로 부정해버릴 수 없는,[9] 근대적인 장르로서의 소설이 안고 있는 이율배반성에 대응하는 것이다. 이는 곧, 근대 내부에서 근대를 비판하는 방식으로서, 중심이 아닌 주변부에서 가능한 목소리라고 할 수 있다.

3. 근대 내부에서 근대 비판하기

최명익이 해방 전 문학을 통해 근대주의적 담론 방식을 일관되게 비

---

8) 이 글에서 언급되는 이데올로기란 과학과 대립되는, 예컨대 자본주의적 지배이데올로기가 아니라, 가치의 이분법적인 대립 구조와 인과적·목적론적 서사 구조를 가진 담론을 의미한다. P. Zima, 허창운·김환태 역, 『이데올로기와 이론』, 문학과지성사, 1996, 8장 참조. 한편 F. Jameson에 의하면 문학에서의 리얼리즘은 이데올로기적 담론 방식의 전형으로 해석된다. 3부 4장 각주 23) 참조.
9) 소설이 이데올로기적 담화에 맞서기를 넘어 가치의 문제 자체를 형이상학적인 것이라고 해서 거부해 버린다면 소설 자체의 의미론적·서사론적 구조 자체를 부정해버리는 것이 되어 버린다.

판할 수 있었던 것은 무엇 때문인가. 먼저, 그 자신이 제국의 지식인이 아닌 '식민지' '근대'의 지식인이었다는 점을 꼽지 않을 수 없다. 최명익이 창작활동을 했던 1930년대를 '식민지 근대'로 파악하는 것은 그의 미학적 '양가성'을 이해하는 데에 있어서 중요한 계기가 된다. 즉, 일제에 의해 억압받고 수탈당하는 식민지로서의 경험만을 강조한다거나, 식민지하의 근대화를 자본의 축적에 의한 근대화의 보편적 과정으로만 이해하는 것은 상황의 양면성과 복잡성을 외면하고 '경제=사회' 등식을 수용함으로써 식민지사회를 일면적으로 파악하는 결과를 낳게 될 것이다. 특히, 이 두 가지 입장은 서로 대립하고 있는 듯하지만 근대성에 대한 기본태도라는 점에서는 동일한 기반을 공유하고 있다. 다시 말해서, 근대(화)를 인간이 지향해야 할 보편적인 가치, 바람직한 이상으로 인식하고 있다는 점에서 이 두 가지 입장은 모두 근대주의적 사유에 속한다.

1930년대를 '식민지 근대'로서 이해한다는 것은 일정한 역사적 시기의 양면성, 복잡성을 포착하려는 시도이며 모순의 관점에서 자본주의화를 이해하려는 방식이다. 물론 식민지 지배자와 종속민이라는 차별적 존재 조건에서 힘의 불균형은 불가피한 것이지만 그럼에도 불구하고 압도적이고 일방적인 권력 관계만이 존재했다고는 볼 수 없는 것이다. 식민지인들이 수동적 피억압자이기만 했던 것이 아니라면, 식민 지배자들 일반을 적극적 권력자라는 단일한 범주 속에 가둘 수 없을 것이다. 지배자는 강제와 타협 사이를, 그리고 종속민들의 대응도 폭력과 협상 사이를 왔다갔다했을 것이다. 한편에 지배자를 증오하면서 찬탄하고 선망하고 모방하는 종속민의 정서가 있다면, 다른 한편에는 자신들이 제대로 이해할 수 없는 적대적 종속민들에 둘러싸여 있는 소수 지배자들의 불안과 공포가 있는 것이다.

이러한 전제하에서 최명익이 자신의 삶의 근거지를 평양에 두고 있었다는 사실은 그의 문단적 위치와 문학활동에만 영향을 미친 것이 아니라, 현실인식과도 밀접한 연관을 갖는다. 평양은 식민지 경제의 파행성에도 불구하고 자본주의적 산업이라고 할 메리야스 공업과 고무공업이 발달한 도시로, 발달된 산업을 근거로 부르조아 계층이 일찍이 확립되었다.10) 이미 중국과의 인삼교역을 통해 상업 자본을 형성하였던바, 이것을 점차적으로 더 많은 이윤을 보장하는 산업자본으로 전환하여 일제의 자본이 이식되지 않은 상태의 민족자본을 형성할 수 있었다. 따라서 평양은 다른 어느 곳보다도 이들 민족 부르조아지의 역할과 그 한계가 명확하게 드러난 지역이라고 할 만하다.

상업자본을 산업자본으로 전화시켜 낸 평양의 부르조아지는 민족자본의 형성이라는 측면에서는 나름대로 진보적인 역할을 수행했다고 할 수 있지만 그것이 자본인 한에 있어서는 일제의 권력에 의존하지 않을 수 없었고, 결국 중·일 전쟁 이후에는 이들 자본이 거의 일본 자본에 동화되어 버리고 말았다. 역시 자신의 계급적 속성에 내재해 있었던 예속적 측면을 드러낸 것이라 하겠다.

　　근대화의 주체와 객체의 문제에서 간과해서는 안 될 것은, 근대화가 일제에 의해 시작되었지만 그 사실이 자동적으로 당시의 조선인들을 단순한 소극적 수용자로 만들지는 않았다는 점이다. 일제의 의도와는 상관없이 한국인들은 근대성을 적극적으로 받아들이고 자신의 것으로 만들었으며 그 형성에 참여한 적극적 행위자였다. 말하자면 식민지 시기 근대화 과정도 일본 덕분이 아니라, 식민지 사회 내부에 그것을 수용할 기초가 이미 존재했다고 할 수 있다.11)

최명익이 근대주의적 사유 방식을 일관되게 비판할 수 있었던 것은, 그의 삶의 기반이 식민지근대의 중심지인 서울이 아니라 그 '주변부'인 평양이었다는 사실에서 비롯된 바가 크다. 이때, 주변부란 단순히 억압받고 배제된 타자의 공간, 또는 중심 권력에 반대되는 이원론적인 개념으로서의 주변부를 의미하는 것이 아니라, 한 사회계층과 다른 사회계층,

---

　10) 신수정, 「〈단층〉과 소설연구」, 서울대 석사논문, 1992, 4장 참조.
　11) 임지현·이성시 편, 『국사의 신화를 넘어서』, 휴머니스트, 2004 참조.

집단과 집단, 식민지배자와 피식민지인 사이에 끼여 있는 또 다른 주변적 존재의 공간을 의미하는 것이다. 이는 당시 조선의 식민지근대가 감당해낸 식민지적 경험이라는 자명한 사실을 외면하지 않으면서, 동시에 그러한 서구적 근대와의 차이마저도 역사적 자본주의[12]의 규정을 받을 수밖에 없다는 사실을 함축한다. 이러한 의미에서라면 '식민지 근대'의 '평양토박이'인 최명익의 작가적 시선이 근대라는 보편적 규정을 벗어나지 못했다는 점에서, 그는 여전히 근대주의자일 수밖에 없다.

최명익은 평양에서 태어나 죽 거기서 살아 온, 말 그대로 평양토박이이다. 최명익의 수필 곳곳에는 자신의 고향이자 삶의 근거지인 평양에 대한 자부심이 잘 드러나 있다.

> "나는 평양서 나서 오늘 이 때까지 평양서 살아온다. 혹시 누구와 초면 인사를 할 때 "고향은?"하고 물으면 나는 "평양입니다" 한다. 그때마다 "평양입니다" 하고 내 대답에는 내 귀에도 다소 뻐기는 듯한 여운이 들리기도 해서 어색할 때도 없지 않다. 그러나 설사 내가 좀 뻐겼다기로, 그것은 나를 두고 뻐긴 것이 아니라 우리 평양을 두고 뻐긴 것이니 무슨 상관이랴 해서 안심하기도 한다.[13]

그런데 해방 이전 자신의 문학적 입장을 거의 드러낸 적이 없었던 최명익은 "나는 우리 문단과는 경성―평양간의 거리를 두고 있다. 아는 문인들이 그리 많지 못하고 따라서 문단을 모른다"[14]라는 발언을 남긴 적이 있는데, 간접적으로나마 그가 서울이라는 문단의 중심으로부터의 거리감에 대해 주변부 문인으로서 상당한 자의식을 갖고 있었음을 알 수

---

12) '역사적 자본주의'라는 관점에서 본다면 근대라는 것이 이미 처음부터 제국주의와 식민지, 중심과 주변이라는 위계의 구조를 전제로 성립하고 이를 재생산하는 구조를 가질 수밖에 없다. I. Wallerstein, 나종일 외역, 『역사적자본주의 / 자본주의문명』, 창작과 비평사, 1993 참조.

13) 최명익, 「우리의 자랑」, 『글에 대한 생각』, 조선문화예술총동맹출판사, 1964, 14면. 흔히 최명익을 월북 작가의 부류에 포함시키는데 전기적 사실을 살펴보아도 그는 '재북작가'에 해당된다고 봄이 타당하겠다.

14) 최명익, 「문단조망기」, 『조광』, 1939.4, 311면.

있다. 물론 중앙 문단에 대한 이러한 소외감은 비단 최명익만의 것이 아니라, 서울에 문학활동의 근거지를 두지 못한 당시 대부분의 문인들에게도 해당되는 것이었을 터이다.

이와 같이 중앙 문단과의 관계가 당시 작가들의 심리에 미치는 영향이 상당히 컸던 것은, 최명익이 왕성하게 작품을 발표하던 1930년대 중후반 무렵 조선의 문단이 이미 저널리즘에 종속되어 있었다는 사정에서 기인한다. 그 당시 조선의 문단은 "문학적 활동, 다시 말하면 문학정신의 실행을 통하여 유지되어 있지 않았다." 한마디로 문단이 "저널리즘을 가운데 두고 그러므로 한 개의 문학 본래의 정신이라는 것보다도 출판자본을 에워싸고 형성된 것"[15]이었음은 그 당시 중앙 문단에 적(籍)을 두고 있었던 문인이라면 누구나 인정할 만한 공공연한 사실이었다. 따라서 저널리즘과 문단적 인맥에 의한 '문단 섹트화 현상'은 작가들이 작품을 발표할 지면을 구하는 데에 결정적인 영향을 끼칠 수밖에 없었다. 이는 단순히 문단의 특이한 현상이라기보다 사회 전반에 근대적 문물과 제도가 정착되는 과정에서 불가피하게 동반하여 나타나는 현상인 것이다. 최명익은 바로 그러한 문단의 중심과 한편으로는 의식적인 거리 두기를 시도하면서도, 다른 한편으로는 소외감을 감추지 못했던 것이다. 문단에서 가시화되는 그러한 근대적 현상에 대해 최명익이 품었던 이중적 의식은 텍스트의 구성 원리로서의 양가성에 적잖은 영향을 미칠 수밖에 없었을 것이라 짐작할 수 있다.

이와 관련하여 평양이라는 도시 현실을 바라보는 최명익의 시선을 간과할 수 없다. 그 시선은, "빨갛고 까만 강렬한 원색의 해수욕복을 감은 셀룰로이들의 마네킹"이 진열된 백화점 쇼윈도, 그리고 그러한 "백화점 쇼윈도에 진열된 상품에 넋이 나가 있는 모던 걸"에 주목한 김기림과도

---

15) 김남천, 「동인지의 임무와 그 경향」, 『동아일보』, 1937.9.26; 저널리즘과 1930년대 문단의 관계에 대해서는 김민정, 「1930년대 문학적 장의 형성에 대한 고찰」, 『한국학보』, 일지사, 2000 참조

다르고, 도심에 새로이 형성되기 시작한 새로운 일상의 공간 즉, 카페·다방 등지를 중심으로 근대적인 직업의 하나로 등장한 카페 여급에 주목한 박태원과도 다르다.

> "수다 식구가 먹고, 입고, 사는 것만 해두 여간이 아닌데" 하는 기생의 말소리는 더욱 호적하였다. (…중략…) 병일이는 늙은 인력거꾼이 잡고 선 초롱불에 기생의 작은 손등을 반쯤 가린 남길솜과 동그란 허리에 감싸 올린 옥색 치마 위에 늘어진 붉은 저고리 고름을 보았다. 그것이 어린애와 같이 웃는 기생의 흰 얼굴과 어울려서 더욱 어리게 보이었다. 그러나 이제 인력거꾼과 하던 말과 그 짧은 대화의 끝을 콤비한 생활고의 독백으로 마치던 그 호적한 말씨는 결코 어린애의 말이라고 들을 수는 없었다. 대문 안에 사라진, 미상불 갓 깬 병아리 같은 솜털이 있을 기생의 얼굴을 눈에 그리며 그의 얘깃 소리가 귓가에 남아 있는 병일이의 머릿속에는 어릴 때 손가락을 베었던 의액이 풀잎이 생각났다. 연하면서도 날카로운 의액이의 파란 풀잎이 머릿속을 스치고 사라지자 병일이의 신경은 술에서 깨어나는 듯하였다.[16]

병일은 이칠성이 경영하는 사진관의 쇼윈도에 걸린 여공들의 사진을 보면서 그리고 어린애와 같은 기생의 생활고를 엿들으며 강한 연민의 정을 숨기지 못한다. 이는 양가적 현실 인식을 중심으로 한, 그럼에도 불구하고 작가가 포기할 수 없는 근대 비판적 시선이 강하게 드러나는 지점이라 할 수 있다.

---

16) 최명익, 「비오는 길」, 『조광』, 1936.4, 296~297면.

4. 근대적 이데올로기에 대한 자기 동일시

1930년대 한국 모더니즘문학에서 한 시대의 문제를 제기하는 고유한 방식을 보여주었던 최명익이 해방과 동시에 북한(평양) 문단의 핵심 인물로 부각될 수 있었다는 사실은 분명 문학사적 과제라 할 만하다. 그런데 최명익의 작가적 면모와 작품들이 다각도로 주목받은 것에 비해 그의 상세한 생애와 연보에 대해서는 정확히 알려져 있지 않을 뿐만 아니라, 그의 해방 이후의 작품들 중에는 아직도 밝혀지지 않은 것이 남아 있는 실정이어서 그에 대한 온전한 작가론이 완성되기까지는 아직도 역사적인 상황의 변화와 더불어 시간이 더 필요할 듯하다.[17]

해방이 되면서 최명익은 북한에서 가장 먼저 조직된 순수문학 단체인 '평양예술문화협회'(1945.8)의 회장으로 추대되었다. 평양토박이로서 그곳을 근거지로 죽 작가생활을 해온 그로서는 매우 자연스러운 행로라 할 수 있다. 그리고 1946년 3월, 북한의 문인들은 '문학가 동맹'을 '서울 중심주의'라 규정하고, 당 중심의 예술가들을 주축으로 '북조선예술총동맹'을 결성하여 '평양 중심주의'를 내세우게 되는데, 최명익은 그 중심 산하 단체인 '북조선문학예술총동맹'의 중앙상임위원으로 선출되었다. 말하자면, 일제로부터의 해방에서 비롯된 역사적 상황의 급격한 변화로 말미암아, 서울 문단과 의식적으로 거리를 두고 지내던 그가 일시에 북한 문단의 중심 위치에 오르게 되었던 것이다.

해방 이후 최명익의 변모는 그의 문단적 위상에서뿐만 아니라 작품 경향에서도 뚜렷하다. 1930년대에는 지식인의 과잉된 자의식의 세계를

---

17) 지금까지 확인된 최명익의 마지막 작품은 1967년 북한에서 발표한 수필 「실천을 통한 어휘공부」(『청년문학』, 1967)이며, 이후의 소식은 알 수가 없다. 지금까지 최명익의 전 생애와 문학을 다룬 논문으로는 김해연의 「최명익 소설의 문학사적 연구」(경남대 박사논문, 2000)가 유일하다.

주로 그렸던 이 모더니스트는 해방공간에서 「맥령」(1946), 「기계」(1947)[18] 등을 거쳐 6·25 전쟁 이후에는 『서산대사』(1956), 『임오년의 서울』(1961) 과 같은 역사소설의 창작으로 나아갔으며, 경향적으로는 북한의 문예정 책 강령에 충실한 리얼리즘작품을 창작하는 데 주력하였다. 특히 「맥 령」[19]에서 주인공 상진이 "그 맛 정도나마 자유가 있던 때에 자기는 왜 좀 더 계몽적으로 이런 젊은이에게 친절한 글을 쓰지 못했던가"[20]라고 반성하는 대목을 두고, 해방 전의 최명익이 이광수를 비판하면서, 문학 을 통해 민중을 교화하거나 이상주의적인 정열로써 현실을 호도하는 것 을 경계하였던[21] 것을 떠올리지 않을 수 없는데, 이를 통해 해방을 전후 로 한 그의 문학적 변모의 간극이 얼마나 큰지를 짐작할 수 있다. 바로 다음 인용문은 해방 이전에 지식인의 분열된 의식을 그려냈던 그의 지 향이 어떻게 변화했는지 단적으로 보여준다.

> 여기서 새로운 것이라고 하는 것은 어떤 기상천외한, 가공적인 허황하고, 오 괴한 이야기거리를 들고 나와야 한다는 것은 물론 아니다. 우리 공화국 북반부 에 사회주의 낙원을 건설하며 조국의 통일을 위해서 전체 인민이 투쟁하고 있 는 오늘의 우리 현실에서 무엇보다도 가장 옳게 사고하고, 옳게 일하고, 행동하 는 공산주의적 새 인간 형상을 가지고 등장하는 신인들을 기대한다는 말이 다.[22]

---

18) 종전 직전 두메산골에서 강제 징용되어 온 화전민 삼봉이를 중심으로 공장 노동자의 생활을 그린 「기계」는 『문학예술』 창간호(1948.4)에 2회분이 실리고 중단된 미완작이다.
19) 김재용은 「해방직후 자전적 소설의 네 가지 양상」(『문예중앙』, 1995년 여름)에서 「맥 령」을 최명익의 자전적 소설로 보고 있다.
20) 최명익, 「맥령」, 『맥령』, 문학예술총동맹 문화전선사, 1947, 54면.
21) 최명익, 「이광수씨의 작가적 태도를 논함」, 『비판』, 1931.9 참조. 이 글은 해방 전의 최명익이 자신의 문학적 입장을 직접 밝힌 유일한 평론으로서, 이광수의 「여(余)」의 작 가적 태도를 논함」(『동광』, 1931.4)에 대한 반론으로 쓰여졌다.
22) 최명익, 「신인들에 대한 기대」, 『글에 대한 생각』, 조선문학예술총동맹출판사, 1964, 168~169면.

제임슨은 리얼리즘에 대해서 "사회적 현실의 진리를 기록하기 위해 지금까지 고안된 가장 정교한 인식론적 도구이자, 동시에 리얼리즘의 형식 그 자체가 거짓이라는 것, 다시 말해서 부르조아 이데올로기가 서술문학의 영역에서 빌려온 외형, 미학적 허위의식의 원형"23)이라고 언급한 바 있다. 이는 역사적 사유 형태로서의 리얼리즘이 세속화된 현실을 그 나름의 언어로 적절하게 다루지 못한 것에 대한 부정적 의식을 함축하고 있다. 말하자면, 리얼리즘이 자본주의 현실에 대해 내용적으로는 매우 비판적임에도 불구하고, 자본주의사회와 그 이데올로기의 토대를 형성하는 서술 구조와 상징적 질서를 재생산하는 경향을 가지고 있다는 것이다. 따라서 그러한 이데올로기적인 담론은 근대주의를 합리화하고 정당화할 수 있는 구조적 효과를 낳을 수밖에 없다. 그렇다면 무엇이 최명익으로 하여금 모더니즘에서 리얼리즘으로 나아가도록 했을까.

이제 해방 이전 최명익 문학의 근대성을 추동했던 근거를 다시 떠올리지 않을 수 없다. 최명익의 변모는 그가 평양 출신의 '식민지 근대'의 지식인이었다는 사실을 벗어나서는 해명되기 힘들기 때문이다. 즉, 그가 해방과 함께 식민지의 멍에를 벗어나게 되었다는 것, 그리고 더 이상 그에게 있어서 평양이 서울의 주변부가 아니라 그 자체로 중심이었고, 그 한복판에 그는 '이미 예전부터' 존재하고 있었다는 것이다. 해방과 분단이라는 현실의 변화 속에서 그는 '평양예술문화협회' 회장을 거쳐 '북조선문학예술총동맹' 상임위원, 『응향』 사건24) 검열원으로 군림했으며 북

---

23) F. Jameson, 유희석 역, 「동굴을 넘어서-모더니즘 이데올로기의 탈신비화」, 『비평의 기능』, 제3문학사, 1991, 184면. 제임슨에게 있어서, 리얼리즘과 역사적 사유 사이의 밀접한 유사성을 담보해주는 인과율은 이제 더 이상 긍정적인 개념이 아니라 부정적인 혹은 결핍의(privative) 개념이다. 그는, 인과율은 수량화되고 무차별하게 등가적인 세계에서, 즉 약호해독된 세계에서 시간이 차용한 형식에 지나지 않는 것임을 주장한다.
24) 북조선 문예총이 원산에서 간행된 시집 『응향』(1946.12. 원산문예총에서 낸 합동 시집)에 대해 그 문학적 이념을 문제삼아 반동적인 것이라 규정하고 재판에서 이 시집을 단죄하게 된 사건으로, 이 시기 최명익은 북조선 문예총의 상임위원이었다. 김윤식, 『한국현대현실주의소설연구』, 문학과지성사, 1990, 117~118면.

한문학의 중심부로 나아가게 된다. 모더니즘이든, 이에 맞선 사회주의이
든 모두 서구 자본주의의 산물이며 이성 중심주의에 바탕을 둔 것이라
면, 해방 이후의 최명익이 근대의 중심에서 자신을 발견하게 되었을 때
근대적 담론을 비판할 수 있는 동력을 그는 더 이상 유지할 수 없었던
것이다. 요컨대, 해방 후 최명익의 모더니즘에서 리얼리즘으로의 도정이
란 바로, 근대적 이데올로기에 대한 자기 동일시를 통해 근대 비판적 주
체로부터 이데올로기적 주체로 나아감을 의미하는 것이다.

　누구도 그 자신이 생겨 나온 시대를 넘어서기가 힘든 것처럼, 최명익
이 해방을 전후하여 시도한 문학적 모색이라는 것도 근대주의의 틀에서
벗어나는 것이 쉽지 않았을 터이다. 양가성으로 드러난 해방 이전의 근
대 비판적 시각이라는 것도 "어떻게 살아야 후회 없는 삶을 사는 것일
까?"라는 질문에서 한순간도 자유로울 수 없었던 근대주의자의 정신에
서 우러나온 것이었으며, 해방 이후 급변한 시대 상황 속에서 그는 근대
주의의 한계 속에 갇히지 않을 수 없었다. 사회주의 담론에서의 근대극
복이라고 하는 것이 진정한 의미의 극복이라기보다 근대를 '뛰어넘으려
는' 기도였으며 그 불철저함이 역사적 실패를 초래했음을 상기할 때,
1930년대 후반이라는 상황 속에서 근대성의 철저한 모색으로 일관한 작
가의 정신은 아직도 '근대'를 화두로 삼고 있는 이 시대의 많은 문학 연
구자들에게 중요한 시사점을 던져준다고 할 수 있을 것이다.